12/2/15
$12.95
B&T

AFSP

BESTSELLER

Elena Moya se crió en Tarragona. Tras licenciarse en Periodismo en la Universidad de Navarra, trabajó en *El Periódico de Catalunya* y obtuvo una beca Fulbright para realizar un máster en Periodismo Financiero en Estados Unidos. Elena se estableció en Londres como periodista financiera hace quince años, durante los que trabajó en las agencias de noticias Bloomberg y Reuters y luego en el periódico *The Guardian*. También realizó una diplomatura en Creative Writing en el Birkbeck College, de la Universidad de Londres. Ahora escribe informes financieros para gestoras de fondos de inversión. *Los olivos de Belchite* fue su primera novela, que triunfó en el Reino Unido con apariciones en varios medios y excelentes críticas. Ferviente viajera y aficionada al ciclismo y al fútbol, Elena vive con su pareja al norte de Londres. *La maestra republicana* es su segunda novela.

www.elenamoya.com

Primera edición en Debolsillo: junio, 2015

Este libro es una obra de ficción. Los personajes, los hechos y los diálogos son producto
de la imaginación de la autora y no deben ser considerados como reales.

Printed in Spain – Impreso en España

ISBN: 978-84-9062-549-1 (vol. 1097/1)
Depósito legal: B-9.675-2015

Impreso en Novoprint, Sant Andreu de la Barca (Barcelona)

P 6 2 5 4 9 1

Penguin
Random House
Grupo Editorial

A María

1

Desde la primera vez que le miró a los ojos, sospechó quién era. Aunque de eso hiciera ya casi un año y mucho hubiera sucedido desde entonces, a Vallivana Querol le temblaban las manos antes del reencuentro. Quizá él estaba esperando detrás de los portones centenarios, u observándola a través de una de las ventanas góticas del solemne edificio. Quizá él estuviera tan nervioso o se sintiera tan ambivalente respecto al encuentro como ella misma.

Sentada en un banco de piedra y con la paciencia que dan ochenta y nueve años de vida, la anciana suspiró mientras contemplaba los torreones de ladrillo, cada vez más oscuros e imponentes a medida que caía la tarde fría y triste. Llevaba allí un buen rato, aparentemente tranquila, sintiendo todavía el calor de una taza de té entre sus manos, fuertes y largas, símbolo de una vida completa y comprometida. Eran unas manos que habían trabajado y se habían defendido. Unas manos grandes y vivas. El resto de su cara, en cambio, parecía cansado, ojeroso, arrugado y triangular, totalmente dominado por unos inmensos ojos negros.

Valli, como todos la conocían, todavía no sabía si iba a entrar. Pensaba que atravesar esas puertas centenarias y colaborar con Eton, el colegio más elitista del mundo, traicionaría toda una vida de lucha por unos ideales. Pero ahora, después de los últimos acontecimientos, ya no sabía si esa lucha había merecido la pena o si había sido un error. Toda una vida equivocada.

La anciana permanecía casi inmóvil, protegida por un largo abrigo de paño, con la cabeza enfundada en un gorro de lana que apenas le dejaba ver. Tampoco quería observar demasiado. Prefería cerrar los ojos y pensar. Recordar el largo camino que la había llevado hasta las puertas de ese colegio desde que naciera en el seno de una familia de masoveros valencianos que apenas sabían leer y escribir. Ocho décadas más tarde, la anciana estaba allí invitada por Charles Winglesworth, director del departamento de lenguas extranjeras del prestigioso centro, que durante más de seis siglos había formado a primeros ministros, escritores, artistas y financieros de múltiples países. El profesor la había invitado para que compartiera su dilatada experiencia con los alumnos y ella, en principio, había aceptado, pero no porque quisiera conocer la institución que ahora tenía delante.

Valli solo quería encontrar la paz que la había rehuido toda la vida, a pesar de buscarla durante largos años. Ahora, por fin, con décadas de experiencia a sus espaldas, se sentaba a reflexionar, intentando hilvanar los hechos de toda una vida. La anciana había llegado a Londres dos días antes de la cita precisamente para recorrer las calles de una ciudad que pudo haber cambiado su destino hacía más de cincuenta años. Durante esos dos días, Valli había recordado los múltiples vaivenes de su existencia recluida en un pequeño *bed & breakfast* de Bloomsbury, exactamente el mismo donde se había hospedado en 1953.

Charles había insistido en que se quedara en el pequeño pueblo de Eton, a una hora de Londres, en un hotel pequeño y acogedor cerca del colegio. Pero a Valli nunca le habían gustado los barrios señoriales y ese, desde luego, lo era de lleno: salones de té y pastas para señoras ociosas, concesionarios Aston Martin para maridos financieros, tiendas de tarjetas para aquellos que tienen que comprar un mensaje personal, porque no saben escribirlo, o *boutiques* de ropa al más puro estilo lord: chaquetas de *tweed*, sombreros de copa, pajaritas o corbatas y chalecos con escudos heráldicos. A la antigua maestra, que se había pasado la vida ayudando a los más humildes, aquel ambiente, francamente, le repugnaba.

Pero, a diferencia de en tiempos pasados, ahora lo aceptaba. Además, esos años en los que había viajado por toda España enseñando a leer y a escribir a centenares de personas, hacía más de setenta años, ya le quedaban muy lejos. Todo había cambiado. Hasta el mismísimo barrio de Bloomsbury, cuna de intelectuales cuando ella lo conoció en los años cincuenta, ahora estaba dominado por cadenas de moda o comida rápida, frecuentadas por estudiantes que parecían más interesados en consumir que en debatir ideas. La música de estos establecimientos era atronadora, seguramente para que la gente entrara, comprara y se fuera en un santiamén, pensó. Ninguna cafetería tenía sillas cómodas que incitaran a una conversación calmada, a reflexionar. Londres ya no era una sociedad de creación, como antaño, sino de distribución, se decía Valli mientras paseaba sola por las calles del Bloomsbury de Virginia Wolf, donde apenas quedaban librerías. Si en 1953 había pasado una semana sentada en el suelo de aulas universitarias o incluso de pubs intentando mejorar el mundo, hablando con quien fuera —daba lo mismo, pues ella creía que todos eran iguales—, ahora, después de dos días, apenas había cruzado palabra con nadie. Todos iban a la suya y a un ritmo vertiginoso.

El viaje en tren desde la estación de Waterloo a Eton esa misma mañana también le había recordado una vez más que la mujer joven y fuerte que rechazó una vida estable en Inglaterra para luchar por España se había convertido en una viejecita pequeña y vulnerable, abrumada por un mundo rápido y devorador que nada ni nadie —ni ella misma— podían cambiar. Es más, las diferencias contra las que ella tanto había luchado parecían incluso mayores: a los bloques altos y sucios del sur de Londres, habitados por familias que seguramente nunca mejorarían su posición social, les seguían vastos campos de golf y casas de ladrillo rojo impecable a medida que avanzaba el tren. Los campos de fútbol públicos llenos de charcos embarrados cerca de la estación también contrastaban con los arreglados estadios de rugby de los colegios privados a las afueras de Londres. Valli ya sabía que en Inglaterra el rugby era el deporte de los *gentlemen* por excelencia, mientras que el fútbol era el deporte rey entre la clase trabajadora.

Inglaterra y sus clases. Igual que España, pero más fino, pensaba la anciana en el tren.

Al menos, se dijo, en Inglaterra la élite estaba mejor educada y nadie dudaba de que los grandes colegios privados británicos fueran excepcionales. Mientras, en España, una repentina fiebre por el ladrillo estaba sacando alumnos de las aulas para llevárselos a la construcción, donde seguramente ganarían más dinero y mucho más rápido que con cualquier título universitario. Valli no daba crédito a todo lo que se estaba construyendo en el país. Hacía dos años, en 2006, se quedó impresionada al ver decenas de grúas levantando casas adosadas en Alcañiz, una ciudad de provincias más bien pobre y rácana, no muy lejos de su pueblo. ¿Quién podía pagarse un chalé con piscina en Alcañiz, si la ciudad apenas tenía industria o servicios?, se preguntaba Valli. Ella hacía tiempo que decía que todo aquello acabaría mal y que los tres factores que de verdad determinan la riqueza de un país son educación, educación y educación. Nadie le hacía caso, pues para la prensa, los políticos, incluso para sus vecinos y amigos solo parecía existir el milagro constructor. De repente, y ante su sorpresa, todo el mundo tenía casas y coches desproporcionados a sus ingresos. Masovera como se había criado, Valli sabía muy bien que las habas no estaban contadas hasta el final y ya había leído en alguna parte que algunos bancos extranjeros empezaban a flaquear. Pero en España no pasaba nada. Nunca pasaba nada. España siempre iba bien.

En todo momento atenta y todavía sentada en el banco de piedra frente al majestuoso colegio, Valli vio a dos estudiantes salir del edificio principal a través de los amplios portones de madera antigua. Como de costumbre, llevaban el tradicional frac sobre chaleco negro, pantalones también negros de raya diplomática y una camisa blanca con un cuello especial, una tira blanca doblada que parecía una pajarita sin serlo. Andaban rápido, cabeza en alto, vista al frente. La mirada autosuficiente, las mejillas rosadas, la tez blanca y el pelo alborotado, ligeramente más largo en la parte delantera, les distinguía como miembros de su clase.

Al pasar por delante de ella, ni la miraron, a pesar de ser la única persona que se encontraba en la calle. Sus padres pagaban más de treinta mil libras al año para que allí aprendieran a distinguir con quién mezclarse y con quién no. Habían aprendido bien.

Valli miró al suelo. Había perdido esa batalla, el mundo siempre sería de las élites que se buscan y se encuentran para mantener sus privilegios. El corazón se le inundó de tristeza, ya que había dedicado su vida a luchar por lo contrario. Recordó con nostalgia el brío con el que conducía una tartana repleta de libros con su amigo y conocido autor teatral Alejandro Casona, director de las Misiones Pedagógicas de la República. Juntos recorrieron el Maestrazgo enseñando a leer y a escribir a decenas de personas y, siguiendo el ejemplo de Menéndez Pidal, también aprovecharon para recoger los romances antiquísimos que recitaban muchos labradores, auténticas minas de saber popular. A los niños les contaban cuentos, les regalaban libros y, si daba tiempo, les organizaban funciones de teatro que representaban por la noche, al aire libre, bajo esos maravillosos cielos estrellados que solo se ven en los pueblos. Muchas veces, los mismos padres o abuelos de los niños se unían a las clases de lectura, unos más avergonzados que otros, pero todos con la ilusión por el cambio que les había infundido la democracia. Recordó con felicidad cómo les agradecían las visitas esas gentes a las que nunca nadie había regalado nada; unas veces les daban pollos o codornices, y otras sencillamente les daban un fuerte abrazo, siempre con una sonrisa. Para Valli, sin duda, la mejor recompensa siempre fue el brillo de sus ojos al aprender. Hasta que se apagó la luz.

De lejos, aunque todavía absorta en sus pensamientos, Valli oyó cómo los dos señoritos se reían con desdén y se alejaban sin mirarla, con las manos en los bolsillos, a paso firme, superior, acelerado. Siempre con determinación. Estaba claro que esos chicos sabían adónde iban, ahora y en general en su vida. Iban hacia donde les habían marcado, pensó la anciana, mientras ella apenas podía hilvanar los hechos de una existencia sin rumbo —en el mejor de los casos— o, simplemente, una vida con un destino equivocado.

Valli volvió a mirar fijamente el portón de madera, ahora cerrado. Cerrado a los que no podían pagar, a los que no habían sido instruidos para entrar y, sobre todo, cerrado a las mujeres. ¿Qué iban a pensar estos chicos de las mujeres, que no pueden ir a los mejores colegios del mundo? Naturalmente, cuando dirigieran gobiernos o empresas, esos hombres no tratarían a las mujeres de igual a igual, dándoles oportunidades, porque ellas nunca habían formado parte de su sistema, de su entorno. Y así era como se perpetuaban los hábitos.

Valli miró al cielo, ya casi oscuro, y sintió el frío en los huesos. Después de una Navidad triste y solitaria, se había propuesto empezar el año con determinación. Tenía que decidir. No había venido a Londres para ganar la batalla de la igualdad, esa ya la había perdido hacía mucho tiempo. Estaba allí para vencer la batalla contra sí misma.

2

Él la miraba tras de los amplios ventanales góticos de Durnford House, la mansión donde residía junto a los cincuenta alumnos que tenía asignados. Sabía que ella no se giraría hacia su ventana, ya que, como miles de turistas, creía que el colegio ocupaba el amplio espacio alrededor de la capilla, que más bien parecía una importante iglesia gótica. Pero, en realidad, el centro estaba formado por más de cincuenta edificios esparcidos por el pueblo, aunque relativamente cercanos entre sí. Eton, pensó, no era como los colegios de España, más bien estáticos, donde los estudiantes se sentaban en el mismo lugar durante ocho horas para absorber una retahíla de conocimientos, en su mayoría de dudosa relevancia. La vida en Eton, en cambio, era un continuo ir y venir entre actividades y pabellones a todas horas, de las ocho de la mañana hasta casi las once de la noche, cuando terminaban las reuniones de clubes o los encuentros culturales habituales después de la cena.

Desde su noble habitación de madera oscura tallada, Charles había observado a Valli durante casi la hora que la anciana llevaba sentada en el banco de piedra. Había llegado con mucha antelación, pues la cita no era hasta las dos y media de la tarde. A esa hora, después de la comida, los profesores disponían de un breve descanso mientras los alumnos salían a practicar deporte, aprovechando las pocas horas de luz que quedaban.

Apenas faltaban quince minutos para que el antiguo reloj de pared, uno de los pocos objetos que conservaba de su padre, anunciara la hora convenida. Charles, con su frac impecable, chaleco negro y camisa y pajarita blancas, se puso la capa larga y negra que vestían los profesores para distinguirse de los alumnos. En Eton, todo eran símbolos. Los colores de los chalecos, pantalones, gorros o bufandas indicaban a qué residencia o club se pertenecía, o incluso si un estudiante estaba en el selecto grupo de los setenta alumnos más aventajados, entre un total de más de mil. Cada uno tenía su lugar, como en la vida misma.

Charles, de silueta alta y noble, nunca había dudado de su lugar. A sus cincuenta y cuatro años, era jefe de departamento, con dos docenas de profesores bajo su tutela. La residencia que gobernaba, Durnford, era de las más populares y los alumnos competían por estar a sus órdenes o para ser elegidos capitanes. En las residencias, los estudiantes tenían sus habitaciones, simples pero cálidas, en los pisos inferiores al ático, donde Charles ocupaba un apartamento amplio y confortable para él solo. En otras residencias, los directores —siempre hombres— compartían la vivienda con sus esposas, pero Charles no estaba casado, ni lo pretendía, y los viajes eran su única afición fuera del ámbito escolar. O bien trabajaba, o bien viajaba durante las vacaciones. No había término medio.

Desde que se había graduado en Oxford en los años setenta, había visitado cien de los casi doscientos países que existen en el mundo, según había contado. Después de la universidad, y sin padres a los que cuidar o visitar, Charles pasó tres años viajando por Asia, sobre todo por la India, donde antiguos compañeros de Eton —donde él también había estudiado—, que eran descendientes de antiguos gobernadores británicos, habían tejido muy buenas relaciones con los *rajs*. Durante meses, Charles estudió hindi y la cultura india en uno de los torreones del castillo de Jaipur, cortesía de sus —todavía— propietarios. Después de otro año explorando África, en condiciones similares, Charles por fin había regresado a Inglaterra para seguir el curso que todos esperaban de él. El tío de un amigo le consiguió un trabajo muy bien remunerado en un banco de la City y allí empezó a ganar dinero de una manera sorprendentemente fácil. No había más que ir a comer con algún amigo de los propietarios que tuviera una empresa y determinar el precio de esta aplicando una conocida fórmula; a media tarde volvía para llamar a una lista de contactos y les vendía los bonos o acciones emitidas por dicha empresa a cambio de una suculenta comisión. A las seis de la tarde, con la faena hecha, remataba el día con dos copitas de jerez, para él *sherry,* en su club.

El dinero corría rápido en la City. Margaret Thatcher, tras solo un año en el poder, estaba derribando barreras y eliminando sindicatos, liberalizando sectores y vendiendo empresas públicas. Las oportunidades se seguían una detrás de otra. En esas noches de champán y celebraciones, a Charles no le costó enamorar a la hermana de Robin, todavía su mejor amigo y compañero suyo en Oxford. Meredith, de diecinueve años, era callada y respetuosa y, sobre todo, muy bella, tanto que parecía una muñeca de porcelana con la tez blanca, grandes ojos azules, pelo largo, rubio y rizado, y una silueta frágil, como de bailarina. Se casaron tan solo unos meses después y se mudaron a la casa que los padres de Meredith les habían regalado en Chelsea, a pesar de que Charles contaba con la pequeña fortuna que su padre le había dejado.

La felicidad en la enorme casa de estuco blanco que pensaban llenar de niños duró poco y Charles, tan solo unos meses más tarde, dejó mansión, esposa y trabajo para volver a Eton como profesor. La convivencia con una mujer educada para coser y callar no le interesaba en absoluto, y las casas de sus amigos, con recién nacidos llorando continuamente, le irritaban, por más niñeras que emplearan. A Charles le gustaba el silencio de bibliotecas y castillos, y de los lagos y montañas más remotos que exploraba en su tiempo libre. Consideraba a la familia una vulgaridad mediocre, poco estimulante, por lo que echaba enormemente en falta el continuo aliciente de la vida en Eton y Oxford. El matrimonio y la vida doméstica le aburrían soberanamente.

Eton, por supuesto, le acogió con los brazos abiertos, dándole el mismo apoyo que había recibido en su segundo curso como interno, cuando apenas tenía catorce años y su padre murió súbitamente de un cáncer fulminante.

A pesar de la gran admiración que le profesaba, Charles apenas había conocido a su padre. A los cinco años, ya había ingresado en un internado cercano a Cambridge, en cuya universidad el señor Winglesworth era un renombrado hispanista. Este siempre le había hablado en castellano, mientras que la institutriz, con quien de hecho pasaba la mayor parte del tiempo, lo hacía en inglés. La insistencia de su padre con el idioma fue tal que, en su primer internado, tuvieron que contratar a un profesor especial para que Charles no olvidara el castellano que había aprendido en casa. Si bien conservó la lengua, lo que perdió fue a su padre, a quien apenas vio desde entonces, ya que, cuando este murió, él ya llevaba interno muchos años. Durante su infancia, Charles veía a su padre una vez al mes, cuando este le visitaba y salían a comer a un restaurante cercano al colegio. En esas comidas, frías y distantes, solo intercambiaban logros académicos o su padre le explicaba su última teoría sobre Cervantes. Tan solo una vez, mientras discutían acerca del bilingüismo, su padre, que ya debía de conocer el alcance de su enfermedad, le dijo que durante la vida lo mejor era pensar en inglés y sentir en español.

Charles nunca acabó de entender el sentido de aquella frase, como tampoco comprendió nunca a su propio padre, aunque sospechaba que debía de haber sido bastante parecido a él: un *gentleman* solitario y excéntrico que disfrutaba de la vida en silencio y a su manera. Hombres hechos para los cuadriláteros góticos de Eton, Oxford y Cambridge, seres atemperados y cuidados que avanzan por la vida refinados y discretos, sin arremangarse ni mojarse, pero siempre hacia delante. A su manera, eran felices.

Charles, al igual que Valli, vio a los dos estudiantes que salían por el portón principal. Eran alumnos suyos y estaban entre el grupo que le había acompañado a Morella hacía ya unos meses. Allí había empezado todo.

El profesor miró hacia la pared, donde tenía una foto inédita y original de George Orwell, exalumno de Eton, observando algo con ojos inquisidores mientras sus compañeros de clase parecían escuchar a alguien pasivamente. Ya entonces, el adolescente Eric Blair, como se llamaba hasta que cambió de nombre, destellaba revolución en los ojos. Obras suyas como *Rebelión en la granja* o *1984* habían encandilado a Charles desde muy pequeño, en parte gracias a la insistencia de su padre, quien se había hecho amigo del famoso escritor en la guerra de España. Al acabar el conflicto, Orwell y Winglesworth regresaron a sus privilegios en Gran Bretaña, uno ya como autor consagrado después de *Homenaje a Catalunya,* y el otro con una cátedra en la Universidad de Cambridge. Los dos hispanistas mantuvieron correspondencia hasta que Orwell murió en 1950. Su padre, que falleció años más tarde, había dejado a Charles algunas cartas del autor, aparte de centenares de libros, el reloj de pared y los gemelos de camisa de plata que siempre llevaba. Eso, además de una sustancial cantidad de dinero y la casa familiar en Cambridge, que Charles vendió después de su fallida experiencia matrimonial, cuando resultó evidente que no le interesaba construir un hogar. De esa casa, de hecho, solo recordaba las largas tardes de estudio en solitario y a la institutriz. A su madre nunca la había conocido y tampoco tuvo hermanos, por lo que, en su opinión, el valor de la familia estaba socialmente sobredimensionado. Para Charles, pretender ser feliz con muy pocas personas a las que, de hecho, no se puede elegir era una pérdida de tiempo. En realidad, siempre había pensado que el origen de la familia, desde la época de los romanos, no era más que un mecanismo de transmisión patrimonial y que la institución nunca se había concebido como algún tipo de soporte emocional. Él, además, tenía recursos en abundancia, así que, en un momento de necesidad, tendría cuantos asistentes precisara sin necesidad de pedir ningún favor. Durante las fechas señaladas, como la Navidad, lo mejor era viajar y descansar, mucho más enriquecedor que hacer todos los años lo mismo, viendo a las mismas personas, hablando de los mismos viejos tópicos. En las últimas Navidades, por ejemplo, había estado en Sudáfrica y en las anteriores había visitado a unos amigos en Singapur. Durante la década de 1990, había pasado muchas Nocheviejas en

Nueva York, centro financiero y cultural del mundo durante décadas que le maravillaba. Ahora, en cambio, tenía que seguir a sus amistades a lugares diferentes, como Shanghái, Qatar o Abu Dabi. Pero a él le daba igual. Las últimas Navidades en Ciudad del Cabo y Singapur habían sido estupendas, puesto que nada había sido navideño. Los árboles, belenes y Papá Noel eran, para él, una auténtica horterada.

Esa vida de ideas claras y ordenadas, sin embargo, se había trastocado hacía casi un año, en febrero de 2007, cuando empezó a buscar en España un lugar para realizar un curso intensivo de lengua y cultura españolas con sus alumnos. Conocía bien el país y, como muchos británicos, tenía preferencia por el sur, donde alardeaba de haber visitado la mayoría de pueblos. A Charles no le gustaban las grandes ciudades, prefería el silencio y la tranquilidad rural. Buscando en Google, encontró un anuncio del ayuntamiento de Morella, una pequeña población medieval en la provincia de Castellón rodeada de montañas áridas. Se trataba de un antiguo colegio, enorme y majestuoso, que la alcaldía había puesto en venta tras construir unas escuelas más modernas. El antiguo edificio quedaba, pues, libre para remodelar y adecuar para otros usos.

Charles miró las fotografías con interés y le entusiasmó la idea de pasar allí una semana con sus chicos. El pueblo parecía ideal: pequeño, adoquinado, prácticamente en medio de la nada, pero solo a dos horas del aeropuerto de Valencia. La página web también anunciaba que el nuevo aeropuerto de Castellón, que estaría a punto en breve, se encontraba a menos de una hora de distancia.

Acostumbrado a que los españoles nunca le respondieran los mensajes de correo electrónico, Charles llamó directamente para interesarse. Lamentablemente, le dijeron, el edificio no se podía alquilar, ya que su interior estaba en estado casi ruinoso, por lo que solo estaba a la venta. Desilusionado, Charles aparcó el asunto, aunque no dejó de interesarse por Morella.

Al cabo de un mes, curioso como era, decidió aprovechar los días de Semana Santa para conocer la población. Y allí se personó.

3

Sentado frente a una gran chimenea de piedra, Vicent Fernández, alcalde de Morella, esperaba a sus invitados mientras desayunaba butifarra y pan recién tostado.

—¿Dónde está el aguardiente? —preguntó a su mujer, Amparo, reclinándose en su amplio sillón de cuero—. Ya casi se me están enfriando las butifarras y todavía no he podido echar ningún trago, ¡y me tengo que entonar!

Vicent observó cómo su mujer, con quien llevaba casado más de cuarenta años, se apresuraba hacia la cocina para complacerle, como había hecho toda la vida. Orgulloso, cruzó sus gruesas piernas y asintió. Segundos después, Amparo, de complexión baja y bien dispuesta, como Vicent, colocaba en una mesilla de madera junto al sillón de su marido un buen vaso de aguardiente, con la botella al lado, exactamente como a él le gustaba. Él la miró a los ojos, quizá por primera vez en muchos meses. Como él, ella tenía sesenta y siete años, pero la piel mucho más arrugada, la cara cansada, los ojos apagados. Su cuerpo grande lo escondía bajo el mismo delantal que llevaba a diario, salvo los domingos para ir a misa. Vicent le cogió la mano y miró hacia el suelo, indicándole que se agachara. Ella, por supuesto, accedió.

—Hoy, Amparito —le dijo en tono solemne—, nuestra suerte va a cambiar. Llevamos muchos años esperando una oportunidad así y por fin nos ha llegado el momento. Debemos ser atentos y amables con todos, pero sin olvidar, para nada, a lo que vamos. Yo presentaré mi plan durante un breve discurso antes de la comida. No sirvas nada mientras yo esté hablando o mientras lo haga el presidente Roig, si se dispone a ofrecer unas palabras. Y sobre todo, no digas nada a nadie, solo pregúntales si les gusta la comida o si necesitan algo más. Asegúrate de que todos sepan dónde dejar los abrigos, dónde están los baños y todos los detalles técnicos. Sobre todo no respondas a nada sobre la escuela o los pisos. Todo eso déjamelo a mí, que yo ya me entiendo.

Amparo, con la mirada clavada en el suelo, asintió. A pesar de los años, la hija del chocolatero todavía conservaba una cara infantil, con una nariz pequeña pero bien formada y una cabeza grande, redonda, culminada por los típicos rulos, gruesos y morenos, que lucían casi todas las señoras del pueblo. De joven, a Amparo nunca le faltaron pretendientes, quizá porque era hija del propietario de la fábrica de chocolates El Gorrión, quien al final murió sin un céntimo. El negocio lo heredó el hermano de Amparo, a pesar de que ella era la primogénita, pero como era chica, el padre se la saltó. En el pueblo dicen que todavía tendrían fábrica de haberla heredado ella, mucho más responsable y avispada que su hermano, que en cuestión de pocos años acabó en la ruina. Amparo, desde muy pequeña, siempre había sido trabajadora y había respondido bien a cuantas situaciones se le habían presentado, sin protestar. Esa mujer, ya desde niña, siempre sabía cuál era su lugar.

—Y a los chicos, ¿ya se lo has explicado todo? —preguntó a su marido, recogiendo el periódico que este había dejado tirado en el suelo.

—Ah, los chicos. —Vicent suspiró—. No, todavía no les he dado las últimas instrucciones. Manolo está al caer y no sé dónde estará Isabel. Por ahí, sin hacer nada de provecho, me imagino.

Su mujer le dirigió una mirada desaprobadora, aunque no perdió el tono amable que había mantenido durante tantos años de matrimonio.

—Ay, Vicent, deja a la niña en paz, que suficientes problemas tiene con el trabajo; creo que las cosas no le van tan bien como dice.

—Pues como a todos —respondió su marido, rápido, antes de tomar el primer trago, largo, de aguardiente—. Me siento como un toro —dijo, poniendo sus gruesas manos en el pecho, hinchándolo, antes de eructar.

Amparo volvió a la cocina, donde había estado desde las cinco de la mañana preparando tortillas y canapés. El servicio de *catering* de un hotel de lujo cercano, en pleno puerto de Torre Miró, traería aperitivos, ensaladas, vino y licores, pero la carne y las tortillas debían ser caseras, «para dar un toque exótico-rural al evento», había insistido Vicent. Su mujer también se había pasado el día anterior en la cocina, preparando los chorizos y el cordero lechal que se cocinarían a la brasa, al aire libre.

Los Fernández esperaban a unas cincuenta personas venidas de Cataluña, Aragón y Valencia, ya que Morella se ubicaba precisamente entre esas tres comunidades. Ese emplazamiento siempre le había dado al pueblo una ventaja a la hora de negociar, pues se podía entender con todos; pero Morella también había sufrido las consecuencias de esa independencia, ya que a menudo había quedado relegada a su propio destino, sin demasiadas ayudas. Ahora, sin embargo, después de fuertes inversiones en carreteras, el pequeño pueblo medieval era mucho más accesible y Vicent, que solo llevaba un año en la alcaldía, se disponía a revitalizarlo. Morella ya había acabado su reconversión de la agricultura a los servicios, pero sus propios límites, como la muralla medieval que rodeaba la población, impedían más crecimiento. Ahora era preciso crear capital, pues trabajo ya tenían todos más o menos. A Vicent el proyecto le entusiasmaba. Por una vez, se sentía poderoso, importante. Después de tantos años de espera, ahora por fin se sentía el rey.

El alcalde estiró las piernas para reposarlas junto al extremo de la amplia chimenea de piedra, encendida para calentar la fría mañana de febrero, y miró a su alrededor, orgulloso. El salón era amplio y luminoso, rebosante del encanto de lo que había podido conservar de la antigua masía del siglo XVI que había comprado hacía dos años. Las vigas de madera en el techo alto reflejaban siglos de vida; estaban torcidas en algunos puntos, pero todavía se mantenían fuertes y brillantes, irradiando personalidad. El estuco blanco, la piedra antigua, las baldosas de terracota fina en el suelo y una mullida alfombra de color crema daban una sensación de gran confort. Junto a su sillón señorial, otro sillón —algo menos presuntuoso— y un gran sofá, también frente a la chimenea, creaban un espacio lujoso y acogedor que llenaba de satisfacción al alcalde. Hijo de guardia civil, Vicent siempre había vivido en casas o pisos despersonalizados, por lo que siempre envidió las masías de sus amigos del colegio, apartadas y silenciosas, lugares donde la familia se congregaba felizmente alrededor de una chimenea. Por fin lo había conseguido, aunque, en realidad, pocas veces recordaba a su mujer e hijos reunidos alrededor del fuego, quizá solo en Navidad, y más bien por compromiso.

Vicent se acarició el poco pelo que le quedaba y, algo nervioso, apoyó la cabeza en una mano mientras contemplaba la chimenea. Con la otra mano, se repasó la mejilla, hoy pulcramente afeitada para la ocasión. Las cejas, por una vez, también estaban arregladas, lo que le daba un aspecto más digno que de costumbre.

Impaciente, miró el reloj. Ya pasaban las diez. Se levantó y abrió uno de los grandes ventanales del salón para mirar hacia el camino de tierra que daba acceso a la finca. Solo se oía el piar de los pájaros y el soplar del viento, que agitaba ligeramente las copas de los olivos, chopos, almendros, robles y nogales que rodeaban la casa. En ese espacio natural, en pleno puerto de montaña, había cuervos, águilas y halcones, además de un sinfín de pajarillos que alegraban todas las mañanas. Vicent miró al sol, ya alto, y sonrió.

Al cabo de unos instantes, con paso lento, el alcalde se dirigió hacia la puerta de entrada al oír el ruido del primer coche. Era la vieja furgoneta rural de Manolo, su hijo mayor.

—Llegas tarde —le dijo en cuanto le vio, mirando el reloj y abrochándose con señorío la chaqueta de cuero.

—La imprenta me ha hecho esperar, pero ya están todos los folletos listos —respondió su hijo sin apenas mirarle mientras sacaba del maletero unas cajas de cartón repletas de bebidas. Manolo se dirigió hacia la casa y tropezó con una piedra, aunque sin perder el equilibrio.

—¡Cuidado, que me vas a romper el Moët & Chandon! —le recriminó su padre irritado.

Vicent, quien aseguraba que ya estaba viejo para cargar y descargar, se quedó quieto junto a la entrada mirando cómo su hijo, de aspecto cuarentón y desaliñado, entraba los bártulos, que no eran pocos. De hecho, a Vicent le había sorprendido el interés de Manolo en la organización de la jornada, quizá porque en el fondo todo el mundo quería sentirse importante, pensó. Ya le gustaría a él que su hijo llevara la fonda con la misma diligencia, se dijo mientras Manolo seguía entrando cajas. Desde que le había pasado el pequeño hotel del pueblo hacía siete años, el negocio no levantaba cabeza y eso que, cuando lo puso en sus manos, iba viento en popa. Entonces, España se había convertido en un país de nuevos ricos y la cultura del fin de semana estaba en pleno apogeo. Una creciente desmonjización entre las chicas jóvenes también había normalizado las relaciones prematrimoniales y los jóvenes, todavía lejos de poder independizarse, aprovechaban los fines de semana para escapar del domicilio familiar.

Pero Manolo no había conseguido revitalizar el negocio, ni tan siquiera mantener los beneficios de antaño. De hecho, otros dos pequeños hoteles, en plan *boutique*, habían abierto en el pueblo, y le habían quitado clientela. Su fonda, la de Morella de toda la vida, había quedado desfasada y, por lo que veía, Manolo tampoco tenía ningún plan de mejora. A Vicent le dolía más la falta de ambición de su hijo —que, como él, nunca había estudiado— que ver la fonda en decadencia. De hecho, él solo se había hecho cargo del establecimiento por obligación, cuando a los quince años murió su padre y tuvo que ponerse al frente para sostener a su madre y a sí mismo. No tenían más. La pensión del padre, un guardia civil de medio rango, no era suficiente en plenos años cincuenta y el negocio tenía que prosperar. Afortunadamente, tras largos años de mucho trabajo, el pueblo empezó a atraer a paleontólogos en busca de fósiles y espabilados detrás de la trufa que se acababa de descubrir. Eso les mantuvo hasta que la explosión del turismo de fin de semana empezó a llenar la caja y por fin pudo empezar a ahorrar. Vicent recordaba muy bien cómo a principios de los sesenta, cuando Fraga abrió el país y las playas se llenaron de bikinis, algunos turistas, sobre todo franceses, se dirigían a Morella en los días de lluvia, ya que el pueblo estaba a tan solo una hora de la costa. Allí alucinaban con el precio de las chuletas, que casi volaban por encima de la mesa, pues los franceses no podían creer que por apenas cuarenta pesetas les sirvieran una fuente repleta de delicioso cordero con patatas. Amparo siempre había sido buena cocinera y eso les salvó. Los años siguientes ya fueron más fáciles y Vicent pudo enviar a sus hijos a estudiar a Valencia, aunque solo la chica terminó la carrera de licenciada en alguna Filología o Filosofía, no recordaba bien. El chico, a quien envió a estudiar Económicas, nunca dio la talla y, al cabo de año y medio, ya estaba de vuelta en el pueblo haciendo de albañil y ayudando en la fonda. Por fin le pasó las riendas del negocio cuando él decidió entrar en política, como independiente, en el año 2000, a sus sesenta años. A los sesenta y seis, por fin salió elegido alcalde, un puesto del que ahora disfrutaba plenamente, sobre todo en días como ese.

Vicent oyó el ruido de un segundo coche y enseguida vislumbró por la ventana para ver el Renault Cinco destartalado de su hija Isabel, que trabajaba de secretaria en una empresa de azulejos en Villarreal desde hacía años. A los cuarenta y tres, Isabel seguía soltera, algo que sorprendía a su madre, pero no a él. Su hija, por más que su madre siempre la defendiera, no contaba con la fortuna de la naturaleza, sino que, muy al contrario, la pobre siempre, desde muy pequeña, lo había tenido casi todo en contra: baja estatura, gafas de muchas dioptrías que apenas dejaban ver sus ojos y unas formas excesivamente redondas. Qué se le iba a hacer, pensó el alcalde, a alguien le tenía que tocar. Negando con la cabeza, observó cómo su hija bajaba del coche cargada de cajas y bolsas, y tropezaba con la misma piedra que su hermano, pero ella dándose de bruces. Las copas que llevaba en una de las cajas cayeron al suelo y se hicieron añicos.

—Pero ¿se puede saber qué os pasa hoy? ¿Por qué me han tocado los hijos más patosos del mundo? —protestó Vicent, mirando lo poco que quedaba de las copas de flauta.

Amparo salió a ayudar a su hija, que ya había empezado a recoger cristales.

—Ay, hija mía, ¿te has hecho daño? Esta piedra maldita, yo también me doy con ella siempre. Vicent, por favor —dijo Amparo, volviéndose hacia su marido—, ¿la puedes quitar, no vaya a ser que se nos caigan todos los invitados o el mismo presidente?

Vicent, alarmado ante semejante posibilidad, procedió rápidamente a retirar la dichosa piedra, mientras madre e hija se dirigían hacia la cocina después de recoger el estropicio. Qué mal presagio si el presidente de la Comunidad Valenciana, Eliseo Roig, se rompía algo en su propia casa, pensó. Le había costado dos años conseguir la visita, que a su vez había atraído a un gran número de inversores y negociantes, y nada podía fallar.

Vicent se ajustó la corbata de lana, informal pero elegante, y atravesó el jardín para asegurarse de que todo estuviera listo en el hipódromo. Dejó atrás la piscina, perfectamente ajardinada, y llegó al circuito ecuestre, del tamaño de dos campos de fútbol, donde las vallas ya estaban instaladas y los caballos esperaban tranquilos en las cuadras adyacentes. Vicent no era buen jinete, pero siempre le habían encantado los caballos, desde que era pequeño y jugaba con ellos en las masías de sus amigos morellanos. Como todas las mañanas, se acercó a *Pablo*, su caballo favorito, grande y hermoso, aunque de patas cortas, no muy alto. *Pablo* era tranquilo, pero miraba al frente y se defendía bien. Nadie habría dicho que fuera veloz, pero a fuerza de zancadas y brío el animal había superado cualquier presunción, sorprendiendo a propios y extraños. Quizá era verdad que el amor es, en el fondo, narcisista y uno quiere al ser en el que se ve reflejado, pensó. Como con su caballo, tampoco nadie había dado un duro por él, hijo de guardia civil y sin apenas estudios. Pero mira adónde había llegado, se dijo mientras contemplaba sus cuadras. Lentamente, acarició la crin del cuadrúpedo, que solo se dejaba querer por su amo. A los demás cuidadores, más de tres, les despedía a coces y relinchos, pero el entendimiento con Vicent era absoluto. Llevaban juntos más de diez años, después de que Vicent lo comprara por cuatro duros a un amigo masovero, ya anciano, que veía que no podría cuidar del joven caballo —entonces un poni— hasta que este se hiciera mayor. El caballo, sin embargo, continuó con el anciano masovero hasta que tres años más tarde Vicent adquirió su finca y, por fin, pudo dar a *Lo Petit*, como lo llamaba, el espacio que siempre había soñado. Nada más comprar la esplendorosa masía, el ahora alcalde mandó construir las cuadras y el hipódromo, feliz por dar libertad a su caballo y soñando con días como aquel.

Vicent miró a su alrededor, todo parecía correcto, listo. Las sillas de los invitados se habían acolchado, los caballos estaban alimentados y los carriles del circuito de competición aparecían bien marcados. El alcalde hinchó el pecho y respiró el aire puro de monte seco que tanto le gustaba. Para él, los verdes valles, ríos y abetos eran para las películas. El verdadero monte era duro, seco, con olor a romero, de árboles chatos, de animales que se sabían proteger del frío y del viento. Era un monte abierto y directo, que dejaba ver el paisaje, que no se escondía. El monte de verdad era un macho, como él, se dijo orgulloso.

Tres camareras vestidas de negro con delantal y cofia blancos abrieron el pequeño pabellón de madera junto al circuito ecuestre, acondicionado con un bar, sofás y mesas. En una terraza de madera, de cara al hipódromo, encendieron dos hogueras dentro de sendos bidones de diseño y dispusieron las mesas, con manteles de hilo blanco y la cubertería de plata —lo único de valor que Vicent había heredado de su madre—. Al cabo de unos instantes, las tres camareras trajeron dos enormes cubiteras repletas de botellas de Moët & Chandon y dos ollas de caldo caliente para dar una bienvenida cálida a los invitados.

Como de costumbre, el presidente de la Comunidad se personó con un coche escolta, justo detrás del suyo propio, un Porsche descapotable último modelo que conducía él mismo. Su mujer, alta, rubia y, claramente, con miles de euros de trabajo plástico en todo el cuerpo, bajó primero, pero enseguida se evidenció que no podría andar por la finca con los enormes tacones de aguja que llevaba. Vicent rápidamente se dispuso a ayudarla y ordenó a Amparo, que también había salido a recibir a la comitiva, que le enseñara la habitación que les habían dispuesto. Las dos mujeres enseguida se ausentaron.

—¡Vaya palacete que tienes, machote! —dijo Eliseo Roig, presidente de la Comunidad Valenciana, dando un fuerte abrazo, más bien un encontronazo, a Vicent. Eliseo era un hombre alto, corpulento, de mirada directa. Tenía una presencia de esas indispensables para triunfar en política: ojos bonitos, en su caso verdes, dentadura blanca, espalda ancha, buen vestir y, sobre todo, una sonrisa de niño bueno tras la que se escondía un hombre político sin duda leviatanesco—. ¡Caramba, caramba! —exclamaba, mirando la inmensa finca, que gozaba de vistas espectaculares a las montañas sin que apenas se divisara ninguna otra edificación.

Ese emplazamiento privilegiado, por supuesto, había tenido su precio. En primer lugar, tuvieron que construir un camino de tierra de unos cinco kilómetros para conectar la antigua masía con la carretera local más próxima. Luego, llevar agua y luz había costado más de doscientos mil euros, ya que más de una docena de obreros se pasó casi tres meses cavando y cubriendo surcos para instalar tuberías, cañerías e instalaciones eléctricas. La estancia, de cuatro pisos y diez habitaciones, no se habitaba desde el siglo pasado, cuando seguramente alguna familia latifundista se autoabastecía, a la vez que comerciaba con animales en los mercados más próximos. De hecho, Morella siempre había sido una zona rica, con grandes parcelas de tierra y una ganadería muy apreciada, con corderos, jabalís y, por supuesto, cerdos de fama internacional.

El presidente Roig volvió de su pequeño recorrido alrededor del jardín más inmediato a la casa, de la que sobresalían pequeñas ventanas y balcones de madera pulcra, tallada y brillante. Alta y esbelta, como los cipreses que la rodeaban, la construcción transmitía poder y control sobre las vastas tierras de alrededor.

—¡Y parecías tonto, tú aquí, calladito, calladito en tu pueblo, pero las matas callando! —exclamó Roig, dando a Vicent palmaditas en la espalda, pero incapaz de dejar de contemplar la finca, claramente sorprendido.

—Bueno, uno hace lo que puede, son muchos años de trabajo —respondió el alcalde mirando al suelo para no quitar protagonismo al político, recordándole que él era sin duda el protagonista de la jornada. Siempre había tenido muy presente que España era un país de envidiosos y él necesitaba al presidente, ahora más que nunca. Debía mantenerle contento a toda costa.

—Pase, pase, por favor, entre en la casa, que es el primero en llegar.

Los dos hombres se sentaron junto al fuego, donde Amparo, de charla en la cocina con Adela, la señora presidenta, les sirvió un coñac.

—Ah, esto sí que es vida —dijo Eliseo, mirando a Amparo de arriba abajo, con cierta desaprobación.

Vicent rápidamente observó a Adela y luego a Eliseo, cuya mirada parecía decir: «Tú tienes la casa, cabrón, pero yo el puesto y la chica, sí, veinte años más joven que yo. Toma, jódete».

Los dos hombres habían coincidido en varias reuniones sobre el aeropuerto de Castellón y Vicent siempre le había apoyado: una vez, enfrentándose al mismo alcalde de Castellón, quien dudaba de que la ciudad se pudiera permitir semejante proyecto. Pero con la insistencia del presidente y sus aliados, como Vicent, el plan, de momento, iba hacia delante; seguramente, por eso Roig había aceptado la invitación.

Vicent, a quien no importaba lo que Roig pensara de su mujer, porque él ya tenía lo que quería y cuando quería, procedió con su plan, pues no tenía tiempo que perder. Se aclaró la voz y cogió uno de los folletos que su hijo había dejado bien dispuestos junto a la chimenea, exactamente donde su padre le había indicado.

—Estoy encantado de tener la oportunidad de recibirle en mi casa, ya verá qué día tan espléndido pasamos —dijo, inclinándose hacia delante—. Los caballos están a punto, el cordero tiene una pinta que seguro que no ha visto uno igual...

—¡Ahora te escucho! —le interrumpió Eliseo—. A mí, estas gilipolleces de los caballos, la verdad, tanto me dan. Yo vengo aquí a verte, a por el cordero y a ver qué negocios terciamos. —Antes de continuar, se incorporó, acercándose a Vicent, adoptando un tono más confidencial—. Pero dime, que tengo curiosidad, ¿qué te traes realmente entre manos con esto de la escuela? Porque ya te aviso que las cosas van bien, pero que tampoco está el horno para bollos. Hemos hecho mucho en muy pocos años y los objetivos ya se han cumplido.

Vicent sonrió, percibiendo el aviso, pero con la confianza de que atajaría cualquier problema. Ahora, lo único que importaba era ganar las próximas elecciones.

—No se preocupe, presidente, que está todo controlado —aseguró, ahora reclinándose hacia atrás, cruzando las piernas, seguro de sí mismo—. En Morella, como ya le dije por correo electrónico, tenemos una antigua escuela enorme que lleva abandonada años y años. Está junto a la iglesia, en una ubicación inmejorable, así que tiene grandes posibilidades.

—Escucho —dijo Eliseo, juntando las manos sobre las piernas, mientras las cruzaba con deferencia presidencial.

—Es una oportunidad única para un inversor o un grupo de socios que quieran convertir el edificio en pisos, aunque también hay espacio para un cine o un supermercado, que en este pueblo tenemos muchas tiendas pequeñitas que abusan del consumidor cobrando barbaridades. Aunque —Vicent se detuvo un instante— el gran golpe sería instalar un casino, en plan Las Vegas, que atraería a miles y miles de turistas. Con el aeropuerto de Castellón en marcha, los guiris vendrían como moscas. Se trata de uno de esos proyectos que engrosan las arcas de la comunidad, que contentan a la gente y que, también —hizo una pausa y miró al presidente directamente a los ojos—, hacen ganar votos.

Eliseo levantó una ceja en señal de sorpresa y también de interés.

—Mira este alcalde de pueblo, qué espabilado nos ha salido —dijo con una sonrisa cínica—. Continúa —añadió, sirviéndose otra copa del coñac que Amparo había dejado en la mesilla junto a él. Su marido le había insistido toda la semana en que el presidente debía tener todo a su alcance, de manera inmediata, durante su estancia.

—Es una oportunidad única que hoy presentaré a este grupo de inversores, estrictamente seleccionados, por supuesto. —Vicent hizo otra pausa para servirse otra copita él también. Había que demostrar lealtad, pero también ganarse el respeto de Roig teniendo una conversación de igual a igual.

Eliseo tomó un largo sorbo de su copa. Hombre de avanzada edad y vasta experiencia, hacía mucho que había aprendido a no perder el tiempo.

—¿Qué necesitas de mí exactamente y qué ofreces a cambio? —preguntó.

Vicent tosió ligeramente. Se había preparado para no arrugarse en este momento.

—Pues yo solo soy un alcalde de pueblo, independiente, sin padrinos —aseguró.

—Al grano, querido, que ya somos mayorcitos —atajó Eliseo, serio.

Vicent se ajustó la corbata y habló con determinación:

—Necesito su apoyo para vender el proyecto a potenciales inversores, como hoy, pero también necesito un colchón financiero. El colegio está en un pésimo estado y rehabilitarlo costará más de diez millones de euros, una cantidad que será difícil de amortizar para cualquier inversor. Si la Comunidad pudiese sufragar parte de la rehabilitación, eso nos facilitaría mucho la venta y, una vez conseguida, podríamos invertir, como siempre hemos querido, aunque no podido, en el aeropuerto de Castellón. Tengo entendido que usted tiene invertido buena parte de capital financiero y político en ese proyecto, si no me equivoco.

Eliseo respiró hondo y, del bolsillo de su chaqueta de piel impecable, sacó un puro. Rápido, Vicent le ofreció un cenicero a su disposición, pero Eliseo lo apartó con desdén, echando las primeras cenizas a la chimenea. Estaba claro quién mandaba allí.

—Ya veo, ya veo —dijo Eliseo, aspirando lentamente su puro—. La situación del aeropuerto es un poco delicada, te lo digo en confianza, Vicent. No nos está saliendo como quisiéramos, desgraciadamente hay algunos retrasos, pero nada que no se pueda solucionar. Las cosas mejorarán, no cabe la menor duda. —El presidente guardó silencio durante unos segundos mientras acariciaba el puro con sus manos gruesas, manos de poder. Por fin, dijo—: ¿Y cuánto crees que podríais invertir en el aeropuerto?

—Si vendemos el edificio por cinco millones y usted pone, digamos, otros cinco en la remodelación, nosotros podríamos meter dos en el aeropuerto.

—Pero, hombre —respondió el presidente—, ¿cómo me voy a gastar cinco millones para conseguir dos?

Vicent, que no tenía miedo a dar la estocada cuando convenía, respondió:

—Porque creo que el capital político en el aeropuerto de Castellón se le ha acabado y, si bien cinco millones en Morella son justificables, porque la Comunidad no ha hecho nada por este pueblo que no sean carreteras, más dinero en el aeropuerto sería difícil de explicar después de todo lo que se ha gastado allí, y todavía sin resultados.

Eliseo le miró fijamente.

—Hay más —continuó Vicent, consciente de la importancia del momento—, pero ya acabo. Todo resultaría mucho más fácil si, además, entre los dos, presionamos en Madrid para que construyan por fin el dichoso parador, del que llevan hablando meses. Hay una fonda en el pueblo que se podría reconvertir en parador, daría a Morella mucho más caché y atraería a miles de turistas nacionales, además de extranjeros.

—Me gusta cómo piensas, Vicent —dijo el presidente, contemplando su puro en el mismo momento en que se oyó el ruido de una furgoneta fuera.

Vicent pensó que se trataría de la comitiva de Zaragoza, que se habían organizado para viajar todos juntos. Había que concluir la conversación, pero lo más importante ya estaba dicho, pensó el alcalde, satisfecho.

—No hace falta que me dé una respuesta hoy, presidente, ni mucho menos. Se lo puede pensar y llamarme cuando quiera, yo quedo aquí a su disposición. Por supuesto —añadió en voz un poco más baja—, el éxito de esta transacción podría ser el principio de una larga y fructífera cooperación.

Vicent estaba convencido de que un parador y una caja municipal repleta de millones para financiar obras imponentes le convertiría en uno de los alcaldes más populares de Valencia y que eso le daría por fin la entrada al partido de Roig, la derecha valenciana de toda la vida. Vicent había intentado hacerse con las riendas del partido en Morella durante muchos años, pero los terratenientes del pueblo se lo habían impedido. A pesar de la prosperidad de la fonda y de la comodidad financiera alcanzada, Vicent siempre se había sentido un extraño entre las personas más influyentes de Morella, todas descendientes de morellanos latifundistas que le miraban con superioridad por ser, al fin y al cabo, forastero y trabajador. A los terratenientes también les inquietaba, en el fondo, que Vicent, burgués como era, llegara a alcalde y empezara a hacer añicos las enormes parcelas morellanas que apenas habían cambiado de apellido o tamaño en más de tres siglos.

Al oír el jaleo fuera, los dos hombres se levantaron, serios. El presidente le ofreció una sonrisa helada, pero aceptó la mano que el alcalde le tendió. Los dos, con sus chaquetas de piel cuidada e imponente, salieron a recibir al resto de invitados.

A las doce en punto, un pistoletazo fuerte, rápido y seco dio paso a la primera carrera, sin obstáculos, en la que diez jinetes encabezados por el marqués de Villafranca compitieron durante más de cinco minutos. Su estimado *Lo Petit,* cedido de manera excepcional al presidente de la Comunidad, quedó rezagado, aunque no el último, puesto que no parecía entender o responder a los deseos de nadie más que del propio Vicent.

El alcalde, las esposas de los jinetes y demás invitados contemplaban la escena desde la tribuna, aunque había más personas que observaban el paisaje, abierto a las montañas, que la propia carrera. Vicent, que no quería competir, puesto que su tiempo rendía más como anfitrión, descorchó la primera botella de Moët para servirlo en las copas de fina cristalería que el servicio ya había distribuido entre los invitados. Los empresarios venidos y sus esposas no disimularon su sed de champán y empezaron a vaciar botellas con tanta rapidez que Vicent tuvo que enviar a uno de los mozos a buscar más suministro a Morella. Y eso que a él le daba igual un vino o un champán que otro; mientras hubiera una buena mesa, una mujer rechoncha como la suya u otra y un buen trago, todo lo demás eran mariconadas, pensaba. Pero sabía que el Moët era importante para los invitados, así que se paseó repartiendo las finas burbujas por todas las mesas, hablando y bromeando con todos. La política le había enseñado a buscarse aliados y nunca crearse enemigos.

—Por favor, un poco más. Es usted un encanto, querido —dijo la esposa del marqués, asegurando tener mucha sed después del largo viaje desde Zaragoza. Qué cansada estaba, decía mientras se echaba hacia atrás la melena rubia.

—Bueno —respondió Vicent—, si usted supiera que mi padre iba de Morella a Zaragoza andando una vez por semana después de la guerra, ¡lo que habría dado por una copita de Moët a medio camino!, ¿eh? —bromeó, soltando una carcajada tan vacía como sonora, pero que no impidió que el grupito de la marquesa se echara también a reír antes de brindar y seguir bebiendo.

—Jesús, pero qué tiempos aquellos —comentó la señora marquesa, también con miles de euros de cirugía en la cara, botas altas de montar, chaqueta verde acolchada y un pañuelo de seda alrededor del cuello—. ¿Y a qué se dedicaba su padre? —preguntó, con más deferencia que interés—. He oído historias de auténticas fortunas hechas por estas tierras con el aceite del bajo Aragón, que se vendía a precio de oro...

—Ah, señora, mi padre no era un estraperlista —respondió rápido Vicent—, solo un guardia civil que llegó a esta región en 1946, después de unos años en Jaca, donde nací yo. Pero sí que tuvo que lidiar con muchos ladrones y estraperlistas por aquí, sí. En los pueblos, sobre todo en los lugares recónditos como este, quien no corre, vuela. Hay que ver cómo se despierta la imaginación en caso de necesidad.

—Bueno, bueno, Vicent, no nos echemos piedras en el propio tejado, que aquí somos muy honestos y todo lo que tenemos nos lo hemos ganado —irrumpió Ceferino, o Cefe, como le conocían en el pueblo. Alto y delgado, Cefe hablaba con un cigarrillo en la boca desde una mesa en el rincón que compartía con Eva, la joven secretaria técnica del ayuntamiento, morellana también. Cefe, de unos cincuenta años, llevaba media vida al mando de la sucursal morellana de un banco valenciano de renombre. Los dos resaltaban en un grupo tan fino, pues vestían jerséis de lana gruesa, con toda la pinta de confección casera, y unas botas de montaña desgastadas que contrastaban con las impecables botas de montar que lucían la mayoría de invitados.

—Por supuesto —cortó Vicent, quien no quería dar mucho protagonismo a Cefe, con quien solo se llevaba bien por necesidad. El banquero, de hecho, tenía muy pocos amigos, solo una vieja irreverente que se había pasado media vida fuera de España y que ahora quería salvar el pueblo de todos los males. Pero ese no era día para preocuparse por esas nimiedades—. Por supuesto que nos hemos ganado cuanto tenemos… y lo que vendrá a partir de ahora, como luego les explicaré a todos.

—Nos morimos de curiosidad —dijo Paco Barnús, uno de los inversores detrás del nuevo rascacielos de Cullera, una torre de cristal de veinte pisos recientemente inaugurada en el pequeño pueblo de pescadores valenciano—. Yo ya tengo experiencia en convertir pueblos en auténticas capitales de progreso, así que soy todo oídos —dijo Barnús, reclinándose hacia atrás y ajustando los botones dorados de su chaqueta azul. El inversor alzó la mano haciendo un sonido con los dedos para indicar a las camareras que quería más champán, aunque en ningún momento las miró.

Las chicas, acostumbradas a un trato diferente, no percibieron la señal y Vicent las tuvo que alertar con una mirada intensa. Por fin, una camarera se apresuró hacia Barnús y, con amabilidad, le preguntó:

—*Vol més?*

El empresario, sorprendido por el uso del valenciano en semejante reunión, lanzó una mirada helada a la joven, que instintivamente se echó un poco hacia atrás.

—Por favor —le respondió en castellano y con cierta exasperación, sin mirarla.

La joven, con manos temblorosas, le llenó la copa y volvió a su puesto tan rápido como pudo. Justo cuando recuperó su puesto, junto a la pared, Ernesto Mitjavila, uno de los principales inversores del banco valenciano donde trabajaba Cefe, dijo que él también quería más champán. Nadie rompió el tenso silencio que se creó mientras la pobre camarera, botella en mano, recorría de nuevo la terraza bajo la mirada de todos y servía nerviosamente al señor. Este miraba atentamente cómo su copa se llenaba de Moët y esperó, en silencio, a que la camarera volviera a su sitio para retomar la conversación. No sin antes dar un suspiro cargado de paciencia.

—En la Comunidad Valenciana —dijo Mitjavila, ahora ya mirando al resto de invitados—, nos estamos convirtiendo en el ejemplo para el resto de España, me lo dijeron el otro día en Madrid. ¿Quién lo habría imaginado, hace tan solo unos años, cuando aquí no había más que huertas y naranjas? —preguntó, riendo y bebiendo más champán—. Ahora, en cambio, mira Valencia, foco internacional de turismo y centro global de Fórmula 1. El otro día estuve comiendo precisamente con Ecclestone —añadió, acariciándose ligeramente el poco pelo blanco que tenía, peinado hacia atrás, y ajustándose el pañuelo de seda que le envolvía el cuello.

—En Zaragoza también avanzamos, ¿eh? —apuntó Federico Muñoz, de pie junto a una de las hogueras—. Tenemos un plan de desarrollo para los mismísimos Monegros: de desierto, nada. Vamos a levantar un parque temático sobre la naturaleza que generará miles de puestos de trabajo y, sobre todo, capital, del que se queda.

Todos emitieron sonidos de admiración.

Vicent contemplaba la escena fascinado, pues eso era precisamente lo que quería. España se había convertido por fin en un país que generaba capital, no solo mano de obra, y todos estaban sacando tajada: ahora le había llegado el turno a él.

De pie junto a la barbacoa donde ya se cocía el cordero, Vicent agradeció a los jinetes su participación una vez concluidas las carreras y les dio copas y medallas a cada uno. Tras los aplausos de rigor, el alcalde se dirigió de nuevo a sus invitados, pero ahora en un tono más serio.

—Queridos amigos —dijo—. Muchas gracias por haber hecho el esfuerzo de llegar hasta aquí, es un honor para mí contar con un grupo tan selecto de personalidades como lo son todos ustedes. —Vicent se detuvo brevemente para mirar a Eliseo—. Muy especialmente quisiera agradecer la presencia de Eliseo Roig, presidente de nuestra Comunidad, todo un honor para nosotros.

Sin más introducción, el presidente tomó la palabra; seguramente estaba acostumbrado a ser el centro de todos los actos a los que asistía, pensó Vicent.

—Muy queridos amigos y alcalde Fernández —dijo Roig con la voz alta y clara, y con la espalda bien recta—. Este olor a cordero asado me está matando, así que seré claro y directo, un estilo que tantos éxitos le está reportando a la Comunidad Valenciana, la región española con más crecimiento.

El presidente hizo una breve pausa para alzar la vista hacia las montañas. Tras unos segundos de silencio, Roig respiró hondo antes de continuar, una fórmula reiteradamente usada en política para revestir el mensaje de más importancia.

—Las posibilidades de nuestros pueblos —continuó—, algunos todavía anclados en el pasado, son ahora mejores que nunca; pero esto también significa que todavía queda mucho por hacer. Tenemos ejemplos de reconversiones milagrosas, como Cullera, en las que comunidades enteras han avanzado un siglo casi de golpe solo con un poco de inversión. Por eso, en la Comunidad estamos orgullosos de iniciativas como las del alcalde Fernández, de la que estamos ansiosos por conocer más detalles.

Roig miró a Vicent, mostrándole una amplia sonrisa. El presidente, visiblemente satisfecho consigo mismo, miró hacia cada uno de los presentes y se dirigió hacia el alcalde para darle unas palmaditas en el hombro. Vicent, con el pecho hinchado y la cabeza bien alta, retomó la palabra.

—Muchas gracias, presidente —dijo en tono firme y seguro—. Señores, les he convocado para pasar un día fantástico y para hablarles de un proyecto estelar: la rehabilitación de la antigua escuela de Morella. En el ayuntamiento, ya saben, estamos dispuestos a hacer que Morella sea un pueblo rico y próspero, tanto como otros pueblos medievales de Europa, como San Gimignano en Italia, Rotemburgo en Alemania o Carcassonne en Francia. —Algunos miembros del público intercambiaron miradas interrogadoras, como si no hubieran oído hablar de esos lugares en su vida. Vicent continuaba su breve discurso—: Esos pueblos han generado capital gracias a su paraje, pero en Morella, en cambio, solo tenemos un puñado de tiendas y apenas cuatro negocios medianos. Nosotros queremos más. —El alcalde pausó brevemente para respirar hondo, tal y como había ensayado. El discurso le estaba saliendo bien, aunque esperaba que nadie le preguntara por esos pueblos europeos que, por supuesto, nunca había visitado. Continuó—: Como les enseñaremos después de la comida, la escuela ocupa el edificio más grande y distinguido del pueblo. Más de mil metros cuadrados de espacio libre para albergar un hotel, un cine, pisos o la mejor opción: un casino como los de Las Vegas, que atraería a miles de españoles y turistas extranjeros.

Vicent pudo ver la sonrisa que se dibujaba en más de una cara. Todo estaba saliendo a pedir de boca.

—Acondicionar el edificio, sin embargo, cuesta una cantidad elevada, cerca de cinco millones de euros que esperamos compartir con algunas administraciones. Pero ya me han advertido en Madrid que el resto de la inversión debe ser privada, algo que no me da ningún temor, porque, si construimos pisos, estos se venderán solos, y si al final instalamos un casino, el primero en España de estas características, el éxito está garantizado. —Vicent hizo una breve pausa para observar la reacción de los invitados.

—Un casino, qué original —susurró Barnús al marqués de Villafranca, que se encontraba a su lado y asintió—. Esto podría ser muy, muy interesante —se dijo Barnús a sí mismo, levantando una ceja y acariciándose la barbilla con el dedo pulgar.

—Ya no les digo más —prosiguió Vicent—. Hemos dejado más información sobre la mesa —dijo, señalando los folletos junto a las cubiteras de champán, ya repletas de nuevo—. Yo estoy, por supuesto, a su disposición y, en una hora y media exactamente, después de la comida, nos recogerá un autobús para llevarnos al edificio; a las señoras también —añadió, sonriendo hacia una concentración de melenas rubias en una de las mesas del costado—. Luego volveremos aquí hacia las seis de la tarde para tomar un poco de café, pastas y licores justo antes de terminar la jornada. Espero que encuentren el proyecto tan suculento como el cordero lechal que ahora nos espera. ¡Salud y buen provecho!

Entre aplausos y múltiples palmaditas en el hombro, Vicent se adentró en la fiesta que llevaba meses preparando. El champán corría como nunca, tanto como el marisco especialmente traído de la costa para los más finos que no tomaban carne. Todo eran risas, bromas y relatos de congratulación; todos parecían tener historias de éxito, proyectos de grandeza. Vicent, exultante, casi se había olvidado de *Lo Petit,* al que no miraba desde hacía un buen rato a pesar de que el animal continuaba de pie no muy lejos de la terraza mirando al vacío, cabizbajo, con ojos tristes. Parecía exhausto. Nunca había sido un caballo de carreras, solo el amigo de un masovero mayor a quien ayudaba en todo lo que podía. Los otros caballos parecían más enteros después del esfuerzo. Cuatro eran purasangres, adquiridos por Vicent en la Feria de Abril de Sevilla el año anterior, y los otros cinco habían sido alquilados a un hipódromo de Barcelona para la ocasión.

En la mesa del rincón, Eva y Cefe literalmente se chupaban los dedos de lo bueno que estaba el cordero trufado. El resto de comensales, por supuesto, partían las chuletas con cuchara y tenedor.

—¿En qué acabará todo esto? —preguntó Eva mirando al grupo, distante.

—No lo sé, Eva, no lo sé —respondió Cefe, sin añadir más y encendiéndose un cigarrillo.

4

Sentada en la última fila de las salas góticas del ayuntamiento y vestida elegantemente para la ocasión, con el pelo acicalado de un blanco más brillante que de costumbre, Valli no daba crédito a lo que oía. La estancia, maravillosa con sus arcos de media punta góticos, suelo de madera reluciente y paredes de piedra bien cuidada, estaba prácticamente vacía. Seguramente esa era la intención, pensó la anciana, pues fijar una reunión a las tres de la tarde en día laborable era francamente un inconveniente para la mayoría de personas. Reunir a los ciudadanos en miércoles también dejaba fuera a los morellanos que trabajaban en Castellón o Vinaroz y que solo subían al pueblo los fines de semana. De todos modos, allí estaba ella para velar por todos. Solo tres mujeres un poco más jóvenes que ella y dos abuelos ya jubilados habían escuchado la presentación del alcalde sobre la posible venta de la escuela. A pesar de la brevedad de la exposición, alguno había aprovechado las cómodas sillas y la calefacción de la sala para echar una pequeña cabezadita, percibió Valli.

Como nadie tenía ni preguntas ni comentarios, Vicent puso inmediatamente fin a la sesión. Valli observó cómo el alcalde recogía sus papeles y miraba una vez más hacia el auditorio, ya casi vacío. Se encontraron las miradas.

Él rehuyó la suya rápidamente, pero Valli se levantó, con una agilidad sorprendente a su edad, y se aproximó. A pesar de que Vicent había visto perfectamente cómo se acercaba la anciana, acabó de ordenar sus cosas y se dirigió hacia la puerta, forzando a Valli a acelerar el paso para alcanzarle.

—¡Alcalde! —gritó la anciana—. No se vaya tan rápido.

Vicent, ya casi en la puerta, se volvió y, sin gran entusiasmo, respondió:

—¿Qué puedo hacer por usted?

Valli le miró fijamente a los ojos. Se conocían lo suficiente como para que él la llamara por su nombre o la tuteara, pero a Valli no le sorprendió que quisiera guardar las distancias. Por fin dijo:

—Supongo que este proyecto habrá que votarlo. ¿Ha pensado en convocar un referéndum popular o confía en el apoyo de su consejo para sacarlo adelante?

Vicent se rio a carcajada limpia.

—¡Un referéndum! ¡Por Dios santo! Usted, señora Querol, ¿en qué época vive? ¿Cuándo ha visto un referéndum en Morella?

—Pues durante la República, muchas veces —respondió la anciana, provocando una vez más la risa abierta del alcalde.

—Mire usted que el mundo ha cambiado mucho desde entonces —dijo, petulante—. Pero para responder a su pregunta, desde luego habrá que contar con el apoyo del Consejo Local, gente muy preparada técnicamente para entender bien estas complejas operaciones financieras y socioeconómicas. Pero usted no se preocupe, que todo está en buenas manos.

Sin más, le sonrió, una sonrisa helada, y se marchó hacia su despacho. Valli le siguió con la mirada, dura, seria. Esto no podía quedar así, pensó.

La anciana se apresuró a salir para alcanzar al resto de asistentes e intercambiar impresiones, pero estos ya habían desaparecido por las cuestas para refugiarse del tedio senil en sus hogares. Solo era media tarde y Valli no quería volver a casa y enfrentarse a la soledad que todavía la invadía todas las noches desde que su pareja muriera ahora ya hacía mucho, demasiado tiempo. Valli, nada religiosa, salía al campo una vez por semana para echar flores a lo largo de los caminos alrededor de Morella en tributo a quien la acompañó más de veinte años, que ahora yacía en un cementerio de París. Fueron su muerte y la de Franco las que incitaron su vuelta a España en 1977, después de un largo exilio. Ahora, sola, ya no sabía si tenía fuerzas para frenar al alcalde y su increíble proyecto. ¡Pisos en la antigua escuela! Esa era su escuela, donde enseñó durante la República y, más recientemente, desde que regresó a España y se instaló en Morella.

Una voz familiar le interrumpió el paso, ahora lento y pesaroso. Siempre se alegraba al oírla.

—¿Cómo tú a estas horas? Creía que los miércoles era tu día de paseo campestre —le dijo Cefe, acercándose y dejando a sus amigos en la puerta de Ca Masoveret, donde debatían si entrar a echar una partida de cartas o ir a dar una vuelta por la Alameda, el paseo que rodeaba el pueblo por detrás del castillo.

—¡Ay, *xiquet,* qué alegría me das, Cefe! —respondió Valli alzando los brazos para dar un beso a su amigo—. Hacía tiempo que no te veía. ¿Dónde te has metido?

—He estado unos días en Valencia en una reunión del banco; cada día nos aprietan más —añadió, soltando una risa un tanto nerviosa.

Valli frunció ligeramente el ceño.

—Creía que solo ibas para la cena de Navidad. ¿Ahora también os convocan en pleno mes de marzo? Cuando se convocan reuniones extraordinarias quiere decir que las cosas o van muy bien o van muy mal...

Cefe miró a un lado y a otro de la calle y, después, a Valli, que tenía la mirada fija en él. El banquero, de unos cincuenta años ya entrados, todavía vestido de traje y corbata estilo rural, la asió por el brazo y dijo a sus amigos que volvería al cabo de un rato, después de acompañar a Valli a casa.

La anciana, contenta de pasearse por la plaza con su amigo, le preguntó, como siempre, directa:

—¿Ocurre algo?

Cefe enseguida negó con la cabeza.

—Nada, nada en absoluto, no te preocupes. Ya sabes, todo el mundo está construyendo mucho y ¡es hora de que paguen! Nada, el banco solo nos reunió para pedirnos un poco de precaución porque, aunque haya muchos proyectos interesantes, hay que andarse con cuidado con los típicos espabilados que creen que todo siempre subirá como la espuma, y hay que tener los pies en el suelo. Hemos prestado mucho y hay que empezar a cobrar.

—¡Eso lo llevo diciendo yo desde hace mucho tiempo! —dijo Valli, reivindicando su opinión después de aguantar decenas de comentarios acusándola de anciana conservadora y poco sofisticada—. Todos creían que les animaba a guardar el dinero debajo del colchón, pero ese no era el caso, en absoluto. Solo decía que las habas tienen que estar contadas antes de arriesgar. Cómo sabemos eso los masoveros, ¿eh? —le dijo a Cefe con una mirada intensa que reflejaba una larga y profunda amistad.

Cefe sonrió y, sin decir palabra, los dos continuaron paseando hasta llegar a Pla d'Estudi, la bonita plaza de casas blancas donde Valli tenía su piso, visiblemente reconocible por las alegres plantas que siempre decoraban su balcón. Era la plaza más grande del pueblo, abierta por un costado hacia las montañas, mientras que el resto estaba dominado por un conjunto armonioso de casas antiguas, de apenas tres pisos, todas con balcones de madera oscura. Esa uniformidad y la amplia plazoleta central, solo interrumpida por algunos árboles, más bien jóvenes, inspiraban paz y silencio a la mayoría de personas que atravesaban el espacio camino de la Alameda.

Animados por el bonito sol de una tarde casi primaveral, la anciana y el banquero continuaron hacia el paseo. El tiempo era demasiado agradable para quedarse en casa, donde no tenía más compañía que sus muchísimos libros, se dijo Valli a sí misma.

La anciana había conocido a Cefe cuando este era apenas un recién nacido, envuelto en una manta de lana junto al fuego en la masía de su familia, muy cerca de la de sus propios padres. La casa de Cefe fue lo último que Valli vio de Morella durante casi veinte años, ya que allí pasó a recoger una manta y algunas latas de comida que la madre de su amigo le había preparado sabiendo que esa noche iniciaba su marcha hacia Francia. No podía acudir a sus propios padres, entonces bajo una intensa vigilancia por parte de la Guardia Civil, que andaba detrás de ella. Sola, Valli llegó a Francia en apenas una semana, atravesando bosques y montañas con la única ayuda de la limosna que le daban las gentes de pensamiento afín. Más que el frío o el hambre, lo más difícil de aquel viaje fue saber de quién se podía fiar uno.

Valli nunca dudó de los padres de Cefe. La anciana conocía bien a su padre, a quien había tenido de alumno justo antes de estallar la guerra, cuando estaba haciendo prácticas de maestra con las Misiones Pedagógicas en Morella. Con otra profesora, agrupaban a niños masoveros de diferentes edades en casas, almacenes o incluso cuadras y allí les daban clase. Muchos niños, como el padre de Cefe, que también se llamaba Ceferino, nunca habían pisado un colegio, porque sus padres los necesitaban en el campo. Pero a ellos les encantaba la escuela, pues se pasaban el día aprendiendo y jugando a todas horas, casi siempre al aire libre. Valli todavía recordaba cómo poco antes de morir, hacía unos diez años, el padre de Cefe recitaba orgulloso algunos de los poemas de Machado que ella le había enseñado, seguramente en pleno campo.

El padre de Cefe siempre decía que, de no ser por Valli y las Misiones, él nunca habría enviado a su hijo al colegio, con lo que este nunca se habría convertido en un respetado banquero. Cefe se había ganado el respeto del pueblo porque, si bien tenía fama de austero y era consciente de sus límites, tampoco dudaba en ayudar y comprender a aquellos que lo necesitaban. En sus más de treinta años al frente de la oficina, esta nunca había tenido ningún problema grave y muchos morellanos todavía le agradecían que en un momento u otro les hubiera sacado de algún apuro.

—Qué bonita está la tarde hoy, Valli —dijo Cefe, encendiéndose un pitillo y deteniéndose en uno de los balcones de la Alameda que habían construido recientemente, con bancos de madera de diseño. Desde allí contemplaron las espectaculares vistas a las montañas, secas y arduas, lejanas, pero que no parecían tener fin a medida que se adentraban en la provincia de Teruel.

Valli, cansada, se sentó en el banco, seguida por su amigo. Este, sobre todo después de la muerte de su padre, siempre que podía la acompañaba a dar la vuelta a la Alameda, un paseo bonito y tranquilo en el que a veces hablaban y otras, simplemente, contemplaban el paisaje o la imponente silueta del castillo. Se llenaban de olor a campo, de tranquilidad. La Alameda había quedado indiscutiblemente bonita después de que el nuevo alcalde invirtiera nadie sabía cuánto en quitar baches, nivelarla, instalar más zonas de recreo y unas farolas de época, negras y más luminosas que nunca. Los mayores decían con orgullo que, por la noche, aquello parecía Nueva York, mientras que los más jóvenes se quejaban de que lo que se había ganado en seguridad se había perdido en intimidad. El alcalde Fernández también había construido otro paseo similar, justo unos metros por debajo del principal, creando espacio para los coches y los numerosos autobuses de turistas que llegaban los fines de semana.

Cefe y Valli, de nuevo andando, saludaron a dos ancianas, bien tapadas con anoraks modernos, que paseaban cogidas del brazo. Al fondo, un abuelo, con su boina típica y con la ayuda de un bastón, se aproximaba lentamente. Hacía una tarde preciosa, quizá el primer indicio de la primavera después de un invierno largo y frío.

—Con semejante día, ¿por qué no has ido a dar tu habitual paseo por el campo? —preguntó Cefe, curioso.

Valli suspiró.

—Ay, *xiquet,* no te lo puedes imaginar —dijo, con voz cansada, como vencida—. Vengo del ayuntamiento, donde el alcalde nos ha reunido a las tres de la tarde para vendernos una moto que no se la debe de creer ni él. Pretende convertir la antigua escuela en pisos e incluso quiere poner un parador. Este alcalde nos llevará a la ruina, ¿no crees?

Cefe la miró con atención.

—¿Por qué lo dices?

—Pues porque Morella no es América o Valencia, que para el caso ya es lo mismo —respondió Valli, alterada—. Si llena el pueblo de pisos nuevos, ¿qué pasará con los precios? Yo no sé nada de economía, pero sí recuerdo de la masía que, si vendes el trigo a los de la capital, estos siempre pagan más y dejan los precios a un nivel prohibitivo para los del pueblo, que se quedan sin pan. Mi padre siempre decía que los mercados son para los de la zona y que, si los abres a otras comunidades, ya la has liado.

—¡Eres una antiglobalización! —sonrió Cefe.

—¡Y yo qué sé! —concedió Valli, relajando los hombros—. No sé, no sé, no lo veo claro esto de los pisos en el colegio. Además, ¿no tendríamos que destinar el edificio a una iniciativa social más enriquecedora, en vez de para pisos?

—Aquí está el tema, Valli, aquí está el tema. ¿Qué hay más enriquecedor que los pisos? —dijo Cefe, mirando al suelo.

—Sí, enriquecedor, pero ¿para quién?

Cefe no contestó, miró al frente, a las montañas oscuras y secas que él conocía tan bien.

—Esa escuela, además, es que me trae tantos recuerdos… —añadió Valli, después de un breve silencio—. Aquello tendría que convertirse en una universidad de verano, en un teatro o algo por el estilo. Seguro que no está tan mal por dentro, se podrían renovar las clases, pero claro, hace tanto tiempo…

—El lugar está horrible, totalmente derruido —dijo Cefe—. Estuve allí hace poco y, desde luego, hay que meter una millonada. Son ya casi quince los años que lleva abandonado.

—Jesús, cómo pasa el tiempo. Pero de todos modos, me gustaría verlo —insistió Valli—. Siempre dicen que está cerrado, pero yo querría ir para ver qué se trae este alcalde entre manos exactamente. Además, quién sabe, igual todavía tengo libros o algunas cosas por allí. Igual hay recuerdos interesantes. Pero siempre que lo he pedido me han dicho que no, que está cerrado a cal y canto, porque es peligroso entrar.

Cefe dejó pasar unos segundos y finalmente miró a Valli.

—Si quieres, yo tengo unas llaves, te lo puedo enseñar si me guardas el secreto. La mejor hora es un domingo bien de mañana, cuando no haya nadie por las calles. ¿Qué te parece?

A Valli se le iluminaron los ojos.

—Fantástico. ¿El próximo domingo?

—Hecho.

El olor a pan recién cocido le abrió el hambre a medida que avanzaba por la calle de la Virgen hacia la iglesia. Valli había salido de su casa con mucha antelación, hacia las seis y media de la mañana, para no tener que andar con prisas. A medio camino, se detuvo para mirar el reloj y para comprobar que no hubiera nadie más en la calle. Efectivamente, no había ni un alma, no se oían ni los pájaros. Los primeros rayos de sol no habían llegado a las casas, que todavía irradiaban la luz tenue y calmada del amanecer.

De repente, a Valli le entró hambre, pues de los nervios apenas había probado bocado desde el día anterior. Todavía con tiempo, decidió bajar la cuesta que daba a la calle de los porches, la más comercial del pueblo, para comprar algún bollo en la panadería. Por el olor que le llegaba, seguro que la Paca ya estaba allí en formación, tan temprano como de costumbre, pensó.

—Pero, Vallivana, ¡qué madrugadora está usted hoy! —exclamó la panadera, alegre y rechoncha, a quien Valli conocía de toda la vida.

La antigua maestra dio una vaga respuesta y la Paca no insistió más. En los pueblos, las personas habían aprendido a proteger su intimidad, algo difícil de por sí dado el reducido espacio donde vivían y socializaban todos. Valli se lo agradeció y, bollo en mano, continuó el camino hacia la escuela unos instantes después.

Las calles empedradas estaban limpias, vacías, silenciosas. Morella siempre había sido un pueblo precioso, un entresijo de cuestas y calles estrechas asentadas sobre una montaña coronada por un castillo medieval, y todo abrazado por una muralla con cinco puertas señoriales, una de ellas flanqueada por torreones. El imponente conjunto, enclavado en pleno Maestrazgo, era remoto y silencioso, árido y duro, como sus gentes. Eran personas que habían aprendido a sobrevivir con muy poco, en un medio agreste, con un frío helado en invierno y casi sin la ayuda de nadie. El pueblo, majestuoso, había ganado su batalla al tiempo y al olvido y había conseguido retener a parte de su juventud, que ya no se veía abocada a la emigración para subsistir. A pesar de los servicios, tiendas y otras modernidades que habían llegado al pueblo como a cualquier parte, Morella conservaba el olor a campo y a romero de sus alrededores, pero sobre todo había mantenido el espíritu de supervivencia de sus habitantes, siempre fuertes y emprendedores.

Los ancianos más madrugadores ya empezaban, con mucha paciencia, a subir algunas de las cuestas, protegidos del frío con jerséis de lana local y una boina negra tradicional que, aunque muchos la consideraran desfasada y pueblerina, ahora se vendía en las *boutiques* más chics de París y Londres, por lo que Valli había leído en alguna parte.

Intentando pasar desapercibida, la anciana dejó la calle de los porches y subió por otra, más recta y sin apenas comercio, hacia la placita de la iglesia. Hacía tiempo que no paseaba sola por las calles del pueblo, pensó al oír el ruido de sus zapatos sobre el empedrado. Se detuvo un segundo a pensar y, ciertamente, no recordaba una sensación igual desde que las tropas franquistas entraron en Morella, el cuatro de abril de 1938, después de unos tres días de preparación. Por aquel entonces, la mayoría de republicanos del pueblo ya había huido hacia la costa, pensando que unos barcos ingleses y franceses les recogerían para llevarles al exilio. Cuántos murieron esperando, recordó Valli con tristeza. Tras la caída de Morella, las calles estaban igual de vacías que ahora, aunque entonces el silencio duraba todo el día, ya que la gente no salía de casa por miedo. Los soldados nacionales, recluidos en los campamentos organizados en las plazas Colón y Estudis, patrullaban por el pueblo con sus uniformes verdes y boinas rojas, pues la mayoría eran requetés navarros. Morella sucumbió pronto a su presencia dominante, al paso firme y rápido que marcaban sus botas. Valli todavía guardaba en los recovecos de su memoria el sonido martilleante de esos pasos tan seguros que siempre le infundieron terror.

Afortunadamente, eso ya había pasado, como también quedaban atrás los veinte años de exilio en París, se dijo Valli, arrancando de nuevo a andar hacia el Placet. El espacio, no muy grande, estaba dominado por una iglesia arciprestal, si no muy imponente, sí de una belleza gótica más accesible y menos presuntuosa que las grandes catedrales. No tenía demasiada altura, pero el arco principal estaba flanqueado por otros dos arcos más pequeños que dejaban la entrada en su parte ancha y horizontal como si se estuviera abriendo al pueblo. El color oscuro de la piedra estaba perfectamente integrado en el empedrado tradicional de la plaza, que no había cambiado desde que lo habían construido, piedra a piedra, hacía décadas.

Valli se sentó en el largo banco de piedra de cara a la iglesia al tiempo que los primeros rayos de sol empezaban a caer sobre la plaza. Sacó de su bolsa de tela, que siempre llevaba consigo, la madalena que le había preparado la Paca, todavía caliente del horno. Estaba deliciosa, pensó tras dar el primer bocado. En las ciudades, esto no lo podrían ni soñar, se decía para sus adentros mientras degustaba el desayuno a la vez que contemplaba su querido Placet, ahora sin coches ni turistas.

En el fondo, Valli estaba nerviosa. Hacía mucho que no entraba a la escuela, al menos los quince años que llevaba cerrada, desde que construyeron los nuevos edificios junto a la Alameda, más modernos y, sobre todo, con calefacción. Valli miró a su alrededor, observando las acacias, que llevaban allí desde que tenía memoria, ahora desnudas y tristes. Tanto como en tiempos de la guerra, cuando unos republicanos empezaron a quemar allí mismo cuantos símbolos religiosos encontraron a su paso. Morella había caído inicialmente en zona roja, pero el pueblo, tranquilo y, sobre todo, siempre práctico, había pasado los primeros meses del conflicto con la máxima normalidad posible, dadas las circunstancias. Hasta que, de repente, ante la sorpresa de todos, una columna republicana venida de Barcelona llegó y arrasó crucifijos, biblias, imágenes de santos, santas y santitos. Los revolucionarios entraron en la iglesia y desvalijaron parte de la sacristía y el altar para ponerlo todo en una gran pira en medio del Placet y prenderle fuego en plena noche. Ella, con tan solo dieciocho años y educada para respetar, no entendía por qué tanto odio y destrucción. El caso es que, pocas horas más tarde, aquel Placet estaba lleno de cenizas y anarquistas borrachos bailando con sus camisas rojas y malolientes, mientras los más conservadores del lugar no osaban moverse de casa, presas del pánico. La joven Valli, más sorprendida que atemorizada, enseguida se fue a por una escoba para limpiar la plaza y poder continuar en la escuela al día siguiente.

—¡Muy buenos días! —saludó Cefe de repente, con su habitual pitillo entre los labios.

Valli se sobresaltó.

—Uy, *xiquet,* por favor, ¡qué susto!

—Pero si una mujer como tú, Valli, no se asusta por nada. ¿De qué vas a tener miedo tú a estas alturas de la vida? —sonrió su amigo, ayudándola a levantarse y apagando el cigarrillo en el suelo.

—Ay, calla, calla —respondió Valli—, que yo ya no estoy para mucho trote, pero me huelo que todavía me quedan algunas batallas por lidiar.

—Déjaselas a otros, Valli, que ahora les toca a ellos; y tú, a descansar —le dijo Cefe, siempre afable.

Valli no respondió y los dos, en apenas un par de minutos, llegaron a la fachada de la antigua escuela, fundada por los padres escolapios hacía más de ciento cincuenta años. La puerta principal, a un costado, no hacía honor a la majestuosidad del enorme edificio clásico, que solo desde fuera del pueblo se podía contemplar en todo su esplendor. Era largo, de piedra oscura y con grandes ventanales de madera. Junto a la entrada, había un frontón triangular que culminaba la fachada del edificio, visible desde el Placet.

Cefe abrió la puerta de madera carcomida y mal pintada, a la que tuvo que pegar un patadón para desatascarla. La entrada era oscura, lúgubre, con todas las ventanas cerradas. Solo entraba un poco de luz a través de unos ventanales oscuros, en los que había pintada una imagen de la Virgen bajo la palabra «Piedad».

Con cuidado de no pisar cristales o lo que olía como restos de orina, Valli y Cefe se acercaron al patio principal, un cuadrilátero desde donde se veían los dos pisos del edificio, cubierto por un techo de un plástico casi transparente por el que ahora sí entraba la luz. Una estatua de un padre escolapio junto a dos niños presidía el centro neurálgico del lugar.

Valli sintió un vuelco en el corazón ante el estado tan desolado de su antigua escuela. Después de un suspiro, miró a Cefe y le dijo:

—No sabes cómo era esto en los tiempos de la República. Todavía veo a tu padre correteando por la huerta que teníamos aquí, en este mismo patio, ahora de cemento. Entonces no teníamos estatuas ni símbolos de poder o autoridad, solo lechugas, tomates, nabos y zanahorias, y hasta gallinas que los alumnos cuidaban con mucho cariño y atención.

La anciana se tomó otro respiro antes de continuar.

—Yo le tenía mucho aprecio a tu padre. Ya sabes que de pequeños éramos vecinos, ya que nuestros padres servían al mismo amo, el marqués, con quien hablaron una o dos veces en toda su vida. Y ellos, pobres, que le dedicaron todo su trabajo, por nada. Si es que les robaba, a ellos y a otros muchos, descontándoles parte del salario si la cosecha no era buena, aunque fuera por cuestiones de clima o por falta de mulas para labrar. —Valli suspiró—. Así acabó el marquesito, muerto a pedradas nada más proclamarse la República. Nunca más supieron de esa familia —continuó Valli, en tono grave—. No digo que aquello estuviera bien, ni mucho menos, pero lo cierto es que eso liberó a mi padre, que pudo así comprar la fonda al cabo de unos años y trasladar la familia al pueblo.

Cefe la miraba con gran atención, como hacía siempre con todo el mundo. Sus años en el banco le habían enseñado a escuchar más que a hablar. Como banquero, y como persona, él siempre favorecía la estabilidad y la discreción, huyendo de los chismes, que, por lo general, solo empeoraban las situaciones. Y en cuestiones de dinero, todavía más, según decía.

Valli continuaba recorriendo su escuela, acercándose ahora lentamente hacia la estatua del escolapio.

—Madre mía —dijo, girándose hacia Cefe—. Recuerdo cuando se llevaron a este escolapio de piedra nada más proclamarse la República, cuando yo tenía doce añitos y venía aquí al colegio. A mí siempre me había gustado leer y escribir, en parte porque me encantaba la que fue mi señorita de toda la vida, doña Eleuteria se llamaba. Era buena y paciente con todos, nunca se enfadaba y parecía que lo sabía todo. Nos explicaba la historia con una afición y unos detalles que parecía que ella misma hubiese estado en medio de esas batallas. Ella me animó a pedir una beca, bueno, más bien la pidió ella por mí, porque mis padres no entendían nada, y así conseguí entrar en la Residencia de Señoritas. En Madrid pasé unos años maravillosos, terminando el bachillerato, y ya en 1935 ingresé en la Escuela de Magisterio. Un año más tarde, justo antes de estallar la guerra, estaba aquí realizando prácticas con las Misiones, así que la guerra me pilló en Morella. Menos mal, porque al menos pude estar con mis padres, y no lejos y sola en Madrid. —Valli miró a su alrededor, todavía desolada por el triste estado de su antiguo colegio. Continuó—: Durante la guerra, tanto con los republicanos como con los fascistas, yo siempre intenté seguir las clases con la máxima normalidad posible, porque no era cuestión de tener un país analfabeto, además de devastado y, peor aún, franquista. Por aquel entonces, cuántos analfabetos había, no lo sabes tú bien. Como nuestros padres, la mayoría realmente no sabía ni leer ni escribir. En las masías era peor, claro, porque las familias querían que los hijos y las hijas trabajaran en el campo. Por eso nosotros íbamos a lomos de burro repartiendo libros por todas las masías. ¡Qué divertido era y cómo nos lo agradecían! —Valli por fin esbozó una sonrisa—. Después de mucho esfuerzo pude convencer a mi amigo Casona para que viniera hasta Morella, un viaje de todo un día desde Madrid, pero aquí se personó. Organizamos unas obras de teatro impresionantes; recuerdo a tu padre haciendo de Hamlet, con una calavera que me trajo él mismo, pequeñico como era, diciendo que se la había encontrado por el campo. ¡Qué susto me llevé!

Cefe sonrió, en dulce memoria de su padre, a quien todo el pueblo quería.

—Mi padre siempre me insistió en que, si no estudiaba, nunca sería nada en la vida, como él, tantos años dedicados al marqués y luego a su propio campo, pero sin ganar ni una perra, nunca —dijo, con pesar.

—Era tan bueno tu padre..., yo le quería mucho. Aunque nos llevábamos pocos años, yo le había cuidado de pequeño, cuando tu familia estaba en el campo. Me hizo mucha gracia tenerle en clase cuando vine a Morella a realizar mis prácticas...

Mientras Valli continuaba, Cefe extrajo del bolsillo interior de su chaqueta un pequeño paquete, envuelto en papel de embalar, que tendió suavemente hacia su amiga.

Valli inmediatamente dejó la frase a medias y, con mucha curiosidad, cogió el pequeño envoltorio. Sin preguntar, lo abrió rápidamente para encontrar una edición que parecía muy antigua de *Platero y yo,* el cuento casi poesía de Juan Ramón Jiménez.

—¡*Platero…!* —exclamó, en voz muy baja.

Con ojos llenos de ilusión y manos temblorosas, Valli abrió el pequeño ejemplar de bolsillo cuyo lomo había sido protegido con celo y vio que se trataba de una edición de 1916, editada en Madrid. Pero su corazón latió con mucha más fuerza cuando vio el sello, inapelable, de «Misiones Pedagógicas» en la página siguiente.

—¡Un libro de los que repartíamos! —exclamó, ahora con los ojos húmedos.

—Mi padre me lo leía a mí por las noches —explicó Cefe—. Siempre lo he guardado con mucho cariño, pero quería enseñártelo.

Valli acarició el ejemplar, amarillento, que olía a papel antiguo, pero cuya impresión seguía perfecta después de casi cien años. Como hacía en plenos años treinta, la anciana no dudó en releer en voz alta el maravilloso inicio del relato, que describe al burrito más famoso de la literatura española —con permiso de *Rucio*— como «pequeño, peludo, suave», y con unos ojos de azabache «duros cual dos escarabajos de cristal negro».

—¿Sabes que yo le conocí, a Juan Ramón? —dijo, emocionada y ante la sorpresa de Cefe—. Sí, sí, cuando vivía en la Residencia de Señoritas, que él frecuentaba, un día nos invitó a su casa, en el barrio de Salamanca. Allí fuimos un grupo de estudiantes y nos recibió su esposa, Zenobia, que nos ofreció una merienda estupenda de chocolate con churros. Lo que más recuerdo es que nos atendió poco tiempo y que tenía el despacho insonorizado con una especie de corcho por todas las paredes, porque decía que el ruido le desconcentraba. Hay que ver qué manías.

Valli suspiró y miró hacia la gran escalera que subía al segundo piso, ahora llena de cristales rotos y papeles pisados ya por muchos pies. Dos grandes murales con motivos religiosos habían reemplazado una pintura de la República, la hermosa mujer semidesnuda, bandera tricolor en mano, que habían dibujado en 1931. Valli formó parte del grupo que fue a buscar escaleras, brochas y demás material a casa de Alfredo el pintor, quien les ayudó en todo cuanto pudo. Los requetés, al tomar el pueblo, enseguida la cubrieron con motivos místicos e instalaron de nuevo la estatua del padre escolapio, que la señorita Eleuteria había escondido en el desván del colegio durante la República.

—Fíjate —decía Valli mientras subía las escaleras—, nosotros formábamos aquí todas las mañanas cantando el himno de Riego, con todos los estudiantes gritando «¡libertad, libertad, libertad!». Qué tiempos. Entonces todavía no habían puesto este techo horrible de plástico, pues los profesores preferían la luz del sol y el aire libre. Si llovía en el patio, pues nos mojábamos y ya está. Nunca nadie se murió por ello. Las paredes eran de colores y las aulas no tenían tarimas; se oía música por todas partes, sobre todo por la tarde, cuando los alumnos se apuntaban a talleres de teatro, danza o a tocar en la banda de la escuela. Todos participaban en una actividad u otra, y aquí se quedaban hasta las nueve de la noche, hasta que oscurecía o los echábamos.

Cefe negó varias veces con la cabeza.

—Pues yo no recuerdo nada igual —dijo—. En mis años, cantábamos el *Cara el sol* y, como un regimiento, asistíamos uniformados a las clases, siempre tristes y aburridas, y con un cura en la tarima listo para golpearnos los nudillos si cometíamos algún error.

—Sí, sí, *xiquet*, ya sé, ya sé. —Valli le asió el brazo brevemente, mientras contemplaban el majestuoso edificio desde el segundo piso—. Yo no quise quedarme. Podría haber conseguido un carné de maestra, porque por entonces yo solo era una estudiante, no había pertenecido a ningún sindicato o partido y mi familia tampoco estaba involucrada en política, masoveros como eran. Pero me negué. Me negué a vivir de la manera opuesta a como me habían educado en la Residencia. No soporté la idea de ir en contra de mis ideales y decidí irme al exilio, como hicieron la mayoría de mis compañeros. Yo crucé a Francia con Machado y su familia, todos muy débiles y cansados. Fíjate el pobre cómo acabó y qué pronto. Como Azaña, míseramente enterrado en Montauban, o como tantos otros.

Con paso lento, entraron en una de las aulas, con algunos pupitres amontonados contra la pared y las sillas, medio rotas, arrinconadas de cualquier manera.

—Aquí dábamos las clases de inglés —continuó Valli—. Había un joven inglés a quien conocí en la Residencia de Estudiantes que estuvo de paso por Morella durante la guerra con las Brigadas Internacionales. —La anciana se detuvo y miró al suelo antes de seguir—. Se llamaba Tristan, era muy *british*, atento y educado, no tenía más de veinte años. Era más poeta que soldado, menos mal que nunca le llamaron al frente. Siempre lo dejaban en intendencia o en alguna escuela, donde hacía una magnífica labor. ¡Y cómo se reía cuando veía representar a Shakespeare en morellano!

—Qué pena que a nosotros no nos enseñaran nunca inglés —apuntó Cefe.

—A vuestra generación os pasaron al francés, porque la mentalidad práctica y protestante anglosajona siempre incomodó al nacionalcatolicismo —replicó Valli—. Aparte, por supuesto, de que Inglaterra luchó contra Alemania en la Segunda Guerra Mundial y eso Franco nunca se lo perdonó a la pérfida Albión, como decían —añadió Valli con sorna.

—Pues mira lo bien que nos vendría ahora el inglés para encontrar inversores.

Valli le miró con curiosidad.

—¿Qué inversores buscáis? —preguntó.

Cefe suspiró y la miró a los ojos.

—El ayuntamiento está buscando capital para remodelar este lugar —dijo, mirando al suelo.

Valli alzó las cejas, sorprendida.

—¿Estás tú metido en esto de los pisos en la escuela?

—No, no, yo no formo parte del plan, pero como somos el banco del ayuntamiento y conocemos a algunos inversores, pues nos han involucrado en el proceso. Además, como la deuda la tienen con nosotros, pues tampoco pueden firmar nada sin nuestro consentimiento.

—Pues me alegro mucho de oírlo y espero que paréis semejante majadería. ¿Cómo van a vender este edificio que tendría que aprovecharse para alguna obra cultural, como un teatro, una universidad de verano o una academia?

—Eso sería fantástico —concedió Cefe—, pero el ayuntamiento necesita dinero y los pisos quizá son el camino más rápido.

—Pues si necesitan dinero, que no hubieran gastado tanto en la nueva Alameda, los nuevos colegios, tanta fiesta y fuegos artificiales que solo organizan para ganar votos —dijo Valli, exaltada. Sus mejillas cobraban color a pesar del frío que hacía en el edificio—. Si quieren dinero, que vayan a buscarlo a otra parte.

Cefe se aclaró la voz antes de añadir otro detalle.

—Eso no es lo peor —dijo—. Otra opción encima de la mesa es poner un casino, en plan Las Vegas.

—¿¡Un casino!? —exclamó Valli, inclinándose ligeramente hacia atrás. Sus ojos irradiaban rabia, no lo podía comprender—. Pues eso no lo dijo en la reunión del otro día, el muy miserable. ¿Quién en su sano juicio quiere un casino al lado del Placet?

—Crearía muchos puestos de trabajo y llenaría las arcas del ayuntamiento —contestó Cefe con poco convencimiento.

—No puede ser —se repetía Valli, moviendo la cabeza de un lado a otro—. ¿Desde cuándo queremos que el pueblo se llene de ludópatas?

Cefe guardó silencio, hasta que concluyó:

—Igual no tenemos elección.

—¿Cómo que no? —preguntó Valli exaltada, mirando a Cefe a los ojos, como si se lo fuera a comer—. Todo esto es cuestión de dinero, ¿no? ¿Cuánto, cuánto quiere esa ave de rapiña por este lugar? —Cefe se mantuvo en silencio. Valli se le acercó mucho—. Dime, Cefe, dime por la memoria de nuestros padres y por el bien de nuestro pueblo: ¿cuánto piden?

—Cinco millones…, pero yo no te he dicho nada.

Valli dio dos pasos hacia atrás y abrió mucho los ojos.

—Cielo santo, cinco millones… —La anciana asió fuerte el libro de *Platero*, que todavía tenía entre las manos, y dijo—: Pues si cinco millones quiere, cinco millones tendrá. Le presentaremos un plan alternativo. Yo lo haré, aunque sea lo último que haga en esta vida. Esa rata fascista tendrá que pisar mi tumba antes de poner un casino en mi escuela republicana.

5

Charles no sabía muy bien lo que le esperaba al abrir la habitación número catorce de la fonda, lo más parecido a un
bed & breakfast que había podido encontrar en Morella. Los
demás hoteles le habían parecido demasiado modernos para
la escapada bucólica que esperaba, y necesitaba esa Semana Santa. El invierno en Londres había sido largo y duro y,
por primera vez en muchos años, estresante. Tan solo hacía
unas semanas, Charles había tenido que echar de su residencia en Eton a tres alumnos cuyos padres ya no podían costear
los recibos del colegio. Nadie hablaba de crisis, pero algunos
financieros, como esos padres, empezaban a tener problemas serios.

Los tres alumnos expulsados estaban entre sus favoritos, chicos brillantes que ahora se tendrían que cambiar a un
colegio público y enfrentarse a las burlas de sus nuevos compañeros, quienes a buen seguro se mofarían de su pérdida de

privilegios. Charles les había apoyado en todo momento, incluso después de su marcha, invitándoles a cenar en Londres y escribiéndoles cartas repletas de consejos, todo en su tiempo libre.

Ahora, solo quería días de paz y sosiego en un ambiente diferente y lejano. Morella le había cautivado desde el momento en que vio el anuncio del ayuntamiento sobre la escuela, que lamentablemente no se podía alquilar, como él pretendía, sino que solo estaba en venta, pues necesitaba una reforma total. Siempre escéptico, Charles se había desplazado ahora hasta allí para comprobarlo en persona. Eton cada vez tenía más competencia y el coste de las nuevas tecnologías se comía más y más presupuesto. Los padres pagaban treinta y cinco mil libras al año y, como acababa de comprobar, subir las cuotas no era una opción si algunas partes del sistema financiero ya empezaban a dar señales de agotamiento. A Charles esos avisos no le sorprendían, pues llevaba años contemplando el gran despilfarro del Gobierno británico y, sobre todo, las solicitudes de ingreso a Eton, que se habían multiplicado por diez en apenas un lustro. Era sospechoso que en tan poco tiempo tal cantidad de familias hubiera acumulado semejante riqueza. Algo acabaría mal, le había advertido a su amigo Robin, quien desde la City le daba la razón.

Aun así, su obligación era mantener o incrementar la calidad del departamento de lenguas extranjeras que dirigía, en el que trabajaban casi veinte profesores. Otros colegios privados, como Westminster y Harrow, se habían especializado en ciencias o en arte, y él creía que Eton debía apostar por las lenguas y el deporte, materias sin duda más prácticas que la física o la química a la hora de hacer negocios en un mundo globalizado. Además, Eton tampoco quería fabricar científicos, sino banqueros y abogados. Como Robin, Charles creía que las mejores oportunidades surgirían en Latinoamérica, más que en Asia, por lo que disponer de una residencia en España donde sus alumnos practicaran el idioma podría resultar un argumento de venta convincente para los padres. De hecho, las universidades americanas ya aplicaban ese mismo modelo: Chicago tenía un campus en Barcelona y algunos másteres se ofrecían en cuatro países diferentes.

Cansado tras casi todo un día de viaje, Charles entró en la pequeña habitación que le habían asignado y cerró la puerta tras de sí. Sin apenas mirar a su alrededor, dejó la llave sobre un pequeño escritorio y se quedó mirándola fijamente. Sintió una pequeña alegría al reparar en que no se trataba de una tarjeta de plástico con chip, sino de una pieza de metal plateado, pesado, con el número catorce en medio, bien grande. Hacía mucho que no veía una llave de verdad en un hotel.

Después de dejar cuidadosamente su chaqueta de cuero en la silla, Charles se sentó encima de la cama individual, que respondió con un ruidoso chirrido. Tras un hondo respiro, el inglés relajó los hombros y recorrió la habitación con la vista. El suelo, de típica baldosa fina y rojiza, parecía no haber visto una escoba en semanas, aunque en general el lugar no estaba ni sucio ni desaliñado. Más bien parecía que allí no se había hospedado nadie en mucho tiempo. Las sábanas desprendían cierto olor a naftalina y la pintura blanca de las paredes desnudas estaba solo interrumpida por un estuco propio de hacía muchos años. No había televisión, lo que le alegró, tan solo un teléfono de plástico sobre la mesilla de noche de madera, a juego con la silla y el escritorio.

Necesitado de aire fresco, Charles corrió las cortinas de lana de intensos colores rojos y verdes, que, si bien encajaban perfectamente en aquel lugar, nunca podrían colgarse en los pasillos de Eton, a menos que los chicos celebraran algún carnaval peruano. Sonrió. El profesor abrió la ventana para disfrutar del sol primaveral, feliz por no estar en uno de esos hoteles modernos, acristalados, donde no entra ni una gota de aire fresco. Curioso, contempló las vistas, básicamente a una placita muy pequeña, pero maravillosamente empedrada, en la que se ubicaba la biblioteca municipal, según vio en un cartel. En Morella, ningún edificio tenía más de cuatro plantas, por lo que pudo vislumbrar un poco de campo al fondo y laderas y laderas de monte pelado sin apenas vegetación ni edificios. Un cielo azul limpio de nubes, contaminación o aviones le confirmó que el viaje había sido un acierto.

Charles empezó a deshacer la pequeña maleta, antigua y sin ruedas, que básicamente contenía libros y algunos informes de trabajo que debía leer. Cuando abrió el armario, sobrio y funcional, se sorprendió al ver la figurilla de una sevillana en el centro de una hornacina excavada al fondo del segundo estante.

Se echó ligeramente hacia atrás y, al cabo de un segundo, soltó una pequeña risa. ¿Quién construiría un santuario en semejante lugar? Recordó las palabras de su padre: «Piensa en inglés y siente en español», lo que también era una manera de advertirle de que en España no imperaba la lógica.

Curioso, Charles alargó los brazos hasta acariciar la figurilla y, observándola más detenidamente, vio que no era de plástico, como esperaba, sino de una porcelana que a todas luces parecía de calidad. Tenía hasta cierto aire de Lladró, una firma que Charles conocía bien, pues su padre guardaba algunos ejemplares en casa… que él no había dudado en dejar atrás al vender la propiedad familiar en Cambridge. Siempre le habían parecido horribles.

Con delicadeza, Charles comprobó que la estatuilla no estaba sujeta al pedestal que la soportaba y la atrajo hacia sí.

El traje estaba sorprendentemente bien cosido y era de una buena tela, a pesar del polvo que la cubría. Como si volviera a las travesuras de su infancia, el inglés no pudo contener la tentación de mirar bajo las faldas de la bailaora, cuya vestimenta era mucho más alegre que la cara de pena que tenía. A medida que investigaba los bajos de la figurita, Charles descubrió una estatua de la Virgen María, pintada en tonos oscuros, más acordes con su triste expresión. Sorprendido, procedió a quitarle completamente el vestido de sevillana y contempló la pieza intentando tasar su valor. Miró a su alrededor, pero no vio pista alguna sobre el origen de semejante excentricidad dentro de un armario en una fonda de pueblo. Al escuchar dos toques fuertes y repentinos en la puerta, rápidamente volvió a vestir a la Virgen y la dejó donde la había encontrado. Por si acaso, cerró de nuevo el armario.

—¡Adelante! —dijo, con su buen acento español, aunque todavía marcadamente inglés.

—¿Se puede? —preguntó una voz dulce y femenina, sin entrar.

Charles avanzó unos pasos y abrió la puerta. En la oscuridad de la escalera, vio la figura más bien inmensa de una asistenta, ataviada con un delantal y cargada con unas sábanas y una fregona. Parecía de mediana edad, ojos cansados y algo tristes, aunque sonriente.

—Perdone que le moleste, señor Wíngel… —La pobre se trabó con el apellido, sonrojándose.

—Winglesworth —apuntó Charles con cierta superioridad mientras estudiaba a la señora.

—Wíngelworz —repitió ella, haciendo un evidente esfuerzo. Le sonrió y sin moverse de la entrada, continuó—: Perdone que le moleste —repitió—, pero hemos tenido un problema esta mañana y la persona encargada de su habitación no ha venido. Así que, si no le importa, la haré yo misma ahora, si usted no tiene ningún reparo.

La señora, que tampoco era tan mayor, según observó Charles con más atención, bajó la mirada hacia las sábanas y toallas que sostenía con las dos manos.

Charles abrió la puerta completamente, invitándola a pasar.

—Por supuesto, muchas gracias —dijo—. Pero si no le importa, yo preferiría acabar de deshacer el equipaje antes de salir.

—No hay ningún inconveniente —respondió la señora, arremangándose el amplio blusón—. Yo termino esto muy deprisa, mientras usted hace lo suyo. Sin problemas.

Con más determinación que las asistentas a las que Charles estaba acostumbrado, esta entró en la habitación, se arremangó y, en un abrir y cerrar de ojos, ya estaba en plena faena. La mujer, sin duda fuerte, sacudía las sábanas con gran energía, como si tuviera que expulsar de ellas al mismo diablo. Luego, más calmada, dio unos últimos toques, eliminando cualquier arruga de la cama, por pequeña que fuera, con cierto aire maternal. Hacía mucho que a Charles ninguna mujer le había ahuecado la almohada contra su pecho para que quedara bien mullida.

El inglés ordenaba sus libros sobre el escritorio cuando sonaron a lo lejos las primeras notas de la banda de música, el primer anuncio de que la procesión del Viernes Santo ya había salido de la iglesia. Charles se giró hacia la asistenta, ahora camino del baño fregona en mano.

—Siento que se pierda la procesión —dijo Charles, quien ya había pasado algunas Pascuas en España y sabía cómo se celebraba el Viernes Santo en los pueblos—. Señorita… —La miró por primera vez a los ojos de un verde intenso, como observó el inglés con sorpresa.

—Isabel —le respondió esta.

Todavía mirándole a los ojos, Charles continuó:

—Señorita Isabel, no desearía que se perdiera la procesión por hacerme el cuarto. No pasa nada por que termine mañana —dijo Charles, considerado.

Isabel, ya casi dentro del baño, se giró sorprendida.

—No se preocupe señor Wín...

Charles, caballeroso, la ayudó:

—Llámeme Charles.

—Pues no se preocupe usted, señor Charles, que yo no estoy para procesiones, siempre son igual de tristes y lúgubres —dijo arrodillándose en el baño, frotando la bañera y el retrete, cubriéndolos de gran cantidad de jabón y lejía. Charles siguió con sus libros y luego continuó arreglando su ropa en el armario. Isabel terminó con el baño.

—Y usted ¿no va a la procesión? —le preguntó, sacando un pañuelo del delantal para secarse un ligero sudor en la frente.

Charles la miró con interés. Parecía decidida e inteligente para ser una asistenta, pero tenía un aire de descuido que se le hacía difícil de encajar.

—No, no, gracias —le respondió—. Yo también he visto ya muchas procesiones y desde luego prefiero una puesta de sol y una buena cena a los calvarios. Acabo de llegar de Londres y ha sido un viaje largo.

—¡De Londres! —exclamó Isabel, como si nunca hubiera conocido a ningún británico—. Caramba.

Charles percibió que Isabel estaba a punto de preguntarle algo, pero por discreción no osó. Con su educación exquisita, el inglés llenó el silencio para que Isabel no se incomodara.

—Soy profesor de un colegio cerca de Londres y he venido a ver la escuela que está en venta —le dijo.

—¡Ah! —exclamó Isabel, dejando la fregona en el suelo—. Usted será el que ha quedado mañana con mi padre para que se la enseñe, ¿no? —dijo—. Pues no me había mencionado que fuera inglés.

Sorprendido, Charles preguntó:

—¿Usted es hija del alcalde?

—Para servirle —contestó Isabel sin gran entusiasmo, mirando al suelo.

Charles intentó atar cabos.

—¿Y la fonda es del alcalde también?

—Sí, es de la familia, aunque la lleva mi hermano —respondió Isabel, sacando la fregona fuera de la habitación para rebajar el intenso olor a lejía. Al volver, ahora con un trapo del polvo, empezó a limpiar la mesa y la silla mientras continuaba hablando—. Mi hermano Manolo, ya lo conocerá mañana, está en recepción. Yo solo ayudo los fines de semana y durante las vacaciones, ya que normalmente vivo en Villarreal, donde trabajo en una casa de azulejos. Mi padre apenas se pasa por aquí desde que es alcalde, aunque ha llevado este negocio desde los quince años.

A Charles le entusiasmó pensar que podría resolver el misterio de la sevillana allí mismo. Discretamente, mientras Isabel estaba repasando las puertas del armario, se le acercó.

—Seguramente usted me podrá ayudar —le dijo.

Isabel se giró hacia él con curiosidad.

—Dígame.

—Yo no sé si esto es normal, pero al abrir este armario me he encontrado con una Virgen vestida de sevillana. ¿Es algo típico de Morella o alguna superstición?

Isabel se rio a carcajada limpia. Después de unos segundos, al recuperar el tono, contestó:

—Ay, por Dios, hace tanto que esta habitación no se usa que yo ya ni me acordaba de lo de la catorce —dijo, casi sin poder contener la risa todavía.

Charles esperó, paciente, sin decir nada. Isabel lo percibió y enseguida recobró un tono más formal.

—No se preocupe, señor Charles, que no es nada malo.

—Lo celebro —dijo Charles, irónico.

—Es un poco largo, pero, si quiere, se lo explico.

—Por favor.

Isabel dejó el trapo del polvo sobre la mesa, se ajustó la cofia blanca que llevaba y apoyó los fuertes brazos en las amplias caderas:

—El antiguo amo de la fonda, el de toda la vida —dijo—, era un marqués explotador que murió a palos a manos de sus masoveros nada más proclamarse la República.

Charles se sobresaltó ligeramente, pues más bien esperaba una historia andaluza trivial y divertida, y no trágica. De todos modos, siguió la explicación con sumo interés.

—El caso es que el señor marqués tenía dos hermanas, muy beatas ellas —continuó Isabel—. Ellas tomaron la fonda al morir su hermano y, básicamente, la usaron para esconder a fascistas y a curas, que iban muy buscados. También guardaron los objetos más valiosos de la iglesia y de algunas casas, como cálices de plata, cuadros religiosos, biblias y similares para salvarlos de la gran hoguera que los rojos prendieron en el Placet.

Charles no daba crédito y cada vez sentía más curiosidad por aquella Virgen.

Tras un hondo respiro, Isabel continuó:

—Una de las beatas, rezando, rezando, resulta que se enamoró de un comerciante de Sevilla que se hospedó en la fonda durante un tiempo. En el pueblo dicen que era un estraperlista de cuidado, pero nunca se supo de verdad. El caso es que se comprometieron y él regresó a su tierra. La beata, retenida en un pueblo tomado por el ejército rojo, se quedó aquí protegiendo sus obras, incluida su Virgen María, a quien le cosió el vestido de sevillana para esconderla de los rojos y como tributo a la que sería su nueva ciudad. Durante esos años de dominio rojo, las beatas vivieron prácticamente enclaustradas en la fonda, pues justo enfrente, donde la biblioteca, estaba el Casino Republicano, desde el que los rojos las espiaban. Al acabar la guerra, la beata se mudó a Sevilla en un santiamén y ya nunca más se supo de ella. Se iría con tanta prisa que se olvidó hasta de su Virgen.

Charles no pudo ocultar una pequeña risa, por lo increíble de la historia y por el desparpajo con que Isabel la había contado, como si fuera la cosa más natural del mundo. Curioso, preguntó:

—¿Y por qué no se le da un lugar más prominente, abajo en la entrada o en el comedor, en vez de tenerla aquí escondida?

Isabel asintió.

—Yo pienso igual, pero mi padre quiere que se mantenga donde la santa beata la escondió, aquí, en la que fue su habitación. Así que ahí dentro se ha quedado, muerta de la risa.

Pensativo, Charles todavía no entendía aquella situación.

—Estará usted cansada de explicar la misma historia cada vez que alguien se hospeda en esta habitación —le dijo.

Isabel lanzó un sonoro suspiro y continuó con aire casi confidencial:

—Yo no le he dicho nada, pero hace mucho que nadie duerme en este cuarto —confesó—. Solo tenemos una media de cuatro o cinco habitaciones ocupadas y siempre damos las de arriba, que tienen mejores vistas, pero esta vez no ha podido ser, porque ha venido una familia entera de Barcelona, unos diez, y las han ocupado todas.

Isabel estiró el cuello hacia la puerta entreabierta, como si quisiera comprobar que no había nadie. Seguramente pensaba que ya había hablado demasiado.

—Pero no se preocupe usted —le dijo, recogiendo sus bártulos y saliendo de la habitación—. No se preocupe, que yo le he dejado un cuarto perfecto y no tendrá ningún problema.

—Por supuesto, y le quedo muy agradecido —dijo Charles, provocando una ligera cara de sorpresa en Isabel, quien no debía estar acostumbrada a huéspedes tan correctos, pensó el inglés antes de despedirse.

De no ser por el horrible té que le sirvieron, aquella habría sido una mañana perfecta. Tras digerir un consomé casero con yema de huevo fresco aderezado con tomillo, dos salchichas tiernas de infinito sabor rural y un vaso de aguardiente, Charles, reclinado en su silla, se sentía como un rey. Eran las ocho en punto de la mañana y no había nadie más en el comedor, tan solo Isabel, quien, aparte de cocinar y limpiar, también servía.

Los demás huéspedes, sobre todo la familia de Barcelona, debían de estar todavía dormidos, pensó. Él ya sabía que un sábado a las ocho todavía era pronto para desayunar en España, pero al profesor ni se le pasaba por la cabeza cambiar el hábito de toda una vida. Desde su primer internado, cuando apenas tenía seis años, Charles siempre había desayunado a esa hora, aunque, desde luego, nunca de aquella manera.

Miró hacia la ventana. El día había amanecido espléndido y estaba ansioso por conocer el pueblo y sus gentes. Siempre impecable y preocupado por causar una buena impresión, Charles se había calzado sus zapatos de críquet, elegantes pero un tanto informales, unos pantalones marrones de pana fina y un chaleco de lana sobre una camisa a cuadros. Su pañuelo de seda favorito alrededor del cuello y su afeitado apurado le daban un aire de distinción, como a él le gustaba.

La reunión con el alcalde no era hasta las nueve, así que todavía tenía tiempo de dar un breve paseo antes de volver a la fonda, donde habían quedado. Dejando de lado el té —incomprensiblemente servido con la bolsita—, Charles miró a su alrededor, observando una serie de pinturas en las paredes que, durante el desayuno, absorto como estaba en el manjar, había ignorado. Eran cuadros de fuertes colores, vivos, llamativos, algo que en principio no le gustaba; pero las formas rectilíneas de las montañas y los pueblos representados daban a los lienzos un ligero aire picassiano, una violencia casi dulce que le resultaba atractiva. Al menos, uno se quedaba mirándolos, pensó.

Isabel salió de la cocina y se acercó con una pequeña cazuela de agua hirviendo.

—¿Más agua para el té? —preguntó simpáticamente, pero horrorizando a Charles, quien no había visto un peor servicio de té en su vida.

Intentando disimular, Charles permaneció en silencio, aunque Isabel enseguida observó su taza, todavía llena de té, posiblemente ya frío y con la bolsita flotando.

—¿No está el té conforme a su gusto, señor? —preguntó, dulce.

Charles bajó la mirada e, inglés como era, pensó que mentir siempre era mejor que protestar.

—Es que esta mañana, después del aguardiente, no me apetece tanto —respondió.

Isabel sonrió ampliamente creyéndose sus palabras, lo que sorprendió gratamente a Charles. Él, de todos modos, ya sabía que muchos españoles no podían descodificar la lengua inglesa y su arte para esconder conceptos negativos o atroces bajo un lenguaje suave, educado o, sencillamente, hipócrita.

—¡Sí, ya sé yo que el aguardiente es mejor que el té! —exclamó Isabel, contenta.

Los dos rieron.

Mirando de nuevo los cuadros, antes de que Isabel entrara de nuevo a la cocina, Charles se preguntó si aquellas obras también guardarían algún secreto como el de la sevillana.

—Son unos cuadros muy interesantes —dijo—, ¿son de un artista de la zona?

Isabel, ya casi en la puerta de la cocina, se giró y le miró con cara de sorpresa unos segundos.

—Pues sí, localísimo —dijo—. Yo misma, para servirle.

Charles bajó el vaso de aguardiente que ya iba camino de su boca y miró a Isabel con interés.

—Son muy bonitos —le dijo amablemente, aunque todavía procesando que quien inicialmente se había presentado como la asistenta luego resultó ser la hija del alcalde, la cocinera y, ahora, también una artista.

—Muchas gracias —respondió ella, sin saber muy bien si continuar la conversación o adentrarse en la cocina.

Charles se dio cuenta.

—¿Ha realizado alguna exposición? —le preguntó—. En mi muy modesta opinión, creo que tiene calidad para ello, ¿no?

—No me trate de usted, por Dios —dijo Isabel, acercándose a la mesa de Charles con una amplia sonrisa; sus ojos verdes brillaban.

Charles no dijo nada, pero al mirarla con más atención, observó que esa mañana Isabel tenía un poco más de color en las mejillas y quizá era hasta más alta.

—No, una exposición no, cielo santo —continuó Isabel, arreglándose la misma cofia blanca que llevaba el día anterior—. Yo solo soy una secretaria en una fábrica de azulejos en Villarreal y de eso vivo. Lo de la pintura es solo un pasatiempo, para divertirme, no lo hago por dinero. ¡Iba yo apañada si así fuera!

—Pues igual deberías —apuntó Charles, contemplando fijamente los cuadros uno a uno y luego mirando a Isabel otra vez.

—Gracias, muy amable, señor Charles —dijo esta con un punto de timidez.

—Solo Charles, por favor —replicó este enseguida.

Isabel bajó la mirada y continuó:

—Bueno, alguna vez algún amigo o algún bar del pueblo me han comprado uno o dos, pero solo porque no pueden pagar cuadros de verdad.

Charles levantó las cejas.

—¿Cómo que de verdad? A mí estos me parecen sugerentes y originales.

El inglés se levantó para contemplar las piezas más de cerca, dirigiéndose a la que más le había llamado la atención, una vista abstracta de Morella, muy angular y un tanto oscura, pero claramente reconocible. Evidentemente, no tenía los trazos de una obra maestra, pero era lo suficientemente buena para apreciarla. Al aproximarse más, Charles distinguió los trazos de la brocha, que parecían dirigidos por una mano firme, decidida. El cuadro, sin embargo, ganaría mucho si estuviera enmarcado con una fina madera negra, en vez de con los horribles contornos barrocos y dorados que ahora lo protegían, pensó.

Charles recorrió el comedor fijándose detenidamente en cada una de las cinco obras expuestas: dos de Morella, otras dos de algunos rincones que parecían del pueblo y la última de una mujer desnuda, pero muy estética y nada erótica. Bella. Charles quedó impresionado por la sensualidad de esa obra, sobre todo procediendo de alguien cuya figura, grande y voluminosa, distaba mucho de resultar atractiva. Charles dirigió a Isabel una mirada cargada de curiosidad.

—¿Tienes más cuadros? —le preguntó.

—Sí, guardo algunos en el garaje, abajo, junto a la entrada.

Ilusionado por descubrir a una artista, pero también ante la posibilidad de hacerse con una ganga que incluso podría revender en Londres, Charles quiso ver su obra de inmediato. Había viajado lo suficiente para saber que, sobre todo en el extranjero, uno debía aprovechar las ocasiones cuando aparecían, ya que muchas veces no había una segunda oportunidad.

—Si no hay nadie más para el desayuno y tienes un momento ahora, me encantaría verlos, todavía falta un poco para que llegue tu padre —propuso Charles, luciendo su sonrisa más encantadora. Hacía años que el británico no intentaba seducir a una mujer, pero cuando se trataba de conseguir un objetivo, Charles podía ser tan cautivador como el mayor galán.

Isabel se encogió de hombros.

—Bueno —dijo—, como quiera. Hoy está usted solo, que la familia de Barcelona ha salido de buena mañana con unos bocadillos que les he preparado, se iban de excursión.

Charles se sorprendió.

—¡Y yo que pensaba que eran unos dormilones!

—Ustedes los extranjeros siempre piensan que este es un país de pacotilla; pues no es verdad —dijo Isabel, ahora seria, posando de nuevo las manos en sus amplias caderas, con aire desafiante.

—*True* — contestó Charles, más para sí mismo que para Isabel.

El profesor la siguió escaleras abajo hasta el garaje, un local frío, tan grande como el comedor, que albergaba una furgoneta Renault tipo masovero y algunos sacos de víveres. Junto a unas estanterías polvorientas llenas de botes de pintura medio abiertos, cajas de herramientas y alguna máquina de coser anticuada, Isabel descubrió un bulto milagrosamente protegido del polvo y la humedad. La joven —pues así la veía ahora Charles— encendió una luz, más bien industrial, que iluminó una docena de cuadros apoyados los unos contra los otros sin ninguna lámina o protección entre sí.

Isabel se los fue enseñando uno a uno: un ramo de flores, una masía solitaria, un gato en una ventana, un rebaño de ovejas, un racimo de uvas…, todos con el mismo estilo pueblerino-cubista que a Charles antes le había impresionado y ahora, al ver la consistencia, todavía apreciaba más. Eran objetos mundanos y rurales elevados a una abstracción simpática, atractiva, que resultaba agradable de mirar por lo que evocaban. Era una visión inocente, más cerca del concepto que un niño se podría formar del objeto retratado que de la mirada de un artista genial. Esa visión le daba a la obra un aire entrañable que Charles no podía dejar de contemplar.

—¿Desde cuándo pintas? —le preguntó, todavía sin quitar ojo a los cuadros.

Isabel se apoyó en la estantería y, algo nerviosa, se frotó las manos en el delantal.

—Pues desde siempre —dijo—. En el pueblo tampoco hay tanto que hacer, o al menos cuando yo era joven, así que me gustaba salir al campo con mis pinturas y distraerme.

—Alguien te enseñaría.

—Pues no —contestó ella, natural.

—O te regalarían los lienzos, ¿no?

—Mi madre, sí, ella me regaló un caballete y una caja preciosa de óleos un año para Reyes —apuntó, mirando a Charles sorprendida, pues no estaba acostumbrada a tantas preguntas.

Isabel tenía la palabra en la boca cuando, de repente, se oyeron unas voces.

—¿Se puede saber dónde está todo el mundo? —gritó una voz masculina, dominante, desde fuera.

Isabel enseguida tapó los lienzos con una vieja lona de plástico y mientras apagaba las luces dijo:

—Vamos, corra, que es mi padre y siempre quiere que estemos listos arriba.

—Pero si no hay nadie —dijo Charles, siguiendo sus pasos apresurados.

—Da igual, vámonos.

Los dos salieron del garaje y subieron las escaleras de dos en dos.

—¡Alma de Dios, nunca estás donde te toca! —gruñó Vicent a su hija antes de darse cuenta de que Charles la seguía. Entonces, se calló.

Sin apresurarse demasiado y encantador como siempre, Charles, bien erguido, extendió su mano hacia el alcalde en cuanto llegó junto a él, al final de las escaleras.

—Charles Winglesworth —dijo con su impecable acento inglés—. Supongo que usted es el señor alcalde.

—Para servirle —respondió Vicent. Mirando de reojo a Isabel, continuó—: Espero que mi hija no le haya molestado.

—Por supuesto que no —contestó Charles inmediatamente—. Debe de estar muy orgulloso de tener semejante artista en casa. Estoy impresionado —dijo mirando a Isabel, quien se alejaba hacia la cocina.

Vicent esperó a oír cerrarse la puerta para continuar.

—Es usted muy educado, señor —le dijo en tono confidencial—, pero tampoco hay que halagarla demasiado para que no se lo crea. Está muy bien que pinte para ella, y aquí tenemos los cuadros porque las cosas no están para más, pero hay que ser realistas: esas pinturas son una bazofia y nunca nadie le ha comprado nada. —Vicent soltó una risa forzada, breve—. De todos modos —continuó el alcalde—, siempre es bueno tener a las mujeres entretenidas, ¿eh? —añadió, soltando otra risa, esta vez natural.

Charles dio un paso hacia atrás sin dar crédito a lo que oía. Por fin apuntó:

—Pues a mí me parece que tiene talento y que podría exponer en alguna galería.

El alcalde ahora sí se rio a carcajada limpia.

—Anda, qué bueno —le dijo.

Charles no entendía qué pieza se le escapaba de aquella conversación o por qué, a partir de entonces, Vicent le empezó a tratar con más familiaridad.

—Ya veo que te ha sentado bien el desayuno, macho —continuó el alcalde—. ¿Cuántos vasos de aguardiente te ha dado esta hija mía? —le preguntó mientras echaba a andar hacia el comedor, todavía riéndose.

Incrédulo, Charles le siguió.

Los dos hombres se sentaron en la mesa del centro, la más amplia.

—¡Nena, tráenos un poco de pan y vino! —gritó Vicent, sin apenas girarse hacia la cocina.

Antes de que Charles pudiera decir nada, Isabel apareció con un plato de pan con tomate, otro de jamón y una botella de tinto con dos vasos pequeños.

—Gracias —dijo Charles sintiéndose muy incómodo y, por supuesto, sin hambre.

Isabel, sin decir palabra, se ausentó.

Durante la breve presentación sobre el pueblo que Vicent había preparado, los dos hombres terminaron el vino y se dispusieron a salir hacia la escuela, que el alcalde se había comprometido a enseñar a Charles. Este, aun sabiendo que le interesaba alquilar y no comprar, todavía quería ver el inmueble por si se trataba de una buena ocasión. La libra esterlina se había revalorizado y miles de británicos estaban vendiendo sus pequeñas casas en Londres para comprar magníficos chalés en España, sobre todo en el sur y en la costa valenciana. Ingleses de clase trabajadora que llevaban media vida en los grises barrios obreros de la capital vivían ahora sentados en tumbonas frente al mar. En el mundo hay países ricos y países pobres, se dijo el inglés.

Con paciencia, mientras recorrían el pueblo, Charles escuchó la promoción de casi dos horas que Vicent le ofreció sin apenas guardar detalle. Al final de la mañana, el inglés sabía más acerca del nuevo paseo y la flamante piscina municipal de lo que realmente quería. Por cortesía, tampoco pudo rechazar una invitación a la inauguración de las dos obras, programada para el día siguiente. A Charles no le había gustado cómo Vicent trataba a su hija, pero, racional como era, decidió ser práctico. Estaba allí para estudiar una operación inmobiliaria y para pensar si ese pueblo sería adecuado para sus alumnos; no había venido ni a comprar cuadros ni a hacer amigos, así que mejor centrarse en el inmueble, se dijo.

Hasta pasadas las seis de la tarde, no se liberó Charles del alcalde, después de que este le enseñara absolutamente todas las calles del pueblo, algunas de las nuevas carreteras y, finalmente, la escuela. Aparte de mostrarle caminos de montaña y de presentarle a media vecindad, también había sido necesaria una larga y copiosa comida que no le había sentado demasiado bien. Él estaba más acostumbrado a un ligero *roast beef* que a un cabrito, que, por calidad y volumen, podría haber alimentado al mismísimo Enrique VIII, pensó Charles mientras, por fin, se relajaba.

Sentado en un solitario banco de la Alameda, el inglés contempló la puesta de sol, tan cálida, tranquila y rojiza como las de la India, recordó. A pesar de las excentricidades de la fonda y de las maneras de Vicent, aquel pueblo le había maravillado. Sus cuestas silenciosas y laboriosamente empedradas, sus casas bajas, el olor a chimenea y a campo, la pulcritud de una comunidad amurallada, orgullosa y consciente de su belleza le habían cautivado.

En tan solo unos minutos, el sol se escondió detrás de las montañas, apagando lentamente la luz del agradable paseo. Enseguida se encendieron las antiguas farolas negras, lo que recordó a Charles que había prometido llamar a su amigo. Rebuscó en la chaqueta su móvil, que no había cambiado en diez años.

—¿Robin? —gritó unos segundos después. Charles solo elevaba el tono de voz cuando usaba el artilugio, tan solo una o dos veces al mes. Él prefería las cartas o los correos electrónicos, siempre menos directos.

—¡Hola, chico! —respondió Robin al otro lado de la línea—. ¿Cómo está España? ¿Ya te han puesto en una cruz de Viernes Santo y te están llevando al calvario? —dijo, soltando una carcajada.

Charles cerró los ojos con paciencia. Su amigo de Oxford siempre había sido, ya desde la universidad, un rebelde, un provocador profesional. Lo mejor era seguirle la corriente.

—Sí, ya tengo la corona de espinas puesta, pero no te preocupes, no hace demasiado daño y el seguro me paga la repatriación —le respondió.

Después de un breve silencio, que siempre indicaba que su amigo estaba ocupado, Charles fue al grano:

—Oye, gran Dios de las finanzas... —comenzó.

—Para servirle —apuntó rápidamente el aludido.

—He visitado esa escuela de la que te hablé, te envié algunas fotos —dijo—. Es un auténtico horror por dentro, hay que remodelarla toda, pero por fuera es una auténtica maravilla. La ubicación es inmejorable, en medio del pueblo, que es precioso. Hay unos patios interiores con mucho potencial, muy apropiados para un colegio o un hotel.

—Ya te han vendido la moto, querido —apuntó Robin—. Tú mismo dices que por dentro es una basura, pero con potencial. ¡Pues claro que todas las basuras tienen potencial! ¡A poco que se haga, ya mejoran!

—Tranquilo, escucha —dijo Charles—. El alcalde dice que el Gobierno regional puede poner los cinco millones que costarían las reformas, una oferta muy generosa.

—Y tan generosa, así acabarán los españoles —respondió Robin, ahora en tono más serio—. No hay semana que no tenga en Londres a un grupo de políticos o empresarios españoles vendiéndome algún fasto, uno detrás de otro. *No, thank you.*

Charles permaneció en un silencio pasivo-agresivo.

—¿Y se puede saber cuánto piden por ese edificio, que en la foto que me enviaste más bien parece el cuartel general de la Inquisición? —continuó su amigo.

Charles empezó a exasperarse.

—Robin, por favor, al menos escúchame.

—Vale.

—Piden cinco millones...

—¿Estás loco?

—Ese es el precio de salida, pero por supuesto podemos negociar.

—Yo no meto ni cinco, ni cuatro, ni dos ni ningún millón en España, y mucho menos en esa Comunidad, que se ha llenado de rascacielos en pueblos de míseros pescadores. Ni en broma.

—Robin, por favor —insistió Charles.

—Querido amigo, no estoy de guasa —dijo el financiero, a quien Charles imaginaba en su habitual pose descarada, sentado imperialmente en el sillón de cuero de su despacho, quizá fumando un puro o bebiendo una copa de jerez. Este continuó—: Sabes que no te engañaría nunca, Charles. Créeme que yo veo los mercados todos los días. España es una bomba a punto de estallar, sobre todo esa Comunidad de la que me hablas. Es que lo estoy viendo venir, no hay manera de que un país pobre pueda pagar semejante despilfarro. La única operación posible en España es un movimiento a la contra, apostando por que las cosas van a ir mal.

Después de una breve pausa, Charles respondió:

—Eres un exagerado. Por aquí no hay ningún indicio de lo que tú dices.

—Charles, tú créeme, que los mercados nunca sorprenden, solo a los tontos. Las señales las veo muy claras, más de lo que querría…, porque ya me están haciendo daño incluso a mí.

Los dos guardaron silencio.

—Pero pasa unas felices vacaciones —concluyó Robin, muy inglés—. Aunque, ya que estás en España, mejor mira más a las mujeres y la comida que los edificios, ¡que buena falta te hace!

Charles sonrió y colgó sin decir más.

El inglés fijó la mirada al frente, aunque apenas podía distinguir ya la silueta de las montañas, ahora imponentes y oscuras. Le inquietó pensar que Robin, en sus más de treinta años de amistad, nunca le había dicho nada sobre él que no fuera cierto o que no acabara ocurriendo.

6

Ese mismo Domingo de Resurrección todo el pueblo se iba a enterar de quién era Vicent Fernández. Le había costado más de seis décadas de ardua y laboriosa lucha, pero hoy por fin se haría justicia y Morella reconocería su auténtico valor.

Sonriente y a lomos de *Lo Petit,* el alcalde de Morella atravesaba la montaña entre el pueblo y Xiva, una de sus excursiones preferidas. Se había puesto el traje de montar más elegante que tenía, aunque lo más probable era que, a esas horas y en plena Pascua, nadie le viera. Le daba igual. En un día tan importante, él había salido de casa a las ocho en punto, orgulloso, con sus botas de montar altas e impecablemente limpias, pantalones de cuero, un casquete negro de terciopelo y una chaqueta verde Barbour que le daba cierto aire de aristócrata inglés. Su figura, sin embargo, era más bien chata, como la de *Lo Petit;* aun así, los dos, gallardos y contentos, continuaron su camino por las laderas del Maestrazgo. El olor a espliego y romero, el sonido de los cascos de su caballo contra las piedras y el confort después del desayuno de cazador que le había preparado Amparo hacían que Vicent viera los primeros rayos de sol como un nuevo amanecer en su propia vida. Había llegado el momento de enterrar sesenta y siete años de ser un *matao,* como se describía a sí mismo, para empezar el juego de los listos.

Vicent golpeó cariñosamente, pero con cierta solemnidad, los muslos de *Lo Petit* para que este desacelerara el paso. Lo condujo fuera del sendero que seguían para cruzar la ladera campo a través hasta llegar a una masía abandonada. Sin desmontar, por primera vez en casi dos años, Vicent contempló la construcción, de la que apenas quedaban tres paredes. Desde que era alcalde, no había podido acercarse a aquel lugar, pues había estado demasiado ocupado coronando sus grandes proyectos: convertirse en un renombrado alcalde de la Comunidad, vender la escuela e impulsar el aeropuerto de Castellón. Estaba convencido de que todo sería gloria a partir de entonces. En dos o tres años, se podría jubilar y descansar en su esplendorosa masía, de la que tan orgulloso se sentía. Por fin.

Atrás quedaba una vida de quince horas diarias de trabajo, sin descansar los fines de semana, para sacar adelante la fonda. Con tan solo quince años se había hecho cargo del negocio después de que los maquis mataran a su padre en ese mismo lugar que ahora contemplaba. El pobre, un guardia civil de medio pelo que se pasó media vida persiguiendo rojos por los montes de Huesca y Teruel, acabó asesinado por el grupo de la Pastora, el guerrillero que más burló a la Guardia Civil durante el franquismo. Justo la noche de su muerte, su padre les había dicho a él y a su madre que ese mismo día iba a acabar con ese hermafrodita al que tanto misterio rodeaba. Nadie sabía si la Pastora era hombre o mujer, lo único cierto es que nadie le podía cazar.

El alcalde pegó una ligera patada a *Lo Petit* para que se acercara todavía más al edificio sin techo alguno cuyas vigas de madera yacían carcomidas en el suelo o caídas contra la pared. A unos escasos metros de las ruinas, el alcalde tiró de las riendas para detener a su caballo, quizá el ser al que más quería en este mundo. Le acarició suavemente la crin, lo que el animal agradeció con un relincho. Vicent pensó en su padre, un hombre autoritario que prácticamente nunca le dijo nada positivo. Los azotes y las palizas se sucedían con frecuencia, alguna vez también a su madre y siempre por pequeñeces que no podía ni recordar. No podía decir que le hubiera querido, pues le resultaba imposible querer a alguien que le había pegado, pero las rígidas estructuras familiares del momento le obligaron a prometer a su madre que vengaría su memoria. Sin embargo, nunca tuvo tiempo ni dinero para ello, pues necesitaba toda su energía para sacar la fonda adelante. Tampoco tuvo mucho apoyo, especialmente por parte de los morellanos, que siempre le habían visto como a un forastero e hijo de un guardia civil al que nunca tuvieron simpatía. Los Fernández habían llegado al pueblo cuando él apenas tenía cinco años.

Ahora, por fin, había llegado la hora de vengarle. Ese pueblo solo había traído desgracias y exclusión a su familia y hoy, finalmente, estarían todos a sus pies, pensó. Su padre estaría orgulloso de él. Tras un hondo suspiro, Vicent cerró los ojos sintiendo un inmenso alivio.

El alcalde por fin abandonó el lugar, seguro de cerrar su pasado para siempre.

La comitiva salió de la iglesia arciprestal poco antes de la una de la tarde. El párroco y sus sacristanes, el capitán de la Guardia Civil flanqueado por tres subalternos y los seis tenientes de alcalde escoltaban a Eliseo Roig, presidente de la Comunidad, y a Vicent, los dos vestidos de frac y luciendo cuantas medallas y condecoraciones les fue posible. Eliseo miraba hacia el público, que se amontonaba para verle y saludarle, mientras Vicent estudiaba cómo moverse con el inmenso blasón de la localidad, demasiado pesado para llevarlo a pulso, por lo que debía apoyarlo de alguna manera en la cintura. Por fin lo consiguió.

El Placet de la iglesia estaba a rebosar de morellanos ese Domingo de Ramos, que había amanecido soleado y primaveral, idóneo para la fiesta que Vicent había organizado. La banda municipal arrancó con el himno morellano, alegre aunque un poco martilleante, pero muy útil para marcar el paso, se dijo Vicent, asiendo fuerte su estandarte. El alcalde sonreía a un lado y a otro mientras la comitiva bajaba por la calle de la Mare de Déu a un ritmo sustancialmente más rápido que el de las procesiones de los días anteriores.

—No sabe lo entusiasmado que está todo el pueblo con su llegada —dijo el flamante y repeinado Vicent a Eliseo, quien parecía no cansarse de sonreír—. La radio y la televisión local llevan toda la semana hablando de su visita. Creo que hacía más de diez años que no venía un presidente de la Comunidad a visitarnos —le dijo Vicent, atribuyéndose más mérito él mismo por traer a Eliseo que a este por venir.

Eliseo no contestó, pues seguía concentrado en sonreír y saludar a los morellanos que flanqueaban la calle a su paso. Vicent no se inmutó, aunque sabía que debía aprovechar esa oportunidad para estrechar la relación.

—¿No ha podido venir su mujer hoy, don Eliseo? —insistió el alcalde, intentando cambiar el estandarte a la otra cadera. Durante el movimiento, el pesado tejido acabó cubriéndole la cara, justo en el instante en que Eliseo se giraba hacia él.

El presidente soltó una pequeña risa, aunque cruzó las manos atrás y bajó la cabeza, como si sintiera vergüenza ajena. Con cierta superioridad y como si le hiciera un favor, Eliseo por fin se dignó a contestar a su pregunta, sin dejar de saludar a los presentes.

—No, Adela no ha podido venir, hoy se iba a Mallorca de compras —le dijo.

—¿A Mallorca? —preguntó Vicent curioso—. ¿Y se va a Mallorca solo por un día?

Eliseo le miró y le contestó como si estuviera explicando una obviedad:

—Ha volado en el *jet* privado, con unas amigas. Se plantan allí en media hora, se van de compras, a comer y luego a la playa, y están otra vez en casa para la cena. Rápido y cómodo.

Vicent no quiso mirarle para disimular la cara de sorpresa que a buen seguro mostraba. Poco a poco, el asombro se transformó en envidia y, finalmente, en ilusión. Le faltaba muy poco para alcanzar ese nivel. Aunque más que a Mallorca, él se iría con *Lo Petit* a recorrer el Pirineo aragonés, cerca de Jaca, donde pasó los primeros años de su vida. Pero antes, era menester terminar la faena.

—Presidente —le dijo cuando entraron en el Pla d'Estudi, justo antes de la Alameda—. Sobre lo que hablamos el otro día en mi casa acerca de la escuela, ¿le importa si anuncio ahora en el discurso que la Comunidad ha aprobado invertir cinco millones en remodelar la antigua escuela? Los morellanos le mostrarán infinito afecto por ello.

Eliseo se detuvo inmediatamente y se giró hacia Vicent con ojos centelleantes. Con el ceño fruncido y la mirada clavada en los ojos del alcalde, le dijo:

—Ni se te ocurra. Esos son movimientos delicados y se necesita un proceso legal. —El presidente empezó a andar de nuevo, pues su parada había detenido a toda la comitiva. Saludando a ambos lados, el presidente se volvió a dirigir a Vicent, aunque sin mirarle—: Ni se te ocurra abrir el pico. Si no, no hay trato.

Vicent, cada vez más cansado y harto del estandarte, asintió varias veces con la cabeza.

—Por supuesto, señor presidente, no se preocupe usted de nada —contestó.

—Así me gusta —dijo el presidente, ahora mirándole a la cara.

La comitiva atravesó el portón de entrada a la Alameda hasta detenerse en una pequeña placita justo por encima de la nueva escuela, al pie del castillo. Las autoridades y el resto de público, unas trescientas personas en total, se fueron acomodando alrededor de una pequeña tarima levantada para la ocasión mientras la banda tocaba ya las últimas notas de un pasodoble. Todos parecían alegres y orgullosos de su pueblo.

Todos, excepto una persona.

Con su bandera republicana en la mano, Valli llevaba más de media hora esperando a la comitiva, pues ella no había ido a misa. De hecho, no había pisado una iglesia en más de cinco décadas. Vicent la vio nada más atravesar el portón de la Alameda, lo que le provocó cierta irritación. Esa mujer era ya casi como los árboles del paseo, siempre presente, siempre haciéndose notar, pero, en el fondo, irrelevante, se dijo.

Eliseo también observó la bandera republicana.

—¿Qué coño hace esa tricolor allí? —preguntó a Vicent con discreción.

—No se preocupe, presidente, es la loca oficial del pueblo —respondió el alcalde.

Los dos hombres se ajustaron las corbatas y subieron a la pequeña tarima para inaugurar la remodelación de la Alameda y la nueva piscina municipal. La banda por fin concluyó el interminable *Paquito el Chocolatero* y las voces cesaron hasta que solo se escuchaba el animado piar de los pájaros. Vicent, con su pelo negro tan repeinado hacia atrás como cuando había salido de la iglesia, tomó la palabra, contemplando la multitud y el brillante cielo azul. Se ajustó la voz y dejó pasar unos segundos para sentir las trescientas miradas sobre él.

Esa expectación le gustaba.

—Es un gran honor para mí, como alcalde de esta fiel, fuerte y prudente ciudad de Morella —dijo por fin—, contar con la presencia de su excelencia el señor presidente de la Comunidad Valenciana, Eliseo Roig —dijo mirando a Eliseo y posando ligeramente la mano sobre la espalda del presidente, como si estuviera dando la bienvenida a un dignatario en la Casa Blanca—. En tan solo un año y medio desde que tuve el honor de llegar a la alcaldía, hemos planeado y realizado obras impresionantes. La piscina olímpica cubierta, por ejemplo —dijo, señalando la construcción—, será una clave para que en nuestro pueblo primen el deporte y la salud. —Vicent dejó pasar unos segundos para que los asistentes contemplasen el techo de la piscina cubierta, visible desde su posición. Mirando hacia el paseo, prosiguió—: Las obras en la Alameda hacen que nuestro paseo sea más accesible, sin baches ni agujeros incómodos, y más seguro por la noche gracias a estas estupendas farolas —dijo señalando una de ellas. Vicent se interrumpió de nuevo, girándose de un lado a otro, mirando a los ojos de cuantos morellanos podía—. Pero esto solo es el principio: tengo muchos planes que convertirán este pueblo en el mejor, el más emprendedor y el más rico ¡de toda España! —exclamó con los brazos en alto, triunfal.

El público aplaudió, aunque sin demasiado entusiasmo, pero al menos lo suficiente para no dejar al orador en evidencia. Al volver el silencio, Vicent se disponía a presentar a Eliseo cuando una voz soltó:

—¿Y se puede saber cómo vamos a pagar todo esto? —gritó Valli, bandera republicana al alza, con su sorprendentemente potente voz.

Vicent la ignoró y miró a Eliseo.

—Hoy tenemos el honor…

Valli no le dejó continuar.

—¡Pregunto que con qué fondos vamos a pagar estas obras y estos planes de los que habla usted, señor alcalde!

—Por favor —dijo, mirando al cielo con aire de exasperación—. Las cuentas del ayuntamiento son públicas y claras. Ahora no es el momento, así que vamos a continuar. —Sonrió de nuevo a los asistentes y procedió—: Es para mí un honor…

—¡No me va a callar usted, señor alcalde! —insistió Valli—. ¿Cómo va a pagar los planes para la escuela? Seguro que no podemos. ¡No pasarán!

Vicent y Eliseo intercambiaron una mirada y una risa de superioridad, ridiculizando a la boicoteadora anciana. Vicent susurró al presidente:

—No se preocupe, siempre hace lo mismo; en el fondo es inofensiva.

Valli por fin se calló, aunque no bajó su bandera tricolor durante los quince minutos que duró la ceremonia. Eliseo ofreció seguramente el mismo discurso que daba en cada pueblo todos los domingos, sin una nota de color local, y los dos señores procedieron a cortar la cinta de seda inaugural. Entre vítores, aplausos y más pasodobles, la comitiva, los trescientos asistentes al acto y todo aquel que quisiera se dirigieron hacia la plaza Colón, donde el ayuntamiento había invitado al pueblo entero a una costillada popular para celebrar la ocasión.

La plaza estaba engalanada como si se tratara de las fiestas sexenales. Todos los balcones que daban a ella lucían banderas morellanas, cortesía del ayuntamiento, y los árboles estaban decorados con decenas de guirnaldas de papel de color. En el centro de la plaza, unos grandes plafones exhibían fotografías imponentes del pueblo, como si de una exposición de National Geographic se tratara. Al fondo, el chiringuito de toda la vida había sido contratado para ofrecer barra libre de agua, Coca-Cola, vino y cerveza para todo el pueblo, ahora sí plenamente congregado y con hambre para comer.

Dos grandes fogones y otras dos hogueras se habían instalado en los cuatro extremos de la plaza. En los fogones, dos paellas gigantes ya hervían, una de ellas patrocinada por el empresario Paco Barnús, quien, a pesar de vestir una elegante chaqueta azul con botones dorados, se había puesto un delantal y echaba sal de puñado en puñado a su creación. El negociante detrás del rascacielos de Cullera, presente en la jornada hípica en casa de Vicent hacía unas semanas, no se había querido perder la fiesta, convencido de que Morella ofrecía oportunidades de inversión. Aquella era su primera aparición en el pueblo, así que, para impresionar, el empresario había echado al arroz más de trescientos langostinos y otras tantas almejas; nada de pollo y tocino.

Junto a las hogueras donde ya se asaban más de quinientas costillas y otras tantas longanizas, Charles, solitario, contemplaba el espectáculo con cara de susto, según atisbó

Vicent. Sin tiempo que perder, el alcalde se dirigió hacia el inglés, a quien imaginaba al frente de una cuenta bancaria millonaria en libras esterlinas. Había investigado cuanto había podido y, ciertamente, ese señor inocuo, larguirucho y claramente enemigo del sol estaba allí en representación del mejor colegio del mundo. El mismo al que el sah de Persia, multimillonarios asiáticos, petroleros de Oriente Medio o mafiosos rusos enviaban a sus hijos a estudiar. Aquello podía ser una mina, se dijo.

Justo cuando le alcanzaba, Isabel apareció con dos vasos de vino, seguramente para compartirlos con Charles. Rápido, Vicent pensó que lo último que le faltaba era la intromisión de su torpe hija, así que, sin miramientos, le quitó un vaso de la mano para quedárselo él y le entregó el otro al inglés.

—Gracias, hija, qué atenta eres —le dijo delante de Charles, quien levantó ligeramente la cabeza en señal de sorpresa, pues él también la había visto llegar con una sonrisa, pero no hacia su padre. Vicent cogió al inglés por el hombro y acercó el vaso hacia el suyo, proponiendo un brindis por el mejor pueblo de España, según dijo. Dándole la espalda a Isabel, el alcalde se tomó el vino de un trago y miró a su interlocutor directamente. Su hija desapareció.

—¿Cómo estás, inglés? —le espetó.

Charles parecía contrariado. Apenas había tomado un sorbo del vino peleón que le habían servido, mucho más fuerte que los suaves *Bordeaux* a los que su paladar estaba acostumbrado.

—Macho, bebe un poco más, ¡que es gratis! —dijo Vicent, a lo que Charles, educado, respondió con un sorbito de medio segundo. Vicent le dio un par de palmaditas en el hombro y se giró hacia la plaza—. Mira, mira, ¿a que esto no lo organizáis en Londres, eh? —dijo en voz más bien alta para la poca distancia que les separaba.

Charles se echó un poco hacia atrás antes de responder.

—Es un montaje espectacular, desde luego, ¿organizan siempre fiestas así de grandes?

—Nooo —exclamó Vicent, alzando las manos—. Solo es para celebrar los buenos tiempos, que este pueblo ha cambiado mucho desde que yo soy alcalde —dijo, y soltó una amplia carcajada. Dirigiéndose hacia Isabel, quien ahora les miraba a unos escasos metros, gritó—: Nena, trae un poco de la paella del Barnús, que este se va a chupar los dedos. ¡Rápido!

Vicent observó cómo Charles seguía con la mirada a Isabel mientras esta pasaba por delante de Valli, todavía bandera en mano y sentada al pie de la fuente junto a Ceferino, el del banco.

—Esa señora anciana de la bandera —comentó Charles— ¿quién es?

Vicent alzó los ojos en señal de suplicio y luego le sonrió.

—Es un incordio de mujer, una auténtica reliquia del pasado, más terca que una mula, pero ya le quedan menos días que longanizas.

—Pues parecía que sabía muy bien lo que preguntaba —apuntó Charles, mirando a Vicent con fría distancia.

El alcalde no quería que nada ni nadie le aguara la fiesta y mucho menos ese lord inglés que parecía vestido para un carnaval más que para una costillada. ¿A quién se le ocurriría venir a una comida popular con una inmaculada camisa blanca, una chaqueta de ante y unos pantalones de pana, con los que además se tenía que estar asando? Él iba de frac, porque era el alcalde, pero los demás se habían vestido conscientes de que las chuletas se comen básicamente con las manos. Mirándole casi de arriba abajo, Vicent pensó que el inglés apenas se habría rasgado las vestiduras en su vida. Pero a él le daba igual, solo quería su inversión.

—A ver si esta hija mía trae ya la paella, que es más lenta que un caracol —dijo Vicent, riéndose.

—Hay mucha cola, ¿no lo ve? —respondió el inglés, serio.

—Pero, hombre de Dios, para algo es la hija del alcalde, ¡que se la salte!, ¡que diga que es para mí!

Charles fijó la mirada en la larga cola que se había formado junto a la paella de Barnús hasta que por fin Isabel salió con dos platos de plástico repletos del humeante arroz. Segundos más tarde, los dos hombres degustaban el suculento manjar mientras Isabel desaparecía de nuevo.

—Pero esa anciana, dígame —insistió el inglés—, ¿forma parte de algún grupo local?, ¿podría interferir en la venta de la escuela? Se la ve muy capaz.

Vicent se rio de nuevo.

—Esa mujer no puede hacer absolutamente nada y no tiene ningún apoyo. Mire, el pueblo está hoy aquí celebrando los éxitos del ayuntamiento. No se preocupe, que todo va por el buen camino.

—¿Seguro? —preguntó Charles, mirándole con una ceja levantada.

Vicent se sorprendió del escepticismo del inglés, pues no estaba acostumbrado a que le cuestionaran. Los extranjeros podían ser el colmo cuando querían, se dijo. De todos modos, si el *british* tenía algún problema, mejor atajarlo de raíz.

—Pues si tiene alguna duda, compruébelo usted mismo: venga conmigo, que se la presentaré —le propuso, inconsciente de las consecuencias que esa acción conllevaría.

Sin esperar respuesta, el alcalde echó a andar y Charles le siguió con el enorme plato de paella en la mano, intentando que no se cayera.

Llegaron a la fuente donde Valli estaba royendo una chuleta, todavía junto a Cefe.

—Hola, queridos paisanos —dijo Vicent con una sonrisa forzada.

Ninguno contestó, aunque, con la boca llena, hicieron un ligero ademán con la cabeza.

—Ya veo, Valli, que, a pesar de tus protestas, enseguida te apuntas a las fiestas del ayuntamiento —dijo Vicent a la anciana—. Seguro que, en el fondo, estás encantada con la gestión. Tu presencia así lo indica.

—Mire, alcalde, que estas butifarras las pagamos entre todos con nuestros impuestos y yo tengo tanto derecho a ellas como cualquiera, me guste o no me guste su gestión —replicó la anciana.

Vicent sonrió con paternalismo y se dirigió hacia Charles.

—Querido Charles, le presento a Ceferino, encargado del banco local, y a Vallivana, una de nuestras ciudadanas más activas en la política municipal —dijo con sorna.

—Encantado —dijo Charles a ambos, haciendo una ligera reverencia ante Valli.

Esta le miró con sorpresa e interés.

—¿De dónde ha salido usted? —preguntó, siempre directa.

—Soy Charles Winglesworth, director del departamento de lenguas de Eton College, y he venido a ver la escuela de Morella —explicó el inglés.

—¿La escuela? ¿Para qué? —preguntó Valli, mirando a Cefe con cara de sospecha.

Vicent y Charles también se intercambiaron la mirada. Lo mejor era no dar demasiadas explicaciones, pues la anciana agotaría al inglés en cuestión de minutos y él no tenía tiempo que perder, pensó Vicent. Pero antes de que pudiera cortar la conversación, Charles se le adelantó.

—Buscamos un lugar en España en el que nuestros alumnos se puedan instalar durante unos meses, practicar el idioma y conocer esta interesantísima cultura —dijo el inglés, como siempre exquisito.

—Pues mala suerte —replicó Valli, rápida—. Búsquense un hotel si quiere venir, porque esa escuela no se va a vender nunca.

—No le haga caso, Charles —apuntó Vicent rápidamente—. Esta señora no sabe lo que dice, no tiene ninguna influencia —añadió mirando a Charles e ignorando a la anciana completamente.

—¡Sé muy bien lo que me digo! —exclamó Valli exaltada mientras alzaba vigorosamente la chuleta que todavía tenía en la mano.

Cefe le puso una mano sobre el brazo para calmarla.

—Tranquila, Valli, que este no es el momento —le dijo.

Valli se serenó. De todos modos, continuó la embestida.

—¿De Eton me dice que viene? —preguntó a Charles, mirándole con sus enormes ojos negros incisivos.

Los ojos de una cobra antes de picar, pensó Vicent.

—Sí, Eton College, en Windsor, ¿lo conoce? —preguntó Charles, sorprendido.

—Sí, claro que lo conozco —respondió Valli, mirándole con cierto aire de desprecio—. Es el colegio más clasista, elitista y capitalista del mundo. Todo contra lo que yo he luchado toda mi vida.

Charles dio un paso hacia atrás. Sin perder la compostura, preguntó:

—Si no le molesta que le pregunte, tengo curiosidad por saber de qué conoce mi escuela.

—¿Y por qué no la iba a conocer? —replicó Valli, hoy realmente en forma, pensó Vicent, quien muchas veces la había visto más quieta y apagada. La anciana continuó—: ¿Se piensa que porque soy mujer, vieja y de pueblo no he visto mundo?

Charles negó con la cabeza.

—Por supuesto que no, no he dicho nada parecido, solo tenía un poco de curiosidad, pero no quiero molestarla.

—Ah, inglés refinado, no te pienses que no sé ver al lobo con piel de cordero —largó la anciana ante la sorpresa de los tres hombres.

Vicent iba a intervenir, pues aquella conversación no iba hacia ninguna parte, pero el veneno de Valli se adelantó.

—Si usted cree que sus pequeños lores con sus fracs y sombreros de copa se van a pasear por mi pueblo, lo lleva muy claro. Vuélvase a su país y arreglen el clasismo imperante que todavía les corroe y luego, si quiere, nos viene a ver —lanzó Valli, irguiendo la espalda al finalizar.

Vicent no sabía cómo disculparse, arrepintiéndose inmediatamente de haber propiciado el encuentro.

—Por favor, discúlpela —dijo Vicent a Charles—, es muy mayor y no sabe lo que dice. Pero vamos, vamos, que hay otra gente en el pueblo que sí es encantadora y que debería conocer. Lo siento, señor Charles, venga, sígame. Por Dios, qué gente.

Los dos hombres salieron por piernas y volvieron a su antigua posición, claramente contrariados. Menos mal que al poco tiempo llegó Eliseo Roig, a todas luces aburrido y con ganas de hablar.

—Qué éxito de fiesta popular —le dijo a Vicent, dándole unos golpecitos en la espalda.

—Morella es la mejor inversión —replicó el alcalde mirando a sus dos interlocutores y proponiendo un brindis por el futuro del pueblo.

Vicent aprovechó la ocasión para que los dos potenciales inversores se conocieran mejor y, para dejarlos solos, se aproximó a Paco Barnús, quien llevaba tiempo haciéndole señales desde la enorme paella que regentaba. Al cabo de unos minutos, los dos hombres pudieron hablar tranquilos en un lugar discreto, bajo la sombra de una morera solitaria en un rincón de la plaza.

—Por fin, chico, es más difícil hablar contigo que con un ministro —le dijo Paco.

—Ya sabes que hoy es un día especial, tengo que estar por todo y, con Roig aquí, hay que estar muy pendiente —respondió Vicent, conciliador.

—Oye —le dijo Paco, poniéndole una mano sobre el hombro—, sobre tu escuela: el proyecto me interesa, a mí y al marqués de Villafranca, en principio.

Vicent le miró con ojos brillantes.

—Ya sabía yo que un tiburón de las finanzas como tú no iba a dejar pasar esta oportunidad por alto —dijo con las pupilas cada vez más dilatadas.

—Bueno, tranquilo, tranquilo —respondió Paco abrochándose los botones de la chaqueta, muy elegante pero que ya apestaba a ajo y a costillas. El tiburón de Cullera, como se le conocía, continuó—: Pero una cosa, como comprenderás, necesitamos una garantía de que la Comunidad meterá esos cinco millones en la remodelación, como me aseguraste por teléfono el otro día.

Después de un breve titubeo, Vicent respondió:

—Pues claro, aquí tienes al mismísimo presidente apoyando a Morella, ¿qué más garantía quieres que su presencia y apoyo al pueblo?

—Una confirmación por escrito —replicó el inversor.

Vicent le miró, sorprendido.

—¿Por qué tanto formalismo?

—Tú mismo me has llamado tiburón —le respondió—. El nombre no es en vano.

Vicent rumió un momento, dirigió la mirada hacia Roig, que seguía hablando animadamente con Charles.

—Pues no te preocupes, que esto te lo arreglo yo ahora mismo —le dijo, dándole un golpecito en la espalda y dirigiéndose directamente hacia Roig.

Antes de alcanzarles, una voz le interrumpió.

—Señor alcalde, muchas gracias por esta fiesta, es impresionante, nunca habíamos visto tanta generosidad por parte del ayuntamiento —le dijo Fernando, el propietario de la empresa de servicios encargada de la construcción de la nueva piscina.

—Muchas gracias —respondió Vicent sin ninguna intención de detenerse.

—Alcalde, un segundo, por favor —insistió Fernando, casi cortándole el paso.

Vicent no tuvo más remedio que prestarle atención.

—Dígame —le dijo, seco.

—Estamos encantados con el resultado y con la oportunidad de haber trabajado con usted, pero también entenderá que yo tengo que planear el año y hacer frente a unas mensualidades. Ya sé que la obra pública es lenta, aunque por supuesto segura, pero querría saber si sabe más o menos cuándo podemos esperar nuestra retribución —dijo Fernando, un hombre más bien bajito y algo rechoncho, morellano de toda la vida.

El alcalde le miró de arriba abajo, con superioridad, y esperó unos segundos antes de contestar. Fernando bajó la mirada y, mientras esperaba una respuesta, empezó a jugar nerviosamente con la boina negra que sostenía entre las manos.

—No se preocupe, Fernando, que todo se andará —contestó por fin Vicent—. Y si ahora me disculpa, tengo importantes negocios que atender.

Solventando más asuntos de los que esperaba, el alcalde enseguida alcanzó a Roig y, tan educadamente como pudo, envió a Charles al bar, diciéndole que acababan de servir unas copas de café irlandés y que, si se apresuraba, conseguiría una. El inglés picó, o más bien captó la indirecta, y se ausentó.

—Al *british* le gusta la escuela, lo tienes en el bote, cabrón —le dijo el presidente con cierto orgullo—. Lo tienes todo bien controlado con el tema de la escuela, ¿eh?

—De eso precisamente le quería hablar, presidente.

—¿Otra vez? —preguntó Roig—. Pero si ya hemos hablado antes.

—Hay inversores que precisan una confirmación, por escrito, de la inversión pública, de los cinco millones —dijo Vicent en voz más bien baja.

Roig miró a su alrededor y se encendió un Marlboro que extrajo del frac sin invitar a Vicent. Le dio una primera calada, larga.

—Ni hablar —contestó, expulsando a continuación el humo.

Vicent no sabía qué decir, mientras que Roig permanecía impasible.

—No, a menos que me suavices un poco las condiciones —apuntó el presidente.

Vicent frunció el ceño.

—No entiendo.

—Ah, pobre, qué poca experiencia tienes al más alto nivel —le dijo, sin dejar de mirar al frente—. A ver, ¿por qué me iba a mojar yo, convencer al parlamento de esta inversión, que a ellos ni les va ni les viene?

—Porque se podrá colgar la medalla del proyecto y, desde aquí, meteremos los dos millones en el aeropuerto de Castellón, su obra maestra.

Eliseo dio tres caladas cortas, muy seguidas. Seguía sin desplazar la mirada, mirando al frente.

—Sí, eso ya lo sé, pero yo, ¿yo qué gano?

Vicent alzó las cejas. Empezaba a comprender, aunque no había visto nada semejante a ese nivel; él tan solo había visto algunos *incentivos* locales.

—Ya veo —dijo con un hilo de voz, como si de repente el frac le fuera grande, como si no sintiera la camisa en la piel.

Al observar que Roig tiraba la colilla del Marlboro contra un árbol cercano, Vicent, nervioso, sacó del bolsillo interior de su chaqueta dos puros que había preparado para la ocasión. Eran dos habanos de casi cien euros cada uno. Mientras rebuscaba en los bolsillos en busca de un mechero, Roig, rápido, casi violento, le puso el suyo, encendido, casi delante de la cara.

Vicent aspiró el habano varias veces, muy seguidas, hasta que tosió ligeramente. El presidente le dio unos golpes en la espalda, esta vez bastante fuertes, más bien poco amigables.

—Venga, muchacho, ¿estás con los mayores o no? —le dijo, mirada al frente.

Vicent, sosteniendo el puro con manos temblorosas, dijo casi lo primero que le vino en mente:

—¿Un cinco de comisión?

—Vale —respondió Roig, inhalando el habano.

—Pero ¿en concepto de qué? —preguntó Vicent, sin conocer técnica alguna.

—Hay una empresa de suministro de cemento a nombre de Adela en las islas Caimán. Solo existe una con ese nombre, es muy fácil de encontrar —dijo, frío.

Vicent le miraba incrédulo, aunque siempre había sospechado que solo había una manera de llegar al nivel de Roig y sus *jets* privados a Mallorca: precisamente esa. Si aquellas eran las reglas del juego, él las acataría como uno más, pensó.

—De acuerdo —le dijo, luchando por mantener la calma, pero sin poder evitar unas pequeñas gotas de sudor frío en la frente. Vicent tragó saliva y cruzó las manos detrás de la espalda tirando el puro al suelo, pues no quería que Eliseo viera su pequeño temblor.

—Buen chico —respondió el presidente.

Vicent emitió un suspiro grande y ruidoso de manera casi inconsciente.

—Una cosa más —continuó Roig, haciendo que Vicent irguiera la espalda de golpe y mirara a un lado y a otro como un gato asustado.

—Dígame —le dijo, tragando saliva y fijando la vista en un punto lejano.

—También necesito, y te lo digo de hombre a hombre, no dos, sino tres millones en el aeropuerto y el primero mañana lunes sin falta.

Vicent no pudo mantener la frialdad y se giró hacia el presidente, que ni se inmutó.

—Eso es imposible —contestó, con ojos casi suplicantes.

—No hay nada imposible, si uno quiere algo de verdad.

—Este es un pueblo pequeño, con pocos recursos…

—Pero sueños muy grandes, ¿eh? —replicó Eliseo, ahora mirándole con ojos de zorro cazador—. Hay que poner los recursos y los sueños al mismo nivel, querido.

Vicent sintió un calambre frío por todo el cuerpo. Mientras la banda empezaba el baile, él permanecía inmóvil, con las manos fuertemente cogidas la una a la otra a la espalda. Parecía que la sangre se le hubiera congelado, sentía palidecer su tez a una velocidad alarmante. Solo quedaba suplicar.

—Necesito más tiempo. Además, mañana es fiesta, es Lunes de Pascua…

—No —zanjó el presidente, interrumpiéndole—. En el resto de España es día laborable, así que no tendrás ningún problema. ¿Hay trato o no?

Vicent volvió a tragar saliva y sintió cómo se le humedecían los ojos. Maldijo ese día, pues esperaba acabar la jornada en un pedestal de popularidad y no sumido en semejante aprieto. Vio a los morellanos bailar, abalanzarse sobre los barriles de vino, que todavía corría gratis. Algunos, ya ebrios y descamisados, claramente disfrutaban más que él. Su mujer, Amparo, a quien había imaginado en un *jet* privado camino de Mallorca, seguía sentada en un banco en la esquina, junto a sus hijos, sin apenas comer ni beber.

Después de una larga pausa y a pesar de las contrariedades, Vicent se dijo que había llegado el momento de echar suertes, como todos los grandes hombres habían hecho en su momento. Había llegado la hora de mostrar a todos su casta.

—Cuente con ello —dijo finalmente.

Volviéndose hacia el alcalde y luciendo su dentadura blanca, Roig abrazó a Vicent, sin apretar, le dio unos golpecitos en el hombro y se despidió escuetamente.

—Ha sido un placer —fue cuanto dijo.

Vicent no pudo terciar palabra, solo fue capaz de asentir con la cabeza. Miró a su alrededor. Su familia seguía a lo suyo; Valli y Cefe también; y el resto del pueblo, contento, celebraba la fiesta. Todos felices y acompañados, menos él, que había organizado la ocasión. Vicent sintió ganas de escapar al campo solo con *Lo Petit,* pero no podía, era el alcalde y debía quedarse hasta el final. Su vida todavía no había dejado de ser un sacrificio.

Así lo seguía pensando unas horas después, mientras sostenía la cabeza con las dos manos, apoyando los codos en su amplia mesa de alcalde. Estaba agotado, pero debía mostrar entereza ahora que acababa de oír llegar a Eva, la administradora, a quien había hecho regresar de Valencia a toda prisa para realizar la operación. Él no podía ejecutarla directamente sin levantar sospechas. Sacó su botella de Chivas Regal preferida y se sirvió un pequeño vaso, que enseguida le reanimó.

La joven administradora, morellana de raíz y siempre obediente —por eso la había fichado—, le saludó amablemente.

—Caramba, qué raro estar aquí un domingo por la noche —dijo, quitándose el abrigo y dejando el bolso sobre la gran mesa redonda que el alcalde tenía en su amplio despacho.

Este estaba bien decorado, muy a lo morellano, con cortinas de lana de fuertes colores, paredes de piedra bien cuidada y lámparas rústicas de hierro negro que daban una luz amarillenta y suave. El parqué le daba un ambiente cálido, así como las amplias alfombras que cubrían buena parte de la estancia.

—Será algo muy importante —dijo Eva, sentándose frente al alcalde.

La joven, de unos treinta años, tenía cara de visible excitación, quizá por romper con su trabajo rutinario, pensó

Vicent. Menos mal que había fichado a un cordero, se dijo; si no, la situación se le complicaría mucho. Intentando disimular sus nervios y el ya casi insufrible cansancio, Vicent se puso en pie aparentando total normalidad.

—Eva, querida —dijo—, no pasa nada, solo que se me olvidó hacer una transferencia la semana pasada. Resulta que el mismo presidente de la Comunidad, Roig, me ha recordado hoy que la esperaban la semana pasada por una simple cuestión de tesorería. Así que debemos realizarla esta noche para que los fondos lleguen mañana sin falta a su destino, nada más —dijo.

Eva, sorprendida, respondió:

—Pero si mañana es Lunes de Pascua…

—Sí, ya lo sé, pero podemos trabajar con nuestro banco de Madrid, allí no es fiesta.

Ante la mirada insistente de Vicent, Eva pareció no dudar.

—Por supuesto, alcalde, aquí me tiene para lo que necesite —dijo sumisa.

—Pues pongámonos manos a la obra —dijo Vicent, sentándose de nuevo en su sillón.

Eva se desplazó a una pequeña mesa en el rincón, donde había un ordenador en el que a veces trabajaba. Encendió la máquina, antigua y ruidosa, sobre todo en contraste con el silencio sepulcral que invadía la sala —nada que ver con el vaivén diario que siempre había caracterizado a ese ayuntamiento, por naturaleza activo y emprendedor, cualquiera que fuera el color de sus gobernantes.

Como si nada, mientras recogía unos papeles en su mesa, Vicent por fin soltó:

—Solo se trata de una contribución al aeropuerto de Castellón, a la que me comprometí con Roig.

Por el rabillo del ojo vio cómo Eva se giraba hacia él.

—Ah, creía que habíamos decidido esperar a que otros invirtieran antes o a que el proyecto estuviera más avanzado antes de comprometernos nosotros —dijo.

Vicent tosió ligeramente.

—Sí, bueno, pero las cosas han cambiado, ya que el tema va viento en popa y, si no nos espabilamos, aún nos dejarán fuera —respondió el alcalde, sin mirarla.

Eva pareció dudar.

—Ah, pues no me había enterado.

—No pasa nada, tranquila, no te preocupes, uno no puede estar en todo —le dijo, ahora sí, sonriéndole con paternalismo.

Aquella actitud le costó, pues Eva siempre había sido honesta y leal. Esa era indiscutiblemente una situación incómoda, pero no tenía opción.

—Siento mucho haberte hecho regresar tan pronto, Eva, ya te pagaré bien remuneradas las horas extras, te lo prometo —le dijo, suspirando y recuperando una honestidad que hacía horas que no sentía.

Él sabía, mejor que nadie, que no era un hombre perfecto, pero tenía su corazón y, en el fondo, quería proteger a los suyos. Esa, de todas maneras, era otra manera de hacerlo, así que continuó.

—El caso es que la cantidad es algo elevada, pero con el tiempo parecerá una ganga —dijo.

—El pueblo se nos llenará de guiris, señor alcalde —respondió Eva, de nuevo de buen humor, mientras abría documentos en el rudimentario ordenador.

—Pues en cuanto puedas, por favor, transfiere a la cuenta del aeropuerto, con la que ya hemos hecho pequeñas operaciones, un millón de euros —dijo, mirando al suelo, de espaldas a Eva.

—¡Un millón! —exclamó esta, girándose de nuevo hacia él.

Vicent tuvo que volverse hacia ella y hacer frente a la situación.

—Mujer, que un millón estos días no es tanto como parece, y ya verás cuánto vamos a ganar. Es muy poco, comparado con el presupuesto total de la obra —dijo, continuando con sus papeles.

Eva se quedó pensativa.

—Sí, ya me imagino que un aeropuerto es muy costoso —dijo—, pero este millón de Morella no lo hemos aprobado, ¿verdad?

—Es un proyecto acordado con el mismo presidente de la Comunidad, así que viene de las altas esferas. Forma parte de un gran plan estratégico para toda Valencia del que nos tenemos que sentir orgullosos por participar.

—Pero y la oposición ¿qué dirá cuando se enteren? Ellos siempre han estado en contra de esa obra.

—Que canten misa —respondió Vicent, cada vez más seguro en su papel—. Es un proyecto bendecido por Roig y no hay más que hablar. Además, debemos ser discretos y esperar un tiempo antes de publicitarlo. Hablaremos cuando se generen beneficios, así todo quedará más claro.

Eva le miró incrédula.

—¿Me está pidiendo que transfiera un millón del presupuesto municipal y que no se lo diga a nadie?

—No, Eva, eres muy joven y, pobrecita, no lo entiendes —le dijo, levantándose y acercándose hacia ella. Cuando estuvo a escasos centímetros y la pudo mirar, literalmente, de arriba abajo, continuó—: Solo te pido que continúes siendo tan eficiente y discreta como siempre y que confíes en mí. Ya te avisaré en cuanto estemos listos para comunicarlo, pero ahora me tienes que prometer discreción. No te estoy diciendo que escondas nada, solo que confíes en mí y esperes a que yo dé explicaciones. Ahora, por favor, realiza la transferencia, que es urgente; el pueblo nunca me lo perdonará si perdemos este barco de progreso. —Eva hizo gesto de preguntar más, pero Vicent fue más rápido—. Chist —le dijo, poniéndose un dedo delante de la boca—. Hay veces en que simplemente tenemos que acatar decisiones, aunque no las entendamos. A mí también me pasa.

Vicent volvió a su mesa, metió algunos papeles en su cartera de cuero y se puso la chaqueta del frac, ahora mucho más pesada que por la mañana.

—Esto me llevará horas, puesto que debo rehacer unas cuentas para que el sistema me permita transferir los fondos —le dijo, con cara de susto.

Vicent se acercó hacia ella otra vez y le puso una mano en el hombro, cariñosamente.

—Te pagaré muy bien estas horas extras, simplemente dime cuántas has dedicado y se te abonarán.

Cuando el alcalde estaba a punto de salir, Eva salió corriendo detrás de él. Mirándole a la cara, le dijo:

—No puedo, señor alcalde, no puedo hacerlo.

Él la miró fijamente a los ojos.

—Claro que puedes, Eva —le dijo—. Confío en ti.

Sin más, Vicent salió del despacho orgulloso de su actuación, convencido de que era lo mejor para él, para su familia y para el pueblo.

7

La primera vez que entró tenía tal cara de susto que a nadie se le escapó la verdad: era la primera vez que Valli salía de su pueblo. Tenía dos trenzas largas, una cara infantil todavía con pecas, las cejas casi juntas y unos vivos ojos negros que miraban hacia todas partes. La secretaria, Eulalia Lapresta, le abrió la puerta ofreciéndole una sonrisa amplia y cálida, y así fue como en 1931 Valli puso el pie por primera vez en la calle Miguel Ángel, número ocho, sede de la Residencia de Señoritas. Era la versión femenina de la ya famosa Residencia de Estudiantes, en la que, entre otras eminencias, se habían conocido Lorca, Dalí y Buñuel tan solo unos años antes. Apenas hacía unas semanas se había proclamado la República y todo era ilusión y optimismo.

Valli apenas conocía a los intelectuales de renombre que frecuentaban la Residencia, pues se había concentrado en el bachillerato, que esperaba completar en Madrid para ingresar al cabo de dos años en la nueva facultad de Filosofía y Letras. Su maestra morellana, Eleuteria, había leído en *El Defensor* un artículo de Luis de Zulueta sobre la Residencia de Señoritas y, sin dudarlo, había animado a su alumna más aventajada para que ampliara estudios en la capital. Después de largas discusiones, sus padres por fin accedieron a enviar a su única hija a estudiar fuera, ya que la beca que había conseguido era muy generosa y, además, como mujer, tampoco se podía dedicar al campo. Las otras opciones eran casarse o meterse a monja, con lo que Valli insistió en la aventura madrileña. A sus trece años, no sabía prácticamente nada, pero tenía la curiosidad que le había sembrado su maestra. Todas las noches, a la luz de una vela, Valli leía durante horas los libros que Eleuteria le prestaba, desde Cervantes a Dickens o Balzac. La joven lo devoraba todo.

Más de setenta años después, en una tarde soleada justo después de Pascua, Valli se encontraba contemplando el majestuoso edificio de la calle Miguel Ángel. Allí había llegado por primera vez una calurosa tarde de septiembre después de subir por la Castellana en un tranvía que había cogido en Atocha —entonces, la estación del Mediodía—. Aquel día había tardado toda una jornada en llegar a Madrid después de dejar Morella antes de salir el sol, sin más equipaje que una vieja maleta de cartón y los bocadillos de longaniza casera que le había preparado su madre. Hoy, se había plantado en tres horas.

El edificio de la calle Miguel Ángel seguía igual que lo había dejado, al menos por fuera. Su perfil esbelto y su color rosado, en contraste con la piedra clara alrededor de las ventanas, le daban presencia y distinción en una calle que ya no era ni espaciosa ni tranquila, sino que ahora estaba repleta de coches y ejecutivos. Valli dudó en llamar a la misma puerta por la que entrara por primera vez hacía setenta y seis años, todavía de madera oscura y flanqueada por dos columnas de piedra, justo debajo de un balcón señorial. El conjunto estaba rematado por un torreón que en su día se construyó como observatorio astronómico. Tal era el ambiente.

No era el mejor momento para entrar, pensó la anciana reparando en la vestimenta informal que había elegido para el viaje. ¿Quién tomaría en serio a una vieja en vaqueros y con un amplio jersey de lana casera? El taxi también esperaba, se hacía tarde y mejor sería esperar al día siguiente, cuando ya tenía una cita concertada. El viaje en AVE desde Zaragoza, adonde Cefe la había acompañado desde Morella, había sido rápido y agradable, pero a, su edad, sabía que tenía que reservar fuerzas para los próximos días.

Bajo un sol primaveral, el taxi cruzó la Castellana, ahora sin tranvías, y empezó a subir la cuesta de la calle del Pinar hasta que Valli le pidió que se detuviera. Prefería entrar a la Residencia andando. Allí le enseñaron a luchar, pensar y esforzarse, no iba a llegar ahora como una señorita en taxi cuando podía caminar perfectamente. En esa Residencia aprendió que las cosas, cuanto más naturales, sencillas y buenas, mejor. Lo demás era todo superfluo.

Mochila a la espalda —pequeña, porque para dos días tampoco necesitaba más—, Valli subió lentamente el poco tramo de cuesta que faltaba para alcanzar la Residencia de Estudiantes, donde ahora se iba a alojar.

Como si volviera a tener quince años y acudiera a algún evento o conferencia, Valli atravesó la puerta de entrada al recinto ignorando el puesto de seguridad y se adentró por el camino, ahora asfaltado, pero todavía rodeado de romero, tomillo, jara y lavanda. Se detuvo para contemplar el Segundo Gemelo, como llamaban al edificio rectangular de ladrillo rojo y persianas verdes donde se alojaban los estudiantes. Con emoción, pensó que todavía veía al doctor Marañón darle amablemente los buenos días, o a Unamuno pasear inmerso en sus pensamientos, o que escuchaba la risa casi histérica de Lorca o Dalí, siempre irreverentes, a veces riéndose de las señoritas que acudían a la residencia masculina para participar en algún acto. En esos mismos edificios, Valli había visto a Marie Curie o al economista Keynes dar conferencias, y había participado en debates organizados por Ortega, Menéndez Pidal o Gómez de la Serna. Era como si todavía viera a esos personajes, todos de traje, corbata y sombrero, hablando tranquilamente por los jardines que ahora la rodeaban.

Valli suspiró y siguió adelante, en silencio, pues apenas había nadie por los alrededores. Giró por el Segundo Gemelo y pasó por el pequeño jardín de adelfas, plantado por el mismo Juan Ramón y que en verano llamaban «la playa», pues allí se refugiaban bajo la sombra de unos enormes tilos del abrasador sol madrileño. Las adelfas seguían allí, ahora florecidas, hermosas, abiertas y blancas. Su olor le trajo recuerdos de las muchas tardes que había pasado en ese lugar enfrascada en alguna tertulia con los muchachos. Sobre todo los ingleses, más receptivos a la presencia femenina que los españoles, que a menudo eran unos rematados machistas y esnobs que apenas les hacían caso o las excluían directamente de sus actividades.

Bajo esos tilos, mientras practicaba su inglés macarrónico, Valli había conocido a Tristan en el verano del treinta y dos, cuando este había llegado becado por el Comité Hispano-Inglés, un programa financiado por el duque de Alba para promocionar el intercambio entre residentes y estudiantes de las universidades de Oxford y Cambridge. Tristan era un hispanista de esta última universidad que pasó cinco años en la Residencia y luego se unió a las Brigadas Internacionales para luchar contra el fascismo. Intelectual nato y de constitución física más bien débil, volvió a su país antes de acabar la guerra, ya que, desde allí, con su pluma, podía ayudar más a la República que con una escopeta desde el frente.

Valli continuó despacio hacia la puerta principal, mirando el banco que todavía llevaba el nombre del duque de Alba, Jacobo Fitz-James Stuart, también duque del condado inglés de Berwick y anglófilo empedernido. Su dinero y presencia amplificaron el inmenso tinte *british* que siempre distinguió a la Residencia, modelada según los *colleges* ingleses que habían educado a las élites británicas durante más de cinco siglos. La idea era convertir a los decadentes y arruinados hidalgos españoles en cultivados y modernos *gentlemen*.

Valli entró en el pabellón principal, silencioso a pesar de tratarse de un lunes a media tarde. Las últimas personas salían del comedor que los camareros ya recogían. Más que estudiantes o investigadores, los comensales parecían funcionarios de mediana edad que acababan de concluir una comida de dos horas a costa del contribuyente, pues no llevaban ni carpetas ni portafolios, ni ningún otro signo de actividad.

Presa de la emoción por albergarse en la institución que pudo haber cambiado la historia de España pero no lo hizo, Valli llegó a la recepción, donde una chica joven, posiblemente mileurista, la recibió con una sonrisa forzada mientras mascaba un chicle.

Sin más bienvenida que alguna indicación sobre horarios y contraseñas de wifi, Valli cogió su llave dispuesta a que la ignorancia de una joven que desconocía su legado le alterara lo más mínimo la felicidad que sentía en ese momento. Valli no había pisado la Residencia desde la fiesta de fin de curso en junio de 1936, cuando se despidió de los compañeros y compañeras pensando que los volvería a ver en septiembre. Tardó cuarenta y un años en regresar a Madrid.

Sin nadie que la ayudara o supiera quién era, Valli recorrió los pasillos de la Residencia, ahora tristes y silenciosos, sin más decoración que un zócalo alto de madera. Pero ella, con la ilusión de rencontrarse con «su Resi», subió contenta hacia el tercer piso del Segundo Gemelo. Seguro que las habitaciones serían muy parecidas a las que ellas ocupaban en Miguel Ángel, se dijo. Con el paso acelerado y el corazón latiendo fuerte, la anciana abrió nerviosamente la habitación asignada. Después de unos larguísimos segundos, en los que la expectación luchó contra la observación, a Valli se le vino el mundo encima al contemplar el habitáculo triste y semivacío que más bien parecía propio de un hospital. Las paredes, blancas y frías, estaban completamente desnudas; no había ni un mísero cuadro. Una pequeña cama individual, una mesa funcional y lámparas metálicas, aparte de un televisor desfasado, era cuanto tenía el pequeño recinto. Las cortinas, sin duda de Ikea, estaban echadas, por lo que tampoco entraba casi luz. El baño, completamente blanco y sin ventanas, tampoco la animó. No tenía nada que ver con el pequeño cubículo estilo Bauhaus que ella habitó durante cinco años, con paredes claras, decoradas con pósteres de exposiciones y conferencias, flores encima de una pequeña mesa redonda que había junto a la cama y un sillón cómodo para leer. Además, por supuesto, de una mesa de estudio y una silla de madera de pino cálida. Esas habitaciones suponían un cambio radical para las alumnas que, como ella, venían de provincias y estaban acostumbradas a alcobas oscuras que pretendían esconder más que enseñar. En la Residencia, los dormitorios eran casi como salones, luminosos, y las camas simplemente se concebían como un lugar cómodo para dormir o para tumbarse a leer o descansar. No había más secretos.

De su época, Valli solo reconoció las ventanas grandes y arqueadas con sus persianas de madera, que abrió de inmediato. Allí estaba el jardín de la entrada. Esa era su Residencia y nada la echaría atrás. Respiró hondo y tomó aire fresco. Había venido a Madrid con un objetivo y lo pensaba cumplir. Si cuarenta años de franquismo y treinta de democracia incipiente habían conseguido borrar el antiguo ambiente de la Residencia, el tiempo no había mermado ni un ápice el soplo vital que aquella institución le infundía a ella. Había emprendido el viaje, porque estaba convencida de que muchos antiguos residentes la ayudarían en su misión y estaba dispuesta a luchar por conseguirlo.

—Pues no, no tenemos nada —dijo la recepcionista al día siguiente cuando Valli preguntó si sería posible encontrar una lista con direcciones de antiguos alumnos. Se había presentado un poco de sopetón, pensó, quizá tendría que haber anunciado su visita o quedado con el o la directora del centro, como había organizado con el Instituto Internacional—. Es que, claro, la mayoría ya están muertos —continuó la chica, todavía más joven que la de la noche anterior.

Valli, sorprendida por la falta de consideración de la joven, ignoró el comentario e insistió:

—¿Podría hablar con el director o la directora?

—Es que ahora no está —contestó rápida la recepcionista—. Pero ¿tiene alguna cita?

Valli negó con la cabeza.

—Es que, claro, sin haberlo pedido…

Valli la interrumpió.

—Oiga, tampoco es que este lugar rebose actividad, igual sí que pueden hacer un hueco para verme, digo yo —dijo, casi arrepintiéndose al momento, pues un enfrentamiento la ayudaría poco.

Efectivamente.

—Pues llame a este teléfono y pregunte, igual alguien puede ayudarla —dijo la chica, dándole una tarjeta de la Residencia sin apenas mirarla y volviéndose hacia su ordenador.

Con la palabra en la boca, Valli anduvo por el pasillo sin saber hacia dónde ir, puesto que todavía faltaban dos horas para su cita en el Instituto Internacional. Salió al jardín y se dispuso a entrar al edificio que albergaba la antigua biblioteca, pero estaba cerrado. Por las ventanas vio que aquello se había convertido en un aula sin apenas uso. La anciana bajó al antiguo canal, ahora quieto y rodeado de paredes con pintadas de gamberros —por más que las llamaran grafitis—, y recordó el sonido del agua fresca de antaño, las conversaciones de los residentes mientras paseaban o sus comentarios al ojear *El Sol*, *El Imparcial* de Ortega o algún libro de poesía. Ahora no había nadie.

Subió hacia lo que en su día fue un amplio patio, hoy ocupado por canchas de baloncesto también vacías. Las rodeó como si se dirigiera hacia el imponente salón de actos donde un día había visto entrar al mismísimo Einstein para dar una conferencia. Ahora ya no existía ese viejo auditorio, sino la iglesia del Santo Espíritu que lo reemplazó. Valli ya sabía que, poco después de la guerra, Franco aplastó ese salón y, con él, la labor de un grupo de intelectuales que pretendían movilizar un país donde casi ocho de cada diez personas eran analfabetas. A las dictaduras, como a muchas religiones, les convenía más tener una población ignorante, pues siempre es más fácil de controlar.

A Valli se le encogió el corazón mientras rodeaba la iglesia y se adentraba en las vecinas instalaciones del Consejo Superior de Investigaciones Científicas, el CSIC, que ahora regentaba la Residencia. Eran unos edificios toscos, cuadrados e imponentes levantados para impulsar el desarrollo científico, que no intelectual, del país. Ese complejo, en el que no se veía ni un alma, había contribuido poco en sus cincuenta años de existencia, mientras que su Residencia, con su breve historia, había estado vinculada a cuatro de los siete premios Nobel españoles: dos científicos —Ramón y Cajal y Severo Ochoa— y los literatos Juan Ramón Jiménez y Vicente Aleixandre, según contó.

Valli se sentó en un banco, aturdida y empequeñecida por los edificios grises y sombríos del CSIC. Ella había jugado al hockey en aquellos terrenos, entonces conocidos como los altos del hipódromo, donde acababan la calle Serrano y también la ciudad. Desde ese lugar saludaban a menudo a los pastores que deambulaban con sus ovejas y perros, ya que aquello era campo abierto. Ellos, tan tranquilos, pensó Valli, mientras ellas hacían gimnasia a ritmo de la marcha turca de Mozart o jugaban incluso al fútbol, entonces un deporte solo para hombres. En ese mismo alto, también había debatido, leído y estudiado, reído y jugado, fumado y bebido. Donde ahora se sentía pequeña e insignificante, alienada y rodeada por un paisaje rectilíneo y dominante, allí había conocido la libertad, rodeada de árboles y libros, hacía más de setenta años.

Incómoda por el silencio imperante, Valli continuó su paseo y bajó, pasito a pasito, por Serrano hasta la calle del Pinar, desde donde tomó una pequeña travesía hacia la Castellana. Pasó por delante del restaurante Zalacaín, del que había oído hablar, y vio, uno detrás de otro, casi una docena de Audis y Mercedes opulentos y oscuros, todos con un chófer dentro. Una visión muy diferente a la de su época, cuando los estudiantes subían la cuesta a brincos, contentos y en compañía, aunque a menudo eran alertados por profesores que les animaban a ser más calmados y distinguidos.

De todos modos, las diferencias no habían cesado, se dijo Valli. Ahora, esos chóferes no hacían más que dormitar o contemplar aburridos el desfile de la gente bien de aquel barrio. En su época, los obreros se sentaban en la acera a la hora de comer, degustando algún cocido de tocino que sus mujeres les preparaban en una tartera. Mientras, ellas, las señoritas de la Residencia, comían solomillo de ternera asado con cuchillo y tenedor porque en la «Resi» insistían en que el deporte y la buena alimentación eran clave para los estudios. En el fondo, nada había cambiado, se dijo Valli al pasar junto a los chóferes. Mientras unos se divierten y deciden, los otros esperan y se fastidian, pensó. Siempre igual.

Con la ayuda de un buen mozo que percibió su avanzada edad, Valli cruzó la Castellana y se dirigió hacia el Instituto Internacional, el *college* creado por una misionera norteamericana a finales del siglo XIX para impulsar la educación de la mujer española y albergar a norteamericanas que quisieran estudiar la lengua y cultura local. El instituto, con amplios recursos, colaboró mucho con la Residencia de Señoritas de Valli, hasta el punto de que muchas residentes se alojaron en su sede de la calle Miguel Ángel, utilizando sus instalaciones y conviviendo a diario con las estudiantes americanas. Aquel intercambio abrió los ojos de Valli al mundo, pues las americanas, altas y rubias, estaban mucho más liberadas y venían con doctorados universitarios bajo el brazo. Valli, que venía de un pueblo donde todavía se creía en milagros y supersticiones, enseguida quiso emular a aquellas divertidas y desenfadadas jóvenes que siempre se reían y todo lo cuestionaban, que practicaban deportes además de bailes y danzas, siempre con la música bien alta. Una de ellas, Katherine Bates, había recorrido España con una amiga, entonces algo inaudito, para escribir un libro sobre el país y publicarlo por entregas en artículos semanales en *The New York Times*. Aquello, francamente, quedaba muy lejos de la Morella de principios del siglo pasado y Valli, como las demás residentes españolas, enseguida se quiso apuntar al jolgorio.

Había llegado al Instituto Internacional, donde la puerta estaba abierta; como siempre, pensó. Con piernas temblorosas, se adentró en el mismo edificio al que llegó con apenas trece años recién cumplidos. Subió por las mismas escaleras de mármol blanco hasta la puerta de cristal, que seguía igual de blanca, para entrar en el gran vestíbulo. Una vez dentro, a Valli se le humedecieron los ojos al contemplar la gran escalera de hierro blanco, con su barandilla de madera, retorcerse pisos y pisos hasta llegar a la pequeña cúpula que remataba el techo acristalado. Era una escalera majestuosa y amplia que facilitaba el intercambio y la comodidad de un lugar claramente concebido para ser abierto, luminoso y libre. Las columnas, esbeltas y también blancas, seguían allí, sosteniendo un techo nada opulento ni rebuscado, sino que, fiel a la institución, reflejaba calidad y sencillez. Instintivamente, Valli giró a la izquierda para adentrarse en su antigua aula, hoy una cafetería, donde unos amplios ventanales daban al jardín. Unos bancos y un poco de césped habían reemplazado la vieja pista de tenis donde jugaban por las mañanas antes del desayuno. Sonrió, puesto que no había cogido una raqueta desde entonces. Tampoco se veía ya la casa del pintor Sorolla, hoy convertida en museo y tapada por un bloque de pisos.

Valli miró el aula, ahora sin los cuadros que el mismo Sorolla les regalaba, pero que sí conservaba los suelos de madera desgastada y cálida que tanto le gustaban. La anciana cerró los ojos. Allí le había dado clases de filosofía la mismísima María de Maeztu, directora de la Residencia, con su sombrerito cloché y su abrigo de petigrís, sus perlas alrededor de un cuello grande, su cara avispada y redonda, sus ojos siempre alerta. El primer día de clase les preguntó por la concesión de una medalla de oro, por parte del ya derrocado Alfonso XIII, a un señor de Sigüenza que había construido una casa en plena roca, al más puro estilo prehistórico, para vivir allí sin agua ni luz, pero, eso sí, con muchas habitaciones excavadas en la piedra. María, con una determinación muy masculina para la época, les preguntó: «¿Vosotras creéis que hay que premiar a los trogloditas, o mejor condecorar a los científicos que empujan el mundo hacia la modernidad? Nos tenemos que europeizar para sacar a España de este pozo de pobreza». Valli enseguida comprendió dónde estaba. Al cabo de dos semanas, ya no llevaba ni trenzas ni moño; al cabo de un mes, se había cortado el pelo; y a los tres meses, usaba pantalones, fumaba y se ponía *tangee* en los labios.

Lentamente, la anciana continuó hacia el paraninfo, ahora cerrado, sin dejar de mirar a su alrededor. Los pasillos seguían igual de pulcros; todo daba sensación de actividad, limpieza, simpleza y calidad, justo lo que propugnaba la misma María de Maeztu. Valli recordó cómo, a los pocos días de llegar, tiró un papel al suelo justo en el momento en que pasaba la directora. Esta la miró fijamente y, sin decir nada, recogió el papel y lo tiró a una papelera al fondo del pasillo, para luego continuar su camino, sin decir palabra. Valli, en ese momento, creyó morirse, pues habría preferido que le hubiera tirado el papel a la cara que aquella humillación silenciosa. Nunca más había tirado un papel al suelo.

Arreglándose la falda y la chaqueta de paño que se había puesto para la ocasión, Valli llamó a la puerta de la directora, quien enseguida salió a recibirla.

—Pase, pase, señora Querol, esta es su casa —dijo la amable directora, acompañándola cariñosamente hasta una silla—. Las residentes siempre son muy, pero que muy bienvenidas aquí. Qué honor tenerla entre nosotros.

Valli suspiró. Por fin la recibían con un poco de interés, además en ese lugar tan especial para ella. La anciana miró a su alrededor, el despacho era grande, repleto de libros y alguna foto en blanco y negro de la fundadora de la institución, Alice Gordon Gulick. El lugar, ahora centro de cursos de inglés y sede en España de prestigiosas universidades norteamericanas, destellaba actividad por todas partes.

—Muchas gracias por recibirme —dijo Valli, como siempre dispuesta a ir al grano, como le habían enseñado entre esas mismas paredes—. Mire usted que yo no he venido a aprender inglés, sino a pedirle un favor.

La directora, una señora pequeña, morena, de mediana edad, vestida al estilo que Valli identificaba como biopijo, una mezcla entre *hippie* y pijo, sonrió y se acomodó en su silla.

—Soy toda oídos —dijo en su tono dulce.

Valli, ante la creciente sorpresa de la directora, de nombre Soledad, explicó que necesitaba contactar con exresidentes o familiares de estas para conseguir cinco millones de euros y evitar así que la antigua escuela de su pueblo —del que la directora nunca había oído hablar— se convirtiera en un casino o en un complejo de pisos.

Soledad abrió los ojos y miró a Valli fijamente. Se aclaró la voz.

—Pues mire usted, señora Querol, nos encantaría ayudarla, pero no sé muy bien cómo. Ya tengo yo suficientes quebraderos de cabeza para mantener este lugar y conservar su historia, y no veo por dónde se puede conseguir esa enorme cantidad de dinero —dijo, en tono serio y respetuoso.

Valli bajó los hombros, pero miró al frente.

—Y desde esta institución, ¿no me pueden ayudar? —dijo, siempre directa.

Soledad levantó una ceja y apretó sus finos labios.

—No le quepa la menor duda de que me encantaría colaborar, pero desgraciadamente no puedo. La Residencia de Señoritas, como bien sabe, desapareció después de la guerra sin dejar ni fondos ni propiedades. El Instituto Internacional les alquilaba las instalaciones, pero las dos instituciones siempre fueron independientes. Ahora, nosotros seguimos con nuestra labor de intercambio, pero somos totalmente privados, no tenemos la ayuda de nadie. Y le puedo asegurar que, lamentablemente, no nos sobra dinero. ¡Ya me gustaría poder ayudar! —dijo, y suspiró.

Valli contestó rápidamente:

—¿No colaboran con fundaciones u otras organizaciones privadas?

—Aquí nadie da nada —dijo Soledad, seria—. A nosotros nos mantienen las clases que ofrecemos, nuestro trabajo y alguna cosilla más, pero todo cuesta mucho.

Valli bajó los hombros de nuevo.

—Pues yo creía que hoy en día el dinero corría rápido y en grandes cantidades. Al menos en mi pueblo, por eso pensaba que en Madrid esa tendencia sería todavía mayor.

Soledad la miró con interés.

—Sí, sí, el dinero aquí también corre rápido, pero yo ya no sé si eso es bueno o malo. En cualquier caso, a nosotros no nos llega nada —dijo.

Después de una breve pausa, Valli añadió:

—Ay, *xiqueta*, yo tampoco sé adónde vamos a ir a parar. Con tanto gasto, ahora todo el mundo parece millonario. Todos compran chalés y coches nuevos; esto parece América, oiga —dijo, cruzando las piernas e irguiendo la cabeza.

Soledad, que la escuchaba asintiendo, frunció el ceño y apoyó la cabeza en sus manos, con los codos sobre la mesa. Sus rizos, alegres y negros, le daban un aire juvenil.

—Déjeme que piense —dijo—. Desde luego que existen listas de residentes, lo que yo no sé es cómo encontrarlas. Sí le puedo facilitar el contacto de algunas alumnas que todavía viven, así al menos puede empezar por algún sitio. —Hizo una pausa—. Le voy a ser sincera: dinero no sé yo si va a encontrar mucho, pero seguro que reunirse con antiguas residentes será una experiencia enriquecedora.

Valli, agradecida, sonrió, pero continuó la conversación, seria.

—Por supuesto —dijo—, pero lo que yo realmente necesito son esos fondos, que buena compañía ya la tengo en mi pueblo.

Igual de práctica, Soledad sacó de su ordenador dos direcciones de personas cuyo nombre Valli no recordaba y le aconsejó visitar otro de los edificios de la antigua Residencia, en la calle Fortuny, hoy sede de la Fundación Ortega-Marañón, dos personajes muy vinculados a la Residencia de Estudiantes y de Señoritas.

Amablemente, Valli cogió la nota con los datos y se dirigió hacia la puerta, acompañada por la afable directora, que se despidió con un cariñoso abrazo.

—Estos son mis datos —le dijo Soledad, extendiéndole una tarjeta—. Por favor, manténgame informada de cómo progresa y haré todo cuanto pueda por ayudarla. Ahora mismo llamo a la Fundación Ortega, donde tienen el archivo de la Residencia de Señoritas, para avisarles de su vista. ¿Quiere que la acompañe? —dijo, amablemente.

—No se preocupe, que ya puedo. Soy vieja, pero ya me apaño —respondió Valli, entre risas.

Bajo un alegre sol de mediodía, Valli caminó con renovado optimismo la corta distancia entre el edificio de Miguel Ángel y el palacete de la calle Fortuny, número treinta, otra de las sedes de la Residencia de Señoritas. Fortuny se había convertido en una calle tranquila y residencial, pero sin aquellas vaquerías de antaño, donde las residentes y demás transeúntes se paraban para tomar un vaso de leche fresca, pues los establecimientos guardaban las vacas en la misma trastienda.

María de Maeztu tenía su vivienda y despacho en ese palacete, pero, siempre incombustible, no paraba de ir y venir entre los diferentes edificios que al final ocupó la Residencia de Señoritas, todos muy próximos entre sí. Después de que Valli cumpliera los quince años, una vez concluido el bachillerato, la directora ya la dejó desplazarse libremente de edificio en edificio y participar en cuantas actividades culturales quisiera, pues ya era universitaria. A Valli, que residía en Miguel Ángel, le encantaba la actividad del palacete de la calle Fortuny y no desaprovechaba la oportunidad de acudir a las numerosas conferencias y charlas que allí organizaban.

Durante la primavera, Valli también se acercaba a ese edificio grisáceo, que no había cambiado en absoluto, para contemplar la impresionante glicinia que en abril y mayo se enfilaba por la pared cubriendo la fachada de un color púrpura luminoso y alegre. Ahora, apoyada en la verja de la entrada, Valli admiraba el mismo espectáculo con idéntica ilusión. Igual que entonces, la anciana se acercó a la delicada planta, que colgaba de la pared cual racimo de uvas, y, con mano temblorosa, acarició sus pequeñas hojas violetas, que no habían perdido ni brillantez ni delicadeza a pesar de todo lo ocurrido desde la última vez que las había visto. Las florecillas eran igual de frescas y jóvenes que antaño, no como sus manos, que ahora aparecían viejas y desgastadas. La glicinia, pensó, como tantas cosas en la vida, no cambia. Solo cambian las personas.

Valli miró a su alrededor. La verja de entrada también estaba cubierta por la hermosa planta en claro contraste con un edificio de azulejos modernos que se alzaba en la calle posterior, ajeno al tranquilo piar de los pájaros y a la silenciosa memoria de estudiantes como ella, cuya vida cambió en ese lugar. La vitalidad y energía que desprendían la glicinia y el radiante cielo azul animaron a Valli a continuar su paseo por el pequeño jardín. Atravesando el cuidado césped, Valli recordó cómo La Barraca, la compañía de teatro de Lorca, ensayaba sus obras en ese mismo espacio e incluso una vez estrenó algunos entremeses de Cervantes, que ella presenció. Nunca volvería a ver tan buen teatro.

La anciana suspiró y anduvo unos pasos, silenciosa, hasta llegar a la ventana de la antigua biblioteca, donde había asistido a conferencias de Machado, Pedro Salinas, Celaya o Alberti. Esas charlas en absoluto eran magistrales o aburridas, sino participativas y, sobre todo, prácticas; las residentes siempre aprendían. Recordaba sobre todo una de Ramon Gómez de la Serna, titulada *Cosas del humor;* otra de Zulueta, *La infancia y la vejez;* o a Eugeni d'Ors, venido expresamente de Cataluña para hablarles de *El arte de ser sencillo*.

La anciana miró a su alrededor. Ya no quedaba nada de la «casita de la obrera» que María de Maeztu les había dejado construir en plena República para dar clase y merienda a modistas semianalfabetas o chicas de provincias que servían a la ya decadente aristocracia madrileña. Aunque las impulsoras del grupo eran casi todas de izquierdas, Valli no recordaba ningún desprecio por parte de otras residentes —algunas, futuras falangistas—, puesto que la directora insistía en que la concordia y comprensión de las ideas de los otros siempre debían imperar. En la Residencia no había ni gestos ni aspavientos, ni se restringía ni coaccionaba. Cada una iba a lo suyo y a su ritmo. Había hasta una judía y alguna que otra lesbiana, aunque Valli, por entonces, no sabía ni qué eran los homosexuales, recordó con una sonrisa. No se enteró hasta que una compañera le explicó que, en la residencia masculina, Lorca era abiertamente homosexual. Ella se fijó bien, pero la verdad es que, con tanto dandismo importado de los *colleges* británicos, el joven autor no desentonaba ni lo más mínimo en ese ambiente tan refinado.

Presa de la emoción, la anciana entró sin llamar, pero una señora mayor, de pelo blanco y mirada rápida, salió a recibirla.

—¿Señora Querol? —preguntó con una sonrisa amable.

Valli, sorprendida, asintió. Así le había enseñado María de Maeztu a recibir a las visitas y le alegró pensar que el lugar conservaba las buenas maneras.

—Me acaba de llamar Soledad, del Instituto Internacional, para avisar de que venía. Pase, por favor, que le enseñaré dónde tenemos el archivo.

Valli no la siguió, pues se quedó ensimismada mirando hacia la antigua biblioteca, hoy también repleta de libros de

Ortega y Gasset, a quien ella escuchó varias veces en aquel mismo lugar. Lentamente, se dirigió hacia la sala, antaño decorada con mesas de madera de pino y sillones de mimbre, nada lujoso, pero cómodo y bien dispuesto. El lujo de esos edificios no era ni bandejas de plata ni adornos rebuscados, sino los más de cuatro mil libros a su disposición o los pianos, que sonaban alegres la mayoría de las noches. Valli contempló la biblioteca donde las residentes se reunían para estudiar por las tardes, después de pasar la mañana en la universidad. Eran jóvenes con todo el futuro por delante, que leían y escribían sus propias ideas en los cuadernillos que la propia Residencia les proporcionaba. Tenían voracidad por aprender, querían cambiar su país.

El cierre de una puerta la alertó de que la señora del pelo blanco la esperaba, pacientemente, junto a las escaleras que la habían de conducir hasta el archivo. Sin ánimo de molestar o hacer perder el tiempo a nadie, Valli se sentó frente a unas veinte cajas repletas de carpetas y eligió las que estaban marcadas como «correspondencia» para así conseguir algunas direcciones.

En un pequeño sillón, en los bajos del edificio, Valli se inmiscuyó en un mundo de nombres que hacía más de medio siglo que no recordaba, pero sobre todo uno la impresionó. Entre los documentos, apareció una fotografía antigua, muy poco clara, de Victoria Kent, su tutora en la Residencia y también la primera diputada de la historia parlamentaria española, junto a Clara Campoamor. Victoria la recibía semanalmente a pesar de que entonces ya estaba entregada a la política y ejercía como directora general de prisiones —era la primera vez que una mujer ejercía un cargo nacional público en España—. Kent, que abandonó la Residencia al finalizar sus estudios de Derecho en 1920, había seguido en contacto con la institución gracias a su gran amistad con María de Maeztu, aunque muchas residentes siempre sospecharon que allí había algo más.

Con la excusa de ir al baño, Valli volvió a la planta principal para, esta vez, dirigirse hacia el ala izquierda del edificio. Allí encontró el pequeño salón en el que se reunía el Lyceum Club, quizá el primer club de mujeres de España, en el que debatían regularmente temas de actualidad. En ese foro, Valli había conocido a María Lejárraga, autora de *Canción de cuna,* a la filósofa María Zambrano, a la periodista Josefina Carabias y a Margarita Nelken, diputada y madre soltera, quien también acabó, como muchas residentes, en el exilio. Otra asidua era Isabel Oyarzábal, corresponsal en Madrid del diario británico *Daily Herald,* quien un día les explicó cómo se había colado en una cárcel de Madrid para denunciar su mal estado haciéndose pasar por hija de Alcalá Zamora. Allí debatieron el alzamiento de Sanjurjo en 1932, la reforma agraria, la ley del divorcio, el voto femenino y todo cuanto ocurría a su alrededor; hablaban sin normas ni tapujos y siempre sin perder el respeto. También acudían al Lyceum las esposas de destacados intelectuales, como Zenobia, casada con Juan Ramón, o las señoras de Ortega y Gasset, Marañón, Baroja y Pérez de Ayala, por lo que el grupo fue bautizado como «el club de las maridas» por los sectores más recalcitrantes y machistas.

Ellas, sin inmutarse, siguieron con sus reuniones. Victoria Kent, abogada de profesión y en su día presidenta del club, una vez les explicó los pormenores de la defensa de su antiguo maestro, Álvaro de Albornoz, acusado de deslealtad monárquica en un consejo de guerra justo antes de proclamarse la República. Los defensores consiguieron rebajar la pena drásticamente y Victoria alcanzó notoriedad nacional. Ya como directora general de prisiones, en los primeros años de la República, su tutora, que nunca dejó de serlo, continuaba asistiendo a las reuniones del Lyceum siempre que su cargo se lo permitía. Sentadas en el suelo para escucharla, pues la sala siempre estaba abarrotada cuando ella iba, Victoria les contó sus planes para las prisiones, como dar derechos a los presos o la posibilidad de que les visitaran sus novias o esposas. También quería instalar bibliotecas y hasta buzones de sugerencias. Eso mismo intentó hasta que dimitió al cabo de un par de años, presionada por hombres mediocres a quienes parecía molestarles que una mujer les mandara. Victoria finalmente sucumbió, pero también porque le importaba más realizar su trabajo conforme a sus ideales que continuar en un puesto bajando la cabeza solo para promocionar su carrera política. Victoria siempre fue un ejemplo para todas las residentes.

Alta, corpulenta, llena de vida y disciplina, Kent continuó su labor profesional en su propio despacho de abogada, ubicado muy cerca de la Residencia, donde ejercía y residía junto a una amiga y el hijo de esta. Valli, que visitaba a menudo a esta familia tan atípica para la época, recordaba algunos de sus comentarios, que no habían perdido ni pizca de actualidad. Whisky añejo en mano, que tanto le gustaba, ojos fijos al frente y el pelo negro hacia atrás, un día le dijo: «Cuando los hombres se creen inspirados por Dios, comienza la hora de las catástrofes; cuando aceptan su papel de hombres, están en el camino de acercarse a sus iguales, que es el camino para comprenderlos».

Nunca se le había olvidado esta frase, ni la trágica premonición que traía en sí. Valli suspiró al contemplar la estancia, todavía con el mismo parqué oscuro y también rodeada de libros. Vio a su querida Victoria, tan moderna siempre, fumando en el jardín, debatiendo, rebatiendo, siempre animándola a estudiar más, a llegar más lejos. Cuando Valli le dijo que quería ser maestra, Victoria la animó para llegar a ministra de Educación. Así era. La anciana sonrió al recordar cuando Victoria le preguntó qué idiomas hablaba y ella, orgullosa, respondió que castellano y morellano. Valli ahora estaba segura de que Victoria, por dentro, se debió de reír a carcajadas. Pero muy al contrario, su tutora le respondió de manera muy seria que eso estaba muy bien, pero que era imperativo que también aprendiera inglés y se fuera a Inglaterra a visitar las escuelas y universidades más avanzadas. Antes de ser ministra, debía conocer mundo, le dijo. Ella, que solo había estado en Morella, Zaragoza y Madrid en toda su vida, le puso gran empeño y, con la ayuda de su amigo Tristan, de la residencia masculina, aprendió inglés hasta dominarlo, al menos lo suficiente para ganar una beca de la Junta de Ampliación de Estudios en el Extranjero. María de Maeztu la ayudó y recomendó y, en junio de 1936, ya lo tenía todo a punto para pasar un año en el Smith College de Estados Unidos a partir de septiembre. El proyecto nunca se cumplió.

La anciana miró las decenas de carpetas sobre la mesa y se vio ante una tarea monumental. ¿Quién le iba a dejar cinco millones de euros? Valli apretó los labios y pensó que Victoria Kent nunca se habría arrugado ante un objetivo, por más intimidador que fuera. También recordó a María de Maeztu, quien ignoraba las risas de los señoritos universitarios en el tren de Bilbao a Salamanca, adonde solo iba a examinarse, porque no podía asistir a clase por ser mujer. María había viajado por todo el mundo sola cuando apenas existían precedentes en España, estudiando modelos educativos, dando conferencias, interesándose por las ideas más modernas.

Esas mujeres dieron pasos de gigante sin apenas ayudas ni precedentes.

Valli pasó las horas siguientes ante los archivos, inmersa en recuerdos imborrables, memorias de una vida que la cambió para siempre, por más que el destino se empeñara en detener el impulso que esa residencia le infundió.

Sin apenas descanso, apuntó nombres y direcciones de cuantas residentes recordaba y, lejos de sentir que la tarea era imposible, salió del palacete de la calle Fortuny cuando ya cerraban, al caer el sol, dispuesta a cumplir con su obligación de un modo alegre, sencillo y eficiente. No había perdido ni un ápice del espíritu que había aprendido allí.

8

Charles tardó casi una hora en encontrar el camino que salía de una pequeña carretera rural hacia la masía de Vicent. A pesar de seguir correctamente las indicaciones, el inglés, al volante de su Seat Ibiza de alquiler, pasó una y otra vez por delante del camino, pues este apenas se veía, no solo por no estar asfaltado, sino porque el aguacero que había caído el día anterior, Lunes de Pascua, lo había dejado lleno de charcos y lo había cubierto completamente. Al final, con mucha paciencia, Charles dejó el coche en la cuneta y se puso a andar hasta que por fin dio con él.

Tras superar baches y agujeros importantes, al inglés le impresionó la primera vista de la casa del alcalde. Alta, esbelta y antigua, la masía era un edificio solitario e imponente en medio de un paisaje maravilloso. Los alrededores, al menos desde lejos, no estaban inmaculadamente cuidados, como las casas más solariegas de Inglaterra, sino que la maleza y los árboles que rodeaban la construcción, sin apenas orden, le daban un encanto natural único. La piedra del edificio, de un color claro casi arcilloso, y las ventanas de madera le daban un aire inmediatamente acogedor. A Charles, acostumbrado al orden inglés, al impecable césped de Eton y Oxford, le fascinaba el desorden natural español. Le parecía sumamente exótico.

Aparcó el Ibiza en el primer espacio que encontró, junto a una caseta construida con los mismos materiales que la casa principal. Aquel desorden estaba muy estudiado, se dijo el inglés. El piar de los pájaros le dio una bienvenida alegre, al tiempo que vislumbró a un mozo que, cubo en mano, limpiaba las malas hierbas alrededor de los manzanos y perales junto a la entrada. Después de saludarle, Charles, maleta y ramo de flores en mano, llamó al portón principal con la herradura que colgaba del centro.

—¡Ya voy! —oyó gritar a Isabel desde dentro.

Charles miró a su alrededor. El día había amanecido nublado, algo que en el fondo le alegraba, ya que el sol aplastante de los días anteriores le había dejado la piel un tanto irritada. Él estaba acostumbrado al gris londinense, siempre más calmado que la intensidad del sol radiante que atontaba y agotaba su mente racional. El «mejor» clima le había puesto de un excelente humor. Además, ese era su penúltimo día de vacaciones antes de regresar a Inglaterra el jueves y se había propuesto aprovecharlo. Impulsado por la curiosidad, había aceptado la invitación de Vicent para cenar y pasar una noche en su casa, de la que había oído algunos rumores en el pueblo. Ciertamente, parecía magnífica, aunque todavía no había visto rastro de alguna de las exageraciones que circulaban, incluida una fuente de la que emanaba vino.

Isabel por fin le abrió la puerta.

—*Hello!* —le dijo mostrándole una amplia sonrisa.

Charles se sorprendió al verla con el pelo negro largo y suelto ligeramente ondulado y sus grandes ojos verdes almendrados, más destacados en un día gris, como si a ella también le sentara bien la ausencia del sol. Su tez era morena, incluso más que la de muchos españoles.

La hija del alcalde, que lucía un delantal, le dio la bienvenida.

—Pase, Charles, buenos días, ¿ha encontrado bien el camino?

El inglés sonrió, honesto.

—Bueno, al final, el que la sigue la consigue —dijo.

Isabel le observó con interés.

—Habla muy bien el castellano, ¿dónde lo ha aprendido?

Dejando la maleta en el suelo y sin saber muy bien qué hacer con las flores, Charles contestó:

—Soy profesor de esta lengua, más vale que me apañe bien —dijo, arrancando una sonrisa a Isabel.

Esta miró el bonito ramo de rosas amarillas que Charles todavía sostenía, expectante. Un tanto nervioso, el inglés miró alrededor de la pequeña y rústica entrada, justo antes de la puerta de cristal que daba acceso a la casa.

—Os he traído esto a tu madre y a ti —dijo por fin, mirando al vacío—. Espero que os gusten, aunque ya veo que, con este jardín tan impresionante, no os faltan ni flores ni plantas —añadió, ahora mirando de reojo a Isabel.

La hija del alcalde cogió el ramo y se lo acercó para olerlo. Las flores todavía no se habían empezado a abrir.

—Son preciosas, muchas gracias —le dijo con cierta timidez—. Me encantan las rosas y, como habrá visto, aquí no tenemos ninguna, así que mi madre también estará encantada. —Isabel miró a Charles con curiosidad, reparando en sus zapatos embarrados y también en su pequeña y vieja maleta—. Pero entre, entre —le dijo, dirigiéndose hacia la puerta de cristal—. Aunque, de hecho, será mejor que se quite los zapatos, ahora le traigo yo unas zapatillas, que veo que ha estado entretenido esta mañana… —le dijo.

Charles sonrió.

Sacando unas pantuflas del viejo arcón que había en la pequeña entrada, Isabel siguió con el tono parlanchín que Charles recordaba de la fonda.

—Mis padres vendrán enseguida —le dijo—. Mi padre ha salido a dar un paseo con su caballo, creo que quería ver el estado de los caminos antes de hacerte un recorrido esta tarde, y mi madre ha tenido que ir a la fonda a resolver unos asuntos con Manolo, que se unirá a nosotros esta noche en la cena.

Intercambiando comentarios sobre las lluvias y la sequía, los dos entraron a la sala principal, con la que Charles se quedó maravillado. El estilo rural, con una piedra bien cuidada y unos muebles sumamente confortables, todo a la lumbre de una hoguera, era parecido al de las casas inglesas más bonitas que había visto. Pero la masía de Vicent, además, tenía una antigüedad que le daba un encanto incomparable. El inglés se fijó en las retorcidas vigas de madera del techo, en la cocina de leña y en las antiguas herramientas de labriego que colgaban de las paredes. Se sorprendió de no ver ningún cuadro de Isabel, pero antes de que pudiera preguntar, esta le dijo:

—Venga, que le enseñaré su habitación. Mi padre me ha dicho que, después de la comida, irán a dar un paseo y luego se quedará aquí a pasar la noche, pues es verdad que conducir por estos caminos de Dios, sobre todo después de un buen vino y ya de noche, es un poco peligroso.

—Pues sí, tu padre ha sido muy amable al invitarme.

Isabel no respondió y se dirigió hacia una de las habitaciones de invitados, en el primer piso.

—Pase —le dijo, abriendo la puerta de madera oscura y antigua de la inmensa habitación.

Charles observó la estancia, dominada por una mullida cama doble en el centro y una inmensa ventana semicircular que se abría a las montañas. El inglés dejó su maleta, se acercó al ventanal y lo abrió de par en par.

—Qué lugar tan maravilloso —dijo en voz baja, mirando a un lado y a otro.

—No está mal —contestó Isabel, a la inglesa.

Charles la miró con interés.

—¿Hace mucho que vivís aquí?

—Yo no, yo vivo en Villarreal, donde trabajo, pero mis padres se mudaron aquí hace casi dos años, así que esta, de hecho, nunca ha sido mi casa —dijo—. Para mí es demasiado grande.

A Charles le sorprendió el comentario. ¿Quién no estaría contento con semejante mansión? Mirando de nuevo por la ventana, distinguió el circuito hípico, con su pabellón, y al lado, la piscina, ahora vacía, rodeada de una zona más ajardinada, con césped.

—Así que tu casa en Villarreal ¿no es como esta?

Isabel esbozó una sonrisa.

—Yo con un pisito ya estoy conforme, que a mí me gusta estar tranquila y descansando el poco tiempo libre que tengo; entre la faena y el venir a Morella los fines de semana para ayudar en la fonda, no paro.

—Sin ánimo de entrometerme —dijo Charles—, ¿por qué no ponéis más servicio en la fonda y así no tienes que ir tú?

—Pues ya querríamos —contestó Isabel—, pero le sorprenderá saber que en Morella es muy difícil encontrar gente dispuesta a hacer baños y camas. Este país se ha hecho rico de la noche a la mañana y ya nadie quiere los trabajos peor remunerados. Pero, claro, tampoco podemos pagar fortunas por limpiar habitaciones.

Isabel se tomó un respiro y se dirigió hacia una puerta que daba al baño de la habitación, seguramente para inspeccionarlo.

—Normalmente tenemos a alguien que nos ayuda —continuó—, pero la verdad es que es poco de fiar, así que siempre acabo apechugando yo.

Charles asintió con empatía.

—Y esta semana, ¿no trabajas en Villarreal? —le preguntó.

Isabel desvió momentáneamente la vista y, después de una breve pausa, respondió:

—Pues no, esta semana me la he cogido de vacaciones.

—¿Y no has aprovechado para realizar algún viaje? —Charles no comprendía cómo alguien independiente y adulto podía dedicar sus vacaciones a ayudar a unos padres aparentemente ricos.

Isabel, de unos cuarenta y pico años, según calculó Charles, volvió a desviar la mirada y se dirigió hacia la cama para estirar bien el edredón, que tenía un par de arrugas. Al volver junto a Charles, todavía apoyado en la ventana, contestó:

—Bueno, no se lo diga a mi padre, pero en verdad me he cogido los días de fiesta para mirar otros trabajos; de hecho, el viernes tengo una entrevista en una fábrica de Castellón —dijo.

—¿No estás a gusto en los azulejos? —le preguntó, interesado.

Isabel apretó sus gruesos labios y ladeó ligeramente la cabeza.

—El sitio es bueno y la gente amable, pero a mí me da que las cosas no van bien y corren rumores de que van a echar a gente —dijo, algo avergonzada.

—Qué lástima —dijo Charles preocupado, pues aquella mujer le parecía sana, honesta y trabajadora—. Pero seguro que encontrarás otro trabajo igual o mejor, ya verás. Pareces muy diligente, por lo que he visto.

Isabel se sonrojó ligeramente.

—Ya veremos, que me parece que no está el percal para hazañas —dijo.

—Ah, ¿sí? —Charles pensó inmediatamente en Robin—. ¿Por qué lo dices? —preguntó disimulando el gran interés que tenía por ese asunto. No era cuestión de ser alarmista, pero en una negociación, información así podría resultar relevante.

Isabel emitió un largo suspiro antes de continuar.

—Este país y, sobre todo, esta Comunidad han crecido mucho en los últimos años. Yo lo he visto muy bien en la fábrica, donde nos llegaban pedidos millonarios de gente que se construía casas nuevas y querían los mejores materiales. No sabe lo que he llegado a ver —le dijo en un tono casi confidencial—. Desde albañiles haciéndose casas de más de un millón de euros hasta taxistas que se volvían millonarios con un par de operaciones inmobiliarias a través de algún chiringuito que se habían montado con algún cuñado o socio. Aquí, lo negro se ha vuelto blanco, se lo aseguro yo —le dijo, mirándole fijamente—. Pero ahora, hace mucho que no veo pedidos como los de antes. Todavía se empiezan casas nuevas, las grúas siguen ahí, pero yo no veo que nadie compre o que se mude; hace tiempo que nuestros inventarios no bajan. Pero nadie habla de ello.

Charles se quedó pensativo.

—Muy interesante —dijo, acariciándose la barbilla con la mano—. ¿Y cómo crees que acabará?

Isabel se rio ligeramente, con una risa un tanto nerviosa.

—Yo, señor Charles, no soy más que una simple secretaria, no sé nada de economía, ni me atrevería a hacer ninguna proyección —dijo, modesta—. Solo sé lo que nos enseñaban en el colegio: no cuentes el trigo hasta que esté en el saco bien atado.

Charles asintió.

—No creas que la situación en Inglaterra es muy diferente —le dijo—. Allí también hemos visto una bonanza sin precedentes, pero, por suerte, en mi sector no nos hinchan los salarios como a los banqueros, así que por más que queramos volvernos locos con el dinero, ¡no nos lo podemos permitir! —le dijo, sonriente.

Los dos permanecieron unos segundos en silencio, un tanto incómodos, puesto que en el fondo ambos eran solteros, de mediana edad y estaban solos en una habitación. A pesar de que nunca se sentiría atraído por una voluminosa secretaria en España, permanecer con ella en su dormitorio, en una casa vacía, cuando su padre, el alcalde, estaba a punto de llegar, no le pareció correcto.

Mirando a su alrededor, Charles por fin se dirigió a Isabel:

—Si me disculpas unos instantes para que me acomode, en unos minutos volveré abajo.

—Por supuesto —dijo esta—. Todo está a punto y, por favor, dígame si necesita algo, que enseguida se lo traeré. No creo que mis padres tarden en llegar.

—No me trates de usted, por Dios —le dijo Charles, en el fondo sintiendo lástima de aquella pobre y talentosa artista cuyo padre le había inculcado una actitud tan servil.

Una media hora después, los dos, café en mano, oyeron desde la cocina los cascos de *Lo Petit* acercarse hacia la casa.

—Ya está ahí mi padre —dijo Isabel, levantándose para preparar otra cafetera.

El alcalde, ese día vestido más informal, con unos pantalones viejos de pana y un holgado jersey de punto, enseguida se acercó a Charles con los brazos abiertos.

—¡Mira quién ha llegado ya! ¡El inglesito! —le dijo con una amplia sonrisa y dándole un fuerte abrazo.

A Vicent se le veía más descansado que el domingo, pensó Charles, aunque tenía los ojos negros más bien hundidos y algunas ojeras. De todos modos, ofrecía mejor aspecto que la última vez que lo había visto, el domingo en la plaza Colón, con la corbata del frac un tanto desajustada y cara de estrés. Hoy, al menos, había recobrado la salud, aunque todavía no sabía si el humor también.

—Ponme un café, chata —dijo Vicent a Isabel sin mirarla.

Esta obedeció de inmediato, mirando al suelo.

—Pasa *inglis,* pasa —dijo, asiendo a Charles por el brazo—. Ven, que hoy vamos a disfrutar. Ya verás tú lo bien que vivimos en este pueblo. —Volviéndose hacia Isabel, le dijo—: Nena, tráeme el café a la chimenea y un poco de jerez al inglés, del añejo, que le va a encantar; y un poco de jamón también.

Isabel no dijo nada y los dos hombres se sentaron en los sillones frente a la chimenea. Vicent avivó el fuego añadiendo un par de leños para dar calidez, más que calor, pues tampoco hacía tanto frío.

Isabel llevó las bebidas y el aperitivo en una bandeja, que dejó junto a la pequeña mesilla entre los dos sillones.

Vicent la ignoró, pero Charles se sintió obligado a destacar su aportación.

—Su hija ha resultado una gran ayuda —dijo, mirándola.

—Ah, ¿sí? —contestó Vicent, sorprendido y observando a Isabel, que se había quedado de pie junto a la chimenea sin saber muy bien qué hacer mientras hablaban de ella—. ¿Y se puede saber qué ha hecho? —preguntó el alcalde en un tono incrédulo.

—Ha sido muy amable conmigo desde el primer día, además me ha contado historias muy interesantes de la fonda —respondió el inglés firme y dirigiendo una mirada de complicidad a Isabel.

Un tanto alarmado, Vicent preguntó:

—¿A qué historias se refiere?

Isabel irrumpió enseguida.

—Lo de la Virgen sevillana, padre.

Vicent echó una carcajada y asió el café para dar el primer sorbo.

—¿Y eso es interesante? —preguntó con desdén—. Tú tranquilo, Charles, que yo sí que tengo historias interesantes que contarte, ¡de las financieras!

Charles miró a Isabel, quien ya se iba, con cierta lástima.

—Prueba el jerez, hijo, que te sentará bien —le conminó Vicent.

Charles obedeció para comprobar, ciertamente, que era uno de los mejores *sherries* que había degustado en su vida.

—Exquisito —dijo con tono de *gentleman*.

Vicent le sonrió, reclinando la espalda en su sillón y apoyando los pies sobre la amplia parte frontal de la chimenea.

—Bueno, Charles, cuéntame —dijo en tono paternalista—, ¿qué te ha parecido Morella, ahora que ya has pasado unos días con nosotros?

—Es un pueblo precioso —replicó Charles, escueto, rechazando el aire de superioridad de Vicent.

El alcalde le miró con cierta sospecha, como si pensara que así, de monosílabo en monosílabo, no llegarían a ninguna parte. Le ofreció el plato de jamón, que Charles se vio obligado a probar. En verdad, estaba delicioso.

—Bueno —continuó Vicent, jugueteando con el grueso anillo dorado que lucía en sus dedos grandes y poderosos—. Y la escuela ¿qué te pareció? ¿Cómo la viste?

Charles se echó ligeramente hacia atrás y cruzó las piernas. Juntó las manos sobre las rodillas y, mirando al fuego, contestó:

—Es un proyecto interesante. Sin duda se trata de un edificio con potencial —dijo, con ánimo de no comprometerse.

Vicent le miró fijamente a los ojos.

—Eso ya lo sé.

A Charles le incomodó la presión. El alcalde no podía pretender que hubiera tomado una decisión de compra después de tan solo una visita y sin haber estudiado la situación legal. Él era un hombre racional y estas decisiones le llevaban tiempo.

Vicent insistió:

—Solo te pregunto porque hay más inversores interesados, por si no te quieres quedar atrás —le dijo, mirando el anillo con el que todavía jugueteaba.

Charles nunca había respondido ni a amenazas ni a prisas, y mucho menos por parte de un alcalde de pueblo.

—¿Ha recibido alguna oferta ya? —preguntó, devolviendo la pelota a campo contrario.

Vicent tosió ligeramente y se sirvió otra copita de jerez.

—Bueno, oficialmente, no, pero sí he recibido serias muestras de interés —dijo, ahora contemplándose las uñas y las manos de manera más bien altiva.

A Charles, esa prepotencia le producía cierta risa.

—¿Y de cuánto son las ofertas? —preguntó con cierta maldad, pero sin perder su tono inocente y encantador.

Vicent le miró con los ojos bien abiertos y el ceño fruncido.

—Mi querido Charles —le dijo—, esto es una negociación, si te interesa tienes que decirlo y hacer una oferta que nosotros evaluaremos.

Charles tomó un pequeño sorbo de jerez. El momentáneo silencio le permitió escuchar un ligero ruido procedente de la cocina que le recordó que Isabel continuaba en la gran sala, un amplio espacio abierto que ocupaba toda la planta baja.

El inglés observó a Vicent en silencio mientras este comprobaba algo en su móvil de manera más bien compulsiva. A Charles, el alcalde no le despertaba gran simpatía, por sus formas brutas y directas y por cómo trataba a Isabel. A pesar de ello, el profesor pensó en la escuela y en sus posibilidades, haciendo un esfuerzo por centrarse solamente en ese asunto.

—Sí, claro, interés tengo —respondió por fin—. Pero, por supuesto, debería venir con los chicos y ver si a ellos también les gusta Morella, si encajan en esta comunidad. —Hizo una breve pausa—. Además, también me gustaría volver a hablar con esa señora mayor, quisiera conocer mejor las razones por las que tanto se opone al plan.

Vicent suspiró y se echó ligeramente hacia delante, como si fuera a compartir algo de suma relevancia.

—Esa señora, Charles, es absolutamente insignificante —le dijo, mirándole a los ojos—. No le hagas caso, que perderás el tiempo, te lo digo yo.

El alcalde se reclinó de nuevo en su sillón y Charles permaneció pensativo. Solo el crujir del fuego en la leña y el trasteo de Isabel en la cocina llenaban el incómodo silencio.

Estc por fin se rompió con la llegada de Amparo, la esposa del alcalde, cargada de bolsas del supermercado de Morella, el único del pueblo. Tras dejarlas en la cocina y besar a su hija cariñosamente en la frente, Amparo se dirigió hacia los dos hombres.

—Hola, señor Charles —le dijo en tono amable—. Bienvenido a nuestra casa, verá qué bien está y, por favor, sobre todo díganos si necesita algo, que estamos aquí para servirle.

Charles la miró de la misma manera que había observado a Isabel anteriormente. Aquel servilismo le empezaba a incomodar, así como la pasividad de Vicent, quien permitía e incentivaba aquella situación. Amparo, como Isabel, tampoco era lo que se podría decir una belleza, pero tenía cierto aire de buena persona, rechoncha y morena como su hija, que al menos a él le transmitía buenas vibraciones. Con unos pantalones oscuros y un jersey largo de punto, probablemente de confección doméstica, Amparo compensaba sus limitaciones con un poco de maquillaje, que resaltaba sus ojos negros, una melena bien cuidada y, sobre todo, su dulce sonrisa.

La mujer del alcalde se dirigió ahora a su marido:

—Vicent, perdona que me haya retrasado —dijo, sin que él apenas la mirara—. Los diez de Barcelona de la fonda han decidido quedarse dos días más y, de repente, se han presentado a comer sin avisar, así que les he tenido que dejar la comida hecha —se excusó.

Vicent movió la cabeza de un lado a otro.

—Este hijo mío no sabe cómo llevar un negocio —se lamentó—. A la gente hay que preguntarle por sus planes para que se comprometan con antelación. Y si no, que paguen un extra —dijo, frunciendo el ceño.

Conciliadora, Amparo apuntó:

—Creo que se lo están pasando de maravilla, buscando fósiles y trufas por todas partes.

—Pero ¿no tienen que trabajar? —insistió Vicent.

Amparo, dirigiéndose hacia la cocina, replicó:

—Creo que celebran el cumpleaños de la abuela, pero ya se van mañana.

Mientras sacaba algunos productos de las bolsas con la ayuda de Isabel, Amparo quiso tranquilizar a su marido.

—No te preocupes —le dijo—. La comida estará a la hora prevista, que ya lo tengo todo a punto, y además tengo a Isabel.

Vicent lanzó una mirada exasperada al cielo justo al oír el nombre de su hija.

Charles le miró fijamente, pues no podía entender cómo una mujer aparentemente sin ningún problema, como Isabel, podía contrariar tanto a su padre. Quizá había algo que él desconocía.

—¡Mecachuns! —se lamentó Amparo de repente—. ¡Otra vez el agua!

Vicent y Charles se miraron.

—¡Vicent! —gritó Amparo desde la cocina, pero sin abandonar su tono dulce—. Que han vuelto a cortar el agua. Qué pesados. ¿Qué vamos a hacer? No puedo cocinar sin agua. Por favor, llámales, que yo ya lo he intentado mil veces esta semana.

Charles, sorprendido, vio cómo Vicent se levantaba para dirigirse apresuradamente hacia la cocina y susurrar algo al oído de su mujer. Aquella situación le empezaba a resultar un tanto extraña, aunque, por experiencia propia, ya sabía que en España los súbitos cortes de agua y luz tampoco eran inusuales.

Inmediatamente después de la pequeña y secreta reunión familiar en la cocina, Isabel salió disparada escaleras arriba y, al cabo de unos segundos, bajó con lo que parecía una factura, que entregó a su padre. Este se excusó por un momento y se dirigió hacia el piso de arriba, móvil en mano. Charles dejó su sillón para unirse a las dos mujeres, que seguían de pie en la cocina, con los brazos cruzados, silenciosas y con cara de preocupación.

—¿Todo en regla? —les preguntó.

—No se preocupe, señor Charles, que no pasa nada, ahora lo arregla todo mi marido —dijo Amparo.

Isabel se acercó al mueble bar junto a la chimenea y regresó con otra copa de jerez para Charles.

—No te apures —dijo Isabel, tuteándole por primera vez—. Echa un buen trago, que es uno de los mejores *sherries* que tenemos.

—Solo si me acompañáis —replicó Charles a madre e hija.

Las dos sonrieron y, al cabo de unos instantes, los tres brindaban con las copitas de cristal tallado que a Charles tanto le gustaban. Era el primer objeto que había visto desde que salió de Inglaterra que encajaría en Eton. Aquel pensamiento le relajó.

—Usted, señora Fernández, ¿también cose vestidos de sevillana? —preguntó Charles, provocando la risa de Isabel y la sorpresa de Amparo.

Isabel intercedió.

—Mamá, resulta que Charles se queda en la catorce y se encontró con la Virgen de la beata.

Amparo se rio a gusto.

—¡Ay, por Dios, me había olvidado totalmente de que aquella Virgen seguía allí! —exclamó—. La tendremos que quitar algún día, pobres huéspedes; qué susto se llevaría usted, señor Charles.

Este negó con la cabeza, suavemente.

—En absoluto, señora, me pareció una historia fascinante.

Amparo suspiró.

—Ese lugar está lleno de sorpresas —dijo—. En la guerra, se escondieron bastantes objetos religiosos, pero también años después, incluso en los sesenta y setenta, cuando empezaron a llegar los turistas extranjeros.

—Ah, ¿sí? —preguntó Charles, curioso—. ¿Y qué se escondía?

—Pues objetos religiosos de mucho valor, sobre todo para ayudar a la iglesia a protegerse de Erik el Belga.

—¿Erik el Belga? —preguntó Charles, divertido por las historias de aquellas mujeres.

Isabel y su madre se echaron hacia atrás, riendo, apoyando las manos en la cocina, relajándose. Amparo echó un traguito a su copa de jerez y continuó:

—Era un belga, claro, que se puso las botas en los años sesenta robando fuentes y copas de oro y plata de las iglesias. Bueno, todo lo que pillaba —explicó—. Entonces, las capillas siempre estaban abiertas, aunque el párroco estuviera fuera, sobre todo en los pueblos, pues todo el mundo se conocía y nadie entraba más que a rezar. Pero el espabilado este se dedicó a ir por los pueblos de la provincia con un saco y amasó un buen botín. Había noticias y todo, así que nosotros guardamos algunos objetos en la buhardilla cuando corrió el rumor de que andaba por la comarca. El caso es que creo que, al final, lo pillaron en Castellote y lo devolvieron a su país con las manos vacías después de una buena reprimenda.

Los tres se rieron de las andanzas de Erik el Belga, cuyo nombre le hizo gracia a Charles. De hecho, el profesor nunca olvidaría aquella historia, que utilizó una y otra vez como gancho para sus alumnos de español.

La armonía del grupito, sin embargo, se truncó en cuanto Vicent volvió al comedor con el rostro grave.

—Los del agua son unos imbéciles —dijo—. No hay nada que hacer, porque los inútiles no saben cómo resolver este asunto de manera inmediata. Pero en cuanto hable con el jefe se van a acordar de mí. Amparo —dijo a su mujer, con tono de comandante—, ¿puedes cocinar algo sin agua?

Amparo recobró su postura servil de mirada baja y hombros caídos, y contestó:

—Lo siento, querido, pero no puedo; cocinar y fregar consume mucha agua y mejor dejar las reservas de la cisterna para una emergencia, o para duchas, más que desperdiciarla ahora para comer.

Vicent suspiró.

—Bueno, pues nos vamos a comer al pueblo —ordenó—. Así Charles conocerá alguno de los mejores restaurantes. Ya llamaré desde el coche para ver quién tiene abierto todavía —dijo, mirando el reloj.

Las dos mujeres empezaron a recoger la cocina mientras Charles fue a su habitación a buscar la maleta.

—¿No te quedas? —preguntó Isabel al verle bajar tal cual había llegado tan solo dos horas antes.

—Bueno, si hay problemas con el agua y las duchas, mejor que me vuelva a la fonda, que no quiero molestar, y la verdad es que tengo trabajo pendiente.

—Como quieras, pero es una pena —respondió Isabel, mirándole a los ojos.

El comentario sorprendió a Charles ya que, de hecho, aquella era la primera vez que una mujer mostraba interés por su compañía en mucho tiempo. Ese pensamiento le halagó, aunque, por encima de todo, le dejó confuso.

9

La tarde plomiza de ese martes le caía como una losa a Vicent, sentado frente a su chimenea, fumando un cigarrillo detrás de otro. La comida con Charles en Vinatea no había ido mal, aunque habría preferido que su mujer e hija hubieran explicado más cosas acerca de Morella y sus encantos en vez de esos cotilleos sobre personajes, actuales y de antaño, que tanto parecían interesar al inglés. Que si la guerra, que si Erik el Belga, que si el chocolatero, que si su tía. Esas bobadas no le interesaban al alcalde, pues para él solo existía el proyecto de la escuela y habría agradecido más apoyo por parte de la familia. En cambio, más bien parecía que las dos mujeres y el inglés se lo habían pasado estupendamente cotilleando durante más de dos horas, por supuesto a costa del consistorio. Al menos podía justificar que esa invitación era necesaria, ya que, aparte de Barnús, ningún otro inversor había mostrado interés por la escuela. Además, el empresario de Cullera solo había ofrecido dos millones, con lo que sería necesario encontrar a alguien que pusiera otros tres para llegar a los cinco que el ayuntamiento pedía. Los inversores se tendrían que repartir el botín, porque Vicent no estaba en condiciones de rebajar el precio; el consistorio había acumulado una deuda considerable y también tenía que financiar el millón de euros ya invertido en el aeropuerto de Castellón.

Inversiones como la remodelación de la Alameda, la nueva piscina o la participación en el aeropuerto habían sido necesarias para hacer de Morella un pueblo más atractivo. Pero había llegado la hora de centrarse en las ventas y los ingresos para poder pagar a algunos suministradores, cuya paciencia se empezaba a agotar.

Desde el sillón de su casa y con la vista fija en la chimenea, Vicent estaba convencido de que todo se resolvería pronto. No dudaba de que conseguiría los cinco millones para la escuela, aunque la inversión en el aeropuerto le había cortado la capacidad de maniobra y negociación. No podía aceptar rebajas si quería paliar la deuda del consistorio, que, desgraciadamente, era más alta de lo que todo el mundo creía. Las obras municipales se habían pagado con préstamos que en su día se ofrecieron a un interés muy bajo, pero que hoy resultaban más caros después de una subida general de los tipos de interés. Y no solo eso, pensó contrariado. El banco también había subido la comisión que cobraba por todos los préstamos. Vicent no entendía por qué el crédito se había puesto más caro, si el país iba viento en popa.

El alcalde tomó un sorbo del carajillo de anís que Amparo le había dispuesto en la mesilla junto a su sillón. Su mujer se había ausentado en la salita de arriba, seguramente para ver telenovelas o para coser, sus aficiones preferidas, se dijo el alcalde. Isabel, todavía en Morella a pesar de ser un día laborable, había salido a dar un paseo, mientras que Manolo acababa de llamar desde la fonda.

Vicent suspiró hondo y se encendió otro cigarrillo; era el quinto desde que la familia había regresado de la comida con Charles, hacía apenas un par de horas. En el fondo, Vicent sabía que todo se resolvería, como siempre, pero eso no quitaba cierta incertidumbre hasta que todos los cabos estuvieran atados.

Encima, se habían quedado sin agua, con lo que a él le gustaban los baños calientes antes de acostarse. Bueno, pensó, esa noche podía usar el agua de reserva de la cisterna, ya que seguro que los idiotas de la empresa restablecerían el suministro al día siguiente. Era verdad que todavía no había pagado el último trimestre, pero la factura de cinco mil euros le había parecido tan desorbitada que no quería abonarla hasta llegar a un acuerdo con ellos. Él ya sabía que utilizaban una gran cantidad de agua para regar los campos y llenar la piscina en verano; además, el acceso resultaba caro, ya que se necesitaba bombear el agua con un generador para que esta siguiera el paso subterráneo ascendente que habían construido desde unas masías cerca de Morella. Los proveedores fueron muy rápidos en colocar la instalación, pero nada honestos al calcular el coste medio de uso. En ningún momento le dijeron que aquella infraestructura le costaría casi treinta mil euros al año. De hecho, ya les habían cortado el suministro hacía unas dos semanas, pero afortunadamente siempre tenían la fonda a mano para comer y ducharse.

Su móvil sonó, alto e irritante, como de costumbre, moviéndose ligeramente en la mesilla junto a su sillón. Rápido, Vicent estiró el brazo y comprobó que se trataba de Barnús. Esperanzado, cogió la llamada que podría empezar a mover el proyecto.

Genio de las finanzas, ¿cómo estamos? —le dijo, recobrando su tono seguro, irguiendo la espalda.

—Estupendo, alcalde, estupendo —respondió el inversor de Cullera al otro lado de la línea.

En este país, las cosas siempre le iban bien a todo el mundo, pensó Vicent antes de continuar.

—Oye, muchas gracias por la paella del domingo, estaba de primera, y todo el pueblo apreció tu generosidad. ¿Viste qué cola para hablar contigo? —El peloteo era una técnica que nunca fallaba, se dijo Vicent, quien nunca había entendido por qué había personas que no la utilizaban. Era tan sencillo...

—Bueno, hacían cola por la comida, no por mí —respondió Barnús con falsa modestia—. De todas maneras, ¿a mí qué me importa? —añadió—. Yo lo que quiero es la escuela del pueblo para meter un gran casino; la idea, alcalde, realmente nos tiene entusiasmados al marqués y a mí —dijo—, y de eso quería hablarte.

Vicent sonrió.

—A su servicio.

Barnús dejó pasar unos segundos y continuó:

—Como te dije el otro día, no me llaman tiburón por casualidad y tanto el marqués como yo necesitamos una confirmación por escrito de que la Generalitat se hará cargo de la remodelación. Si no, no nos salen los números —dijo.

—Sí, ya me lo dijiste, Paco, ya recuerdo, y estoy en ello —respondió Vicent un tanto dubitativo, pues le incomodaba tener que presionar a Roig por ese asunto. De todas maneras, después de la solución acordada el domingo en la plaza Colón, seguro que no habría ningún problema—. No te preocupes, que esto lo arreglo yo en un pispás. Te llamo en cuanto la tenga o te la envío por fax. ¿De acuerdo?

—¡Qué grande eres, alcalde! —respondió Barnús en tono más bien alto—. Ya sabía yo que este pueblo huele a negocio que da gusto.

—Ya verás tú cómo los inmuebles en Morella van a subir como la espuma en cuanto tengamos el aeropuerto en Castellón y la escuela se convierta en un gancho para el turismo —dijo Vicent, convencido de sus palabras.

—El aeropuerto, esa es la clave —respondió Barnús—. En Vinaroz, yo también tengo una lista larguísima de clientes para una de mis torres que solo están pendientes de confirmar los vuelos que operarán para establecer sus oficinas a diez metros de la playa. —Barnús hizo una pequeña pausa—. Esto se nos va a llenar con los ricos del norte de Europa, ¡ya verás tú! —exclamó, triunfalmente.

Los dos hombres rieron y, sin más, acabaron la conversación.

Vicent se encendió otro cigarrillo, con el que jugueteó con los dedos hasta consumirlo. El carajillo ya se había quedado frío y no había nadie en la cocina para prepararle otro. Con un gesto de irritación, el alcalde se acercó al mueble bar para servirse un Chivas con hielo.

De nuevo en su sillón, jugueteó con el móvil durante un buen rato, pues no sabía si llamar a Roig y pedirle la garantía o esperar a que esta llegara. Lamentablemente, no tenía demasiado tiempo, sobre todo después del pago del millón. Necesitaba muy pronto el dinero de la venta de la escuela para justificar las cuentas del ayuntamiento. Si no, la oposición y el pueblo entero se le tirarían encima.

Echándose el pelo negro hacia atrás, marcó el número de Roig. Ante su sorpresa, el presidente le contestó enseguida.

—Contigo quería hablar, gilipollas —le espetó este.

Vicent irguió la espalda y abrió los ojos como platos.

¿Presidente? —preguntó, como si en el fondo creyera que se trataba de un error—. Soy yo, Fernández, de Morella.

—Ya lo sé, estúpido —respondió Roig, aunque apenas se le podía oír, pues parecía haber mucho viento, casi un huracán, donde fuera que se encontrara, pensó Vicent. El presidente continuó—: Espera que me meta dentro del barco.

Vicent se puso en pie y esperó con las piernas completamente tensas. Algo había ido mal.

—Fernández —sonó la voz otra vez—, ¿pero tú no sabes lo que es un trato o qué, macho? —dijo el presidente, en voz más baja, sin duda para que no le oyeran.

—No sé a qué se refiere, presidente —le dijo.

—No te hagas el tonto, que estoy aquí en plena Copa América, tengo a no sé cuántos diplomáticos en el barco y no tengo tiempo que perder en una mierda de escuela, en una mierda de pueblo —le dijo.

Vicent cerró los ojos, como si no pudiera absorber más aquella retahíla de insultos. Escuchó el descorchar de más de cinco o seis botellas de champán al otro lado del hilo y, sin duda, el ruido de unas copas. Se le había olvidado que esa semana Valencia acogía la Copa América de Vela, otro proyecto en el que Roig había invertido sin freno y que Vicent, francamente, no entendía. Al menos el casino de Morella crearía empleo permanente, pero un campeonato de vela era temporal y los beneficios solo se los embolsarían los delegados de las firmas de lujo que participaban. Las infraestructuras construidas para la ocasión quedarían, como siempre, relegadas al abandono y al olvido.

—¿Qué ha pasado? —se atrevió a preguntar por fin Vicent, cerrando nuevamente los ojos ante el posible vendaval que se avecinaba.

—Pues que el dinero no llegó el lunes, imbécil —replicó el presidente valenciano—. ¿Se puede saber por qué faltaste a tu palabra? Me ha costado un problema, porque ya sabes que el inútil del alcalde de Castellón quiere frenar el proyecto, porque en el fondo es un *cagao*. Yo le dije que no se preocupara, que el lunes estaría todo arreglado y, mira, me hiciste quedar como un idiota. ¿Se puede saber qué coño pasó?

Vicent pensó en Eva inmediatamente. Por un segundo cuestionó la lealtad de su empleada, pero enseguida lo desestimó. Era imposible que Eva le hubiera desobedecido, aunque ya pensó él, al abandonar el ayuntamiento el domingo por la noche, que se tendría que haber quedado para supervisar la operación. Pero estaba agotado y ella había dicho que tardaría horas en preparar un presupuesto que le permitiera ejecutar la transferencia. Debía rehacer las cuentas para evitar los filtros que el ayuntamiento tenía precisamente para impedir operaciones como aquella.

Vicent no sabía qué responder, más que disculparse y prometer una rápida solución.

—Presidente, créame que siento muchísimo si le he causado algún inconveniente —dijo Vicent con voz de cordero.

—No me vengas con historias y arregla el asunto, hostia —le interrumpió Roig.

—Por supuesto, ahora mismo me pongo a ello… —apuntó Vicent, dejando la frase a medias.

El alcalde no acababa de entender por qué tanta prisa. Si Morella iba a dedicar un millón de sus pequeñas arcas locales a un proyecto, al menos debían saber por qué ese dinero era tan inminentemente necesario.

—Presidente, permítame una sola cosa —le dijo.

—¿Qué quieres? —respondió Roig—. Rápido, que me esperan no sé cuántos empresarios con temas muy interesantes. ¿Qué pasa ahora, Fernández?

—Como sabe, yo tengo obligaciones con mis ciudadanos y me gustaría saber en qué se va a usar nuestro dinero exactamente. Por las prisas, parece que se trata de algo muy concreto.

Vicent oyó a Roig exhalar el humo de un puro o un cigarro.

—¿Para qué quieres saberlo? —le preguntó.

A Vicent le sorprendió el secretismo, pues creía que precisamente su posición le daba acceso a información que no siempre llegaba al público, pero a él, desde luego, sí.

—Hombre, si metemos un millón, lo menos es saber para qué, ¿no?

Roig suspiró al otro lado del teléfono.

—Bueno, te lo cuento, pero tú de esto ni pío a los tuyos, que se puede armar un jaleo. Por eso no sé si es mejor que lo sepas o no.

—Prefiero saberlo, esa gente, al fin y al cabo, me ha votado, presidente —dijo Vicent, consciente de que ese era un momento delicado y debía comportarse con acierto.

—Allá tú —respondió el presidente, aparentemente fumando rápido por la gran cantidad de humo que le oía echar—. La cuestión es que la pasta la necesita el club de fútbol local, que lucirá el logo del aeropuerto para promocionar la ciudad.

A Vicent le sorprendió la respuesta.

—Creía que el contrato con los del fútbol se había firmado hace mucho tiempo. ¿No se ha pagado ya todo lo que en su día acordaron?

—Los muy hijos de puta metieron una cláusula en el contrato que se nos pasó a todos, que decía que, si subían a primera, les tendríamos que pagar más; y los muy cabrones van y ascienden —explicó Roig—. Llevamos todo el año dándoles largas y ahora nos están metiendo mucha presión, amenazándonos con filtrarlo a la prensa y, por supuesto, con llevarnos a los tribunales. Ya existe suficiente oposición a este proyecto como para encima tener a la prensa acosándonos.

Vicent se quedó pensativo.

—Pero ¿no se puede llegar a un acuerdo? Les podríamos facilitar viajes gratis una vez que esté construido el aeropuerto. ¿Dice el contrato que el pago debe ser en metálico o podemos ser creativos?

—No es mala idea —dijo Roig, por fin positivo—. Pero ellos también están pillados. Han construido un estadio que les viene grande y han fichado jugadores a los que ahora no pueden pagar. —El presidente hizo una pausa—. Creo que necesitan ese millón para pagar las nóminas de los últimos tres meses.

Vicent apretó los ojos, como si no quisiera oír más.

—Joder, cómo está el patio —dijo con pesar.

—Pues sí, Fernández, así está —concedió Roig—. Más vale que envíes ese dinero ya y que vendas tu escuela pronto, que como el dinero no empiece a circular rápido, nos va a pillar el toro.

—Cuente con ello y perdone por el retraso, presidente —concluyó Vicent, ahora más preocupado por las finanzas de la Comunidad que por el millón de Morella.

—Pero no te alarmes, alcalde, que todo se andará y tenemos buen soporte —le dijo, en un tono más alegre—. Esto de la America's Cup nos traerá buenas inversiones, ya verás.

Vicent asintió y colgó tan rápido como pudo para llamar a Eva y aclarar aquel asunto.

Justo cuando iba a pulsar el botón de su móvil, entró su hija Isabel, siempre igual de inoportuna.

—¿No trabajas esta semana? —le preguntó, todavía de pie, con el whisky en una mano y el móvil en la otra.

Notó cómo Isabel le observaba de arriba abajo.

—¿Se puede saber qué miras? —le dijo, nervioso y a la defensiva.

Su hija dio un paso hacia atrás, dejando por un momento de quitarse el abrigo y clavando la mirada en su padre.

—¿Y se puede saber qué te pasa a ti hoy, con tanto mal humor? —dijo Isabel, ahora sí plegando su abrigo cuidadosamente sobre una de las sillas de la cocina.

Vicent dejó el whisky en la mesilla y se encendió un cigarrillo. Después de la primera calada, suspiró.

—Cosas del trabajo —dijo.

El alcalde miró el aspecto de su hija. Todavía llevaba los vaqueros, más bien estrechos para sus amplias caderas, y el mismo jersey rojo muy ancho de punto que había lucido en la comida con Charles, que le daba un aspecto como de armario. Hacía mucho que no la veía maquillada y desconocía si alguna vez iba a la peluquería, pues siempre llevaba el pelo atado en una coleta, a veces con una goma que más bien parecía de caucho.

—Ya te podrías arreglar más —le dijo con desdén—. Al menos cuando me acompañes en asuntos de trabajo, como la comida de hoy con el inglés. Hay que dar buena impresión, eres la hija del alcalde y no puedes vestir de cualquier manera. Estás fachosa.

Isabel levantó ligeramente la barbilla y le lanzó una mirada de rechazo.

—Pues yo creo que el inglés se ha divertido precisamente porque estábamos mamá y yo allí con él —le contestó.

—Pues si sois tan buenas, ¿por qué no le sacáis también cinco millones para la escuela, eh? —le dijo, desafiante.

Sin contestar, su hija enfiló las escaleras hacia su habitación.

Qué paciencia, ¿por qué todo el mundo era tan inoperante?, se preguntó Vicent. Él era el único que trabajaba. Mientras el presidente estaba en un yate por Valencia descorchando champán, su mujer cosiendo, su hija perdiendo el tiempo y su empleada desaparecida en combate, él tenía que sacar las castañas del fuego a todo el mundo. Afortunadamente, el final de ese día ya estaba cerca. Llamaría a Eva y luego se daría un baño caliente, aunque para ello tuviera que meterse en la misma cisterna.

Vicent apagó su cigarrillo, se echó más whisky y, paseando de un lado a otro del salón, llamó a Eva, quien precisamente ese día no se había personado en el ayuntamiento. En secretaría le habían dicho que estaba enferma.

Después de más de una docena de toques, la joven por fin cogió el teléfono.

—¿Se puede saber dónde te has metido? —le dijo sin más preámbulo.

Con un hilo de voz, la administradora respondió:

—No me encuentro bien, he tenido jaquecas muy fuertes.

—Bueno, pero ¿qué demonios pasó con la transferencia del domingo? Me dicen que no ha llegado.

Eva dejó pasar unos segundos y por fin dijo:

—No la pude realizar, señor alcalde.

—¿Por qué no?

—El *software* no me dejó.

—¿Pero no me dijiste que reharías el presupuesto para que funcionara?

—Sí, pero no pude.

¿Por qué no? —Vicent oyó cómo Eva tragaba saliva hasta tres veces—. ¿Se puede saber por qué no? —le preguntó en voz alta, dominante, estirando el cuello hacia delante. Eva guardó unos segundos de silencio—. ¡Responde de una vez a tu alcalde! —le gritó, dejando el whisky sobre la mesa tan de golpe que algunas gotas rebosaron y cayeron sobre la madera.

—Vicent, esa transferencia no se ha aprobado y yo no puedo trastocar el presupuesto municipal sin más.

—¿Sin más? Te lo pide tu alcalde, ¿te parece poco? —exclamó Vicent con los ojos abiertos como platos, fijos en el vacío.

—Perdone, Vicent, perdone si le he causado algún problema, pero, por favor, no me pida que haga cosas para las que no estoy autorizada.

—Te estoy pidiendo que realices esa transferencia por Morella. Esa inversión es crucial para el futuro de Castellón, de toda la Comunidad, es el proyecto número uno del propio presidente. ¿Crees que todo eso no le conviene a Morella, eh?

—Disculpe, señor alcalde, estoy segura de que lleva razón —contestó Eva en voz muy baja, temblorosa—. Pero yo solo soy una empleada y no hablo con las personas a su nivel. Solo se me paga por hacer mi trabajo, así que me debo someter a las reglas.

—Pues las reglas las pongo yo y te pido que, de una vez, realices esa operación mañana mismo, en las condiciones en las que hablamos, y que, luego, me lo vengas a confirmar —dijo Vicent en tono autoritario.

Eva tardó un buen rato en responder, mientras Vicent miraba al fuego de la chimenea, apurando su whisky.

—No puedo —dijo por fin Eva.

—¿Cómo que no? —respondió Vicent, más sorprendido que furioso. ¿Quién se creía que era esa desgraciada?

—Es mucho dinero, señor alcalde —continuó Eva—. Además, todos los días viene algún proveedor a cobrar y yo ya no sé qué más decirles. Los últimos meses han sido complicados.

—¡Pues diles que, si quieren vender y cobrar en efectivo y de inmediato, que se vayan al mercado a vender conejos! —dijo Vicent, otra vez casi gritando—. Esto es la administración pública y todo el mundo sabe que hay que ser paciente; para eso también les pagamos con generosidad. ¿Será posible?

Los dos guardaron unos instantes de silencio, agotados tras la tensión acumulada desde el domingo por la noche.

—No me lo pida, por favor —le suplicó Eva.

—Pero ¿tú te crees que puedes contradecir a tu alcalde?

—Ya sé que no puedo.

—¿Tú quieres pagar la hipoteca del pisito tan bonito que te acabas de comprar con tu novio, eh? —le espetó.

—No entiendo lo que quiere decir, señor alcalde.

—Lo entiendes perfectamente, Eva, que no tienes diez años, joder. Esta es una situación delicada y precisamos gente buena y comprometida con el pueblo. Gente de confianza, como creía que eras tú.

—Prefiero mantenerme al margen, si puede ser.

A Vicent se le empezaba a agotar la paciencia.

—No me hagas perder el tiempo, que sabes muy bien que solo tú puedes realizar esa transferencia. Si no vienes mañana al ayuntamiento y me traes una copia de la gestión, tendré que tomar medidas —la amenazó, con más ira que consciencia.

Después de una breve pausa, Eva preguntó en un tono cargado de miedo:

—¿Qué medidas?

Vicent no meditó su respuesta ni un segundo.

—¿No te acuerdas de lo fácil que te resultó obtener la plaza de administradora en Morella? Cincuenta mil euros al año por trabajar de nueve a tres en tu pueblo, todo fácil y, sobre todo, sin competencia ni necesidad de pasar una dura oposición, ¿o no lo recuerdas?

Eva se mantuvo callada.

—Siempre pensé que eras la persona adecuada —continuó Vicent—. Yo ya sabía que en la fonda siempre habías trabajado bien, eras honesta y no te importaba quedarte a limpiar más habitaciones si era necesario. Y yo te saqué de allí para darte un buen trabajo, ¿o no?

Eva respondió por fin:

—Sí, señor alcalde, y siempre le estaré muy agradecida por eso.

—Para ficharte tuve que manejar algunos hilos, ya que las normas impedían contratar para ese puesto a alguien sin convocar oposiciones. Pero yo me las ingenié para que eso fuera posible, porque, si no, habrías competido con Dios sabe cuánta gente y seguro que habría aparecido alguien mejor que tú. —Eva permaneció en silencio. No se la oía ni respirar—. Ya veo que el trabajo te gusta y, desde luego, siempre has operado bien, pues ahora debes seguir haciéndolo. —Vicent dejó pasar unos segundos. Estaba nervioso y no le gustaba amenazar a nadie, pero no podía fallarle a Roig—. Me imagino que tendrás una hipoteca elevada con el piso que te has comprado y que a tu novio albañil no le alcanzará para pagarla él solo, así que, si quieres seguir tranquila, yo que tú realizaría esa transferencia mañana mismo.

—¿Y si no?

—Si no, me veré obligado a convocar la oposición para tu puesto y escoger a otra persona.

Vicent contuvo la respiración unos segundos mientras esperaba una respuesta. De todas maneras, estaba seguro de que su estrategia funcionaría, pues los padres de Eva eran muy humildes y la chica necesitaba su sueldo. Sabía que la joven no tenía adónde ir. Como él mismo sabía por experiencia propia, eso la obligaría a tragar.

Eva tardó en contestar, pero al fin lo hizo, sorprendiendo a Vicent.

—Yo también podría explicar que me ha pedido transferir un millón sin ninguna autorización por parte del pleno.

—Pues allá tú —le contestó—. Yo no tendría más que referirme a Roig, y a ver quién del ayuntamiento se atreve a enfrentarse al presidente de la Comunidad Valenciana, buen amigo del presidente del Gobierno.

Los dos callaron. Con la manga, Vicent se secó las gotas de sudor frío que ahora le recorrían la frente. El teléfono casi se le caía de las manos, también sudorosas. Él se había hecho alcalde para inaugurar paseos y piscinas, para salir de la fonda y codearse con los más poderosos, pero también para dejar el pueblo mejor —aunque no para asestar estos golpes—. En el fondo, él apreciaba a Eva. La joven siempre le había sido fiel desde que la contratara en la fonda para hacer camas cuando esta volvió de Valencia, sin trabajo y con el título de Empresariales bajo el brazo. La muchacha era de buen ver y hacía poco que se había ajuntado con su novio, albañil o pintor, con toda la ilusión del mundo. Este era un mal trago para ella, seguro, pero para él también.

—Eva, lo mejor es que mañana me entregues la confirmación y nos olvidemos de este asunto; y también de esta conversación, que no es agradable para nadie.

—Es francamente desagradable, nunca creí que hablaría de esta manera con usted —dijo la joven, ahora entre sollozos.

Vicent sintió una punzada en el corazón. Él no quería herir a nadie, pero necesitaba el aeropuerto para vender la escuela. Sin escuela, el agujero en el presupuesto municipal se los comería a todos. Había que ser resolutivo.

—Eva, mujer, vamos a acabar bien este desagradable capítulo y no me obligues a hacer cosas que no quiero —le dijo, como si intentara despertar su simpatía.

—¿De verdad convocaría unas oposiciones a mi plaza? —preguntó lentamente, pues le costaba pronunciar cada palabra.

—Espero que no me obligues a ello.

Vicent suspiró, sonoramente, sin esconderse. Él también tenía sentimientos.

—Bien, estará listo mañana —dijo finalmente Eva.

Vicent respiró hondo, bajó los hombros y dejó de apretar el móvil con casi todas sus fuerzas.

—Así me gusta, Eva —le dijo—. No te quepa duda de que esta lealtad se te compensará.

Eva colgó el teléfono sin responderle.

10

La última vez que un helicóptero había aterrizado en Morella había sido hacía más de un año, cuando un abuelo del
pueblo necesitaba un trasplante de hígado urgente y se lo
llevaron a un hospital de Barcelona, explicó Valli a Charles
mientras esperaban en el pequeño helipuerto.

De pie, junto a los chopos detrás de los segundos
arcos —una maravilla arquitectónica medieval para acercar
el agua al pueblo que se mantenía más o menos intacta—,
Valli y Charles esperaban la llegada de un alumno de este.
El profesor había organizado un viaje a Morella con ocho
alumnos para estudiar si aquel era un pueblo adecuado
para ellos y para comprobar cómo les recibía la comunidad. La escuela, en principio, le había gustado, pero de
nada serviría comprar un inmueble para practicar un idioma y conocer mejor la cultura si el pueblo no se abría a los
visitantes.

El grupo, a excepción de James, quien estaba a punto de llegar, ya llevaba dos días en Morella, hospedado en la fonda. Como habían elegido la semana de las vacaciones de mitad de trimestre inglesas, la fonda estaba prácticamente vacía e Isabel les dejaba el comedor para organizar charlas o dar clases de lengua y cultura españolas. El selecto grupo de etonianos ya había recibido la visita del alcalde, del historiador local y de un reconocido chef que, por supuesto, luego les invitó a comer a su restaurante. Los chicos no estaban acostumbrados a menos.

Algunos etonianos eran fabulosamente ricos, por lo que a veces se les permitían ciertos privilegios. En esa ocasión, James, a quien ahora esperaban, se había ausentado del colegio toda la semana anterior para ir de vacaciones a Dubái con su familia. Charles, en principio, se había negado a que el alumno llegara a Morella con retraso, pero el director del centro le obligó a callarse, pues el padre del alumno realizaba donaciones sustanciosas al centro. Charles, sin embargo, prefería más disciplina y no quería que sus alumnos se acostumbraran a ver que el mundo giraba a su alrededor. Más bien, eran ellos quienes debían adaptarse al mundo, decía el profesor.

Pero la cuestión era que James y su familia al final se habían salido con la suya y el chico, capitán del equipo de remo del colegio, venía en el helicóptero especial que le había puesto su padre.

—No me puedo creer que organicen semejante operación para un *marramamiaco* de diecisiete años —dijo Valli más bien para sus adentros y pensando que Charles no entendería su expresión.

Con un pañuelo en la cabeza para protegerse del viento, la anciana contemplaba la escena expectante, mirando a un lado y a otro del cielo en busca del aparato. Dos empleados del ayuntamiento también esperaban, ataviados con chalecos fosforescentes y sosteniendo unas barras también fosforito con las que debían realizar señales para el aterrizaje. Valli les miraba con cara de sospecha.

Charles la observaba, elegante y tieso como siempre, con su gabardina primaveral Burberrys y unos pulcros zapatos de ante. De reojo, vio cómo Valli los había contemplado antes con inusual interés. Ella llevaba unas viejas botas de montaña, lo que sorprendió a Charles, pues este no se imaginaba a la anciana de alpinismo. Pero hoy tenía que ser amable con esa increíble mujer que había aceptado ayudarle en el encuentro escolar que habían organizado. En principio, su aceptación había sorprendido al inglés, después de que le acusara de clasista y a sus alumnos de «lords» cuando se habían conocido en la plaza Colón.

—Gracias por acompañarme, seguro que será un gran día —le dijo Charles, convencido. Aunque los viajes con adolescentes podían resultar un martirio, cuanto mayores fueran los chicos, mejor salían los proyectos. Por eso el profesor había seleccionado a ocho alumnos de los dos últimos cursos que, además, representaban una serie de intereses muy distintos. Unos eran muy académicos y otros grandes deportistas, pero todos compartían su interés y su buen manejo de la lengua castellana.

Valli, con las manos en su chaqueta de lana gruesa, le miró con sus penetrantes ojos negros.

—Imagino que será bueno para los morellanos practicar un poco el inglés, que buena falta nos hace en este pueblo —le respondió.

—El intercambio siempre funciona —apuntó Charles, consciente de que en ese principio se apoyaba buena parte de la riqueza colonial británica.

La anciana no contestó y la pareja se mantuvo en silencio hasta que, por fin, oyeron un ruido que, pasados unos segundos, aumentó y se volvió atronador a medida que se acercaba el inmenso helicóptero. En cuestión de segundos, se levantó una gran ventolera que obligó a Charles a coger a Valli del brazo para alejarse los dos de aquel lugar. Los empleados municipales aguantaron la posición como pudieron, agitando vigorosamente las aspas fosforito. Valli y Charles acabaron detrás de un árbol, protegiéndose los oídos del ruido y la fuerte ventisca que casi se llevó el pañuelo de la cabeza de Valli e hizo toser repetidamente a Charles.

Por fin cesó el ruido para apagarse por completo al cabo de un par de larguísimos minutos. Hacía mucho que Charles no recogía a un alumno en un helipuerto, aunque tampoco era la primera vez. En Inglaterra, donde las distancias no eran tan grandes, estaba más acostumbrado a ver a sus alumnos llegar en Rolls Royce al colegio.

Las enormes hélices todavía tardaron en detenerse unos minutos, durante los cuales Valli y Charles dejaron su posición detrás del árbol y lentamente se aproximaron hacia la máquina intimidadora, desproporcionadamente grande para las tres personas que la ocupaban.

La puerta finalmente se abrió y James puso su primer pie en la escalerilla, mostrando sus inconfundibles botas Martins. El hijo del propietario de un banco de inversión en la City llevaba unos vaqueros medio rotos, al estilo Beckham, un jersey de cachemir puro y una bolsa de piel en la mano. Su pelo rubio, largo por delante y corto por detrás, se movía azotado por el viento. Con paso firme, cual Obama entrando o saliendo de la Casa Blanca, el joven se dirigió directo hacia su profesor, sin esbozar una sonrisa.

—Hola, señor —le dijo—. Señora —saludó a Valli, agachando la cabeza como si estuviera saludando a algún miembro de la familia real.

Charles le presentó a la antigua maestra, que se quedó más bien callada durante el breve trayecto entre el helipuerto y la escuela municipal, donde en breve se iniciaría el partido de fútbol que habían organizado entre las dos escuelas. Los etonianos siempre habían sido mejores en rugby o remo, pero en Morella el deporte más popular era indiscutiblemente el fútbol, así que Charles tuvo que ceder.

El profesor condujo la furgoneta que había alquilado en Valencia para todo el grupo y, en apenas unos minutos, llegaron a la escuela local, justo al principio de la Alameda.

—¿Esto es el colegio? —preguntó James en castellano para que Valli le entendiera—. Qué moderno.

—Claro que es moderno —respondió Valli, rápida—. Como que lo construyeron hace apenas diez años. Ha ganado premios de arquitectura muy prestigiosos —explicó la anciana, orgullosa.

James levantó una ceja y, todavía mirando por la ventanilla, dijo:

—Pues nunca había oído hablar de esta escuela antes.

Charles no quería tensiones durante el encuentro. Ni entre sus alumnos y los locales, ni con Valli. La misteriosa anciana se oponía a la venta de la escuela y, aunque Vicent aseguraba que era inofensiva, él tampoco estaba tan seguro. En parte, había organizado esa jornada para acercarse a ella; tenía la impresión de que era mejor tenerla a favor que en contra.

—Venga, James, pues si no conoces esta escuela ahora, ya verás cómo nunca la olvidarás, porque vamos a pasar unos días magníficos —dijo Charles a su alumno, deteniendo el vehículo y bajándose de la furgoneta. Los demás le siguieron.

Valli repasó al chico de arriba abajo, reparando especialmente en sus vaqueros desaliñados y rotos, muy caídos, por lo que el muchacho iba enseñando la parte superior de los calzoncillos. La anciana ladeó la cabeza y frunció el ceño, como si no acabara de entender aquella moda. Estaba convencida de que no era un despiste.

James, firme y decidido, aunque nunca hubiera estado en ese lugar, se dirigió hacia la puerta principal, que abrió sin titubeos. Valli y Charles le siguieron.

—Oiga —le dijo Valli a Charles en voz baja—, ¿por qué sus alumnos van enseñando los calzoncillos?

Charles emitió una ligera risa, muy discreta. Volviéndose hacia ella le susurró:

—Se creen que así ligarán más.

Valli sonrió. Por fin. Charles contempló aquel gesto como su primera victoria. El día empezaba bien.

Como eran solo ocho, los ingleses tuvieron que añadir tres estudiantes del pueblo, también de diecisiete y dieciocho años, a su equipo. Al llegar al campo de césped artificial, en un excelente estado, Charles vio a sus alumnos agrupados en un área sin apenas hablar con el equipo de morellanos, que, ante su sorpresa, era mixto. Siempre costaba romper el hielo, se dijo el profesor, comprobando que todo se había dispuesto tal y como habían planeado. En la mesa entre los dos banquillos, Charles contempló la copa y la retahíla de medallas que habían encargado para celebrar la ocasión. El árbitro del encuentro, el profesor de inglés de Morella —natural de Alicante—, vestía de negro y se dirigió hacia Charles en cuanto lo vio.

—*Good morning*, Charles —le dijo—. ¿Ya ha llegado el último?

—Buenos días —respondió Charles, estrechándole la mano amistosa y deportivamente—. Se está cambiando y ahora mismo saldrá. ¿Ya están los equipos a punto?

—Pues tenemos un pequeño problema —dijo el profesor—. Nada grave, pero los morellanos siempre han jugado este tipo de amistosos en equipos mixtos y sus alumnos dicen que solo quieren chicos. —El profesor de inglés miró al suelo—. Si queremos que las chicas no se enfaden, y con razón, me temo que sus alumnos tendrán que aceptar a tres morellanas, que por cierto son excelentes jugadoras —añadió.

Charles dirigió la mirada al equipo local, bien compensado entre chicos y chicas que, ciertamente, tenían pinta de buenas atletas. Los morellanos, más bien bajitos y de piel morena, practicaban chutes al portero mientras que, al otro lado, sus siete etonianos, más bien blancuchos, altos y delgados, formaban un corrito cerrado.

—No se preocupe, que ahora lo arreglo —dijo Charles al profesor—. Es que no están acostumbrados, nuestro colegio es solo masculino. Ahora hablo con ellos, seguro que lo entienden.

Charles se apresuró hacia sus alumnos, que le escucharon con los brazos cruzados, pero sin rechistar.

—Chicos, portaos como hombres —les conminó.

—Las chicas nos harán perder —apuntó enseguida Harry, el más bajito del grupo, pero con un cuerpo muy atlético, pues era campeón nacional de esgrima en su categoría.

—¿Por qué no tienen césped, sino esta alfombra artificial? —se quejó William, que recientemente había sido seleccionado para jugar con la selección inglesa de rugby sub-18.

Charles les miró a los ojos, uno a uno.

—Chicos, calmaos —les dijo—. Ya sabéis que los países son diferentes. No tienen césped, pero mirad al cielo y sabréis por qué. Venga, menos quejarse y a jugar.

—¿Y las chicas qué? —insistió Harry. El pelirrojo nunca daba una batalla por perdida.

Charles hubiera querido darles una lección sobre igualdad. De hecho, estaba convencido de que algunas morellanas superarían a sus etonianos en el fútbol. Pero aquella era una conversación más larga y profunda, así que optó por convencerles por la vía rápida.

—Esas chicas son excelentes atletas y mujeres bien educadas —dijo, tirando el anzuelo—. Esta tarde, después del intercambio, si queréis, las podemos invitar a tomar una cerveza en el bar antes de cenar, y a los chicos también, por supuesto.

Los etonianos se miraron los unos a los otros. El más alto y atlético, Thomas, enseguida estuvo de acuerdo.

—¡Buen trato! —dijo, con lo que el asunto quedó resuelto.

Con un público básicamente formado por abuelos que, boina en mano, les miraban desde la Alameda, el árbitro dio el pitido inicial. Los morellanos, desde el primer segundo, corrían como gazapos para conseguir el balón, mientras que los ingleses, ya rojos por el sol, contemplaban la escena con aire de suficiencia. El primer gol local no tardó en llegar. Charles, como sus pupilos, contempló con sorpresa cuánto celebraron los morellanos ese tanto, ya que aquel era un partido amistoso. El profesor dio a su equipo unas palmadas de ánimo desde la banda, pero estas apenas surgieron efecto.

Las morellanas del equipo visitante comenzaron a apremiar a sus nuevos compañeros, gritándoles y pidiéndoles el balón. Las tres mujeres, que sin duda habían jugado muchos partidos antes, habían sido discretas durante los primeros minutos del encuentro, pero ahora parecían haberse cansado de que nadie les pasara la pelota.

La educación segregada tenía sus limitaciones y, sin duda, esa era una de ellas, pensó Charles. El profesor sabía que, si bien Eton proporcionaba hombres hechos y derechos al mundo, muchos de ellos, incluso él mismo, no se encontraban totalmente cómodos en compañía femenina, sobre todo en según qué circunstancias, incluyendo un partido de fútbol.

En cualquier caso, a él lo que le interesaba era que sus chicos mejoraran su español, sacaran una buena nota en los exámenes de acceso a la universidad y entraran en las mejores universidades. Ese era su trabajo; los problemas con las mujeres, que se los resolviera cada uno, pensó.

Los locales ya llevaban cuatro goles de ventaja a la hora del descanso cuando Charles tuvo que dar la primera charla como entrenador futbolístico de su vida. A él, como a sus pupilos, aquel deporte también le daba igual. De todas maneras, tampoco tuvo que esforzarse demasiado, ya que las morellanas del equipo dominaron la discusión.

—Tenemos que presionar más y jugar como un equipo si nos queremos meter en el partido —dijo una, con determinación.

Ningún etoniano respondió; solo sus dos compañeras la apoyaron. Los ingleses continuaron ignorándolas y empezaron a intercambiar chistes en un inglés muy rápido y expresamente cerrado. Charles enseguida les recriminó, ya que sobre todo se mofaban del número nueve local, un chico alto y moreno con unos shorts más bien ajustados, por lo que le llamaban *fag,* el término despectivo inglés para referirse a un hombre gay. Esos comentarios provocaron la risa conjunta de los ocho estudiantes ingleses, que echaban carcajadas mirando al suelo, como quien no quiere la cosa, mientras que las tres morellanas se miraban entre sí sin entender palabra.

—Basta, por favor —dijo Charles en voz más bien baja, más propia de una biblioteca que de un banquillo.

Por fin, Arthur, uno de sus estudiantes más listos, encontró la solución.

—Chicos —les dijo—. Estos morellanos solo corren como toros, ¡les tenemos que torear! —exclamó, ante los vítores de sus compañeros y el alucine de las morellanas—. Nosotros somos mucho más listos que ellos —siguió—, así que vamos a aprovechar nuestra velocidad. Tú, María —dijo mirando a una de las morellanas, que inmediatamente le interrumpió.

—Me llamo Anabel —le dijo.

—*Sorry* —le contestó Arthur inmediatamente con una sonrisa artificial, antes de proseguir—. Anabel, creo que serás una excelente portera en la segunda parte. Cuando tengas la pelota me la pasas a mí, yo la vendré a buscar. Como soy muy rápido, se la paso en largo a James, que es buen delantero, y así nos saltamos su mediocampo, que es una mina de patadas. Qué cosa tan sucia —dijo con desdén—. Y así les ganaremos.

Charles contemplaba la escena divertido, pues él no tenía ni idea de fútbol, pero al menos veía que sus alumnos practicaban el idioma.

Anabel miró a Arthur fijamente.

—Yo no he jugado de portera en mi vida.

Arthur le sonrió de nuevo, caballerosamente.

—Pero sé que tienes mucho potencial —le dijo.

—¿Y tú qué sabes? —le espetó la muchacha.

Arthur la miró, agachó la cabeza y dijo:

—Tienes unas manos muy bonitas.

Las tres morellanas se quedaron de piedra ante el comentario, que provocó que los otros siete etonianos empezaran a mirar a un lado y a otro, esforzándose por contener la risa.

Una de las morellanas le plantó cara.

—¿Por qué no eres tú el portero? Con esa cabeza y esas orejas tan grandes que tienes, seguro que paras muchos balones.

El grupo entero se rio, quitando un poco de tensión al debate. Charles tuvo que mediar y elegir el portero en un sorteo apresurado, que ganó James.

Anabel, con más confianza después de evitar la portería, insistió:

—Pero ¿tú te crees que vas a meter un gol con solo dos pases, sin correr y trabajar un poco más la jugada?

Arthur la miró con superioridad.

—El sudor es para los que no piensan —le respondió, sonriente y seguro.

La segunda parte transcurrió en la misma tónica, con las chicas de Eton sin tocar bola y el equipo inglés perdiendo por siete a cero. James, como Charles sospechaba, no duró ni cinco minutos en la portería, ya que consiguió convencer a George, el empollón de la clase, para que ocupara su puesto, seguramente a cambio de un buen puñado de libras, pensó Charles.

Después de la entrega de la copa y las medallas, el grupo se sentó a comer en una mesa grande que el colegio había dispuesto en el patio, donde las cocineras sirvieron una suculenta paella. En una barbacoa al fondo del recinto, el personal de cocina iba asando chuletas que algunos etonianos vegetarianos miraban con disgusto.

—¿No crees que comer carne es ser criminal con los animales? —preguntó Arthur al chico morellano que tenía al lado. Charles los había sentado de forma intercalada para que se mezclaran, algo que, por lo que ahora veía, no sucedía de manera natural.

El morellano, sorprendido, le contestó:

—Sí que me parece mal para el cordero, claro. Pero si no tienes otra cosa, ¿qué comes?

Arthur le miró con igual sorpresa.

—¿Cómo que si no tienes otra cosa? —le dijo.

Los dos siguieron comiendo en silencio.

Junto a Charles, Samuel, el *hippie* oficial del grupo, se esforzaba por entablar conversación con Anabel, ahora muy guapa y elegante después de la ducha. Esta le explicaba con ilusión sus planes de pedir una beca para estudiar Veterinaria en Londres.

—Y tú ¿a qué te quieres dedicar? —preguntó Anabel a Samuel, mirando con curiosidad su indumentaria.

El chico, hijo de la familia propietaria de una de las minas de carbón más grandes de Inglaterra, lucía una camisola blanca, grande y ancha, tipo Ibiza, que le llegaba hasta las rodillas. En los pies llevaba unas alpargatas Lacoste.

Sam miró hacia el cielo, acariciándose su melena rubia y, como siempre, tardó en responder. El bucólico poeta, como se llamaba a sí mismo, sabía que nunca tendría que trabajar si no quería.

—Yo no sé si el trabajo, como lo contempla nuestra sociedad, es algo que me interese —le dijo finalmente.

Anabel dejó la chuleta que iba a comerse otra vez en el plato. Charles, observando la escena, reparó en cómo sus chicos se comían las chuletas con cuchillo y tenedor, algo que no se le había ocurrido a ningún morellano. Ese era el intercambio de costumbres que deseaba para sus alumnos, muy necesitados de ver cómo era el mundo fuera de su burbuja.

Anabel, con la vista fija en Sam, le respondió:

—¿Y qué vas a hacer, si no trabajas? Yo no conozco a nadie que no trabaje por elección. Aquí, los que no trabajan están en el paro.

—Qué interesante —respondió Sam—. ¿De verdad que no hay gente que no trabaje por filosofía personal?

Anabel y sus dos amigas, sentadas cerca de ella, se echaron a reír, lo que incomodó al estudiante inglés, quien desde aquel momento les hizo el vacío. Ese gesto tampoco pareció importar mucho a las adolescentes.

La conversación de enfrente tampoco andaba mucho mejor, a tenor de lo que podía escuchar, pensó Charles. James, por educación, intercambiaba impresiones con el número nueve del equipo local, lo que provocó todo tipo de patadas por debajo de la mesa y alguna servilleta con la palabra *fag* escrita a mano y enviada en su dirección. En cuanto pudo, James se cambió de sitio, junto a Arthur. Y entre los dos, ya más seguros por estar en mutua compañía, entablaron conversación con Ivana y Marta, las otras dos chicas de su equipo. Les preguntaban qué países habían visitado y, sin disimular su sorpresa, descubrieron que tan solo habían estado en el sur de Francia. Pero para ellas, esa zona estaba justo al otro lado del Pirineo y no en la glamurosa Costa Azul, donde los padres de James tenían una casa con playa privada, según les explicó.

Las chicas miraban a los dos jóvenes con cierta admiración, seguramente atraídas por su pelo rubio y su vestimenta, pensó Charles. El profesor imaginaba que aquellas muchachas no habrían visto unos vaqueros deshilachados y esas camisetas de letras grandes más que en Beckham o en algún otro futbolista. Según había observado, sus alumnos eran una versión más evolucionada del típico señorito español, todavía obsesionado por lucir cocodrilos y otras marcas semejantes.

En cambio, la clase influyente inglesa lucía diseño más que etiquetas. Aunque en el fondo, todo era lo mismo: moda, pensó Charles con desdén.

Arthur y James parecían exultantes por la atención de las chicas, según atisbó Charles. A él eso le parecía natural y no se preocupó demasiado. Al fin y al cabo, sus chicos eran jóvenes inmersos en un mundo plenamente masculino y era normal que se dedicaran a flirtear en una ocasión así. No había nada de qué preocuparse, pues ellos se quedaban en la fonda, solo eran ocho y aquello era un pueblo pequeño y fácilmente controlable.

Charles, en el centro de la mesa, decidió tomarse el café junto a Valli, quien había optado por un rincón desde el que no se había perdido casi palabra de las conversaciones a su alrededor.

—Señora Vallivana, estará contenta con la victoria de Morella, ¿no? —preguntó Charles educadamente a Valli después de intercambiar el sitio con Samuel.

La anciana le dirigió una mirada larga e intensa.

—Caramba con sus chicos —le dijo—. ¿Y qué creen que pueden aprender aquí? Parece que ya lo saben todo y, además, están decepcionados de que no tengamos instalaciones de remo o diez pistas de tenis.

—¿Eso le han dicho?

—El del helicóptero.

Charles miró a James, todavía enfrascado en su labor de flirteo.

—No le tome en serio —contestó—. Como todos, está aprendiendo que el mundo es más grande de lo que se cree. Esta experiencia seguro que les ayudará en este sentido.

Valli suspiró poco convencida.

—Y a nosotros, ¿qué nos va a aportar este intercambio? —le preguntó.

Charles miró hacia la mesa de casi veinte personas. A pesar de las grandes diferencias, los dos grupos parecían haber entablado una sana conversación. De momento, todo había salido tal como habían planeado. De nuevo mirando hacia Valli, el profesor respondió:

—Deles un poco de tiempo, Valli, ya verá como son gente maja. Solo son chicos que están en una edad difícil y algunos tienen unos padres que les meten internos porque, en el fondo, quieren deshacerse de ellos. Muchos tienen dinero, es cierto, pero usted sabe tan bien como yo que eso no les hace automáticamente felices.

Valli asintió con la cabeza, aunque apuntó:

—Entiendo lo que me dice, Charles, pero no me dan ninguna pena.

El profesor dibujó una media sonrisa.

—Venga, vamos a continuar con el día, que de momento está saliendo a pedir de boca —dijo Charles levantándose—. Ha llegado la hora de su paseo guiado, a todos nos hace una gran ilusión.

El profesor juntó a su grupo, quien se despidió de los comensales morellanos, pero sobre todo de las chicas, con quienes quedaron en un bar del pueblo antes de la cena con el consentimiento de Charles. De los chicos, se despidieron en un tono súbitamente amable después de no haberles hecho ni caso durante toda la jornada. Ese repentino cambio de actitud sorprendió a los muchachos locales, según observó Charles. La fría distancia inglesa, tan práctica para salirse de cualquier situación sin ensuciarse las manos, pensó el profesor con cierto grado de culpa, pues él también recurría a ella cuando lo necesitaba.

El grupo, después de dar las gracias de manera impecable por la paella y las costillas, siguió el lento paso de Valli,

quien cuesta arriba les acercó a la Fontanella, una pequeña fuente a la entrada de una cueva natural, no muy lejos de
la escuela, en la parte de atrás de la montaña. Tardaron tan
solo unos diez minutos en llegar.

Jadeando, Valli contempló la cara de sorpresa que po-
nían aquellos ingleses ante la hermosa gruta. Charles no sabía
que la visita iba a empezar en aquel lugar, algo que no le
pareció del todo bien, pues era un escondrijo ideal para adolescentes y no quería ir dando ideas. Él creía que Valli les
había preparado una ruta siguiendo los pasos de George
Orwell por el pueblo, aunque estaba convencido de que así
sería después de la gruta.

—En esta cueva —empezó Valli—, se dice que Orwell
se escondió durante uno de los bombardeos que sufrió Morella en 1938. Él había venido aquí con las Brigadas Internacionales, que tanto ayudaron a la República en la batalla del
Ebro, no muy lejos de aquí, a tan solo un par de días andando. Su división mantuvo un campamento en Morella hasta
que Franco decidió cortar la zona republicana en dos y llegar
hasta el mar después de atravesar el Maestrazgo. Con ese
objetivo bombardearon la zona y arrasaron algunos pueblos
de alrededor.

Apoyada en su bastón y con un pañuelo en la cabeza,
Valli se internó en la cueva seguida de los alumnos ingleses,
que la escuchaban con atención.

—Por aquellos años, yo era una maestra en prácticas
en la escuela —les decía—. Cuando estábamos en el colegio
y oíamos las sirenas, yo cogía a los más mayores y veníamos
corriendo aquí, donde nos sentíamos seguros.

»Al menos —siguió después de una breve pausa—, nunca
nos faltó de comer, ya que por aquí siempre podíamos cazar
conejos y cocinarlos en una hoguera, y teníamos el agua de la

fuente. A la ropa, para que no oliera, le poníamos espliego, que, como veis, por aquí abunda. —Valli miró a los chicos—. No sé si sabéis lo que es el espliego, que aquí llamamos *espígol* —les dijo.

Todos asintieron al unísono y dos de ellos enseguida cogieron un matojo cercano para entregárselo. Valli pareció impresionada.

—Por lo que veo, tenéis un buen profesor —dijo mirando a Charles.

—Nuestro club de español los martes por la noche se llama Espliego —apuntó Harry.

Valli se sorprendió.

—Ah, ¿sí? ¿Y quién le puso ese nombre? —preguntó curiosa, oliendo las dos matas de espliego que le habían dado.

Los estudiantes se miraron entre sí, encogiéndose de hombros.

—Sería interesante investigarlo —apuntó Charles—. Podría haber sido el mismo Orwell, un antiguo alumno de nuestro colegio que a menudo participaba en el club de español.

Sin decir más, Valli salió de la cueva para continuar la visita que con tanta dedicación les había preparado y que los etonianos agradecieron entregándole una pequeña placa, con la bandera republicana, para que guardara un buen recuerdo de la ocasión. La anciana les agradeció el detalle y, a pesar de las grandes diferencias que les separaban, se despidió del grupo dándoles un beso a cada uno.

Charles no podía pedir más.

Ya en su pijama de seda blanco, el profesor por fin cerró los ojos pasada la medianoche, apoyando su espalda sobre el colchón y escuchando una vez más los ya familiares chirridos del somier de la catorce. El ajetreo del día le había hecho olvidar, por un segundo, que al acostarse su espalda se hundiría en el centro de la cama y que debía conservar la posición si quería evitar el irritante ruido. El inglés se mantuvo quieto, boca arriba, y respiró hondo varias veces, lentamente, para recomponer lo mucho que había sucedido esa jornada.

Lo más importante era que la relación con Valli había mejorado significativamente. Qué mujer más fuerte, pensó Charles, recordando que la anciana tenía casi noventa años y sintiéndose un poco culpable por el trote que le habían dado. De regreso a la fonda, un tanto preocupado por haber visto a Valli bastante fatigada al final, Isabel le había tranquilizado, siempre amable, asegurándole que la mujer era francamente incombustible.

En esos pensamientos estaba cuando, de repente, oyó pasos en la escalera. Aguzando el oído, el inglés escuchó a más de dos personas subir al piso de arriba con, seguramente, varias botellas en la mano. Bueno, se dijo, era de esperar que sus chicos trajeran alcohol a la habitación. Él tampoco se lo podía prohibir y, a su edad, por supuesto, él había hecho lo mismo. Segundos después oyó voces en la habitación justo encima de la suya, la de James, sin duda el líder del grupo por ser alto, rubio y millonario. Así funcionaba el mundo, le gustara o no. Ese chico lo tenía todo a su favor para triunfar, pero Charles se preguntaba qué sería finalmente de aquel muchacho, puesto que, de tantas posibilidades y oportunidades que tenía, muchas veces se estancaba al no saber cuál elegir.

El profesor escuchó cómo algunos de sus chicos se asomaron a la ventana, puesto que la suya estaba abierta y les podía oír perfectamente. Era casi junio, la noche era calurosa y, cómo no, los ingleses se agolparon en la repisa de la habitación de James para fumar. Charles oía cómo se pasaban los pitillos de uno a otro y se pedían los mecheros.

Suspiró. Aquello no era nada que él no hubiera hecho, así que debía ser paciente e intentar dormir. A pesar de los murmullos, Charles empezaba a conciliar el sueño cuando, de nuevo, oyó más pasos escaleras arriba, aunque esta vez más sigilosos. El profesor abrió un ojo y levantó una ceja, curioso, responsable. Tras dos toques suaves en la puerta de arriba, esta se abrió y los chicos empezaron a saludar a alguien efusivamente. Pronto percibió que se trataba de dos voces femeninas.

Charles cerró los ojos y suspiró. Aquello ya no era cuestión de cigarrillos y botellas. Pero ¿cómo podía él sacar a aquellas mozas fuera de la habitación? ¿Y si solo venían a compartir una charla? Prefirió esperar a ver si oía más voces antes de tomar una decisión. A esa edad, sus alumnos, altos y guapos, se sentían infalibles, por lo que quedar con chicas por la noche era hasta cierto punto normal.

De hecho, el comportamiento que habían tenido con Valli durante toda la jornada había sido ejemplar. Educados y atentos, sus chicos habían escuchado con interés las explicaciones de la anciana, formulando buenas preguntas y, por supuesto, sin faltarle en ningún momento al respeto. Esos muchachos iban al mejor colegio del mundo, eran sus alumnos, así que debía confiar en ellos.

Además, Isabel también dormía en la fonda, en una habitación en el piso de arriba del todo, el tercero, que seguramente gozaría de unas vistas espectaculares, imaginó. La hija del alcalde se había portado estupendamente con ellos. Cuando llegaron, todas las habitaciones estaban listas y asignadas, y las comidas, desayunos y cenas, de manera increíble, no habían despertado ninguna queja. Todo se lo apañaba ella con su hermano, quien más bien parecía colaborar en poco.

Dos personas volvieron a la ventana del piso de arriba para fumar, escuchó Charles. Curioso, levantó un tanto la cabeza para oír mejor. Efectivamente, ahora pudo distinguir las voces de Anabel y James charlando amigablemente. Él le decía que, a final de curso, se cogería un año sabático para dar la vuelta al mundo, pero le tuvo que explicar a su nueva amiga el concepto de pasar un año fuera antes de entrar a la universidad, algo que Anabel aseguraba no haber escuchado nunca. Mientras James le recitaba la retahíla de ciudades que visitaría —San Francisco, Sídney, Buenos Aires, La Habana, Delhi, Beijing, etcétera—, Anabel hacía ademanes de sorpresa a cuál mayor.

Charles sabía que sus alumnos eran unos privilegiados y pensó que encuentros como aquellos les harían ver un poco más en qué mundo vivían. Pensando que una conversación sobre viajes y proyectos, algunos cigarrillos y copas no significaban ningún problema grave, el profesor cerró los ojos otra vez y descansó la espalda. Recordó el impresionante cielo que habían contemplado apenas unas horas antes desde el castillo, preciosamente iluminado. Isabel les había ayudado a organizar una visita nocturna con un historiador local muy conocido y renombrado que, linterna en mano, les había contado fascinantes historias medievales. La hija del alcalde les acompañó, pues no se lo quería perder, y entre todos habían disfrutado enormemente de la original visita, quizá la mejor que nunca había realizado a un castillo o museo, de los centenares que había visto por todo el mundo.

Sumido en esos agradables recuerdos, Charles poco a poco fue conciliando el sueño. Sin saber cuánto tiempo había transcurrido, cinco minutos o tres horas más tarde, un enorme ruido le despertó y le hizo saltar inmediatamente de la cama. Escuchó risas en el piso de arriba, lo que le recordó la fiesta que ya había advertido antes, y miró el reloj: las tres y diez de la mañana. Un largo grito masculino —no acertaba a saber de quién, pero inglés, seguro— retumbó en la escalera, seguido de un monumental portazo. Estupefacto, el profesor, de pie, escuchó como si una caballería subiera las escaleras y empezara a aporrear algunas puertas de manera salvaje. Cuando se disponía a salir, un gran estallido de cristales rotos fue seguido de un enorme golpe. Charles, otra vez quieto, escuchó más risas, algún tropiezo y el abrir y cerrarse de varias puertas.

El profesor se puso corriendo su bata de terciopelo rojo y salió disparado escaleras arriba, donde encontró la habitación de James abierta de par en par. Dentro, Anabel y otra amiga, a quien no había visto durante el día, estaban echadas sobre la cama, casi medio desnudas, totalmente dormidas, la una encima de la otra. Los cristales de la ventana se habían hecho añicos y ahora yacían en el suelo.

Charles tomó el pulso a las muchachas, que apenas reaccionaron, pero al menos el profesor respiró aliviado al comprobar que solo estaban dormidas. De nuevo en el pasillo, miró a un lado y a otro. Todas las habitaciones del segundo piso que ocupaban sus alumnos estaban cerradas y, de manera altamente sospechosa, en el lugar reinaba un silencio sepulcral.

Hasta que, de nuevo, oyó más risas y lo que parecía un vómito, esta vez en el tercer piso. Enfurecido, Charles subió las escaleras y allí, en medio del pasillo, encontró a James y a Harry, descamisados, tirados en el suelo, botella en mano y riéndose con los ojos desorbitados.

—¡Hola! —le dijo James, antes de esconder la cabeza bajo el brazo.

Harry vomitó de nuevo.

Estaban absolutamente drogados.

La puerta de la habitación del fondo se abrió lentamente. Isabel, con una elegante bata blanca, salió al pasillo y recogió dos botas de fútbol que violentamente habían golpeado su puerta. Con paso firme y mirada al frente, las llevó hacia Charles y sus dos alumnos. Sin decir nada, las arrojó a los pies del profesor mirando a Harry y a James con unos ojos casi tan desorbitados como los de ellos. Charles, todavía en estado de shock, no pudo evitar observar el pelo largo y negro de Isabel, que hasta entonces solo había visto recogido.

—¿Se puede saber qué pasa aquí? —dijo esta, seria e imponente.

Isabel miró a los jóvenes de nuevo, con tanto desprecio que el británico más clasista habría parecido un principiante a su lado.

Charles por fin reaccionó.

—Isabel, no sé cómo disculparme.

—Haz algo —le ordenó sin apenas inmutarse, con la mirada fija en los dos jóvenes.

Charles ya había tratado alguna vez a jóvenes drogados y sabía que lo mejor no era una bronca inmediata, ya que eso podía reavivar algún ataque.

Primero, cogió a James, lo arrastró como pudo escaleras abajo hasta su habitación y lo sentó en una silla, ya que las dos chicas seguían en la cama, tal y como las había dejado. Encima de la mesa vio los polvillos blancos que seguramente habían consumido. Se acercó y comprobó que se trataba de cocaína. Suspiró. El profesor tomó un pañuelo del baño para recoger los restos de la sustancia y lo arrojó al inodoro. Sin más contemplaciones, tiró de la cadena.

Charles volvió a por Harry, que yacía junto a cuanto había echado de la cena. Aquello apestaba, pero Charles, todavía bajo la mirada impasible de Isabel, llevó a Harry a su habitación, junto a la de James, que estaba abierta. Isabel le siguió al segundo piso.

—Hay dos chicas del pueblo en la habitación de James; habrá que llevarlas a casa —dijo Charles, con más vergüenza de la que había sentido en muchos años.

Isabel, sin dejar su mirada inquisidora, entró en la habitación contigua y se llevó una mano a la boca al contemplar la situación.

—¡Jesús, no es posible! —exclamó. Inmediatamente se acercó a las chicas y, una detrás de otra, les tomó el pulso en la muñeca. Al cabo de unos instantes, suspiró aliviada—. Jesús.

Charles se acercó.

—Isabel, esto es terrible y no sé cómo disculparme. Solo puedo asegurarte que, por supuesto, compensaremos cuanto mal hayamos hecho, que ya veo que es muchísimo.

Isabel examinaba la habitación con sus enormes ojos verdes más abiertos y oscuros que nunca. Los cristales crujieron bajo sus zapatillas cuando se acercó a cerrar la ventana, medio rota.

Se giró hacia Charles y, sorprendentemente rápida y calculadora, le dijo:

—Voy a traer unos cubos y unas fregonas. Avisa a los demás alumnos y pídeles que frieguen y limpien este destrozo ahora mismo y, por supuesto, que dejen también el tercer piso tal y como lo encontraron. Mientras, yo me voy a vestir y tendré que llevar a estas chicas a su casa, que sus madres estarán más que preocupadas. Habrá que darles una explicación y, de momento, mejor me encargo yo de eso.

A Charles aquello le pareció una buena idea y asintió. Tampoco podía elegir; aquel era un momento para obedecer.

Isabel salió rápida escaleras abajo y, en menos de un minuto, había dejado a la entrada de la habitación de James un sinfín de cubos de limpieza y bolsas de basura. Sin apenas dirigir la mirada al profesor, Isabel desapareció escaleras arriba.

Charles empezó a llamar fuerte en las habitaciones de los alumnos y pensó que tan solo George y Arthur parecían despertarse de un sueño genuino. Los demás tenían toda la pinta de haberse escondido en sus habitaciones a toda prisa al oírle subir las escaleras.

Charles tuvo la tentación de gritar a sus alumnos, excepto a George y a Arthur, aunque era mejor no precipitarse. En ese momento debía centrar las energías en recoger y en asegurarse de que los drogados no empeoraran su estado. A la mañana siguiente ya evaluaría la situación con más calma y frialdad. Pero, desde luego, aquel comportamiento tendría consecuencias.

Uno a uno, Charles ordenó a sus discípulos que se pusieran inmediatamente en marcha y dirigió auténticas miradas de odio a los dos que protestaron, alegando que ellos no sabían limpiar, porque no lo habían hecho nunca. Samuel dijo que, si había algún desperfecto, ya lo pagarían entre todos, que no era cuestión de ponerse a fregar a las cuatro de la mañana. Charles les ordenó limpiar el vómito de su compañero.

Con el abrigo y las botas puestas, Isabel atravesó el pasillo, sorteando adolescentes ingleses, algunos todavía medio borrachos, pero todos con algún utensilio de limpieza en la mano.

—Quiero esto perfecto cuando vuelva —les dijo mirándolos a los ojos uno a uno con una inmensa frialdad. A Charles le entró un escalofrío.

Isabel pidió al profesor que le ayudara a bajar a las dos chicas al coche, al garaje. Manos a la obra, los dos adultos suspiraron al ver que Anabel abría un ojo, aunque solo para cerrarlo inmediatamente; al menos, aquello era una señal de consciencia. Como pudieron, llevaron a las dos jóvenes al garaje e Isabel salió, en plena madrugada, a devolverlas a sus casas. Charles no encontró palabras para disculparse otra vez.

Cuando Isabel regresó, al cabo de casi una hora, la fonda estaba limpia, no había rastro de vómitos o alcohol por el suelo y todas las habitaciones permanecían cerradas. Al subir por el segundo piso, Charles oyó sus pasos y salió de inmediato a encontrarla. Eran ya casi las cinco y la primera luz del alba entraba por las ventanas del pasillo que daban a la calle.

—¿Todo bien? —preguntó.

Isabel le dirigió una mirada cansada, triste.

—Todo lo bien que se puede, en esta situación —dijo—. Al menos las chicas se despertaron en el coche; les di un poco de agua del Carmen y se reanimaron. Menos mal que antes de devolverlas a sus casas recordaron sus nombres, direcciones y dónde habían estado. Me dijeron que James les había dado droga…

—Cocaína —apuntó Charles.

Isabel alzó una ceja, apretó los labios y, al cabo de unos segundos, continuó:

—También dijeron que no habían hecho nada de manera involuntaria.

Charles hinchó el pecho y respiró hondo, sacando lentamente el aire, aliviado.

Isabel alzó la vista al cielo.

—Esta juventud, ¿adónde vamos a ir a parar?

Charles miró intensamente a la hija del alcalde. No sabía qué decir.

No sabes cómo nos avergonzamos de esto, Isabel. Pero no te quepa la menor duda de que os compensaremos sobradamente por los desperfectos y por la noche que te hemos dado.

Los dos permanecieron en silencio unos instantes.

—Las madres de las chicas estaban despiertas, esperando —dijo Isabel—. Les dije que habían bebido más de la cuenta y ya está. Pero me parece que deberías ir mañana a darles alguna explicación.

—Por supuesto —concedió Charles—. Haré lo que sea necesario y también me encargaré de que esas chicas tengan algún tipo de compensación.

—No se trata de eso —dijo Isabel—. La humillación no tiene precio.

—Ya lo sé, ya lo sé. *Sorry*.

Isabel miró a su alrededor, comprobando que todo estuviera limpio.

—¿Está la habitación del rubio bien? ¿Han recogido los cristales?

—Sí —respondió Charles—. Las bolsas de basura están en el contendedor al otro lado de la calle y el muchacho duerme bien, aunque sin cristales en la ventana.

—No le vendrá mal un poco de aire fresco —dijo Isabel, introduciendo por fin un poco de humor en una situación tan tensa.

Charles no se atrevió a sonreír.

—Él lo ha organizado todo, ¿no? —preguntó Isabel—. Es el del helicóptero, ¿verdad?

Charles afirmó con la cabeza. Isabel miró al suelo.

—Pues no sé qué quieres que te diga. En este pueblo los jóvenes desde luego no van en helicóptero a ninguna parte, pero creo yo que son un poco más sanos —le dijo.

Charles asintió.

—Los morellanos han sido un ejemplo para nosotros hoy, no cabe la menor duda.

—Pero estos chicos tuyos, Charles, lo tienen todo en esta vida. ¿Por qué la desperdician así?

Charles suspiró y por fin relajó los hombros, tensos toda la noche.

—No sé —dijo—. Quizá ese es el problema, que tienen el mundo a sus pies y no deben luchar por nada.

Charles guardó unos segundos de silencio.

—Este muchacho, James, está especialmente perdido —le confesó, aunque era muy poco amigo de compartir detalles acerca de sus alumnos—. Su padre es uno de los industriales ingleses más importantes y al chico ahora le ha dado por ser arquitecto. ¡Arquitecto! Por supuesto en el colegio estamos haciendo todo lo posible para quitarle semejante idea de la cabeza.

Isabel le miró con gran sorpresa.

—¿Y qué mal hay en ser arquitecto? En España están muy bien vistos.

—Pues en Inglaterra se mueren de hambre —apuntó Charles.

—¿Y qué más da? Precisamente, si no necesita dinero, ¿por qué no puede estudiar lo que quiera? —preguntó Isabel, directa y con el ceño medio fruncido.

—Porque en Eton educamos para generar abogados y banqueros, profesiones lucrativas que ensalzan la reputación del colegio —le dijo—. No queremos exalumnos que malvivan. Es la política de la escuela.

Isabel dio un paso atrás.

—¿En tu colegio no queréis que los alumnos sean felices? —le preguntó con los ojos brillantes, destellando energía.

Charles no supo qué contestar.

Sin decir más, Isabel subió hacia su cuarto y el profesor entró en la catorce, cerrando la puerta tras de sí.

Se preguntó, por primera vez en mucho tiempo, si él era feliz.

11

El paraninfo de la Residencia de Señoritas de la calle Miguel Ángel estaba ahora pintado de un azul claro e intenso, mediterráneo, pero la sala, alta e imperial, seguía intacta. Mantenía la elegante balaustrada de madera blanca alrededor del primer piso, todavía asentada sobre un friso de ornamentación clásica que daba al recinto un aire muy señorial. El techo no había cambiado, tan alto como antes, escalonándose poco a poco hasta acariciar la pared. El zócalo alto de madera y las puertas, impecablemente blancas, otorgaban distinción y pulcritud al lugar, que conservaba los mismos asientos de madera, unidos entre sí, como en el teatro. El antiguo órgano seguía junto a la entrada principal, una puerta amplia de madera también blanca. El auditorio no era muy grande, para unas doscientas personas, por lo que había conservado el mismo ambiente íntimo y cálido de cuando Valli estudiaba.

Era una bonita tarde de junio y la antigua maestra observaba desde la tarima a los últimos asistentes entrando con prisa, pero avanzando en silencio y con discreción hacia sus asientos. Pisaban el mismo parqué oscuro por el que muchos otros habían pasado para escuchar a alguna eminencia, como Ortega o el doctor Marañón. Valli nunca hubiera imaginado, cuando era residente, que algún día acabaría presidiendo un acto en ese lugar tan especial. La vida, francamente, traía sorpresas; algunas trágicas, otras maravillosas como esa, pensó.

El antiguo reloj de la pared marcó las siete y media en punto de la tarde y el murmullo empezó a cesar. El aforo estaba lleno.

Soledad, la directora del Instituto Internacional, que en su día había alquilado ese mismo espacio a la Residencia de Señoritas, apretó cariñosamente la mano de Valli y le sonrió. Con los ojos le preguntó si estaba a punto, a lo que la anciana asintió. Al otro lado de Soledad, Consuelo, otra antigua residente de más de noventa años, hizo un ademán en señal de que ella también estaba lista.

Las tres mujeres, elegantemente vestidas y maquilladas para la ocasión, contemplaban a la audiencia de manera muy diferente. Consuelo, que parecía cansada incluso antes de empezar, se acariciaba las manos repetidamente y jugueteaba con un collar de perlas que lucía sobre una blusa blanca cerrada, más bien propia de la época de la que venía a hablar. Se movía en la silla y miraba rápidamente a todas partes, aunque la mayoría de veces fijaba los ojos en el vacío. Parecía incómoda, como si se sintiera fuera de lugar. La directora, con un vestido negro sin mangas, discreto y elegante, y a juego con su pelo rizado, sonreía con el orgullo de haber organizado un acto que ya parecía un éxito. Valli, con el pelo más blanco y ondulado que nunca, lucía un traje de falda y chaqueta azul marino, con una blusa alegre y floreada. Con su proyecto recaudador en mente, la anciana se había propuesto dar una imagen de modernidad y eficiencia más que de abuela *pasé* a la que nadie confiaría un euro. Consciente de que las miradas se dirigían hacia ella, Valli permanecía quieta, con la vista al frente, emanando seguridad. Ella ya había dado muchas conferencias y charlas sobre su vida en el exilio y su lucha antifranquista por los montes de Huesca y Teruel. Había visitado numerosas escuelas, sobre todo en Cataluña, para explicar su vida en el maquis, sus enfrentamientos con la Guardia Civil o el contacto que tuvo con otros exiliados por medio mundo. Pero ahora no le interesaba tanto compartir esas historias, ya que enfrente no tenía a un grupo de escolares, sino a casi doscientos adultos de los que esperaba, ante todo, sacar dinero para su proyecto. No es que fuera una interesada, pero en un reencuentro tan especial como aquel, y después de una vida que nunca fue lo que ella quiso, o para lo que su «Resi» la preparó, prefirió guardarse los sentimientos para sí, ya que aflorarlos seguramente la abrumaría de tal manera que no podría ni hablar. Mejor centrarse en la tarea que la había llevado hasta allí y no ahogarse en penas pasadas que ya le habían pasado suficiente factura, pensó. Valli también recordó las palabras que su antigua profesora de filosofía, María Zambrano, había dicho una vez desde la misma tarima que ahora mismo ocupaba ella: «Haz lo que estás haciendo».

El auditorio por fin se quedó en silencio y Soledad abrió el acto de manera breve y emocionada. La directora había escrito libros sobre el intercambio entre americanas y españolas en la Residencia y había quedado prendada, como otros investigadores, del maravilloso mundo que María de Maeztu y sus ayudantes, además de las residentes, crearon hacía tanto tiempo. Aquellas mujeres, dijo, habían establecido hacía un siglo un espacio que, en la actualidad, todavía se consideraría moderno y avanzado.

Consuelo tomó la palabra, mirando a la audiencia con una mezcla de miedo y sorpresa. Mientras la anciana balbuceaba sus primeras frases, Valli la miraba fijamente intentando recordarla de joven, pero apenas podía, ya que Consuelo se alojó en el edificio de la calle Fortuny y no en Miguel Ángel, como ella, y también era algunos años mayor, por lo que tampoco coincidieron en la universidad.

Con la voz entrecortada y sin dejar de juguetear con sus perlas, Consuelo explicó cómo había llegado de una Ávila retrógrada en plenos años treinta a una Residencia de Señoritas que le dio el ambiente propicio para lo que más le gustaba: estudiar y comer bien. En la Residencia vivían tan cómodas que hasta su hermano, también estudiante en Madrid, la empezó a llamar «princesa». Mientras ellas disponían de cálidas bibliotecas y comían y hasta desayunaban con cuchillo y tenedor, él, en su pensión de la calle Carretas, que de hecho era más cara, se quejaba de que la comida era nefasta y de que, entre los chinches y el ruido de la calle, apenas se podía estudiar.

Consuelo explicó que aquellos años fueron una especie de oasis en su vida, pues después todo cambió. Tras la guerra, la Residencia de Señoritas se convirtió en el Colegio Mayor Santa Teresa, dirigido por Matilde Marquina, una falangista que le imprimió un carácter radicalmente diferente. Aunque terminó los estudios de Derecho, Consuelo se casó con un compañero de la universidad, liberal de boca pero señorito de hábito, y tuvo cuatro hijos, a quienes se dedicó plenamente hasta que se hicieron mayores. Nunca ejerció la abogacía y ahora, a su edad, tampoco se arrepentía, pues ya estaba conforme con lo que la vida le había dado, básicamente salud, una familia y pocos problemas graves. No quiso decir más y un caluroso aplauso le agradeció su evidente esfuerzo. La anciana apoyó la espalda en su silla y por fin se relajó.

A continuación, Soledad presentó un documental sobre la mujer en la universidad española. Era breve, pero tan interesante como divertido, pues explicaba cómo algunas de las primeras universitarias de finales del siglo XIX, como María Goyri o Matilde Padrós, iban a clase acompañadas por un criado o por un familiar, entraban al aula con el profesor y se sentaban aparte de los demás alumnos. Con las luces apagadas, a Valli se le empezó a hacer un nudo en la garganta, pues ahora, en la oscuridad, era cuando mejor veía —y sobre todo sentía— el paraninfo. Las risas del público, su interés por aprender y compartir, el ambiente de camaradería que se respiraba y el hecho de tener a tres mujeres en la tarima le trajeron algunos de los recuerdos más bellos de su vida, antes de que esta se truncara para siempre.

Con un hilo de voz y después de una presentación cargada de admiración, respeto y cariño, Valli explicó a la audiencia, sin dejar de mirar al vacío, cómo ella acudía muchos días a aquella misma sala para escuchar las charlas vespertinas que María de Maeztu daba a las residentes. En plena República, dijo, y sobre todo a medida que las tensiones políticas aumentaban, María siempre les ponía como ejemplo a Erasmo de Róterdam, el sabio aceptado por protestantes y católicos en una época también marcada por discrepancias tensas y violentas. Pero el ambiente era tal que las alumnas se revolucionaban solo con oír el nombre del sabio holandés, explicó Valli, pues este había escrito en *Elogio de la locura* que la mujer era «un animal inepto y necio» y que si alguna vez esta quería ser sabia, «no conseguiría sino ser dos veces necia».

En la Residencia, cuestionar estaba bien visto, aunque fuera al mismo Erasmo. Política y socialmente cabía todo lo legal y decente, y a partir de ese punto, cada una podía pensar lo que quisiera, explicó Valli a la audiencia, que la escuchaba en absoluto silencio.

Tras una breve pausa para beber y aclararse la voz, la antigua maestra continuó en un tono más seguro. Allí también aprendió a leer, dijo, pero a leer de verdad. Una alumna preparaba una lectura y entre todas la desglosaban, definían las ideas principales y las analizaban hasta la exasperación. Allí aprendió a resumir, a pensar y a rebatir, dijo.

Cada vez más relajada, Valli contó que no todo había sido un camino de rosas y que sufrieron duras críticas.

—Como siempre pasa cuando uno tiene energía y talento para hacer cosas nuevas o diferentes, eso incomoda a todo el que está acostumbrado o favorecido por el statu quo, así que las críticas siempre llegan —dijo, arrancando un pequeño aplauso de la audiencia. Cuanto este cesó, la antigua maestra prosiguió con una ligera sonrisa—. Fijaos —dijo, bajando la mirada y negando con la cabeza—, hasta nos criticaban por no tener capilla y porque, según ellos, salíamos cuando queríamos, lo que no era verdad en absoluto.

Valli también negó cualquier acusación de elitismo. La mayoría de residentes era de provincias, aseguró, hijas de padres educados pero de recursos medios, como médicos o abogados, pero también sastres y maestros que hacían un esfuerzo para abonar las ciento cuarenta pesetas mensuales que costaba la Residencia. Pero sí era cierto que, de tanto en tanto, aparecía alguien de renombre. En su mesa de comedor, dijo, un día se presentó Lili, sobrina de Rubén Darío, mientras que otro día llegó una nueva residente acompañada por un chófer. Pero fue una italiana quien levantó el mayor revuelo al recibir una tarde una visita personal y privada de Unamuno, al parecer amigo de su padre. Nunca descubrieron exactamente de quién se trataba, pues en la Residencia siempre se la consideró una más, sin ningún privilegio.

Parte del público empezó a aplaudir, pero Valli quiso concluir recordando la lección más importante que había aprendido allí.

—Este lugar nos dio sobre todo seguridad —dijo—. Aquí nos sentíamos protegidas, respetadas. El ambiente nos proporcionaba dinamismo y nos exigía dar lo mejor de nosotras mismas, pero sin leyes, normas ni castigos. Pensábamos que nos íbamos a comer el mundo, pero para dejarlo mejor. María de Maeztu —continuó— nos conocía a todas personalmente y, al menos una vez al año, cenábamos con ella, en grupos de seis o siete, y allí nos preguntaba cómo estábamos, si necesitábamos alguna cosa o si teníamos algún problema. La verdad es que pocas se atrevían a hablar, pero cuando mencionaban algún asunto, María corría a solucionarlo, lo que nos daba mucha protección. Esto no era ni un convento ni un *college*, sino una nueva institución concebida como motor de cambio de una sociedad pobre y atrasada. Era una auténtica revolución sana, pacífica, social e intelectual en la que todas nos sentíamos involucradas —concluyó.

El público la premió con una ovación inmensa, larga, la mayoría puesto en pie. Soledad miró a Valli con ojos brillantes y le apretó de nuevo la mano, un gesto que estuvo a punto de hacerle saltar las lágrimas. Cerrando los ojos y tras un largo suspiro, pudo contenerlas, mientras se repetía una y otra vez que aquel no era el objetivo. En cuanto pudo conseguir un poco de silencio, Valli agradeció a los asistentes su presencia y explicó brevemente su plan de convertir una antigua escuela en un centro cultural que retomara el espíritu de la Residencia. Esa escuela, explicó, estaría en su pueblo, Morella, donde un alcalde loco quería reconvertir el antiguo colegio en pisos o en un casino. Anunció que había dejado folletos con información a la entrada y que estaría a disposición de los interesados durante el cóctel que a continuación se serviría en el jardín.

Soledad cerró el entrañable acto con agradecimientos a participantes y patrocinadores, y dijo que el instituto siempre apoyaría el espíritu de la Residencia o cualquier proyecto que lo emulara, en la medida que fuera posible. La directora estrechó las manos de Consuelo y Valli, apretando fuerte.

Las *Goyescas* de Enrique Granados amenizaban la pequeña recepción en el jardín del instituto, aunque ahora la melodía ya no salía de las ventanas del edificio, sino de los altavoces instalados para la ocasión. Valli, de todos modos, miró hacia la sala que antiguamente acogía un viejo piano negro que algunas residentes utilizaban para animar las simpáticas veladas que a menudo organizaban. Mientras unas se turnaban para tocar, otras leían, hablaban tranquilamente o estudiaban en el amplio salón del primer piso, adonde acudían casi todas las noches después de cenar. Era una sala grande, con dos lámparas de araña antiguas que iluminaban los rincones tranquilos de lectura, las estanterías repletas de libros o las mesas redondas con asientos de mimbre. A veces, se apiñaban más de diez residentes alrededor de una mesa para discutir cualquier tema de actualidad o artículo relevante de la prensa. Las veladas más especiales, cuando podían traer invitados a los conciertos de piano o violín que daban algunas compañeras, se organizaban con responsabilidad y en un ambiente de paz y armonía que no precisaba vigilancia o supervisión.

—Querida, has estado fenomenal —dijo a Valli una señora rubia, de unos cincuenta años, mientras esta permanecía absorta en sus recuerdos.

Ponche en mano y con los ojos ya un poco cansados, Valli la miró. La señora iba elegantemente vestida con un traje de chaqueta azul claro, muy veraniego, con botones dorados. Tan educadamente como pudo, Valli se presentó y, en el fondo, se alegró al contemplar el enorme brillante que la señora lucía en su generoso escote y las numerosas pulseras que anunciaban su presencia cada vez que movía el brazo. Aquella podía ser una buena oportunidad de recaudación, se dijo.

—Muchas gracias —respondió con una sonrisa ya un poco desgastada después de tanta emoción. A Valli le agotaba ser protagonista, pero hoy era su obligación, se dijo—. Y usted ¿guarda alguna relación con la Residencia? —preguntó.

La señora, que se había presentado con un apellido de esos largos y compuestos, se echó la melena rubia hacia atrás y contestó luciendo su impecable dentadura blanca.

—Sí, sí, mis tres hijos fueron al colegio Estudio, ya sabe, el que siguió la línea del Instituto Escuela, muy ligado a la Residencia y a la Institución Libre de Enseñanza. Estamos muy contentos.

—Ah, qué bien, y ¿en qué curso están? —preguntó Valli con más atención, ya que en el fondo nunca dejó de ser maestra y los escolares siempre le interesaban.

La señora, sorprendida, se echó ligeramente hacia atrás antes de soltar una carcajada.

—Ay, ¡qué gracia! —exclamó—. Mis hijos ya han acabado la universidad y dos están hasta casados —dijo—, pero me halaga que crea que todavía acuden al colegio.

Valli observó sus facciones. Con más atención, sí pudo distinguir algunas arrugas escondidas debajo de un denso ma quillaje. De todos modos, en los pueblos, al menos antes, las señoras mayores eran grandes, gordas, de generosos pechos y, desde luego, nadie se escapaba de las canas. No estaba acostumbrada a ver abuelitas con flamantes melenas rubias, diamantes y cinturas de avispa como esa señora. En fin, pensó, no estaba allí para juzgar a nadie, sino para sacar dinero.

—Muchas gracias por venir —le dijo—, espero que el proyecto de mi escuela en Morella le haya parecido interesante. Es una gran oportunidad para involucrarse en una propuesta cultural de este estilo —dijo Valli con determinación.

La señora, un tanto sorprendida por el tono tan directo de una persona ya cercana a su novena década, la asió por el brazo mostrando unas uñas rojo carmín perfectas. Se le acercó.

—Sí, qué buena idea —dijo—, pero yo creo que, más que a personas individuales, igual podría acercarse a alguna fundación, ¿no? Venga, venga —dijo echándose a andar—, que le voy a presentar a mi amiga Cuqui, que lleva una de las fundaciones más importantes de Madrid.

Valli, un poco perdida pero esperanzada, siguió como pudo a la señora cuyo apellido no podía recordar y pasó por delante de Soledad, quien no quitaba el ojo a sus invitadas de honor para asegurarse de que todo marchara bien. Al cabo de unos minutos, después de sortear a las casi cien personas que había en el jardín, más o menos la mitad de los asistentes al acto, Valli y la señora alcanzaron su objetivo.

—Cuqui, ¿qué tal? Oye, estás fenomenal, pero qué guapa, si parece que tengas veinte años —dijo la señora a su amiga, una mujer alta y morena, y aparentemente más joven, aunque Valli ya no sabía qué pensar—. Mira —continuó la señora—, te presento a Vallivana Querol, qué lujo tenerla entre nosotros, ¿verdad? ¿No ha sido un acto fabuloso? —dijo con una sonrisa de anuncio de dentífrico.

La mencionada Cuqui, vestida con pantalón de montar, botas altas de cuero y jersey negro de cuello alto, enseguida le dio dos besos, al aire, y le sonrió.

—Por supuesto, nunca había visto nada igual, pero qué fascinante, de verdad, qué cosa —dijo, cogiéndola del brazo, mirándola fijamente. Tenía unos ojos verdes almendrados impresionantes.

Valli, mirando a su alrededor, creyó que se encontraba en un desfile de modelos más que en una reunión de intelectuales. Recordó a sus compañeras de Residencia en plenos años treinta, con sus rebequitas de punto y sus blusas abrochadas casi hasta el cuello, faldas largas a cuadros y zapatos fuertes y planos para andar. Valli no entendía por qué todas las mujeres se habían puesto tan sexis para acudir a un acto que ella creía de tinte educacional. La anciana, que apenas llegaba al busto de la mayoría de asistentes, miró a su alrededor un tanto confusa y suspiró. «Ay, *xiqueta*», se dijo para sus adentros.

—Cuqui, cariño —continuó la primera señora—, quería que conocieras a Vallivana personalmente, porque ya has escuchado lo del proyecto de su escuela. Como está buscando fondos, he pensado que tú, que estás en una fundación, podrías aconsejarle a quién acudir, o igual conoces alguna ayuda institucional que pudiera interesarle —dijo mientras saludaba a otra persona al fondo del jardín, brazo en alto, una vez más agitando sus ruidosas pulseras. Volviendo a Cuqui, continuó—: Tenemos que ayudar a nuestra nueva amiga Vallivana, por supuesto —dijo, luciendo su sonrisa profesionalmente encantadora.

—Sí, sí, claro, qué idea tan estupenda, déjame pensar —respondió Cuqui, apretando los labios y mirando al árbol que había en el centro del jardín, rodeado por una pequeña área con césped.

En aquella fiesta, todo el mundo sonreía, pensó Valli mientras Cuqui parecía más centrada en saludar a otros invitados que en responder. Valli también contempló el solitario roble del centro, sintiéndose igual de desamparada. Lamentablemente, ya no quedaba rastro de la fronda primaveral que antaño lo cubría acogiendo a docenas de gorriones que se pasaban el día cantando, peleando o flirteando, y que ella escuchaba desde la biblioteca. Recordándolo con nostalgia, se dijo que, francamente, prefería el piar de los pardales a las conversaciones tan banales que ahora la rodeaban. Pero fuerte y decidida como era, la anciana suspiró y se dispuso a conseguir su objetivo, aunque fuera a base de hipocresía. Había llegado el momento, por una vez, de ser práctica y seguir el ejemplo de los políticos, siempre vencedores. Valli había visto a alcaldes y empresarios dirigirse a personas infinitamente más capaces que ellos sin que eso les inhibiera a la hora de pedir o cobrar, o sintiéndose con todo el derecho del mundo a recibir solo porque les convenía. A sus casi noventa años por fin había aprendido la lección; ahora iba a seguir su ejemplo.

—Ya verá como resulta una excelente inversión —dijo Valli finalmente a Cuqui, quien la miró con cierto aire de sorpresa, después de la larga pausa.

Seguramente, al ver la insistencia de Valli, la señora de las pulseras se ausentó tan rápidamente como pudo.

—Bueno, os dejo a solas para que habléis de vuestras cosas —dijo, echándose de nuevo la melena hacia atrás y volviéndose hacia Valli—. Vallivana, qué gusto haberte conocido ¡y mucha suerte en todo, seguro que tendrás muchísimo éxito! —apuntó, antes de perderse entre el resto de invitados y coger por el camino una copa de champán.

Valli fue a por faena.

—Qué interesante trabajar en una fundación de renombre —dijo a la tal Cuqui—. ¿Participan en muchos proyectos?

Su interlocutora sonrió y miró a su alrededor mientras respondía.

—Pues ya nos gustaría, pero sepa usted que tenemos tantísimas solicitudes que seleccionamos a conciencia. Hay que estudiar los proyectos muy bien, lo que nos lleva una media de unos dos años —dijo, sonriente.

—¡Dos años para decidir! —exclamó Valli, tan sorprendida como desilusionada, pues ella no podía esperar tanto tiempo. La anciana sorbió el primer trago del ponche que hacía rato que tenía entre manos, sin saber muy bien qué hacer con él.

Cuqui, mirando al resto de los presentes y saludando a algún conocido de tanto en tanto, rechazó los canapés que un camarero le ofreció. Mirando de nuevo a Valli, esta vez con un poco más de sinceridad, le dijo:

—Tenemos que ir con mucho cuidado, ya sabe que las cosas se están poniendo feas.

—¿Feas? —Valli levantó ambas cejas.

—Bueno, ya sabe que llevamos muchos años de bonanza y creo que la gente se está empezando a apretar el cinturón, nada más. Enseguida pasará —añadió, mirándola a los ojos, quizá la primera persona de la fiesta en hacerlo, aparte de Soledad.

Valli permaneció en silencio durante unos instantes. Por fin había encontrado a alguien que pensaba igual. Ella hacía tiempo que sospechaba que aquel ritmo de casas y coches nuevos y resplandecientes era insostenible.

Cuqui aprovechó el silencio para excusarse y continuar saludando a amigos y conocidos. La escultural mujer se adentró en la fiesta, sonriendo y cautivando a diestro y siniestro. Ella sí que conseguiría cuanto quisiera, pensó Valli, lamentando que una vez más hubiera caído en el error de creer que las buenas ideas o intenciones, incluso el buen trabajo, fueran suficientes para conseguir un objetivo. No, todo era —y continuaba siendo— mucho más arbitrario.

Soledad, siempre atenta, se le acercó. Valli era ahora su única preocupación, ya que Consuelo, agotada, había partido en taxi hacía poco rato.

—¿Cómo va todo, querida? ¿Te encuentras bien? —le preguntó, siempre dulce y cariñosa.

—Sí, sí, todo perfecto, gracias, Soledad —respondió Valli, medio mintiendo para no desilusionar a la amable directora, que había organizado el acto en gran parte para ayudarla.

—Te veo un poco decaída —le dijo Soledad, mirando a sus ojos sin apenas brillo y sus hombros caídos—. ¿Seguro que estás bien?, ¿alguien te ha molestado? —preguntó con su mirada inteligente.

Valli suspiró.

—Ay, *xiqueta*, no sé qué decirte —le respondió, relajándose y bebiendo otro sorbo de ponche—. Todo el trabajo que has puesto en esto y no sé yo si voy a sacar nada, todos me pasan de un sitio a otro pero nadie parece interesarse lo suficiente —dijo, mirando al suelo.

Soledad le cogió la mano con suavidad.

—Ya te advertí que no iba a ser tarea fácil. Pero dale un poco más de tiempo, nunca se sabe —dijo, con sinceridad—. De todos modos, todo el mundo habla maravillas de ti, deberías estar orgullosa de lo que has conseguido, de lo que representas, del ejemplo tan grande que das. Mujeres como tú hacen que el mundo gire —le dijo con una franca mirada.

Valli miró a Soledad con simpatía, pero enseguida apuntó:

—Yo ya no estoy para homenajes, Soledad, no quiero ni medallas ni honores. Solo quiero salvar mi escuela, dar una oportunidad a las jóvenes que quieran estudiar en Morella y, para eso, necesito cinco millones de euros y no más condecoraciones.

Soledad la miró, en el fondo, con admiración y, sobre todo, con comprensión. Las dos mujeres permanecieron unos instantes en silencio, percibiendo las dulces notas de la *Suite ibérica,* de Albéniz, que había reemplazado a Granados, dando al ambiente un tono más relajado.

Valli por fin sonrió.

—Fíjate que yo vi a Albéniz interpretar esta pieza en el auditorio de la residencia de chicos una noche de verano, creo que en 1935 —dijo, mirando al cielo, ahora ya de un rojo ennegrecido crepuscular de ciudad contaminada, nada parecido a los maravillosos y claros atardeceres de Morella.

Percibiendo la necesidad, Soledad se puso en marcha.

—Ven —dijo con renovado ímpetu—. Te voy a presentar a uno de los secretarios de Estado del Ministerio de Educación, igual él te puede ayudar.

Valli la miró con complicidad.

Las dos mujeres recorrieron el patio, cada vez más vacío, y no pararon de sortear invitados hasta que Soledad se dirigió a un señor joven que ya se iba.

—¡Don Jaime, don Jaime! —gritó la directora, y apretó el paso hasta alcanzar a su amigo, dejando a Valli un poco rezagada—. No se vaya usted sin conocer personalmente a nuestra protagonista.

»Valli —dijo Soledad cuando la anciana, jadeante, ya les hubo alcanzado—, me gustaría que conocieras a Jaime, secretario de Estado del ministerio y buen colaborador del instituto —dijo, mirando a ambos con orgullo.

Los modales de la directora eran exquisitos, pensó Valli, a quien nunca nadie le enseñó a comportarse en sociedad. La anciana recordó por un instante a sus padres, que nunca le presentaron a nadie, pues pasaban los días tranquilos y felices en su masía, rodeados de cabras, cerdos y ovejas, hasta que su paz se truncó. Valli cerró un segundo los ojos, pero enseguida retornó a la realidad.

El afable secretario, vestido a lo Guardiola, con corbata fina y un estrecho traje azul con botón en el medio, le besó la mano, raspándole un poco con su barba corta, aunque bien arreglada. Llevaba el pelo más bien largo, para ser un hombre, aunque tampoco era un *melenas*, como Valli les llamaba. Su estilo era refinado.

«Gay», pensó enseguida Valli.

—Me ha encantado su discurso, todo un ejemplo para nosotros —dijo educadamente don Jaime—. Si no tiene inconveniente, le pediré sus datos a Soledad, porque nos interesaría mucho organizar eventos similares. Usted puede inspirar a miles de niños que precisan de ejemplos mejores que los que desgraciadamente encuentran en casa.

Valli se alegró y se sorprendió de encontrar un político con cierto grado de sensibilidad, al menos aparentemente, pues eso ya era más de lo que ofrecían muchos, pensó. Esta podía ser una buena oportunidad.

—Encantada de ayudar —le dijo—. A mí también me gustaría estar en contacto con ustedes por el tema de mi escuela, ya sabe, a la que me he referido al final del acto. He dejado algunos folletos en la entrada, no sé si los habrá visto.

El director sonrió, ligeramente, pero le respondió en tono respetuoso:

—Nos encantaría ayudar, señora Querol, pero me temo que en España las necesidades más básicas todavía nos apremian. Existen centenares de colegios sin calefacción, algunas bibliotecas casi no tienen libros y muchas clases, más de las que me gustaría reconocer, tienen más de cincuenta alumnos por maestro. —Hizo una pequeña pausa y miró a Valli fijamente—. De verdad que me encantaría, pero prefiero serle sincero.

Valli consiguió aparentar una sonrisa falsa, aunque, por dentro, empezó a vislumbrar centenares de luces de neón iluminando filas y filas de máquinas tragaperras dentro de su escuela. Imaginó grandes carteles luminosos sobre la misma muralla medieval anunciando el casino más grande de España o de Europa. La imagen la horrorizó.

—No pasa nada —dijo finalmente—. Le agradezco la sinceridad. Ya me gustaría a mí que todos los políticos fueran igual de honestos y claros, en vez de prometer lo que no pueden dar.

—Lo peor es cuando ya han dado lo que no podían —apuntó rápido el secretario de Estado antes de partir.

Soledad y Valli se miraron en silencio mientras algunas personas seguían los pasos de Jaime y se disponían a salir. El sol por fin se escondió detrás de los edificios más cercanos y, como si de una boda o un funeral se tratara, las dos mujeres, de pie junto a la entrada, despidieron amablemente a los asistentes.

Agotadas, se sentaron por fin en las sillas de metal, típicas de las terrazas de bar, que había en el jardín. Solo quedaba una persona, al fondo, sentada en una silla, sola. Valli no la había visto antes, pero ahora reparó en ella. En la incipiente oscuridad, apenas pudo distinguir bien sus facciones, pero sin duda se trataba de una joven extranjera, de pelo largo, casi rojo. Llevaba falda corta y un top ajustado, luciendo una tez más bien blanca. Tenía un libro entre las manos y las miraba con atención.

—¿Sabes quién es? —le susurró Soledad con discreción, pues el jardín estaba vacío y silencioso, con la excepción de las tres mujeres.

Valli negó con la cabeza y dirigió a Soledad una mirada curiosa.

—Es Samantha Crane, nieta de la compañera de Victoria Kent.

12

Ese mismo día de finales de junio, pero por la mañana, Vicent salió con un enfado considerable del ayuntamiento. Eva no dejaba de pasarle llamadas y correos electrónicos de los proveedores que querían cobrar, mientras que él mismo acababa de recibir un aviso de una de las agencias de crédito más grandes del mundo de que se personarían cualquier día de esa semana para hablar sobre unos préstamos al municipio. ¡Él no había hablado nunca con ninguna de esas agencias! ¿Qué querrían ahora?, se preguntó.

Aunque no le gustara, tendría que estar preparado, se dijo mientras hacía un ligero ademán a quienes le saludaban por la calle. Casi sin mirarles, Vicent les sonreía, aunque evitó pararse. Hacía calor y se aflojó la corbata, desabrochándose el primer botón de la camisa. Menos mal que el verano estaba al caer. Era la mejor época para la fonda y cuando los proveedores, de vacaciones, reclamaban menos pagos. Ese se estaba convirtiendo en un año difícil, aunque le extrañaba que nadie hablara de ello. En los diarios y la televisión, todo eran buenas noticias, en España y en el resto del mundo. Se había conquistado el ciclo económico, decían, ya no había altibajos ni catástrofes financieras. Morella no podía ser diferente, así que, después del verano, seguro que todo volvería a la normalidad, pensó.

El alcalde relajó por fin los hombros en cuanto entró a la fonda. Tenía ganas de recobrar la normalidad y de volver a las comidas caseras después de haber comido en restaurantes durante más de una semana por cuestiones de trabajo. A partir de esa semana, tenía planeado comer en la fonda todos los días, ya que su hija Isabel se había puesto al mando de la cocina y se había instalado en el hotel después de que la echaran del trabajo. Ella había dicho que la empresa iba mal y que habían reestructurado la plantilla, pero él siempre había tenido dudas sobre su eficacia. En cualquier caso, su presencia le representaba más gastos, de agua, luz y gas, sin recibir más ingresos necesariamente, por más que ella dijera que ahora se podría dedicar al negocio. Pagarle el sueldo a su hijo Manolo, en recepción, ya era un mal trago cada mes, ya que la competencia se había comido a sus clientes tradicionales. No estaba el negocio para emplear a otro hijo, así que debía elegir. Y el chico, claro, siempre era el chico, pensó; no iba a dejarlo en la calle. Una mujer siempre se podía casar, se dijo.

—¡Nena! —exclamó tras cerrar la puerta de entrada—. ¡Ya estoy aquí! ¿Ha llegado ya el inglés? —gritó desde la recepción vacía, mientras dejaba la chaqueta en el perchero.

Vicent suspiró con irritación al comprobar que Manolo no estaba en su puesto. Sin pensarlo, apretó con fuerza el sonoro timbre del mostrador, provocando la inmediata reacción de su hija.

—¡Ya voy, ya voy! —la oyó decir desde el piso de arriba—. Mientras abría la puerta del comedor, Vicent oyó cómo su hija bajaba las escaleras apresuradamente y lo alcanzaba cuando él apenas había atravesado la puerta.

Isabel se ajustó el delantal, que parecía nuevo, y un par de horquillas que se había puesto en el pelo negro, hoy suelto. Por primera vez en mucho tiempo, se había maquillado, lo que sorprendió gratamente a Vicent. Realmente, si tenía que estar en la fonda, mejor que cuidara un poco su imagen. Vicent la miró de arriba abajo.

—¿No te pones la cofia blanca?

—Hace mucho calor en verano, padre —le contestó y, sin esperar rechazo o aprobación, se metió en la cocina.

Vicent la siguió. Al entrar, enseguida se dio cuenta de que todo había cambiado. Había un horno nuevo, el área de preparación había quedado arrinconada, creando más espacio en el centro para una gran mesa de aluminio con ocho fogones, el doble que antes. De las ollas y sartenes que normalmente colgaban del techo quedaba la mitad y las paredes estaban más blancas que de costumbre. ¿Alguien las había pintado?

—¿Se puede saber qué ha pasado aquí? —preguntó Vicent, sorprendido no tanto porque el cambio fuera radical, sino más bien porque lo desconocía.

—Fíjate qué bien y qué práctico que lo he dejado todo, padre —dijo su hija con orgullo, apoyándose ligeramente en la nueva mesa, en la que Vicent también vislumbró un artilugio de madera nuevo para guardar unos cuchillos que tampoco tenía vistos.

Se acercó hacia ellos y cogió uno. Eran finos, de una marca que no conocía, Global. Después de inspeccionar un reluciente y afiladísimo ejemplar, digno de un samurái japonés, lo devolvió a su sitio lentamente. Encajaba a la perfección.

—¿Se puede saber quién te ha dado permiso para cambiar la cocina? —preguntó a su hija—. Has sido tú, ¿verdad?

Isabel le miró con los ojos de avispada que ponía cuando se quería salir con la suya.

—Sí, y fíjate qué bien queda todo. Ahora esto es la cocina profesional que realmente necesitábamos si queremos una fonda de verdad.

Vicent se le acercó a medida que iba calculando el coste de los cambios. No podía creer que su hija hubiera organizado todo aquello en apenas dos semanas que llevaba en la fonda. Volvió a mirar a su alrededor y descubrió, en el alféizar de la ventana, un pequeño jardín repleto de hierbas de cocina.

—Así que una cocina profesional, ¿eh? —dijo, con la calma que suele avecinar la tormenta—. Pero ¡si a ti solo te interesan las plantitas y las putas pinturas! ¡Menuda pérdida de tiempo!

Vicent suspiró hondo y cerró los ojos. ¿Cómo era posible? Despacio, se acercó a Isabel y la miró fijamente, con el ceño fruncido y los ojos bien abiertos.

—¿Se puede saber cómo piensas pagar todo esto? —preguntó, apoyando los brazos en la gran mesa central con una actitud superior, como si estuviera interrogando a un niño.

Isabel pareció sorprendida por la pregunta.

—Bueno, padre, no te preocupes, que tampoco es tan caro. La mesa y el horno han sido lo más costoso, pero los demás cambios son cosméticos, pintura, flores y, básicamente, mi trabajo —dijo, mirando con orgullo a su alrededor—. Pero tú no te tienes que preocupar. He metido aquí muchas horas para dignificar este lugar, tirando numerosos cacharros que debían de ser de la época de las santas beatas, por lo menos. No podíamos seguir con una cocina tan anticuada si realmente queremos que el negocio funcione.

—¿Y quién eres tú para decidir nada sin el consentimiento de tu padre? —le preguntó, todavía sin entender cómo aquello había sido posible sin su conocimiento.

—Padre, repito que no te tienes que preocupar, porque...

Vicent no la dejó acabar.

—¡Cómo demonios no me voy a preocupar si no puedes ni mantener el empleo! —le dijo—. ¡A saber lo que harías!

Vicent sabía que esas palabras no estaban bien, pero eran ciertas. El alcalde nunca había tenido predilección por su hija, quien, ante su sorpresa, consiguió un título de licenciada, aunque él todavía no sabía cómo. Nunca le pareció ni lista ni espabilada, siempre lenta y torpe, lo más alejado de un lince para los negocios. Él ya la intentó disuadir de que fuera a la universidad, pero no pudo con el frente común que madre e hija formaron en su contra. Él ya sabía que aquello no iba a funcionar y el tiempo le había dado la razón. Desde que se licenció, hacía una buena pila de años, solo había trabajado como secretaria o vendedora, sin llegar a más, y ahora, encima, la habían echado. El dinero que se gastó en su educación lo podría haber invertido en Manolo, el chico, quien se despistó un poco en la universidad y nunca llegó a acabar la carrera. De haber tenido más fondos, lo habría metido interno en un colegio mayor y seguro que allí se habría centrado más y acabado los estudios. Pero no pudo. Y ahora, después de criarlos y costearles la universidad, los tenía a los dos como dos parásitos en su casa, en su fonda y encima tomándole el pelo, gastando su dinero en cocinitas y con la recepción vacía. Eso era realmente el colmo.

Padre, por favor, espera un poco y déjame probar en la cocina, ya verás cómo las cosas cambian y volvemos a tener clientela. Déjame que me responsabilice.

—¿Cuánto te has gastado? —le preguntó, con la mirada clavada en sus ojos.

Isabel guardó silencio.

—¿Cuánto? —le gritó, golpeando la mesa con el puño. El sudor le empezaba a brotar en la frente y la corbata tenía ya el nudo casi deshecho. Se arremangó la camisa porque allí hacía mucho calor. De hecho, él mismo había prohibido encender el aire acondicionado porque ya tenía suficientes problemas con la eléctrica.

Isabel desvió la mirada, con lo que Vicent se le acercó todavía más con la mano en alto, como si le fuera a atizar, como cuando era una niña... y no tan niña. Le habría pegado una buena bofetada muy a gusto, pero, por una vez, se contuvo.

—¡Que me lo digas, coño! —le volvió a gritar, todavía con la mano en alto.

Con los ojos húmedos y al borde de las lágrimas, Isabel por fin habló.

—Diez mil euros —dijo con un hilo de voz—. Solo diez mil.

Vicent dio tres fortísimos puñetazos en la mesa y su cara se enrojeció de la ira.

—¡Diez mil euros! —gritó—. Pero ¿tú te has vuelto loca?

Vicent volvió a alzar su mano amenazadora, pero la volvió a bajar.

—Pues los vas a pagar de tu propio bolsillo —le dijo—. Te lo juro que esto lo pagarás tú, ¡ahora mismo!

Isabel, casi inmóvil, se secaba lentamente las lágrimas que le resbalaban por la cara, arrastrando parte del maquillaje nuevo.

—Padre, ya te he dicho que no debes preocuparte por el dinero. No lo entiendes.

—¿Me lo pagarás con la indemnización? —le preguntó—. Total, viviendo en la fonda, a mi costa, tampoco te lo vas a gastar, así que lo quiero mañana mismo. Sin falta.

—Padre, sabes que no tengo indemnización —dijo Isabel con una voz tan baja que costaba oírla—. Sabes de sobra que era un contrato temporal y que te echan como y cuando quieren.

—Pues haber encontrado un trabajo mejor, ¡joder!

Padre e hija bajaron la cabeza, silenciosos.

—Toda mi puta vida trabajando para jubilarme tranquilo y, fíjate, lo que me toca son estos dos parásitos, que ya los vuelvo a tener pegados a mis pantalones —dijo Vicent para sí.

—Son tiempos difíciles, pero como te digo, la cuestión es que...

Vicent la interrumpió sin darle oportunidad de continuar:

—¿Qué coño difíciles? Lo que sois es unos mantas. Yo estaba aquí con quince años llevando este negocio con éxito, sacando adelante a mi madre y a mí mismo. Fíjate, primero tuve que mantener a mi madre, luego a mi esposa y ahora resulta que también a mis hijos. ¡A ver si también tendré que sustentar a mis nietos! Aunque tampoco debo preocuparme, mis hijos no valen ni para eso, ni para darme nietos —dijo, y salió de la cocina dando un portazo.

Vicent no se giró para ver en qué estado había dejado a su hija Isabel. Tampoco lo necesitaba, pues seguro que estaba como siempre, llorando y cubriéndose la cara como un animal acorralado, como cuando la regañaba o pegaba de pequeña. Si al menos cuidara de su vida o de su cuerpo, igual podría pescar un buen marido. Pero nada, ni eso, se dijo el alcalde para sus adentros. Y él, como de costumbre, a cargar con todos.

Vicent se sentó en uno de los amplios sillones de la pequeña sala junto a la recepción y se sirvió una copa de whisky del mueble bar. Se lo tomaría sin hielo solo por no volver a la cocina. Pensó en las plantas de la ventana. ¡Estaba él para ir pagando plantas! Se sacó un pañuelo del bolsillo y se secó la frente y las manos. Encendió un cigarrillo para calmarse y tiró la ceniza al suelo.

En esas estaba cuando oyó la puerta de entrada y a alguien subir las escaleras. Esperaba que no fuera el inglés, ya que ese no era un buen momento.

Por supuesto, era él.

—¡Hombre, mi *british* preferido! —dijo levantándose en cuanto le vio. El alcalde intentó actuar con toda la naturalidad posible, que era más bien poca.

Los dos hombres se estrecharon la mano. Charles venía como siempre, con su maleta sin ruedas, su figura larguirucha y su piel blanca como la nieve, pero con las mejillas rojas tras haber estado un par de horas bajo el sol. Sus ojos azules brillaban como nunca y su pelo parecía un poco más largo y algo revuelto. Sus facciones angulosas, la sonrisa irónica y un típico traje veraniego, blanco inmaculado, le convertían en un perfecto candidato para el premio al excéntrico del año, se dijo Vicent.

—¡Qué bien se te ve! —le dijo, mirándole de arriba abajo, reparando en sus zapatos de críquet de dos colores diferentes cada uno, lo que en España se consideraría más como de payaso. Pero Vicent ya sabía que en Inglaterra ese modelo se llevaba para ocasiones finas, como el críquet o las regatas. A él poco le importaba, mientras viniera con una buena oferta por la escuela, que llevara los zapatos que quisiera.

Charles dejó los dos bultos que llevaba en el suelo y miró a Vicent y hacia la recepción, donde reparó en un ramo de espliego seco que Vicent ni había advertido.

—¡Qué buen olor ese espliego! —dijo con una sonrisa, acercándose al jarrón—. Esto en Inglaterra no lo tenemos.

El hombre suspiró y ensanchó los hombros; por lo visto, plenamente satisfecho de haber llegado a Morella. Vicent nunca lo había visto así de contento; sería la proximidad al fin de curso y a las vacaciones, se dijo.

—Siempre es un placer tenerte entre nosotros —le dijo el alcalde, dirigiéndose hacia el otro lado del mostrador ante la ausencia de su hijo—. Manolo ha salido un rato, así que déjame que te dé yo la habitación —empezó a decir mientras abría el libro de registros.

Las páginas estaban viejas y arrugadas de tanto usarlas, y apenas pudo encontrar la anterior estancia de Charles. Manolo hacía tiempo que le pedía un ordenador para informatizar la fonda, pero él siempre se lo había negado. Toda su vida había llevado las entradas y las salidas en papel y nunca había tenido ningún problema. Hasta ahora, pero eso era porque Manolo era un desorganizado. Cuando él llevaba los libros, estaban mejor cuidados y ordenados. Exasperado, suspiró.

—Me dicen que te gusta la catorce —le sonrió, cambiando de tema.

El inglés asintió.

—Ya soy buen amigo de la sevillana.

Vicent miró de nuevo el libro porque no sabía responder a aquel humor. Sería humor inglés, pensó. Sin perder tiempo, se volvió para coger la pesada llave y se la entregó.

—Aquí tienes, Charles. Una vez más, bienvenido. —Hizo una breve pausa—. ¿Todavía te va bien comer juntos ahora y así hablamos de nuestros asuntos, como me dijiste por correo?

—Sí, sí, por supuesto —respondió el inglés—. No tengo más que dejar la maleta y asearme un poco, y enseguida estoy con usted.

—Perfecto, creo que Isabel te ha preparado el cordero trufado que tanto te gusta —dijo, sin saber del todo cómo podía hablar bien de su hija después de la bronca que habían tenido. Al menos era cierto que para la cocina tenía buena mano, como su madre.

El inglés subió al primer piso a grandes zancadas y Vicent entró al comedor, dirigiéndose a la cocina. Abrió la puerta y gritó, sin mirar:

—¡Nena, el inglés ya ha llegado! La sopa y el cordero listos en cinco minutos, ¿eh?

No hubo respuesta.

—¡Isabel!, ¿me oyes? —dijo Vicent, ahora asomando la cabeza.

Su hija estaba regando las plantas.

—¡Deja las plantas y ponte a la cocina, que el inglesito baja ahora!

—Ya está todo a punto —respondió Isabel en un tono frío y sin girarse.

Al cabo de pocos minutos, Vicent y Charles entraron en el salón, pero antes de sentarse a la mesa, Charles preguntó por Isabel, sin soltar una maleta que llevaba en la mano, que no era la suya habitual, sino otra un poco más pequeña.

Pensando que sería para él, Vicent hizo el gesto de cogerla, pero Charles retiró el brazo, sorprendido.

—Es solo un pequeño detalle que querría dar a Isabel, por todo lo que nos ayudó cuando mis alumnos estuvieron aquí hospedados.

Vicent se sorprendió.

—Ah, bueno, no hacía falta que trajeras nada, pero si es un detalle para la fonda, pues ya lo puedo coger yo mismo —le dijo, pensando que, dado su tamaño, se trataría de algún jarrón inglés horrible que no sabrían dónde poner.

Charles se sonrojó ligeramente.

—Es que es algo pensado para ella.

Vicent alzó las cejas, como si aquello le pareciera una idea descabellada.

—Ah, ¿sí?

Charles confirmó:

—Sí, para ella. ¿Es que normalmente no recibe regalos?

Vicent intuyó que debería suavizar la situación con Isabel si quería evitar una escena extraña.

—Por supuesto, ahora mismo la aviso.

De mala gana, Vicent se ajustó la corbata, quizá como símbolo de autoridad, y entró a la cocina para llamar a Isabel, quien enseguida salió, sorprendida por el recado, con el primer plato listo para servir: unas sopas de ajo que le encantaban a Charles.

Los dos se saludaron con un apretón de manos después de que Isabel dejara las sopas ya listas en la mesa.

—Hola, Isabel —dijo Charles—. Muchas gracias por responder a nuestra carta y por aceptar nuestras disculpas —dijo el inglés sin preámbulos, ante la sorpresa de Vicent, quien no sabía nada acerca de los altercados de la fonda.

Isabel agachó la cabeza.

—No pasa nada, gracias a vosotros, sois muy generosos.

—Es lo mínimo que podíamos hacer —dijo Charles—. Espero que lo puedas invertir en algo de tu gusto.

Isabel le miró con los ojos grandes, ilusionados.

—Pues sí, ya lo he hecho.

Charles pareció tan sorprendido como Vicent.

—¿En qué?

—He remodelado la cocina —dijo Isabel, dirigiendo a su padre una mirada helada.

Vicent sintió una punzada en el corazón, pero hinchó pecho como si nada.

—¿Se puede saber de qué estáis hablando? —intervino.

Isabel se volvió hacia su padre y, displicente, le contestó:

—Nada, padre, que los alumnos de Charles pasaron una noche un poco a lo grande cuando estuvieron aquí. No hicieron apenas daño, pero rompieron algún cristal, por lo que, con lo millonarios que son, pues nos han compensado sobradamente y yo he aprovechado para ponerme una cocina estupenda.

—¡Qué rápida eres! —dijo Charles.

Vicent tuvo que tragar saliva tres veces y respirar hondo, mientras su hija enseñaba al inglés la dichosa cocina. Este, por supuesto, solo emitía sonidos de admiración, en inglés, lo que quedaba francamente afeminado y ridículo. Cerró los ojos. Ya le podía haber dicho su hija que no le iba a costar un duro. De todos modos, Vicent se preguntó quién pagaría diez mil euros por romper cuatro platos o lo que fuera. En fin, eso era buena señal justo antes de sentarse a negociar con él por la escuela. En cuanto a Isabel, quizá la tendría que haber dejado explicarse, pero ella debía entender que estaba nervioso. En cualquier caso, parecía que ya estaba todo olvidado.

Al regresar junto a él, Charles cogió la pequeña maleta que había dejado junto a la mesa y se la entregó a Isabel antes de que esta volviera de la cocina.

—Un último detalle, también de parte de todos, pero este especialmente para ti —le dijo—. Los chicos guardan un gran recuerdo de ti, de tu cocina, de tus cuadros y, sobre todo, de tu compañía. ¡Nunca nadie les había puesto a fregar en su vida, y tú lo conseguiste!

Isabel, ruborizada, hizo además de rechazar el regalo.

—No puedo —dijo—. De verdad, ya habéis sido muy generosos conmigo.

—Por favor.

A Vicent le empezaba a impacientar aquella pérdida de tiempo. Se cruzó de brazos y empezó a dar golpecitos con el pie en el suelo, mirando hacia la sopa, que a buen seguro se estaría enfriando. Aun así, el alcalde estiró el cuello para ver de qué se trataba.

Dentro del paquete, Isabel encontró una caja de madera brillante, marrón oscura, cuyo agradable olor todos percibieron inmediatamente. Isabel pasó sus manos suaves por la madera, como si acariciara a un gato. Lentamente, abrió el cierre y descubrió una impresionante caja de óleos, perfectamente alineados y ordenados por el tono. Los tubitos, pinceles y otros artilugios que los acompañaban estaban rodeados de una fina piel de ante roja, que le daba al conjunto un aspecto muy lujoso. En la parte superior, el nombre de Isabel aparecía grabado en una letra cursiva, dorada, muy fina y elegante. Vicent vio cómo las manos de su hija, que sostenían la caja, empezaban a temblar. La chica no levantaba la cabeza.

—Espero que estén a la altura de una artista como tú —dijo Charles, siempre caballeroso, mirando una vez más los cuadros de Isabel que había en el comedor.

Vicent también los contempló, todavía sin comprender qué vería Charles en ellos. La cuestión es que a él todo aquello le resultaba muy extraño y pensó que seguramente se trataría de una estrategia del hipócrita inglés para conseguir una rebaja en la negociación. Pues no la iba a conseguir, se prometió el alcalde a sí mismo.

Después de un breve, pero a todas luces sincero agradecimiento, Isabel volvió a la cocina con su caja bajo el brazo, con el paso lento, como si estuviera llevándose un auténtico Picasso.

Vicent ya tenía suficiente de aquella escena y miró el reloj.

—Disculpa, Charles —le dijo—. No quiero meterte prisa, pero tengo un pleno esta tarde y, por supuesto, me gustaría hablar contigo antes. ¿Nos sentamos?

El inglés, todavía con la sonrisa en la boca, asintió y los dos hombres por fin se sentaron.

La sopa, evidentemente, estaba ya fría, pero ninguno de los dos se atrevió a decir nada, pues la cocinera parecía muy emocionada con las pinturas, así que seguramente era mejor dejarla sola.

Después de unos primeros intercambios de cortesía, de los que Vicent no escuchaba ni las respuestas, el alcalde miró el reloj de la pared de reojo y vio que estaban a punto de dar las tres, justo media hora antes de que comenzara su pleno. Había que apresurarse.

Afortunadamente, Isabel apareció enseguida con el cordero, que sí estaba caliente, y una sonrisa de oreja a oreja. Vicent empezó a pensar que, de hecho, si aquellos dos se llevaban bien, eso le podría ayudar —aunque lo que compartieran fueran cosas tan triviales como las dichosas pinturas—. Después del primer bocado de carne, francamente deliciosa, Vicent fue directo al grano.

—Bien, bien, Charles, cómo me alegra verte de nuevo —le dijo, inclinándose hacia delante, apoyando los codos sobre la mesa y juntando las manos frente a sí—. Seguro que tu vuelta a Morella obedece al interés que tendrás en la escuela, ¿no? —le preguntó, y luego pegó un segundo bocado al cordero, como si aquellas conversaciones fueran el pan de cada día.

Charles dejó sus cubiertos en el plato y se limpió finamente la boca con la servilleta, que cuidadosamente plegó y volvió a dejar sobre sus piernas. Se ajustó el cuello de la camisa, que llevaba sin corbata, y se aclaró la voz con un breve sorbo de agua. Lo miró.

—Sí, es cierto —contestó, lentamente—. De eso quería hablarle precisamente.

Vicent esperó, pero al ver que el inglés no seguía, le animó:

—Dime, dime, hombre, aquí me tienes.

Charles miró a su alrededor, como si quisiera comprobar que allí no había nadie más.

—¿Aquí? ¿Ahora? —preguntó, sorprendido.

—Pues claro, hombre, si tampoco es tan complicado —respondió Vicent, cortando más cordero para aparentar normalidad, pero también porque se hacía tarde.

—Pensaba que iría a su despacho para discutir las condiciones, más que durante la comida —le dijo, en voz más bien baja.

Vicent le miró, pensando que aquello sería una diferencia cultural.

—No te preocupes, hombre, que en España todo se resuelve con una buena comida, de hombre a hombre —le dijo—. Y aquí estamos seguros, no nos oye nadie.

Charles levantó una ceja y, contrariado, cogió de nuevo el tenedor para pinchar un bocado de cordero, que degustó con exasperante lentitud, para el gusto de Vicent.

—Bueno, pues dime qué te parece el tema —insistió el alcalde, que ya había terminado su plato.

—Sí, lo he estado pensando —dijo por fin—. He hablado con mi director y estaríamos preparados para realizar una oferta muy preliminar y sin compromisos. Necesitamos hacer mucha labor de investigación legal y arquitectónica, y solo a partir de nuestra aprobación final la oferta sería vinculante.

Vicent cerró los ojos y dio gracias a un Dios en quien no creía ni había creído nunca. Por fin las cosas empezaban a salir de acuerdo al plan. Relajó los hombros.

—Estupendo, Charles, me alegra que veas esta oportunidad única en Morella. Muchos se arrepentirán de no haber participado, ya verás —le dijo, frotándose las manos—. Pero, dime, ¿en qué precio o margen habéis estimado la oferta inicial?

Charles aparcó el cordero, como si le resultara imposible comer y hablar de negocios a la vez. Tosió y volvió a beber para aclararse la voz.

—Me gustaría confirmar que la oferta no es vinculante hasta que acabemos nuestros estudios, ¿de acuerdo? Y por supuesto, se la enviaré por escrito en cuanto hayamos resuelto todos los formalismos.

—Sí, hombre, sí, ya lo entiendo. Ninguna oferta es vinculante hasta que todos los abogados hayan firmado, tranquilo —le dijo. Aquello no le inquietaba, ya que, que él supiera, ese edificio no tenía embargos oscuros ni ningún problema de aluminosis ni nada por el estilo. Lo que precisaba era una buena inversión y alguien con espíritu detrás.

Charles volvió a mirar a un lado y a otro e, inclinándose hacia el alcalde, le dijo en voz baja:

—Hemos pensado en ofrecer cuatro millones.

Vicent se quedó mirándolo fijamente. Aquello era una mejora sustancial sobre la oferta de Barnús, pero todavía insuficiente.

—El precio de salida son cinco —replicó, desilusionado.

—El nuestro, cuatro.

Vicent miró hacia los cuadros de su hija, por supuesto sin prestarles ninguna atención. Dejó pasar unos segundos.

—Bien —dijo por fin—. Celebro el interés, que aprecio y agradezco profundamente, pero me temo que te tendré que pedir que recapacites la oferta, ya que, primero, está por debajo del mínimo y, segundo, también es inferior a otras ofertas que hemos recibido —mintió. Vicent sabía que esa táctica no era lícita, pero también era consciente de que la utilizaba todo el mundo y quien no lo hacía se quedaba atrás. Él solo pensaba en el bien del pueblo.

—¿Cuántas ofertas han recibido y de cuánto? —preguntó el inglés, sin pelos en la lengua.

Vicent se echó hacia atrás.

—Hombre, como comprenderás, esto es una negociación. Son situaciones delicadas, ya que cada inversor tiene un plan diferente. Pero sí te puedo decir que en este momento existen ofertas superiores.

Charles se quedó pensativo y Vicent miró hacia el reloj, que marcaba las tres y veinte. Una excusa estupenda para marcharse, ahorrándose la necesidad de quedarse allí y seguir mintiendo, lo que no le gustaba, pero ahora era necesario.

—¿No vas a terminar el cordero? —preguntó Vicent contemplando el plato de Charles, todavía a medias.

Charles observó el cordero que tanto le gustaba, ahora frío.

—Es que en mi país cuando comemos no hablamos de dinero —dijo, serio.

—Pero cuando bebéis sí, ¿eh? —dijo el alcalde con un humor que Charles apreció.

—Es verdad.

—Pues aquí es al revés —le contestó—. Si hay copas de más, lo mejor es irse a casa o a la mesa de las mujeres. En cambio, los filetes y los negocios mezclan mejor.

Charles sonrió, aunque un poco forzado, momento que Vicent aprovechó para salir disparado, alegando el pleno del ayuntamiento. Educado, Charles resultó comprensivo y los dos hombres se estrecharon la mano una vez más.

—Ya me dirás lo que piensas en los próximos días —concluyó Vicent.

Charles asintió.

El pleno fue más bien breve, lo que le duró la paciencia a Vicent con la oposición, centrada desde hacía tiempo en la necesidad de reciclar más. ¡Él no estaba ahora para hablar de bolsas de basura! Tenía problemas mucho mayores y, en cualquier caso, siempre había pensado que cada uno era libre de hacer con sus despojos lo que le diera la gana.

Afortunadamente, pudo cerrar la sesión pronto y volvió a su despacho a atender el correo y otros asuntos burocráticos que, a pesar de resultar tediosos, venían con el cargo.

Vicent estaba enfrascado firmando nóminas cuando su mujer de repente le llamó al móvil. Sería algo urgente, pensó, ya que le tenía absolutamente prohibido interrumpirle salvo para asuntos realmente importantes.

—¿Qué pasa? —contestó, sin dejar de firmar cheques.

—Hola, Vicent —le dijo Amparo, sin perder la amabilidad—. Oye, que nos han cortado el agua otra vez y estaba en plena colada…

—¡Me cago en la hostia! —la interrumpió Vicent, dejando el bolígrafo encima de la mesa con un golpe fuerte y seco—. ¿Cuándo?

—Pues hará una hora o así —contestó Amparo—. Se me han quedado dos lavadoras que tenía a tope a medias; al abrir se ha salido todo el agua y llevo ya una hora aquí con la fregona, aparte de lo que me queda para acabar de lavar. Y ya no te digo nada de la cena. Si puedes, quédate en la fonda, que yo ya picaré alguna lata de conservas de aquí. Pero, desde luego, olvídate del caldo que me habías pedido.

—Me cago… —empezó Vicent—. Ahora mismo llamo a esos hijos de puta. Se van a enterar de quién soy.

—Vicent, por favor, haz algo, que no podemos seguir así —le suplicó su mujer—. Algunas plantas se nos están muriendo y los árboles tienen sed. Hace mucho que aquí no llueve. ¿Qué vamos a hacer?

—A mí los árboles me importan un rábano —contestó Vicent—. Pero yo quiero ir a casa, cenarme un caldo y darme un baño. Joder. Bueno, tú quieta ahí, cena lo que puedas, yo iré a tomar algo a la fonda o al bar, y estaré allí hacia las diez.

—Bien —dijo su esposa, siempre servil.

Vicent colgó sin decir más. Se inclinó hacia delante y hundió la cabeza en sus gruesas manos durante un buen rato. No entendía por qué las cosas se habían complicado tanto. Él tenía un buen sueldo como alcalde, que tan solo hacía un año era suficiente. Pero ahora, con una hipoteca mucho mayor después de la subida de tipos de interés, los menores ingresos de la fonda y las facturas enormes que nunca esperó de su casa nueva, se estaba ahogando. O se había ahogado ya. Ese mes —no se lo había dicho a nadie— no tenía los cinco mil euros en metálico para pagar a la eléctrica. Tan solo hacía un año, le salía el dinero por las orejas, sobre todo por las grandes cantidades que el banco de Cefe puso a su disposición después de comprarse la casa. Con esos adelantos, Vicent compró caballos, construyó las cuadras y el hipódromo, e importó el mejor mármol italiano para los baños. Pero ahora el banco le había incrementado sustancialmente el interés de esos préstamos, sin que su sueldo como alcalde hubiera subido un céntimo.

Todo había sucedido de una manera tan rápida que él apenas se dio cuenta, o nunca lo pudo prever. ¿Quién diría que el puto Banco Central Europeo se pondría a subir los tipos de interés como un loco? Malditos alemanes, su fobia a la inflación le estaba costando el hígado, pensó. ¿Y la fonda? ¿Quién podía pensar que, de repente, el año pasado abrirían dos hoteles *boutique* en Morella que le robarían toda la clientela? No tenía un euro para invertir en el negocio, para contratar publicidad o mejorar el servicio. Sus hijos, encima, tampoco le podían ayudar, pues no generaban ingresos: uno ejercía prácticamente de telefonista en la fonda y a la otra la acababan de echar. No tenía padres a quienes recurrir y la familia de su mujer, que él supiera, tampoco tenía un céntimo. Cefe también le había avisado algunas veces de que el banco quería cerrar alguno de los préstamos, así que lo último que podía hacer era pedir otro. Encima era el alcalde y no podía dar imagen de vulnerabilidad. Se convertiría en el hazmerreír de todo el pueblo.

Se frotó los ojos con las manos y se apretó las sienes con fuerza. Los minutos pasaron lentamente hasta que por fin dio con una solución.

Sin pensarlo dos veces, llamó a Roig. Después de sacarle del atolladero con el tema del aeropuerto de Castellón, ahora le tocaba a él rescatarle.

—Presidente, ¿cómo está? —dijo amablemente en cuanto Roig le contestó.

—Pues mucho mejor desde que cumples tu palabra, alcalde —le respondió Roig—. Vaya bola de partido salvamos, cabrón. Así hay que actuar, hombre. Muy bien, ya verás como todo sale a pedir de boca. —El presidente hizo una pequeña pausa—. Dime.

—Presidente, le llamo porque el que estoy apurado ahora soy yo.

—Escucho.

—Como sabe, yo llevo la fonda del pueblo, el negocio familiar de siempre, al que me dediqué desde los quince años y que llevé hasta que salí alcalde hace poco más de un año.

—Sí, sí, lo sé. ¿Qué le pasa a la fonda?

—Pues que el año pasado abrieron dos hoteles *boutique* en el pueblo y nos hemos quedado sin clientela —le dijo—. Yo solo soy un hotelero de pueblo y mi padre era un guardia civil mediocre que murió asesinado por los maquis, así que no tengo nada ni nadie a quien recurrir.

—No sabía lo de tu padre —dijo el presidente en tono comprensivo—. Lo siento.

—No se preocupe, presidente, fue hace mucho —dijo Vicent, pensando que la lástima también funcionaba como táctica—. Seré sincero con usted. A mi hija la acaban de echar del trabajo y mi hijo es un inútil. Los tengo a los dos en la fonda y no la pueden sacar adelante.

—¿Y qué has pensado?

—Se me ha ocurrido que podríamos convertirla en una casa rural, en lugar de un hotel, lo que nos ahorraría impuestos y ampliaría el tipo de oferta hotelera en Morella. Podríamos ofrecer precios más reducidos y atraer a un público más joven, o estudiantes, que esto de viajar se ha puesto por las nubes.

—Me parece buena idea, pero yo ¿qué puedo hacer? —preguntó Roig.

—Como seguro que sabe perfectamente, existen unas ayudas para las casas rurales —contestó el alcalde—. La Generalitat ha financiado algunas reconversiones cerca de Morella: unos trescientos mil euros para que los propietarios adapten la casa a cambio de comprometerse a llevar el establecimiento durante un buen número de años.

—Sí, claro, ya conozco el programa, yo mismo he firmado algunos de esos contratos —dijo el presidente.

—Nos salvaría la vida si pudiéramos recibir esa ayuda, lo que también garantizaría al pueblo la existencia de este tipo de establecimiento, muy popular. —Vicent hizo una pausa para recurrir de nuevo a la lástima—. Presidente, no les puedo pagar el sueldo ni a mis propios hijos —dijo.

Vicent escuchó cómo Roig encendía un cigarrillo.

—¿Cuánto necesitas y cuándo? —le preguntó.

—Pues sería ideal tener el máximo, los trescientos mil, y mañana sin falta, que tenemos un problema grande de tesorería.

Roig dejó pasar unos segundos.

—Cuenta con doscientos cincuenta tan rápido como pueda.

Vicent cerró los ojos, sintiendo un placer inmenso.

—Presidente —le dijo—, ya sabe que en mí tiene a su socio más fiel.

—Lo sé, alcalde, lo sé —le dijo—. Esto es el principio de una gran colaboración.

Después de colgar el teléfono, Vicent se sintió el hombre más importante y mejor apoyado del mundo.

13

Valli y Sam Crane llegaron al Embassy en el taxi que Soledad les había pedido después de presentarlas al final del acto del Instituto Internacional. Era una noche calurosa y las dos mujeres, con una diferencia de edad de más de cincuenta años, llegaron al famoso salón de té convencidas de que se disponían a tratar asuntos tan importantes como delicados. Las dos habían oído hablar mucho la una de la otra.

Al entrar y ver aquellas mesas de madera reluciente tan bien dispuestas, los pastelitos del mostrador delicadamente alineados y, básicamente, de sentir la mirada curiosa de tres camareros de pajarita y chaleco negros que se apresuraron a atenderlas, inmediatamente supieron que debían cambiar de lugar. La conversación no se anunciaba ni trivial ni intelectual, sino un intercambio personal y, sobre todo, íntimo. Nada que pudiera discutirse en un ambiente tan callado y formal o bajo las intensas lámparas de la conocida cafetería madrileña.

Valli propuso La Venencia, un bar de su época al que había acudido con amigas después del teatro, al que solo iba cuando ganaba entradas en el sorteo mensual de la Residencia. Para ella, las noches en el Palacio de la Música o el Monumental Cinema —teatros, a pesar de los nombres— eran un gran lujo que no se podía permitir a menos que ganara la rifa que, con gran expectación, siempre organizaba Eulalia Lapresta, secretaria de María de Maeztu. En esas salas vio precisamente el estreno de *La casa de Bernarda Alba,* de Lorca, o *El mancebo que casó con mujer brava,* de Casona, quien luego se convertiría en su amigo al coincidir en un grupo de trabajo en la residencia masculina. Valli pensó en esas funciones, con un público entregado aplaudiendo desaforadamente, puesto en pie, mientras los autores saludaban con orgullo, disfrutando del éxito a una edad tan joven. Quién sabe adónde habrían llegado si se les hubiera permitido progresar, había pensado siempre Valli. Apenas dos años después de esos estrenos, a Lorca lo mataron, mientras que Casona tuvo que continuar su vida y obra en un largo y duro exilio.

Desde el taxi que las llevaba Castellana abajo hacia el centro, la antigua maestra observaba los grandes edificios, carteles luminosos y salas de fiesta que iban dejando atrás. Valli contemplaba a las numerosas chicas que salían solas, si querían, a ver cualquier espectáculo. Esas jóvenes, se dijo, seguro que no podían imaginar que, en su época, el hecho de salir con una amiga al teatro por la noche era adentrarse en un mundo absolutamente desconocido y excitante repleto de color, caos y diversión. Esas noches mágicas siempre terminaban en La Venencia, en la calle Echegaray, un bar inaugurado en 1928 y frecuentado por intelectuales, incluidos algunos miembros de la residencia masculina a quienes tenía vistos de las conferencias, como su amigo inglés Tristan. A La Venencia también acudían mozos y obreros a los que nunca habría conocido en su mundo refinado e intelectual de la zona norte de Madrid. Esas gentes más finas del barrio de Salamanca o del Viso frecuentaban el lujoso Chicote, en la Gran Vía, que había servido cócteles al mismo Alfonso XIII en sus amplios sillones de cuero, suntuosamente acolchados. La Venencia, en cambio, era un escaparate a otro mundo, con sus mesas y sillas sencillas de madera, y sus paredes repletas de anuncios de todo tipo de jerez y manzanillas, la especialidad de la casa. Allí, Valli conoció a buen número de trabajadores de la mano de Margarita Nelken, una diputada socialista vinculada a la Residencia, quien defendió los derechos de los braceros hasta incomodar a los nuevos gobernantes de la República, como el mismo Azaña, quien nunca la apreció.

Valli sonrió al recordar a la Nelken, como se la conocía entonces, una escritora, política y crítica de arte tremenda que, como muchas de las grandes mujeres de la República, se perdió en un largo y penoso exilio sin que nadie se hubiera preocupado de guardar o promocionar su memoria. Ni su propio partido.

El taxi las dejó enfrente de la antigua puerta de madera, con el mismo letrero verde de antaño y esas cortinas blancas, medio corridas, que más bien parecían la entrada a la casa de una abuela de pueblo. Nada parecía haber cambiado, pensó Valli.

—¿Ha estado antes aquí? —preguntó Sam, alegre e ingenua, con su fuerte acento americano.

Valli la miró con simpatía. Tenía el mismo desparpajo y acento que su abuela, a quien conoció bien en la Residencia.

—No me trates de usted, mujer —le dijo, dándole un golpecito en la espalda—. Ya verás cómo te gustará. A tu abuela le encantaba; ella y Victoria me enseñaron este lugar.

La joven, boquiabierta, entró mirando a un lado y a otro, impresionada porque, realmente, atravesar la puerta de La Venencia era como adentrarse en el pasado. A Valli la animó la expresión de la joven, ya que a ella, a quien ya casi nada la sorprendía, le ilusionaba pensar que las nuevas generaciones todavía guardaban interés por aprender. Ella ya estaba muy vieja para sorpresas y emociones, pero enfrente todavía le quedaba una última batalla por lidiar en nombre de personas a quien llevaba muy dentro, como la abuela de Sam.

Se sentaron en una de las mesas de madera, pequeñas y redondas, a lo parisino. Un camarero, quizá poco acostumbrado a atender a ancianas en ese lugar, se acercó a tomar nota para ahorrarles el viaje a la barra. Era viernes, pasadas las diez, y el local pronto se llenaría de gente con ganas de fiesta. Al menos, las dos mujeres habían conseguido una mesa tranquila, al fondo, casi junto a los baños. Pidieron dos manzanillas.

Reclinándose y con los ojos abiertos y expectantes, Valli inspeccionó el lugar, que parecía haber quedado suspendido en el tiempo desde la última vez que lo había visto, seguramente justo antes de la guerra. Las paredes seguían del mismo color gris claro, solo que ahora no tan arregladas como antes, sino con grietas y algunos espacios donde apenas quedaba pintura. Los percheros de madera, los ceniceros de barro y las lámparas antiguas de metal verde seguían como cuando las dejó. Los viejos armarios de madera todavía contenían decenas de botellas de jerez, pero no nuevas y relucientes, como entonces, sino que ahora estaban totalmente cubiertas de polvo. Solo faltaba la bandera tricolor, antes colgada justo encima de la puerta de entrada, pero ahora ausente.

Sam cruzó sus piernas largas y torneadas, desproporcionadas para una mesa tan pequeña, y se inclinó hacia Valli con su copa de jerez en la mano.

—Salud —dijo, acercándose hacia la anciana, para seguidamente tomar su primer trago, más bien largo.

Valli, quien hacía mucho que ya solo bebía a sorbitos muy pequeños, la observó. Apenas reconocía en su cara las imágenes que su abuela y Victoria le habían enviado desde América antes de morir, cuando Sam todavía era una niña y querían compartir con sus amigas europeas la llegada de su nieta. No había visto más fotografías desde entonces, pero ahora, frente a ella, la postura alegre y descarada de Sam le recordaba enormemente a su amiga Louise.

—Es como si estuviera viendo a tu abuela, con los ojos almendrados y sus labios pintados —le dijo, mirándola a ella y a su alrededor—. Como a ti, todos los hombres la miraban. Era alta, esbelta, de un pelo rojizo muy poco visto en España, como el tuyo.

Sam se sonrojó.

—Sí, ya sé, siempre resulta más atractivo en el extranjero. ¡En América los hombres no me miran tanto porque tan solo soy una más!

Valli la miró pensando que era igual de discreta y humilde que su abuela, a pesar de ser la heredera, como lo fue Louise, del imperio Crane, una de las empresas de papel moneda, sobres y cartas más importantes del mundo. Millonarias de cabo a rabo. Pero Valli no estaba aquí por su dinero. De hecho, ya se le habían pasado las ganas de conseguir fondos para su escuela, al menos momentáneamente, visto el poco éxito alcanzado en la recepción apenas unas horas antes. La anciana estaba allí porque esa chica representaba el recuerdo vivo de la mujer que cambió la vida de Victoria Kent y, a su vez, marcó la suya.

—Vine aquí muchas noches con tu abuela y Victoria, ellas siempre muy atrevidas —le dijo—. Tenían por lo menos quince años más que yo, eran mucho más avanzadas y, sobre todo, sofisticadas; y no digamos tu abuela, que estaba a años luz de las mujeres españolas de la época. Pero como Victoria era mi tutora en la Residencia y me debía ver tan atrasada y provinciana, creo que me tomó simpatía y me sacó a ver mundo.

Valli tomó un trago, esta vez un poco más largo que el anterior. De nuevo miró a su alrededor, a los jóvenes que ocupaban mesas cercanas. A pesar de la aparente diferencia de edad, ella se sentía como pez en el agua.

—Aquí pasamos noches divertidísimas —continuó—. Yo sabía lo que Victoria y tu abuela se traían entre manos, todo el mundo en la Residencia lo sabía, pero los hombres del bar, por supuesto, no tenían ni la menor idea y no entendían por qué nunca ninguna de las dos les hizo el menor caso. Yo, de hecho, tampoco sospeché nada hasta que me lo explicó Tristan, mi amigo inglés. Fíjate qué ignorante que era —dijo, con una sonrisa cargada de memorias.

—¿Así que tú viste cómo se conocieron? —preguntó Sam, interesada—. Es alucinante tener una abuela lesbiana, es *supercool,* no sabes lo que ligo cuando se lo explico a los chicos de la universidad. Sobre todo en España, nadie se lo cree —dijo sonriente, mostrando su amplia y bien cuidada dentadura blanca.

—Sí, ya me imagino —contestó Valli—. No te creas, que para la época también era *cul,* como tú dices. Pero yo no vi cómo se conocieron, no. El rumor era que Victoria, ya muy establecida como abogada en Madrid y conocida en toda España después de ser directora general de prisiones, venía mucho a la Residencia precisamente porque tenía una amistad muy especial con María de Maeztu —dijo, bordeando su copa con un dedo—. No sé si me entiendes.

La joven americana asintió.

—Muchas residentes sospechaban que allí había algo, pero los rumores se calmaron al aparecer tu abuela, abiertamente gay y todavía más abiertamente interesada por Victoria. Yo eso sí lo recuerdo —dijo—. Nos sorprendió a todas, pero como las americanas, la verdad, hacían más bien lo que les venía en gana, pues la sorpresa nos duró poco. Tu abuela y las otras extranjeras tenían habitación propia, fumaban, bebían whisky, practicaban deportes… ¡Menudo torbellino de mujeres! —dijo Valli, sonriendo—. El caso es que tu abuela era guapísima, muy simpática y enseguida habló muy bien español, por lo que muy pronto se ganó la simpatía de todas las residentes. Además, su interés por Victoria era tan natural que no parecía raro en absoluto y Victoria, créeme, la recibió prácticamente enseguida con los brazos abiertos. Era evidente que las dos mujeres encajaban como el hilo en la aguja, y verlas siempre juntas, riendo, compartiéndolo todo, dejó de impresionarnos en apenas unas semanas. —Valli hizo una breve pausa para tomar otro trago—. Bueno, solo María parecía algo trastocada, aunque las tres eran muy discretas y nunca hubo ninguna palabra fuera de tono. Victoria y tu abuela nunca explicitaron nada en público, por lo que todo quedó muy discreto. Pero, desde luego, en la Residencia el tema era público y notorio.

—Erais unas revolucionarias —dijo Sam.

Valli, ya con una copa encima, se quitó la chaqueta y se arremangó. Ese lugar hacía que, a medida que avanzaba la noche, se sintiera menos cansada, igual que en los años treinta, cuando las horas pasaban rápidamente mientras debatían sobre el divorcio, la monarquía, la compra de votos por parte de terratenientes, el voto de la mujer, la educación… A veces La Venencia no cerraba hasta que salía el sol. Pero más que revivir esos recuerdos, a Valli lo que ahora realmente le entusiasmaba era compartir mesa con la nieta de Louise Crane.

Después de echar otro trago, la anciana continuó.

—Sí, yo nunca pensé que ese tipo de relación fuera posible, pero entre Victoria y tu abuela me lo fueron explicando todo, poco a poco —dijo—. Victoria ya no vivía en la «Resi», pero tu abuela sí y era una de las asiduas a las reuniones clandestinas que se organizaban en alguna habitación a partir de las once de la noche, cuando en principio debía imperar el silencio. Allí se podía preguntar o hablar de todo, de sexo, de homosexualidad o de política radical; no había tabúes. Éramos siempre el mismo grupito, pero tu abuela desde luego era una de las principales insurrectas —dijo, provocando la carcajada de Sam—. Qué tremenda, siempre traía vino y tabaco, que por supuesto las demás no nos podíamos costear, pero ella siempre fue muy generosa y compartió todo cuanto tenía con las demás.

Sam se recostó en su silla mientras el camarero ponía sobre la mesa la botella de manzanilla que la joven americana había pedido haciendo una señal. También les sirvieron unas patatas, olivas y salchichón casero, los mismos tentempiés que ofrecían en los años de la República. Ante la sorpresa de la exquisitamente educada Sam, Valli cogió un par de trocitos de salchichón con la mano y se los zampó sin apenas masticar. Luego se limpió con la manga y continuó hablando con la boca medio llena.

—Una noche nos la pasamos casi entera espiando a Marie Curie, qué gracia —dijo Valli, ya transportada a un tiempo que hacía mucho que no recordaba—. Era toda una eminencia, había ganado no uno sino dos premios Nobel, pero odiaba los hoteles, por lo que ella y su hija se quedaron en una habitación en nuestro edificio de Miguel Ángel. Por el ojo de la cerradura la vimos cambiarse; llevaba unos blusones y camisones impresionantes de París, nunca habíamos visto nada igual. No recuerdo nada de su conferencia al día siguiente, pero nunca olvidaré los bordados que remataban su picardías de seda.

—Ya veo que aprendíais de todo —dijo Sam, socarrona.

—Eso era lo bueno de la Residencia —continuó la anciana—. Allí no solo estudiábamos para la universidad, sino que aquella convivencia era una escuela de la vida. Hacíamos grupos, intercambiábamos objetos, vendíamos ropa, había hasta un mercado de cachivaches, libros y faldas o blusas los domingos. ¡Éramos unas pioneras del reciclaje!

Las dos mujeres rieron, pero, lentamente, la sonrisa de Valli se fue apagando al recordar cómo todo aquello, de repente, se acabó. Con la mano un poco temblorosa, la anciana rellenó las dos copas antes de continuar.

—Las cosas se fueron complicando, ya sabes —dijo, a lo que Sam asintió con pesar—. En este mismo bar —continuó—, hubo altercados y grandes discusiones a medida que avanzaba la República. Ya en 1934 hubo mucho jaleo con la rebelión de Asturias y los asesinatos en Castilblanco, un pueblecito de Badajoz adonde solo se podía llegar a lomos de mula y en el que la Guardia Civil se cargó a algunos jornaleros de la aceituna por manifestarse pacíficamente. Estos respondieron con más asesinatos, de guardias civiles, y la mecha ya nunca se apagó. —Valli respiró hondo—. Aquí se discutía mucho, porque Margarita Nelken venía a hablar con los jornaleros del sur que frecuentaban este lugar. Todavía recuerdo cómo se dirigía a ellos, puesta en pie encima de una mesa, a grito pelado, y les recordaba sus derechos. Pobre Margarita, la acusaron de instigar esos incidentes, ella, que solo quiso ayudar a los más humildes y que nunca ganó nada, más que problemas. Se reían de ella porque fue madre soltera y porque tenía fama de acostarse con los guardias de asalto, pero yo creo que todo eso eran calumnias de la derecha, profundamente molesta y en el fondo atemorizada ante una mujer independiente e inteligente.

—Pues como ahora —apuntó Sam, quien no se perdía una palabra a pesar de manejarse en una lengua extranjera.

Valli asintió, mirándola cada vez con más respeto. Continuó:

—Ella siempre les contestaba, siempre tenía el gatillo a punto. Si le decían que las mujeres debían cuidar de la familia y no meterse en política, ella preguntaba que de qué familia hablaban, si España era el país de los burdeles y los niños sin nombre. Para ella, la familia de la derecha era una farsa burguesa. En cuanto a la religión, decía que esta encubría en forma de limosna el derecho legal a una protección del Estado. Era una oradora fabulosa, ante las masas en Madrid o en los centenares de pueblos que visitó por toda España, siempre con mensajes de ánimo y mejora para los más necesitados.

—Qué lástima que ese ejemplo se perdiera —intervino Sam, quien contemplaba a Valli con unos ojos enormes—. En América, al menos, nuestras pioneras se han convertido en héroes, su trabajo no quedó en el olvido.

Valli reclinó la espalda hacia atrás.

—Como en Inglaterra y Alemania, hija, como en medio mundo, menos aquí, donde se perdió todo. —Sam guardó un silencio casi funerario. Valli continuó—: Una tragedia, hija, una tragedia. La guerra estalló en verano, así que nos pilló a casi todas fuera de Madrid, por lo que yo ya no volví a ver ni a tu abuela, ni a Margarita, ni a María de Maeztu, ni a nadie. Y mira que yo lo tenía todo preparado para ir al Smith College en Estados Unidos, donde había ganado una beca para pasar el curso siguiente. Pero, claro, nunca fui. —Valli se tomó un largo respiro, de esos que llegan hasta el último rincón de los pulmones—. Fue terrible.

Sam, con los ojos casi húmedos, asintió.

—He leído mucho sobre la guerra de España, ya me hago cargo —dijo empáticamente.

Valli no quiso ahondar en un conflicto que se había pasado toda una vida intentando olvidar. Continuó:

—Después de la guerra, Victoria y yo continuamos en contacto y, de hecho, fue en París donde estrechamos nuestra amistad, ya de mujer a mujer y no de tutora a alumna. Las dos habíamos sufrido mucho para salvar el pellejo y habíamos iniciado, cada una por su cuenta, una vida nueva en París. Ella como eminente política y escritora; y yo, como una maestrilla de medio pelo. Tu abuela volvió a Estados Unidos, por asuntos familiares, y durante las guerras, la española y la mundial, no se pudo reunir con Victoria, porque el Atlántico estaba lleno de submarinos alemanes y era imposible encontrar un billete para o desde Estados Unidos. Victoria, aunque triste por la ausencia de Louise, estaba muy ocupada trabajando para la embajada republicana en París, facilitando pasaportes a los exiliados, ayudándoles a conseguir trabajo o un pasaporte o pasaje para Sudamérica, adonde fueron muchos. Ella, precisamente, me ayudó a encontrar una pequeña escuela al norte de París, donde enseñé lengua española durante unos años. Yo estaba allí sola y más bien desamparada, no como los muchos hijos e hijas de ministros y embajadores de la República, que enseguida encontraron un buen trabajo diplomático o se colocaron bien en universidades extranjeras de prestigio. Yo no me llamaba ni Zulueta, ni Ortega, ni Casares Quiroga, Madariaga o Zamora. No, yo no me podía comunicar ni con mis padres, ya que nuestro pueblo había caído en zona franquista.

—¡Morella! —exclamó Sam con un entusiasmo que sorprendió a Valli—. En cuanto has mencionado ese nombre en la conferencia, antes, me han venido a la memoria los muchos comentarios que escuché en casa de mi abuela sobre tu pueblo, del que estaba enamorada —dijo Sam, con los ojos brillantes—. Tenían una postal enmarcada en su dormitorio, supongo que la escribirías tú. Era en blanco y negro, pero muy bonita, se veían muy bien las casas, encima de la montaña, con un castillo y una imponente muralla medieval, ¿no?

—Efectivamente —respondió Valli, ligeramente emocionada—. Caramba, no sabía que Morella ocupaba un lugar tan prominente en Connecticut. Nunca lo habría dicho.

—Pues sí —contestó Sam, rápida—. Siempre explicaban que habían visitado a una amiga de la Residencia en ese pueblo un verano, que les costó tres días llegar y que, una vez allí, vieron degollar a un pobre cerdo ¡para hacer chorizos y jamones! Creo que mi abuela nunca se recuperó de ese susto, pues nunca la vi comer ni chorizo ni jamón.

Valli la miró con cierta petulancia.

—Pues gracias que podían dar los que tenían algo para comer. Pero ya recuerdo, ya, la cara de tu abuela… —dijo escondiendo una sonrisa—. El caso es que esas matanzas salvajes ya no se hacen —reconoció.

Sam suspiró aliviada.

Después de una breve pausa, Valli continuó:

—No te creas que la vida en París era mucho mejor —dijo—. Durante la ocupación nazi, solo había racionamiento, hambre y penuria. Ya me habría gustado a mí tener un par de cerdos en mi barrio del Marais, entonces pobre y poco cuidado, nada que ver con lo chic que se ha puesto ahora.

Sam sonrió. Valli, echándose hacia atrás el pelo, ahora revuelto, y bebiendo manzanilla a sorbitos, continuó:

—Las cosas se pusieron todavía más feas cuando la Gestapo, informada por Franco, fue a por Victoria, que se tuvo que refugiar en la embajada mexicana y luego en casa de unos amigos diplomáticos cerca de la avenida Wagram. Salía a la calle disfrazada de niñera, con el delantal y la cofia blancas, para tomar un poco de aire. Suerte que en esa casa tenían un niño de verdad, más bien crecidito para no andar, pero el apaño resultó. Quedábamos en un banco del Bois de Boulogne a media mañana y allí le pasaba las publicaciones clandestinas que me llegaban a través de un contacto. Todos queríamos participar en el Gobierno en el exilio, convencidos de que los aliados vencerían a Hitler y luego echarían a Franco. Los españoles nos apoyábamos mucho los unos a los otros. Incluso los más famosos, como Picasso, a quien Victoria y yo visitábamos en su estudio de la calle de los Grands Augustins y luego le invitábamos a comer a un restaurante cercano que le entusiasmaba, El Catalán. Picasso, lo recuerdo muy bien, siempre fue amable con nosotras y siempre que pudo ayudó a Victoria y a la embajada republicana. Cuando nos veía, de hecho, se alegraba en gran manera, ya que pasaba la mayor parte del día solo, concentrado en su trabajo. Nos regaló algunos cuadros, que creo que Victoria siempre conservó.

Sam se inclinó hacia delante y dijo, bajando la voz:

—Sí, desde luego, mi abuela y Victoria tenían tres Picassos en la casa de la playa, en Connecticut; siempre nos reñían si nos acercábamos a menos de un metro de ellos y eso que todavía no eran tan valiosos como ahora —dijo.

—¿Sabes qué ha sido de ellos? —preguntó Valli, curiosa.

—Pues los tiene mi madre en su casa de Manhattan, aunque creo que hay uno en la caja fuerte de un banco, pues un especialista de Sotheby's que vino a verlo lo tasó en una auténtica fortuna —dijo Sam, mirando al suelo—. Yo le he dicho que lo ceda a algún museo, pues no entiendo qué hace una obra de arte tan importante en una caja fuerte —apuntó resignada.

Valli no reparó más en el tema y continuó. El contacto con Picasso no fue lo más relevante que ocurrió en París, ni mucho menos, se dijo Valli.

—A través de Picasso, Victoria y yo conocimos a Simone de Beauvoir, una mujer impresionante, de gran fortaleza. —Valli miró fijamente a su interlocutora, quien tenía los ojos como platos—. Yo creo, fíjate, que a Simone le habría gustado intimar más con Victoria, pero sé, con toda certeza, porque me lo dijo ella, que Victoria fue fiel a tu abuela toda su vida. Y mira que tuvo oportunidades en París. Ella tenía buena fama, como líder republicana que había sido, y muchos de los periodistas y escritores americanos que se instalaron en esa época en París siempre querían entrevistarla… y más. La mayoría se alojaba en el Ritz, *xiqueta,* sí, en el mismísimo Ritz, por lo que a esa llegada masiva de americanos la bautizamos como el *Ritzkrieg,* una versión más pacífica, aunque igual de imperialista, que el bombardeo alemán sobre Londres —explicó Valli, riéndose sola. Tras otro trago, ahora ya dejando la botella medio vacía, continuó, más seria—: Pero Victoria siempre esperó a reunirse con Louise, primero vía México y luego en Nueva York, cuando tu abuela, harta de esperar, había ya adoptado a tu madre. Qué mujer tan decidida Louise, siempre lo pensé. —Valli hizo una breve pausa y respiró hondo—. Y lo demás ya lo sabrás tú mejor que yo. Después, pasaron más de veinte años juntas, creo que muy felices, ayudando a los exiliados en Nueva York, publicando una revista para ellos e impulsando un cambio en España que, lamentablemente, todavía tardaría mucho en llegar.

Valli respiró hondo y vació la botella en los dos vasos.

—Tu abuela y Victoria me enseñaron mucho. Me enseñaron cómo se quiere a una persona: el respeto que se tenían la una a la otra, la amistad que les unía, la química que indiscutiblemente existía entre ellas y la fidelidad que se guardaron toda la vida fueron siempre una lección. Ya les gustaría a muchas parejas de hoy lograr la mitad de lo que compartieron ellas.

Sam asintió.

—*Yes* —dijo, con un hilo de voz—. En cambio, mis padres se divorciaron no hace mucho: siempre discutían, yo creo que nunca tuvieron nada en común. Mi padre siempre estaba trabajando, aunque la heredera de la empresa era mi madre y se pasaba el día dando sus clases o con sus amigas jugando al golf —explicó, triste—. Así aguantaron muchos años hasta que mi padre se fue con otra.

Valli la miró compasivamente. Le habría gustado saber más, pero prefirió ser discreta. La miró con atención y tan delgadita la vio que le puso unas patatas delante.

—Come, hija, come, que te hace falta.

Sam miró el plato con cierto desprecio.

—Esto engorda.

Valli soltó una carcajada abierta.

—Ay, *xiqueta*, qué manías tiene la juventud de hoy. Pues ya te pediría yo un buen filete de ternera, solo que aquí no sirven y a esta hora tampoco nos lo darían en ningún lado. Come, hija, que con tanta manzanilla un estómago vacío empezará a quejarse muy pronto.

Educadamente, Sam cogió media patata y, con visible desgana, se la comió.

—Pues mira que tu abuela era buena comedora —recordó Valli—. De hecho, ella nos enseñó a comer de todo, sobre todo en los viajes, por educación. Ella también fue quien me enseñó a viajar.

Sam alzó las cejas.

—Sí, sí, como lo oyes —prosiguió Valli con ganas de aligerar un poco la conversación—. Por aquel entonces, la gente en España no salía de su pueblo más que para funerales o emergencias. Nada como vosotras... Uy, recuerdo que las americanas enviaban postales de Francia, Italia, Río, Cuba, ¡menuda vida! Nosotras no, no podíamos. Pero en la Residencia se organizaron viajes, generosamente subvencionados, y yo me apunté a todos los que pude, especialmente si iban Victoria y Louise.

»En Marruecos, por ejemplo —continuó—, nosotras nos comportábamos como unas pueblerinas, gritando y faltándoles el respeto a los pobres ciudadanos de aquel país. —Valli suspiró—. Es que tú no sabes de dónde veníamos, España era un país tan atrasado... El caso es que tu abuela enseguida se puso el *hiyab* negro y se descalzó para entrar a las mezquitas. En silencio, discreta y siempre atenta y amable, hizo amistad con muchos marroquíes y consiguió que la respetaran a ella también. Fue una lección para el grupo y, al final del viaje, ya la imitábamos en todo. Dejamos de gritar por la calle y criticar la comida para apreciar lo exótico y diferente de otros países. Y eso lo aprendimos de tu abuela Louise.

Sam sonreía, orgullosa.

—Fíjate que en Barcelona aprendió hasta catalán —continuó Valli— y eso sí que fue otra buena lección, porque ya sabes lo caldeado que estaba el ambiente entonces con el tema de los nacionalismos.

—Como ahora —señaló Sam.

Valli asintió.

—Sí, de lo que provocó la guerra, la verdad es que poco se ha solucionado. La religión, las clases y los nacionalismos siguen dividiendo al país. Pero nosotras, en la Residencia, teníamos una actitud muy abierta. Organizábamos *soirées* ambientadas en cada región, en las que escuchábamos música y comíamos algunos de los platos típicos. Con Barcelona teníamos un intercambio anual, siempre para Pascua, muy enriquecedor para las catalanas y para nosotras. Un año, Victoria consiguió a través de Lorca una invitación a la inauguración del Cau Ferrat en Sitges, una casa toda de azulejos, maravillosa, en ese pueblecito de pescadores que desde hacía tiempo acogía a todos los revolucionarios intelectuales catalanes. Pues allí estuvimos nosotras, mezclándonos con la *crème de la crème* de Barcelona. Y en esa velada, la que más catalán habló fue Louise, dejándonos a las demás en evidencia.

A Sam se le dilataban los ojos a medida que Valli le explicaba anécdotas de su abuela, quien murió cuando ella era pequeña, sin darle tiempo a apreciarla de una manera más consciente.

—Mi bisabuelo fue un gran viajero —explicó Sam—. Por eso envió a mi abuela a estudiar a Madrid y esta siempre quiso que su hija siguiera sus pasos. Pero mi madre siempre prefirió Italia a España, así que se fue dos años a la Toscana para estudiar arte. Aun así, mi madre habla y entiende perfectamente el español, porque Victoria siempre le habló en su idioma. —Sam hizo una breve pausa—. Yo, en cambio, lo he tenido que aprender en los libros, ya que mi madre nunca me lo enseñó. Una pena.

Valli se preguntó si la madre de Sam apreciaría el interés de su hija por España, o que esta hubiera seguido los pasos de su abuela hasta la misma Residencia de Señoritas. Valli sabía que la relación de Louise con su hija adoptiva siempre había sido delicada y todavía más desde la muerte de Victoria, cuando cayó en una depresión.

—¿Sabe tu madre que estás aquí conmigo, o que pensabas asistir al acto de esta noche? —le preguntó.

—No, no se lo he dicho —dijo Sam, pensativa—. Desde que se divorció de mi padre, está algo ausente, yo creo que se medica, así que intento no tocar temas sensibles. España, que sin duda cambió la vida de mi abuela, es un tema complejo para mi madre, ya que igual piensa que, de no haber venido aquí, mi abuela nunca habría conocido a Victoria y seguramente se habría casado con un hombre en Estados Unidos. De todos modos, mi madre quiso mucho a Louise y a Victoria, aunque a veces la relación fuera complicada. Sé que en el colegio tuvo problemas, ya que los chicos se metían con ella por tener dos madres. Eran otros tiempos. —Sam bajó la mirada, pero a continuación echó un trago y continuó—: Yo, sin embargo, lo he tenido todo muy fácil, sé que soy una privilegiada, pero quiero valerme por mí misma. Venir a España y establecer mis propios proyectos y relaciones me está ayudando mucho.

Valli le sonrió.

—Ay, *xiqueta,* nadie se libra de las complejidades de la vida, ni los millonarios.

Las dos brindaron.

Sam continuó:

—Creo, sin embargo, que le contaré a mi madre que te he conocido. No tiene sentido que ella tenga dinero muerto de la risa en una caja fuerte y que tú estés sufriendo para mantener un legado tan impresionante, del que ella también es partícipe. Hablaré con ella.

A Valli se le iluminaron los ojos hasta que se le cruzó un pensamiento incómodo. Nerviosa, dijo:

—No pienses ni por un segundo que he venido aquí para pedirte dinero. Victoria y Louise significan un mundo

para mí y tú eres el único recuerdo vivo que tengo de ellas
—dijo.

Sam reposó su mano tierna y delicada, muy suave, sobre la de la anciana masovera, ahora visiblemente agotada.

—*Please* —respondió la joven americana.

14

Charles se quitó su elegante sombrero de paja blanco nada
más entrar en la fonda un mediodía en pleno mes de julio,
tan solo tres semanas después de su última visita. Ahora,
descansado tras finalizar el curso, el profesor venía a ultimar
su oferta por la escuela y para conocer el pueblo en verano. Su maleta estaba repleta de camisas de explorador, botas
de caminar y algún bastón para ayudarse. Desde la primera vez que había visitado Morella en Pascua, Charles se había
enamorado del pueblo y tenía una inmensa curiosidad por
verlo en todas las estaciones del año. La primavera había sido
espléndida, con los campos de trigo verdes y los almendros
florecidos en todo su esplendor. El verano, según había leído,
podía ser demasiado caluroso, pero a él eso no le importaba,
después de pasar el largo, frío y triste invierno de Londres.
Es más, la brisa que había sentido a la sombra cuando recorría la calle de los porches hacia la fonda le había parecido

gratamente refrescante, mucho más agradable que cualquier aire acondicionado, pensó.

Ausente Manolo, Isabel salió a recibirle con una amplia sonrisa. La mujer había cambiado, pensó Charles en cuanto la vio. No es que estuviera más delgada ni que fuera más alta, pero con el pelo suelto, sin las gafas y con una falda y una blusa algo más ceñidas, su aspecto mejoraba ostensiblemente. Charles la miró sin poder alejar la vista de sus inmensos ojos verdes, que, a diferencia de otras ocasiones, parecían reflejar un poco más de vida. Esperaba que las pinturas que le habían regalado y los diez mil euros de compensación tras el jaleo de sus alumnos en Pascua hubieran borrado de su mente los embarazosos acontecimientos de esa noche. Por lo contenta que la había visto con la cocina nueva en el viaje anterior, él diría que sí, pero prefirió no tomar nada por garantizado. Las pinturas también parecían haber dejado una grata impresión, de lo que se alegraba especialmente, pues él mismo las había ido a buscar. Después de muchas llamadas y búsquedas en Internet, Charles se había desplazado un sábado por la tarde a Harrods, los mejores grandes almacenes de Londres, para dar con la mejor caja del mercado. Insatisfecho con la oferta, el profesor continuó buscando toda la tarde hasta que encontró una *boutique* de juegos y objetos de papelería de lujo en pleno Mayfair, justo detrás del Ritz. Allí pidió que grabaran el nombre de Isabel y que le enviaran el paquete a Eton. El detalle no le costó poco, pero, por lo que observó, había merecido la pena. Isabel no parecía guardarle rencor y eso, desde luego, le ayudaría con la oferta, pensó.

—¿Cómo te ha ido el viaje? —le preguntó Isabel, plantándole un beso en cada mejilla, cosa que le ruborizó.

Percibiendo el sonrojo, Isabel, sin saber muy bien qué decir, volvió a su puesto detrás de la recepción para proceder al registro y darle la llave.

—Estupendo, yo con mi sevillana, como siempre —dijo Charles, sonriente, al coger la llave de la catorce.

—Allí sigue —dijo Isabel, mientras rellenaba la ficha de entrada.

—No me he atrevido a explicar esa historia a nadie en Londres —bromeó Charles.

—Yo tampoco la aireo demasiado por aquí —respondió Isabel, rápida.

Charles asió su pequeña maleta y, cuando empezaba a subir escaleras arriba, Isabel, sin levantar la vista del libro de registros, le dijo:

—Cuando te acomodes, si tienes un momento, me gustaría enseñarte algo que he preparado.

Charles se giró y bajó los tres peldaños que había subido. Volvió a dejar la maleta en el suelo y puso las manos sobre el mostrador. Estaba impaciente.

—¿De qué se trata?

Isabel se echó hacia atrás y sonrió.

—Pero, hombre, tranquilo. Acomódate y, cuando estés listo, ya te lo enseñaré —dijo Isabel mientras guardaba la ficha de Charles en una carpeta. De nuevo se volvió hacia él—. Está en el comedor —le dijo.

Charles abrió los ojos con sorpresa y sintió una creciente alegría al sospechar que se podía tratar de un cuadro. Enseguida quiso rebajar sus expectativas, pero el entusiasmo le dominó. Hacía mucho tiempo que nadie, que no fueran sus alumnos, le hacía un regalo —con la excepción de Robin, que siempre le entregaba libros para Navidad y su cumpleaños. Aunque no se podía quejar, pues libros era cuanto quería y cuanto había recibido desde que Meredith le regalara jerséis y corbatas, pero de eso hacía ya muchos años.

—No me puedo esperar, ¡qué curiosidad! —dijo Charles con naturalidad.

—¿No quieres dejar la maleta antes y descansar?

—Estoy perfectamente, tampoco vengo de China; el viaje a Valencia ha ido muy bien y luego el coche alquilado hasta aquí esta vez era cómodo.

Isabel se encogió de hombros y salió de la pequeña recepción.

—Pues vamos, espero que te guste —le dijo—. Pero no esperes gran cosa, ya te aviso.

Charles la siguió con la ilusión de un niño. Hacía mucho que nadie irrumpía con una sorpresa en su vida racional. Sus actividades estaban planeadas al minuto, como a él le gustaba, aunque aquel gesto inesperado le hacía sentirse especial.

Los dos entraron en el comedor, con las mesas ya preparadas para la comida, y Charles miró hacia las paredes como si supiera lo que buscaba mientras Isabel encendía la luz. El inglés enseguida vio un cuadro nuevo, entre las dos ventanas que daban a la calle, al que Isabel enseguida se aproximó.

—Es para ti, lo he hecho con las pinturas tan maravillosas que me regalaste —dijo, directa y natural—. Son las mejores que he tenido.

Charles la miró a los ojos, grandes y honestos, pero la tentación de desviar la mirada hacia el cuadro era mayor que el deber que sentía de mirar a alguien que le estaba hablando. La fuerza del cuadro era demasiada para no prestarle inmediata atención.

Era en blanco y negro, aunque con una infinidad de tonos grises, algunos mostrando grandes contrastes. De tamaño medio y bien enmarcado en madera negra, limpia, fina y reluciente, el cuadro mostraba seguramente un rincón del pueblo, pensó Charles. Aunque no lo conocía, se trataba indiscutiblemente de Morella por el empedrado del suelo, muy parecido al del Placet de la iglesia, la pared de piedra y las casas próximas, bajas, con techos de tejas. Aunque en principio parecía un lugar alegre, por los pinos y las flores que aparecían en él, los tonos grises y una gran nube en la parte superior del lienzo le daban un tono nostálgico. Una rama de pino muy oscura, como a contraluz, casi en relieve, incrementaba el dramatismo y hacía que la obra estuviera casi viva.

Charles dio un paso hacia atrás para apreciarlo desde varios ángulos. Aquel cuadro le maravilló por su fuerza, por lo que sugería. Era un rincón cargado de personalidad y, seguramente, también de historia, pensó el inglés.

Isabel, en silencio, cambiaba de postura una y otra vez, cruzando y descruzando los brazos mientras esperaba el veredicto.

—Bueno, ¿qué? ¿No vas a decir nada? —dijo por fin.

Charles no sabía cómo expresarse.

—Todo lo que diga será poco.

Isabel levantó las cejas y, a los pocos segundos, sonrió. Parecía haber entendido que de Charles seguramente no saldrían más palabras que esas.

—Muchas gracias —respondió.

—¿Seguro que es para mí? ¿Una obra tan importante? —musitó finalmente Charles.

Isabel se rio.

—No te creas que en el mercado se cotiza muy alto, tranquilo.

Charles paseó una y otra vez enfrente del cuadro, del que no podía quitar la vista. Lo colgaría en el salón de su casa en Eton, en el lugar más prominente, encima de la chimenea, donde ahora tenía un aburrido cuadro con motivos de caza de Escocia que le regaló el padre de un alumno hacía muchos años.

—¿Es Morella, no? —preguntó al cabo de unos segundos mientras Isabel miraba por la ventana, con las manos en los bolsillos, sin saber muy bien qué hacer.

La artista enseguida se volvió hacia él.

—Sí, claro, ¿no conoces el Jardín de los Poetas?

Charles negó con la cabeza.

—¿No te lo enseñó mi padre en Pascua, cuando te hizo recorrer todo el pueblo un día? —le preguntó, sorprendida.

Charles se rio ligeramente.

—Qué buena memoria tienes, Isabel, pero el caso es que no, no me lo enseñó. ¿Dónde está?

—Justo debajo de la entrada al castillo, por el convento de Saut Francesc, entre unas callecitas preciosas por la parte de arriba de la calle de la Virgen, muy cerca de aquí —le dijo—. ¿Seguro que no has estado?

Charles frunció el ceño y repasó los rincones del pueblo que había explorado, pero nunca se había encontrado con ese jardín.

—No, lo siento —le dijo—. Pero subiré a verlo enseguida. ¿Por qué lo has retratado?

Isabel dejó pasar unos segundos antes de contestar.

—Siempre ha sido un rincón escondido y especial, y hasta ahora no han empezado a arreglarlo. Han hecho algunos homenajes a poetas y ha quedado como una especie de jardín japonés de Morella, un lugar para reflexionar, para estar tranquilo, para sentarse a leer un libro, lejos del ruido de la plaza.

Aquello fue una sorpresa muy grata para Charles, gran admirador de los jardines japoneses por la tranquilidad que inspiraban. Pero, por un segundo, el inglés se preguntó cómo estaría el mundo si hasta lugares tan tranquilos como Morella necesitaban un espacio zen.

Mirando el reloj, vio que todavía tenía un poco de tiempo.

—Pues ahora mismo dejo la maleta y me voy hacia allí, que aún falta un poco para comer —dijo.

—Si quieres, te acompaño —apuntó Isabel, rápida, mirándole a los ojos.

—Será un placer —respondió Charles sorprendido, pero en el fondo feliz de haber entablado amistad con Isabel. Aquel había sido un intercambio bonito, de pinturas y cuadros, que daba un toque humano a su misión en Morella.

Además, él solo tenía un amigo, Robin, que era más dado a largas y copiosas cenas en restaurantes de lujo en Londres que a los finos intercambios intelectuales que tanto le gustaban a Charles, como este. Por supuesto, en Eton tenía contacto con los numerosos artistas y escritores que a menudo iban a dar charlas a los alumnos, pero aquel intercambio parecía más real y, sobre todo, interesante. Isabel era un personaje que le intrigaba. Era poco atractiva, tenía un padre abusivo que la tenía esclavizada en la fonda y, encima, la habían echado del trabajo. Pero ella, con un gran talento que solo él podía reconocer, no se había hundido en semejantes circunstancias y había desafiado a todos remodelando la cocina y poniéndose a pintar de nuevo, sin consultar nada a nadie. Aquella mujer valía mucho más de lo que todo el mundo creía, se dijo.

Tan solo unos minutos más tarde, la pareja llegó a lo que Isabel definió como su rincón preferido de Morella. Con un vestido veraniego anaranjado que contrastaba bien con su piel morena, Isabel se sentó en uno de los bancos de madera al fondo del jardín.

—No me extraña, la verdad, que mi padre no te trajera hasta aquí —dijo, sacando del bolso unas oscuras gafas de sol y poniéndoselas.

—¿Por qué? —preguntó Charles, sentándose a su lado. Desde allí, a la sombra de una enorme acacia, podían ver el resto del jardín, en el que destacaban unas magnolias y rosas abiertas en todo su esplendor.

Isabel suspiró.

—Seguramente no te traería aquí porque, como te habrás dado cuenta, sus inquietudes culturales y poéticas son más bien escasas —dijo—. Por decirlo de alguna manera.

Charles se giró hacia ella y la miró con complicidad, sin decir nada.

Isabel continuó:

—Ahora tenemos un poco de polémica, porque un grupo local quiere dedicar este espacio a varios poetas valencianos, como Carles Salvador o Vicent Andrés Estellés, un poeta muy comprometido.

—¿Comprometido con quién? —preguntó Charles, haciendo sonreír a Isabel.

—Comprometido con la lengua y la cultura valencianas, con los males del franquismo y todas esas cosas —le contestó esta.

Charles relajó los hombros y apoyó la espalda en el banco.

—¿Qué escribía? —preguntó mirando a Isabel. Esa mujer era muy diferente a la que conoció en Pascua, con una cofia en la cabeza y una fregona en la mano, pensó Charles. Aquella mujer era en realidad una artista con mucha sensibilidad, se dijo.

—Pues a él le encantaba Morella y escribió versos preciosos —respondió Isabel—. Escribió, por ejemplo, que Morella era «un soneto de catorce torres, de silencio porticado, que recibía el pétreo abrazo de una muralla».

Los dos permanecieron en silencio durante unos instantes.

—De todos modos, él mismo decía que las palabras eran inútiles —apuntó finalmente Isabel.

—¿Inútiles?

—Según Estellés, las palabras no fueron suficientes para curar el dolor y todos los rencores que sembraron cuarenta años de franquismo, que también se llevó por delante la cultura y la lengua valencianas, además de las catalanas, claro.

Charles emitió un pequeño suspiro.

—Pues sí —dijo—. La verdad es que no me imagino a tu padre publicitando estos mensajes en un jardín de poetas.

Isabel le miró quitándose las gafas de sol y levantando una ceja. A la sombra, sus ojos eran todavía más verdes y almendrados.

El inglés recorrió el jardín con la mirada y, sobre todo, percibió el olor de las rosas y los pinos que les rodeaban. Había silencio, solo interrumpido por las voces de algunos turistas que se hacían una foto a la entrada del castillo, justo detrás de donde estaban.

—Es un lugar maravilloso —le dijo—. Seguramente también será del agrado de la antigua maestra, Vallivana, con quien precisamente he quedado esta tarde. ¿La conoces?

Isabel lanzó una sonrisa cargada de paciencia.

—Valli, sí, claro, todo el pueblo la conoce. ¿Te has hecho amigo de ella? —le preguntó, curiosa.

—Ya sé que se opone al proyecto de tu padre —respondió Charles, conciliador—, pero fue muy amable con mis alumnos, nos dedicó mucho tiempo, lo que es de agradecer, sobre todo teniendo en cuenta su edad.

—Esa mujer es incombustible —dijo Isabel—. No importa lo que le pase, que ella, al día siguiente, siempre está otra vez tan pancha comprando por la plaza.

Isabel hizo una breve pausa, cruzando unas piernas sorprendentemente estilizadas, sobre todo en comparación con el resto de su cuerpo, pensó Charles.

Isabel prosiguió:

—Ya sé que mi padre y ella no son grandes amigos, pero a mí siempre me ha tratado bien. De hecho, yo creo que la pobre ha sufrido mucho en esta vida, en la guerrilla, en el exilio, y nunca nadie le ha dado nada. —Isabel dejó pasar unos segundos antes de continuar—. Existen algunos rumores, pero no se le conoce ningún amor o relación; al menos, que se sepa, nunca se la ha visto con nadie en el pueblo. Sola y sin familia, a mí más bien me da un poco de lástima —concluyó.

Los dos permanecieron unos segundos en silencio.

—Parece una vida más bien solitaria —apuntó Charles, pensando que la suya también lo era, pero al menos él no había sido guerrillero y nunca le había faltado de nada.

—Sí —respondió Isabel, con súbita energía—. Pero allí va ella, siempre decidida con sus proyectos. Mírala cómo está luchando por su escuela. En el fondo es de admirar.

Charles asintió con la cabeza.

—¿Y ahora te quiere ver a ti? —preguntó Isabel, interesada.

—Pues sí —respondió Charles—. La ruta de Orwell que nos organizó fue muy interesante, así que le pregunté si me podía enseñar esta vez algunas de las zonas donde vivió cuando estaba en la guerrilla, al parecer no muy lejos de aquí.

Isabel respiró hondo.

—Sí, esta zona fue muy activa —dijo en tono resignado—. Es una tragedia llegar a una guerra solo por tener ideas diferentes.

—Y parece que nadie aprende la lección —apuntó Charles—. Todavía existen muchas guerras por el mundo.

—Guerras y lo que viene después, que a veces es incluso peor —añadió Isabel—. Seguro que Valli te lo explicará muy bien, ella ha hablado mucho en conferencias y por colegios. —Isabel volvió a cruzar las piernas y se giró hacia Charles—. En cambio, yo odio la política.

—¿No te interesa? —preguntó Charles, sorprendido.

—No —respondió Isabel con rotundidad—. A mí me interesan las personas, el arte, las plantas y los árboles. Mientras tengamos para vivir, ¿qué más da que gobiernen unos u otros?

—Hombre, importa mucho, ya que unos favorecen a los suyos, y los otros, pues igual.

—Yo creo que hay que favorecer a todos, empezando por los más necesitados, por pura lógica, ¿no?

Charles la miró con atención.

—No sé si esas son las directrices del partido de tu padre...

El profesor sintió la mirada directa de Isabel sobre sus ojos.

—Mi padre, en primer lugar, no tiene partido, es independiente —le respondió esta seria—. Y luego, yo tengo mis propias opiniones.

El comentario empequeñeció a Charles, quien se apresuró a disculparse:

—Espero no haberte ofendido.

Isabel ladeó la cabeza y le sonrió.

—Para nada, inglés, me gusta hablar contigo. Eres el único que me escucha —le dijo, volviéndose a poner las gafas de sol.

Por un instante, Charles sintió cierta lástima por Isabel, pero la alegría que sentía por aportarle algo importante era mucho mayor. Siendo profesor, siempre se había sentido útil, pero muy pocas veces había pensado que sus palabras, expresiones o presencia podían hacer sentirse mejor a alguien, y mucho menos a una mujer. Ese pensamiento le proporcionó una sensación de bienestar que no quiso interrumpir.

Los dos permanecieron en silencio durante un largo rato. Escuchaban el sonido de su respiración, las bromas de los turistas y alguna ligera ráfaga de viento. Cómodos el uno con el otro, no se levantaron hasta que el reloj de la iglesia dio la una, haciendo levantar a Isabel de golpe, pues tenía el primer grupo para comer a las dos.

Hacia las seis de la tarde, cuando el calor había bajado algunos grados hasta llegar a ser soportable, Charles llegó puntual a la casa de Valli en el Pla d'Estudi. En la mano, llevaba una docena de rosas amarillas que ya había encargado desde Londres a la floristería local para que no le faltaran. Era la primera vez que veía a la anciana desde que había ido con sus alumnos en mayo, ya que cuando fue en junio le dijeron que se encontraba de viaje, aunque nadie sabía dónde.

El caso es que, después del encuentro con los alumnos, Valli había escrito a Charles invitándole a tomar café con ella cuando volviera a Morella, a lo que Charles accedió encantado. Aquella anciana parecía muy en contra de Vicent y Charles quería saber, antes de comprometerse con la escuela, si aquello eran manías de persona mayor o si había más razones de fundamento que él debiera conocer. A Charles tampoco se le había pasado que la anciana contaba con algunos aliados importantes en el pueblo, como Cefe, el del banco. Si iba a comprar la escuela, debía intentar llevarse bien con todos y evitar cualquier enemistad.

—¡Ya voy! —gritó Valli de repente desde arriba de las escaleras.

Charles respondió también a voces, cada vez menos preocupado de perder sus impecables modales ingleses cuando era menester:

—Tranquila, ¡no hay prisa!

Al cabo de pocos segundos, Valli se presentó, muy sonriente, con pantalones caqui, un antiguo macuto a juego, unas botas de montaña desgastadas, una amplia camiseta de manga corta —que exponía sus brazos grandes, blancos y arrugados— y una gorra a la americana sobre la cabeza. Podría haber pertenecido al grupo de Fidel Castro en 1959, pensó Charles. Mientras se ponía las gafas de sol, la anciana le dijo:

—¿Estás listo, camarada?

A Charles le impresionó la vitalidad de aquella mujer, octogenaria y todavía en plena forma física y mental. Asintió.

—Vive usted en una plaza muy bonita —dijo el profesor, mirando hacia los antiguos balcones de madera que destacaban en la inmensa plaza.

Valli, que ya se había puesto a andar, se detuvo al cabo de unos pasos.

—Es el Pla d'Estudi, muy antiguo —le explicó—. Así se llama desde finales del siglo xv y aquí estaba la Casa Piquer, donde se enseñaba latín y humanidades, lo más importante por aquel entonces.

—Sin duda, una dirección muy apropiada para una maestra —le dijo, admirado de la historia académica de la localidad.

—Y más para una republicana —apuntó Valli, rápida—. Se llamó plaza de la Constitución durante la Primera República y plaza de la República durante la Segunda, aunque ya en 1938 la cambiaron a plaza del Generalísimo hasta 1985, cuando recobró el nombre inicial.

Valli arrancó a andar de nuevo.

—Veremos qué nombre la darán en la Tercera República.

Charles sonrió. El inglés intentó coger a Valli del brazo para ayudarla, a lo que la anciana inmediatamente se resistió.

—Ya voy bien, gracias —le dijo—. Pues si no pudiera ni andar delante de mi casa, iba yo apañada; ya verás por dónde te llevo.

—Tengo un gran interés y curiosidad —replicó Charles.

El profesor realmente había esperado ese momento con gran expectación, ya que, aparte de todo cuanto había leído sobre la guerra civil, últimamente le habían venido a la memoria, de repente, algunos recuerdos de su padre, quien a veces le hablaba de la guerra de España. Charles solo sabía que su padre había apoyado a la República por tratarse de un gobierno democrático y que había sido una de las primeras personas en Cambridge en advertir del peligro nazi. Su padre, aunque parco en palabras, a veces le había contado que había estado en Barcelona durante la guerra, escribiendo noticias o reportajes propagandísticos junto a su amigo George Orwell. Alguna vez, le había contado que había estado en el frente, pero Charles solo recordaba vagas descripciones de trincheras, del sofocante calor que sufrieron o de las latas de conserva que consumían. Ahora por fin podría ver por sí mismo algunos de esos lugares.

Al volante de su Seat Ibiza de alquiler, Charles y Valli salieron de Morella por la Alameda, pasando por el antiguo matadero —cosa que disgustó ligeramente el estómago del inglés, poco acostumbrado a imaginarse animales degollados—. A escasa velocidad, siguieron por la carretera de Vinaroz hasta el Collet d'en Velleta, un alto que ofrecía una de las mejores vistas de Morella. Pararon y Charles aprovechó para sacar unas fotos. Distraído, apenas se había dado cuenta de que Valli se había echado a andar por una pista de tierra que partía de ese punto. Charles se apresuró hasta alcanzarla.

—Los maestros de la República íbamos por estos caminos de Dios en un carro tirado por dos viejas mulas —decía—. Llevábamos libros, gramófonos y hasta un aparato de cine para ofrecer los primeros dibujos animados que esos niños vieron en su vida —le explicó mientras andaba a buen paso—. Pobres, no habían visto más que estos montes, no sabían ni lo que era un libro.

Las vistas mejoraban a medida que seguían la pista, pues el pueblo cobraba una perspectiva menos frontal, más interesante. El silencio, el crujir de la bota en la tierra, el olor a romero y espliego llenaron el corazón de Charles de paz y sosiego. El inglés observaba ensimismado aquella tierra dura, de piedras, rocas y escasa vegetación. En apenas unos minutos, llegaron a un cruce con una carretera principal y se detuvieron un instante para contemplar las vistas. El pueblo resaltaba majestuoso en contraste con el cielo azul, sin nubes y bañado por el sol de la tarde. Charles respiró hondo y, mirando a su alrededor, distinguió una pequeña florecilla roja que surgía de una roca cercana, tiesa, simpática y alegre. Valli vio cómo el inglés observaba esa maravilla de la naturaleza y se aproximó.

—En este mundo todo es cuestión de voluntad, hasta para las flores —dijo.

Charles asintió con la cabeza y miró hacia las montañas casi peladas a su alrededor.

—Debió de ser muy duro vivir por estos montes.

Valli suspiró y miró hacia Morella. El pueblo se mostraba ahora tranquilo, veraniego, emanando paz. El ruido de los bombardeos quedaba muy lejos.

—Pues sobrevivimos, claro, ¿qué íbamos a hacer? —respondió la anciana en tono resignado.

Después de un silencio, Valli emprendió el camino de vuelta al coche con el paso ahora un poco más tranquilo.

—Tú me ves ahora como una abuelita —le decía a Charles—, pero yo fui joven muchos años, estaba llena de esperanza. Creíamos, de veras, que íbamos a acabar con Franco y a devolver la democracia a este país. Estábamos convencidos. —Después de un suspiro, continuó—: Y para ese fin, todos los medios eran justificables. Era una situación extrema y por eso realizamos acciones que hoy en día parecen brutales, pero que entonces eran cuestión de vida o muerte.

—Así es como avanza la historia —apuntó Charles, intentando que se sintiera más cómoda.

La pareja llegó de nuevo al coche y reanudó el camino hacia la próxima parada, que Charles todavía desconocía. Valli tan solo le había dicho que siguiera sus indicaciones.

—Fíjate que estas carreteras están llenas de curvas —dijo la anciana—. Pues eso lo aprovechábamos para atracar a todo tipo de vehículos y camiones, que debían frenar en cada giro y así resultaba más fácil detenerlos. Actuábamos sobre todo de madrugada, parando a transportistas de comida o verdura, a quienes les dejábamos o sin blanca o sin mercancía —dijo, mirando al suelo y sin dejar de andar—. Había que comer, aunque el dinero que conseguíamos se lo dábamos a las familias de los prisioneros de Franco, que no tenían qué llevarse a la boca. Cuando podíamos, también pagábamos a las masías que nos abastecían, muchas de ellas por complicidad más que por obligación.

—¿Teníais mucho apoyo?

—Al principio sí, aunque las condiciones se fueron endureciendo. Los masoveros que no pertenecían al movimiento debían pagar muchos impuestos y, a veces, se les obligaba a donar parte de la cosecha. Tampoco se les permitía trabajar los domingos, por lo que muchos perdían producto. A uno incluso lo detuvieron por recoger cuatro tomates en domingo, aunque solo eran para uso doméstico. El régimen se volvió loco —dijo la anciana negando con la cabeza. Al cabo de unos instantes, añadió—: Aun así, en las masías nos daban comida, jamones y provisiones para algunas semanas. En la masía de Fusters, por ejemplo, a mí me dieron unas alpargatas, mientras que en la del Campello mi grupo consiguió un mosquetón Mauser y en la de Gasulla, conseguimos algunas granadas.

—¡¿Granadas?! —exclamó Charles, girándose hacia ella, aunque enseguida volvió la atención a la carretera.

Valli alertó al inglés del desvío hacia Vallibona que debían coger. El profesor obedeció, concentrándose en la conversación a pesar del sinfín de curvas muy cerradas que tenía aquella carretera tan estrecha. Valli continuó:

—De las granadas se encargaban los hombres —dijo—. Yo era la única mujer de mi grupo, aunque por el Maestrazgo llegamos a ser hasta diez guerrilleras. Yo más bien me quedaba en el campamento, pues era responsable de la revista *El Guerrillero,* que escribía para informar y básicamente para dar ánimos a los compañeros. Era mensual y tirábamos unos ciento veinte ejemplares.

—¿Dónde se imprimía?

—Teníamos una pequeña imprenta que nos facilitó un enlace. Ya verás dónde instalamos el campamento, aquello era como un poblado. Las condiciones eran muy duras, pero teníamos de todo.

La pareja por fin llegó a Vallibona, un pueblo muy pequeño, escalonado en la montaña, con calles y casas de piedra muy parecidas a las de Morella. Las puertas, ventanas y balcones eran también casi todas de madera, fieles al estilo del Maestrazgo.

Aparcaron justo a la entrada del pueblo y enseguida cogieron un pequeño camino que partía de detrás de la iglesia. La llanura pronto se terminó y la pareja, a buen paso, se internó en un bosque de pino denso para enseguida alcanzar la roca calcárea de la base de la montaña. Desde la carretera, Charles había distinguido unas paredes casi verticales de roca muy alta y con escasa vegetación que protegían al pueblo; pero ahora, desde el valle, apenas podía ver lo alto de las cimas. El paseo era agradable, entre pinos, encinas y alcornoques cada vez más densos. Al cabo de unos veinte minutos de marcha, la pareja llegó a la confluencia de dos grandes rocas, entre las que se enfilaba una pequeña escalera, de roca también, a buen seguro excavada a mano. Después de atravesar el pequeño desfiladero, el camino, cubierto de agujas de pino, seguía por un bosque para luego sortear de nuevo un conjunto de piedras gigantescas que, a veces, formaban un pequeño cañón. La ruta cada vez era más confusa, pues los enebros y matorrales alrededor del camino cada vez eran más altos y no permitían distinguir bien por dónde seguir.

—Mira —dijo Valli, un poco jadeante—. Estas sabinas y matojos nos dieron el nombre de maquis, ya que *macchia* significa «matorral» en corso —le explicó—. Estas tierras eran perfectas para nosotros, pues aquí no nos encontró nunca nadie. Además, las rocas, llenas de recovecos, están tan mimetizadas con el paisaje que disimulan todos los escondrijos.

El profesor seguía a la anciana con los ojos bien abiertos, inmerso en ese mundo totalmente inédito y cada vez más frondoso. Desde su posición, apenas podían ver más que a dos o tres metros de distancia, aunque a veces llegaban a pequeños claros desde donde se veían las montañas al frente, pero ya sin rastro del pueblo. Después de atravesar más cañones, ahora rojizos, y un pinar que parecía más bien joven, la pareja por fin llegó a un gran claro, muy cerca de la cima, después de casi una hora de camino. Charles se sorprendió de lo poco cansada que parecía Valli, pues sus mejillas apenas estaban sonrosadas y en su frente no distinguía casi ni una gota de sudor.

—Estás en forma —le dijo.

—Estos caminos me los conozco como la palma de la mano; si no recorrí este tramo más de mil veces en los diez años que viví en estos montes, no lo hice ninguna.

—¿Diez años? —exclamó Charles con sorpresa. Una década era mucho tiempo para vivir escondido. Aquello le tendría que haber dejado grandes secuelas.

Valli se sentó en una piedra y, lentamente, pasó la mano sobre el pequeño macuto que llevaba, ahora apoyado en su regazo.

—Es de lo poco que conservo de esa época —dijo—, acariciándolo con sus manos fuertes y gruesas.

Charles se acercó para observar mejor el pequeño bolso, de color verde oscuro más bien deshilachado, con una bandera republicana cosida al frente de la que apenas quedaba la mitad.

Los dos aprovecharon el silencio para sacar un poco de agua de sus respectivas bolsas y echar un trago. Charles se quitó el sombrero para secarse el sudor y se sentó en una roca en medio del claro, justo enfrente de Valli.

—Yo ya estoy muy vieja para subir al mirador —dijo la anciana al cabo de unos instantes—, pero tú, que todavía eres joven, puedes subir por unas escaleras que hay al fondo, detrás de aquella roca —dijo Valli, señalando hacia una gran piedra—. Las construimos los veinte que vivíamos aquí, a martillazo puro, para instalar un puesto de vigilancia en lo más alto de la montaña. Sube si quieres, porque hay unas vistas impresionantes —le dijo.

Sin pensarlo, Charles dejó su mochila junto a Valli y, cámara en mano, siguió sus indicaciones. Al llegar arriba del todo, a menos de cien metros del claro, el inglés divisó una larga cordillera uniforme e ininterrumpida de montañas que se perdía a lo lejos sin que se pudiera divisar el fin. Del pueblo no se divisaba nada y, a ambos lados, solo se veía cielo o más montaña cubierta de pino y roca. No se oía más que a los pájaros, el vaivén de algún animal entre los matorrales y el suave silbar del viento. Charles cerró los ojos y aspiró el aire tan puro de aquellas montañas. De nuevo, alzó la vista; en el cielo no corría ni un avión ni se vislumbraba una nube. Estaba claro, azul, ya tiñéndose de rojizo para anunciar el atardecer. El profesor sintió una gota de sudor que le resbalaba por el torso, que ahora sentía fuerte y sano, más masculino que nunca. Ese clima caluroso, pensó, era como una antorcha de vida que le hacía sentirse más vivo, más fuerte. Se miró la camisa, sorprendido, pues apenas la notaba sobre la piel.

Charles miró a su alrededor una y otra vez. Estaba allí, en medio de la nada, con una anciana a quien apenas conocía, lejos de su vida minutada de Eton, de su constante ir y venir. Podía hacer o pensar lo que quisiera, pues allí, en el fin del mundo, nadie se daría cuenta. Se sintió libre, tanto como en aquel viaje a la India después de la universidad, cuando se sentaba solo junto al lago Pichola, en Udaipur, para ver caer el sol. Pensó en su padre y se preguntó si él habría experimentado una sensación similar en aquellas tierras. Quizá por ello había insistido tanto en que aprendiera la lengua. Igual su padre tenía pensado explicarle todo cuanto hizo en España durante la guerra cuando él fuera mayor, pero al morir ya no pudo. Cuántas preguntas tenía ahora.

Charles escuchó un ligero toser y pensó que no debía dejar sola a Valli en aquel lugar. Sacó unas fotos y enseguida se reunió con su guía, que seguía tranquilamente sentada, acariciando su macuto.

—Tu oficina no tenía malas vistas, ¿eh? —le dijo, sacándole una sonrisa.

—No sabes cuántas guardias me tiré allí arriba, y no todas eran bajo un cielo rojizo crepuscular y veraniego como hoy, ya te digo —respondió la anciana—. El invierno aquí era muy duro, con más de diez grados bajo cero y a veces hasta nieve.

—¿Cómo sobrevivíais? —preguntó Charles, sintiendo frío solo de pensarlo.

—Pues con muchas mantas, sacos de dormir, apiñados los unos contra los otros y bien arropados entre las rocas —contestó—. Y por supuesto más de una hoguera ardiendo toda la noche. Por eso, cuando íbamos a las masías, aparte de comida, lo que más necesitábamos eran cerillas.

—Me decías que muchos os ayudaban.

—Sí, sí, sobre todo los masoveros, aunque iban con mucho cuidado, porque si los descubrían los podían matar o meter en prisión —explicó Valli—. El régimen fue muy cruel y pronto se sacó de la manga la Ley de Fugas, que legalizó los asesinatos a los guerrilleros. De hecho, los guardias recibían premios, condecoraciones y hasta paga doble por cada maquis muerto.

—¿Murieron muchos? —preguntó Charles en el tono más delicado que pudo.

—Pues según un estudio, solo en la provincia de Castellón y en los diez años de lucha, entre mediados de la década de 1940 y mediados de la de 1950, hubo setenta y nueve maquis muertos y once guardias civiles fallecidos. Y más de seiscientos enlaces detenidos.

—¿Conocías personalmente a alguno de los fallecidos?

—Sí, sí, claro, perdí a muchos amigos y compañeros —respondió Valli con un pesar que hasta ahora había disimulado bien—. Yo conocía a la mayoría de compañeros. Desde que entré a España por el valle de Arán en 1944, nunca operé sola. Siempre compartí la organización de asaltos, sabotajes, robos y atracos con otros, con los que pasé horas planeando esos golpes. Además, como a mí por lo general me tocaba conducir el camión que recogía el botín, me pasaba largas horas de espera charlando con los camaradas; los conocía bien.

—¿Sabotajes y atracos? —preguntó Charles, sin poder imaginar a esa amable anciana en plena acción.

—Había que vivir y queríamos ayudar a las familias de presos y exiliados. De las masías nos llevábamos patatas, aceite y harina, que subíamos hasta aquí en sacos de veinte o treinta kilos, cargados a la espalda. También nos daban, o cogíamos, navajas o relojes. Cuando podíamos les pagábamos, pero si no, siempre decíamos que lo hacíamos para España y no para nosotros. —Valli bebió un poco más de agua y continuó—: Este campamento era muy activo, formaba parte de la AGLA, la Agrupación de Guerrilleros del Levante y Aragón, de la que estaba al mando el Cinctorrà, que por supuesto era solo su apodo. —Valli hizo una pausa—. A mí me llamaban la Mestra, claro. El caso es que el Cinctorrà organizó numerosas actividades. Personalmente, con él yo paré un camión Ford que venía de las minas de Castell de Cabres, a las cinco de la mañana, y del que sacamos más de cinco mil pesetas. También entramos en esas minas de carbón, gracias a la colaboración del contable de la empresa, y nos quedamos con la mayoría de los beneficios de la feria de Cedrillas, en Teruel, al parar los camiones que venían cargados de ganancias. Cuando podíamos, también les quitábamos las escopetas.

Charles callaba al no dar crédito a cuanto la antigua maestra le explicaba. Esta continuaba hablando, ahora paseándose entre los pinos, acariciándolos suavemente, como si fueran muebles antiguos. Para ella lo serían, pensó el inglés.

—Pero, claro, lo más efectivo eran los bancos —dijo—. Del de Villafranca, por ejemplo, nos llevamos ciento treinta y cinco mil pesetas.

—¿Qué hicisteis con tanto dinero?

—Dárselo a las familias que lo necesitaban —contestó Valli, rápida—. No éramos ni ladrones, ni criminales, ni bandoleros, no lo olvides nunca. Luchábamos contra una dictadura fascista.

—¿Y decías que teníais apoyo popular?

—Sí, pero todo se complicó a medida que pasaban los años, ya que la Guardia Civil, a la que le costó seguirnos la pista, al final se organizó y hasta se disfrazaban de maquis para engañar a los masoveros y así destapar nuestra red de enlaces.

—¿Los reconocían?

—Pues claro que sí. Ya me dirás tú, que el masovero es hombre de campo, avispado y buen conocedor de las gentes de montaña, ¿cómo no va a reconocer a un guardia civil que por lo general procede de la otra punta de España, que no conoce estos montes en absoluto y que ni tiene las manos rasgadas de trabajar en el campo?

Charles no dijo nada mientras Valli se sentaba de nuevo en un tronco. No quería interrumpir aquel fabuloso fluir de recuerdos.

—El caso es que el Cinctorrà también cambió y algunas de sus últimas acciones perjudicaron a la población civil —siguió Valli, ahora con pesar—. Una vez volamos la línea de tren Valencia-Barcelona, pero no hubo ninguna víctima, y otra, secuestramos al alcalde de la Llècua, una aldea muy cerca de Morella. El hombre, de apenas cuarenta años, era muy querido por todos. Aquello fue una equivocación, ya que nos lo cargamos, al pobre Ramonet, y encima nos quedamos sin ningún enlace en toda la zona. —Valli se tomó un respiro—. Tampoco ayudó la granada que pusimos en la estación eléctrica y que cortó el suministro de luz a Morella en plena celebración de las fiestas sexenales.

—¿Por qué saboteasteis las fiestas, si era de lo poco de que podía disfrutar la gente?

—Porque el gobernador civil y no sé cuántos obispos participaban en la subida de la Virgen de Vallivana al pueblo y queríamos demostrarles que no todo el país estaba tan feliz con el franquismo como ellos pretendían. Era la única manera de lanzar un mensaje a los militares y eclesiásticos que venían de Castellón, Tarragona o Valencia para las fiestas, pues en esas ciudades apenas teníamos actividad. En esos lugares tan llanos no hay donde esconderse, así que la guerrilla se concentró en los montes de Teruel, Castellón y Cuenca, y en algunos puntos de Asturias o de Sierra Nevada, al sur.

Charles no podía dejar de mirar a aquella mujer con toda su atención, aunque esta, con la mirada perdida, apenas se daba cuenta de cuanto acontecía a su alrededor.

—Luego, las cosas empezaron a ir mal —continuó—. El primer secuestro que realizamos funcionó bien, el de Salvador Fontcuberta, amo de una casa textil de Benicarló, a quien sacamos doscientas cincuenta mil pesetas. Pero al año siguiente, a la Pastora y a su compañero, Francisco, les pillaron en casa de los Nomen, en Els Reguers, en Tortosa, y eso empezó a quitar confianza. Además, las órdenes de Carrillo que llegaban desde Francia apenas eran claras y poco a poco muchos maquis empezaron a ver que la gran operación que debía acabar con Franco nunca llegaría. Al final, muchos desertaron a Francia, y yo entre ellos.

—¿Andando?

—Sí, claro, por supuesto. De aquí al Ebro, luego a Montblanc y subiendo por Lleida hasta Prats de Molló, como todos. Atravesando los Pirineos en pleno invierno.

—¿No estaba la frontera muy vigilada?

—Ciertamente —contestó Valli, ahora mirándole—. Pero no te creas tú que la Guardia Civil era como Scotland Yard. Una noche, con un compañero, nos hicimos los borrachos en un pueblo muy cerca de la frontera que afortunadamente celebraba sus fiestas locales. Así, cogidos el uno del otro, medio cayéndonos y con unas botellas en la mano les dijimos que nos dirigíamos a Francia, a más de diez kilómetros de ese lugar y justo antes de una montaña muy alta que había que subir y bajar para llegar al país vecino, en plena noche y borrachos como se pensaban que íbamos, los del puesto de mando, medio dormidos, nos dejaron pasar pensando que seguramente nos tendrían que recoger de alguna cuneta a la mañana siguiente. Nosotros, nada más dejarles atrás, tiramos las botellas y arriamos tan deprisa como pudimos para llegar a Francia al amanecer.

A Charles le recorrió un calambre por todo el cuerpo al imaginarse a Valli volando estaciones eléctricas, cruzando los Pirineos o asesinando a alcaldes. La miró confuso, cosa que la anciana pareció leer.

La antigua maestra se levantó y, en silencio, se acercó lentamente al centro del claro. Miró al cielo y luego a Charles.

—Yo nunca maté a nadie —le dijo—. Aunque participé en el secuestro del Ramonet de la Llècua, yo siempre me opuse a que lo mataran.

Charles se mantuvo en silencio, intentando que su rostro no revelara las dudas que sentía acerca de aquella afirmación.

Valli se aproximó al profesor, más cerca de lo que él creía necesario, y le dijo muy seria:

—Yo nunca maté a nadie y todo lo que hice fue por la democracia; solo quiero que recuerdes esto. Finalmente, perdimos, pero yo luché hasta el final.

Charles asintió, absorto en los ojos negros de aquella impresionante mujer. Su cara estaba cansada, arrugada, curtida por el terror, el frío, la lucha y el miedo. Pero sus ojos seguían vivos, humanos, mirando al mundo con la sabiduría acumulada durante casi noventa años, pero todavía con la ilusión de un joven. Charles no había visto nunca unos ojos así, tan cargados de sabiduría y entusiasmo.

Después de unos instantes, el inglés tuvo que desviar la mirada, incapaz de soportar tanta intensidad. Se sintió pequeño e insignificante al lado de aquella personalidad. ¿Para qué había luchado él en esta vida?

El último rayo de sol desapareció del claro y Valli y Charles se miraron en mutuo entendimiento. Los dos recogieron sus bolsas y emprendieron el camino de regreso, que a Charles se le hizo muy corto, pues por su mente discurría un torrente de ideas, preguntas y recuerdos.

Entre la confusión y mientras dejaban atrás crestas y barrancos cubiertos de coscoja y aliagas, Charles recordó el cuadro de Isabel, que retrataba un dramatismo similar al que acababa de sentir con aquellas historias espeluznantes. España era un país alegre, soleado y maravilloso, con un paisaje espectacular, pero corroído internamente por una historia negra, dramática y trágica. Todavía.

Mientras avanzaba, Charles pensó en Isabel, preguntándose si aquella mujer no era lo opuesto a su país: trágica por fuera pero equilibrada y en paz por dentro. Al inglés todavía le admiraba la seguridad con la que Isabel ordenó a sus estudiantes limpiar la fonda cuando estos no habían tocado una fregona en su vida, o no estaban acostumbrados a recibir órdenes de mujeres. Charles sonrió al pensar que Valli también los habría hecho formar de manera inmediata. El profesor sintió curiosidad por saber qué relación existía entre las dos mujeres.

—Supongo que por estos lares se inspiraría el poeta Estellés —dijo para amenizar el camino.

Valli, caminando delante, se giró.

—¿Cómo conoces tú a ese espléndido poeta? No sabía que lo habían traducido al inglés.

—Desgraciadamente nunca lo he leído —respondió Charles, adoptando su tono educado y postura erguida de costumbre—. He estado esta mañana en el Jardín de los Poetas con Isabel, la hija del alcalde, quien me ha hablado de él.

Valli se detuvo y le miró con sorpresa, por lo que Charles, para evitar preguntas, apuntó:

—Por una historia algo larga de explicar le traje unas pinturas de Londres y ella me ha regalado un cuadro precioso de ese jardín. ¿Has visto sus cuadros?

Valli, a quien la explicación parecía haber despertado más preguntas que respuestas, respondió:

—Sí, he visto los que tiene en la fonda; no están mal. —Después de una breve pausa, añadió—: ¿Os habéis hecho amigos?

Charles asintió y arrancó otra vez a andar, seguido de Valli. El inglés le explicó cuánto le gustaban los cuadros de Isabel, ya que estos revelaban la fuerte personalidad de Morella, que, sin duda, le había cautivado. El profesor caminaba y hablaba ligero y alegre mientras la brisa del atardecer le envolvía suavemente. Entre aquellos montes y aquellas historias, se sentía feliz.

Sin darse cuenta, llegaron a Vallibona y Charles se sorprendió al percibir que solo había hablado, o más bien monologado, sobre Isabel y sus cuadros durante buena parte del camino de regreso.

Al entrar en el coche y por fin descansar, Valli le miró a los ojos y le dijo muy seria:

—Ya sé que esa chica no tiene culpa de nada. Conmigo siempre ha sido muy amable. Pero, Charles, no te fíes de ella, que esa familia es el mismo demonio.

Charles paró el motor del coche, que acababa de arrancar, y la miró con gran sorpresa. Valli continuó:

—Ese cuadro puede ser una manipulación por el tema de la escuela.

Aquellas palabras dolieron a Charles, entusiasmado como estaba con la obra.

—¿Cómo puedes decir eso, Valli? Isabel es una chica estupenda.

—No digo que no lo sea, Charles —le respondió la anciana—. Solo te aviso de que no te fíes. Esa familia lleva el demonio muy adentro. —Valli hizo una breve pausa, sin perder la vista al frente.

Justo cuanto Charles iba a contestar, la anciana se le anticipó:

—Ahora estoy muy cansada, Charles. Hoy ya he hablado mucho, pero si quieres continuamos otro día.

Charles, por respeto, accedió, aunque sentía una necesidad imperante de defender el honor de Isabel. Su cuadro le había llegado muy hondo, pues era un detalle cargado de sentimiento y pensado para él. Hacía mucho que nadie le había dedicado un detalle de esas características, quizá nunca.

Sin decir más, arrancó de nuevo el coche y regresaron a Morella sin pronunciar palabra. Aquella conversación tendría que continuar, se prometió Charles a sí mismo.

15

Valli pasó los días siguientes más encerrada en casa que de costumbre, entretenida con sus plantas y las decenas de libros que abarrotaban las antiguas estanterías de madera que tenía por todo el piso. La anciana era más bien solitaria, aunque también salía a pasear casi todas las tardes con Cefe, el del banco, o con alguna vecina. Ahora, en cambio, llevaba dos días que no había salido más que a por pan o a por algunas verduras. Era una pena, se decía mientras miraba por la ventana de su pequeño salón, pues el tiempo era agradable y las calles estaban animadas, aunque afortunadamente todavía nada parecido al agobio y al sofoco del mes de agosto. Entonces, Valli dejaba el pueblo y acudía a una pequeña casa en la playa que su vecina Carmen tenía en Benicarló. Morella en agosto era insoportable, con centenares de turistas y veraneantes, y el jaleo de los tres días de toros, que dominaban la vida municipal de manera aplastante. Ella ya estaba muy vieja para correr delante de las vaquillas que soltaban por las calles y para participar en la monumental fiesta que todos los años se organizaba.

Sentada en el antiguo sillón de su casa, un pisito pequeño en el Pla d'Estudi, Valli dejó la colcha que había empezado a tejer en mayo, justo después de conocer a los estudiantes ingleses. Aquella visita la había dejado un tanto confundida ya que, por una parte, ella no quería hacer ningún pacto con el colegio más elitista del mundo, pero por otra tampoco quería perjudicar a Charles, que parecía buena persona y genuinamente interesado en Morella y en España. Hasta sabía quién era el poeta Estellés, se dijo mientras volvía al hilo y las agujas. Sus manos gruesas todavía conservaban un buen pulso para tejer colcha tras colcha, que luego vendía a las tiendas del pueblo, principalmente para los turistas. Esos ingresos y una ínfima pensión le daban lo suficiente para mantener el mismo estilo de vida tan frugal que había llevado siempre.

Desde su sillón, junto a la ventana, Valli contempló sus plantas en el balcón y miró hacia las montañas, iluminadas por un plácido sol de tarde veraniega. La anciana sabía que sola no podría frenar la venta de la escuela, ya que el alcalde contaba con el apoyo de las muchas personas que le debían algún favor. La política era realmente un asco, pensó la anciana, mirando el reloj y guardando sus enseres en una bolsita de tela que se había confeccionado hacía muchos años.

Con cierta solemnidad, como si fuera a realizar algo importante, Valli se quitó la bata de andar por casa para ponerse un vestido verde oscuro que ella misma se había hecho el año anterior. Después de acicalarse, la anciana, macuto y bastón en mano, se dirigió hacia el portal de Sant Mateu, una de las cinco puertas de entrada a la ciudad abiertas en la misma muralla. A buen paso y con la ayuda de su bastón preferido, Valli sorteó varias cuestas y llegó con puntualidad inglesa al hotel Cid, donde había quedado con Charles. No es que tuviera enormes ganas de remover el pasado o revivir algunos de los peores momentos de su vida, pero ese encuentro era necesario. El inglés debía entender con quién estaba tratando antes de tomar una decisión. Más que oponerse de manera frontal a su interés por la escuela, Valli había pensado explicar a Charles quién era realmente Vicent y dejar que aquel decidiera por sí mismo.

Tan puntual como ella, el inglés apareció unos segundos más tarde con un atuendo más elegante y menos excursionista que el de hacía dos días, cuando visitaron el campamento maqui de Vallibona. Hoy tan solo iban a dar un paseo hasta los arcos de Santa Llúcia, aunque Valli también había pensado acercarse a la antigua masía de sus padres, ahora en ruinas.

Con su sombrero panamá y unos pantalones de pinzas color crema, a juego con una camisa de cuadros finos, Charles saludó a Valli con una sonrisa, a la que la anciana correspondió. Los dos parecían haber encontrado un cierto equilibrio en su relación, ahora ya despojada de la tensión que había marcado sus primeras conversaciones. Charles también parecía más abierto e interesado en ella.

—*Good afternoon* —le dijo ella en buen inglés.

Charles arqueó ligeramente una ceja.

—No sabía que hablabas inglés con tan buen acento —le dijo.

—¡Nunca subestimes a una vieja como yo!

—¿Dónde lo aprendiste? —insistió Charles, curioso.

—Es una historia muy larga, pero piensa que el exilio me llevó por muchos países —explicó Valli—. En realidad, lo aprendí bien en la Residencia de Señoritas, en Madrid, donde estudié y residí mientras iba a la universidad. Era el *Oxbridge* de España.

Valli percibió una mirada de sorpresa y admiración en los ojos claros de Charles.

—¿Qué te piensas, que soy una pobre vieja de pueblo? —le dijo, con simpatía.

—No, no, por supuesto —se apresuró a replicar Charles, ruborizándose.

La pareja emprendió el camino siguiendo la muralla hacia Sant Miquel. Al cabo de un par de minutos, se detuvieron en los lavaderos municipales, ahora ya más bien un museo, que Valli quiso enseñar a Charles.

—Fíjate lo que son las cosas —le dijo, apoyándose en la piedra inclinada donde se restregaba la ropa al borde de un pequeño lavadero, ahora vacío—. Durante la dictadura, este era el único lugar de Morella donde existía libertad de expresión.

—¿Aquí? —preguntó Charles, mirando alrededor de la nave, abierta por dos costados. La pequeña construcción, blanca y vacía, hacía que sus ecos retumbaran en las paredes, limpias de cualquier decoración.

—Pues sí —dijo Valli, con la mirada fija en uno de los lavaderos—. En pleno invierno, a cinco grados bajo cero, las mujeres venían aquí a lavar, frotar y frotar, hasta que casi se les helaban las manos. Pero lo bueno es que aquí también se decían todo lo que no podían hablar en la plaza o a veces ni en casa. —Valli hizo una pausa—. Mientras estaba en el maquis, este era el único sitio donde podía hablar con mi madre.

Charles la miró sorprendido.

—Creía que tus padres vivían en una masía y no en el pueblo.

Valli apretó los labios y tragó saliva antes de contestar.

—Sí, sí, ya te explicaré más adelante —dijo, mirando a su alrededor—. Estos lavaderos fueron lo único que vi de Morella durante años, cuando venía a ver a mi madre o a intercambiar información con nuestros enlaces.

—Eso debía de ser muy peligroso.

—En efecto —respondió Valli—. Pero los civiles nunca se dieron cuenta y las mujeres que venían aquí tampoco nos delataron. No sé si alguna me reconoció, porque venía bien tapada, pero si se dieron cuenta, al menos no me denunciaron, y a mi madre tampoco.

—Qué valor, venir del campamento hasta el pueblo.

—¿Y qué opción tenía si no? ¿No ver a mi madre?

Sin esperar respuesta, Valli asió su bastón y continuó el camino hacia Sant Miquel. Las torres que flanqueaban la entrada principal al pueblo se alzaban majestuosas, como de costumbre; su piedra medieval marcaba un bonito contraste con el radiante cielo azul de ese día y con el castillo al fondo. Después de una ligera cuesta, Valli y Charles se sentaron en uno de los bancos justo fuera de la muralla para contemplar las vistas al campo.

—Estas carreteras son muy modernas —dijo Valli, señalando con su bastón hacia un nuevo cruce que separaba el tráfico hacia el pueblo del que continuaba por la carretera de Zaragoza—. Pues antes estaban cubiertas de polvo, nada de asfalto. De hecho, eran de macadam, una especie de piedra machacada, apisonada y cubierta de polvo y piedras. Los pocos coches que había debían circular tan despacio que a veces las mulas de los masoveros eran más rápidas.

Charles sonrió.

Valli se giró hacia las torres de Sant Miquel y emitió un pequeño suspiro.

—Por aquí entraron, por aquí mismo —dijo, sin continuar.

—¿Franco?

—Bueno, los nacionales —respondió Valli—. Era el año 1938 y en marzo empezaron la ofensiva sobre todo Aragón. El día diez tomaron Belchite, un pueblo que quedó totalmente arrasado, y al cabo de unos diez días, empezaron la campaña del Maestrazgo. En abril tomaron Gandesa y Lérida y el día cuatro de ese mes llegaron a Morella —dijo, respirando muy hondo a continuación.

Charles permaneció callado.

—Muchos republicanos se habían escapado, ya que en la radio habían dicho que se acercaban —prosiguió—. Yo, que siempre estuve con la República, no salí corriendo, porque por aquel entonces todavía era católica y todo el pueblo sabía que iba a misa todos los domingos; pobre de mí —dijo, soltando una risa cínica—. Además, yo solo era una maestra en prácticas, por lo que mi nombre no figuraba en esas listas negras de profesores adscritos a la causa republicana. Pobres. —Valli guardó unos momentos de silencio antes de continuar—. El día anterior a la entrada vimos desde el convento de Sant Francesc cómo una columna nacional, con sus banderas rojas y gualdas, amanecía por la carretera de Cinctorres. A medida que avanzaba hacia Morella, distinguimos mejor la fila india; era tan larga que parecía que nunca iba a acabar. Eran muchos y, desde luego, venían organizados. Tardaron unas tres horas en llegar a Sant Miquel y por este mismo portal entraron. La mayoría eran boinas rojas navarros, requetés.

—¿No hubo resistencia? —preguntó Charles.

—Para nada, ya que para entonces todos los rojos se habían escapado; pero tampoco hubo bienvenida. La gente tenía mucho miedo y no salía de sus casas, aunque todo el mundo miraba entre los visillos. Los nacionales, como también hicieran los rojos cuando entraron, cortaron la luz eléctrica y tomaron el control del ayuntamiento inmediatamente. El pueblo estaba silencioso; bueno, solo se oían los cánticos de las tropas, que entonaban himnos casi ancestrales, como el de Oriamendi. Todo era por Dios, por la patria y por el rey. Fíjate estos navarros, que se creían que vendría un rey...

—Cada uno luchaba por una cosa diferente —apuntó Charles.

—Sí, para desgracia de todos —concedió Valli, que continuó su relato—. Los afines al nuevo régimen empezaron a salir de los escondites donde se habían refugiado durante la guerra mientras Morella había permanecido en zona roja. Algunas familias propietarias de negocios lanares, por ejemplo, se habían escondido todas juntas en una masía de Xiva, durmiendo hasta veinte en un pajar. El cura también salió de otra masía y todos volvieron a sus puestos. —Valli hizo una breve pausa—. La guerra lo cambió todo para que todo siguiera igual. Quien había tenido poder antes de la guerra lo mantuvo después.

—¿Y tú y tu familia?

—Ahora lo verás —dijo Valli, levantándose del banco con la ayuda del bastón e iniciando el paseo hacia los arcos de Santa Llúcia, a esa hora de un dorado resplandeciente, iluminados por un sol cada vez más bajo.

Charles y Valli atravesaron los antiguos arcos medievales, que en su día traían el agua al pueblo desde la fuente de Vinatxos, explicó Valli al inglés. La pareja siguió por la pequeña y desierta carretera hacia Xiva, desviándose por un pequeño camino después del cruce hacia las pinturas rupestres de Morella la Vella, que Charles se prometió visitar otro día. Después de un agradable paseo por una pista de tierra, alcanzaron un sendero que les llevó a una construcción medio derruida, aunque todavía conservaba algunas paredes y parte del techo.

Valli se acercó al edificio y, de un bastonazo fuerte y seco, abrió lo que quedaba de la puerta, de madera oscura y pesada, que finalmente cedió. Seguida de Charles, Valli entró a una amplia estancia de la que solo quedaba una chimenea de piedra cavada en la pared, todavía ennegrecida.

La anciana se giró hacia Charles.

—Esta era nuestra masía —le dijo, asintiendo con la cabeza—. Todavía veo a mi padre allí sentado, en su silla de madera, después de todo el día en el campo. Se llamaba José y siempre llevaba su boina negra, hasta dentro de casa —dijo Valli, con una sonrisa nostálgica—. Siempre iba con una camisola negra y larga, abrochada hasta el cuello, y unos pantalones viejos, desgastados, repletos de los parches que mi madre le cosía. Cuando hacía frío, se ponía una chaqueta de paño, la de los domingos, que le duró casi toda la vida. Al final ya casi se caía a pedazos.

Valli se acercó a la chimenea y miró hacia el techo, que todavía conservaba algunas vigas de madera, ahora medio rotas.

—Mi madre estaba aquí —dijo—, en lo que era la cocina. Había una mesa de madera donde se despellejaban y preparaban los conejos y las aves que mi padre traía del campo o que guardábamos en el corral, en la parte de atrás de la casa. Todo se hacía de día, porque no teníamos luz, tan solo un quinqué colgado del techo que atraía todo tipo de mariposas que, pobres, morían en la llama. A veces, por la mañana también encontrábamos algún murciélago atrapado. —Valli hizo una breve pausa para sonreír, mirando al techo, como si estuviera buscando o viendo esas mariposas. Al cabo de unos segundos continuó—: Las dos habitaciones, la mía y la de mis padres, estaban arriba, sin más iluminación que las velas que guardábamos siempre dentro de botellas de cristal, por si se volcaban. En invierno, como hacía mucho frío, entrábamos las dos mulas que teníamos y las poníamos a dormir junto al fuego, en un pequeño pajar que les preparábamos mi madre y yo. —Después de una pausa, Valli apuntó—: La verdad es que apestaban.

El comentario hizo sonreír a Charles.

—¿Tus padres tenían tierras? —preguntó el inglés.

—Uy, qué va —respondió la anciana—. Trabajaban para el marqués, como la mayoría de masoveros. Tan solo los comerciantes y el propio marqués tenían terrenos, que por lo general eran (y siguen siendo) muy grandes. Aquí no existe, ni existía, el pequeño agricultor, como en Catalunya. Aquí trabajábamos para el señor, que nos cobraba igual aunque la cosecha fuera menor, porque hubiera llovido o tronado. Era un sistema casi feudal. —Valli miró de nuevo hacia la chimenea—. Mi padre, que jamás supo ni leer ni escribir, nunca miró al marqués a los ojos. Creo que habló con él una vez en toda su vida después de romperse la espalda año tras año segando trigo para él a mano.

—¿A mano?

—Sí, con la hoz —respondió Valli inmediatamente—. Aunque, de hecho, yo tengo buenos recuerdos, porque de pequeña mi padre me subía al trillo para que le diera latigazos a la mula, que corría en círculos sobre la mies. Era muy divertido, ¡menos mal que nunca me caí!

—Las piedras del trillo te podrían haber triturado…

—Eso eran juegos, lo de ahora son tonterías.

Los dos se rieron.

—Luego dejábamos que el viento separara el grano de la paja y poníamos el trigo ya limpio en unos sacos que dábamos al marqués. Siempre nos quedábamos alguno que intercambiábamos en el mercado de los sábados por algún pollo magro de patas largas, sabrosísimo; nada que ver con estas aves congeladas de hoy en día que no saben a nada. ¡Aquello eran pollos!

Salieron de la masía y, después de enseñar a Charles lo que en su día fue el corral, la pareja se sentó en un banco natural de piedra que había cerca de la puerta de entrada. Desde allí, solo veían montañas y alguna masía tan recóndita como esa.

—Después de la guerra, ¿por qué no te quedaste en el pueblo, con tus padres? —preguntó Charles, curioso.

—Porque no quise bajar la cabeza ante Franco y decir amén a todo, como hizo todo el mundo. A mí, en la Residencia de Señoritas, me enseñaron a pensar y a luchar, no a claudicar a las primeras de cambio —dijo, segura—. Además, al cabo de poco tiempo empezó la Segunda Guerra Mundial, así que los republicanos estábamos convencidos de que ingleses y franceses expulsarían a Franco después de acabar con Hitler.

—*Sorry* —dijo el inglés, en voz baja.

—Sí, sí, *sorry* —dijo Valli mirándole con cierta superioridad—. Menuda jugarreta. —La anciana continuó—: El caso es que hubo muchos cambios. Mi padre, que durante la guerra llevaba a la espalda sacos de trigo a casa del marqués como un mulo, un día escuchó una conversación telefónica que le cambiaría el destino. Resulta que los nacionales instauraron una moneda única en las zonas que iban conquistando, porque España se había convertido en un caos de monedas; casi cada pueblo tenía la suya propia, lo que generó una economía sobre todo basada en el trueque. A medida que avanzaban los fascistas, la gente se preguntaba qué pasaría con los billetes republicanos, ya que los nacionales no los canjeaban todos por la moneda nueva; tan solo cambiaban los que pertenecían a una determinada serie, claro, para favorecer a los suyos y dejar sin nada a los del bando contrario. Mi padre escuchó una de esas listas de números, ya que alguien llamó para cantársela al marqués, que la repitió en voz alta mientras la anotaba y, entretanto, mi padre estaba descargando unos sacos de trigo en la habitación de al lado, en casa del marqués. Mi padre era analfabeto pero podía retener números en la cabeza, acostumbrado como estaba a contar trigo y calcular precios y medidas durante toda la vida. Con la ayuda de otro masovero que sí sabía leer, consiguieron los billetes de esa serie, que luego se convertirían en unos buenos ahorros.

—Y el marqués ¿también blanqueó los suyos? —preguntó Charles, quien ponía cara de no dar crédito a lo que oía.

Valli le miró con cierta condescendencia, como si Charles tan solo fuera un principiante en el oficio de vivir.

—El marqués…, el marqués… —dijo, asintiendo con la cabeza antes de dar una rotunda explicación—: Al marqués se lo cargó otro masovero a pedradas justo antes de acabar la guerra, cuando la tensión con los oligarcas era máxima. Todos los que trabajaban para él se alegraron, pues era un auténtico tirano.

Charles frunció el ceño, intentando comprender la situación.

—Tu padre ¿también se alegró? ¿Qué hizo con el dinero que consiguieron? —preguntó.

—Mi padre era un hombre bueno y honesto —explicó Valli—, pero ese dinero y aquella muerte le abrieron unas puertas que él siempre había tenido cerradas. Él quería dejar la masía e ir al pueblo para darnos a mi madre y mí una mejor vida que estar aquí todo el día solas rodeadas de cerdos y mulas.

—Pero tú entonces ya estabas en Madrid, ¿no?

—Sí, yo me fui casi nada más proclamarse la República, pero creo que mi padre siempre pensó que regresaría a Morella a enseñar en la escuela y a vivir cerca de ellos. El caso es que, al morir el marqués, unas hermanas suyas heredaron la fonda que él tenía en el pueblo…

—¡Las beatas! —exclamó Charles, recordando con simpatía la sevillana de la fonda y la historia de la beata que se fue a Sevilla para casarse después de la guerra.

—Cierto, ¿cómo lo sabes?

—Algo me ha explicado Isabel.

—Ah —dijo Valli, con cierta desilusión—. Pues sabrás que una se fue para casarse y la otra se quedó, pero no sabía cómo llevar un negocio. Mi padre le puso el dinero sobre la mesa y, de este modo, se hizo con la fonda.

—¿La fonda fue de vuestra familia? —exclamó Charles con sorpresa.

—Claro que sí, fue una compra totalmente legal, con sus escrituras y todo lo que era necesario; yo estaba aquí para ayudar a mi padre y para asegurarme de que todo era correcto. Nos mudamos y, entre mi madre y yo, pintamos cuatro o cinco habitaciones, las que el dinero nos alcanzó, y arreglamos la cocina, que regentaba mi madre. Ella era una excelente cocinera, por lo que enseguida pudimos vivir del negocio de las comidas. Todos los que antes frecuentaban el Casino Republicano y que no eran tan radicales como para que alguien les denunciara empezaron a comer en la fonda, así como algunos militares y guardias civiles que vivían separados de sus familias y tampoco tenían adónde ir.

—¿Y eso era suficiente?

—Íbamos tirando. Al menos comíamos y vivíamos bajo un techo que ya no había que compartir con mulas, y mis padres estaban mucho más acompañados en el pueblo.

—¿Cómo es que la fonda al final acabó en manos de la familia del alcalde?

Valli se echó ligeramente para atrás y luego recuperó la postura, apoyando las manos en las rodillas. De nuevo, con ayuda de su bastón, se levantó y miró a su alrededor. El sol estaba ya más bien bajo y apenas quedaba una hora de luz.

—Vamos, empecemos la vuelta y te lo explico por el camino, antes de que se nos eche la noche encima.

Charles la siguió.

—Fue un asesinato y un robo —dijo Valli, sin más preámbulos, mientras iniciaba el camino de regreso.

Charles miró a Valli por el rabillo del ojo, irguiendo la cabeza, pero sin decir nada. La anciana continuó:

—Después de ayudar a mi padre con la compra, yo me fui a Francia, como te dije el otro día. Estuve unos años en París, pero luego me mudé al sur, a los Pirineos, donde vivían la mayoría de exiliados. Estábamos convencidos de que acabaríamos con Franco. Pero los años fueron pasando sin que nada se resolviera y, ya en 1944, cuando De Gaulle nos hizo retirarnos de la frontera, quedó claro que tendríamos que apañárnoslas por nuestra cuenta si queríamos recuperar la democracia. Después de muchos titubeos, Carrillo y la Pasionaria por fin idearon una operación, pero esta acabó en tragedia, pues se hizo tarde y mal. —Valli hizo una pequeña pausa para respirar mientras subía una cuesta. Al cabo de pocos instantes, continuó—: La bautizaron operación Reconquista de España, una entrada de casi cinco mil guerrilleros por el valle de Arán, dispuestos a conquistar el país pueblo a pueblo y echar a Franco.

—¿Tan solo con cinco mil soldados? —preguntó Charles, incrédulo.

—Ni eso —respondió Valli—. Éramos unos pobres engañados y muertos de hambre, con alpargatas y algún fusil, convencidos, o más bien engañados, de que en España nos esperaban miles de personas ansiosas por adherirse a nuestro ejército. Pero solo encontramos a una población adormecida, hipnotizada por la maquinaria franquista y su política de hechos consumados. La colaboración se pagaba con la pena de muerte. —Valli se detuvo al alcanzar un llano después de la cuesta—. La mayoría fallecieron en los primeros días de ataque, puesto que los generales Moscardó, Yagüe y Monasterio nos esperaban ya al otro lado del Pirineo. Aquello fue horrible, pero un compañero y yo, que luego falleció, pudimos escapar y anduvimos tres noches seguidas por las montañas hacia Aragón; menos mal que era verano. Allí nos refugiamos en Tramacastilla de Tena, un pueblecito perdido en medio del monte, casi pegado a la frontera con Francia, cerca de Biescas.

—¿Era seguro, casi en plena frontera?

—Para nada —respondió Valli—. Franco había construido un sinfín de puestos de vigilancia, auténticos búnkeres de casi doscientos metros de largo, interminables paredes de piedra con pequeñas mirillas y agujeros para las escopetas. Los construían en plena montaña, a veces no estaban ni cerca de caminos o de carreteras. Los muy hijos de puta, y perdón por la expresión, nos tenían más vigilados que a los conejos. Yo no sé cuánto se gastó Franco en todos esos puestos, pero la verdad es que sembró el Pirineo catalán y aragonés de esas construcciones, siempre entre árboles, muy bien escondidas. Los muy hijos de... —Valli no quiso volver a ser soez—. No sabían llevar un país, pero en cuestión de guerra no eran principiantes.

—¿Cuánto tiempo te quedaste allí?

—Más bien poco —dijo Valli, emprendiendo de nuevo la marcha hacia los primeros arcos de Santa Llúcia—. Tan solo algunos meses, pero los suficientes para planear una explosión en la central eléctrica local. La organizamos con un grupo de guerrilleros que encontramos en Tramacastilla, cuya existencia conocimos gracias a la Pirenaica.

—¿Quién era la Pirenaica?

Valli sonrió y miró a Charles.

—No era una mujer, sino una radio que los comunistas, según creíamos, dirigían desde los Pirineos, pero que luego supimos que emitía desde Moscú y Hungría. Desde allí, la Pasionaria y otros líderes nos animaban a la lucha, claro, mientras ellos vivían a cuerpo de rey en esas ciudades amigas.

—Siempre igual —apuntó Charles.

—*True* —respondió Valli, haciendo un guiño al inglés, quien le dirigió una mirada de complicidad. La anciana continuó—: El caso es que, a través de la radio, que mandaba mensajes en código secreto, nos pusimos en contacto con una célula del Partido Comunista que planeaba un asalto a la central eléctrica de Biescas —explicó Valli, ahora reduciendo la marcha, pues estaban ya cerca del pueblo.

—¿Para qué queríais volar una central eléctrica? —preguntó Charles, por lo visto poco docto en guerras.

—Al enemigo hay que debilitarlo siempre —explicó Valli—. Dejar al pueblo sin luz era una buena manera de fastidiar a la Guardia Civil, sin duda nuestro principal enemigo —dijo Valli, aunque Charles no parecía demasiado convencido. La anciana continuó—: El caso es que antes de poner la dinamita, vigilamos mucho la zona y así fue como conocí al padre de Vicent.

Charles inmediatamente se detuvo y Valli le imitó. Los dos se miraron a los ojos.

—Ya imaginaba que vuestra relación venía de lejos —dijo Charles.

Valli suspiró y miró hacia Morella, ahora ya bajo la luz rojiza del crepúsculo. El camino por el que andaban estaba prácticamente vacío y silencioso, solo se oía el ruido de sus zapatos sobre la tierra. Valli se apoyó en su bastón, dispuesta a hablar antes de subir las escaleras hacia Sant Miquel.

—De eso hace realmente mucho. Era 1944, cuando yo apenas tenía veinticinco años, era una niña —dijo—. Pero estaba convencida de lo que hacía. En Biescas, mi función era espiar al padre de Vicent, que era guardia civil, e informar de todos sus movimientos a mis compañeros para poder diseñar bien el plan. Y este fue un éxito. —La anciana hizo una pausa—. No me costó ver que casi todas las noches, pasada la una de la mañana, cuando estaba de guardia, siempre le venía a visitar una fulana a su caseta de vigilancia, que no estaba lejos de la central. Pues eso aprovechamos y, claro, no se dio ni cuenta cuando un grupo de camaradas entraron a prepararlo todo y volaron la central.

—¿Hubo víctimas? —preguntó Charles con cara de susto.

—No, no, en absoluto. Pero el padre de Vicent sí sufrió las consecuencias; creo que le bajaron de rango o algo por el estilo, ya que le achacaron las culpas a él por no vigilar. Decían que incluso le descubrieron el lío con la fulana en horas de trabajo. El caso es que acabó en Morella, adonde nadie quería venir, porque la lucha contra los maquis era un órdago para la Guardia Civil. No tenían ni preparación ni método para cazarlos, pero aun así la eliminación de la guerrilla era la primera preocupación de Franco y cualquier fallo se penalizaba con severidad.

—Y te volviste a encontrar al padre de Vicent en Morella, claro.

—Efectivamente —asintió Valli—. El guardia Fernández apareció por Morella dos años después de llegar yo, en 1946, creo que después de pasar un par de años en Madrid, o en otro destino, básicamente castigado. Yo había llegado a finales de 1944, después de lo de Biescas, para reunirme con los grupos guerrilleros del Maestrazgo, los más activos del país.

—Pero ¿él te conocía? —preguntó Charles, justo cuando alcanzaron la Alameda.

La pareja entró al paseo para rodear el pueblo por detrás. Caminaban tranquilos, ignorando la majestuosa puesta de sol, concentrados como estaban en su charla.

—No, nunca hablé con él directamente —dijo Valli, caminando despacio, mirando al suelo—. Si no, me habría liquidado al instante. —La anciana suspiró, mirando ahora de frente a la Mola Lagarumba, una impresionante sierra alta y plana en lo alto que se extendía oscura e imponente a escasos kilómetros de Morella.

—Pero este conocía a mis padres, porque iba a comer todos los días a la fonda —continuó Valli—. En cuanto a mí, mi madre me llevaba comida a la masía que acabas de ver, que todavía conservaban después de mudarse a la fonda para guardar algunos animales y mantener un pequeño huerto. Allí también me dejaba cartas o fotos, que yo misma o mis compañeros recogíamos, siempre de noche. Para despistar al guardia civil, mi madre decía que iba a la masía a dar un paseo o a dar de comer a las gallinas, pero el malvado debió de sospechar y algún día la siguió. En el pueblo se había corrido la voz de que yo estaba en Francia, por lo que Fernández sabía que mi cabeza se cotizaría alto en el cuerpo.

Valli cerró los ojos y, aunque intentó contenerse, una lágrima le cayó por la mejilla, seguida de otra y de otra. Charles la cogió del brazo con delicadeza.

—No hables si no quieres, Valli —le dijo suavemente.

Valli abrió de nuevo sus ojos negros, ahora revestidos de fuerza.

—No, Charles, quiero que lo sepas —le dijo. Todavía quieta, apoyada sobre su bastón, respiró muy hondo y siguió—. Pues los mató, ni más ni menos. Una tarde de domingo, mis padres fueron a la masía, como casi todos los días festivos. Desde nuestro puesto de vigilancia vimos que, en cuanto amanecieron con los paquetes, los muy hijos de puta les estaban esperando dentro y les dijeron que colaborar con la guerrilla era un delito. Mis padres les suplicaron, pero al cabo de unos segundos los acribillaron a balas, a los dos.

Valli cerró los ojos de nuevo, sin poder contener las lágrimas que, silenciosas, le recorrían la cara. Escuchó la respiración profunda de Charles y sintió su mano masculina, pero suave, asiendo la suya, acariciándola. También notó su brazo ligero y delgado sobre los hombros, apretándola con fuerza.

Valli se irguió al cabo de pocos segundos y se secó las lágrimas.

—No te preocupes, son cosas que pasan —le dijo—. Este país está lleno de historias como esta. No soy la única, ni mucho menos.

Charles asintió, sin poder decir palabra, pero sin dejar de mirar a la anciana.

En ese momento las farolas de la Alameda se encendieron, por lo que la pareja reanudó el paso, muy despacio.

—Al poco tiempo —continuó Valli—, el ayuntamiento se quedó con la fonda. Al cabo de pocos meses, la pusieron en venta y el padre de Vicent, con el dinero y el prestigio que había acumulado matando maquis, la compró por cuatro perras, aunque seguro que se la regalaron. De todos modos, yo sé que también ganó algún dinero con el estraperlo, ya que le vigilábamos a todas horas y alguna vez le vimos de madrugada intercambiando sacos de harina o tinajas de aceite, el muy cabrón.

Charles, todavía cogido de su brazo, preguntó:

—¿Y fue así como se quedaron con la fonda?

—Pues sí. Sin más. El padre de Vicent mató a mis padres y luego se quedó con su negocio —replicó Valli—. Así es como funcionó España durante más de cuarenta años.

—¿Y tú qué hiciste? —preguntó el inglés, casi en un susurro.

Valli suspiró varias veces, como si de pronto le pesaran más que nunca sus años de lucha y exilio.

—Como entenderás, me costó mucho recuperarme, pues yo vi lo que pasó con mis propios ojos —contestó la anciana—. Yo vi a ese cabrón disparar contra mis pobres padres, vi cómo sus cuerpos caían al suelo, descompuestos, y tuve pesadillas durante muchos años.

—No puedo imaginar una cosa más horrible —musitó Charles.

—Yo tampoco —replicó Valli—. Menos mal que en esta zona estaba la Pastora, supongo que habrás oído hablar de él.

Charles asintió.

—Era un hombre magnífico —prosiguió la anciana—. Me cuidó mucho, pasamos muchos ratos juntos, sobre todo en silencio, pero fue su apoyo lo que me permitió salir adelante, al menos esos tres años hasta 1953, cuando Carrillo por fin reconoció que aquella era una batalla perdida y ordenó la retirada. Muchos compañeros ya habían desertado, pero yo me quedé un tiempo con la Pastora. Al final, como todos, me fui a Francia.

La pareja llegó al Pla d'Estudi y, poco a poco, se dirigieron hacia el portal de Valli, mientras esta saludaba a alguna vecina o a los abuelos que también regresaban de pasear.

—Así que esa fonda es tuya —dijo Charles—. ¿Nunca la has reclamado?

Valli se encogió de hombros.

—Ya lo intenté al volver, a finales de los setenta, pero los papeles los tenían en regla y, de hecho, la habían comprado, así que legalmente era suya, no había nada que hacer.

—¿Sabe el alcalde lo que hizo su padre?

Valli agudizó la mirada, ahora de lince, hacia Charles.

—No te engañes, Charles —le dijo—, esa familia son puro veneno. Por supuesto que saben cómo se ganaba la vida su padre: asesinando a guerrilleros.

—Pero ¿saben lo de tus padres? —insistió el inglés—. ¿Isabel también?

—Pues claro que lo saben. En los pueblos siempre se sabe todo.

Charles miró hacia abajo, visiblemente desilusionado.

—Ya me hago cargo de que has entablado amistad con aquella mujer, Charles —dijo Valli—. Te aseguro que ella a mí no me ha hecho nunca nada malo, pero no te fíes ni un pelo, esa familia es capaz de las peores barbaridades. Créeme, no te acerques a ellos, que son el demonio y te pueden estar engañando. —Después de una pausa, Valli se acercó hacia Charles, dejando muy poca distancia entre ambos—. No me sorprendería que el alcalde estuviera utilizando a su hija como cebo. Ella te regala cuadros, se hace tu amiga y ya te tiene en el bote para la escuela. No te creas ni una palabra de lo que dicen.

Charles dio un paso atrás y miró a Valli con expresión de rechazo. Aquella advertencia parecía no haberle sentado nada bien, pensó Valli, pero ella debía ser honesta con él.

—Ya veo que tienes aprecio por esa chica —continuó—, pero puede que los sentimientos que ella demuestra hacia ti sean falsos.

Charles le clavó una mirada fría llena de desprecio, que Valli sintió como una espada hundiéndose lentamente en su corazón. Ella ya había sufrido mucho en esta vida y ahora, a su edad, no quería herir a personas que encima eran inocentes.

—¿Y qué sabes tú de sentimientos? —le espetó Charles a la cara—. Si nunca has tenido una relación o una familia propia.

Valli se quedó mirándolo fijamente durante unos instantes y utilizó hasta la última gota de su coraje para no derrumbarse.

—Sé mucho más de lo que tú te piensas —le dijo, y desapareció en su portal, dejando al inglés clavado e inmensamente confuso en la puerta de su casa. La antigua maestra ya no podía soportar más tensión.

Como pudo, subió las escaleras hacia su pequeño piso y, una vez dentro, agotada, se tendió en la cama, hundiendo la cara en sus viejas manos, confusa y aterrorizada por la situación. Respiraba de manera agitada, sintiendo fuertes palpitaciones en el corazón. Nunca había imaginado que aquel momento pudiera llegar.

16

Dos días más tarde, Vicent llegó a su casa después de dar un paseo con *Lo Petit* por el puerto de Torre Miró. En las largas tardes de verano, al alcalde le encantaba llegar hasta el encantador pueblo de Herbeset, también sobre una montaña, como Morella, siguiendo caminos de piedra, atravesando robledales, dejando atrás peñas y muelas, y parando a descansar en alguna de las cabañas de piedra que todavía usaban los pastores. Vicent conocía bien esos caminos, pues su padre, que se pasó media vida cazando maquis por esos lares, le enseñaba escondrijos que él luego usaría en su juventud cuando le llegó la edad de hacer gamberradas. Recordó cómo se escondía en esas antiguas construcciones de piedra para fumar y beber con un compañero de colegio, al que de hecho ya no había visto después de que su familia se mudara a Valencia. Vicent nunca había sido hombre de muchos amigos, y mucho menos después de que su padre muriera cuando él tenía quince años y se tuviera que hacer cargo de la fonda. La época de los juegos prohibidos y de fumar y beber por esos rincones inhóspitos del Maestrazgo apenas le había durado uno o dos años.

El alcalde recorría ahora esas tierras con orgullo, pensando que, de hecho, era mejor disfrutar de la vida de mayor que de joven, ya que uno es más consciente y también tiene algo de dinero. Después de dejar las masías de Giner y de Darsa atrás, Vicent llegó hasta el monte de Pereroles, uno de sus favoritos, pues a la sombra de sus altos pinos había jugado de pequeño. En un claro, el alcalde se detuvo ante la antigua casa de piedra donde una vez pernoctó con su padre y otros guardias civiles, sin comida ni bebida ni un fuego para darles calor. Aquella noche helada le quedaba ahora muy lejos, pues la casona había sido reconvertida en un confortable refugio de montaña perfectamente equipado, según pudo ver por las ventanas.

Vicent, cabeza en alto, condujo a *Lo Petit,* ahora ya muy cansado, de vuelta a casa, deteniéndose en la Boca Roja. Las hermosas vistas desde aquel alto, desde el que se podían divisar varias muelas, unas seguidas de otras, siempre le habían ayudado a serenarse en tiempos difíciles o cuando las preocupaciones le acuciaban, como ahora.

Poco a poco, suspirando, hombre y caballo bajaron por el camino que conducía a la masía, dirigiéndose directamente a los establos, donde Vicent dio de comer a su caballo, visiblemente agotado. Quitándose el sombrero de montar, el alcalde acarició a *Lo Petit* suavemente en la crin pensando que el pobre cada vez resistía menos los paseos. Vicent miró hacia los otros cuatro caballos que tenía en el establo, purasangres que casi nunca utilizaba, pues solo *Lo Petit* le inspiraba confianza. Los otros, altivos, eran más caprichosos, no parecían hechos para esos pedregales del Maestrazgo y, además, solo obedecían a los cuidadores. En cambio, *Lo Petit* se conocía tan bien la zona que ya casi formaba parte del paisaje.

Caía el sol cuando el alcalde entró a su casa por la puerta de atrás —de hecho, su preferida, por ser más pequeña e íntima que la principal—. Allí también tenía un pequeño cuarto para dejar las botas de montar y ponerse las zapatillas que Amparo siempre le tenía preparadas. Sin entrar a la cocina a saludar a su esposa, Vicent le hizo saber con un grito corto y seco que había llegado y que se iba a duchar antes de la cena.

En su habitación amplia y enmoquetada —algo que realmente no soportaba en pleno julio por el calor que desprendía— el alcalde entró en su baño de mármol blanco italiano, ahora inundado por la luz crepuscular que se colaba a través de unos grandes ventanales. Con su albornoz blanco de algodón peinado, Vicent esperó a que saliera el agua caliente. Al cabo de un buen rato, apagó el grifo y lo volvió a intentar sin resultado. Irritado, salió hacia la escalera principal y gritó a su mujer:

—¡Amparo! ¿Estás con la lavadora o el lavavajillas?

—¡No! —respondió su mujer inmediatamente.

—¡No hay agua caliente! —volvió a gritar desde lo alto de las escaleras, apoyado en la antigua barandilla de madera que habían conservado al rehacer la casa.

—¡Hace días que no tenemos agua caliente! —respondió su mujer.

—¡Me cago en la hostia! —dijo Vicent, más para sí mismo que para Amparo.

El alcalde nunca se había duchado a diario, pues aprendió de sus padres que aquello era un lujo innecesario. Las duchas eran más bien para relajarse o para liberarse del calor sofocante. Pero cuando volvía de sus paseos a caballo, a Vicent le gustaba ponerse bajo un chorro fuerte y continuo de agua caliente, como si quisiera dar un final de lujo a los paseos ecuestres que tanto disfrutaba.

Después de lavarse en el baño como pudo con agua fría, Vicent se vistió rápido poniéndose una camisa de marca recién planchada que su mujer había dejado sobre la cama. Allí estaba también su ropa interior, plegada y perfumada, así como los pantalones de pinzas para las ocasiones importantes pero informales, como esa noche. El alcalde se afeitó y por fin bajó las escaleras, oliendo el pan que su mujer estaba cociendo en el horno.

—¿Se puede saber qué has hecho con el agua caliente? —preguntó a Amparo entrando en la cocina.

Amparo no se giró para saludarle.

—Yo no he hecho nada —le dijo—. Más bien creía que tú habías llamado a la eléctrica para solucionar el tema, que ya llevamos muchos meses así y se me está empezando a acabar la paciencia.

Su mujer, hoy con una falda negra hasta las rodillas y una blusa rosa estilo años cincuenta, por fin se giró hacia su marido. Llevaba el pelo recogido y mostraba unas ojeras más pronunciadas de lo normal. Vicent pensó que su esposa había envejecido varios años en tan solo unos meses.

Apoyando los brazos en la mesa de la cocina, Amparo le clavó la mirada con sus ojos negros.

—Es muy difícil para mí montar estas cenas sin agua caliente —le dijo con determinación, pero con la suavidad de siempre—. Llevo desde primera hora de la mañana hirviendo el agua en cazuelas para poder cocinar la dichosa langosta y el *suquet de peix* que me pediste. Así es imposible,

Vicent; si no solucionas el tema de la luz y el agua, tendremos que comer en la fonda a diario, porque yo así no puedo seguir.

La mujer miró al suelo sin moverse, mientras Vicent la contemplaba sorprendido; esa era la primera amenaza que le lanzaba en más de cuarenta años de matrimonio. El alcalde se quedó quieto y cerró los ojos, apretando los puños detrás de la espalda para que Amparo no le viera. La dichosa transferencia de doscientos cincuenta mil euros que el presidente Roig le había prometido todavía no había llegado y él no osaba interrumpirle las vacaciones para apremiarle. Con su sueldo apenas podía pagar la hipoteca, la comida y algunos gastos básicos de su casa y de la fonda, y Manolo e Isabel, plenamente dedicados al negocio familiar, no cobraban desde junio. Al menos les podía decir que les mantenía, pues el chico vivía en la fonda e Isabel se había instalado en la masía desde que perdió el trabajo. Pero la situación, en realidad, no era buena. Ese año, a diferencia de los demás veranos, el alcalde y su mujer no se irían a pasar una semana a la playa de Benicarló, donde se alojaban todos los años en un buen hotel. Con la excusa de la venta de la escuela, Vicent había dicho a todo el mundo que no tenía tiempo de irse de veraneo, aunque la realidad era muy distinta: la cuenta estaba en números rojos desde hacía meses. Vicent, sin embargo, creía que todo se iba a solucionar en cuanto recibiera el dinero de la conversión de la fonda en casa rural —que dedicaría íntegramente a saldar deudas—. Además, la venta del colegio se podría cerrar muy pronto, con lo que también podría tomar prestada alguna parte de esa cantidad y devolverla después del verano, cuando la fonda generaba la mayor parte de sus ingresos. Eva, su empleada, a buen seguro le guardaría el secreto, pues no podía poner en riesgo su trabajo. Además, solo se trataría de un préstamo por cuestiones de liquidez, que no de solvencia.

Todo saldría bien, solo era cuestión de paciencia y de apresurar la venta de la escuela al inglés, se dijo Vicent a sí mismo.

El alcalde por fin avanzó hacia su esposa, que permanecía cabizbaja, esperando todavía una respuesta. Cuando llegó junto a ella, le puso una mano en el hombro y le dijo lo que se repetía a sí mismo todas las noches:

—No te preocupes, Amparo, que esto se solucionará muy pronto. —Vicent hizo una breve pausa—. Estoy pendiente de un par de cosas, pero seguro que todo se resuelve antes de agosto, así igual podemos coger algunos días para ir a la playa. Pero antes tengo que vender la escuela. ¿Qué te parece, eh? —le dijo, como si estuviera hablando con una niña pequeña.

La mujer asintió.

—¿Todavía podemos ir a la playa? —preguntó, mostrando indicios de vida en sus ojos.

—Pues claro que sí —dijo Vicent con una sonrisa forzada. El alcalde se dirigió hacia la nevera para coger una cerveza, que inmediatamente abrió y degustó, bebiendo directamente de la botella—. Y si vendemos la escuela al guiri antes de que se vuelva a Londres —continuó—, incluso podremos ir a un hotel mejor para celebrarlo, ¿qué me dices?

Amparo asintió y se volvió hacia el fregadero, donde había dejado unas patatas a medio pelar.

—Yo ya no sé qué pensar, Vicent.

El alcalde volvió a acercarse a su mujer, que seguía con la mirada fija en las patatas, y le volvió a poner la mano en el hombro.

— Lo que has de hacer es guisar uno de esos platos tuyos tan exquisitos y así nos metemos al inglés en el bote; ya verás cómo esta noche igual lo cerramos todo.

El alcalde iba a continuar hablando, pero le interrumpió el ruido de un sonoro portazo. Vicent miró el reloj de la cocina y vio que tan solo faltaban veinte minutos para las ocho.

—¿Por qué llega tan tarde esta mujer? —preguntó a su esposa, quien no contestó.

Al cabo de unos instantes, Isabel entró en la cocina dando un beso a su madre, saludando a su padre con un gesto seco y dejando encima de la mesa una bolsa con cuatro botellas que Vicent se apresuró a inspeccionar.

—¡Maldita sea! ¿Se puede saber por qué eres tan tonta? —dijo a su hija, frunciendo el ceño y mirándola a la cara—. ¿No te dije que quería champán y no cava?

—Es más barato —se limitó a decir Isabel.

—¿Y a ti quién te ha dicho que puedes tomar decisiones, eh? —le espetó—. No es tu problema, por eso te he dado mi tarjeta, para que pagues con ella, ¿o es que tampoco entiendes eso? No me extraña que te echaran del trabajo.

—La tarjeta que me has dado me la han devuelto por falta de fondos —le respondió su hija con una mirada helada.

Vicent nunca se había llevado bien con ninguno de sus dos hijos. Era una desgracia que ninguno de los dos hubiera nacido con algún talento especial, se decía. ¿Por qué le habían tocado dos parásitos a los que ahora, a pesar de tener más de cuarenta años, también tenía que mantener?

—Se habrán equivocado, los muy imbéciles —le contestó—. ¿No protestaste?

—La tarjeta no funcionaba, no había fondos, está muy claro —respondió Isabel, rápida—, así que he tenido que comprar el cava con lo que me queda dc la poca indemnización que me dieron. Me debes treinta euros —le dijo.

Vicent la miró de arriba abajo con visible cara de desaprobación.

—¿Que yo te debo qué? —le preguntó, amenazante, con el cuerpo inclinado hacia delante, y la voz alta y seca.

—Treinta euros —repitió Isabel desafiante, mientras se deshacía la pequeña coleta que le recogía el pelo, dejándolo que cayera suavemente sobre sus hombros.

Vicent se le acercó a tan solo dos pasos, con el dedo índice señalándole la cara.

—Y tú a mí ¿qué me debes? —le preguntó en voz alta—. Te llevo manteniendo dos meses, como a tu hermano, porque los dos sois incapaces de manteneros por vosotros mismos, pues sois unos inútiles.

—Estamos trabajando en la fonda, tenemos derecho a un sueldo, que por cierto no llega —se defendió Isabel, con la voz más alta que de costumbre, algo a lo que Vicent no estaba acostumbrado.

Durante más de cuarenta años, en esa familia nadie le había levantado la voz ni lo más mínimo, ni lo había discutido ninguna orden. Y así iba a seguir, se dijo a sí mismo. No podía tolerar que sus propios hijos, y hasta su mujer, amenazaran su autoridad.

El alcalde repasó a su hija, recorriendo su cuerpo con una mirada cargada de odio. Contempló, levantando una ceja con aires de superioridad, las piernas cortas y amplias que descubría el vestido ligero y antiguo, de un marrón horrible, que llevaba. Los brazos, siempre grandes, ridiculizaban la pulsera que llevaba, pues claramente estaba diseñada para una mujer más estilizada. Los labios gruesos y la nariz chata la hacían francamente muy poco atractiva. Los ojos eran pequeños, de un color verde extraño, que parecían rechazar todo y a todos.

—Tú no tienes derecho a nada —le dijo—. Cuando tengas tu propia casa, si trabajas en la fonda, ya te pagaré, pero mientras vivas bajo mi techo, harás lo yo te diga.

Isabel dio unos pasos hacia su madre y, como ella, apoyó los brazos en la mesa de la cocina, desafiándole. Amparo seguía la escena callada, sin meterse, como Vicent siempre le había ordenado.

—¿Cómo que no tengo derecho a nada? ¿Te crees que no tengo derecho a un sueldo por trabajar? —respondió Isabel con los ojos llenos de ira.

—Soy tu padre y mando yo.

—¿Te crees que por ser mi padre tienes autoridad sobre mí?

—Sí —respondió Vicent sin vacilar, pensando cómo le habría atizado su padre un buen bofetón si él se hubiera plantado de esa manera.

—¡Pues ser padre no te da ningún derecho a maltratarme! —le dijo su hija.

Vicent se rio un poco y, luego, al contemplar el silencio de las dos mujeres, echó una carcajada.

—Pero ¿de qué maltratos hablas, si apenas te he puesto una mano encima? —dijo, tomando un sorbo de la cerveza que no se había acabado.

Isabel apretó los labios con fuerza y salió en dirección a su cuarto.

—Gracias por el apoyo que me has dado cuando me he quedado en el paro. Gracias —le dijo sarcástica poniendo un pie en las escaleras que conducían al piso de arriba.

Vicent se giró hacia ella.

—De nada —le respondió—. Pero si quieres sentirte útil y que te agradezca algo, lo que tienes que hacer es arreglarte para recibir al inglés, que está al llegar. Luego, apresúrate a poner la mesa de gala en el comedor, que se trata de una cena importante para cerrar la venta de la escuela.

—Ya estoy arreglada —respondió Isabel, seca. Madre e hija intercambiaron miradas de complicidad.

Vicent se rio.

—¿Con ese vestido barato que no tapa nada tus brazos de salchicha? —le dijo con una sonrisa maliciosa—. Pero, mujer, ¡vete a taparte un poco más, que me avergüenzas, estás fachosa!

Isabel bajó el único peldaño de la escalera que había subido y dirigió a su padre una mirada abominable. A Vicent nunca le había importado mucho lo que su hija pensara de él, pero aquella mirada iba cargada de fuego y él ya tenía otras batallas que lidiar esa noche, no podía tener otro frente.

Sin decir más, Isabel subió escaleras arriba dando un portazo tras de sí.

Charles llegó con típica puntualidad británica a las ocho en punto, vestido con pantalones de pana, camisa veraniega a cuadros y una corbata fina. El inglés entregó un ramo de flores a Amparo y otro a Isabel, asegurando que las había recogido él mismo durante una excursión al Toll Blau, en el nacimiento del río de Les Corces, que Isabel le había recomendado.

Vicent miró a su hija con aire amenazador, esperando que no le fastidiara la noche ni irrumpiera en sus negocios. La muy tozuda no se había cambiado, algo que le enrabietó, puesto que tanto él como Amparo se habían arreglado para la ocasión, y hasta el inglés se había presentado medio decente. Realmente, el aspecto de su hija le avergonzaba, sobre todo en una noche en la que el ambiente tenía que ser propicio para cerrar un acuerdo con Charles. Él había hecho un esfuerzo y Amparo se había pasado el día en la cocina para que ahora amaneciera la niña de cualquier manera. Esta se la pagaría, se dijo a sí mismo.

Charles se había enfrascado ya en una conversación con Isabel que Vicent no podía escuchar, ya que Amparo le estaba preguntando en qué orden debía servir la cena. Al cabo de unos instantes, los cuatro se dirigieron hacia el salón y se sentaron junto a la chimenea, que en verano estaba decorada con flores rojas y amarillas. Amparo sirvió una copa de jerez para cada uno y Vicent se dispuso a hablar, ajustándose la corbata.

Por no interrumpir, el alcalde esperó a que se hiciera una pausa natural para empezar, pero ante su sorpresa, ese momento no llegaba, pues Charles e Isabel seguían con su conversación, ahora sobre la excursión al Toll Blau. El inglés le explicaba con todo lujo de detalles la caminata de tres horas de ida y otras tantas de vuelta que se había marcado tomando un sinfín de fotos que ahora enseñaba a Isabel en su teléfono, excluyendo a Vicent y a Amparo de la conversación. La escena se prolongó unos minutos, en los que el matrimonio contempló, sorprendido, cómo Isabel reía y mostraba una amabilidad que ellos nunca habían visto en casa. Vicent miró fijamente a su hija, acariciándose las puntas de su pelo negro, largo y suelto, mientras contemplaba las fotos, con su hombro arrimado al de Charles. El alcalde nunca había visto a Isabel tan cerca de un hombre, aunque tampoco la creía capaz de atraer a nadie. Se alarmó al pensar que Isabel podría abusar de la confianza e ir desesperadamente a por un guiri, una vez aceptado su fracaso con los españoles. Había llegado el momento de interrumpir, pues un interés excesivo por parte de Isabel, quien ya le había regalado ese cuadro estúpido al inglés, podía llevar el plan de la escuela al traste. Por nada del mundo podía permitir que aquella avanzadilla de su hija provocara que Charles saliera corriendo de Morella.

—Bueno, Charles, dejémonos de historias y vayamos a por la cena, que hay temas importantes de los que hablar; tengo algunas noticias —dijo por fin Vicent, dejando su copa de jerez sobre la mesilla y levantándose.

Los demás le imitaron.

—Amparo e Isabel —dijo—, por favor, pasad antes que nosotros a la mesa, que mientras preparáis todo, Charles y yo discutiremos cosas de hombres.

Las dos mujeres obedecieron, aunque ellas apenas habían dado un par de sorbos a sus copas.

—¿Cosas de hombres? —preguntó Charles con sorpresa—. Me sorprende que su hija Isabel no saque su vena feminista ante esos comentarios —dijo, con una sonrisa que Vicent le devolvió de manera forzada. El alcalde esperó a que las dos mujeres les dejaran solos.

—No le hagas mucho caso a mi hija, Charles, y perdona si no se comporta adecuadamente contigo —le dijo, bajando la voz—. Ya sabes que se ha quedado sin trabajo y eso le ha afectado mucho, lo está pasando muy mal —dijo el alcalde simulando pena.

—Pues a mí me parece una mujer estupenda, muy alegre y, sobre todo, con un gran talento —respondió Charles, sin miramientos.

Vicent se quedó mirándolo, como si no acabara de entender.

—Es usted demasiado amable con ella —le dijo.

—Yo creo que ella se merece toda la amabilidad del mundo.

Vicent ladeó la cabeza y volvió a dirigir una mirada interrogadora al inglés. No sabía si hablaba así por educación o si realmente aquel personaje misterioso tenía de verdad algún interés en su hija, algo que le costaba mucho entender, a menos que las mujeres inglesas fueran horripilantes de verdad y el hombre estuviera desesperado, o fuera gay. Todo era posible, concluyó, soltando un leve suspiro.

Volviéndose hacia su copa y también cogiendo la de Charles, Vicent sirvió más jerez, que ya sabía que al inglés le encantaba.

—Bueno, nosotros a lo nuestro —dijo, colocando la mano en el brazo de Charles, en confidencia—. Desde que hablamos de la escuela hace casi una semana ha habido cambios.

—Tan solo fue hace unos días —dijo el inglés, sorprendido—. ¿Qué ha pasado?

Vicent desvió la mirada hacia la chimenea, evitando los ojos claros e inteligentes del inglés. Los suyos eran negros y poco transparentes, algo que en ese momento le venía francamente bien porque, aunque nunca le había gustado mentir, ahora era necesario.

—Ha habido otras muestras de interés y algunos han ofrecido el precio que pedimos, incluso más —le dijo, todavía mirando a la chimenea.

Charles se inclinó ligeramente hacia atrás y tomó un sorbo de jerez.

—Caramba, ¿en pleno julio?

—Aquí, el que no corre, vuela —respondió Vicent, ahora sí mirándole a la cara—. Es un activo con mucho potencial y a los inversores eso no se les escapa.

—Ya veo, ya veo… —dijo el inglés, más para sí mismo.

Isabel irrumpió en la conversación justo cuando Vicent iba a hablar, lo que le hizo enrojecer de la rabia.

—La cena está servida —dijo a los dos hombres, con una sonrisa falsa.

Vicent levantó las cejas y se dirigió hacia su hija.

—No nos interrumpas, Isabel.

El alcalde se volvió hacia Charles y continuó, dejando a Isabel con la palabra en la boca, todavía mirando a los dos hombres.

—Como te decía, hay otras personas... —empezó a decir Vicent, pero el profesor, mirando a Isabel, le impidió que continuara.

—No nos interrumpes para nada, Isabel, por favor, es un placer —dijo Charles a Isabel, sin dejar de mirarla—. Además, hoy tienes muy buen aspecto; no como yo, que solo me pongo rojo con el sol, pero nunca moreno como vosotros.

Vicent alzó las cejas sin poder creer lo que oía. Nunca habría pensado que aquel esquelético lord inglés, entregado a la educación de los niños más ricos, refinados y privilegiados del mundo, pudiera mirar favorablemente —como Vicent podía comprobar ahora— a su hija Isabel, de aspecto dejado y crecida en un pueblo español en medio de la nada. Alucinado, el alcalde contempló cómo su hija, bajita y bien rellena, de pelo vulgarmente negro y sin apenas refinamiento, intercambiaba una mirada larga e intensa con el lord más tieso que él había visto en su vida. Receloso, Vicent dio un paso atrás y observó cómo la pareja brindaba con sus copas y se reía de algo que él no había logrado entender.

Confuso, se pasó el brazo por la frente y cerró los ojos, apretándolos fuerte... hasta que tuvo una ocurrencia. Igual había que bendecir aquella esperpéntica situación y aprovecharse de ella. Isabel, quién lo hubiera dicho, podía convertirse en el cepo perfecto para cazar a Charles y hacer que por fin el inglés pusiera cinco millones de euros encima de la mesa. No podían ser cuatro, pues esa cantidad apenas cubriría la mitad de la deuda del ayuntamiento. El quinto era necesario, y de manera inminente, para cubrir el millón recientemente invertido en el aeropuerto de Castellón.

El alcalde sonrió hacia la pareja justo cuando Amparo entró para recordarles que la cena estaba servida y la langosta se estaba enfriando. Charles se disculpó para ir al baño y Vicent asió del brazo a su hija.

—Oye, Isabel —le dijo en voz baja, pero ahora con súbita simpatía—. Yo no sé qué líos te traes con el inglés, pero ya sabes tú que tiene que elevar su oferta hasta los cinco millones que pedimos, y que hay que firmar aprisa porque las cuentas del pueblo lo necesitan como agua de mayo. —Vicent hizo una breve pausa y miró a su hija a los ojos, tratándola de igual a igual quizá por primera vez en su vida—. Yo nunca te he pedido nada, Isabel —continuó el alcalde—, y te lo he dado todo. —Su hija le miró con escepticismo, algo que en el fondo dolió a Vicent, ya que él se había deslomado trabajando en la fonda para sacar a aquella familia adelante. Pero ahora no era momento de sentimentalismos—. Si este proyecto de la escuela no sale bien, nos hundimos todos: el pueblo, la fonda y nosotros también —le dijo—. Esto, por supuesto, es un secreto, no lo cuentes.

—Pues vaya alcalde que eres —contestó su hija—. No sé por qué has permitido llegar a esta situación. Si estamos tan mal, ¿por qué has despilfarrado el dinero en la Alameda y la piscina? ¿Y en esta casa?

Vicent la miró con una mezcla de rabia y de odio. Ahora necesitaba apoyo y no más problemas.

—Mira, niña, con mi trabajo no te metas, que no sabes de lo que hablas —le respondió, recobrando el tono amenazante.

—Yo no soy ninguna niña —respondió Isabel, apoyando las manos en las caderas.

—Ya veo que no eres una niña, ya —le dijo Vicent—. Y de eso quería hablarte.

—¿A qué te refieres? —preguntó Isabel, con cara de susto.

—No te escondas ni te hagas la tonta, que ya veo yo lo que te traes con este pobre inglés. —Vicent suspiró y apuró la copa de jerez de un trago—. Yo no sé qué has hecho ni por qué, pero el caso es que te has metido al guiri en el bote y esto nos puede ayudar.

—No sé de qué me hablas.

—Lo sabes perfectamente, Isabel, y no hagas las cosas más difíciles de lo que son. Solo lo voy a explicar una vez, porque Charles aparecerá en cualquier momento, así que presta atención. —Vicent bajó la cabeza y se dirigió a su hija mirando al suelo—: Aquí no hay tiempo que perder, así que después de la cena tu madre y yo nos iremos a acostar, diciendo que estamos muy cansados, porque es verdad. Tú te quedas con Charles tomando el café y las pastas, y usas los encantos que él ve en ti para decirle que ponga un millón más, que hay que llegar a cinco; si no, la venta se le escapará de las manos. Tú ya eres mayorcita para saber cómo lo haces, pero usa todos tus encantos de mujer, pues ahora los necesitamos.

Isabel dio un paso hacia atrás mientras su padre continuaba con la mirada fija en el suelo.

—¡¿Será posible lo que me estás pidiendo?! —exclamó en voz más bien alta.

Vicent levantó la mirada y se puso el dedo en la boca haciéndola callar.

—Chist —le dijo—. ¿Estás loca? ¡Que nos va a oír! —El alcalde dejó pasar un par de segundos—. Se te compensará.

Vicent sintió la mirada de su hija, cargada de veneno, en sus ojos.

—No me puedo creer que me estés pidiendo esto, padre —le dijo—. ¿Me estás tomando por una puta?

Vicent miró al suelo y se echó las manos a la cabeza.

—Claro que no, ¡imbécil! —exclamó—. Es que no entiendes nada.

Isabel permaneció en silencio, forzándole a aclararse.

—Solo he notado que el tipo te mira con interés, ¡yo no sé por qué! Pero el caso es que esto nos puede venir bien. Ya me entiendes…

—¿Me estás pidiendo que me acueste con él y que le pida que suba la oferta a cinco millones?

Vicent no supo qué contestar, pues una afirmación desataría una tormenta familiar en el momento menos adecuado, pero tampoco podía negar que la idea era francamente buena. Además, los dos parecían bien dispuestos, una situación que tampoco se podía desaprovechar.

Como quien calla otorga, el alcalde permaneció en silencio, con la mirada fija en el suelo.

Isabel se volvió justo en el momento en que Charles bajaba las escaleras y le dedicaba una sonrisa. Isabel se cruzó en su camino sin mirarle ni dirigirle la palabra. El inglés levantó una ceja y miró a Vicent, que había observado la escena con cara de pánico. Tenía que rescatar aquella situación como pudiese.

—Venga, inglés, vayamos a la mesa, que nos espera una langosta para chuparse los dedos.

Charles le obedeció y los cuatro se sentaron a la mesa redonda del comedor, perfectamente dispuesta por Amparo con la vajilla de lujo, blanca con delicadas florecillas pintadas a mano. Las copas de cristalería tallada y la cubertería de plata yacían sobre un mantel de hilo blanco, planchado a la perfección. El ramo de flores que Charles había entregado a Amparo presidía la mesa.

Los dos hombres, sentados frente a frente, empezaron a comer, secundados por las mujeres. La velada empezó fría, con muchos silencios incómodos que solo amplificaban el ruido de los cuchillos y tenedores en los platos. Amparo, quien siempre había comido despacio, picaba con los dedos en la mesa mientras miraba al resto de comensales, esperando a que alguno empezara a hablar.

—Amparo —dijo el alcalde a su mujer, intentando cambiar la dinámica—. ¿Puedes poner ese disco de guitarra española que tanto nos gusta?

Amparo se levantó y obedeció inmediatamente, algo que tranquilizó a Vicent, pues sabía que un poco de música animaría el ambiente. El alcalde pensó que el vino también lo hace todo más distendido y llenó las copas de todos hasta casi el mismo borde.

Isabel no probó ni un sorbo del excelente albariño, aunque no dejaba de saborear su langosta, que acabó casi sin levantar los ojos del plato. Charles había intentado restablecer el contacto con ella, preguntándole si tenía planes para nuevos cuadros, a lo que Isabel había respondido con un monosilábico «no».

Amparo permanecía callada, percibiendo que algo había pasado con Isabel, pero sin atreverse a meter baza. Charles miraba a un lado y a otro sin entender. Vicent empezaba a exasperarse, pero la música de la guitarra por suerte le serenó.

—Esto está buenísimo —dijo a su mujer, dedicándole una sonrisa medio genuina.

Amparo respondió con amabilidad.

—Gracias —dijo—. Espero que también sea del agrado de Charles.

—Está delicioso —dijo el inglés, con la mirada fija en Isabel y en el plato ya vacío de esta—. Por lo que veo —dijo—, a Isabel también le gusta.

La aludida permaneció callada, con la cabeza gacha.

—Isabel —casi gritó Vicent—. Charles te está hablando, haz el favor.

Isabel levantó la cabeza lentamente y abrió sus enormes ojos verdes, ahora intensos, repletos de furia hacia su padre. Los cerró por un segundo y dijo, sin mirar a nadie:

—La langosta está muy buena. Gracias, mamá.

Los tres comensales se reclinaron hacia atrás a la vez, incómodos. Al cabo de unos instantes, Amparo empezó a recoger platos y, después de varios viajes a la cocina, sirvió el *suquet*.

En vista de que nadie hablaba, la mujer del alcalde rompió el silencio explicando que había ido a primera hora de la mañana a buscar el marisco a una pescadería de Vinaroz, la misma que había usado su madre, y hasta su abuela. A pesar de que nadie la escuchaba, Amparo continuó hablando de sus manjares mientras el resto de la mesa se dedicaba a comer. Pronto, todos habían terminado menos ella.

Vicent se encendió un cigarrillo y, mirando a su silenciosa hija, que no le devolvió la mirada, explicó a Charles algunos aspectos de la escuela que el inglés todavía desconocía, como la posibilidad de construir una terraza o el plan de instalar fibra óptica por todo el edificio.

Charles se mostró interesado solo por respeto, pues en el fondo no quitaba el ojo a Isabel, percibió Vicent. La mirada del inglés, al principio de la velada alegre y centelleante, se había apagado ahora y todo gracias al berrinche de su hija, que se las iba a pagar, se dijo Vicent a sí mismo.

El alcalde lanzó un gran suspiro y apagó el cigarrillo en el cenicero que Amparo ya le había dispuesto, a pesar de que todavía le quedaba más de la mitad por consumir.

—Bueno —dijo mirando a Charles y a Amparo—. Que se queden los más jóvenes, que los viejos nos vamos a dormir. —El alcalde miró a su invitado—. Charles, mi hija ya te enseñará dónde están las bebidas, aunque tú también sabes dónde tenemos el mueble bar, junto a la chimenea. Por favor, siéntete en tu casa y sírvete cuanto quieras, o pídeselo a Isabel —dijo, ahora mirando a su hija—. Seguro que ella se queda a charlar un rato contigo.

Isabel se levantó inmediatamente de la mesa.

—No, yo también me voy a dormir —dijo, seca.

Apoyando fuertemente las manos sobre la mesa, Vicent se levantó y le respondió rapidísimo.

—No, tú te quedas aquí, con la juventud —dijo con la sonrisa congelada.

—Yo me voy a la cama —reiteró Isabel, dirigiéndose hacia las escaleras ante la mirada atónita de su madre y de Charles.

—¡Isabel! —dijo Vicent, casi gritando—. No seas maleducada y ten más consideración con los invitados.

Su hija se giró y le miró con fuego.

—Tú a mí no me mandas —le dijo—. Yo ya soy mayorcita para saber lo que tengo que hacer.

Vicent no le respondió, pero le miró con cara de súplica y odio a la vez. No podía creer que su hija se la jugara en un momento tan delicado, por una vez que él la necesitaba.

—Ya sabes lo que te espera —le dijo, amenazándola delante de Charles, quien contemplaba la escena atónito.

Isabel, que ya había subido un par de peldaños, los volvió a bajar.

—Ah, ¿sí? ¿Me amenazas, padre? —le dijo. Avanzando hacia él, continuó—: Pues que sepas que tú, tu puta escuela y tus malditas mentiras os podéis ir todos a la mierda.

La cara de Isabel estaba encendida, sus ojos más abiertos que nunca y su silueta parecía más alta y fuerte de lo que Vicent nunca había contemplado. Por una vez, el alcalde se vio más pequeño que su hija, sintiendo un vuelco en el corazón.

Isabel continuó, ahora señalándole a él con el dedo, un movimiento que le sorprendió y le empequeñeció todavía más. Era como si su propia hija estuviera ajusticiándole.

—Conmigo no cuentes para nada —continuó Isabel—. Yo no me meto en tus trifulcas y mucho menos estoy dispuesta a ayudarte en lo que salvajemente me pides. —Su hija le miró de arriba abajo con monumental desprecio—. Has caído tan bajo que me das asco —le espetó.

Al cabo de un instante, sin poder pronunciar palabra, Vicent se sentó de nuevo. Le habría gustado levantarse, alzar la mano y pegar a Isabel una gran bofetada, pero ni eso pudo. Esas palabras envueltas de veneno le habían dejado petrificado, pues nunca las habría esperado de su propia hija.

—Isabel, querida… —empezó a decir Amparo, con las primeras lágrimas ya en los ojos.

Pero Isabel no la dejó continuar y se volvió hacia Charles.

—Y tú, inglesito —le dijo, ante la sorpresa del profesor—, ya te puedes largar de esta tierra mísera, que aquí solo vienes a jugar. —La voz de Isabel se rompió al pronunciar estas últimas palabras y algunas lágrimas empezaron a aflorar en sus ojos. Después de un hondo respiro, la mujer continuó—: Ya te puedes volver con tus niñatos ricos, mimados y consentidos a marear a otras personas, que aquí vivíamos muy tranquilos hasta que llegaste tú, tus perogrulladas y tu falso interés por mis cuadros.

—¡Eso no es verdad! —se apresuró a replicar Charles, levantándose, pero sin conseguir que Isabel se calmara.

—¡Idos todos a la mierda! —gritó Isabel ya fuera de control. Sin mirar a nadie más, la hija del alcalde corrió escaleras arriba, dejando a Vicent, Amparo y Charles de piedra en el comedor. Se hizo un silencio sepulcral.

Al cabo de unos segundos interminables, Amparo empezó a recoger la mesa sin decir palabra.

—¿Se puede saber qué pasa? —preguntó Charles con los ojos casi fuera de órbita, acercándose a Vicent.

El alcalde suspiró.

—Olvídate de mi hija, Charles —le dijo, todavía hundido en su silla—. No sirve para nada. Vamos a seguir hablando de nuestros negocios, lamento muchísimo este triste espectáculo.

Charles le miró con desconfianza.

—No sé, alcalde, no sé si quiero hacer negocios con usted —le dijo, perdiendo el trato más familiar que hasta entonces habían compartido.

Vicent cerró los ojos maldiciendo a su hija. En cuanto se fuera el inglés, subiría a echarla de casa a azotes, esa misma noche. Su padre lo habría matado si él se hubiera comportado de esa manera.

—No le hagas caso —insistió Vicent—. Ya se le pasará.

—Claro que no se le pasará —replicó el inglés, ya despojado de su tono educado, con la camisa medio por fuera y la corbata aflojada—. Yo no quiero tratos con usted, Vicent —le repitió—. Además, me han dicho que su propiedad de la fonda no es limpia, que ese negocio fue robado y tendría que estar en otras manos.

Vicent levantó la cabeza con gran sorpresa, pero el inglés continuó antes de que él pudiera intervenir.

—La venta de la escuela no es limpia, la propiedad de su fonda tampoco y a su hija la trata peor que a un animal —le dijo—. Me voy de aquí, este lugar apesta.

—¡Espere, espere! —se apresuró a decir Vicent, cogiendo la chaqueta que Charles había dejado en uno de los sillones al entrar—. La fonda es legalmente de mi familia, ¿quién le ha dicho lo contrario?

Charles le arrancó la chaqueta violentamente de los brazos y la atrajo hacia sí.

—A usted qué le importa —replicó el inglés—. Lo importante es que es verdad.

—Esa mentira solo puede venir de esa vieja con la que usted ha entablado tanta amistad, la maestra roja, ¡seguro!

—Y si ha sido ella, ¿qué? —le gritó Charles—. Seguro que todo el pueblo lo sabe, pero usted los tiene a todos callados, abusando de su poder.

—No sabes de lo que hablas, inglés —le respondió con una voz que le salió menos fuerte de lo que pretendía.

Vicent se sintió acribillado por todas partes, ahora incluso también por el inglés. Se sentía agotado, hundido, como si ya no tuviera más fuerzas para luchar.

El alcalde, ahora encorvado, con la frente sudorosa, vio cómo Charles salía de la casa dejando la puerta abierta y le escuchó arrancar el coche, cuyo ruido aminoró a medida que se alejaba. Al cabo de unos instantes, todo permanecía tranquilo y silencioso, con la excepción del trastear de Amparo, que seguía recogiendo la cocina.

Vicent cerró los ojos y pensó en subir a echar a Isabel de casa, pero sintió que la sorprendentemente crecida figura de su hija se plantaría de una manera a la que él no podría o sabría responder. Agotado, se aflojó la corbata y se encendió otro cigarrillo, reviviendo la noche para entender qué había motivado exactamente aquella catástrofe. Cerró los ojos y recordó las palabras de Charles sobre la fonda, a la que él tantas horas y años de esfuerzo había dedicado para sacar a su madre y a su familia adelante. ¿Quién podía decir que no era suya?

Seguro que había sido esa maldita vieja, pensó.

Vicent movió nerviosamente el cigarrillo, dándole vueltas con los dedos una y otra vez.

—Esa vieja puta me las pagará —se dijo a sí mismo, en voz alta—. Juro que me las pagará.

17

Tan solo unos días más tarde, Valli, capazo en mano, salió de su casa en el Pla d'Estudi para realizar la compra de los sábados. Como de costumbre, la anciana se había calzado sus cómodas alpargatas negras y llevaba una de sus batas azules preferidas, simple y práctica, llena de bolsillos, como a ella le gustaba. Su vecina Carmen le decía que aquello parecía más bien un mono de mecánico, pero para Valli aquel comentario era más bien un halago. Ella se había arremangado toda la vida para trabajar duro, ¿qué mal había en eso?

Con la ayuda de su bastón fino, de madera clara, Valli bajó hacia la plaza de buena mañana, cuando el servicio de limpieza y las vecinas del pueblo apenas empezaban a limpiar las calles. Como de costumbre, enfrente de la discoteca todavía quedaban restos de vasos y botellas tirados por el suelo, pero afortunadamente la máquina limpiadora ya subía por la calle de los porches. Suspirando y mirando de reojo a la puerta cerrada del Bis, la discoteca local desde hacía décadas, Valli siguió a buen paso hacia la imprenta Carceller, donde la amable propietaria ya estaba colocando revistas y periódicos en unos plafones que instalaba en la calle.

Como de costumbre, Valli compró el *Mediterráneo* de Castellón, puesto que era el que más noticias daba de Morella. A ella, que en su día había leído *El Imparcial* y la *Revista de Occidente* de Ortega, ahora cada vez le interesaban menos las grandes ideas que movían el mundo y sus monarquías, y más lo que pasaba en su pueblo. Aun así, echó una mirada de reojo al *¡Hola!* y al *Lecturas,* que nunca se había permitido comprar por más que lo hubiera deseado. Una republicana como ella no podía financiar a la realeza europea, y mucho menos a la española, a la que ya sostenía con sus impuestos. Se negaba a otorgarles ni un solo céntimo de su mísero bolsillo.

Valli continuó por la calle de los porches exactamente a la hora que más le gustaba. Hacía poco que habían dado las ocho y tan solo los comerciantes habían salido a la calle, todavía serena y tranquila e iluminada por una luz fresca y clara. Mientras caminaba, Valli contemplaba las columnas de piedra antigua que iba dejando atrás: unas eran redondas, otras cuadradas, unas de piedra clara y otras más bien oscuras. Pero todas llevaban allí desde que ella tenía memoria, sosteniendo las casas blancas de esa calle, de no más de tres o cuatro pisos, y de las que salían unos pequeños balcones de hierro negro, principalmente usados para colgar la colada. Esas columnas, ahora tan pacíficas y silenciosas, en tan solo unas semanas sostendrían una serie de troncos, colocados en horizontal entre columna y columna, donde se juntarían pandillas de amigos para protegerse de las vaquillas que para las fiestas soltaban en la plaza. Sentados en los mismos troncos y degustando el típico *préssec amb vi,* los jóvenes se pasaban allí toda la tarde entre cánticos y charlas, cuando no bajaban a pie de suelo para correr delante de la pobre vaquilla. El jaleo de música, gritos y fiesta durante esos días era descomunal, por lo que Valli prefería la tranquilidad del mes de julio y precisamente a esa hora de la mañana. En agosto, y sobre todo durante los *bous,* como se llamaba a las fiestas, se iba con su vecina a la playa a Benicarló.

Contenta con su periódico, Valli continuó el paseo bajo los porches solo para entrar en el horno de su amiga la panadera, que a esa hora ya estaba en plena producción de unos panes y unos bollos que abrían el apetito a cualquiera. Después de saludar e intercambiar impresiones sobre el tiempo tan magnífico que había hecho esa semana, Valli compró una barra de cuarto y continuó bajo los porches, observando cómo tiendas y restaurantes se preparaban para recibir un sábado más hordas de turistas. El día anterior había oído en la carnicería que hoy se esperaban hasta siete autobuses de visitantes, por lo que ella se había apresurado esa mañana a realizar sus compras temprano y así evitar multitudes.

Valli saludó a su amiga la fotógrafa, quien en ese momento colocaba dos torres de postales en la acera, y pasó por delante del bar Blasco, donde los primeros abuelos ya degustaban su habitual desayuno de tortilla y aguardiente. Con la boina en la cabeza y el dominó ya preparado, el grupito de siete u ocho abuelos procedía a su ritual diario, siempre en la mesa junto a la ventana. La saludaron con amabilidad.

Volver a Morella después del exilio no había resultado fácil, pero de eso hacía más de treinta años. Valli siempre había colaborado con la escuela y había participado en cuantas fiestas, anuncios y sexenios se habían sucedido, siempre con buenas maneras y con una sonrisa, ganándose de nuevo la aceptación local. Además, los más viejos del lugar tampoco olvidaron nunca que los padres de la antigua maestra habían sido masoveros, gente buena que nunca mereció tan trágico fin. Valli, cierto, siempre había recibido más simpatía por parte de quienes más sufrieron en la guerra, pero ahora, después de tantos años, todo el pueblo la quería y respetaba. Excepto el alcalde.

Pasada precisamente la fonda, que por lo general quería evitar, Valli entró en su carnicería favorita para comprar un par de filetes de ternera recién cortados. La carne en Morella era francamente espectacular, se dijo, recordando su reciente visita a Madrid y el color pálido de los bistecs que allí le sirvieron. En Morella, las carnicerías olían a carne y no a plástico, y el producto tenía un color rojizo esplendoroso.

Un poco más abajo de la calle, Valli entró al banco para cobrar su pensión, como hacía siempre a mediados de mes. Era una cantidad ridícula, ya que ella, que se había pasado media vida en el exilio, había cotizado muy pocos años. Afortunadamente, también recibía una pequeña cantidad mensual del Estado francés por los casi veinte años que trabajó en París antes de volver a España tras la muerte de Franco. En cualquier caso, ella no tenía muchos gastos, no quería ningún lujo y lo que le ingresaban le daba hasta para ahorrar. Tampoco tenía dependientes: nunca tuvo hermanos y todos sus primos habían muerto ya, con la excepción de uno, muy lejano, que le quedaba en Valencia, pero con quien apenas tenía contacto.

—Buenos días, Cefe —dijo a su amigo nada más verle al otro lado del mostrador.

Este inmediatamente le respondió con una sonrisa.

Afortunadamente, los bancos habían dejado de ser los búnkeres en que se convirtieron en los años ochenta, con esos cristales antibalas entre el personal y el público que impedían a Valli oír cuanto le decían. Ahora se habían modernizado y le recibían a uno en una mesa aparte, aunque a ella Cefe siempre la hacía pasar a su despacho para que estuviera más cómoda. Por más que Valli escatimara y rechazara cualquier favoritismo, aquel sillón de cuero mullido del despacho de Cefe era el asiento más cómodo del pueblo.

—Ay, *xiquet*... —suspiró la anciana, dejando la bolsa del pan y la carne en el suelo—. ¿Cómo estás, Cefe?, ¿no te vas de vacaciones?

Alto y delgado, Cefe había sido director de esa sucursal bancaria desde poco después de que Valli llegara de Francia, hacía casi tres décadas. Ella, que había enseñado a leer y a escribir a su padre durante la República, siempre había insistido a ese amable vecino masovero que, si algún día tenía hijos, les debía poner a estudiar y no a trabajar en el campo. Por lo visto, el buen hombre siguió el consejo y Cefe pudo labrarse un futuro mejor. El banquero siempre había estado agradecido a Valli por cuanto había hecho por su familia, pero aparte, ya de manera natural, los dos compartían una buena amistad.

—Todavía me queda un poco —respondió Cefe, luciendo una corbata morada sobre camisa azul. El director siempre había querido guardar las formas, aunque con un toque de modernidad, sin parecer el típico contable de camisa blanca y corbata negra. Valli siempre había pensado que eso era un signo de personalidad.

—Nos iremos una semana a la playa a Alicante ahora a finales de mes —respondió Cefe, cerrando unas carpetas que tenía enfrente. Después de una pausa, le preguntó—: ¿La pensión, como cada mes, Valli?

La anciana asintió y miró las paredes del despacho, funcional pero cálido y agradable, con unos ramitos de tomillo que a buen seguro cogería él mismo de la montaña, buen excursionista como era. También tenía fotos antiguas de Morella y de sus padres, posando con el típico blusón negro de masoveros, la faja, los pantalones bombachos y una boina con pico en el centro.

Valli sonrió.

—Ay, la playa, con lo que le habría gustado a tu padre ir a la playa —le dijo, cariñosamente.

Cefe levantó la vista rápidamente y sonrió a Valli dejando por un momento la búsqueda de su cuenta en el ordenador.

Valli continuó:

—Pero con lo bien que se está aquí ahora, tan fresquitos, ¿para qué ir al sofoco de las playas, plagadas de extranjeros?

Cefe se rio.

—¡Porque te tumbas y no tienes que hacer nada! —dijo.

Valli se encogió de hombros.

—Pues a mí me encanta Morella en julio; fíjate que el otro día me fui hasta Torre Miró a dar un paseo, de esos largos, tan largo como me dejó la tarde. Ahora, con tanta luz, anduve y anduve hasta llegar a Herbeset y allí me tuvo que venir a buscar el hijo de mi vecina, fíjate.

—¡Herbeset! —exclamó Cefe, mirándola con sorpresa—. Caramba, Valli, estás en plena forma, pero ¿ibas sola?

—Sí —respondió Valli, como si nada.

Cefe negó con la cabeza.

—Pues eso está muy mal, llámame la próxima vez y yo te acompañaré; no es bueno ir sola por esos caminos.

Valli levantó una ceja.

—¿Crees que tú conoces estos caminos mejor que yo?

Cefe la miró con complicidad. Ella nunca le había explicado con demasiado detalle su vida en el maquis, pero en el pueblo era público y notorio que Valli había estado por esos lares escondida con la guerrilla durante casi una década.

De pronto, la anciana recordó una cosa que le hizo dar un pequeño salto en el sillón.

—¡Ah! —exclamó, haciendo que Cefe la mirara mientras recogía un papel de la impresora—. Pues andando, andando entre Herbeset y Torre Miró, de repente pasé por un camino que hacía mucho que no cogía, años quizá, y me encontré con el antiguo *maset* del Messeguer, ¿te acuerdas?

Cefe bajó la mirada y volvió a su impresora.

—Sí —respondió, sin apenas mirarla.

Valli continuó:

—Pues no sé por qué lo llamaríamos *maset,* porque siempre había sido una casa muy grande, aunque yo solo la recuerdo medio en ruinas. Creo que una familia de masoveros ocupaba solo una parte.

Valli hizo una pausa mientras Cefe, algo distraído, colocaba en un sobre el dinero de la pensión y el recibo. Valli, en cambio, se inclinó hacia delante, ladeando la cabeza.

—Pues qué sorpresa me llevé —continuó la anciana— cuando vi que aquel *maset* se ha convertido ahora en una gran mansión. Está todo remodelado, qué barbaridad, qué alto que se veía, con unas ventanas y balcones de madera preciosa, toda barnizada, ¡y había hasta un hipódromo! —exclamó Valli.

Cefe permanecía callado, observando a la anciana con interés. Valli continuó:

—Pues no sé yo quién del pueblo puede permitirse una cosa así, no quiero ni pensar lo que debe de valer esa remodelación. —Hizo una pausa—. Seguro que el propietario no es del pueblo… —Ante el silencio de Cefe, que tenía la mirada fija en el sobre, Valli vio que no tenía más remedio que insistir—. Oye, Cefe —dijo, mirando hacia las fotos de la pared, como quien no quiere la cosa—, ¿no sabrás tú de quién es, verdad?

Cefe la miró fijamente y dejó pasar unos segundos. Después de tragar saliva, se limitó a decir:

—Del alcalde.

Valli alzó las cejas y se echó hacia atrás, volviéndose hacia delante unos segundos después.

—¿Del alcalde Vicent Fernández? ¿Del nuestro?

—Así es —respondió Cefe, cruzando las manos encima de la mesa, jugueteando con los dedos, pero mirando tranquilamente a Valli.

—No puede ser —dijo la anciana, rotunda—. El sueldo de alcalde no da para tanto, la fonda nunca ha sido un gran negocio y su familia no le pudo dejar nada, porque su padre era un guardia civil de medio pelo. Y la familia de Amparo, que yo sepa, perdió todo lo que tenía al cerrar la fábrica de chocolates.

Cefe no dijo nada, aunque Valli le miró como si esperara más.

—Ya sabes que no puedo hablar de clientes —explicó.

Valli, otra vez en el extremo de la silla, insistió:

—Pero si esa fonda está siempre vacía, sobre todo después de que Moreno abriera su hotelito.

Cefe por fin se echó hacia atrás, cruzando las piernas y reclinando la espalda en su sillón.

—Parece que tienen planes para la fonda —dijo—. Seguro que no es ningún secreto, porque se trata de una ayuda pública, pero la van a reconvertir en casa rural.

Valli frunció el ceño.

—¿En casa rural? ¿Por qué?

—Ya sabes que existen unas ayudas públicas para reconvertir una casa y así dinamizar el turismo rural —explicó—.

Pues ellos han recibido una de esas ayudas, seguro que estará todo bien explicitado en el ayuntamiento.

Valli achicó los ojos por un momento e irguió la espalda.

—Pues allí me voy ahora mismo a aclarar esto, porque no sé yo hasta qué punto un alcalde puede pedir ayudas para el desarrollo local, ¡siendo él mismo el alcalde!

—Las ha pedido Manolo, el hijo —aclaró Cefe.

Valli puso cara de incredulidad.

—Ya me dirás…

La anciana cogió el sobre de la pensión y las bolsas de la compra. Se acercó hacia Cefe, que también se había levantado, dándole un fuerte abrazo y un beso en cada mejilla, como siempre.

—A cuidarse, Valli —le dijo el director—, y sobre todo llámame cuando quieras hacer una excursión larga, que te acompañaré.

Después de despedirse, Valli salió directa calle Segura Barreda abajo en dirección al ayuntamiento. Tan disparada iba con su bastón y cargada con sus compras que apenas le devolvió el saludo a Conxa, la de Casa Masoveret, que la saludó amablemente, como siempre que la veía. Minutos antes de las nueve, Valli entró en el ayuntamiento, que conocía bien, dejando sus bolsas dentro de las faldas de los gigantes que guardaban el patio de la entrada, para no tener que cargarlas escaleras arriba. Valli siempre había usado ese pequeño escondite.

Jadeante, la anciana llegó al primer piso, donde la puerta de las oficinas estaba medio abierta, y se detuvo un segundo antes de llamar para recuperar el aliento. Mientras respiraba hondo y se peinaba ligeramente con la mano, Valli escuchó una conversación en inglés que la sorprendió. Aguzando el oído, enseguida distinguió que se trataba de Eva, una de sus alumnas favoritas, a quien enseñó precisamente inglés nada más regresar a Morella, cuando ella apenas tenía diez años. Hija de los propietarios de un telar antiguo, la familia había sufrido la crisis del sector, ahora convertido en tradición artesanal y pasatiempo de ociosos después de haber sido el motor industrial de Morella durante casi un siglo. Valli sabía que su familia había hecho un gran esfuerzo para enviarla a la escuela, aunque llegó un momento en que no pudieron aguantar más y, a los quince años, la pusieron a trabajar en el taller, tejiendo una manta detrás de otra. Cuando el negocio se fue a pique a mediados de los ochenta, Eva tuvo que realizar un sinfín de trabajos manuales y domésticos hasta que, por fin, encontró ese buen empleo en el ayuntamiento. Recientemente, también había encontrado un buen mozo y hasta se habían comprado un piso nuevo y majo en el pueblo. Esa lucha a Valli le conquistaba el corazón, por lo que siempre se alegraba de verla.

Curiosa, Valli se preguntó con quién estaría hablando, a la vez que quería comprobar cuánto inglés del que ella le había enseñado de hecho recordaba.

—Nosotros no tenemos la culpa de lo que pase por el mundo, y mucho menos podemos depender de rumores infundados —decía Eva en voz alta y clara, y en un buen inglés—. Lo que no puede ser es que, de repente, porque suba la libra, a mí una noche de habitación en una pequeña fonda me salga a quinientos euros, ¿no lo entiende?

Valli alzó los ojos con interés y permaneció callada mientras el interlocutor de Eva debía de hablarle. Por fin la joven continuó:

—Mire, a mí no me hable de bancos americanos en peligro, que ya tengo yo bastante problema con las cuentas de mi pueblo...

La joven volvió a callar, simplemente intercalando algún *yes, yes* entre medias.

Por fin colgó, momento que Valli aprovechó para llamar a la puerta.

—¡Adelante! —respondió su antigua alumna.

Eva se sorprendió al ver a Valli y enseguida se levantó para saludarla cariñosamente, dándole un fuerte abrazo y dos besos. Se quitó las gafas y la miró con sus bonitos ojos verdes.

—¡Qué sorpresa tan agradable! —dijo—. ¿Cómo tú por aquí?

Valli le sonrió y la miró de arriba abajo, comprobando que, como siempre, vestía de manera sencilla y elegante, cómoda.

—Venía solo a mirar una cosilla —le dijo—, pero he oído voces en inglés y, ya me perdonarás —Valli bajó la voz—, pero la verdad es que sentí curiosidad por ver cómo andaba tu inglés.

Eva se rio.

—Pues buena falta me hace, sobre todo ahora —le dijo, poniéndose las gafas de nuevo—. Resulta que la libra ha subido muchísimo, porque hay rumores de que no sé qué banco americano está a punto de irse al traste, por lo que el dólar cae y la gente se está refugiando en la libra, poniéndola por las nubes.

Valli, que no sabía nada de finanzas internacionales, la miraba con atención pero entendiendo más bien poco.

—¿Y eso, a Morella, realmente le afecta?

Eva sonrió.

—Pues ya verás, resulta que sí, porque tenemos que reembolsar a Londres las habitaciones de los estudiantes ingleses que vinieron y, claro, ahora sale mucho más caro.

Valli recordó la cifra que había escuchado por teléfono.

—Pero ¿quinientos euros por habitación, en Morella? —preguntó sin acabar de entender—. La libra puede haber subido, pero no tanto.

Eva miró a un lado y a otro y cerró la puerta, volviendo hacia Valli.

—Bueno, ya, yo creo que a los guiris les cobraron un poco de más en la fonda —dijo en voz baja.

—¿Un poco de más? —gritó Valli, bajando la voz cuando Eva se puso un dedo en la boca para indicarle que fuera más discreta—. Además —continuó la anciana—, yo creía que esa estancia la habían pagado los ingleses y no el ayuntamiento, ya que ellos vinieron por su cuenta, ¿no?

Eva guardó silencio, pero Valli ladeó la cabeza en señal de que esperaba una respuesta. La joven volvió a mirar a un lado y a otro, comprobando que la pequeña sala donde trabajaba seguía vacía, y respondió:

—Ha habido órdenes de costear ese viaje como incentivo para estimular la venta de la escuela.

Valli dio un paso hacia atrás.

—No es posible —dijo en voz baja, con los ojos bien abiertos.

Eva no dijo más y se cubrió la boca con la mano, como si se empezara a arrepentir de sus palabras.

—¿Y el muy salvaje del alcalde cobra quinientos euros por una habitación en la fonda para que pague el ayuntamiento?

Eva permaneció en silencio, con la mirada clavada en el suelo.

Después de un tenso silencio, como nunca había experimentado con su exalumna, esta por fin dijo:

—Bueno, esa cifra está ahora hinchada por la libra.

—Es imposible que la libra haya subido tanto.

Eva no respondió.

—¡Será ladrón este alcalde! —dijo Valli en voz baja, más para sí misma que para Eva—. Supongo que pronto habrá una sesión que aclare por qué es necesario pagar esa visita y a cuánto subió la factura final, ¿no? —preguntó Valli, ahora en tono más bien inquisitivo.

Eva dio un paso atrás y, después de unos segundos, volvió hacia su mesa, ocupando su puesto habitual.

—Tengo mucho trabajo, Valli, perdona, pero debo continuar.

—Pero tú sabrás… —empezó a decir Valli.

Eva la cortó enseguida.

—Yo no sé nada —replicó, seca.

La joven miró fijamente a la pantalla de su ordenador, moviendo el ratón que ya tenía en la mano. Valli se quedó mirándola y entendió que tampoco podía poner a la joven en un aprieto. Suspiró y se dirigió hacia la puerta.

—En otro momento tenemos que acabar esta conversación —le dijo, mirando a su antigua alumna, ya con la mano en la puerta.

Esta se giró y miró a la anciana con los labios apretados y unos ojos suplicantes.

—Gracias, Valli —le dijo—. Me ha alegrado verte.

Sin decir más, la joven se giró de nuevo hacia el ordenador, mientras Valli abandonaba la sala sin cerrar la puerta, todavía sumida en su sorpresa. Aquello era un robo, se dijo mientras bajaba las escaleras, segura de que algún día, pronto, le podría preguntar al alcalde qué sentido tenía aquella visita y por qué había pagado precios tan desorbitados. Cuando ya le faltaban apenas unos escalones para alcanzar el patio de la planta baja, la anciana recordó la mansión de Vicent en Torre Miró. El corazón le empezó a latir con tanta fuerza que hasta ella misma se asustó. Ahora lo entendía todo: esos precios desorbitados cargados a la fonda y financiados por el contribuyente morellano servían para pagar semejante mansión. La anciana se asió al pomo de hierro al final de la escalera para sujetarse, pues las piernas le empezaban a temblar. Valli también recordó las obras municipales: la piscina nueva o la Alameda y su gran inauguración. Se preguntó si alguien habría visto esas cuentas al detalle y si habría sobrecargos parecidos al de la fonda.

Valli apretó los puños y se prometió que aquello se tendría que aclarar; ella misma ya se encargaría de realizar las preguntas pertinentes al consejo local. Segura de su plan, Valli se secó la frente con un pañuelo, recogió las bolsas y se dirigió a Ca Masoveret, donde se tomaría un poco de agua, que tanto necesitaba.

Andando lentamente, por fin llegó al establecimiento de su amiga, al que ya habían empezado a llegar algunos turistas que pedían jamón y vino para desayunar. Valli les miró con simpatía, pues había que ser amable con los forasteros, ya que el pueblo, casi sin industria, dependía de ellos.

Su amiga le sirvió un agua y un cortado solo con verle la cara, tanto se conocían después de casi treinta años. Conxa, hija de masoveros amigos de sus padres, también había sido maestra, aunque era mucho más joven. Las dos compartieron unos años magníficos cuando Valli regresó de Francia y, entre las dos, levantaron la escuela pública que el pueblo necesitaba cuando los escolapios se fueron de Morella. Por primera vez desde la República, la escuela organizaba asambleas donde los alumnos elegían a sus representantes después de un proceso electoral, con campaña y todo. Las dos maestras recuperaron antiguos festivales, como los juegos florales, y diseñaron proyectos inspiradores que el pueblo acogió con entusiasmo. Lamentablemente, la escuela no fue lo mismo después de que las dos se jubilaran, Valli por edad y Conxa por necesidad, pues la masía ya no daba dinero y la familia tuvo que abrir ese establecimiento. Con mucho trabajo y buen tino, el pequeño comercio había tenido un éxito considerable, pues servían buena comida y vendían productos típicos de buena calidad que a los turistas les encantaban.

Valli se tomó el agua casi de un trago y se sentó a tomar el café en una de las mesas altas de la entrada, casi en la calle, ya que en verano las puertas estaban completamente abiertas. La anciana se quedó de pie, pues nunca le había gustado sentarse en esas sillas tan altas y porque vio que su amiga estaba muy ocupada vendiendo paletillas de jamón a unos alemanes. También tenía ganas de llegar a casa.

En esas estaba cuando, a mitad del cortado, entró Manolo, el hijo del alcalde, dedicado plenamente a llevar la fonda. El chico, un mozo poco atlético, buen comedor, bebedor y fumador, no tenía por supuesto la culpa de ser hijo de quien era, se dijo la anciana. Es más, Valli, que también le había enseñado inglés —sin apenas resultados—, le guardaba aprecio porque siempre le vio mermado por la influencia de un padre autoritario. Aquel fue un buen niño que en el colegio siempre compartió bocadillos, pelotas y cuanto traía a clase, pero al que siempre le había faltado un poco de confianza. Siempre creía que iba a suspender, por lo que al final, la mayoría de las veces, suspendía. Valli siempre procuró ser justa con él y ofrecerle tanta atención como a los demás, intentando ignorar el pasado de las familias. Él se lo agradeció, sobre todo de mayor, y siempre había sido amable y respetuoso con ella. Siempre que la veía con alguna bolsa pesada, Manolo se ofrecía para llevársela a casa, algo que Valli solo aceptaba cuando era realmente necesario, cada vez más a menudo.

—Hombre, Manolito, ¿cómo estás? —le dijo Valli al verle entrar con cara de preocupación.

—Hola, Valli —le respondió Manolo con su natural sonrisa. Apenas se detuvo en la mesa de la anciana—. Pues voy con un poco de prisa, que mi hermana me ha enviado a por jamón, porque se nos ha acabado y acaban de llegar veinte para comer.

—¡Veinte! —exclamó Valli—. Pero eso es buena señal, ¿no? Será que el negocio marcha viento en popa.

Manolo lanzó una risa nerviosa.

—Bueno, se hace lo que se puede, maestra —respondió mirando al suelo y rascándose levemente la cabeza.

Desde luego, el muchacho, todavía soltero, nunca había manejado bien las relaciones sociales más que con sus amigotes de toda la vida, con quienes pasaba la mayoría de su tiempo libre. En el pueblo se rumoreaba que era gay, algo que Valli sospechaba desde que lo tuvo de pequeñito en clase, pues siempre se arrimaba a sus amigos más íntimos buscando el contacto físico, aunque por aquel entonces solo de una manera muy inocente. En el fondo, a Valli siempre le había dado pena pensar que, si aquella sospecha era cierta, el pobre chico todavía vivía enclaustrado en una realidad que nunca le haría feliz.

—Enhorabuena por la conversión a casa rural —le dijo Valli, interesada en las trifulcas de la fonda, pero también con la esperanza de que aquel muchacho por fin tuviera motivos para estar orgulloso de sí mismo.

Manolo puso cara de sorpresa.

—¿Qué casa rural? —respondió sin tapujos.

Valli apretó los labios.

—Me dicen que tenéis planes de convertir la fonda en una casa rural, realizando algunas inversiones importantes.

Manolo levantó las cejas y puso cara de incredulidad.

—Pues es lo primero que oigo —le respondió, como si aquello fueran simples habladurías de pueblo.

—Qué extraño —contestó Valli sin entender nada de lo que le estaba pasando esa mañana—. Seguro que tu padre no habrá tenido tiempo de explicártelo, tan ocupado como anda —dijo, a pesar de recordar perfectamente que la ayuda venía a nombre de Manolo, según le había dicho Cefe.

El chico le dedicó una sonrisa y, apoyando las manos sobre la pequeña mesa que Valli ocupaba, le dijo:

—Pues no lo creo, porque ahora veo a mi padre todos los días. Como no tienen agua caliente, se vienen a duchar a la fonda a diario.

Valli dejó la tacita de café que se iba a llevar a la boca de nuevo sobre el plato.

—¿Cómo que no tienen agua caliente? —preguntó, cada vez más extrañada.

Manolo se ajustó el cuello de la camisa y respondió, todavía con toda la naturalidad del mundo:

—Con la casa tan bonita en la que viven, resulta que se tienen que venir a duchar a la fonda. ¡Si es que uno nunca lo puede tener todo!

El chico suspiró y se disculpó por las prisas, alegando que Isabel esperaba el jamón cuanto antes. Valli se despidió amablemente y le vio partir, con el jamón bajo el brazo, corriendo calle arriba hacia la fonda.

La anciana respiró hondo y, por primera vez en muchos años, se sentó en la silla alta, lo que le costó un buen esfuerzo. Necesitaba descansar y, sobre todo, procesar aquella serie de acontecimientos. Todo le resultaba muy sospechoso y ya había empezado a pensar lo peor. No solo el alcalde estaba usando el dinero de los morellanos para pagarse a sí mismo unos precios infladísimos en la fonda, sino que también sospechaba de una ayuda pública recibida por la misma fonda, a nombre de Manolo, su gerente, pero quien no sabía nada del asunto. Y como telón de fondo, el alcalde vivía en una mansión que nadie parecía conocer, que extrañamente no tenía agua caliente y que Valli se preguntaba cómo pagaba. Igual había una explicación sencilla detrás de todo aquello: Vicent podría haber ganado una quiniela o su mujer tener un dinero familiar escondido en alguna parte. Pero, como mínimo, aquellos hechos precisaban una pequeña investigación.

Decidida, después de haber recobrado el aliento, Valli subió de nuevo por la calle de los porches hacia su casa, ahora ya sorteando los grupos de turistas que abarrotaban calles y tiendas, comprando jerséis, mantas, quesos y cecina en cantidades industriales.

Valli anduvo todo lo deprisa que pudo hasta llegar a la plaza Colón, donde tuvo que parar a reposar unos instantes. Ya con más calma, la anciana subió hacia el Pla d'Estudi, ahora bañado por un sol radiante, más bien sofocante, del que Valli se quería proteger.

Nada más entrar en el portal, la anciana vio un sobre grande azul, muy grueso, justo encima de los tres buzones. Ni Valli ni sus vecinas, todas mujeres, recibían apenas correo, más que cartas del banco o facturas. Aquel sobre, sin embargo, era diferente y, curiosa, lo cogió. Ante su sorpresa, vio que era para ella. En el reverso, en una pegatina dorada con letras elegantes e inclinadas aparecía el nombre y la dirección de Samantha Crane: plaza de Santa Ana 4, 28012 Madrid.

Ilusionada, olvidándose de cuanto había acontecido aquella mañana, Valli subió hasta su piso, sintiendo nada más entrar la agradable brisa veraniega. Ella, que apenas tenía nada de valor en casa, siempre dejaba todas las ventanas abiertas para que corriera el aire. Respirando aceleradamente, la anciana dejó la compra en la cocina y corrió a sentarse en su sillón junto a la ventana. Hacía muchos años que no recibía una carta así.

Madrid, 2 de julio de 2007

Muy querida amiga Valli:

Espero que te encuentres tan bien como cuando te conocí tan solo hace unas semanas en Madrid. El tiempo que me dedicaste en La Venencia —adonde ahora acudo casi todos los fines de semana— fue maravilloso, uno de los intercambios más especiales de mi vida. Me sentí una privilegiada solo por poder conocerte y escuchar tus recuerdos e impresiones, no solo sobre mi abuela y Victoria, sino también sobre la historia de este increíble país, que a mí ya me ha robado el corazón.

He visto en Internet imágenes de Morella que me recordaron una vez más la foto que mi abuela y Victoria tenían en Connecticut. ¡Qué maravilla! Desde que te conocí y después de contemplar esas fotografías, no he dejado de soñar en tu proyecto y de pensar de qué manera te podría ayudar. Pocas veces me he sentido tan ilusionada como ahora.

Pues bien, querida amiga, tengo buenas noticias: hablé con la directora de Vassar College, mi universidad americana, y me aseguró que no habría ningún problema en becar a diez estudiantes americanas para que fueran a Morella todos los años para estudiar español. Tuve suerte, porque, según me dijo, llevaban algún tiempo buscando un proyecto de este estilo.

¡Ya tenemos diez alumnas!

También hablé con mi madre, quien ya sabes que sale de un mal periodo después de divorciarse, y me dijo que uno de los

Picassos de su casa de Manhattan es para mí. Pues bien, yo quiero que ese cuadro ayude a financiar tu proyecto y ya me he puesto en contacto con la casa de subastas Sotheby's de Londres para que venga a tasarlo. Creo que una vez ya vino un experto y lo valoró en un millón de dólares. Ya sé que eso todavía no es suficiente para salvar tu escuela, pero, lamentablemente, mi madre se opone a donar más obras. Al menos, esto es un buen inicio.

He meditado mucho esta decisión y solo te diré que nunca he estado tan segura de algo. Tan solo me gustaría estar siempre comprometida e involucrada en el proyecto, que creo que puede cambiar la vida de las norteamericanas que vengan a España, tanto como este año fuera de mi país parece estar ayudándome a mí. De repente, me siento una mujer nueva, fuerte, capaz de luchar por mis sueños y conseguirlos. Y este proyecto, desde luego, es uno de ellos.

Una cosa más. Tuve la oportunidad de ir a Yale hace dos semanas para la boda de una amiga que estudió en esa universidad. Aproveché para consultar el archivo de Victoria Kent que mi abuela les donó y descubrí un libreto de La Barraca dedicado por el mismo Lorca a sus grandes amigas Louise y Victoria, «cuyo amor es más verdadero que las leyes que lo aprisionan».

¿Te imaginas lo que puede valer ahora? Es una pena que semejante obra esté en un cajón de una universidad americana cuando hay tantos países todavía donde una dedicatoria así podría sentar un gran ejemplo. He iniciado contactos formales con Yale, pues si la obra está tan claramente dedicada a mi abuela y a Victoria, no debería ser difícil recobrar su propiedad. Te mantendré informada.

También intentaré que mi madre venga a España a visitarme, primero porque el estar lejos me ha hecho valorarla y entenderla más, y porque un viaje y pasar algo de tiempo conmigo le puede ayudar a sentirse mejor después de lo de mi padre. Esto, sin duda, sería muy positivo, ya que me acercaría a mi madre, a quien añoro más de lo que me pensaba y, además, también la podríamos involucrar en el proyecto.

Yo te iré informando de todo.

¿Tienes planeado regresar a Madrid? Me muero de las ganas de volver a compartir contigo una botella de manzanilla, pues esa noche fue sin duda uno de los momentos más felices —y hasta importantes— de mi vida. Aunque quede cursi decirlo, por primera vez me siento al timón de mi propio barco.

Muchas gracias por ser un ejemplo tan valioso.

Con mucho cariño y toda mi admiración,

hasta muy pronto,

Sam Crane

Valli suspiró y se llevó al pecho las tres cuartillas manuscritas con una letra delgada, alta, clara y preciosa. Ya no había vuelta atrás. Aunque le quedaban pocas fuerzas, debía continuar su lucha por la escuela; no por ella, sino por los demás.

Recostada en su sillón, Valli subió un poco la persiana para divisar la larga muralla de piedra y el campo seco que se extendía a continuación. Por esas tierras había jugado, había luchado, había visto matar. Esa lucha por la justicia y la libertad habían sido el motor de su vida, no se iba a rendir ahora al final. Con la carta todavía apretada contra su pecho, Valli cerró los ojos y se volvió a sentir joven por primera vez en muchos años. Debía sacar ese proyecto adelante, costara lo que costara, solo por obligación moral.

18

Ese mismo sábado, mientras los morellanos se refugiaban del calor del mediodía en sus casas, Charles permanecía sentado en uno de los bancos del Jardín de los Poetas, solo, mirando a las casas de los alrededores y a las cuestas silenciosas. Llevaba allí casi una hora, cambiando de postura de tanto en tanto, sosteniendo en la mano un periódico que todavía no había abierto. Con los hombros bajos y la cabeza gacha, Charles cerró los ojos intentando respirar el aire puro que tanto le había atraído de Morella, pero no podía. Solo le invadía el sofoco propio de los pueblos de interior a las tres de la tarde en pleno mes de julio, cuando todo era modorra, cansancio y silencio. El inglés se sentía como dentro de un cuadro de De Chirico, solitario, perdido en un juego de luces y sombras creado por el asfixiante bochorno. Justo lo contrario del aire fresco de Eton o del frío invernal que tan despiertos mantenía a profesores y a alumnos y que él, en el fondo, apreciaba. Charles detestaba ese adormilamiento general de los países del sur, por lo que, en realidad, tenía ganas de volver a Londres justo a la mañana siguiente, un domingo a primera hora. Ya tenía la maleta casi preparada y el coche listo para salir de buena mañana.

El inglés se ajustó su sombrero panamá, por el que todo el pueblo ya le conocía, para proteger del sol su cara tan blanca y delicada. Tan solo hacía una semana había llegado a Morella cargado de ilusión por convertir una escuela rural en uno de sus proyectos más interesantes de los últimos años. Después de dos lustros de trabajo sin apenas parones o excepciones, Charles había esperado que el desarrollo de un centro satélite en Morella le hubiera propiciado una segunda juventud. A sus cincuenta y cuatro años, no quería renunciar a vivir, y aquel proyecto había sido el reto más ilusionante en muchos años. Poco se imaginaba, tan solo hacía siete días, que la semana acabaría así.

Entre los comentarios de Valli, los negocios turbios del alcalde y su manera de presionarle tan poco formal —en comidas o cenas en su casa, más que a través de comunicados o reuniones de trabajo—, Charles ya no se fiaba de las personas de ese pueblo. No veía nada claro. Hasta la misma Isabel, de la que tan próximo se había llegado a sentir, le había mandado literalmente «a la mierda» durante la muy desagradable velada del miércoles, hacía tan solo tres días, de la que ahora por fin se empezaba a recuperar.

Hacía mucho que nadie le había gritado o hablado en ese tono. Charles siempre se había rodeado de personas impecablemente educadas, que si tenían que decir algo desagradable, lo hacían con guante blanco. Desde hacía años, nadie se le había enfrentado de una manera tan frontal o directa como Isabel aquella noche. Y eso le dolió. Él había intentado ser amable con ella, valorar sus cuadros, que, a pesar de todo, le continuaban impresionando, y había intentado conocerla más allá de su apariencia, que, ciertamente, no era precisamente afortunada. Pero él era diferente y miraba a las personas por lo que eran y no por su aspecto, como parecía hacer medio mundo —o al menos, los hombres con quienes él había entablado amistad—. Por eso le había dolido que Isabel le llamara «inglesito» y que le acusara de interesarse por sus cuadros para acercarse a su padre. ¡Él!

Charles suspiró y movió la cabeza de un lado a otro al recordar esas palabras y el tono de desprecio con el que las había dicho. El inglés estaba acostumbrado a que le trataran con respeto, por lo que ese tono despectivo le hirió. La última vez que alguien le había hablado así, recordó con tristeza, fue en Oxford, donde algunos alumnos se reían de los estudiantes que procedían de Eton, como él, por considerarlos unos consentidos, poco espabilados y socialmente ineptos. Era cierto que los *etonians,* como se les conocía, solían formar un grupo cerrado al que no dejaban entrar a nadie ajeno a la escuela, pero él siempre había intentado evitar esa cerrazón y establecer amistad con estudiantes de procedencia más variada. Por sus viajes, sabía que lo diferente y exótico por lo general resultaba más atractivo, aunque en realidad su vida seguía tan cómodamente monótona y etoniana como siempre.

Con las mujeres, Charles tampoco se había acabado de sentir cómodo nunca, quizá porque no tuvo hermanas ni tampoco una madre. Educado por su padre y siempre en internados masculinos, su única experiencia con una mujer, cuando se casó, solo sirvió para corroborarle que las mujeres no eran lo suyo, aunque no porque no le gustaran o no las deseara. En Oxford, recordó, había una compañera de curso, Laura, de la que se enamoró, quizá la única vez en su vida, pero se ponía tan nervioso cuando estaba cerca de ella que no le podía ni hablar. Si ella estaba en el pub que él frecuentaba los viernes por la noche, Charles no podía soportar la idea de acercarse y charlar, así que, sin hablar con nadie, se pedía dos pintas en la barra y se las llevaba a su habitación para bebérselas solo. Cuando se acababan, repetía la operación, otra vez atravesando el pub sin cruzar palabra con nadie y aguantando todo tipo de miradas. Algún compañero le intentó ayudar, pero él nunca se dejó. Estaba más cómodo de esa manera.

Charles respiró hondo gracias a una brisa de aire que, por fin, lo refrescó. Inglés y racional como era, no se dejó caer víctima del pánico o de la tristeza, y pensó que al día siguiente regresaría a su Eton querido, donde la vida seguiría tranquila y ordenada, con sus clases y sus alumnos, como siempre. Sintió que sus hombros se relajaban a medida que pensaba en los majestuosos árboles que bordeaban el Támesis junto a la tradicional escuela, rodeados de prados verdes. La imagen le infundió un soplo de tranquilidad.

Justo cuando abría el periódico para echarle un vistazo, oyó una voz familiar que le sorprendió y alegró a la vez.

—Ya veo que este lugar te gustó —le dijo Isabel, caminando por la gravilla hasta el banco donde estaba Charles, en el que se sentó, cruzando las piernas bajo la bata azul que llevaba.

La hija del alcalde lo miró, quitándose las gafas de sol, esperando una réplica de Charles que no llegó. Isabel apretó los labios y agachó la mirada. Desde el miércoles, apenas habían cruzado palabra, solo algún intercambio relacionado con las comidas, cenas o desayunos.

—Siento lo del otro día, Charles, no fue culpa tuya —dijo la joven, que ahora miraba al profesor, protegiéndose los ojos del sol con una mano en la frente.

Con tanta luz y con los ojos de Isabel medio escondidos bajo su gruesa mano, Charles no podía divisar el verde hermoso de la mirada que le ensimismó ahora hacía una semana. Aunque parecía que el mundo había cambiado, hacía tan solo siete días que la hija del alcalde le había enseñado ese rincón maravilloso del pueblo, que ella misma había pintado en el cuadro que le había regalado.

Esa misma mañana, a pesar de lo ocurrido en la cena, Charles había envuelto la pieza como si de un Picasso se tratara, pensando que lo colocaría encima de la chimenea de su casa para darle máxima visibilidad. El profesor miró fijamente a Isabel, recordando que aquella mujer, que literalmente le había mandado a la mierda, también le había pintado un lienzo precioso, exclusivamente para él.

—No estoy acostumbrado a presenciar escenas de *La casa de Bernarda Alba* en vivo —le dijo con fina ironía británica.

El comentario provocó una sonrisa en los labios de Isabel, ahora más relajada que cuando llegó. La mujer apoyó la espalda en el banco y miró alrededor del jardín. Al cabo de unos segundos, volvió su mirada hacia Charles.

—De veras que lo siento; tú siempre me has tratado bien y no te merecías semejante cisco —le dijo, ahora con los ojos más abiertos y expresivos, permitiendo que Charles detectara la honestidad de sus palabras—. Mi familia es un poco especial, mi padre es difícil y ahora todos atravesamos malos momentos, como seguro que te habrás dado cuenta.

Charles asintió.

—Pero no quiero que te lleves un recuerdo malo de Morella —continuó Isabel—. Yo no quiero meterme en tus negocios, solo quiero que no te vayas de aquí con mal sabor de boca.

—Para nada —respondió Charles, ahora ya un poco más dispuesto, menos a la defensiva. De la misma manera que sus comentarios durante la cena le habían dolido, esa disculpa llana y sincera le había devuelto un sentimiento positivo para con el pueblo. Además, él sabía que los españoles eran poco dados a las disculpas, por lo que apreció el gesto de Isabel todavía más. Su mirada fija, transparente y directa también le hizo sentir que sus palabras eran sinceras, seguramente más que las múltiples disculpas inglesas a todas horas, a menudo meros eufemismos para disimular un mal que de manera muy intencionada ya se había hecho. Aquella mujer era honesta, su mirada parecía salir directamente del corazón, pensó Charles.

Los dos permanecieron en silencio unos segundos.

—Te he guardado un poco de sopa morellana, porque he visto que hoy no has comido —dijo por fin Isabel.

El gesto halagó de nuevo a Charles, que intentó mostrarse agradecido:

—Muy amable —dijo. Mirándose el reloj, añadió—: Igual me la puedo tomar para cenar.

—En principio no teníamos pensado abrir esta noche —respondió Isabel—. Mi hermano únicamente libra los sábados por la noche y solo tenemos un matrimonio de Barcelona que ya ha dicho que se irá a cenar al Daluan. De hecho, han venido solo para probarlo.

Charles ladeó la cabeza, curioso.

—¿Daluan?

—Sí, hombre, el mejor restaurante del pueblo, lo acaban de abrir y, en tan solo unos meses, ha causado gran sensación; vienen de Barcelona y de Valencia solo para probarlo. Es muy tradicional y moderno a la vez, ¿no has estado?

Charles hizo memoria de los restaurantes a los que había acudido, sobre todo con Vicent, y negó con la cabeza.

—Creo que no, ¿dónde está?

—En un callejón casi detrás del ayuntamiento, una callecita estrecha entre dos cuestas. ¿No? —volvió a insistir Isabel, sorprendida.

Charles volvió a negar con la cabeza.

—Hombre, pues tendrás que probarlo —dijo Isabel, poniendo las manos en sus rodillas, con decisión—. No te puedes ir de Morella sin haber estado allí. Te vas mañana, ¿no? ¿Y cuándo vuelves?

Charles la miró unos segundos. Le encantaba la energía positiva de aquella mujer, su determinación.

—Sí, me voy mañana a primera hora y no sé cuándo volveré, supongo que dependerá de si la oferta prospera o no; aunque, claro, ya no sé qué pensar después de todo lo que ha pasado.

Isabel bajó la mirada, pero enseguida la volvió a levantar.

—Bueno, yo que tú me espabilaría antes de irme. Ese sitio realmente vale la pena, han salido reseñas hasta en la prensa nacional.

Charles la miró fijamente mientras ella se ponía de nuevo las gafas de sol, como si diera por concluida la conversación después de que el inglés mostrara tanta incertidumbre en cuanto a su posible regreso. Ciertamente, pensó Charles, ahora todo estaba en el aire: la oferta, la escuela, hasta su interés por Morella. Ya no sabía qué pensar. De todos modos, una cena en el mejor restaurante del pueblo le parecía una idea estupenda, además de una buena oportunidad de, si aceptaba, conocer mejor a la mujer detrás de aquellas pinturas maravillosas, y sin la presencia de su padre.

Charles no supo cómo formular la invitación, temiendo que ella ya tuviera otros planes o que simplemente no le apeteciera pasar tiempo con un profesor aburrido y extranjero como él, que encima le había llenado la fonda de adolescentes que se creían los reyes del mundo. El inglés asió su periódico con una mezcla de fuerza y nerviosismo mientras Isabel se levantaba y hacía ademán de despedirse.

—Bueno —le dijo en un tono más bien bajo, ya de pie—. Dime si necesitas la sopa para la noche, o si no, te veré mañana en el desayuno, ya te lo tendré preparado para las seis y media, como me ha dicho Manolo.

Charles asintió con la cabeza, todavía sin saber qué decir, recordándose a sí mismo caminando solo en el pub de Oxford, dirigiéndose hacia su habitación con las dos pintas que nadie iba a compartir con él. A medida que avanzaba por el suelo de madera antigua del pub, veía por el rabillo del ojo que sus —en teoría— amigos se reían de él, pues, nervioso como estaba por andar solo ante los ojos de Laura, siempre se le desbordaba la cerveza de los vasos rebosantes. Ese recuerdo le horrorizó y pensó que una negativa siempre sería mejor que revivir esa sensación otra vez. Por nada del mundo quería verse solo cenando en el Daluan con dos cervezas.

Cuando Isabel ya casi bajaba los peldaños de las escaleras del jardín hacia la calle, Charles por fin consiguió el suficiente valor para pedir la primera cita con una mujer en más años de los que podía recordar. Salvo un par de aventuras frugales, todas las relaciones que había tenido con mujeres desde que se había divorciado de Meredith habían sido pagando, una vez al mes, de manera sistemática, como muchos de sus colegas. ¿Para qué complicarse más?

Esta vez, el miedo a verse solo en el restaurante, pasándolo tan mal como en la universidad, le impulsó por fin a hablar.

—Isabel —dijo.

La hija del alcalde, ya casi en la cuesta, apenas le oyó.

Charles se levantó de golpe y se apresuró hacia ella.

—Isabel —insistió en un tono más alto.

Una vez frente a ella, por fin le dijo, mirándola a las gafas de sol:

—Si libras esta noche, podemos ir al restaurante juntos; como tú dices, no me puedo ir sin conocerlo.

Isabel no se quitó las gafas, pero Charles divisó cómo alzaba una ceja levemente. Sin pensarlo mucho, esta le respondió:

—Bien, se lo comentaré a mi amiga Ana, ya que suelen estar llenos; si hay una mesa libre, te avisaré.

Charles sonrió de manera amplia y natural, y notó cómo las pupilas se le dilataban.

—*Okey* —le dijo, sin darse cuenta de que le respondía en inglés.

La hija del alcalde se alejó, bajando la cuesta alegremente, girando por la calle de la Virgen para volver a la fonda. Charles se quedó de pie unos segundos, sin saber qué hacer o adónde ir, pero invadido por una sensación de orgullo que hacía mucho que no experimentaba.

A las ocho en punto, Isabel bajó a la recepción de la fonda, donde Charles ya llevaba más de diez minutos esperando, repasándose las uñas, ajustándose el cinturón de los pantalones de pinzas blancos, impecablemente planchados, comprobando que todos los botones de su camisa a rayas rojas y blancas estuvieran abrochados. Con la mano, se repasó las mejillas bien afeitadas y el poco pelo que tenía, ya más gris que negro. Al oír unos zapatos de tacón, Charles dejó de contemplar el cuadro de Isabel que había en la pequeña sala junto a la recepción y se giró para recibirla.

Al inglés le sorprendió la apariencia de la joven, radicalmente diferente a la del primer día que la conoció, hacía unos meses, fregona en mano. Con la misma silueta, tan redonda como de costumbre, Isabel había elegido esta vez un vestido rojo, ligero, que para bien y para mal marcaba sus formas. «Esta mujer no se esconde», pensó Charles.

Isabel se le acercó y le saludó con una sonrisa, mostrando sus labios gruesos y rojos, en contraste con su perfecta dentadura blanca, en la que Charles nunca se había fijado. Una línea negra recorría el contorno de sus grandes ojos verdes, mientras que su pelo negro, más voluminoso y rizado que nunca, caía sobre sus hombros, señorial y altivo.

—¿Estás listo? —dijo ella, como si nada.

Charles intentó disimular la sorpresa que sentía. Detrás de aquella artista poco agraciada e intempestiva que le había mandado a la mierda tan solo tres días antes, había una mujer sorprendentemente atractiva que iba a compartir una cena con él. Charles se sintió afortunado, alzó la cabeza y bajó las escaleras junto a Isabel mirando a un lado y a otro, como si buscara a sus compañeros de Oxford, convencido de que ahora le mirarían con envidia. Seguro que ellos ahora estaban en sus casas victorianas protegiéndose de la lluvia, sentados junto a sus esposas inglesas, blancas, aburridas y escuálidas, se dijo, ampliando su sonrisa. ¿Quién le habría dicho que años más tarde saldría a cenar con una atractiva artista en un pueblo tan maravilloso como ese?

Charles miraba a Isabel de reojo mientras la pareja bajaba por la plaza hacia el restaurante. Pensaba que, si bien sus compañeros la habrían silbado por resultar atractiva, sobre todo de rojo, a él lo que realmente le impresionaba eran sus cuadros. Andaban en silencio, nada incómodo, hasta que Isabel indicó la cuesta por la que debían girar. El inglés la siguió encantado. En el fondo, a Charles le gustaba aquella aventura morellana tan inesperada, tan diferente a su vida en Eton. Se sentía como un personaje de Lorca envuelto en un gran drama y aquello no solo le divertía, sino que también le motivaba.

Bajando la cuesta, se cruzaron con algunas personas que saludaron amablemente a Isabel y no dudaron en repasarle a él de arriba abajo. Ante su sorpresa, Isabel no se paró a hablar con ninguna, seguramente para evitar chismes de pueblo, pensó Charles. El inglés cada vez sentía más respeto por aquella mujer fuerte e independiente que no tenía reparos en ponerse a fregar habitaciones si era necesario o en salir a cenar con un guiri desconocido delante de todo el pueblo.

Al cabo de muy poco, llegaron a un callejón pequeño y estrecho con unas casas blancas, inclinadas hacia delante y sostenidas por unas vigas de madera que parecían estar a punto de quebrarse. Algunos gatos pequeños dormitaban en el suelo de piedras grandes e irregulares que imprimían carácter a ese rincón escondido. A la derecha, un edificio nuevo, a todas luces bien reformado y recién pintado, mostraba el nombre de «Daluan».

Subieron al primer piso, donde encontraron un comedor con no más de unas diez mesas, todavía vacías. Los asientos naranjas y unas lámparas de diseño danés daban encanto y originalidad al pequeño lugar.

—Adelante, sois los primeros —dijo una amable señora, vestida de negro moderno, saliendo por una puerta al final del recinto.

Isabel enseguida se dirigió hacia ella.

—Hola, Ana, muchas gracias por hacernos el favor. —La hija del alcalde se dirigió hacia Charles—. Hemos tenido suerte —le dijo, mirando de nuevo a su amiga—. Mira, es mi amiga Ana, la propietaria, fuimos juntas a clase.

Charles se inclinó y besó la mano de la amiga de Isabel, lo que provocó una ligera risa en las dos mujeres, seguramente poco acostumbradas a aquellas maneras.

—Charles es inglés y está en Morella mirando el tema de la escuela —aclaró Isabel.

—Ya, ya —dijo Ana, como indicando que en el pueblo no había pasado desapercibido—. Por favor, sentaos aquí, junto a la ventana.

La pareja ocupó una mesa amplia, para cuatro, todavía iluminada por la luz clara y tranquila de la tarde. La mesa estaba perfectamente dispuesta, elegante y moderna, sin más florituras que las necesarias. Aquello le gustaba a Charles, poco amigo de barroquismos innecesarios.

Después de acomodar a otra pareja de comensales, Ana les trajo el menú y la carta de vinos, con más de setenta entre los que elegir.

—Te recomiendo el menú de la trufa —dijo Isabel, inclinándose hacia Charles y señalando la opción en su carta—. Ya sabes que en Morella hay mucha trufa y aquí han elaborado un menú especial, todo trufado. De hecho es más de invierno que de verano, pero como se ha hecho tan popular lo ofrecen siempre —le dijo, reclinándose de nuevo en su silla.

Charles no necesitó pensar más y cerró la carta.

—Pues eso tomaré —dijo, ante la sorpresa de Isabel, que se apresuró a elegir sus platos. Setas y pescado, le dijo a su amiga, mientras Charles elegía un Ribera del Duero reserva que había identificado en la larga lista y que tan solo valía quince euros. Aquella cena en Londres costaría el triple, se dijo mirando a su alrededor sin poder creer su suerte. No esperaba una última noche como aquella. Estaba de un excelente humor.

—¿De dónde viene tanta trufa? —preguntó Charles a Isabel mientras Ana les servía el vino, suave y agradable para el paladar del inglés.

Isabel, con sus ojos verdes detrás del cristal de su copa, le sonrió.

—Yo recuerdo muy bien los inicios —le respondió, dejando suavemente la copa sobre la mesa—. Cuando era muy pequeña y España se abrió al turismo, la fonda enseguida se empezó a llenar de turistas, sobre todo franceses. Pero de repente empezaron a llegar grupos de hombres, sin mujeres, con lo que empezamos a sospechar —dijo, provocando una sonrisa en Charles—. No decían a qué venían y tampoco les veíamos haciendo turismo por el pueblo. Además llevaban botas de montaña, palas y bastones, pero tampoco eran excursionistas: aquello era muy misterioso.

Isabel hizo una breve pausa para tomar otro sorbo de vino e inclinarse ligeramente hacia atrás, mientras Ana disponía los aperitivos fríos del menú de Charles: una butifarra de trufa y un huevo a la coque sin huevo, royal de foie gras y pan trufado, según leyó Charles en el menú. También llegó el milhojas de queso tierno y trufa con miniaturas de invierno, que el inglés empezó a comerse con los ojos, pues el olor que desprendía era original y profundo, muy diferente a todo cuanto había probado antes. Ana les rellenó las copas.

—El caso es que, un día, mi madre —continuó Isabel— notó un olor horrible que salía de debajo de la cama de uno de estos señores y al cabo de unos días, harta de la peste y pensando que se trataría de algo que nos podía traer algún mal, se decidió a abrir la bolsa que desprendía el olor y menudo susto se llevó al ver tanto tubérculo: eran trufas.

—Pues esto huele de maravilla —apuntó Charles, picando de todos los entrantes pero sin dejar de mirar o prestar atención a Isabel.

Esta sonrió, a la vez que también pinchaba un poco de butifarra.

—Sí, claro, en la nevera o cocinadas no pasa nada, pero después de unos días de verano debajo de una cama, no veas el tufillo —respondió, picando otro bocado. Después de aclararse la garganta, continuó—: El caso es que en la fonda se estableció una especie de mercado ilegal de trufa, ya que empezó a llegar gente ofreciendo grandes cantidades por lo que llamaban «el diamante negro» de la cocina.

—¿Cuánto vale? —preguntó Charles, que nunca había oído hablar de trufas hasta llegar a Morella.

—Pues una así de grande —dijo Isabel, mostrando con sus dedos un círculo del tamaño de una gran fresa— puede llegar hasta los trescientos euros.

Charles dejó el cubierto sobre el plato.

—¡Caramba! ¡Más que el vino!

Isabel se rio.

—En Inglaterra solo tenéis ojo para el alcohol, ¿eh?

—Pues mira que en España… —respondió, rápido—. Pero no me sorprende, con este vino tan magnífico, sería alcohólico hasta yo. ¡Ya lo añoraré a partir de mañana!

Isabel achicó los ojos y le miró con interés.

—¿Te espera alguien en Inglaterra? —le preguntó directa, lo que a Charles apenas le molestó. Es más, le gustaba la seguridad y confianza de aquella mujer. ¿Qué había de malo en preguntar? Ya le gustaría a él tener ese coraje.

—Pues me esperan más de un centenar de alumnos en apenas dos semanas y más padres de los que querría contar que quieren hablar a todas horas sobre sus hijos —dijo, con modesto orgullo.

—¿No te espera una familia? —insistió Isabel, pinchando el último bocado de butifarra trufada.

Charles se reclinó ligeramente hacia atrás. Aquella conversación no le intimidaba, ni mucho menos. La mesa no tenía velas ni ningún formalismo innecesario, la luz del atardecer todavía iluminaba buena parte del comedor y aquella velada parecía más bien una cena con una amiga exótica que una cita formal, como sería el caso en Inglaterra. Ese encuentro era mucho más divertido que las aburridas cenas-cita londinenses, donde todos los movimientos estaban programados y establecidos, y en los que él siempre se había sentido atrapado.

—Pues no —dijo, apoyando los codos sobre la mesa, algo que por educación nunca haría en Londres, pero que resultaba realmente cómodo—. Estuve casado una vez, hace mucho, pero aquello no era lo mío —dijo, sin tapujos.

—¿Por qué? —preguntó Isabel, igualmente directa.

Justo cuando Charles iba a contestar, un camarero retiró los platos para servir el lenguado de Isabel, y las vieiras y el secreto ibérico dorado con puré de calabaza y juliana de trufa de Charles. Este se quedó mirando el plato y a punto estuvo de sacarle una foto para su amigo Robin, a quien vería al día siguiente en Londres.

Isabel le observaba.

Charles lo percibió y, después de probar el primer bocado, que le hizo cerrar los ojos de placer, continuó:

—Creo que no nos conocimos lo suficiente antes de casarnos —dijo con la boca medio llena, algo por lo que reñiría a sus alumnos pero que ahora sentía casi como una liberación. Charles también se sorprendió por la tranquilidad con que trataba un tema del que apenas había hablado en años, pero que ahora parecía casi secundario. Siguió—: Nos casamos muy pronto, poco después de regresar de la India, donde pasé tres años viajando y estudiando tras acabar la universidad.

Isabel le miraba con interés mientras degustaba su pescado, con buen apetito. Mejor tener hambre que ser un desganado, pensó el inglés, osando contemplar el escote de Isabel por primera vez mientras ella se inclinaba ligeramente para servirle más vino. Su vestido rojo tenía un buen acabado en pico que se adentraba de manera provocativa entre sus senos. Charles enseguida desvió la vista, pues notó cómo su piel pálida se empezaba a ruborizar. Aun así, el inglés no podía dejar de apreciar a la mujer que tenía delante. Contempló sus brazos, la cara, el cuello, su cuerpo cubierto por una piel morena aceitunada, fina y bien cuidada. Charles la miró a los ojos y sintió curiosidad por conocer su pasado. A esa edad, todo el mundo llevaba una historia detrás. Optó por acabar su relato rápidamente y centrar así la conversación en Isabel. Si quería saber, él tenía que dar primero.

—El caso es que ella era muy joven —continuó Charles—. Había sido educada para ser una buena esposa, pero apenas tenía vida propia. Yo trabajaba en la City llevando una vida que no me gustaba; todo era muy fácil y parecía escrito para mí, era como ser parte de un guion predecible en el que me sentía atrapado. Así que volví a Eton a enseñar, recluido en mis libros y alumnos, y así he pasado los últimos veinte años, tranquilo y feliz —dijo, sonriente y con convencimiento.

—¿Feliz? —preguntó Isabel, dejando el cuchillo y el tenedor en su plato, ya vacío.

Charles respiró hondo y miró a su alrededor; el restaurante se empezaba a llenar. Aprovechó para servir más vino, acabando la botella, e hizo una indicación a Ana para que trajera otra. No quería escatimar ni un céntimo, pues estaba disfrutando de aquella cena plácida y cómoda y, por una vez, con una mujer atractiva y con talento.

—Bueno, uno es feliz hasta que se plantea por qué, ¿no? —respondió finalmente, jugueteando con la base de su copa mientras esperaba la segunda botella de vino—. ¿Y tú? —le preguntó, directo.

Isabel suspiró y apoyó la espalda en la silla, ladeando la cabeza de un lado a otro.

—En Vinaroz, donde trabajaba hasta hace poco, sí que estaba a gusto —dijo, con cierta nostalgia—. Iba a pasear todas las mañanas por la playa, verano o invierno, tenía un piso muy agradable, que alquilaba yo sola, y después del trabajo tenía tiempo y tranquilidad para pintar, que es lo que realmente me gusta.

—Tienes mucho talento —la interrumpió Charles—. Deberías pensar dedicarte profesionalmente a ello.

Isabel se rio.

—No —dijo, rotunda—. Es mi pasión, no quisiera crearme obligaciones. Yo quiero vivir tranquila y libre.

—¿Así que la familia no es lo tuyo? —le preguntó con interés.

—No, cuando digo que no quiero obligaciones me refiero a la pintura; no quiero imponerme plazos ni pintar por obligación o por dinero.

—Pero ¿no tienes una familia? —insistió Charles, sorprendiéndose a sí mismo por romper las reglas más básicas de la discreción.

Isabel apoyó los codos sobre la mesa y le miró fijamente. Charles no podía dejar de contemplar sus ojos verdes, ahora más visibles e imponentes a medida que caía el sol.

—No, nunca he tenido —respondió—. Una vez estuve a punto, con un novio que tuve en Castellón, pero se fue con otra —dijo, bajando la mirada.

—*Sorry* —dijo Charles, a punto de acercar su mano hacia la de Isabel, pero finalmente quedándose quieto. Le dolió pensar que alguien podía haber herido a aquel ser creativo y generoso con quien tan bien se sentía.

—No pasa nada, hace ya mucho —respondió Isabel, con una sonrisa un tanto forzada—. Además, seguramente habría sido una infeliz. Para empezar, odiaba mis cuadros.

Charles se sobresaltó.

—No me lo puedo creer —dijo, casi enojado.

Ana retiró los platos y, después de una intervención amable, sirvió el postre, un *carpaccio* de piña y una tarta capuchina con helado de cava y trufa que conquistó toda la atención de los dos comensales. Isabel fue la primera en atacar el plato que Ana dejó en el centro de la mesa, con dos cucharas.

La pareja acabó la cena contenta, sin dejar su animada conversación, que Charles no quiso enturbiar mencionando la cena del miércoles o hablando de la relación de Isabel con su padre. Esa era una velada positiva, Charles no quería arruinarla con un comentario fuera de tono o sacando un tema delicado.

El restaurante empezó a animarse y los presentes cada vez tenían que alzar más la voz para poder oír. Había personas que esperaban su turno en la escalera, algo que siempre había incomodado a Charles. El ruido rompió en parte la magia de la cena, haciendo más difícil su conversación tenue e íntima, que Charles no quería abandonar.

—¿Te apetece dar un paseo para estirar las piernas? —preguntó, de nuevo venciendo su timidez, su miedo al rechazo. La sensación de victoria que había sentido al avanzar por la plaza con Isabel le había dejado tan buen recuerdo que solo quería experimentarla una vez más antes de partir al día siguiente.

Isabel, en ese momento mirando por la ventana, se giró hacia él y con una dulce sonrisa le respondió:

—*Okey.* —Lo pronunció con un fuerte acento español.

Contentos y con alguna copa de más, la pareja abandonó el restaurante dos horas y media después de haber entrado, con Charles escoltando a Isabel mientras esta bajaba por las escaleras, adoptando de nuevo sus elegantes formas etonianas, que su nueva amiga aceptaba con gusto.

Con el paso marcado por sus tacones, firmes y secos, Isabel condujo a Charles por cuestas y rincones del pueblo que apenas conocía, o no recordaba, seguramente para evitar encontrarse con gente, imaginó. Sus pasos resonaban por las calles tranquilas, ya oscuras, iluminadas por preciosas farolas negras, antiguas. En las casas se oían voces y el trastear de las familias en las cocinas mientras preparaban la cena. El olor a patata frita o el ruido de un tenedor batiendo un huevo eran perfectamente reconocibles, tanto como los gritos de alguna madre a un hijo, ordenándole poner la mesa o regañándole por llegar tarde. Aquella simplicidad doméstica y tranquila en una noche de verano hizo sentir a Charles parte de la familia morellana por primera vez desde que había llegado al pueblo por Pascua. El inglés respiró tranquilo y miró de reojo a Isabel, que avanzaba segura hacia delante en dirección a Sant Miquel. Dejando atrás las dos torres, la pareja se adentró en la Alameda, tranquila y oscura, iluminada por un cielo estrellado alegre y vivo, muy poco habitual en su Londres siempre cubierto de nubes y polución.

Charles e Isabel caminaban lentos y silenciosos, aunque eso no incomodaba en absoluto al inglés. Charles no tenía que hacer, decir o demostrar nada, pues al día siguiente regresaría a Londres y no tenía que volver a ese lugar, si no quería. De todos modos, no regresar a Morella le parecía ahora una idea casi descabellada.

—Y tus padres ¿te esperan en Londres? —preguntó Isabel, de repente.

A Charles le sorprendió la pregunta. Solo en España las personas dan tanta importancia a la familia. En Inglaterra, en cambio, y sobre todo en Eton, la escuela se convierte pronto en el primer núcleo de referencia y los padres no son más que dos adultos con quien uno intercambia impresiones más bien superfluas algunos días al año, más bien pocos.

—¿Por qué lo preguntas? —respondió curioso mientras continuaban su paseo casi solos por la Alameda, pues la mayoría de los morellanos estaban todavía cenando.

—Solo por curiosidad —le dijo Isabel, mirándole—. Pero no me respondas, si no quieres.

—No importa —se apresuró a responder el inglés—. Para nada. De hecho, es una historia tan corta que no tiene ni importancia —dijo, haciendo una breve pausa antes de continuar—. Mi padre era hispanista en la Universidad de Cambridge, por eso me habló siempre en español. Estaba loco por España, solo leía y escribía acerca de este país, su historia, sus escritores; hasta vino aquí durante la guerra.

—Ah, ¿sí? —exclamó Isabel, sorprendida.

—Casi cinco mil ingleses vinieron a apoyar a la República, entre ellos mi padre y su buen amigo George Orwell, que también había estudiado en Eton.

—¡Caray! —dijo Isabel, deteniéndose un segundo, mirándole con las pupilas bien dilatadas.

Charles se sintió halagado por aquel interés, aunque fuera por su padre más que por él. Aun así, era la primera vez que impresionaba a una mujer en muchos años.

—Bueno, creo que todos se conocían entre sí —dijo con la típica, y falsa, infravaloración británica—. El caso es que regresó a Inglaterra después de ganar Franco, pero se dedicó a escribir sobre España desde entonces.

—¿Y tu madre? —preguntó Isabel.

Charles se detuvo ahora, pues nunca nadie le había preguntado por su madre, que él recordara, ni él había pensado casi nunca en ella. Notó que le costaba responder, quizá porque aquello era difícil de admitir. O quizá, porque era algo que todavía le costaba aceptar. No lo sabía.

Reanudando el paso, respondió:

—Pues no tengo muy claro quién fue mi madre, la verdad; mi padre nunca me habló de ella.

Charles percibió que Isabel le miraba de reojo.

—¿Y no tienes curiosidad por saberlo? —preguntó Isabel con dulzura, sin levantar la mirada del suelo.

Charles apretó los labios y cruzó las manos por detrás de la espalda. Él ya era mayor, un hombre hecho, para pensar en su madre como un niño necesitado.

—Pues no —dijo—. Ya sé que suena inusual. Quizá de pequeño sí que lo pensaba más, pero como el colegio pasa a ser tu familia desde una edad tan temprana, el hecho de no tener madre tampoco es tan relevante, pues tu vida está en el colegio. A mi padre solo lo veía una vez al mes, o cada dos meses —le respondió.

—Los internados ingleses… —apuntó Isabel, sin acabar la frase.

—Sí, ya sé que en España no se estilan.

—Pues no —respondió Isabel—. Perdona que insista —dijo—, pero ¿no quieres saber quién es, ponerte a buscarla? —Después de una pausa, aclaró—: Perdona si me estoy entrometiendo demasiado.

—No, no, no importa —respondió. El inglés guardó silencio mientras salían ya de la Alameda y entraban al Pla d'Estudi, bien iluminado por unas lámparas intensas que restaban intimidad a su conversación.

—Yo creo que ya estoy mayor para eso —fue todo cuanto dijo.

Isabel no respondió.

La pareja avanzó silenciosa por la calle, más animada a medida que se acercaban a los porches, ahora rebosantes de gente cenando en las terrazas, animadas con música alegre y desenfadada. El ambiente contagió a Charles e Isabel, que aceleraron el paso sin darse cuenta, mirando a un lado y a otro de la calle, contentos ambos solo por formar parte de esa escena alegre y divertida.

Charles, de todos modos, recuperó su rostro serio al llegar a la puerta de la fonda. Al inglés, de repente, le invadió una mezcla de tristeza por acabarse la velada y de incertidumbre, al pensar en su madre por primera vez en muchos años. También era consciente de que, a la mañana siguiente, dejaría aquel rincón del mundo tan especial, donde esa noche había sido feliz.

Miró a Isabel de frente, quien todavía permanecía fresca como una rosa, con el pelo ondulado ahora echado hacia atrás y sus ojos centelleantes.

—Una cosa —le dijo esta, frente a la puerta de la fonda.

Charles la miró con interés. Aquella mujer era una caja de sorpresas.

—Te digo lo siguiente de manera confidencial, solo si me prometes que no dirás que lo has oído de mí.

Charles, sorprendido y un poco alarmado, asintió.

—Tienes mi palabra.

—No te fíes de mi padre, Charles —le dijo muy seria—. Te está engañando. Solo tiene una oferta por la escuela, solo una, y es de dos millones, no de cinco, como te ha dicho.

Sus ojos verdes le miraban fijamente, cargados de honestidad y preocupación.

Charles se echó ligeramente hacia atrás.

—¿Cómo lo sabes? —le preguntó.

—Porque, mal que me pese, es mi padre y le he escuchado varias conversaciones.

Charles dejó pasar unos segundos, mientras procesaba aquella inesperada revelación.

—¿Por qué me lo dices? Es una información que claramente le perjudica a él.

—Tú eres un hombre honesto y él no, por eso te lo digo —respondió Isabel, todavía con la mirada fija en él.

Charles se sintió confuso por hablar de la escuela y de Vicent justo en un momento tan especial, después de un magnífico encuentro, pero también después de haber pensado en su madre, lo que le había trastocado un tanto. El profesor, poco acostumbrado a las sorpresas, negó con la cabeza varias veces. De repente, sintió todas sus defensas aflorar hacia el exterior. Por un momento, se le cruzó por la cabeza que Isabel, manipulada por su padre, le podría estar convenciendo para que bajara la oferta y así perderla, un mecanismo de Vicent para sacárselo de en medio. Él nunca habría pensado así de Isabel, sobre todo después de la maravillosa velada que habían compartido, pero tampoco podía entender aquella traición a su padre. Las palabras de Valli sobre esa familia todavía le resonaban en la cabeza. Por lo que veía, eran capaces de todo, al menos Vicent.

—¿Y si lo que me dices no es cierto? ¿Por qué me tengo que fiar de ti? —le dijo, a la defensiva, arrepintiéndose de sus palabras tan pronto como vio la tristeza que emanó de los ojos de Isabel.

—Tú verás —fue cuanto esta le respondió.

Sin decir una palabra más, Isabel se adentró en la fonda y desapareció escaleras arriba, dejando a Charles clavado en la puerta.

Aquella respuesta vaga confundió todavía más al inglés, que permaneció solo durante unos minutos en esa posición, sintiendo una vez más las pintas de Oxford en sus manos.

19

El mundo había cambiado apenas dos meses más tarde con la caída de dos fondos de inversión de Bear Stearns, uno de los grandes bancos de inversión americanos. La noticia sembró el pánico en los mercados internacionales y provocó la intervención inmediata de los bancos centrales. Fue el primer pinchazo de una burbuja financiera creada durante dos décadas de exuberancia; una clara señal —aunque muchos quisieron ignorarla— de que el desenfreno del que políticos, reguladores y ciudadanos tanto habían disfrutado había llegado a su fin.

Pero, entonces, las grandes finanzas mundiales y la hecatombe financiera todavía quedaban muy lejos de Morella, que contemplaba los acontecimientos con distancia, sin acabarlos de entender. En septiembre, el pueblo estaba tranquilo después de un buen verano y los días otoñales se sucedían, suaves y calmados, como todos los años. Nadie en el pueblo sabía todavía qué era la prima de riesgo ni qué era Standard & Poor's.

Vicent tuvo que buscar él mismo en Internet qué era esa agencia de nombre tan largo, pues nadie en el ayuntamiento le había sabido responder. La semana anterior había recibido una carta de una tal Anne Thomson, directora de esa agencia, pidiéndole una reunión. Él había respondido cordialmente, fijando la entrevista esa misma mañana. Ahora, a cinco minutos de la visita, el alcalde todavía no sabía qué querría aquella señora, ya que, según había leído, esa agencia calificaba deuda y Morella nunca había emitido ningún bono o instrumento de deuda pública. El caso es que el nombre inglés de la agencia y de su representante le habían hecho levantar la guardia, pero pensando en Charles y en la venta de la escuela, Vicent había decidido que mejor sería recibirles y cooperar. Si de aquel encuentro salía un informe positivo, Vicent podría pasárselo después a Charles y a cuantos inversores conocía. El alcalde esperaba y estaba convencido de que todo se empezaría a resolver de manera positiva muy pronto.

En casa, las cosas habían mejorado hasta cierto punto, ya que por fin habían llegado los doscientos cincuenta mil euros de Roig —en concepto de reconversión de la fonda en casa rural—, con lo que la deuda con la eléctrica había quedado saldada, además de otros agujeros y deudas pendientes. Por fin había podido pagar a sus hijos en la fonda, aunque a Isabel, después de su horroroso desplante en julio, tan solo le había dado un sueldo mensual de ochocientos euros, la mitad que a su hermano. En el fondo, sabía que Isabel ponía muchas más horas en la fonda y que, si el negocio de las comidas había mejorado sustancialmente, era porque ella se había dedicado de lleno desde que había perdido el trabajo.

Pero no podía perdonarle la escena que montó ante Charles en su propia casa en julio. Desde entonces, Vicent no había tenido noticias del inglés y apenas había cruzado palabra con su hija. Estuvo a punto de echarla de la fonda, pero su mano para la cocina le había reportado clientes y hasta atraía comensales de pueblos vecinos a la hora de comer. De momento, pensó, mejor dejar las cosas como estaban hasta que se culminara la venta de la escuela y pudiera respirar.

Llamaron a la puerta mientras Vicent estaba absorto en estos pensamientos, pero enseguida ordenó que pasaran. Eva entró primero hablando en inglés, que él no entendía, con una mujer alta y delgada, de ojos azules y pelo largo negro. Impecablemente maquillada, la joven mujer lucía un elegante vestido azul marino y un collar de perlas, sobre el brazo reposaba una típica gabardina Burberry; toda ella muy *british*.

Vicent pensó que aquella mujer se ganaría mejor la vida de modelo que de analista y no pudo evitar repasar con la mirada su increíble silueta. Sus piernas eran tan largas que hasta movió la cabeza de abajo arriba mientras las observaba. Aquella mirada, tan poco disimulada, pareció molestar a la mujer, que enseguida le miró fría y fijamente a los ojos.

—Pase, pase, por favor —dijo el alcalde, levantándose para asir a la señora del brazo y acompañarla hasta la silla. Ella rápidamente rechazó cualquier ayuda—. Gracias, Eva —dijo a su ayudante sin apenas mirarla—. Nos puedes dejar ahora.

Discreta como siempre, Eva se retiró.

—Buenos días —dijo Anne con un marcadísimo acento americano, mientras cruzaba las piernas frente a la opulenta mesa de madera brillante del alcalde.

Este, de nuevo sentado en su sillón de terciopelo rojo, la miraba con una sonrisa de oreja a oreja. En sus más de doce meses al frente de la alcaldía, esa era sin duda la visita más agradable que había recibido. ¡Menudo pedazo de mujer!, pensó para sus adentros, aunque sin disimular su admiración.

—¿No es Eva la encargada técnica del ayuntamiento? —preguntó la americana—. ¿No sería mejor que estuviera presente en la reunión?

Vicent se sorprendió, pero, tranquilo, se inclinó hacia atrás y soltó una pequeña risa. Él mandaba en su despacho y, con semejante escultura delante, ¿para qué iba a querer compartir ese momento con una joven pueblerina?

—No, mujer, no —le respondió cogiendo la cajetilla de Marlboro que siempre tenía encima de la mesa—. Ya estamos bien así —dijo, encendiéndose un cigarrillo y echando el humo hacia un lado.

Anne empezó a toser y a mirarle con ojos casi desorbitados, como si estuviera ante un loco. Sus gestos para apartar el humo eran tan exagerados que parecía que se estuviera asfixiando. Cuando por fin respiró al cabo de unos segundos, la americana dijo:

—Por favor, ¿puede apagar el cigarrillo? Me molesta mucho.

Vicent, sorprendido ante tanto refinamiento, no quiso problemas y, de mala gana, accedió.

Tras una breve pausa, e intuyendo que aquella visita igual no sería tan agradable como él había imaginado, Vicent decidió ir al grano.

—Usted me dirá, señorita, en qué puedo ayudarle —dijo, apoyando los codos sobre la mesa, las manos juntas al frente. Con la corbata bien ajustada y detrás de su mesa de alcalde, Vicent se sentía infranqueable. Enseguida acabaría con aquella guiri y continuaría con su trabajo.

—Señora, no señorita, si me permite —apuntó la americana.

—Pues dígame, señora —matizó Vicent, ya un poco cansado de aquella mujer—. Dígame qué le ha traído por estos lares.

Anne colocó una cartera de piel de cocodrilo en sus formidables rodillas y de ella extrajo unos documentos bien protegidos por un portafolios transparente. Lo colocó encima de la mesa.

—Como le dije en el correo electrónico, yo soy la especialista para España de Standard & Poor's, en Londres.

—Muy bien —respondió Vicent, un poco exasperado, ya que para él ese cargo era menos relevante que el del delegado de los masoveros morellanos, quien realmente sí le podía traer problemas. Aquella mujer, salida de la Pasarela Cibeles, no parecía que le fuera a presentar grandes dificultades.

—Quería hablar con usted, porque estamos un poco preocupados con España —dijo la analista en tono solemne.

Vicent se recostó en su sillón de alcalde, todavía tratando de averiguar qué demonios querría esa mujer.

—Pues en Morella poco podemos hacer para salvar España —dijo con sorna.

A Anne pareció no sentarle bien el comentario y, con una fuerza y una decisión más propias de un hombre, la mujer colocó su cartera de piel encima de la mesa, mirando a Vicent con intensidad.

—Pensamos que en España se está fraguando una burbuja inmobiliaria muy peligrosa y estamos estudiando algunos casos —dijo.

—Pues aquí en Morella estamos muy tranquilos —respondió el alcalde, rápido—. Aquí no se construye, porque tenemos unas murallas que son preciosas, pero que nos limitan el crecimiento. Creo que hay mejores sitios donde empezar su investigación, señorita —dijo, para corregirse rápidamente, pues la voraz americana ya tenía la protesta en la boca—: Señora, disculpe.

—Ya sé que en el pueblo no se puede construir, pero he visto que Morella ha invertido tres millones de euros en el aeropuerto de Castellón, que todavía no funciona, y al no ver semejante partida en el presupuesto municipal he venido hasta aquí para saber qué ha pasado.

A Vicent se le tensaron la espalda y los músculos de la cara inmediatamente. ¿Quién diablos era aquella mujer y por qué había elegido su pueblo, si todos estaban igual? El alcalde cruzó las piernas y juntó las manos sobre las rodillas. Se esforzó por aparentar normalidad. En el fondo, sabía que nada debía temer de esa yanqui.

—¿Y se puede saber cómo conoce nuestra inversión? Que yo sepa, no figura en las cuentas públicas del aeropuerto ni en las nuestras, sencillamente porque es muy reciente y ya sabe que en España las cosas van lentas, sobre todo en verano. Ahora precisamente estaba hablando con mi asistente, Eva, sobre la necesidad de empezar a trabajar en las cuentas de final de año, donde por supuesto aparecerá la partida. No sé qué es lo que busca realmente. Lo que no entiendo es cómo conoce nuestra inversión.

—No olvide, señor alcalde, que detrás del aeropuerto de Castellón hay inversores extranjeros que han comprado deuda y ellos no se van de vacaciones en verano; siempre quieren información puntual, que por supuesto reciben.

—Ya —concedió Vicent. Después de una breve pausa, intentó finalizar la conversación—: Si no puedo hacer más por usted, me permitirá que continúe con mi trabajo.

La americana pareció sorprenderse.

—Me parece que todavía no hemos acabado, señor alcalde —dijo—. Según la ley española, los ayuntamientos deben presentar sus cuentas cuatro veces al año, o cada tres meses. Según mi información, la inversión de los tres millones en el aeropuerto data de después de Semana Santa, por lo que ya debería haber aparecido en las cuentas de julio, donde no figuran. Quería preguntarle por qué.

Vicent se empezó a incomodar ante la presencia de aquella mujer que ya le parecía más un robot que una modelo.

—Como le he dicho, señora, en España las cosas van más despacio y en julio aquí no había nadie y dudo que los inversores se pasaran los meses de verano leyendo mis cuentas. Y si no estaban en la playa, pues deberían, que unas buenas vacaciones les van bien a todos —dijo, soltando una breve risa, que atajó de inmediato al ver que Anne ni se inmutaba.

—Yo no soy el regulador —dijo Anne—, solo sé que mis clientes, los inversores, se sorprenderán mucho si ven que la parte que ha comprometido tres millones en el proyecto no los puede justificar en sus próximas cuentas, que esperamos en octubre, en apenas dos semanas. Supongo que para entonces ya saldrán, ¿no?

Vicent sintió un ligero sofoco en la garganta. Por supuesto que no tenía ninguna intención de cargarse el presupuesto municipal y dar a conocer semejante inversión, al menos hasta que no vendiera la escuela por cinco millones y hasta que el aeropuerto no estuviera en marcha y se pudiera atribuir parte del éxito. Hasta entonces había que ser discretos.

—No sabía que los inversores de Londres estuvieran tan pendientes de las cuentas de Morella —le respondió—. Pero si tan interesados están en nuestro pueblo, por favor, que me vengan a ver, que aquí tenemos excelentes oportunidades de inversión —le dijo con una sonrisa de político americano.

—Ese no es el tema, señor alcalde, sino los tres millones.

—Pero ¡si tres millones son peccata minuta para un aeropuerto! ¿Por qué tanto interés en nosotros?

—Como le he dicho, es un ejemplo pequeño de algo que podría ser mayor y que podría estar afectando a toda la Comunidad Valenciana y a España en general —le respondió la mujer, fría, calculadora y distante—. Además, ya habrá visto las noticias, ahora se avecinan tiempos duros.

Vicent puso cara de póquer. Estaba claro que no podía decirle a aquella mujer que estaba esperando a vender la escuela y a que el aeropuerto estuviera operativo para introducir aquella partida en el presupuesto municipal. Pero si el problema no era suyo, sino de toda la Comunidad, podría llamar a Roig para pedir ayuda.

—¿Y dice usted que están mirando a toda la Comunidad Valenciana? —preguntó, viendo una salida.

—Sí.

—Muy bien, pues ya se puede ir usted tranquila a Londres y decirles a sus inversores que aquí no pasa nada, que todo va bien y que no vean fantasmas. Nuestras cuentas estarán claras a partir del trimestre que viene, y si tienen alguna duda, que vengan, que además aquí les podemos ofrecer oportunidades.

El alcalde se levantó, nervioso, con ganas de terminar aquella sorprendente e incómoda conversación.

Sin decir más, la americana recogió sus papeles, su cartera y su abrigo y, antes de partir, le recordó:

—Mis clientes y yo esperaremos con atención esas cuentas. Ya sabe que la comunidad internacional está acostumbrada a un nivel de información y transparencia muy alto y, si no lo consiguen, no dudan en recurrir a los tribunales —dijo como si nada, pero mirándole fijamente a la cara.

Con la misma clase y altanería con la que había entrado, la americana partió sin cerrar la puerta tras de sí.

Estupefacto, Vicent se apresuró a cerrar la puerta y volvió a su mesa, donde se sentó frente a su portátil durante unos segundos, frotándose las manos nerviosamente. Nunca antes había recibido una amenaza así y mucho menos de una mujer, encima guiri. Sin saber qué hacer, se levantó y permaneció de pie junto al gran ventanal de piedra en forma de arco gótico que inundaba de luz su despacho. Desde allí veía los tejados de las casas del pueblo y los campos de alrededor. Era un día apacible y soleado, bañado por una luz tenue otoñal. Aquella reunión, sin embargo, le había infundido intranquilidad. Tendría que añadir los malditos tres millones al presupuesto, pero eso ahora era imposible, nadie lo entendería y el agujero que provocaría sería inexplicable para muchos y carnaza para la oposición. Solo le quedaba llamar a Roig.

Tras jugar nerviosamente con su móvil durante un par de minutos, Vicent por fin marcó la tecla que le conectaba directamente con el presidente de la Comunidad Valenciana.

—¿Qué dice el alcalde más dicharachero de Valencia? —preguntó Roig nada más coger el teléfono.

Como de costumbre, el presidente estaba rodeado de ruido, algo que ya empezaba a irritar a Vicent, que nunca podía hablar de manera serena con él. Con Roig, todo eran prisas, siempre. Quizá esa era la manera de realizar tantas actividades, o más bien de esconderse en ellas, pensó Vicent.

—Pues muy bien, todo perfecto —respondió el alcalde, como de costumbre. Como político había aprendido que siempre, siempre, debía decir que las cosas iban bien.

—¿Y para eso me llamas? —replicó Roig, rápido como de costumbre—. Tengo solo unos segundos, que entro a una reunión en un banco.

—Pues precisamente de eso le quería hablar, presidente —balbuceó Vicent, pensando que con Roig lo mejor era ir al grano—. Acabo de recibir una extraña visita, de una mujer de una agencia americana, no sé cómo se llama, Estándar algo… El caso es que algunos inversores del aeropuerto de Castellón en Londres son clientes suyos y han visto que nuestra inversión de tres millones no figura en las cuentas municipales. Sospechan que se trata de un ejemplo más de la burbuja inmobiliaria que se ha formado en la Comunidad y en España en general…

—¿Era una gilipollas americana que está más buena que el pan? —le cortó Roig.

—¡Esa misma! —exclamó Vicent—. ¿La conoces?

—No, no tengo el gusto, pero otro alcalde me ha comentado una historia parecida; se ve que va haciendo visitas con el mismo cuento. Bah, déjale que haga.

A Vicent no le parecía que aquel asunto fuera tan insignificante como el presidente pretendía.

—El caso es que me ha dicho que espera que la partida de los tres millones aparezca en nuestras cuentas de octubre y que, si no, los inversores pueden tomar medidas legales.

Roig guardó unos segundos de silencio.

—No me jodas que la puta americana o inglesa, o lo que sea, te ha amenazado.

—Como lo oyes.

—Pues estás jodido, macho, porque esa agencia es importante. Precisamente tengo ahora una reunión con un banco que se queja de que otra agencia les ha rebajado la calificación y la deuda les sale ahora mucho más cara.

—¿Qué me recomiendas? —preguntó Vicent, que no sabía nada de agencias ni de calificaciones crediticias.

—Pues que pongas la partida en el presupuesto y le digas a tu consejo que, cuando el aeropuerto empiece a funcionar, la inversión se amortizará de sobra. Que es la mejor inversión de Morella en toda su historia.

—No puedo, presidente, la oposición se me comerá. —Al cabo de unos segundos, continuó Vicent nervioso, aflojándose el nudo de la corbata—: He pensado que igual podríamos pasar la partida a la Generalitat. La pagaríamos nosotros, por supuesto, pero si al menos figurase en los libros de la Comunidad, no se notaría tanto.

—Estás loco, macho —respondió Roig al instante—. ¿No sabes que tengo unas elecciones en tan solo cinco meses? Imposible.

Vicent sintió el peso del mundo sobre sus espaldas.

—¿No puedes hacer nada por ayudarme?

Roig guardó silencio.

—Sí, claro, y ya lo he hecho y lo continuaré haciendo. Haré otra visita a tu pueblo, justo antes de las elecciones, o hasta dos. Te apoyaré, haremos algún acto conjunto y hablaré de lo importante que es el aeropuerto para todos y, sobre todo, para Morella, que siempre ha vivido de espaldas a las comunicaciones. Autovías, trenes... siempre se la han pasado de largo, pero esta vez no. —Roig hizo una breve pausa—. Oye, que empieza mi reunión. Tú pon la partida, que ya verás como al final todo sale de maravilla. ¿Tú te piensas que una gilipollas yanqui se puede entrometer en el desarrollo histórico de esta Comunidad, que, gracias a políticos como tú y como yo, está saliendo de una economía de la huerta para posicionarse como un centro de desarrollo mundial?

—Claro, claro, presidente —fue todo lo que pudo añadir Vicent antes de que Roig colgara el teléfono abruptamente.

El alcalde se sentó de nuevo en su sillón y se cubrió la cara con las manos. Al cabo de unos segundos, observó el calendario que tenía sobre la mesa, apenas faltaban dos semanas para presentar las cuentas del tercer trimestre, por lo que se tendría que empezar a dar prisa. Con Eva embarazada, según le había informado antes de las vacaciones, debían empezar a trabajar en ello, ya que su asistente sería ahora más lenta en todo. Vicent respiró hondo, pues tener otra conversación desagradable con Eva se le hacía una montaña. Y justo ahora, que por fin había conseguido destensar un tanto la relación después del encontronazo que tuvieron cuando la obligó a transferir urgentemente el millón de euros. Vicent todavía no le había dicho que se había comprometido a otros dos millones más —un compromiso solo de palabra, lo cual, por lo visto, no había impedido a Roig añadirlos a las cuentas del aeropuerto, elevando el total a tres—. Esa cantidad estaba ahora incluida en las cuentas del aeropuerto, que, por lo que había dicho la de la agencia, habían llegado a manos de los inversores internacionales. Vicent se pasó una mano por la frente, ahora sudorosa.

Aunque él tuviera el plan pensado, Eva le resultaba un grave inconveniente. El alcalde pretendía retrasar la inversión de casi dos millones destinada a instalar un sistema de calefacción nuevo en el asilo, ya que el actual, muy antiguo, había dejado de funcionar. Esa inversión estaba ya presupuestada, por lo que podrían desviar esos fondos y destinarlos al aeropuerto, por supuesto sin mencionarlo. Solo había que dar a la partida un nombre general, sin concretar el objetivo, para que todo cupiera. A la de la agencia le diría que aquella partida incluía la inversión en el aeropuerto, y a la oposición les aseguraría que se trataba de las obras del asilo. Además, seguro que las monjas y los ancianos no protestarían, o si lo hacían les podría dar largas, retrasando las obras hasta que los fondos volvieran a estar disponibles tras la venta de la escuela. Solo sería un invierno más de frío. En cuanto el aeropuerto estuviera en marcha y generara más ingresos para las arcas municipales, añadiría la inversión en la infraestructura, que quedaría plenamente justificada.

Después de cavilar y rumiar el plan durante casi una hora, el alcalde se volvió a ajustar la corbata e hizo pasar a Eva.

La joven entró un tanto nerviosa. Desde la discusión por la transferencia, apenas habían hablado más que lo justo. Él no quería haberla amenazado, pero el mundo funcionaba así: si él la apoyó y seleccionó para el puesto, librándola de uno o dos años de estudiar oposiciones, ella ahora le debía un favor. No se estaba cobrando nada que no pudiera, pensó el alcalde. Lo malo es que todavía había más por cobrar, lo cual le incomodaba. Pero esa era su obligación. En fin, se dijo, intentaría ser suave y amable, pues nadie quería exabruptos.

—Eva, querida, pasa, pasa. ¿Cómo te encuentras? ¿Bien? —dijo a su asistente, quien en su quinto mes de embarazo ya empezaba a mostrar algo de tripa—. Siéntate, por favor —le dijo en tono paternalista y acompañándola hacia la silla, como si más que embarazada tuviera alguna discapacidad—. Se acerca el final de trimestre y hay que actualizar las cuentas —empezó.

—Ya casi he terminado —apuntó Eva, eficiente—. He añadido la partida de las reformas del asilo, que es la mayor, y también los diez mil euros para el concurso de carteles y los cinco mil para el alambrado de la masía de Querol, ya que sus vacas ahora forman parte del plan de consumo cárnico del pueblo. No queda nada más, ¿no? —preguntó la joven, bolígrafo y bloc de notas en mano.

—Hay una cosa más, Eva —dijo el alcalde, reclinando la espalda en su sillón y cruzando los brazos—. Se trata del aeropuerto de Castellón, hasta ahora un secreto y una inversión planeada al más alto nivel. Pero tú ya sabes algo, después de la inversión de un millón que realizamos hace unos meses.

Eva bajó la mirada, tan deseosa como el alcalde de no recordar aquel episodio tan desagradable.

—El caso es que ese proyecto es crucial para la Comunidad y para el futuro de nuestro pueblo, que siempre ha vivido de espaldas a las infraestructuras. No debemos dejar pasar esta oportunidad.

—Escucho —dijo Eva, sin mirarle.

—Con el presidente Roig, con quien hablo casi a diario sobre estos planes y quien nos respalda plenamente, hemos acordado que Morella, en realidad, invertirá un total de tres millones en el aeropuerto, del que ya hemos abonado uno, como sabes.

Como él esperaba, Eva dejó la libreta sobre sus rodillas y alzó sus ojos grandes, bien abiertos, cargados de sorpresa e incomprensión.

—¡¿Tres millones?!

—Ya sé que para nuestro presupuesto parece una cantidad muy importante, pero hay que añadirlo. De todos modos, debemos pensar estratégicamente y no en los detalles.

—Pero ¿no necesitamos la aprobación del pleno?

—Lo he acordado con el presidente de la Comunidad Valenciana.

Relegada, Eva empezó a tomar notas en su libreta, pero enseguida las dejó a la mitad. Al cabo de unos segundos, balbuceó:

—Pero no nos lo podemos permitir, alcalde, con la deuda que ya tenemos…

—Ya lo sé, Eva —le dijo—. Lo hago por el bien de Morella.

—Pero ¿de dónde vamos a sacar el dinero? —preguntó la joven, jugueteando nerviosamente con el bolígrafo.

Vicent se aclaró la voz antes de contestar:

—Del asilo, pero solo a modo de anticipo —dijo, observando cómo Eva ya había empezado a negar con la cabeza—. No te preocupes, solo significará un pequeño retraso. En cuanto cobremos por la venta de la escuela, empezamos con las obras del asilo; será lo primero que hagamos —dijo, con determinación—. Ya te explicaré los detalles, tú tranquila.

Eva le miraba en silencio, sin mover una pestaña; sus dedos, quietos, asían con fuerza el bolígrafo con el que había dejado de juguetear.

Después de un tenso silencio, cuando la joven iba a levantarse, el alcalde añadió un último asunto mientras simulaba ordenar unos papeles.

—Hay una cosa más —dijo, haciendo girar a Eva, que ya estaba a medio camino de la puerta—. También me gustaría que añadieras al presupuesto un ingreso de cinco millones por la escuela, que a buen seguro ataremos enseguida.

Eva dejó caer los brazos y se inclinó hacia delante.

—¿Cómo dice?

—Lo que has oído —respondió el alcalde, colocando unas pilas de papeles de un lado a otro de la mesa. Mostrarse ocupado era otra técnica que nunca fallaba.

—Pero si todavía no la hemos vendido…

Con firmeza, Vicent apoyó sus gruesas manos sobre una de las pilas que movía y miró a Eva con exasperación, como si le estuviese haciendo perder el tiempo. En el fondo, al alcalde no le gustaba tratar a Eva así, pero debía salvar aquel escollo. Al menos, con las mujeres era más fácil, ya que se sometían con más facilidad que los hombres, pensó Vicent. Por eso él siempre había contratado a mujeres, que encima trabajaban más y cobraban menos, se dijo.

—Sé que estamos muy cerca de completar la venta al inglés —le dijo, mirándola fijamente—. Pero esto es, por supuesto, confidencial. Por favor, que quede entre nosotros.

Eva le miró desconcertada.

—Pues precisamente le quería comentar que esta misma mañana hemos recibido una carta de él —dijo, extrayendo un sobre doblado de su bloc de notas—. La había traído, pero con tantos cambios se me había olvidado. Dice que rebaja su oferta de cuatro millones a dos y medio.

Vicent sintió una punzada en el corazón, pero intentó disimular. Con cara de póquer se levantó y se dirigió hacia Eva, que seguía de pie, acariciándose la tripa con una mano mientras, atónita, sostenía la carta con la otra. Vicent asió el sobre de golpe y, después de abrirlo nerviosamente, echó una rápida ojeada a la misiva. Esta era breve, directa y ciertamente decía, sin muchas explicaciones, lo que Eva acababa de comunicarle. Maldito inglés, se dijo el alcalde recordando enseguida a su hija Isabel; seguro que era culpa suya. Carta en mano, Vicent se dirigió a la ventana, desde donde contempló el pueblo que, después de tantos años, por fin controlaba. No se iba a dejar vencer por un inglés afeminado, ni por una americana imbécil que no sabía nada de España y mucho menos de Morella.

—No hagas caso —dijo por fin a Eva—. Lo tengo todo controlado, esto solo son maniobras de negociación. El cabrón quiere un descuento, pero no lo tendrá. Ya le daremos algún incentivo fiscal si se pone pesado. —El alcalde miró fijamente a su ayudante—. Tú a lo tuyo, asegúrate de que la partida del aeropuerto y los cinco millones de la venta figuran en las cuentas.

Su ayudante se llevó una mano a la boca.

—Pero, señor alcalde, usted sabe que eso es ilegal, la venta todavía no se ha producido.

—Créeme que la operación se ejecutará antes de que esos malditos presupuestos lleguen a los inversores, así que de ilegal aquí no hay nada, ¿me oyes?

Eva permaneció en silencio.

—Y sácame a mí, por favor, unos billetes a Londres para mañana mismo, que iré yo personalmente a cerrar esto con el inglés. Y que sean en clase *business*. Venga, ahora a trabajar —dijo, sentándose de nuevo en su mesa, fijando la vista en el portátil. Las manos le temblaban.

Eva no se movió ni un centímetro. Tras unos segundos de tensión, Vicent le gritó:

—¿Qué pasa, que no oyes? Venga, hay mucho que hacer. Saca esos billetes y date prisa con las cuentas.

Eva permaneció en silencio, parecía que tenía los ojos llorosos, percibió Vicent. El alcalde suspiró, irritado. Ahora no tenía tiempo para los desbarajustes emocionales de mujeres embarazadas.

—¿Se puede saber qué coño te pasa? —le espetó.

—No puedo, señor alcalde —imploró Eva—. No me puede pedir algo ilegal.

—Que no es ilegal, joder; te digo que mañana mismo lo cierro.

—Pues cuando esté cerrado y firmado yo adaptaré las cuentas, pero no antes.

Vicent hizo caer encima de la mesa el lápiz que había cogido nerviosamente unos segundos antes. Miró a su empleada de arriba abajo, deteniéndose en su incipiente tripa, que ella seguía acariciando, como si la intentara proteger.

—Me parece, Eva, que no estás en posición de negarte —le dijo—. ¿Me equivoco?

La joven miró al suelo y luego a él de nuevo. Ahora sí dejó caer una lágrima.

—Por favor, señor alcalde, se lo ruego, no me pida algo así.

Vicent la miró y sintió un poco de lástima por aquella joven, ahora embarazada y sin ningún lugar donde caerse muerta. Su novio era un albañil sin dinero y la familia dependía de ella, así que no tenía dónde asirse. No le resultaba agradable presionarla, pero, en el fondo, gracias a él aquella joven había prosperado y ahora podía formar una familia. Él no era malo. En realidad, ella se lo debía todo a él.

—Eva, por favor, no me fuerces a hacer lo que no quiero, y con eso ya te lo he dicho todo —le dijo—. Sé que precisamente ahora necesitas estabilidad y yo estoy dispuesto a dártela. Pero esto hay que hacerlo —concluyó, bajando la mirada hacia su ordenador.

Su ayudante entendió el mensaje y salió del despacho en silencio, arrastrando los pies, con los brazos caídos. Al menos cerró la puerta tras de sí.

Vicent golpeó la mesa con las dos manos nada más quedarse solo. No podía entender cómo se le podía haber complicado tanto una mañana que parecía tan tranquila y gloriosa cuando fue a dar su paseo matutino diario con *Lo Petit*.

El alcalde pensó en su caballo y contó las horas que faltaban hasta las seis de la tarde, cuando saldría de nuevo, una horita, para recorrer los caminos de Torre Miró a lomos del que sin duda era su mejor amigo y su máximo confidente. Hoy le necesitaba más que nunca.

Vicent se volvió hacia la ventana y miró las tejas de terracota que cubrían las casas blancas del pueblo, escalonadas por las cuestas hasta terminar en la muralla. Abrió el ventanal para respirar el aire puro del Maestrazgo y el olor de las primeras chimeneas del invierno. En el fondo, el alcalde estaba orgulloso de cumplir con su obligación. Él quería ser popular en un pueblo que siempre le trató como a un forastero. Quería pasar por la cara de esos masoveros que él podía traer a Morella riqueza, desarrollo, casinos o *colleges* ingleses, y hasta los beneficios de un aeropuerto, mientras que ellos solo habían pensado en sus tierras, manteniendo el statu quo durante siglos y frenando cualquier progreso. La batalla era más dura de lo que él se había imaginado y había pasado por momentos desagradables, pero estaba seguro de que un día no muy lejano estaría en primera fila en el aeropuerto de Castellón, junto al presidente Roig, recibiendo el primer vuelo de turistas. Morella iba a ocupar por fin el puesto que le correspondía en la Comunidad y en España. Hasta en el mundo.

En esas fantasías estaba Vicent cuando sonó el teléfono Bang & Olufsen que se hizo instalar nada más llegar a la alcaldía hacía casi dos años. El alcalde miró hacia el auricular de diseño fino y moderno y dudó en contestar. La mañana ya había amanecido cargada de problemas y no sabía si podía absorber más. Al menos, una lucecita roja le indicaba que se trataba de una llamada directa a su línea personal. Aunque la transferencia de Roig ya había resuelto todos los asuntos domésticos, Vicent pensó que sería Amparo y contestó.

—¿Qué quieres? —preguntó, antes de emitir un resoplido.

—¿Señor Fernández? —preguntó una voz que enseguida reconoció, por su inconfundible acento catalán.

—¡Jaume! De la agencia de detectives, ¿no? —preguntó Vicent en voz baja. Hacía casi dos meses que no hablaba con él.

El alcalde irguió la espalda y levantó la cabeza solemnemente, como si esperara un veredicto importante. Tras escuchar a su interlocutor unos segundos, le dijo:

—Eso está muy bien, Jaume, pero dime: exactamente, ¿qué has encontrado?

El alcalde permaneció callado, sentado, con el auricular fuertemente pegado a su oído, escuchando con máxima atención. Al poco rato, empezó a esbozar una sonrisa y abrió los ojos tanto como pudo, para luego cerrarlos con fuerza y levantar el puño, bien apretado, en señal de victoria.

Sin decir palabra, Vicent continuó escuchando con los labios bien apretados, hasta que por fin irrumpió.

—¿Y eso lo has encontrado en los documentos de la Pastora, como te dije? —preguntó.

Vicent asintió mientras escuchaba la respuesta y empezaba a tomar notas.

—¿Estás totalmente seguro? El nombre es el mismo, ¿no? —dijo al cabo de unos segundos.

Vicent continuó escuchando con ojos centelleantes. Por fin, por fin había llegado el momento de hacer justicia, para él y para su padre. No solo vengaría su muerte, sino que también daría un empujón a la venta de la escuela. Ahora mismo.

Tras colgar, el alcalde salió casi corriendo de su despacho, poniéndose la gabardina a toda prisa mientras bajaba los escalones del ayuntamiento de dos en dos. Ni se paró a saludar a las personas que le salieron al paso preguntándole hacia dónde iba con tanta prisa. Para evitar encuentros, Vicent no subió hacia el Pla d'Estudi por la calle de los porches, sino que se dirigió por las cuestas hacia la iglesia para llegar a la plaza

Colón por la calle de la Virgen. Desde allí, subió hacia la hermosa plaza donde vivía Valli y se personó en casa de la maestra. Vicent conocía bien el lugar, ya que allí mismo había ido a buscar a sus hijos después de las clases de inglés que Valli les impartía cuando eran pequeños.

El alcalde respondió enseguida cuando la voz, hoy tranquila, de Valli preguntó por el interfono quién la llamaba.

—Vicent Fernández, tengo algo urgente —dijo, fuerte y seguro.

Después de vacilar durante unos segundos, la anciana le respondió:

—¿Tan urgente es?, ¿no podemos vernos en su despacho?

—No —respondió rotundo Vicent—. Es mejor para usted que sea en privado.

—No le creo, alcalde.

—Me creerá más cuando le diga que sé perfectamente qué depositó en Cambridge en 1955.

Después de un largo silencio, la puerta se abrió.

Vicent, que había esperado ese momento muchos años, pensó en su padre, imaginando que desde algún lugar le observaría, orgulloso. Este siempre le había dicho que aquella vieja un día puso una bomba en la central eléctrica de Biescas, de cuya vigilancia se encargaba él y cuya voladura casi le costó la carrera profesional. Aunque no los pillaran, la Guardia Civil tenía fichados a centenares de maquis, guardaban ficheros muy detallados de las acciones que perpetraban. Después de aquello, la Benemérita, como se la conocía entonces, envió —o más bien condenó— a su padre a un despacho oscuro en Madrid, sin prácticamente nada que hacer y cobrando la mitad del sueldo. Dos años más tarde, le destinaron al Maestrazgo encargándole la peor tarea del cuerpo, la que nadie quería y ningún guardia hasta entonces había conseguido: encontrar al maquis más mítico de todos, el que se escabulló y engañó a la Guardia Civil durante años: la Pastora.

Por supuesto, su padre, como todos, fracasó en el intento, maldiciendo los años malgastados en un objetivo imposible y que, encima, acabó con su vida. De no haber sido por aquella central eléctrica que Valli voló ante sus narices, su padre seguramente habría tenido una vida apacible en Biescas, donde tenía algo de familia y donde él mismo habría crecido mucho mejor rodeado y aceptado que en Morella. Por fin ahora podía vengar la memoria del antiguo guardia civil y poner contra la pared a la mujer que le cambió el destino y que formó parte del grupo de la Pastora que mató a su padre.

Vicent escuchó la respiración de Valli a través de la puerta y se sintió observado a través de la mirilla.

—Vallivana, por Dios, que no la voy a comer, abra la puerta, vamos —dijo, impaciente.

Poco a poco, la puerta se abrió, pero solo hasta el límite marcado por la balda de seguridad.

—¿Qué quiere? —preguntó Valli, seca, mostrando sus ojos grandes y negros, sin duda atemorizados ante la inesperada visita.

—No se asuste, Vallivana —dijo Vicent en un tono tranquilizador—. Desde luego que tengo algo que decirle, pero no le voy a hacer ningún mal. Soy el alcalde de este pueblo y no un asesino, por Dios, déjeme entrar.

Valli corrió la balda y, por fin, le dejó entrar a su pequeño piso.

Vicent dio un paso adelante y, sin esperar a que le indicara dónde estaba el salón, se adentró él mismo, siguiendo el pequeño y oscuro pasillo hasta llegar a la pequeña sala, cálida y soleada.

—Siéntese, por favor —ordenó Vicent a Valli.

—Usted también —replicó enseguida la anciana, mostrándole una de las cuatro sillas alrededor de la mesa camilla que había en el centro del salón. Valli no le ofreció nada de beber y se quedó mirándolo silenciosa mientras sus dedos jugaban nerviosamente sobre el tapete que ella misma había bordado.

—Usted dirá —dijo la anciana.

—Pues sí le diré, Vallivana, sí le diré —empezó Vicent, quien ni se había quitado la gabardina. Se ajustó la voz—: Como usted a buen seguro recordará, yo siempre seguí los vaivenes de la Pastora, incluso después de que ingresara en la cárcel, pues siempre quise saber exactamente qué le había pasado a mi padre. Quería encontrar a alguien que supiera qué dijo o hizo en sus últimos momentos, alguien que hubiera presenciado la escena. Siempre he querido demostrar que fue un héroe, aunque no he podido.

Vicent hizo una pausa para mirar a Valli directamente a los ojos, mientras esta permanecía fría y silenciosa.

—El caso es que, últimamente, he estado rebuscando en los archivos de la Pastora y, ante mi sorpresa, encontré una referencia a usted, con quien pasó mucho tiempo. —Vicent volvió a mirar a Valli, pero esta seguía casi sin pestañear. Continuó—: Investigando, seguí la pista de un comentario de la Pastora sobre un viaje a Inglaterra para depositar algo sorprendente en una casa majestuosa muy cerca de Cambridge. ¿Me sigue? —preguntó directamente a Valli.

—Dígame qué quiere —le respondió esta, directa.

—Me alegra que quiera que nos entendamos —le dijo—. Son buenas noticias. Así que después de atar algunos cabos y hacer más averiguaciones, me llevé una gran sorpresa al ver que esa casa majestuosa es precisamente donde se crio nuestro amigo Charles y que ese depósito se hizo a nombre del padre de este, un conocido hispanista de la universidad.

—Dígame hacia dónde va —insistió Valli, cada vez más pálida.

Vicent notó cómo la anciana poco a poco se iba compungiendo. Era realmente muy mayor y él no podía provocarle ningún ataque ni enfermedad; solo tenía que ser práctico y conseguir lo que realmente necesitaba. No podía perder el tiempo en melodramas.

—Muy bien, seré franco —dijo—. Como sabe, necesitamos una sustancial oferta para la escuela y Charles ha realizado la más alta, de momento, de dos millones y medio, pero eso no es suficiente. Necesitamos cinco.

—¿Y yo qué quiere que haga, que me saque cinco millones de la chistera? —dijo Valli, a la defensiva—. Yo solo tengo una mísera pensión y usted lo sabe.

—Ya lo sé, Vallivana, no se preocupe —dijo Vicent con una falsa sonrisa—. Necesito que hable con Charles, con quien la he visto charlar de manera muy amigable, que le muestre su apoyo a la venta de la escuela y que me ayude a conseguir que suba la oferta a cinco millones. Le podemos invitar de nuevo, ir a cenar y que él vea que ahora usted apoya el proyecto. Tanta oposición ha hecho que su oferta se vaya a la porra.

Valli se mordió ligeramente los labios y miró al alcalde en silencio.

—Ya sabe que me pide que vaya en contra de mis principios, ¿no? ¿Y si no lo hago?

Vicent la miró de nuevo a los ojos, se inclinó hacia delante y apoyó los codos en la mesa, tomando el control de la situación.

—Si no lo hace, querida, me temo que tendré que informar a Charles de qué se depositó en esa casa, procedente de Morella, en 1955. Creo que le gustará saberlo —dijo Vicent, pronunciando estas últimas palabras muy despacio.

Valli cerró los ojos durante un largo rato. Al principio, Vicent sintió la alegría de la estocada. Por fin le había clavado una buena a aquella vieja entrometida que tantos problemas le había dado y que era capaz de organizar una revolución municipal para impedir la venta de la escuela, el proyecto del que dependía todo su plan de desarrollo para el pueblo. Ahora la tenía bien agarrada y tendría que colaborar con él. Esa sensación de poder le hizo respirar hondo, hinchar pecho y mirarla fijamente. Era precisamente ese sentimiento de mando lo que más le gustaba del puesto. Después de toda una vida supeditado a los morellanos, por fin los tenía ahora a sus pies, empezando por esa vieja. Vicent contempló su cara arrugada, cansada, sus manos temblorosas todavía asiendo el tapete, el ramo de flores secas que había en el centro de la mesa y en el que, hasta ahora, no se había fijado. Mientras esperaba una respuesta, miró a su alrededor. La sala era pequeña y delicada, con muchos libros y fotografías. Aquella mujer, eso era cierto, había tenido una vida muy completa. Pero esa no era una visita de cortesía y el alcalde se empezó a impacientar.

—¿Vallivana? —le dijo mientras cambiaba de posición, cruzando la otra pierna.

La antigua maestra permanecía inmóvil, en silencio total, lo que empezó a preocupar al alcalde. Él solo la quería presionar para que aceptara el trato y le ayudara a vender la escuela. Sería francamente una catástrofe si le diera algún ataque, ya que le implicaría a él de lleno. Nervioso, se levantó, rodeó la mesa y apoyó su mano en el hombro de Valli, encima del blusón negro típico morellano que casi siempre llevaba.

—Vallivana, ¿está usted bien? —le dijo en voz baja.

Valli enseguida le sacudió la mano, apartándola de su hombro.

—Ni se le ocurra tocarme, víbora —le espetó.

—Perdone, es que como estaba en silencio…

—¡Cállese y lárguese de mi casa, rata asquerosa!

Vicent, sorprendido por aquel ataque, dio un par de pasos hacia atrás.

—Vallivana, esto no tiene que ser violento. Solo debemos llegar a un acuerdo y realizar el plan —dijo en tono condescendiente.

—He dicho que se vaya de mi casa, chantajista malvado; es usted igual de cruel y de tonto que su padre —le dijo, mirándole a los ojos.

—Vallivana, creo que está usted bajo estrés emocional; igual es mejor que me vaya, que recapacite y que volvamos a hablar mañana —dijo Vicent, intentando salvar su negociación—. ¿Estará usted en casa a esta misma hora?

Valli se levantó y cruzó la habitación tan rápido como pudo para coger su bastón, que estaba apoyado junto a la estantería. Asiéndolo vigorosamente lo alzó con fuerza, amenazando al alcalde.

—Le he dicho que se vaya —dijo con la voz más potente que pudo.

Vicent no se movió.

—¡Fuera, le he dicho, mala bestia! —gritó Valli, ahora sí a viva voz.

Para evitar males mayores, Vicent se levantó, aunque no quería salir de aquella casa con el rabo entre las piernas. Después de atravesar el pasillo hasta la puerta principal, seguido por Valli, todavía bastón en mano, el alcalde dijo antes de salir:

—Espero que recapacite y que lleguemos a un acuerdo. Si no, no sé yo cómo podrá usted justificar un acto tan criminal. Ah —añadió, como si de repente hubiera recordado algo—, también me he enterado de lo de sus amiguitas en París…

—¡Largo! —le gritó Valli de nuevo, amenazándole con el bastón y sin dejarle continuar—. ¡Fuera de aquí, pedazo de veneno! ¡Eres hasta peor que tu padre, aunque pensaba que eso era imposible!

Vicent se volvió enfurecido.

—Deje a mi padre en paz —le dijo, muy serio.

—Tu padre era un desgraciado que se pasó la vida con el único objetivo de matar a gente, ya me dirás —replicó Valli con fuego en los ojos.

—He dicho que deje a mi padre en paz —le repitió Vicent con los dientes fuertemente apretados para contener los nervios.

—Yo digo lo que me da la gana de tu padre, que ya suficiente mal causó a los míos. Era un asesino.

—¡Y usted una puta y una lesbiana! —le espetó Vicent, alzando los brazos al aire, rojo de ira ante los comentarios sobre su pobre padre—. ¡Una puta y una lesbiana! —le repitió gritando—. ¡Eso es usted!

Valli se le acercó y con toda su fuerza le fue a atizar con el bastón, pero Vicent se escabulló a tiempo y salió disparado escaleras abajo. Al llegar al portal, jadeante, miró hacia arriba y vio la cara de Valli, roja de la ira, mirándole desde el primer piso.

—Rata venenosa —le gritó esta.

Vicent dio un primer paso hacia la puerta, pero se volvió y miró hacia arriba.

—Volveré mañana, Valli, puede gritar todo lo que quiera, pero no tiene escapatoria. Mañana hablamos.

Sin darle opción a contestar, Vicent suspiró después de salir a la calle. Estaba convencido de que, al día siguiente, esa vieja no tendría más remedio que llegar a un acuerdo con él. La tenía acorralada.

20

Valli pasó los tres días siguientes en cama, apenas comiendo el arroz hervido que le preparaba su vecina Carmen. Esta la había encontrado tendida en el sofá, incapaz de hablar, justo después de la visita de Vicent. Desde que había enviudado hacía unos diez años, la vecina del piso de arriba había prestado especial atención a los movimientos de Valli, sin perderse una salida o llegada, y mucho menos una visita del mismísimo alcalde. Curiosa —o cotilla—, Carmen había intentado escuchar la conversación entre Valli y Vicent, aunque solo pudo oír los insultos, gritos y amenazas del final. Después de esperar un par de minutos tras la marcha del alcalde, Carmen acudió a toda prisa al piso de Valli, aunque esta no le abrió la puerta. Preocupada, la vecina no dudó en utilizar la llave del piso que ella guardaba para alguna emergencia y enseguida se personó, aturdida por tanto revuelo. Al parecer, Carmen había encontrado a Valli medio tumbada en el sofá en un estado semiinconsciente, casi catatónico. Después de una buena dosis de agua del Carmen —que para las señoras de esa generación lo curaba todo—, Valli por fin volvió en sí. La vecina se había portado de manera muy considerada con ella, cuidándola y llevándole comida cuando precisaba. La antigua maestra se lo había agradecido, pero ahora que empezaba a recuperar fuerzas, prefería estar sola. Había muchos sentimientos que ordenar, acciones que determinar.

Con los ojos cerrados y sentada en la mesa camilla del comedor, Valli intentaba aprovechar el ratito libre que tenía mientras Carmen había ido a por la compra. Bolígrafo en mano, la anciana había empezado la misma carta más de diez veces, pero todos los intentos habían acabado hechos añicos en la papelera.

El teléfono sonó otra vez —llevaba unos días incesante—, aunque ella lo ignoró de nuevo, segura de que se trataría del alcalde. No quería verle ni hablar con él nunca más. Aquel chantaje al que la había sometido era cruel y vil, y ahora, a pesar de las ganas que tenía de vengarse, había decidido solucionar, antes que nada, la charla que sin duda le debía a Charles. Pero no sabía cómo empezar.

Mirando la papelera, repleta de borradores, Valli se echó las manos a la cara y bajó los hombros. Igual nunca podría ganar aquella batalla. Igual ya lo había perdido todo. La anciana, lejos de rendirse, pensó que su deber era intentarlo hasta la extenuación y, de nuevo, sacó una cuartilla del cajón del armario de la sala. Cuando se disponía a sentarse de nuevo, sonó el interfono. No habría atendido la llamada de no ser porque Carmen se olvidaba las llaves a menudo, aunque Valli siempre había pensado que lo hacía a propósito para charlar un rato con ella. La mujer nunca se había acostumbrado a la viudedad y se notaba que necesitaba hablar hasta con las paredes.

—¡Ya abro! —exclamó mientras le daba al interfono para abrir la puerta de abajo.

—¡Gracias! —respondió una voz que no era la de Carmen.

Valli creyó reconocer a Cefe, pero echó la cadena de seguridad de la puerta a todo correr por si se trataba de Vicent o de algún ladrón. A la defensiva, asió el bastón que ahora guardaba en la entrada y esperó junto a la puerta, casi conteniendo la respiración.

El paso lento y el respirar pesado de Cefe, cargado de años de cigarrillos, eran inconfundibles, pensó Valli, dejando el bastón de nuevo en su sitio. Sorprendida por la presencia de su amigo, la anciana se miró rápidamente en el espejo de la entrada, temiendo que su aspecto delatara enseguida algún problema. La anciana se apresuró a abrocharse el último botón de la bata y se arregló el pelo con la mano. Justo cuando sonó el timbre, Valli se estaba echando un poco del perfume que siempre guardaba en el mueble de la entrada para ponérselo antes de salir. Siempre había usado el 1916 de Myrurgia, creado ese mismo año, principalmente porque ella misma había dado clase en París a Esteve Monegal, hijo del industrial químico catalán Raymon Monegal, fundador de la empresa. Valli guardaba muy gratos recuerdos de aquel joven heredero, quien, lejos de acomodarse en su posición, se abrió a París con curiosidad y esfuerzo para luego trasladar sus conocimientos a la empresa familiar, que dirigió hasta que Puig compró la firma.

A pesar de que los esperaba, los dos toques fuertes en la puerta la sobresaltaron.

—¿Valli? —preguntó la voz fuerte y ronca de Cefe.

Valli suspiró aliviada al confirmar que se trataba de su amigo, aunque la visita la sorprendió. Cefe sin duda la venía a ver algunos fines de semana, pero nunca en horas de trabajo. La anciana abrió la puerta y esbozó la primera sonrisa en tres días.

—Qué sorpresa más agradable —le dijo, besándole en las mejillas—. ¿Qué te trae por aquí? ¿No está el banco abierto?

Cefe pasó a la entrada y, como de costumbre, casi se dio con la lámpara del recibidor, demasiado baja para un hombre de su altura. Apoyado en el mueble, Cefe miró a Valli de arriba abajo, fijamente, sin duda examinando a la anciana.

—Me alegra ver que estás bien —le dijo, serio—. Estaba preocupado.

—Pues claro que estoy bien, Cefe —respondió enseguida Valli, intentando simular normalidad—. ¿Por qué no iba a estarlo?

—Porque te he estado llamando tres días, no has cogido el teléfono ni una sola vez y en la panadería me han dicho que tampoco te ven desde el lunes.

—¡Ah, bueno! —dijo Valli, como si de pronto recordara algo olvidado, quitándole importancia. La anciana hizo un ademán a Cefe para que pasara hacia dentro—. Solo tenía un poco de jaqueca y he estado unos días en cama, pero ya estoy bien, como ves —dijo mientras andaba hacia la cocina.

Cefe la siguió.

—Pasa, pasa, que te preparo un cafecito —le dijo cariñosamente a Cefe, quien asintió—. Muchas gracias por preocuparte, aunque no hacía falta que te molestaras, hombre. Pero ya que estás aquí, siempre es una alegría verte. ¿Estás en la hora del desayuno?

—Sí —respondió Cefe, mirando alrededor de la cocina, como si buscara pistas de algo sospechoso o como si quisiera comprobar que no todo andaba bien en aquella casa.

Valli sacó la misma cafetera de metal de toda la vida, de las que silbaban, a pesar de haber recibido múltiples cafeteras eléctricas o de presión como regalo de cumpleaños o Navidad —todas seguían en sus cajas, abandonadas en el fondo del armario—. Valli era una persona leal hasta con su cafetera.

—Pues dime qué tal andas, querido Cefe, ¿cómo va todo por el banco? —preguntó la anciana mientras iba preparando el café, cucharadita a cucharadita.

—Yo muy bien, Valli —respondió este, apoyado en la puerta de la pequeña cocina—. Solo me preocupas tú.

Valli miró a Cefe con sus ojos cansados, pero siempre despiertos, y luego se giró lentamente para encender el fogón. Suspiró. Era evidente que su amigo la conocía bien y ella tampoco le quería mentir, pero no sabía ni por dónde empezar. La anciana miraba ensimismada y en silencio hacia la pequeña cafetera, hasta que esta empezó a silbar. Lentamente, Valli dispuso dos tacitas con su correspondiente plato encima de la mesa y, con la ayuda de un viejo trapo de cocina, sirvió el café. Se sentó.

—Pues te diré que ando un poco preocupada, sí, y disgustada con el alcalde también —dijo por fin la anciana, antes de dar el primer sorbito al café.

Cefe la miró a los ojos, dejando sobre la mesa la delicada tacita que mantenía en sus manos gruesas y oscuras.

—¿Y qué es lo que te preocupa? —le preguntó su amigo.

Valli tomó un sorbito de café y bajó la mirada. Jugando con la cucharilla pequeña, dijo:

—Me dijiste que el alcalde iba a usar unos fondos públicos para convertir la fonda en casa rural y que su hijo Manolo estaba al frente del proyecto, ¿no?

Cefe asintió.

—Pues justo después de decírmelo, me encontré con Manolo y le di la enhorabuena, pero resulta que el chico no sabía nada —dijo Valli en tono confidencial—. Y no es que no se viera con su padre, no. Los muy tontos, después de comprar semejante mansión, resulta que en verano tuvieron problemas con el agua y tenían que ir a la fonda a ducharse. Es que mira que hay que ser paleto, ¿eh?

Cefe sonrió.

—En verano, antes de que te fueras de vacaciones —prosiguió la anciana—, también me enteré de que el ayuntamiento pagó a esos niñatos privilegiados de Eton su estancia en la fonda, al parecer como una inversión de cara al proyecto de vender la escuela, ya que Eton es un posible comprador.

Cefe alzó una ceja.

—Eso no lo sabía. ¿Cómo lo has descubierto?

Valli negó con la cabeza.

—Se dice el pecado… Pero créeme que es verdad. Cefe, yo no te mentiría. Sé que pagaron una auténtica fortuna, unos quinientos euros por habitación y noche, ¡en la fonda! —exclamó Valli alarmada—. ¿Te lo puedes creer?

Cefe apretó los labios y se ajustó el nudo de la corbata de lana que siempre llevaba.

—¿Estás segura? —le preguntó.

—Totalmente, aunque creo que en parte fue porque la libra subió o algo así, pero de todos modos, quinientos euros es mucho dinero para una habitación en una fonda de pueblo.

Cefe asintió con cara de preocupación.

Valli apoyó los codos sobre la mesa y se acercó a su amigo.

—Cefe, hay que mirar esto. Aquí hay algo que me huele muy mal.

Su amigo bajó la mirada y removió el azúcar de su café, más veces de las necesarias.

—Puedo confiar en ti, Valli, ¿no?

—Por supuesto —afirmó Valli rotundamente. Se irguió—. ¿Qué pasa?

Cefe suspiró.

—Esto que quede entre nosotros, porque estoy rompiendo el secreto profesional, pero lo hago por razones de ética —dijo.

—Adelante.

—A mí también me extrañan algunas cosas —dijo finalmente el banquero—. Puedo sospechar de muchas cosas, pero lo que desde luego sé es que Vicent ha recibido una cantidad elevada, doscientos cincuenta mil euros, todo dinero público, para convertir la fonda en casa rural, aunque estoy seguro de que ese dinero lo ha dedicado a cubrir deudas de su propia casa y que, de momento, no hay ningún plan para cambiar nada en la fonda. Yo también lo sé, porque hablo con Manolo casi todos los días.

Valli se echó hacia atrás.

—No estoy ni sorprendida —dijo Valli, fría, mirando a los ojos de su amigo—. De esa ave de rapiña me lo creo todo. —La anciana hizo una pausa—. ¡Será ladrón! —apuntó al cabo de unos segundos con cara de asco.

—Se puede llamar así, sí —concedió Cefe.

—¡Hay que ponerse en marcha inmediatamente! —casi gritó Valli, golpeando la mesa con las dos manos.

Cefe apoyó una mano en la de Valli.

—Tranquila, Valli, tranquila, que esto hay que planearlo bien. No podemos hacer el ridículo, ya que Vicent puede sacar otro conejo de la chistera y meternos un gol. Hay que acumular pruebas —dijo, sin perder la calma, como de costumbre—. Primero, indagaré un poco más sobre las leyes de estos fondos para casas rurales. Igual existen cláusulas que calificarían esta transmisión como ilegal, como alguna incompatibilidad con cargos públicos, por ejemplo.

—O igual existe un máximo de tiempo para realizar las obras —atajó Valli.

—Exactamente. Pero hay que ir poco a poco, ¿me entiendes?

Valli asintió y miró a su amigo, a quien sonrió. Por fin había encontrado ayuda. Por fin la justicia iba de su parte, después de haberla esquivado toda la vida. Con Cefe, tan alto, listo y sereno, Valli se había sentido siempre segura. Contempló esos ojos verdes impresionantes que tenía, sus cejas pobladas y sus facciones duras que revelaban una niñez con más horas de campo que de escuela, hasta que Valli, después de mucho esfuerzo, convenciera a su padre para que le dejara estudiar. Desde aquel momento el destino de ambos había quedado unido para siempre. Cefe siempre le había quedado agradecido, pues su insistencia le había permitido una vida acomodada y mucho más saludable y segura que la labranza.

—Claro que te entiendo —respondió por fin la anciana—. Estamos juntos en esto, como siempre.

Cefe la miró con una sonrisa, se acabó el café de un sorbo y se levantó.

—Me voy, que ya llego tarde —dijo mientras avanzaba por el pequeño pasillo hacia la entrada. Al llegar al recibidor, se giró hacia Valli—. Pero no me vuelvas a hacer esto nunca más, ¿eh? Coge el teléfono siempre, que, si no, me preocuparé. ¿Entendido?

—*Okey* —contestó Valli en un inglés petulante, como si se defendiera de un ataque.

Cefe le sonrió y le dio un fuerte abrazo antes de partir.

Al cerrar la puerta, Valli se sentía más tranquila, aunque no del todo. No le gustaba engañar a nadie o esconder verdades y la suya, estaba convencida, saldría tarde o temprano. Tenía que pensar muy bien cómo, con quién y cuándo iba a hablar.

La anciana suspiró y se desabrochó de nuevo el último botón de la bata azul; todavía usaba la más veraniega, puesto que ese día de septiembre había amanecido caluroso. Necesitada de un poco de aire fresco, Valli subió las persianas y, por primera vez en tres días, abrió la ventana para que corriera un poco el aire. La brisa le sentó bien, pensó, saliendo a su pequeño balcón de madera, como todos los de la plaza. Le alegró ver de nuevo sus plantas, unas hermosas cintas y geranios que ahora parecían pedirle a gritos un poco de agua. La anciana se apresuró a abastecerlas.

De vuelta al balcón y sintiéndose otra vez activa y útil, Valli miró hacia la plaza pensando que enseguida vendría Carmen, quien tan bien la había atendido. Pero ante su sorpresa, no era Carmen quien amaneció subiendo desde la plaza Colón, sino Eva, la asistente del alcalde. Valli la miró con sorpresa, pues otra vez se trataba de alguien paseando en horas de trabajo. Pero, más que eso, lo que de verdad le llamó la atención fue su andar pesaroso, cabizbajo. A medida que se acercaba, Valli la observó con más detenimiento y, al verle el perfil, percibió su estado. Se llevó una gran alegría, ya que aquella muchacha siempre le había gustado, desde que le diera clases de inglés hacía muchos años. Sabía que se había comprado un piso nuevo y que vivía con su novio, que si no recordaba mal era albañil. Tenía un buen trabajo y ahora esperaba un niño. Valli se sintió orgullosa por el prosperar de aquella muchacha, hija de trabajadores que apenas sabían leer ni escribir.

—¡Hola, Eva! —la saludó Valli cuando la joven pasaba muy cerca de su casa. La anciana por fin había recobrado algo de alegría.

Eva alzó la cabeza preguntándose de dónde venía aquella voz y enseguida vio a Valli en el balcón.

—Hola, Valli —le respondió sin apenas esbozar una sonrisa y con el cuerpo más bien alicaído.

Eso sorprendió a la antigua maestra, consciente de la última conversación que mantuvo con ella, cuando le reveló el oneroso pago del ayuntamiento a la fonda por la estancia de los alumnos ingleses. Valli recordó que aquel día se había despedido diciendo que tenían una conversación pendiente y quizás, pensó, ese era el momento. La anciana dudó unos segundos, porque no era cuestión de tratar temas delicados con una embarazada, pero luego pensó que sería mejor ahora, antes de que su estado avanzara. Intuía que aquella muchacha sabía más de lo que parecía, así que no dudó más.

—¡Eva, sube a tomarte un café, hija, que te veo algo cambiada! —le dijo Valli con una pequeña sonrisa irónica.

Eva no respondió, pero se acercó al balcón, con la bolsa de la compra en la mano.

—No puedo, Valli, me encantaría, pero tengo mucho que hacer.

—¿No estás en el ayuntamiento? —preguntó Valli, apoyándose en la barandilla y mirando hacia abajo, tan solo un piso, y no muy alto.

La joven miró hacia un lado y a otro de la plaza, que estaba vacía.

—No, hoy me lo he pedido de fiesta, porque tengo mucho que hacer.

—¡Vamos, mujer! —insistió Valli.

Eva pareció dudar, pero por fin accedió.

—Solo un momentito, ¿eh?

—Claro que sí, lo que quieras —respondió Valli con rapidez, apresurándose a abrirle la puerta de abajo.

Impaciente, Valli la esperó arriba durante los dos largos minutos que la joven tardó en subir tan solo un piso, algo que sorprendió a la anciana.

A Valli todavía le asombró más la cara de tristeza que la muchacha llevaba encima nada más verla de cerca en el rellano. Intentando que se sintiera a gusto, Valli la cogió de la mano y la acompañó hacia la sala, donde la joven se sentó, cayéndose pesada sobre el pequeño sofá. Valli se dirigió hacia la cocina para coger un par de tacitas y el café que había sobrado, que todavía estaba caliente.

La anciana le sirvió un cortado y se preparó otro para ella misma, que probó nada más sentarse en su silla favorita, junto a la ventana.

—Qué alegría verte, hacía mucho que no te encontraba por la calle, Eva. —Valli la miró directamente al vientre—. Ya veo que estás muy bien —le dijo, con una sonrisa.

Eva sonrió.

—Pues ya ve, Vallivana —le dijo, con el mismo respeto que le había mostrado siempre—. Estoy ya de cinco meses, ¡cómo pasa el tiempo!

—Enhorabuena —se apresuró a decir Valli—. Qué alegría tan grande para los dos. Me alegro mucho, Eva, del piso, de tu novio, de la familia que ahora vais a empezar. Qué orgullosa estoy de ti —le dijo hablando desde el corazón.

Eva, sin embargo, bajó la mirada durante un largo tiempo. Valli permaneció silenciosa, sin saber muy bien cómo empezar.

Eva por fin miró a su antigua maestra, franca y directa como siempre. Sus ojos, normalmente llenos de vida, ahora parecían vacíos, como si nada mereciera la pena. A Valli le dolió en el alma aquella mirada de desidia.

—Dime, hija, ¿estás bien? —le preguntó, inclinándose hacia delante. ¿Para qué fingir una conversación trivial?, pensó.

Eva volvió a bajar la mirada, se echó hacia delante y hundió la cara entre las manos. Al cabo de unos segundos, empezó a sollozar.

Valli se levantó inmediatamente y se sentó junto a la joven en el sofá, poniéndole una mano sobre la espalda, acariciándola lentamente, dándole tiempo a que se calmara.

—Tranquila, Eva, tranquila —le decía—. Nada en esta vida es tan malo. Todo tiene solución. Te lo aseguro yo, que soy vieja y sé lo que me digo.

La muchacha seguía con la cara entre las manos, ahora en silencio. Después de unos instantes, que Valli sintió en el alma, pues temía que aquella joven sufriera una irrevocable enfermedad, Eva por fin se irguió y apoyó la espalda en el sofá. Suspiró hondo.

—Ya ha pasado, mujer, ya ha pasado —dijo Valli—. Ya sabes que estoy aquí para lo que quieras.

Eva la miró con los mismos ojos que de pequeña contemplaban a su maestra con gran admiración. Sin nadie en casa que le enseñara más que a manejar un telar, a Eva siempre le había fascinado su profesora de inglés por ser la primera y casi la única persona en su vida que le había abierto los ojos al mundo. Más que por la gramática inglesa, Valli recordaba cómo siempre le preguntaba por cosas de Londres y de los ingleses, de sus hábitos y su política. De hecho, ella misma la había ayudado a recaudar fondos para culminar uno de sus sueños y pasar un verano en la capital británica. Según ella, aquel había sido el mejor verano de su vida.

—No sé por dónde empezar —dijo por fin la joven, sacando un pañuelo de papel de su bolso y secándose los ojos.

Valli se apresuró a llevarle un vaso de agua de la cocina. Al volver, se sentó de nuevo junto a ella.

—Ya sabes que en mí puedes confiar todo lo que quieras.

Eva asintió.

—Pero, por favor, júrame que no harás nada sin decírmelo antes, ¿eh?

Valli asintió.

Eva apoyó la espalda en el sofá y, ya más tranquila, suspiró. Respiró hondo hasta tres veces y, por fin, se dirigió a Valli.

—Ese día de julio, cuando me escuchaste esa conversación en inglés por el tema de las habitaciones en la fonda, me parece que sospechaste que allí había algo que no acababa de cuadrar, ¿no? —preguntó a Valli.

—Efectivamente —respondió esta.

—Pues yo creía que la cosa acabaría allí, aunque también sé que hay mucha presión con el tema de la escuela y que Morella se ha pasado tres estaciones en el tema del gasto, como supongo que imaginarás.

—No hay más que darse una vuelta por el pueblo para ver que aquí todos, empezando por el mismo ayuntamiento, viven muy por encima de sus posibilidades —replicó Valli.

—Hasta yo misma —dijo Eva, suspirando—. Yo también me compré un piso quizá por encima de mis posibilidades, de lo que ahora me arrepiento. Me tiene prisionera.

Valli levantó una ceja.

—Dime, cariño, dime qué sabes, que yo igual te puedo ayudar.

—Ilusionada con Pablo, ya sabes, mi novio, que trabaja de albañil, y con el buen sueldo del ayuntamiento, pues nos volvimos locos por uno de esos pisos nuevos que construyeron junto a los lavaderos. Es un ático con una gran terraza, unas vistas fabulosas... En fin —dijo, algo avergonzada—, el caso es que todo iba muy bien al principio, pero ahora que los tipos de interés se han disparado pues andamos ahogados para pagar la hipoteca.

—Pero todavía podéis, ¿no?

Eva asintió.

—Sí, de momento podemos, pero ese no es el asunto —dijo, e hizo una pausa—. El tema es que ahora necesitaría dejar mi trabajo, pero no puedo: entre lo que viene —dijo, colocando suavemente su mano sobre la tripa— y la hipoteca, estoy pillada de pies y manos, y no puedo dejar el trabajo, a pesar de que debería. Y eso me angustia.

—¿Por qué quieres dejar el puesto, si parece tan bueno?

Eva la miró a los ojos y se mordió levemente el labio inferior antes de responder.

—Valli —le dijo con toda la franqueza del mundo—, yo creo que me llevo tan bien con el alcalde como tú.

Valli sonrió.

—Escucha bien —dijo Eva, incorporándose—. Es que si no te lo explico, voy a explotar. No sé cómo actuar, no sé con quién hablar o qué hacer, solo sé que no me puedo quedar callada ante una situación así. Aunque, como te digo, estoy atrapada. —Hizo una pausa—. Cogida por los mismísimos cojones, como se dice.

—Cuenta —la conminó Valli, quien nunca había oído salir una palabrota de la boca de Eva.

—Vicent me ha estado haciendo chantaje desde hace mucho tiempo. Hace unos meses, después de Pascua, me obligó a transferir un millón de euros al proyecto del aeropuerto de Castellón, sin que esa transferencia estuviera aprobada por el consejo. Simplemente, me dijo que aquello contaba con el beneplácito de Roig, que, como sabes, visitó Morella en Semana Santa.

Valli asintió, muy seria.

—Pero ¿qué tiene él para chantajearte?

—Sabes que yo no pasé ninguna oposición para conseguir el puesto, cuando debía. Supongo que Vicent me escogería a mí saltándose el protocolo porque sabía que ese favor le daría control sobre mí y que, sin una familia poderosa o rica, tampoco tendría muchos lugares adonde acudir en caso de necesidad.

—Yo me lo creo todo de esa víbora —dijo Valli, mirando al vacío—. Sigue.

—Hice la transferencia hace mucho, pensando que algún día saldría en el consejo y que todo se resolvería. Pero ese momento no ha llegado. Es más, el otro día, primero recibí una carta del inglés, de Charles, diciendo que rebajaba la oferta por la escuela a dos millones y medio. Pues bien, el alcalde me pidió que rehiciera las cuentas municipales para incluir otros dos millones de inversión en el aeropuerto, quitándoselos a las obras del asilo. Eso lleva la inversión de Morella en el dichoso aeropuerto a ¡tres millones! ¡Tres! —remarcó la joven.

—¡¿Tres?! —exclamó Valli, aturdida.

—Como lo oyes. Y la cosa no acaba aquí —apuntó Eva mientras Valli se echaba hacia atrás, poniéndose las manos en las mejillas, sin saber qué hacer—. También me pidió que introdujera un ingreso de cinco millones por la venta de la escuela.

—No puede ser —dijo Valli con un hilo de voz, como si aquello superara sus peores expectativas—. No puede ser.

—Como lo oyes —dijo Eva, ahora ya más enfadada que triste o decaída—. Yo le dije que precisamente esa mañana había recibido la carta de Charles rebajando la oferta, pero él respondió que eran técnicas de negociación, que todo estaba bajo control y que pusiera los cinco millones.

—¿Qué le dijiste?

—Pues que no podía, que no era ético, a lo que él me respondió con el chantaje. O lo pongo o me quedo sin trabajo…, ahora que estoy embarazada, me he comprado un piso, la hipoteca me ahoga y mi novio, de albañil, pues ya te puedes imaginar, uno nunca sabe. Pero, desde luego, la que gana el pan en mi casa soy yo.

Valli la miró a los ojos.

—Eres una mujer muy valiente, Eva, muy valiente —le dijo, con admiración—. Te agradezco mucho que confíes en mí. Esto lo resolveremos, ya verás. Has hecho bien en decírmelo, porque esto es un asunto muy grave.

—Creo que no somos las únicas que estamos en el caso —apuntó Eva.

—Ah, ¿no? —preguntó Valli, sorprendida, pero pensando en Cefe.

—Ese mismo día —explicó Eva—, el martes pasado, también vino una americana de una agencia de esas de crédito haciendo más preguntas de las que debería. Fue después de esa conversación cuando Vicent me pidió que cambiara el presupuesto.

—¿El martes pasado? —preguntó Valli, pensativa—. ¿Estás segura?

Eva asintió, extrañada por el interés de Valli en la fecha.

Valli apretó la nuca hacia atrás, intentando recomponer la situación. Qué raro que, precisamente ese mismo día, la hubiera venido a chantajear a ella también. Seguramente la presión de esa agencia era mayor de lo que se imaginaba y eso le habría incitado a presionarla a ella para convencer a Charles de que aumentara la oferta.

Valli miró a Eva con comprensión. Sus ojos, como cuando era pequeña, la observaban con expectación, como si esperara que su antigua maestra tuviese todas las respuestas.

—Tranquila —le dijo, poniendo su mano sobre la de la joven durante unos segundos.

Al cabo de unos instantes, Valli se levantó y miró por la ventana hacia los campos de trigo ahora resplandecientes y amarillos bajo el sol. Esos campos y ese pueblo tan maravilloso y tan suyo se merecían un alcalde mucho mejor que aquel. Había que eliminarlo enseguida, antes de que fuera capaz de chantajear a más personas, siempre mujeres vulnerables, ancianas o embarazadas. El muy cabrón. Pero, por suerte, Valli tenía ahora una información que acabaría con él ipso facto. Ahora, la chantajeadora iba a ser ella.

La anciana se giró hacia Eva, que seguía mirándola, expectante.

—Eva, querida, ¿estarías dispuesta a decir esto ante un tribunal?

—Valli, ¡por Dios! —replicó Eva con cara de susto—. Te he dicho que esto era entre tú y yo.

La anciana se acercó a la joven, sentándose de nuevo junto a ella en el sofá.

—Ya lo sé, Eva, pero tenemos que actuar, esto no puede seguir así. ¿Quieres que ese perro te siga chantajeando toda la vida?

Eva negó con la cabeza.

Valli se mordió los labios antes de contestar.

—¿Sabes? —le dijo, pensativa—. Tampoco creo que vaya a ser necesario. Tú déjame a mí y ya verás cómo mañana mismo nos lo hemos sacado de encima. Ni habrá escándalo ni esto saldrá a la luz pública.

—¿Cómo?

—Le diremos que dimita él solito, que se busque una salida digna o le llevamos a los tribunales y armamos un escándalo —dijo Valli, con determinación.

—¿Estás segura, Valli? —preguntó Eva con un hilo de voz—. Tengo mucho miedo. Mira que estoy embarazada, ahogada con una hipoteca.

Valli alcanzó otra vez la mano de la joven, apretándola con fuerza.

—No tengas miedo, hija, nunca tengas miedo de nada. El miedo se sacude con valentía, como has hecho ahora. Con esta información, acabas de salvar la vida al pueblo y esa víbora tendrá que salir por patas. Tú mantendrás el puesto y a ver si se organizan unas elecciones pronto y tenemos un alcalde decente.

Eva asintió.

—¿Y si sale mal?

—Confía en mí, como siempre.

Eva le sonrió.

—Si me permites, me voy a poner en marcha en este mismo instante —dijo Valli, levantándose con gran energía—. Tú vete a casa y no salgas hasta que yo te diga. A esa rata le quedan las horas contadas.

21

Más contento que de costumbre, Vicent entró por la puerta principal del ayuntamiento silbando y saludando a diestro y siniestro. Después de esperar durante tres días la respuesta de Valli, el alcalde se disponía a visitar a la anciana a la hora de comer para darle un ultimátum. Había llegado la hora de pasar a la acción, ya que, lamentablemente, no podía esperar más. Necesitaba vender la maldita escuela por cinco millones y esa venta se empezaría a fraguar inmediatamente, ya que Valli no tendría más remedio que llamar al inglés del demonio y convencerle de que incrementara la oferta. Si no, ella ya sabía lo que le esperaba.

A pesar de no estar precisamente en forma, Vicent subió las escaleras hacia su despacho de dos en dos. La información que le había facilitado el detective, aunque cara, había resultado crucial y el silencio de Valli así lo demostraba. La anciana no había contactado con él desde que la había visitado el martes anterior, lo que sin duda demostraba que estaba o bien presa del miedo, o bien buscando una solución. De ser así, seguro que no la había encontrado, pues nada sabía de ella.

Hasta que la vio.

Sentada a la puerta de su despacho, con su traje de chaqueta azul oscuro y la espalda y la cabeza bien estiradas, Valli estaba sin duda esperándole. Aquella visita no le sorprendió, más bien la esperaba, se dijo el alcalde, aunque la mirada de fuego que la anciana le dirigió no le auguró ningún buen presagio.

Se acercó a ella, inclinándose hacia su pequeña figura para demostrarle quién ostentaba el poder.

—Por fin ha venido usted a verme —le dijo—, la estaba esperando —mintió Vicent, comenzando a sentir que el corazón le latía con más rapidez—. Pase —continuó, seco.

La anciana se levantó sin quitarle la mirada de encima, lo que incomodó ligeramente a Vicent. Apartándose de la mirada incendiaria que todavía le dirigía Valli, el alcalde entró en su despacho cuando el reloj de pared marcaba las diez en punto, su habitual hora de llegada. Simulando normalidad, Vicent se quitó su fina gabardina otoñal y la colgó en el perchero mientras Valli entraba en la estancia y, sin necesidad de recibir ninguna invitación, se dirigió hacia el sillón del mismo alcalde y se sentó, mirándole con máxima intensidad.

Vicent enarcó las cejas, pero prefirió cerrar la puerta antes de continuar.

Una vez solos, el alcalde se dirigió, rápido y directo, hacia el otro lado de su mesa, apoyando los brazos sobre esta con autoridad y dirigiéndose a la antigua maestra, que tantos quebraderos de cabeza le había dado. Respiró hondo para tomar aire y se recordó a sí mismo que aquella vieja nada tenía que quitarle, sino que, más bien, estaba a sus pies. Seguramente habría enloquecido, por lo que se prometió no organizar ningún escándalo en el ayuntamiento que pudiera comprometerle. Por más ganas que le tuviera a la vieja, el objetivo era vender la escuela y que ella le ayudara. Por más tentador que resultara hundirla, ahora la necesitaba.

—¿Se ha sentado en mi silla para llamar a Charles? —le preguntó, sin necesidad de preámbulos—. Si es así, ahora mismo marcamos.

Valli le miró todavía con más intensidad y odio en sus ojos. La anciana seguía sin decir palabra, lo que empezó a incomodar a Vicent más de la cuenta. Aquella bruja le había puesto más zancadillas a él y a su padre de las que nunca pudieron imaginar, y eso que en principio solo era una maestra dedicada al servicio del pueblo. ¡Y una hostia!, se dijo Vicent para sus adentros, intentando esconder, sin éxito, sus pensamientos.

Cansado de esperar y notando que la balanza de poder se inclinaba hacia Valli, el alcalde dio un manotazo en la mesa.

—Valli, ¡hable! —le espetó—. ¿A qué ha venido si no?

Valli se recostó en el sillón de terciopelo rojo del alcalde y cruzó las piernas con la displicencia que suele traer el poder. Vicent, todavía al otro extremo de la mesa, donde normalmente se sentaban sus invitados, puso los ojos en blanco exasperado.

—He venido aquí para que me devuelvas lo que es mío —dijo por fin Valli, con una tranquilidad que empezó a sembrar la inquietud en Vicent.

—¿Qué coño estás diciendo? —preguntó este, enseguida.

—Te aconsejo que no utilices términos machistas, desagradables o vulgares —le contestó ella, igual de rápido.

Vicent dejó caer los hombros. Aquella vieja era dura de pelar.

—No estás en una posición de acreedor, Valli; si no recuerdo mal, teníamos un trato. Si no llamas ahora mismo a Charles para hablar de la escuela, le voy a llamar yo con una noticia que le alterará un tanto, por decirlo de alguna manera, y a todo el pueblo también —la amenazó.

Esas palabras devolvieron la confianza a Vicent, que, bien erguido, empezó a rodear la mesa dirigiéndose hacia su sillón, dispuesto a recobrarlo en ese mismo instante.

—No tan rápido —le contestó Valli, poniendo una mano abierta en alto con la suficiente determinación para detener al alcalde antes de que este llegara junto a ella.

Vicent la miró en silencio.

—Te digo muy en serio, Vicent, que quien ha venido a cobrar aquí soy yo, y que tus chantajes te los puedes meter por donde te quepan —le soltó la anciana.

Vicent la miró alucinado. Por muy mala opinión que tuviera de Valli, lo cierto es que aquellas amenazas tampoco le pegaban. Allí había algo más.

—¿Se puede saber qué te traes entre manos, Vallivana? —preguntó el alcalde con cierto tono paternalista.

Valli se levantó del sillón y puso las manos encima de la mesa con la misma determinación y aura de poder que había exhibido Vicent apenas hacía unos instantes. El alcalde, más sorprendido que atemorizado, escuchó.

—La que va a empezar a extender información por el pueblo voy a ser yo misma, señor alcalde —le dijo, mirándole a los ojos—. Voy a ir ahora mismo a la radio local a anunciar que los contribuyentes de este pueblo pobre y pequeño ya han dado, en metálico, un millón de euros, un millón —repitió en voz más alta—, a un aeropuerto que no solo ni les va ni les viene, sino que no está ni en funcionamiento. Y la cosa no queda ahí, sino que a pesar de ser pocos y no muy ricos, también se han comprometido a dar dos más. Como si nos sobraran. —Valli realizó una pequeña pausa para tomar aire, pero enseguida continuó—: Y encima a los morellanos se les trata de tontos. Su alcalde, por lo visto, espera colar la venta de la antigua escuela por cinco millones de euros sin que esta se haya realizado, ni esté próxima a acordarse.

Vicent la miraba estupefacto y pensó inmediatamente en Eva, la traidora a la que se le había ido la lengua, la única que conocía esa información. Vicent apretó los puños pensando en la joven a la que un día sacó de la fonda para darle una oportunidad en el ayuntamiento. Se las iba a pagar. Esa jovenzuela sabría ahora lo que era luchar en esta vida. Ahora vería lo que era estar con el agua al cuello y tener que ir de pueblo en pueblo como su padre, arrastrando a la familia, buscando con qué sustentarse. Siempre fuera, siempre forastera; ahora aprendería que en esta vida no todo son favores de gente amable como él, que le proporcionó un buen trabajo. Se las pagaría.

Valli había continuado hablando, aunque Vicent no había escuchado las últimas palabras. Tampoco le importaban los detalles, porque cuanto había oído era suficiente. Aquella vieja le tenía cogido por los cojones, la mala bestia, ¿quién se lo habría dicho?

Vicent se aflojó el nudo de la corbata y se dirigió hacia la silla que había ante su mesa de alcalde y se dejó caer de golpe. Miró a Valli con los ojos pequeños y apretados; la anciana se había vuelto a sentar en su sillón y permanecía en silencio, observándole con esos ojos negros grandes y abiertos, llenos de misterio. Aquella puta lesbiana le tenía ahora como rehén en su mismo despacho. Vicent reclinó la espalda en la silla y miró a su alrededor. En esa estancia había pasado quizá los dos mejores años de su vida. Había organizado fiestas y dirigido obras municipales que habían dejado el pueblo más bonito que nunca. La nueva Alameda, preciosa, la nueva escuela, todas las calles bien empedradas. Tanto trabajo, consultoría, diseños con arquitectos e ingenieros, ¿para qué? Para acabar sumido ante un fósil republicano que, para más inri, también había arruinado la vida de su padre. Y ahora, la suya. Esa mujer tendría que estar entre rejas.

Vicent suspiró y recorrió con la mirada las paredes del despacho, de piedra bien arreglada, decoradas con un sinfín de fotos de sus obras y las de sus predecesores. Se fijó en una imagen en concreto, con el presidente Roig, en la fiesta que organizaron en la plaza Colón para Pascua. Allí empezó todo. Igual se tendría que haber opuesto a invertir en el aeropuerto, ya que aquello le había dado mala espina desde el inicio. Sobre todo le había incomodado la comisión que había prometido pagar a una empresa a nombre de la mujer de Roig en las islas Caimán. Pero no se atrevió, atraído por el juego del presidente. En la foto aparecían los dos sonrientes y exultantes, pletóricos de poder y soñando con más éxitos. ¿Quién se negaría a eso?

Valli de repente levantó la voz, volviendo a centrar la atención del alcalde.

—Todavía no he terminado —le decía—. También sé que has robado más dinero del contribuyente valenciano al recibir una paga sustanciosa para convertir la fonda en casa rural, un proyecto del que nadie sabe nada y cuyos fondos han sido usados para pagar tu casa faraónica. —La anciana se detuvo un segundo para respirar hondo—. ¡Qué poca vergüenza tienes! —le dijo después de la breve pausa—. ¡Sinvergüenza! ¡Ladrón! —le chilló, golpeando la mesa con los puños.

Vicent fijó la mirada en las manos de la anciana, tan arrugadas y desgastadas. No sabía qué decir, solo quería pensar en una pronta solución. ¿Querría dinero? Eso siempre se podía negociar y él podría rehipotecar su casa y pagarle. O también podría llamar a Roig, sin duda lo primero que haría para que le ayudara a salir del atolladero.

—¿Qué quieres? —le preguntó, sabiendo que de nada serviría refutar sus acusaciones.

La vieja alcahueta tenía buenos amigos que, sin duda, habían confiado en ella. Quien no tenía tan buenos amigos, ahora se daba cuenta, era él. Vicent pensó quién podría haberse chivado del tema de la casa rural. En principio sospechó de Cefe, pero lo descartó enseguida, porque no imaginaba al buen hombre violando un secreto profesional de manera tan clara. Seguramente se trataría de una labor de investigación, pues el destino de esas ayudas era público. También se podrían haber chivado los de la eléctrica, que a buen seguro no habrían perdido la ocasión de hacerle daño después de todo lo que había tardado en pagarles. Esos sí que eran unos ladrones, pensó.

—Si quieres dinero, Vallivana, podemos negociar —dijo finalmente Vicent, rompiendo un tenso silencio.

—Idos al cuerno, tú y tu dinero! —le contestó enseguida la antigua maestra—. ¿Tú te crees que a mí me puedes comprar? Compra a tus compañeros de corrupción, como ya has hecho, pero a mí no. Ten un respeto.

—Dime qué quieres, pues —le dijo con aire desafiante. ¿Qué tenía que perder? Su padre siempre le había dicho que las cosas no se terminan hasta que acaban y que hay que mantener la cabeza alta y la esperanza hasta el último momento.

—Quiero que paralices la venta de la escuela inmediatamente —respondió Valli con determinación—. En este pueblo no quiero ni casinos ni colegios elitistas. Por el bien de los morellanos, hay que empezar proyectos positivos que mejoren la calidad de nuestra sociedad y eso, desde luego, un casino no lo va a conseguir, y mucho menos un colegio elitista que se vendrá a aprovechar de nosotros y de nuestros servicios, sin mezclarse ni un pelo con los del pueblo.

—Eso es lo que te imaginas tú, Vallivana —le respondió—. Si tan solo son niños, y mira lo bien que fue el intercambio cuando vinieron, lo bien que se relacionaron con los chicos de nuestro colegio.

Valli le miró con disgusto.

—Por favor, alcalde, por favor, no me hagas perder el tiempo. Aquellos ricachones se fueron con el rabo entre las piernas y tú lo sabes tan bien como yo, que los cotilleos en un pueblo circulan muy rápido.

Vicent guardó silencio unos instantes.

—No puedo echar la venta atrás, porque el pueblo lo necesita.

—Habrá otras ofertas más dignas; se puede empezar de nuevo un proceso limpio.

Vicent recapacitó unos segundos.

—Bien —dijo—. Puedo empezar de nuevo el proceso.

Valli soltó una sonrisa cínica.

—No, no, Vicent, tú no —le dijo—. Como entenderás perfectamente, después de semejante corrupción y malversación, no puedes más que dimitir.

Vicent sintió una punzada en el corazón. Después de dos años, aquella podría ser su última mañana como alcalde, todo por esa vieja malhechora. Bajó los hombros y la cabeza, que escondió entre las manos mientras apoyaba los codos en las rodillas. La mala puta lo había hundido. Ciertamente, con esas acusaciones, fáciles de probar, él no tenía adónde ir más que probablemente a la cárcel. Si al menos quisiera dinero...

El todavía alcalde alzó la cabeza y miró a la anciana fijamente. Por un segundo, quiso abalanzarse sobre ella y golpearla hasta la extenuación, pero aquello solo empeoraría su causa.

—Dime qué es lo que quieres —insistió, ahora ya con el único objetivo de salvar el cuello.

—He venido aquí para que escribas tu carta de dimisión, ahora mismo, y para que me devuelvas la fonda que tu familia robó a mis padres. También ahora mismo.

—Ellos la compraron —apuntó Vicent inmediatamente.

—Por una miseria —respondió Valli, rápida—. Lo sabes tú tan bien como yo. Aquello fue un premio por asesinarlos.

Vicent cerró los ojos mientras sentía que se le helaba el corazón. A pesar del poder acumulado, la fonda era todo cuanto tenía. No solo daba empleo a sus dos hijos, sino que, al transferirla, también tendría que devolver los doscientos cincuenta mil euros de la ayuda que prácticamente se había gastado. Perder el trabajo también le supondría vender la casa, el culmen de su vida, su máximo éxito, el símbolo de toda una existencia de lucha. Vicent se inclinó hacia delante y hundió la cabeza casi entre las rodillas.

—Quiero una respuesta ya —le dijo la anciana, tamborileando con los dedos sobre la mesa, impacientemente.

»Hay más —añadió esta, suscitando más miedo en Vicent, que no entendía de qué más se podía tratar. El alcalde levantó la mirada hacia la anciana; era casi inexpresiva.

»Como entenderás, y muy a mi pesar, yo tampoco quiero un escándalo municipal, aunque daría un brazo por verte en prisión —empezó a decir Valli.

Vicent agarró con fuerza los reposabrazos de su silla. Aquella vieja era el mismo demonio y tenía que estar preparado para todo. Permaneció en silencio mientras ella continuaba.

—Digo esto porque a mí me da que entre Charles e Isabel existe algo. Por respeto a los dos y a su futuro, no quiero que tu escándalo los salpique o los marque —dijo Valli, más práctica de lo que Vicent habría imaginado—. Por eso, y solo por eso, te ofrezco mi silencio a cambio de que retires el proceso de la escuela, dimitas y me devuelvas la fonda con todos los papeles legales firmados. Y por supuesto, habiendo devuelto la ayuda por la reconversión a casa rural: yo no puedo heredar una mentira que le ha costado al contribuyente miles de euros, como comprenderás.

Vicent suspiró hondo. Entre todo lo malo que le podía pasar, aquello no era el fin del mundo, pensó. Al menos mantendría su honor, aunque, según desde qué punto de vista se mirara, de poco le serviría. De hecho, preferiría conservar la casa y el puesto más que el honor, pero no estaba en posición de elegir. De todos modos, todavía le quedaba un último cartucho, se dijo esperanzado, en la figura de Roig. Como su padre le había enseñado, Vicent lucharía hasta el último momento.

Después de unos segundos, se le ocurrió una nueva posibilidad.

—¿Y si nos callamos los dos? —le preguntó—. Yo silencio lo tuyo y tú lo mío, y todo se queda como está.

Valli lo miró atónita.

—Estás loco —le dijo, mirándole y negando con la cabeza a la vez.

Bueno, él lo tenía que intentar, pensó.

—Dame tiempo —accedió por fin Vicent, como si se tratara de un derecho más que de un favor.

—No —replicó Valli, contundente.

Vicent emitió un largo y hondo suspiro.

—Todo acusado tiene derecho a su defensa —le respondió—. Vallivana, yo te di tres días, dámelos tú a mí también. Al menos, uno.

Valli le miró de arriba abajo, con desprecio, pero accedió.

—Está bien —le dijo—. Mañana mismo, hasta las doce. Vendré aquí a esa hora y espero que, por el bien de todo el pueblo, tengas tu carta de dimisión preparada.

Vicent se levantó como si él hubiera liderado la reunión, como si la pelota estuviera en campo contrario y no en el suyo.

—De acuerdo —le dijo con superioridad, con ganas de terminar esa desagradable visita y ponerse manos a la obra para encontrar una solución.

Valli, un tanto sorprendida, se levantó y, sin decir nada, se dirigió hacia la puerta sin dejar de mirar a Vicent, como si no se acabara de fiar.

—Aquí estaré mañana a las doce —le dijo el alcalde, cada vez más seguro de que encontraría una solución.

La anciana salió del despacho despacio, con su andar cansado y pesaroso. En cuanto la perdió de vista, Vicent suspiró, cerró la puerta con llave y se dirigió ansiosamente hacia su sillón. Se sentó de inmediato, contemplando el agradable espacio que él mismo había decorado, instalando una nueva iluminación moderna, cuadros, la mesa donde Eva a veces trabajaba y una mullida alfombra que se hizo traer de Estambul. Se giró hacia la ventana, mirando con orgullo el pueblo, la muralla y los campos. Ese era su imperio y así continuaría. Esa vieja se tendría que callar para siempre.

Sin perder un segundo, sacó el móvil del bolsillo de su americana y llamó a Roig. Se ajustó el nudo de la corbata mientras el teléfono emitía las primeras señales de conexión.

El presidente enseguida cogió el teléfono.

—¿Qué pasa, cabrón? —le dijo, utilizando otra vez su saludo más habitual.

—Hola, presidente, ¿cómo está?

—Muy bien, alcalde, pero corta el rollo y vete al grano, que estoy de puta madre en un yate en Mikonos con un par de rubias y no me quiero perder ni un segundo de esto. Macho, tienes que venir al próximo viaje. Es la bomba. Pero dime, ¿qué te pasa ahora?

Vicent se llevó una mano a la frente. Realmente incluso a él le costaba entender aquel comportamiento. No es que él le hubiera sido siempre fiel a su esposa, ni mucho menos, pero al menos era más discreto. En fin, él no estaba allí para juzgar a nadie y mucho menos ahora, que tenía necesidades infinitamente más apremiantes.

—Presidente, tengo un problema —le dijo, franco.

—Joder, Vicent, siempre tienes problemas, macho. ¿Qué te pasa ahora? Al grano, chico.

—Pues pasa que un listo se ha ido de la lengua y se ha chivado a una persona de que hemos pagado un millón para el aeropuerto y de que van a seguir dos más.

—¿Y qué hay de malo en ello? ¿No es lo que acordamos?

—Que no lo había discutido en el pleno del consejo y que, con nuestro pequeño presupuesto, se me va a tirar todo el pueblo encima.

—Pero, hombre —le respondió Roig—, alma de Dios, ¿a quién se le ocurre? ¿No sabes que el secreto de la democracia consiste en meterse a los demás en el bote? ¿A quién se le ocurre tirar adelante sin el pueblo? Pero, bueno, no pasa nada, se lo explicas ahora, les dices que es la mejor inversión de Morella en toda su historia y santas pascuas.

—No puedo, presidente, nunca lo aprobarían. Esto no es la Comunidad, sino un pueblo y resulta más difícil esconderse. Además, también me acusan de intentar incluir en el presupuesto municipal la venta de la escuela por una cantidad bastante optimista, por decirlo de alguna manera, antes de que esta se realice.

—Pero ¿tú te has vuelto loco o qué? —le espetó el presidente Roig—. Eso no se hace, idiota.

—Presidente, no hay otra solución si esa cantidad tiene que llegar al aeropuerto, era la única manera de invertir los tres millones.

—Oye, macho, que yo nunca te he pedido que hagas nada ilegal, ¿eh?

Vicent dejó pasar unos segundos.

—Bueno, presidente, con todos mis respetos... —empezó a decir Vicent, que cortó la frase para realizar una breve pausa. No sabía si continuar o no, hasta que vio claro que la prioridad en ese momento era salvar el pellejo. Siguió—: Si no recuerdo mal, una vez me pidió que enviara la comisión por la ayuda a la reconstrucción de la escuela a una empresa de las islas Caimán a nombre de su esposa.

El presidente se quedó callado unos segundos, que se le hicieron eternos a Vicent. Nunca pensó que él acabaría amenazando al mismísimo presidente de la Comunidad. El alcalde sentía una mezcla de poder y terror.

—Oye, gilipollas, no me estarás amenazando, ¿no? —respondió el presidente en tono muy serio—. Esa transferencia nunca se ha realizado y tú, imbécil, nunca lo podrás probar. Pero ¿qué clase de político eres, inútil? Yo siempre lo negaré, es más, no sé ni de qué me hablas.

Vicent empezó a sentir miedo por todo el cuerpo. Miedo a perderlo todo, hasta el apoyo de la persona que realmente le había metido en ese atolladero. De no ser por la maldita contribución al aeropuerto, él podría vender la escuela por dos millones y medio, y dedicarse a otros proyectos. Pero esa inversión le forzaba a incrementar el precio de venta de la escuela, y allí había empezado el lío con Eva y las mentiras. Y fue el muy listo del presidente Roig quien le había forzado a invertir en el aeropuerto a cambio de comprometerse a pagar la rehabilitación de la escuela, necesaria para venderla. El muy cabrón se había quedado con el dinero, pero se había quitado de encima cualquier responsabilidad. Y ahora él estaba en sus manos, como un cordero. A pesar del gran enfado que empezaba a sentir, Vicent procuró centrarse en mantener la calma y encontrar una solución. La experiencia le había enseñado que quien arma jaleos suele acabar mal.

—Presidente, presidente —le dijo en tono conciliador—. Por favor, no lleguemos a ese extremo, que hasta ahora hemos tenido una estupenda relación de cooperación.

—¿Qué quieres, alcalde? No sé si puedo hacer nada por ti —dijo el presidente, claramente distante.

Vicent tenía que intentar lo imposible.

—Una solución sería que esa deuda, los tres millones, pasaran a las arcas de la Comunidad.

—Ya te dije que eso es imposible, hay elecciones.

Vicent cerró los ojos, empezando a desesperarse.

—La solución, aprendiz de político —le dijo el presidente—, es hacer lo que todos, pero tú eres tan tonto que ni te has enterado.

Vicent odiaba tener que someterse a aquel abuso, pero estaba cogido de pies y manos. Lo odiaba con todas sus fuerzas, porque era lo mismo que había hecho el cuerpo de la Guardia Civil con su padre, ningunearle y tratarle como a un perro solo porque no daba con los maquis que todos perseguían, pero que nadie encontraba.

—Soy todo oídos —dijo por fin, tragando saliva hasta tres veces.

—Crea una sociedad nueva a nombre de tu mujer y al margen del ayuntamiento que consiga un préstamo del banco local y que cubra esos tres millones. Así, no se lo tendrás que explicar al pueblo. Y cuando la inversión empiece a dar beneficios, pues devuelves el préstamo y ya está, y nadie sabe nada. ¿Me entiendes?

—Perfectamente, presidente —respondió Vicent, esperanzado—. ¿Usted sabe a qué banco me puedo dirigir? Igual con su aval…

Roig le interrumpió:

—Yo no puedo avalarte nada, que ya estoy rodeado de préstamos y sociedades por todas partes. Pero no pasa nada, todo se solucionará. Vete a tu banco local.

Vicent pensó en Cefe.

—No puedo, no sé si puedo confiar en ellos. —El alcalde hizo una pausa—. Ya me entiendes.

Roig emitió un largo suspiro con una mezcla de irritación y de exasperación.

—Hijo, pues te las tendrás que arreglar tú solito —le soltó—. Tendrías que saber que la primera obligación de un alcalde es llevarse bien con todo el mundo, especialmente con los bancos. Si tienes que lamerles el culo, lo haces y ya está. ¿Me entiendes?

Vicent cerró los ojos de nuevo, apretándolos con fuerza. No le gustaba nada la opción de depender o de tener que pedir un favor a Cefe.

—De acuerdo, presidente —dijo finalmente.

—Hala, buena suerte, macho —le dijo Roig—. Me voy, que me esperan.

—Que disfrute usted…

Vicent no pudo acabar la frase, ya que Roig colgó inmediatamente.

El alcalde se puso en pie y se dirigió hacia la ventana. El sol, alto y firme, entraba con todo su esplendor en el despacho. Tanto que Vicent corrió las tupidas cortinas típicas morellanas, dejando la estancia más oscura. Después de reflexionar unos instantes, supo que no le quedaba más remedio que llamar a Cefe e intentar realizar la operación descrita por el presidente. Vicent ahora entendía cómo las sociedades de deuda, simples tapaderas para esconder más deuda, habían financiado toda la pompa valenciana de los últimos años. El alcalde siempre se había preguntado cómo esa Comunidad, donde tanta gente todavía vivía de la huerta, podía permitirse semejante despilfarro; porque aquello eran auténticos fastos, como puentes colgantes que no eran necesarios, eventos deportivos que no dejaban ningún legado o museos tan espectaculares y modernos como vacíos por dentro. Al menos él había creado una piscina y una escuela municipal, y un paseo que todos los ancianos disfrutaban.

Vicent se apresuró de nuevo hacia su silla y pensó que no tenía tiempo que perder. Tuvo que buscar el teléfono de Cefe en su agenda, señal de su mala gestión. Como le había advertido Roig, tendría que haberse pasado esos dos años estableciendo una mejor relación con el banquero: se tendría que saber su número de memoria.

Por fin marcó los dígitos del banco. Enseguida le pasaron con el director, para eso era el alcalde.

Este, como en el fondo esperaba Vicent, dio un «no» rotundo a la propuesta. Concisa, pero claramente, el director le explicó que las obras municipales ya habían superado con creces el máximo riesgo financiero permitido y que resultaba imposible establecer una nueva línea de crédito, aunque se tratara de una nueva sociedad.

Vicent insistió cuanto pudo y, ya desesperado, le propuso ir a comer, pero Cefe se negó. El muy cabrón era buen amigo de la vieja y seguro que estaban compinchados, pensó Vicent.

El alcalde se paseó de nuevo por su despacho. Solo le quedaba una posibilidad, él mismo podía llamar a Charles y ofrecerle un incentivo para incrementar la oferta.

Inmediatamente se puso manos a la obra y tuvo la suerte de encontrar al inglés en casa durante la hora de la comida. Después de los típicos intercambios preliminares, Charles quiso atajar e ir al grano.

—Dígame, Vicent, ¿hay alguna novedad en el tema de la escuela?

—Sí, sí, por eso le llamo —respondió Vicent.

Charles permaneció callado, obligando a Vicent a continuar, llevando todo el peso de la conversación.

—Ya recibimos su carta reduciendo la oferta —le dijo—. Nos sorprendió, porque es una rebaja considerable.

—Corresponde a nuestra tasación —dijo el inglés, breve y claro, sin dar pie a una respuesta.

—Precisamente ahora le llamaba sobre el precio, pero lo hago, Charles, a título personal, por el afecto que le tengo a usted y por el cariño que usted ha cogido a nuestro pueblo —dijo el alcalde, esperando sembrar una gota de entendimiento o acuerdo.

El inglés permaneció callado. Vicent entendió que debía explicarse.

—Le llamo confidencialmente porque, como usted sabe, nuestro pueblo ha realizado grandes inversiones para ponerse a punto y para que proyectos como el de la escuela resulten atractivos para los inversores.

Charles seguía sin decir palabra, lo que incomodó a Vicent, quien no tenía más remedio que seguir, sintiendo la falta de apoyo. Era como dirigirse hacia un precipicio y encima tener que remar hasta alcanzarlo, pensó. Pero recordó a su padre y se repitió que su obligación era luchar y luchar.

—Como le digo, el pueblo necesita fondos para que nuestra gestión pueda continuar y dar los frutos que todos esperamos. —Vicent hizo una pausa—. El caso es que debemos vender esa escuela por los cinco millones que anunciamos y no menos. Es lo que hay. Se me ha ocurrido que le puedo ofrecer un pequeño incentivo personal, si quiere aceptarlo. Si usted tasa la compra en cinco millones, le puedo ofrecer un dos por ciento para usted, personalmente.

Los dos hombres permanecieron en silencio.

—No sé si me entiende... —empezó a decir Vicent.

—Pues claro que le entiendo —le cortó Charles con frialdad—. Pero la respuesta es por supuesto que no. Y le voy a pedir un poco de respeto, alcalde. Si en España ustedes obran de esta manera, allá ustedes, pero esto es Inglaterra y nosotros somos el colegio más prestigioso del mundo. ¿Cómo se atreve a proponernos una cosa así? Por favor, me ofende.

Vicent no sabía qué decir.

—Bueno, bueno, Charles, no se ofenda, y perdone si no le ha sentado bien...

—La respuesta es no y no hay más que hablar —le interrumpió Charles con voz enojada.

Vicent se apresuró a apostar la última baza que le quedaba antes de que el irritado inglés le colgara. Habría preferido evitar mencionar a Isabel, pero, después de su estropicio el día de la cena en casa, la muy tonta se lo había ganado, pensó Vicent. El alcalde añadió:

—Yo solo pensaba que le podría interesar, también de cara a la amistad que parece que le una a mi hija...

—Deje a su hija fuera de esta operación, que ella no tiene nada que ver —respondió Charles con determinación—. Y yo no tengo más que hablar con usted. He puesto una oferta y espero una respuesta. Aunque tengo que añadir que estas prácticas no me gustan nada. Esto es todo. Adiós.

Charles colgó el teléfono tan de golpe y con tanta fuerza que el auricular de Vicent no dejó de emitir sonidos extraños durante un buen rato.

Vicent se dejó caer en su sillón sin saber qué hacer, ni adónde mirar. Estaba hundido. Solo le quedaba un lugar adonde ir, su propia casa. Él sabía que su mujer había heredado algo, pero Amparo nunca le había dicho cuánto. Hoy, después de años de no prestarle ni pizca de atención, había llegado el momento de preguntar.

Cabizbajo, salió del ayuntamiento sin saludar a nadie y se dirigió hacia su casa, el único lugar donde sería bienvenido.

Apenas media hora más tarde, Vicent entró en la estancia sin llamar y, ante su sorpresa, se encontró a su mujer en el salón, sentada, callada, como si le estuviera esperando. Le miraba fijamente y enseguida se levantó, le besó en la frente y le abrazó de una manera que ya ni recordaba.

—¿Todo bien? —fue cuanto dijo Vicent, mirando al vacío, pero todavía sorprendido por el recibimiento.

—Todo bien, mejor de lo que te imaginas —le respondió Amparo con una dulce sonrisa.

—No estoy para juegos, que estoy metido en un lío y no está el horno para bollos —le dijo mientras se quitaba la chaqueta y la tiraba encima del sofá. Vicent volvió hacia su mujer pues, en el fondo, un fuerte abrazo era lo que necesitaba. Amparo se lo dio.

Más tranquilo, se dispuso a hablar, pero su mujer se le adelantó con una determinación y confianza inusuales.

—Ya lo sé todo —le dijo mirándole a los ojos y en tono comprensivo. Le cogió las manos y se las apretó contra su pecho.

Vicent dio un paso hacia atrás y alzó las cejas.

—¿Qué sabes tú? —El alcalde estaba casi al límite de sus fuerzas y su esposa pareció percibirlo.

Amparo se le volvió a acercar, posando las manos suavemente sobre sus hombros. El gesto, aunque en poca medida, le ayudó a reducir tensión.

—Valli me ha llamado y me lo ha explicado todo, de mujer a mujer —le dijo.

Vicent se echó otra vez hacia atrás y la miró estupefacto.

—¡A esa bruja la voy a matar! —casi chilló, de nuevo sintiendo una gran tensión en todos los músculos de su cuerpo.

Su mujer le puso de nuevo sus suaves manos en los hombros, acariciándolos, calmándole.

—Solo necesito saber una cosa, Vicent, y digas lo que me digas yo te voy a seguir queriendo y apoyando, pero necesito saber la verdad —le dijo, mirándole a los ojos—. ¿Es verdad lo que dice?

Vicent bajó la mirada, no podía ni hablar. Estaba avergonzado. Había acabado a merced de una vieja de pueblo, de su hija y, ahora, hasta de su mujer. Todas y todos tenían control sobre él, el alcalde. ¿Cómo había llegado a esa situación?

Vicent no pudo contenerse más y se cubrió la cara con las manos para esconder las lágrimas que empezaban a brotar de sus ojos, ahora agotados. Era la primera vez que su mujer le veía llorar en más de cuarenta años de matrimonio, pero ahora no le podía esconder sus ojos rojos, hinchados, más apenados y avergonzados que nunca.

Ella entendió que su silencio hablaba muy alto.

—No te preocupes, Vicent —le dijo, cogiéndole de las manos—. Contigo he estado, contigo estoy y así continuaré.

Vicent se descubrió la cara y la miró fijamente a los ojos. Aquella era la primera mirada sincera que compartían en muchos años. El alcalde cerró los ojos de nuevo, sintiendo que en aquellos momentos de máxima oscuridad, de manera increíble, había una parte de su corazón que se ensanchaba. Nunca habría imaginado que su mujer reaccionaría de aquella manera, por lo que no osó preguntarle por sus ahorros, tal y como había planeado. Ya había comprometido al pueblo, hasta a su propia hija, no iba ahora a hacer lo mismo con su mujer, que no tenía culpa de nada.

—Vicent, escucha —continuó esta, con una resolución hasta ahora desconocida por Vicent—. Valli tiene razón y la suya es una buena propuesta. Te salva a ti del desprestigio municipal y abre las puertas al futuro de nuestra hija.

—¿Isabel? —preguntó Vicent, sorprendido.

—Yo no sé cómo están las cosas exactamente entre Isabel y el inglés —le explicó Amparo—, pero me han dicho en el pueblo que se les vio cenar juntos, íntimamente, una noche y que luego pasearon por la Alameda.

—Ah, ¿sí? —preguntó Vicent, confuso—. Pues no sabía nada.

—Claro que no sabes nada, porque desde aquella noche tan horrible no te hablas con tu hija y eso no está bien.

Vicent bajó la mirada. En el fondo, sabía que su mujer, como de costumbre, tenía razón. Amparo continuó:

—No sé cómo están las cosas, pero sí sé que, si presionas mucho a Charles, todo se puede ir por la borda. Al final te puedes quedar sin escuela y encima puedes estar jugando con el futuro de nuestra hija.

—Pero ¿tú crees que hay algo de verdad? —insistió Vicent, incrédulo.

—Yo, que por supuesto sigo en contacto con ella porque es mi hija, la veo ilusionada por primera vez en mucho tiempo. Especialmente después de que cenaran juntos aquella noche.

Vicent alzó las cejas. Estaba sorprendido de que tantas cosas pasaran a su alrededor sin que él se diera cuenta. Miró a su mujer, hoy más guapa que de costumbre. La observó con más detalle, pues se había pintado y puesto una de las blusas que se compró en un viaje a París hacía muchos años y que a él siempre le había gustado. Aquella mujer le había apoyado incondicionalmente durante más de cuarenta años sin ninguna necesidad y a cambio de casi nada.

No se la merecía, pensó. Era la única persona que tenía en el mundo. Su mujer, su casa y su caballo, lo único que tenía.

—¿Qué debo hacer, Amparo? —le preguntó, quizá por primera vez en su vida.

Ella le miró y le sonrió.

—Yo no te lo tengo que decir, tú ya lo sabes —le respondió.

22

La Fonda
Calle Colomer, 7 y 9
Morella (Castellón)
Octubre de 2008

Muy querido Charles:

Espero que estas letras te encuentren bien, te imagino enfrascado en tus cosas, rodeado de tus alumnos vestidos de chaqué negro, como he visto en Internet. Eton parece un lugar muy especial, así que no me extraña que hayas hecho de él tu casa.

Yo estoy bien, aunque ahora te escribo para explicarte las últimas novedades, que no son pocas. Hace unas semanas, mi padre dimitió como alcalde. Yo no sé muy bien qué pasó, solo que tuvo una fuerte discusión con Valli y que al final no recibió la ayuda del presidente valenciano, que en principio era amigo suyo. En el pueblo se habla mucho y los rumores corren, pero yo no sé qué creer. El caso es que el tema de la escuela se ha parado y creo que volverán a convocar otro concurso. Igual alguien ya ha contactado contigo, pero yo también te he querido avisar porque, como te puedes imaginar, las cosas andan un poco revueltas y de momento el pueblo sigue sin alcalde.

No puedo decir que esté triste por mi padre, pues seguramente tiene lo que se merece, pero el ambiente se ha enrarecido y hay que esforzarse para seguir una vida normal. En ese aspecto los cuadros me ayudan. Ayer precisamente, acabé uno que creo que te gustaría. Si te interesa, te lo podría enviar, pues no es muy grande.

También he conseguido un nuevo trabajo en Castellón, en una tienda de pinturas donde necesitaban una dependienta y donde me dejarán coger todo el material que quiera gratis. Estoy contenta y con ganas de empezar dentro de un par de semanas.

Sin más novedades, solo quería decirte que muchas personas me preguntan por ti, pues dejaste un muy buen recuerdo en el pueblo. La gente aquí te quiere, Charles, por si alguna vez deseas olvidar el asunto de la escuela y volver a visitarnos. Ya sabes que la catorce siempre estará a tu disposición.

Con un afectuoso saludo se despide,

Isabel.

Reclinando la espalda en su sillón de cuero, Charles de nuevo dejó la carta sobre sus rodillas y miró al fuego que ardía en la chimenea de su salón. El inglés se esforzaba por no pensar más en la misiva, ni en España, ni en nada relacionado, mientras esperaba a su amigo Robin. A pesar de sus intentos, Charles alzó la mirada para observar una vez más *El Jardín de los Poetas*, el cuadro que Isabel le había regalado ese verano. El profesor, todavía con su uniforme de chaqueta negra y pajarita, volvió a mirar al fuego y luego a la carta que había leído una y otra vez desde que la recibiera a media semana.

Charles suspiró hondo y se aflojó la pajarita mientras oía el lento crujir de la leña. Aquel sonido y el calor de la chimenea le traían tranquilidad, aunque desde que había recibido la carta no había dormido bien ni una sola noche. Por una parte, el tema de la escuela le había desilusionado, pues tenía depositadas grandes esperanzas en ese proyecto. No solo se enfrentaba al caos local en Morella, sino que la reciente crisis en los mercados de crédito internacionales también significaba que conseguir financiación era mucho más difícil. Él seguía las noticias económicas bien protegido por la seguridad y la distancia de Eton, pero intuía que el problema no había hecho más que empezar.

La vuelta al colegio después de la semana en Morella en julio también había resultado difícil, pues no se había acoplado bien a la vida monástica y escolar de la que tanto había disfrutado durante años. Ese curso lo había iniciado con menos entusiasmo del usual, ya que Eton, a pesar de su larga y espléndida historia y de acoger a algunos de los estudiantes más brillantes del mundo, ya no parecía ni mucho menos el centro de su vida.

Charles no podía dejar de pensar en el cielo estrellado de la Alameda mientras caminaba silencioso escuchando el paso y el respirar hondo de Isabel. Recordaba las historias de mercados de trufas ilegales o de figurillas de sevillanas que vivían clandestinamente dentro de un armario para esconderse de la guerra. La misma guerra que, al parecer, cambió la vida de su padre y hasta de George Orwell. Charles, con la mirada clavada en el cuadro, se preguntó si su vida también estaría a punto de cambiar, ya que esta no había sido igual desde su regreso. Paseando por los bonitos alrededores de

Eton junto al apacible y tranquilo Támesis, Charles recordaba con nostalgia los manojos de romero creciendo entre las rocas abruptas y secas del Maestrazgo. El paisaje morellano era más honesto y directo que esas sutiles curvas británicas que todo lo escondían. Esa idiosincrasia también se reflejaba en las personas, pensó el profesor. España parecía desnudar a sus habitantes y visitantes, pues tal eras, tal te mostrabas; justo lo contrario que en Inglaterra, donde la gente se cubría de una capa socioprofesional principalmente diseñada para protegerse. En Eton, de hecho, se enseñaba a todos los alumnos a comportarse exactamente de la misma manera, pues destacar demasiado estaba mal visto. Las jugadas se hacían con guante blanco, sin peleas ni ensuciarse las manos, siempre sin poner las cartas sobre la mesa, algo que un buen etoniano no hacía nunca. Lo último que se debía hacer en esta vida era cerrarse puertas, les decían a sus alumnos.

Las cosas tampoco habían sido iguales para él después de la conversación que tuvo con Isabel sobre su propia madre. Desde entonces, el inglés había mirado de otra manera a las madres que visitaban a sus hijos en Eton o que, con visible dolor, los dejaban en el internado el primer día de curso. Después de conocer a Isabel, Charles ya no veía a esas mujeres únicamente como las esposas de hombres influyentes, educadas —como su Meredith— para servir. Ahora sabía que esas mujeres podían esconder talentos que el mundo muchas veces ignoraba. Durante ese primer trimestre, Charles había dedicado mucho más tiempo a esas madres, ahora sorprendidas por su súbito interés después de que él las hubiera ignorado durante años. El profesor vio en sus miradas un gran aprecio por la atención que les dedicaba, a la vez que no le guardaban ningún rencor por su antiguo desdén. ¿Cómo podía haber menospreciado a las mujeres durante tanto tiempo?

Charles pensó en su madre una vez más, tal y como había hecho desde que Isabel le preguntara por ella. Durante las últimas semanas se había cuestionado la imagen que con los años se había formado de ella: una *lady* inglesa alta, dulce y sonriente, de ojos claros y melena rubia angelical. Pero sabía que todo eran imaginaciones. El inglés había empezado a rebuscar entre los papeles de su padre para encontrar algún indicio acerca de su madre, pero no obtuvo ningún resultado. También se había desplazado hasta la mansión de Cambridge donde se había criado y que él mismo vendió después de divorciarse y mudarse definitivamente a Eton. Los propietarios, todavía la misma familia que entonces la compró, le permitieron acceder al antiguo sótano, que ellos apenas usaban, por si algún objeto hubiera quedado olvidado en la mudanza.

No encontró nada, pero en el mismo recibidor de la casa sí vio una foto de Morella antigua, enmarcada en madera sencilla de pino. Los propietarios le aseguraron que la habían encontrado en el sótano y que la habían subido porque el pueblo les parecía precioso y porque deseaban preservar algo de la historia de la casa.

Charles cogió el marco que ahora yacía en la mesita de madera junto a su sillón. Era una foto muy antigua, algo rasgada, en la que no se veía ni una casa fuera de la muralla y donde el castillo y la propia muralla aparecían más derruidos que en la actualidad. Las carreteras que llegaban al pueblo, muy estrechas, no estaban asfaltadas y algunas casas parecían a punto de caerse. Charles miró la foto con insistencia hasta que sonó el timbre de la entrada, fuerte y alto, lo que casi le hizo saltar del sillón.

Al distinguir la voz de Robin, el profesor apretó el botón que abría la puerta de abajo y, al instante, se quitó la chaqueta y la pajarita de clase para colocarse su batín rojo de terciopelo, con las iniciales de su padre todavía grabadas en fino hilo dorado. Era uno de los pocos objetos que el hispanista le había dejado y que Charles apenas usaba, hasta descubrir la foto de Morella. Desde entonces, se había sentido mucho más próximo a su padre, quizá más cerca de lo que nunca estuvo en vida.

Robin, corpulento y con la voz enérgica y alta de costumbre, entró como un torbellino en el piso de Charles. Como de costumbre, le visitaba el viernes por la noche, ya que Eton le pillaba de camino hacia los Cotswolds, su refugio de los fines de semana. Esa comarca de pueblecitos inocentes de piedra dorada, en la que solo se veían viejecitas sonrientes de pelo blanco, estaba en realidad habitada por banqueros e inversores, los únicos que podían permitirse los precios de la zona, pero que no se dejaban ver en absoluto. Mientras las viejecitas llenaban los salones de té locales, los residentes de las mansiones con techo de paja permanecían en sus salones, descorchando champán en fiestas privadas. Robin era uno de ellos, aunque un tanto menos social. De hecho, su amigo, banquero en la City desde que dejó la universidad, apenas aceptaba las múltiples invitaciones que le llegaban, pues todo el mundo quería asociarse con un ex-Harrow, ex-Oxford y banquero. Robin solo quería pasar la noche con la prostituta de turno, a quien cambiaba aproximadamente cada dos meses.

—¡Salud, camarada! —dijo Robin, dándole un fuerte achuchón nada más verle—. ¿Cómo está el discípulo de George Orwell? Me temo que está a punto de empezar otra guerra en España, ¡pero esta vez económica! —dijo.

Charles sonrió. Su amigo era un antagonista profesional y nunca tenía miedo de dar su opinión. Es más, de esa manera había amasado una buena fortuna: Robin compraba cuando todos vendían (barato) para vender (caro) cuando todos compraban. Siempre había dicho que los demás inversores eran fundamentalmente estúpidos.

—No estoy mal, no —dijo Charles, mirando al suelo con la falsa modestia británica que siempre utilizaba, una gran técnica para desviar la atención.

Robin se dejó caer en el sillón que había junto al de Charles, también de cara a la chimenea, mientras el profesor le servía una copita de jerez, que Robin se apresuró a degustar.

—Aaah, me encanta lo que traes de España. Fantástico —dijo, colocando la copa en la mesilla donde Charles había dejado la carta de Isabel. Sin disimulo, Robin la observó.

—¿Una amiga que se llama Isabel? —preguntó, curioso.

Charles, un tanto ruborizado, se apresuró a dejar la botella de jerez y a coger la misiva que había olvidado retirar antes de la entrada de su amigo. La plegó cuidadosamente y la introdujo en el bolsillo de su bata roja ante la mirada escrutadora de Robin. Este le observaba medio divertido y bien apoltronado en el sillón. Como todos los viernes, vestía ropa informal de oficina, que de hecho era más cara que los trajes de la City. Llevaba unos pantalones de pinzas de color crema y una camisa blanca con botones de diseño que asomaba bajo un jersey de cachemir negro que le quedaba perfecto, disimulando su gran panza.

—¿Cómo va la crisis? —preguntó Charles, sentándose él también y dejando la botella de jerez en la mesita que había entre los dos.

Charles y Robin mantenían una gran amistad desde que ambos compartieran habitación en Oxford. Sin embargo, hacía años que no discutían de amores y amoríos, y no solo porque Charles fuera más bien opaco; Robin tampoco era muy dado a hablar, sobre todo después de que su mujer le dejara hacía algunos años, mudándose a una casa del centro de Londres con sus tres hijos, a quienes ahora apenas veía. Charles tampoco osaba preguntarle, pues sabía que en el fondo aquello le había roto el corazón, por más que quisiera disimularlo diciendo que el divorcio era la mejor solución y que la relación estaba rota desde hacía años. Desde entonces, Charles siempre había visto una gota de tristeza en los ojos de su amigo, que este intentaba apagar con alcohol y mujeres, sin acabar de conseguirlo.

—Madre mía, la crisis —respondió el banquero, apoyando los pies en un taburete cercano. Sin descalzarse, por supuesto. Robin se encendió un cigarrillo, pues sabía que Charles se lo permitía, y echó el humo de manera sonora. Después dijo—: No sabes la que se está cociendo.

Charles alzó una ceja, expectante.

—El sistema financiero está lleno de mierda, estamos todos hasta las orejas de ella y los políticos, por supuesto, no se enteran de nada. Pero, bueno, yo al menos estoy sobreviviendo, porque lo que perdí lo he recuperado apostando a que las cosas van a ir a peor. Y los hechos me están dando la razón.

Los dos hombres permanecieron en silencio durante unos segundos, hasta que Robin continuó, usando un tono más serio:

—No quiero hablar de esto, Charles, porque llevo un mes que vivo y duermo con este tema. Desde lo de Bear Stearns que no voy a los Cotswolds ni veo a mi amiga; como te puedes imaginar, estoy que me subo por las paredes —dijo, soltando una carcajada nerviosa.

Charles, que a veces consideraba a su amigo algo vulgar, no contestó.

Robin miró a su alrededor, fijando la vista en el cuadro.

—¿Es nuevo? —preguntó—. ¡Me gusta! Por fin has dejado atrás las cacerías de Escocia y has elegido algo un poco más moderno. Charles, me alegra verlo.

El profesor dudó antes de contestar, pero pensó que tampoco tenía nada que esconder.

—Es un regalo —dijo por fin.

Robin le miró con sorpresa.

—¡Ah! —exclamó—. ¿Un regalo de quién? —preguntó con voz jovial, inclinándose hacia Charles.

—La autora me lo regaló —replicó el profesor, breve, mientras volvía a llenar las dos copas de jerez.

Robin ladeó la cabeza mientras una leve sonrisa se dibujaba en sus labios.

—¿Una pintora española?

—Pues sí —respondió Charles, seco.

—Ah.

Después de un breve e incómodo silencio, Robin volvió a la carga, haciendo que Charles se arrepintiera de haber iniciado aquella conversación, pues ya conocía el apetito de su amigo por los cotilleos.

—¿Es la autora del cuadro también la autora de la carta? —preguntó, ahora con los labios apretados y una sonrisa en sus ojos.

Charles miró hacia la chimenea y se levantó para echar un nuevo leño y avivar el fuego, que ya empezaba a agonizar.

—¿Charles? —insistió Robin en un tono marcadamente intencionado.

El profesor volvió a sentarse en su sillón.

—Es solo una amiga, Robin, no busques donde no hay.

Charles había conseguido decir esas palabras con una tranquilidad convincente, pero el rubor en sus mejillas lo traicionó.

—Bueno, no me digas nada si no quieres —le dijo su amigo, ahora ya sin mofarse—. Únicamente te diré que, si has encontrado a una amante en España, me parece una excelente idea y solo te animaría a que continuaras. Este es un mundo perro, Charles, y la que se avecina puede ser tremenda. ¡Hay que aprovechar la poca juventud que nos queda, que dentro de poco ya ni podremos!

Charles negó con la cabeza.

—No seas vulgar, Robin —le dijo—. Además, tampoco hay nada. Es una buena amiga que lleva el hotel donde me hospedo en el pueblo donde quiero comprar esa escuela, pero el tema está parado porque el alcalde es un corrupto... —Charles hizo una breve pausa para tomar un trago—. En fin, es una historia demasiado larga de explicar; el caso es que el tema está parado, así que no sé si la volveré a ver.

—Ya te dije yo que las operaciones inmobiliarias en España son una bomba de relojería —apuntó Robin.

—Robin, por favor... —dijo Charles, poniendo los ojos en blanco. Aquel no era momento para *yatelodijes*.

Su amigo pareció entenderlo y le miró, ahora con genuino interés.

—Pero, Charles, ¿tú realmente quieres volver a verla? ¿De verdad que merece la pena? —Después de un breve silencio, Robin añadió—: Ya sabes que somos demasiado viejos para engañarnos a nosotros mismos.

Charles apretó los labios y movió nerviosamente sus dedos sobre el brazo de su sillón. Robin esperó la respuesta con paciencia, dando sorbos a su copa de jerez.

—Supongo que sí —dijo por fin Charles, mirando al vacío.

A Charles le sorprendió esa confesión, que quizá también había querido esconderse a sí mismo, refugiándose bajo las montañas de trabajo que debía atender o en la interminable actividad de Eton. A pesar de sus esfuerzos para no pensar en Morella, el profesor había pasado sus cenas solitarias mirando el cuadro del jardín morellano, recordando el momento en que superó el miedo e invitó a Isabel a cenar. Pero lamentablemente, a pesar del éxito de la cena y del paseo, las cosas habían terminado algo turbias después de que él cuestionara las motivaciones de Isabel cuando esta le reveló que su padre le estaba engañando, exagerando las ofertas rivales por la escuela. Charles, seguramente llevado por las advertencias de Valli, le había preguntado por qué debía fiarse de ella, algo de lo que ahora se arrepentía profundamente. Desde entonces, el inglés no sabía qué pensar y tampoco se había atrevido a restablecer el contacto. La carta de esa semana le había llenado de una mezcla de alegría y de miedo, por lo que el profesor se empezaba a decir que, por su propio bien, debía empezar a reconocer lo que realmente estaba pasando.

Charles por fin levantó la vista hacia su amigo, que continuaba esperando, copa en mano.

—¿Por qué no vuelves a verla? —le dijo, encendiéndose otro cigarrillo.

El profesor guardó silencio unos instantes.

—Buena pregunta —dijo por fin.

Robin cruzó las piernas y se inclinó hacia Charles.

—Querido amigo —le dijo, serio—, yo no sé qué te traes entre manos, pero te veo preocupado y, desde luego, entregado a una mujer que te escribe y te regala cuadros; para mí, francamente, una clara invitación.

Charles negó con la cabeza.

—Es más complicado de lo que parece, Robin —le interrumpió—. Su padre es el alcalde corrupto del pueblo, más bien exalcalde, ahora.

Robin le atajó, rápido.

—No me importa a qué se dedique su padre, su pasado o cuáles sean las circunstancias —le dijo—. Solo sé que estas nunca son perfectas y que no sirve de nada esperar a que todo esté en regla para realizar un movimiento. —Robin hizo una pequeña pausa para vaciar, de golpe, su copa de jerez—. Créeme, amigo mío, que yo me pasé veinte años amasando una fortuna, pensando que cuando la consiguiera y me retirara entonces sería feliz con mi familia, pero ese momento nunca llegó, porque ellos se cansaron de mí antes. Y así me he quedado, a dos velas.

Charles miró a su amigo con empatía.

—No cometas el mismo error, Charles —le dijo Robin, mirándole a los ojos—. Si así lo quieres, vete ahora mismo y no esperes a que pasen los días, porque todo eso es tiempo perdido. ¿Para qué esperar? En estas vidas que llevamos solo pensamos en el corto plazo, donde nos refugiamos todos: yo con mis inversiones a tres meses, tú con tus trimestres escolares. El corto plazo está muy bien para mantenerse ocupado y distraído, para no tener que pensar, pero no nos hace felices. Créeme que la vida es una inversión a largo plazo; eso es lo que yo nunca entendí y lo que me ha hundido.

Charles guardó silencio mientras las palabras de su amigo, las más sinceras que nunca le había escuchado, le resonaban en la cabeza.

—Bueno —dijo Robin al cabo de unos segundos—. Quizá haya hablado demasiado, y bebido también, y todavía tengo que llegar a Burford —dijo, levantándose.

—Sí, conduce con cuidado —le recordó Charles, con la cabeza atormentada por un sinfín de ideas, imágenes y recuerdos. No pudo añadir más.

Robin, ya con su Barbour puesto, le estrechó la mano y le dio un fuerte abrazo. No fue el típico achuchón de hombre a hombre, sino un contacto largo y sincero que Charles sintió de manera muy especial. Hacía años que el profesor no recibía ese calor humano.

Los dos hombres se despidieron y Charles apoyó la espalda en la puerta nada más salir Robin, dando un fuerte suspiro. Instantes después, se acercó hacia la chimenea, donde cogió un cigarrillo del paquete que había olvidado su amigo y se lo encendió. No fumaba desde la universidad.

Con el brazo apoyado sobre la repisa de la chimenea, Charles miró una vez más la antigua foto de Morella y contempló su cuadro casi sin pestañear. Tan solo después de tres caladas, Charles echó el cigarrillo a la hoguera, con determinación, y se sentó en su despacho. Con manos temblorosas, encendió el ordenador, entró en Internet y tecleó: «British Airways».

A media tarde del día siguiente, sin más equipaje que una pequeña mochila a la espalda, el inglés llegó a Manises con el mismo entusiasmo con el que había aterrizado en Bombay hacía más de veinte años, cuando se disponía a pasar una larga temporada en la India. Solo y con toda la vida por delante, así se sintió Charles cuando arrancó el Seat Ibiza de rigor que, en tan solo dos horas, le llevaría a Morella.

Aunque había pisado el acelerador en la autopista más de la cuenta para llegar cuanto antes, Charles paró en el Collet d'en Velleta para respirar hondo y contemplar el pueblo que también había cautivado a su padre. Morella había enamorado tanto al hispanista que este conservó una foto del pueblo toda su vida y que Charles, de manera asombrosa, nunca había visto. Quizá la vida tenía esas increíbles coincidencias que encadenaban la existencia de manera misteriosa. Orgulloso y con el corazón latiendo fuerte, Charles continuó hasta llegar al pueblo. Después de aparcar cn la Alameda, el inglés atravesó las calles casi corriendo, sin reparar en las dos o tres personas que le saludaron a su paso, para llegar cuanto antes a la fonda. No traía ni un regalo, tampoco sabía qué iba a decir. Solo quería llegar. Verla.

—¡Hombre! ¡Esto sí que es una auténtica sorpresa! —exclamó Manolo al verle, dejando el bolígrafo con el que hacía un crucigrama sobre el mostrador—. No sabía que venías, ¿se lo has dicho a Isabel o a mi padre? Se me habrá pasado —dijo, algo preocupado.

—Hola —respondió Charles, mirando a su alrededor, a la sala, a la puerta de la cocina, a las escaleras, por si aparecía Isabel en cualquier momento—. No, no, la verdad es que me olvidé de llamar —dijo, con el rubor del mal mentiroso—. Solo he venido a pasar un par de días para atar cuatro cosas de la escuela, ya sabes —dijo.

—Uy. —Manolo le miró frunciendo el ceño—. Imagino que sabrás que las cosas están un poco paradas; todavía no han elegido a un nuevo alcalde y todo está un poco…, delicado.

—Sí, sí, ya imagino —respondió Charles, quien no quería perder ni un segundo—. Espero que tu padre y tu hermana estén bien —dijo—. ¿Están por aquí?

Manolo, que ya le tenía la llave de la catorce preparada, sacó el libro de registros y apuntó el nombre del inglés a su típica velocidad lenta, algo que ahora exasperó a Charles.

—Pues mi padre no, está en casa, ahora no viene mucho por el pueblo, y mi hermana ha salido a una conferencia —le dijo, entregándole la llave.

—Ah, ¿sí? ¿Una conferencia? ¿De quién? —preguntó Charles, intentando disimular su interés personal bajo uno de corte más intelectual.

—Bah —respondió Manolo, un tanto despectivo—. Un político catalán ya abuelo que se ve que fue uno de los que escribieron la Constitución, o algo así. No sé qué se le habrá perdido por aquí.

—¡Qué interesante! —exclamó Charles con entusiasmo claramente falso y exagerado—. ¿Y dónde es? No me gustaría perdérmela —dijo—. Igual todavía puedo llegar.

Manolo le miró algo sorprendido, seguramente porque aquella faceta impulsiva y resolutiva del *gentleman* inglés contrastaba con su carácter habitual, siempre tan comedido. Manolo miró al reloj de la pared.

—Pues creo que empezaba hacia las seis, y ahora ya pasan casi veinte minutos, así que si te espabilas sí que podrás pillar algo. Es en la Casa Ciurana, ya sabes.

Charles asintió con la cara iluminada, pues sabía que aquel local estaba a apenas dos minutos andando, todo lo que tardaría en ver a Isabel.

Manolo le extendió la llave.

—Toma, la catorce, como de costumbre, Charles.

El inglés no la recogió y se limitó a decir:

—Como llevo tan poco equipaje, ¿te importa si te dejo la mochila aquí y me voy también a la conferencia? Ya la recogeré más tarde.

Manolo accedió y se quedó mirando fijamente al inglés, que echó a correr escaleras abajo. Sospechando que ahí pasaba algo, el hijo del alcalde se inclinó sobre el mostrador para observar cómo el inglés salía a la calle sin cerrar la puerta.

Exactamente al cabo de un minuto y medio, Charles entró jadeante al hermoso edificio de piedra que llevaba en esa misma esquina más de cinco siglos. Después de atravesar una pequeña y acogedora entrada, donde dos jóvenes estaban sentados junto a una máquina de café y una pequeña caja, Charles entró de golpe en la sala de actos, sin reparar en que tenía que pagar una entrada. Cuando los estudiantes reaccionaron y se pusieron en pie para detenerle, el inglés ya había accedido al salón con los ojos más abiertos que nunca, solo buscando a Isabel. Algunas personas del público se giraron con el abrupto ruido de la puerta, pero se volvieron hacia el conferenciante después de propiciar al inglés una mirada desaprobadora. Charles por fin comprendió que no estaba solo, así que cerró la puerta con cuidado y se adentró de puntillas en la hermosa sala, coronada por un arco gótico de piedra y tenuemente iluminada por unas lámparas antiguas negras, muy morellanas. El sobrio suelo de piedra y la tranquilidad del acto y del pueblo en general por fin infundieron a Charles un poco de calma. El profesor recorrió con la vista las apenas treinta personas presentes hasta que, por fin, distinguió a Isabel, sola, sentada en el centro, en la segunda fila. Charles se acercó lentamente por el pasillo lateral hasta alcanzar una posición desde donde la podía ver de perfil. Allí estaba, con su pelo negro suelto, su nariz bien formada, sus labios gruesos, su mirada tranquila, fija en el conferenciante.

El inglés suspiró y cerró los ojos, sintiendo el calor acogedor de la sala en ese frío día otoñal. Reparando en su propio aspecto, más bien desaliñado, Charles se puso disimuladamente la camisa por dentro de los pantalones y se ajustó el jersey negro de cuello alto que llevaba —una prenda con la que se sentía seguro, protegido.

De pie, apoyado en la pared, Charles tragó saliva mientras miraba a Isabel, que no se distraía de la conferencia ni un segundo. Debía ser paciente, se dijo, resignado. Al cabo de unos minutos, ante su sorpresa, Isabel alzó la mano cuando se abrió el turno de preguntas: la suya era la primera. Charles abrió los ojos cuanto pudo para contemplar la escena. Al inglés, ahora, todo cuanto hiciera Isabel le parecía perfecto. Hasta el amplio y poco atractivo jersey de cenefas que llevaba, típico morellano, le parecía ahora un símbolo de personalidad y talento, pues seguramente lo habría tejido ella misma.

—Buenas tardes —dijo Isabel a viva voz, pues la sala era demasiado pequeña para usar micrófonos—. Señor Roca, yo le agradezco mucho su intervención y lo que cuenta sobre cómo se escribió la Constitución es ciertamente interesante —dijo—. Pero yo muchas veces me pregunto si en este país hemos conseguido que esas ideas democráticas de las que usted habla hayan calado realmente en nuestra sociedad.

El comentario sorprendió a Charles, quien desconocía el talento orador de Isabel, pues nunca la había oído hablar en público. El inglés continuó mirándola, aunque ahora menos ensimismado, prestando más atención a lo que Isabel decía.

—Pues claro que España es un país plenamente democrático —respondió el tal señor Roca en un tono más bien altivo, al parecer de Charles—. No sé a qué se refiere —le dijo, seco.

Isabel pareció dudar unos instantes, pero continuó:

—A veces pienso que en nuestro país los que mandan siempre son los mismos, o miembros de las familias más influyentes. De hecho —continuó—, hace poco leí un libro que decía que España está en manos de unas cien familias. Yo no las he contado, pero personalmente me parece que en este país no existe mucha movilidad social y, para las mujeres, ya ni le digo —concluyó Isabel mirando al conferenciante con sus grandes ojos verdes, siempre abiertos al mundo, pensó Charles.

El señor Roca, por el contrario, no tenía unos ojos ni tan bonitos ni tan honestos como Isabel, sino una figura delgada, enjuta, y una cara alargada, demasiado seria y malhumorada para una persona de su edad, se dijo Charles. Los ancianos han vivido demasiado para no reírse un poco más de la vida en general y, sobre todo, de sí mismos, creía el inglés. El conferenciante, bien trajeado y con un bolígrafo Montblanc en mano, por fin respondió a Isabel.

—Mire, señorita —empezó, en tono paternalista—, esto que dice usted no es verdad. En absoluto, y le diré por qué. —Roca hizo una pausa de esas tan irritantes que hacen los políticos cuando quieren atraer más atención, pero lo único que consiguen es malgastar el tiempo de quienes les escuchan. Continuó—: Yo le diré que en este país tenemos muchas personas que han triunfado y que no proceden de familias influyentes.

—Siempre hay excepciones —apuntó Isabel rápida, aunque parecía que el conferenciante todavía no había terminado su respuesta—. No perdamos el tiempo hablando de excepciones, que desvían la atención de la idea sobre la que le pregunto —remató la hija del alcalde, ante la sorpresa y admiración de Charles.

El tal señor Roca pareció indignarse por la interrupción y continuó como si no hubiera escuchado el comentario, algo que le pareció más bien rudo a Charles.

—Señorita, si me deja hablar —remarcó el político en tono altivo—, este es un país donde muchas personas de procedencia humilde han alcanzado el éxito. Es más, le diré que el poder real, que usted atribuye a esas personas privilegiadas, está en los pequeños comerciantes, al menos en Cataluña. Son ellos los que mandan y llevan el país; son el tesón que lo sustenta.

Poco convencida, Isabel intervino de nuevo:

—Ya sé que trabajan, pero en realidad no mandan en absoluto. Yo me refiero a los puestos de poder político, social o intelectual, que todavía están cerrados a las personas sin enchufe —dijo, con una tos nerviosa al final.

El comentario provocó la risa de parte de la concurrencia y la crispación del moderador de la sesión, sentado junto al conferenciante, quien apuntó:

—Ya vale, Isabel, no insistas.

Ese comentario enfadó a Charles, que no iba a tolerar que alguien tapara la boca a la persona a la que él tanto admiraba, la mujer en la que había pensado —ahora sí lo reconocía— día y noche casi desde que la conoció. El profesor saltó en su defensa:

—No es que insista, es que ella espera que un conferenciante de esta categoría le dé una respuesta inteligente y, francamente, decir que en España existe movilidad social me parece un insulto a la inteligencia de los presentes, incluida la mía —dijo el inglés con su marcado acento, provocando que todos se giraran hacia él con cara de sorpresa.

Charles notó cómo sus mejillas se ruborizaban rápidamente, pero no porque la sala entera y el conferenciante se hubieran quedado mirándole, pasmados y silenciosos, sino porque Isabel también se había girado hacia él y sus labios rojos e intensos le dibujaron la sonrisa con la que había soñado desde hacía meses.

—Bueno, sí, claro, es verdad —dijo por fin el conferenciante, mirando a Charles en tono conciliador y respetuoso—. Claro, las cosas nunca son perfectas, y es un tema que tenemos pendiente —dijo.

Charles, haciendo un esfuerzo por centrarse en las palabras del orador, del que nunca había oído hablar, se encendió todavía más al pensar en la respuesta que le había dado.

—No entiendo —le dijo—, ¿por qué me da la razón a mí si le acabo de decir lo mismo que la señora que se lo acaba de preguntar?

—¡Es que ella es muy guerrera! —respondió casi sin pensar el político, echándose hacia atrás y estirando un tanto las piernas.

Esas palabras dejaron estupefacto a Charles, que pensó que un comentario así en Inglaterra podría acabar con la carrera de un político por machista. Semejante desconsideración dejaría a cualquier representante inglés, por popular que fuera, sin un mísero voto femenino de por vida.

—¿Siguiente pregunta? —dijo el moderador, como si allí no pasara nada excepcional.

Ante la sorpresa de todos, y también de Charles, Isabel embistió de nuevo:

—¿Guerrera? ¿Si una mujer pregunta algo incómodo es una guerrera, pero si es un hombre, en cambio se le escucha y se le percibe como alguien independiente e inteligente?

El señor Roca alzó los ojos en señal de desesperación, suspiró alto y dejó el bolígrafo sobre la mesa. Como si le estuviera haciendo un favor, le contestó:

—Yo, señora, soy el más feminista de todos: mi hija es la principal heredera de mi despacho de abogados y lo llevará ella sola cuando yo me jubile, dirigiendo a los doscientos practicantes que empleamos.

—Pero ¡es su hija! —exclamó Isabel, visiblemente enojada—. Lo que digo yo es que las mujeres u hombres que no tienen la suerte de proceder de familias precisamente como la suya lo tienen casi imposible.

—Esto no es verdad, hay muchas mujeres en banca y en otros sectores —le respondió el conferenciante—. Fíjese usted que en cada oficina bancaria a la que entro me atiende una mujer. Y no me extraña, porque las mujeres son mucho más trabajadoras y eficientes que los hombres —añadió Roca—. Como ve, yo soy el primer feminista.

Después de una ligera pausa, el político añadió:

—Venga, vamos a ver si hay preguntas más interesantes.

Charles, quien no cabía en su sorpresa, pudo reaccionar a tiempo antes de que otra persona alzara la mano.

—Disculpe, señor —dijo, haciendo girar a la sala de nuevo hacia él—. La señora le pregunta por el acceso al poder, no por los puestos de curritos, y yo me pregunto lo mismo —apuntó con firmeza.

Charles mantenía la mirada fija en los ojos de aquel conferenciante que a él ni le iba ni le venía, pero quien osaba tratar mal a su Isabel. El inglés se sentía cómodo, seguro, y veía cómo el político poco a poco iba perdiendo la compostura. El tal señor Roca se rascó nerviosamente la cabeza, tosió y bebió un poco de agua, porque seguro que no sabía qué decir. Pero Charles sí sabía cómo continuar, y muy bien. Elocuencia y verborrea eran lo mejor que enseñaba Eton, que había educado hasta a diecisiete primeros ministros británicos a base de enseñarles a atacar y defenderse en el feroz parlamento inglés, donde todo era cuestión de dialéctica.

—Por favor —insistió—, ¿nos puede dar una respuesta relacionada con la pregunta?

Un rumor recorrió la sala, que se apagó cuando el conferenciante retomó la palabra.

—Mire, señor, yo no le conozco y no sé de qué país es usted, pero me suena a inglés.

Charles asintió con orgullo albión.

—Pues bien, le recomiendo que antes de venir a atizar los problemas de este país, vuelva usted al suyo y solucione sus asuntos, que tienen muchos y todavía más gordos que los nuestros.

Charles no daba crédito. El político, además de un machista recalcitrante, también era un xenófobo.

—¿Siguiente pregunta? —apuntó enseguida el moderador, exasperado.

Charles e Isabel se intercambiaron miradas intensas, cargadas de una mezcla de indignación y pasión.

Un joven tomó la palabra y, con voz temblorosa, se dedicó durante cuatro minutos a decir que España había perdido valores, que solo el consumo parecía importar y que la gente solo quería coches y casas nuevas. Al final de su soliloquio, el joven preguntó al conferenciante, quien le debía de sacar al menos cincuenta años, qué había pasado con los valores.

En voz calmada y cariñosa, Roca le contestó:

—Es usted sensacional, joven —dijo con decisión—. Precisamente lo que nosotros queremos es recuperar esos valores. Pero para ello necesitamos que jóvenes como usted se dediquen a la política. Pero le advierto, tienen que estar dispuestos a cobrar muy poco y a que les acribillen a todas horas; ya ve a lo que se expone uno por estos mundos de Dios —apuntó Roca, mirando de reojo a Charles y a Isabel.

El joven, que miraba al político con adulación, jugaba nerviosamente con el anillo que llevaba y asentía repetidamente cuando Roca se dirigía hacia él.

Irritada por ver que las preguntas difíciles se penalizaban, mientras que las fáciles y aduladoras se glorificaban —una constante en el mundo actual—, Isabel se levantó, de nuevo ante la sorpresa de todos, y caminó hacia Charles, quien no tuvo ojos más que para la imponente figura que durante unos diez segundos se le acercó, cargada de vida y energía.

—¿Vamos? —le susurró Isabel tan cerca del oído que Charles casi pudo sentir sus labios. O igual estaba soñando, pensó.

Charles la cogió del brazo y la pareja salió de Casa Ciurana ante el asombro de los presentes, que todavía tardaron unos segundos en reanudar la sesión. Pero a Charles y a Isabel poco les importaba. Los dos soltaron una carcajada grande nada más salir del local y se fundieron en un largo y fuerte abrazo.

Superados los minutos iniciales de confusión, en los que Charles balbuceó algunas excusas inconfundiblemente falsas sobre el motivo de su visita, la pareja se miró sin saber qué decir. El profesor sintió que se le secaba la garganta y se le encogía el estómago, de nuevo como si estuviera ante Laura, en Oxford. Haciendo un gran esfuerzo para evitar verse solo en la calle, como Isabel le había dejado la última vez que se vieron, el inglés se apresuró a ayudar a Isabel a ponerse el abrigo, como si se dispusieran a acudir juntos a algún lugar. Charles la miró, pero no podía encontrar palabras. Apenas había gente por la calle; solo se oía el ruido de alguna televisión que retransmitía un partido de fútbol o el de algún coche que subía por la plaza.

—Ven —dijo por fin Isabel—, te daré algo de cenar en la fonda.

Charles accedió, sumiso, como si de nuevo caminara solo en el pub de Oxford con sus dos pintas en la mano. Respirando hondo, el inglés se dijo, mientras subían la cuesta, que en esa ocasión todo iba a ser diferente. Lo peor que le podía pasar era un rechazo, pero al menos no se pasaría el resto de su vida lamentando el simple hecho de no haberlo intentado. Como con Laura.

Entre risas y comentarios sobre el viaje y la conferencia, Charles e Isabel llegaron a la fonda, donde Manolo les recibió con alegría, pues esperaba que Isabel le relevara en recepción. Tras una breve conversación, tan simpática como trivial, Isabel pidió a Charles que la siguiera a la cocina.

—Pasa, inglés —le dijo—. Esta noche no hay nadie para cenar, tan solo tenemos un par de parejas hospedadas, pero están en el Daluan, así que podemos sacar un poco de jamón y vino y prepararnos una buena cena, ¿qué te parece? —le dijo.

Charles la miraba con las pupilas dilatadas y una sonrisa que, de tan amplia, casi le dolían las mejillas. Con el estómago hacia dentro y sin saber si tenía hambre o no, el inglés siguió a Isabel escondiéndose las manos nerviosas dentro de los bolsillos.

Cuando llegó a la cocina, Isabel ya se había recogido el pelo y puesto el delantal, algo que no le había quitado ni la mitad de magia a su aspecto. Charles, sin pensarlo, cogió otro delantal de la puerta y se lo puso.

—¿Qué hago? —le preguntó.

Isabel se rio, no solo de la pregunta, sino más bien del efecto de ese delantal suyo, viejo y amplio, en la figura delgada y larguirucha del inglés.

—Tú, anda, vete abriendo el vino —le respondió, cogiendo una botella de un estante—. Sírvenos un par de copas y déjame el resto a mí.

—No, no, que yo quiero cocinar también. ¿Qué hago?

Isabel se quedó mirándolo con interés y curiosidad, y por fin accedió.

—Pues aquí tienes estos seis huevos, ya los puedes cascar y empezar a batir, que te voy a preparar una buena tortilla; según recuerdo te gustan bastante, ¿no?

Charles asintió, entusiasmado.

Ver a Isabel con su delantal cortar las patatas en pequeños cubitos, mientras el ruido de la campana empezaba a sonar y él iba batiendo huevos en la cocina de una fonda de pueblo le pareció a Charles uno de los momentos culminantes de su vida. Nunca había compartido nada con Meredith, ni tan solo el cocinar una simple tortilla. Precisamente esa simplicidad doméstica era lo que Charles nunca había tenido y siempre había deseado. Ahora, por fin, estaba preparando una comida familiar, pero familiar de verdad: no era ni con su niñera de pequeño, ni con las cocineras de Eton u Oxford, sino con la mujer con quien quería compartir la cena día tras día durante muchos años. Ahora lo veía todo claro, pensó Charles, apoyado en la mesa de la cocina, con una copa de somontano en la mano.

Divertidos, entretenidos y alegres, la pareja se centró en la ensalada, la tortilla y un pan con tomate y jamón que preparó Charles, pues eso sí lo había aprendido bien, porque le pirraba.

—De haberlo sabido, te podría haber enviado un jamón con la carta —dijo Isabel cuando se sentaron en la antigua mesa redonda al final de la cocina.

—Bueno, ya he venido yo a buscarlo, no te preocupes —respondió Charles, irónico, después de dar un bocado a la tortilla, amarilla y tierna, con un sabor a aceite de oliva puro que le inundaba el paladar.

—Pues si has vuelto a Morella solo a por un jamón, te va a salir caro —dijo Isabel con una sonrisa pícara.

Charles dejó de masticar por un segundo que se le hizo interminable. Con un trozo de pan todavía en la mano y un poco de tortilla en la boca, pensó que hacía mucho tiempo que no sentía una conexión tan grande con nadie.

—Si el jamón vale la pena, no importa —dijo, levantando una ceja, esperando que aquello fuera todo cuanto tenía que decir para que se le entendiera.

—Pues ya se lo diré a los de Ca Masoveret —respondió Isabel, seria—. Seguro que te pueden preparar un paquete con hasta dos jamones ocupando el espacio de uno.

Charles la miró con sorpresa, aunque recordó que España no era el país de las sutilezas. En algún momento, se dijo, tendría que poner las cartas sobre la mesa —un pensamiento que le provocó un repentino miedo al fracaso—. Charles bajó la mirada y continuó con la tortilla, bocado tras bocado. Isabel tomó la palabra.

—Gracias por el apoyo esta tarde —le dijo—. Sin tu ayuda, seguro que no habría apretado tanto a ese idiota.

—¡Si yo no he hecho nada! —respondió Charles rápido, recobrando un poco de seguridad—. Lo has hecho todo tú y con un valor increíble. Has sido un ejemplo para todos. ¡Eres una guerrera estupenda!

Isabel sonrió.

—No, Charles —dijo Isabel al cabo de unos segundos—. Créeme que, sin tu ayuda, no habría insistido. Con tu apoyo me he sentido más segura.

Charles levantó la cabeza del plato cuando Isabel pronunció esas palabras y la miró como quizá nunca había mirado a nadie: sus ojos azules, más transparentes que nunca, su corazón abierto latiendo fuerte, sus manos extendidas sobre la mesa, todo él inclinado hacia ella.

—Gracias —musitó con una voz que, por los nervios, le salió más baja de lo que creía. Había llegado el momento, se dijo; no podía estar toda la vida sintiendo esas dos pintas de cerveza en la mano. Por fin, continuó—: Esta cena me recuerda a la noche tan agradable que pasamos en el Daluan —dijo, ahora con una voz clara y sincera.

Isabel abrió los ojos y se inclinó hacia él.

—¿Lo has visto ya?

La pregunta sorprendió a Charles.

—¿Si he visto qué?

Isabel puso cara de extrañada.

—¿No te ha dado mi hermano la catorce?

—Sí, claro —respondió Charles, confuso—. ¿Por qué?

—¿Y no has entrado?

—No, he ido directamente a la conferencia, pues... —Charles se dio cuenta de que aquel era el punto de no retorno. Sintió un nudo en la garganta y su corazón le dio un vuelco. Pero tenía que continuar—. Fui a Casa Ciurana directamente, pues tu hermano me había dicho que estabas allí.

Isabel irguió la espalda y alzó la vista hacia él. Tenía un ligero rubor en sus mejillas, algo que infundió en Charles cierto optimismo.

—¿Por qué lo preguntas? ¿Qué hay en la habitación? —preguntó con más seguridad, sin prisas.

Isabel tragó saliva antes de continuar, relajando un poco los hombros, apretando los labios. Charles, con más templanza de la que esperaba, alargó la mano, reposándola sobre la de Isabel, cálida y grande, un contacto que le transmitió una corriente de humanidad e intimidad que nunca antes había sentido.

—¿Qué hay, Isabel? —preguntó con voz un tanto sesgada.

—Hay un cuadro nuevo —respondió por fin, con timidez.

—¿Un cuadro tuyo?

—Sí.

—¿Se puede ver?

Isabel alzó los ojos hacia él y dejó pasar unos segundos.

—Sí, claro.

—¿Ahora?

Isabel no contestó.

Sin dudarlo, Charles se levantó, esperando a que Isabel hiciera lo propio. La cogió de la mano y, con decisión, el inglés se dirigió hacia la recepción, donde la llave de la catorce todavía yacía sobre el mostrador. La pareja subió las escaleras, en silencio, hasta el primer piso. Con templanza, y a pesar de los nervios que le consumían, Charles abrió la habitación y dio las luces, tenues y amarillas, que tanto le gustaban. Al frente, en la pared entre las dos ventanas, efectivamente colgaba un cuadro nuevo que Charles se apresuró a inspeccionar. Isabel, silenciosa, le siguió.

El inglés contuvo la respiración al ver que se trataba del callejón del Daluan, con el restaurante visible a la derecha, las casas sostenidas por antiguas vigas de madera a la izquierda e incluso algún gato en el centro. Era un cuadro muy trabajado, de un color otoñal nostálgico, cálido, que infundía paz nada más contemplarlo. En una esquina había una pequeña dedicatoria: «Para Charles», decía, antes de la firma de la autora.

Al cabo de unos segundos, y con los ojos húmedos, el inglés se giró hacia Isabel.

—Es maravilloso —le dijo con la voz temblorosa.

—Lo puse aquí, porque no sabía si te volvería a ver —respondió Isabel, bajando la mirada. Pero al cabo de unos segundos, añadió—: Entre la sevillana y el cuadro, esto se podría haber convertido en un museo.

Charles sonrió.

Las aceleradas palpitaciones que le habían agitado el corazón durante todo el día se fueron convirtiendo poco a poco en latidos serenos, fuertes y regulares: una señal de que el momento había llegado. El inglés cogió a Isabel de una mano y, con la otra, le levantó suavemente la cara para perderse en la inmensidad de sus ojos verdes, ahora brillantes y luminosos, irradiando tanta felicidad como sentía él. Lentamente, Charles se acercó hacia ella y la besó, al principio breve y ligeramente, hasta que los dos se fundieron en un beso largo y apasionado, como el que nunca antes ninguno de los dos tan siquiera había soñado.

Al cabo de unos minutos, cuando ambos ya no podían contener su deseo, el inglés apagó la luz para dejarse llevar por sus sentimientos, quizá por primera vez en toda su vida. Entre amor, confesiones y risas, la pareja permaneció despierta hasta que divisaron la luz del amanecer.

23

Los lunes por la tarde eran los días más tristes en Morella, pues el comercio cerraba para descansar del ajetreo del fin de semana, cuando el pueblo se llenaba de turistas y domingueros. El otoño era cada vez más palpable, las hojas de los árboles de la Alameda empezaban a caer y las temperaturas bajaban rápidamente en cuanto se escondía el sol.

Aun así, Valli salió a dar su habitual paseo vespertino para estirar las piernas y respirar un poco de aire fresco. Desde la dimisión del alcalde, la antigua maestra había estado muy ocupada organizando reuniones en el ayuntamiento, pues se quería asegurar de que el relevo en la alcaldía fuera un proceso abierto y participativo. El ayuntamiento estaba a punto de convocar nuevas elecciones, ya que al ser Vicent un candidato independiente, no tenía ningún sucesor inmediato.

Valli estaba exultante con el resultado de sus operaciones, aunque la alegría de la victoria —al menos temporal— en el tema de la escuela se veía mitigada por la incertidumbre ante el último asunto que todavía le quedaba por resolver, el más difícil. Valli le debía una conversación a Charles, pero la había evitado durante los ya casi seis meses que hacía que le conocía. Ahora no podía esperar más, una vez resuelto el tema de la escuela, pero sobre todo, porque lo había visto pasearse por el pueblo con Isabel. El día anterior, en el mercado, todo el mundo comentaba la irrupción de Charles en la conferencia, su apoyo a Isabel y cómo los dos se habían marchado juntos, muy sonrientes. Valli, que alguna vez había albergado esperanzas de que el paso de Charles por Morella sería fugaz, entendía ahora que el inglés se había quedado prendado no solo del pueblo, sino también de Isabel. Esa circunstancia hacía que su silencio resultara cada vez más difícil de mantener. Charles tenía derecho a saber lo que Valli debía contarle y, aprovechando su visita, la anciana se le había acercado para fijar un encuentro. Educado como siempre, el inglés accedió sin más preguntas ni indagaciones. La última vez que se habían visto a solas, en julio, la tarde no había acabado demasiado bien, porque a Charles no le había gustado la advertencia de Valli sobre la familia del alcalde. Pero ahora, la dimisión de Vicent le daba la razón y el profesor parecía más receptivo a restablecer la buena relación con la antigua maestra. El hecho de que Charles estuviera de un excelente humor cuando le vio en la fonda también ayudó a establecer la cita sin más dificultad.

Inmersa en esos pensamientos, Valli esperaba a Charles sentada en uno de los bancos de piedra de la Alameda, junto a una fuente donde habían acordado encontrarse hacia las cuatro de la tarde. Impaciente, Valli había salido de casa hacía ya bastante rato y había paseado por el pueblo hasta media hora antes de la cita para calmar los nervios. Sentada al borde del banco, con la espalda tiesa y los dedos de las manos jugueteando entre sí, la anciana vio aparecer a Charles por el portal de entrada al paseo. El inglés avanzaba a pasos agigantados, con las manos en los bolsillos y silbando, una imagen muy relajada y poco usual en él, pero que Valli enseguida leyó como una clara señal de amor correspondido. La anciana esbozó una pequeña sonrisa, pues en el fondo, por más hija de Vicent que Isabel fuera, Valli se alegraba por él. ¿Quién dice que el amor es solo para los jóvenes?, pensó.

Charles la saludó con una sonrisa sincera y le dio dos besos, uno en cada mejilla, por primera vez. A Valli, el gesto le gustó tanto como la atemorizó. No sabía si al final de aquella conversación Charles se despediría de ella de una manera tan afectuosa.

—Hola, Valli, cada día estás más joven —le dijo el inglés, siempre exquisitamente educado.

De todos modos, Valli sabía que esos eran comentarios típicos de niños de colegio de pago, que aprendían a complacer a mayores, profesores, superiores y jefes para poco a poco ganarse su confianza e ir subiendo puestos en la empresa, la familia o la asociación. Una mentira bien valía un poco de crédito.

Demasiado leal a la verdad, Valli enseguida le corrigió, franca y rotunda como siempre.

—Tú sabes tan bien como yo, Charles, que la vida va hacia adelante y no hacia atrás —le dijo.

Charles la miró con sorpresa, quizá poco acostumbrado a que sus suaves palabras fueran rechazadas, y más por una mujer tan mayor. En cualquier caso, esa no era una tarde para perder energía en banalidades, que ya tenía suficiente con lo que le debía contar, pensó la anciana.

Poniéndose en pie, Valli sugirió dar un paseo hasta los arcos de Santa Llúcia, a lo que Charles accedió con gusto. La pareja se echó a andar, intercambiando impresiones del clima, de la hermosa luz otoñal y de la conferencia del sábado, de la que todo el mundo hablaba.

—No me podía creer que alguien pudiera venir en pleno siglo XXI y sermonear a la gente en un plan tan paternalista —dijo Charles—. Esto en Inglaterra sería impensable.

—Ay, *xiquet* —se lamentó Valli, cogiéndole del brazo—. Esto aquí es el pan de cada día. Pero, de todos modos, me alegro de que defendieras a Isabel.

El inglés guardó silencio nada más oír el nombre.

—Es una gran mujer —dijo, con la mirada clavada en el suelo—. Recuerdo perfectamente lo que me contaste sobre su familia y sobre cómo os quitaron la fonda —continuó, ahora mirando a Valli—. Pero ella no tiene ninguna culpa de ser hija de Vicent.

—*True* —respondió Valli, tras un ligero suspiro.

El inglés le sonrió.

—Siempre se me olvida que hablas inglés —le dijo.

Valli se ajustó el pañuelo que llevaba en el cuello, protegiéndose de la pequeña ventisca que les había sorprendido nada más salir por las torres de Sant Miquel. La pareja continuó hacia Santa Llúcia, sin más compañía que algún vehículo esporádico o pequeños grupos de abuelos que, bastón en mano, salían a tomar el fresco.

—Tuve un excelente profesor —dijo por fin Valli.

—Ah, ¿sí? ¿Quién? —preguntó Charles, siempre curioso.

Valli respiró hondo y continuó andando lentamente.

—Era un muchacho inglés muy joven, de poco más de veinte años, que fue a Madrid para pasar dos años en la Residencia de Estudiantes, donde yo también estudié, pero en la versión femenina, la Residencia de Señoritas, muy próxima a la de ellos.

—No sabía que habías estudiado allí, tiene una gran historia y mucha reputación en el extranjero —dijo Charles, mirándola con admiración y sorpresa.

Valli asintió y continuó su relato, cabizbaja, sin mirar a Charles.

—Aquel muchacho siempre me fascinó, era dulce y suave, tierno, algo muy diferente al típico macho ibérico que abundaba, y todavía abunda, en España. Enseguida congeniamos y empezamos a intercambiar clases, yo le enseñaba español y él me enseñaba inglés. Nos hicimos muy amigos. Al estallar la guerra, él se alistó de voluntario en las Brigadas Internacionales y con ellos llegó hasta Morella, donde nos volvimos a ver.

Valli hizo una breve pausa y se dirigió hacia una pequeña explanada que había en una era abandonada junto a la solitaria carretera. La anciana se sentó en un viejo tronco para descansar y contemplar las hermosas vistas que había del pueblo, del castillo y de la muralla. Charles la siguió. El aire ya no era tan intenso y todo parecía quieto, calmado. Solo se oía el piar de algunos pajarillos y el brincar de algún conejo, que saltaba asustado cada vez que pasaba un coche a lo lejos. La anciana retomó la conversación.

—La cuestión, Charles —dijo—, es que no le volví a ver hasta que me fui a Londres, en 1953, tres años después de que mataran a mis padres. Ya te expliqué.

El inglés asintió. Valli percibió que Charles la miraba con empatía y afecto, cosa que, en lugar de darle más confianza, solo incrementó su temor. De todos modos, la antigua maestra estaba decidida a continuar, pues era su obligación. Siguió:

—Decidí ir a Londres después de esos tres años horribles —dijo—. Solo sobreviví gracias a la Pastora, quien me cuidó y se encargó de que no me mataran a mí también, o de que yo no me matara a mí misma, algo que se me pasó por la cabeza más de una vez. Era todo muy duro.

Charles cerró los ojos un instante.

—La situación se volvió insostenible —continuó Valli, con la mirada fija en Morella—. El maquis ya no pintaba nada, muchos compañeros habían muerto o desertado, y encima el Partido Comunista había pedido la evacuación de todos el año anterior. Habíamos perdido la guerra. A pesar de todo, yo me había quedado en el monte solo para vengar la muerte de mis padres, aunque era ya muy difícil, porque éramos pocos y no teníamos apenas material. A mí también me faltaban las fuerzas. —Valli hizo una breve pausa para tomar aire. Apoyando las manos en el tronco en el que estaban sentados, continuó—: En Londres sabía que tenía amigos de la etapa de la Residencia que ya me habían ofrecido alojamiento y ayuda nada más estallar la guerra. Tardé más de diez años en aceptar la oferta, pero al final allí me fui, muy necesitada de iniciar una vida nueva. Crucé Cataluña por los Pirineos, salí hacia Francia y allí me metí de polizón en un barco hasta Dover, donde me recogieron las hermanas Madariaga, buenas amigas de la universidad en Madrid. Ellas, hijas de intelectual y profesor famoso, vivían con muchas comodidades que enseguida compartieron conmigo. Fueron muy generosas.

—¿Las hijas de Salvador de Madariaga? ¿El profesor de Oxford? —preguntó Charles, sorprendido.

Valli asintió.

—Su padre fue amigo de mi padre —dijo Charles—. Coincidían en muchas conferencias y creo que incluso escribieron artículos conjuntamente. ¡Qué casualidad!

Valli le miró mordiéndose el labio. Continuó:

—El caso es que ellas me pusieron en contacto con mi buen amigo de la Residencia, mi profesor de inglés, a quien ellas también conocían de Madrid, y le visité en Londres a los pocos días de llegar.

Valli se detuvo unos instantes, llevándose las manos a la cara. Después de un largo silencio, y con la mirada clavada en el suelo, la anciana por fin continuó:

—Mi amigo, que había permanecido soltero, pues solo quería la compañía de sus libros y estudios, me acogió muy bien. El lazo de amistad que nos había unido veinte años antes no se había roto y empezamos a pasar muchas veladas juntos. Yo, Charles, que a mis treinta y seis años todavía no había conocido a ningún hombre, caí en sus brazos una fría y oscura noche londinense. A mí, Charles, no sé cómo decírtelo, nunca me habían gustado los hombres de manera especial, y tampoco había tenido tiempo de pensar en ellos, porque la República, la guerra y el maquis me habían dejado muy poco tiempo para esos asuntos. Pero una vez perdida la guerra, sin poder regresar a mi país, sin padres ni más familia, caí en los brazos de quien me los ofreció de manera cariñosa y genuina.

—¿Por qué no te quedaste en Inglaterra? —preguntó Charles, con el entrecejo fruncido, su rostro ahora más serio.

—Pasaron las semanas y a mí aquella vida fácil no me gustaba. Yo tenía un compromiso con mi país, que estaba en manos de un tirano, y no me podía olvidar de la muerte de mis padres; todavía tenía pesadillas todas las noches. Así que decidí regresar para vengarles. A mi amigo se le rompió el corazón, pero yo, por más que le quisiera, no estaba enamorada de él. Le habría hecho muy infeliz. Fue muy duro, pero yo tenía otro destino.

Charles permaneció en silencio, mientras Valli continuó su relato.

—Volví a la montaña y, después de muchas noches sola, por fin encontré a la Pastora en uno de nuestros escondites más inaccesibles, en la Tinença de Benifassà, cerca de aquí. Había otros compañeros más que iban y venían de Francia y entre todos nos ayudábamos. A las pocas semanas —dijo Valli, respirando hondo—, al cabo de poco —repitió—, descubrí que estaba embarazada.

La anciana emitió un suspiro y miró de reojo a Charles, que continuaba con la mirada fija en el suelo.

—Sigue —le dijo este, seco.

Valli cerró los ojos y los apretó con fuerza, pero le obedeció.

—Yo no podía tener un hijo en el maquis. Primero, porque estaba prohibido y, luego, porque era realmente peligroso, pues cualquier llanto podría delatarnos y acabar con las vidas de todos. Me ofrecieron ayudarme a no tenerlo, pero yo me negué, alegando que tenía derecho a elegir, cosa que respetaron. Pensé, claro, en volver a Inglaterra con mi amigo y empezar una vida de señora casada, con una familia estable. Pero yo en el fondo sabía que eso nunca me haría feliz. Yo ya llevaba diez años en los montes y ese era mi lugar, luchando contra quienes habían robado mi país y matado a mis padres y a muchos compañeros. No podía cruzarme de brazos e irme a Inglaterra a simular una vida feliz con un hombre a quien, por más que apreciaba y quería, no amaba.

La anciana hizo otra breve pausa y se giró hacia Charles, quien ahora se cubría la cara con las manos.

Con gran esfuerzo, Valli continuó, recordando la única frase de la Biblia que apreciaba: «La verdad os hará libres».

—A través de un contacto británico, un espía inglés a quien había conocido en la Francia ocupada y que siempre ayudó a los españoles, pude organizar un enlace. Me encontré con él en Prats de Molló, justo antes de la frontera, y allí le di al niño cuando este apenas tenía unas semanas, para que lo llevara junto a su padre. También le di una carta, en la que le explicaba que él le podría dar un futuro mucho mejor que una madre escondida en las montañas, luchando contra una dictadura que parecía no tener fin.

Valli se cubrió la cara, pues, por más que lo intentara, no podía contener las lágrimas. Después de tantos años de lucha a vida o muerte, ahora no tenía valor para mirar a su hijo.

Este seguía cubriéndose la cara con las manos, erguido, tenso. A Valli le empezó a temblar todo el cuerpo, pero aun así consiguió la suficiente entereza para finalizar su relato.

—No creas que no me he arrepentido de esa decisión, pero yo tenía que pensar en lo mejor para ese niño y no para mí, y eso era una vida en Inglaterra y no en las montañas con una fugitiva. ¿Y si me hubiera pasado algo a mí? ¿Qué habría sido del niño?

Valli respiró hondo antes de seguir, ahora más calmada.

—Yo me quedé junto a la Pastora y los demás compañeros, y planeamos la venganza de mis padres, que llegó unos meses después. El guardia Fernández, quien por entonces ya había eliminado a muchos de nuestros compañeros, entraba siempre en las masías a media noche para registrarlas. Después de mucha preparación, diseñamos una emboscada que acabó con su vida y con la del guardia que le acompañaba.

Valli negó con la cabeza varias veces y vio cómo Charles por fin se quitaba las manos de la cara y se giraba hacia ella. Sus ojos habían perdido toda la vitalidad que mostraban tan solo hacía un rato; ahora parecían llenos de terror. Su cara estaba pálida, sus puños apretados contra el tronco, sus labios muy juntos y tensos.

Valli apartó la mirada, no lo podía soportar. Solo quería acabar su historia y marcharse, y dejar que la vida decidiera su destino, como lo había hecho hasta entonces. Ella parecía no haber tenido nunca el control.

—Una vez vengados mis padres —continuó—, me fui a París, porque hasta la Pastora se había cansado de nuestra lucha. Todo era cada vez más difícil y yo tampoco sabía qué lugar tenía en el mundo. España se había convertido en un país de romerías tristes y calladas, de trajes y vestidos negros, y muchos tricornios. Desde nuestro escondite veíamos procesiones con hombres descalzos arrastrando cadenas, mujeres con ataúdes en la cabeza o jóvenes arrastrando cruces de madera pesada o llevando coronas de pinchos, desangrándose. Aquello no era el país alegre, abierto e intelectual que la República quería levantar; pero era lo que había ganado. Con cuarenta años recién cumplidos, me di cuenta de que me había dejado la juventud y había abandonado a un hijo por una causa ya perdida. Necesitaba tiempo para pensar, para rehacer mi vida.

—¿En París? —preguntó por fin Charles, en un tono más policial que de acercamiento o de genuino interés.

A Valli le dolió la sequedad, pero él tenía todo el derecho a cuestionarla, a rechazarla.

—Allí había pasado unos años muy buenos junto a Victoria Kent, justo después de la guerra, y había dejado muchos amigos. Ellos me ayudaron a instalarme y a conseguir un trabajo enseñando español en un colegio. Me instalé en un pequeño pisito del Marais, cuando todavía era un barrio muy marginal, y allí me relacioné y trabajé con muchos exiliados.

—¿Te casaste? ¿Tuviste más hijos? —preguntó Charles en un tono cada vez más inquisidor.

—Por supuesto que no, Charles —respondió Valli, inclinándose hacia él—. Pero sí tuve una relación larga, buena, que me hizo feliz. Fue la única vez en mi vida que conocí la felicidad. —Valli hizo una pausa antes de continuar—. Se llamaba Natalie y era una artista francesa, escultora. Estuvimos juntas casi veinte años, hasta que se murió de un cáncer en 1976. Entonces, ya tras la muerte de Franco, decidí volver a España.

Los dos guardaron un largo y tenso silencio.

—¿Y nunca se te ocurrió volver a Inglaterra, contactar de nuevo con tu amigo? —dijo por fin Charles.

—Claro que sí, lo pensaba todas las noches. Estuve a punto de ir muchas veces, sobre todo al llegar a París, pero para entonces el niño ya tenía cinco años y pensé que era demasiado tarde. Pensé que mi aparición solo desestabilizaría su vida.

—¿Sabes lo que pasó en Inglaterra? —preguntó Charles, el ceño fruncido, ahora con la mirada fija en ella.

Valli se giró hacia él, franca.

—Sí. Me escribí con Tristan desde París, porque yo quería saber cómo estaban. Pasado el tiempo, cuando él murió, un amigo suyo me escribió para comunicarme la noticia, cosa que él mismo le había pedido cuando enfermó. Su amigo me dijo que tú tenías la vida solucionada económicamente y que estabas interno en un muy buen colegio, donde vivías sano y feliz.

Charles la miró con ojos encendidos de furia, de incomprensión, de total rechazo.

—Incluso sin mi padre, ¿nunca se te ocurrió contactar conmigo? Solo tenía catorce años.

Valli cerró los ojos para impedir que se le saltaran de nuevo las lágrimas, pero no lo consiguió. Al cabo de unos instantes, y con un poco más de control, respondió:

—Por supuesto que estuve a punto, muchas veces, no quería nada más en el mundo. Pero tú tenías un muy buen ambiente que te aseguraba un buen futuro, y yo no tenía nada que ofrecer, mi vida había sido una pérdida. No tenía un céntimo, era una fugitiva de mi país y vivía con una mujer en Francia. No te habría convenido, te habrías avergonzado de mí. La vida te ha ido mucho mejor de esta manera, por más que eso me duela a mí.

Valli sintió que su cuerpo flaqueaba por todas partes. Se inclinó hacia delante, apoyando los codos sobre las rodillas, hundiendo la cara en sus manos temblorosas. A pesar de toda su experiencia, pocas veces había sentido que el mundo se le venía encima, y esa era una de ellas.

El fuerte puñetazo que Charles dio contra su propia pierna y el grito que lanzó sobresaltaron a Valli de tal manera que la anciana casi se cayó del tronco en el que todavía estaban sentados. El inglés, rojo de ira, se puso de pie y se inclinó hacia ella, apuntándola con el dedo.

—Esto que dices es una sarta de mentiras. ¡No es verdad! —le gritó—. Yo no sé quién eres y este es un maldito pueblo de mierda al que no voy a volver nunca más.

Valli permaneció silenciosa. Era mejor no hablar. Charles tenía derecho a rechazarla.

—Tú y este pueblo solo queréis mi dinero, por eso os inventáis estas historias terribles ¡que son pura mentira!

Valli negó con la cabeza.

—Iré a Inglaterra y demostraré que esto no es verdad. ¡Te lo juro! Y te tendrás que comer estas palabras. —Los temblores de la anciana eran cada vez más pronunciados y visibles—. No me importa que seas una anciana indefensa, ¡para nada! Por lo que veo, a la hora de acusar, blasfemar y mentir no eres tan débil como pareces, ¿eh? —chilló el inglés.

—Todo lo que te he contado es verdad, créeme —dijo Valli con un hilo de voz.

Charles, todavía de pie, dio un paso atrás y extendió los brazos al aire.

—¿Creerte? ¿Para qué iba yo a creerte?

—Charles, es tu historia, te guste o no te guste —le respondió Valli, hablándole con el corazón abierto—. Tienes derecho a conocerla, aunque te duela.

—Mira, viejecita lunática —replicó el inglés, otra vez apuntándola con el dedo índice—, mi padre era un hispanista de Cambridge con muy buena reputación y tú, una vieja alcahueta de pueblo, encima lesbiana y, para colmo de todo, ¡asesina!

Charles dejó pasar unos segundos, durante los que no dejó de observar a Valli con una intensidad de fuego.

—¿Para qué se iría mi padre con una mujer como tú?

—Éramos muy amigos, Charles —respondió Valli—. Compartimos una época y unas circunstancias muy especiales. A todos nos marcaron la vida.

—Mi padre no se habría mezclado nunca con una mujer que tendría que haber acabado en la prisión o en un manicomio —apuntó Charles rápido, ahora frío y cruel.

Valli le miró con un profundo dolor impregnado en sus ojos, lo que Charles pareció notar, pues suspiró y se giró hacia el pueblo, con los hombros bajos, derrotado. No dejaba de respirar fuertemente.

Por fin se volvió.

—Solo quieres mi dinero —le dijo.

Valli negó con la cabeza.

—Sabes perfectamente que yo ya soy vieja y tengo todo cuanto necesito. No quiero nada de ti, tampoco espero nada. Solo pensé que tenías derecho a saber la verdad. Y mejor que la escucharas de mí, antes que de otros.

Charles pareció sorprendido.

—¿Quién más sabe esta sarta de mentiras?

—No son mentiras, pero Vicent lo descubrió.

—¡¿Vicent?! —exclamó Charles, ahora desbordado por la confusión.

—Contrató un detective para encontrar manchas en mi pasado y en un relato que la Pastora hizo en la prisión, quedó documentado que había ayudado a su compañera Vallivana a sacar un niño de España en dirección a Inglaterra. Hizo más averiguaciones y comprobó que el destino de ese encargo estaba en Cambridge, en la misma dirección donde tú creciste.

—Eso es imposible. ¿Quién podría haber facilitado la dirección?

—Tengo entendido que los servicios secretos británicos abren sus archivos al cabo de los años, por lo que el informe del enlace que utilicé debió de pasar a disposición pública —explicó Valli.

Charles frunció el ceño y se colocó una mano en la frente. Al cabo de unos instantes, el inglés se irguió de nuevo y replicó:

—Esto lo tendrás que demostrar en los tribunales.

Valli guardó silencio, de nuevo cabizbaja.

—Solo quieres mi dinero —repitió el inglés.

—Ya te he dicho que tengo cuanto quiero y que no necesito nada de ti.

—Entonces quieres el dinero para la escuela.

—La escuela no me importa nada en estos momentos. Esto es mucho más importante. Además, como bien sabes, tampoco estoy a favor de que un colegio privado compre mi antigua escuela republicana. Yo defiendo la escuela pública. —Valli hizo una pausa para respirar hondo—. No quiero tu dinero, Charles —continuó—. ¿Cómo puedes pensar eso después de la vida de lucha y compromiso que he llevado?

Charles miró a Valli, por fin sin fruncir el ceño.

—Entonces, ¿qué quieres?

—Que sepas la verdad.

Charles bajó la mirada y dio unos pasos a un lado y a otro.

—Dame un ejemplo, algo que demuestre que realmente conociste a mi padre —dijo por fin.

Valli miró al cielo, como si pidiera ayuda a un Dios en el que hacía décadas que no creía. Después de unos segundos, la anciana le respondió, segura:

—Tengo fotos del viaje que hicimos juntos a Las Hurdes.

—¿Adónde? —preguntó Charles pasándose la mano por la cabeza, cada vez más incrédulo.

Valli suspiró.

—Ya sé, Charles, que esto es muy difícil para ti, también lo es para mí, créeme —dijo Valli.

Charles ignoró el comentario.

—¿A qué viaje te refieres?

—Las Hurdes es una de las zonas más pobres de España, cerca de Salamanca, sobre la que Luis Buñuel preparaba un documental, *Tierra sin pan*. Para asesorarse, el cineasta venía a menudo a la Residencia, donde intercambiaba impresiones con el doctor Marañón y otros intelectuales, que le propiciaron información histórica y sociológica. Tristan, también involucrado en el proyecto, le ayudó con la versión inglesa del documental, pues Buñuel, ya en París, quería que aquel filme atravesara fronteras con el objetivo de recaudar fondos para la República.

—Mi padre alguna vez me comentó que había trabajado con Lorca y con Buñuel —concedió Charles.

—Sí, se conocían todos de la Residencia —apuntó Valli—. El caso es que a Buñuel enseguida le gustó tu padre, siempre tan *gentleman;* tenía el perfil refinado al que aspiraban todos. Además, tu padre era muy práctico y encima tenía coche, así que Buñuel le pidió que le ayudara a desplazar cámaras, trípodes y focos hasta Las Hurdes. Y tu padre, que ya entonces había mostrado interés por mí, me pidió que le acompañara en el viaje. Me pasé la semana haciéndoles prácticamente de secretaria.

Charles cerró los ojos.

—Ya sé que es difícil de creer, pero tengo fotos de Las Hurdes, con tu padre y con Buñuel. Las recuperé recientemente en el archivo de la Residencia de Señoritas, que milagrosamente sobrevivió a la dictadura escondido en el sótano del edificio que ocupábamos en Madrid. Esas fotos estaban allí porque yo las dejé en mi habitación de la Residencia en el verano de 1936, con todas mis cosas, pensando que regresaría en septiembre. Pero por supuesto, al estallar la guerra, ya nunca volví. Alguien las debió de meter en el archivo para que no se perdieran.

—¿Las tienes en casa? —preguntó Charles, otra vez en tono inquisitivo.

—Sí, Charles, las puedes venir a ver cuando quieras. —Valli dejó pasar unos segundos, pero luego continuó—: Aquel viaje nos unió mucho, lo que vimos nos marcó para siempre, a Buñuel, a tu padre y a mí. Fue allí donde decidí hacerme maestra, donde vi que la educación era la única manera de sacar a España de la miseria. Tu padre también lo entendió. En la Residencia, Ortega y el doctor Marañón ya nos lo decían, pero allí lo vimos con nuestros propios ojos. —Valli ladeó la cabeza de un lado a otro—. Es que no te lo puedes ni imaginar, Charles. Vimos niños abandonados en un pueblo de apenas doscientos habitantes que se morían de una enfermedad que nadie conocía. Después de yacer enfermos tres días, en plena calle, allí murió una niña, totalmente sola, delante de nosotros. Vimos cómo hombres y animales compartían un riachuelo para beber y limpiarse, cogiendo todo tipo de enfermedades; vimos cómo la gente no tenía qué comer ni qué vestir, cómo llevaban el mismo traje, hecho harapos, día y noche durante años, hasta que se despedazaba y se caía. Nosotros llevamos mendrugos de pan, que repartíamos en la escuela que había abierto la República justo el año anterior, pero enseguida aprendimos que, si les dábamos pan, debíamos vigilar que los niños se lo comieran delante de nosotros, porque, si no, algunos padres se lo robaban. Vimos a una mujer que parecía tener ochenta años, madre de nueve hijos, la cara arrugada, la expresión dolida y cansada, y nos enteramos de que solo tenía treinta. Vimos a un hombre prehistórico, medieval, analfabeto, que vivía más como un animal que como una persona. —Valli hizo una pausa antes de continuar—. Aquello nos dolió en lo más hondo de nuestro corazón y cambió mi vida para siempre. Allí me comprometí y, aunque sé que mi vida está llena de cosas muy difíciles de explicar, al menos puedo decir que lo único que tengo es la dignidad de no haber dejado nunca de luchar por la justicia. Incluso durante los veinte años en París, nunca dejé de colaborar con el Gobierno de la República en el exilio, sobre todo con el catalán, que era el más organizado. En mis horas libres y durante los fines de semana, enseñaba lengua y literatura españolas a los hijos de exiliados, que eran ya más franceses que otra cosa. Pero yo nunca lo dejé de intentar. Como ahora, con esa maldita escuela del pueblo. Solo he intentado evitar perder otra batalla, porque yo ya he perdido demasiadas cosas en esta vida: perdí la guerra, perdí a mi familia, perdí a un hijo y también perdí a la única persona que de verdad amé, Natalie. —Valli respiró hondo, muy hondo—. Ahora, cuando ya no me quedan muchos años de vida, no quería perder esta última batalla e irme de este mundo habiéndolo sacrificado todo, por nada.

Valli tragó saliva y volvió a hundir la cara en sus manos, viejas y arrugadas. La anciana estaba exhausta y Charles no dejaba de pasearse nervioso, de un lado a otro. El sol ya había caído y el frío se empezaba a sentir, aunque a Valli ya nada le importaba. Sentía que su vida había sido un auténtico fracaso e incluso se avergonzaba ahora de estar frente a su hijo, al que nunca crio y quien ahora, como era de esperar, la rechazaba. ¿Por qué la iba a recibir de otra manera?

Charles por fin se giró hacia ella y, en un tono de frío distanciamiento, el que adoptan los ingleses cuando quieren manifestar disgusto o malestar, le dijo:

—Vamos, que hace frío.

Valli se levantó como una autómata, cabizbaja, y siguió al inglés, que emprendió el camino de regreso a Morella. Los dos avanzaron lentamente, en absoluto silencio. Valli solo oía el golpeteo de su bastón en la carretera.

Nada más llegar a las torres de Sant Miquel, el inglés se despidió. Mirando fijamente a Valli, le dijo:

—Yo no sé quién eres ni qué quieres. Pero ten a buen seguro que nada más llegar a Inglaterra me pondré a investigar. Si me estás mintiendo, no me importará que seas una anciana cuando piense en las represalias. ¿Queda claro?

A Valli se le encogió el corazón, aunque ya casi no sentía.

—Soy tu madre y no te miento, no lo olvides nunca —le respondió, mirándole a los ojos, con la voz firme.

Charles negó con la cabeza y, sin decir más, se giró y partió calle abajo.

Valli, agotada, miró a su alrededor sin saber qué hacer. Solo por costumbre, poco a poco y arrastrando los pies, la anciana se dirigió hacia la Alameda para regresar a casa. En silencio y con el cielo ya oscuro, Valli recorrió el paseo sin poder contener sus silenciosas lágrimas. Nada tenía sentido; toda una vida en vano. Al menos, pensó, ella había cumplido con su obligación y había desvelado la verdad a quien merecía saberla, aunque le doliera en el alma. Pero Valli estaba segura de que, a la larga, él se lo agradecería.

Llegó a casa exhausta y apenas pudo subir las escaleras hacia su piso, agarrándose fuertemente a la barandilla. Una vez dentro, la anciana cerró la puerta tras de sí y se apresuró hacia su cuarto. Solo quería acostarse y no despertarse nunca más. Esa vida suya no había merecido la pena y ahora ya había cumplido con su última obligación, ¿para qué seguir viviendo?

Una lucecita roja en el teléfono junto a su cama le advirtió de que había un mensaje. La anciana no pensó en escucharlo hasta que recordó que Carmen, su vecina, había estado enferma. Igual la necesitaba. Suspirando, apretó el botón.

—*Hello,* Valli! —dijo una voz alegre en inglés. Se trataba inconfundiblemente de Sam Crane, reconoció inmediatamente la anciana. Desde julio, cuando le había escrito esa hermosa carta, no sabía nada de ella.

Ahora la llamaba llena de entusiasmo, explicándole que el folleto de una obra de La Barraca, dedicado por Lorca a Louise Crane y a Victoria Kent, «cuyo amor es más verdadero que las leyes que lo aprisionan», era ya de su propiedad. La joven había ganado una ardua lucha contra la Universidad de Yale, adonde el libreto había ido a parar con todo el archivo de Victoria que Louise donó a su alma máter cuando la española falleció.

Sam se lo explicaba entusiasmada en un largo mensaje, en el que le contaba que ya había iniciado contactos con Sotheby's en Londres para subastarlo. También decía que los fondos se destinarían, por supuesto, al proyecto de la Residencia de Morella.

Pero Valli ni se inmutó cuando acabó el mensaje. Pobre joven inocente, pensó. La vida ya le enseñaría que, al final, las cosas suelen acabar de una misma manera: mal.

24

Habían pasado unas tres semanas desde aquella revelación cuando Charles se disponía a encender la chimenea de su salón. El invierno ya había calado en Inglaterra, las temperaturas eran bajas y los días cada vez más cortos. Las calles de Eton habían recobrado su aspecto invernal, casi vacías, sin el gentío de turistas americanos que las llenaban en verano antes o después de visitar el castillo de Windsor, y sin los aristocráticos británicos que llenaban bares y restaurantes en otoño, después de una regata por el Támesis. A mediados de noviembre, alumnos, padres y profesores ya habían vuelto a sus obligaciones, dispuestos a pasar el invierno concentrados cada uno en lo suyo, prácticamente despidiendo la vida social hasta la próxima primavera.

Ese estado de hibernación, que deprimía a la mitad de los ingleses, ese año era una bendición para Charles. El profesor apenas había dejado de pensar en las palabras de Valli desde que su conversación con ella le hiciera regresar a Inglaterra a toda prisa, sin despedirse de nadie. Ni de Isabel. Las palabras de la anciana habían revolucionado su vida, siempre tan ordenada y previsible, creándole un estado de nerviosismo, inestabilidad e incertidumbre hasta ahora desconocido para él. Charles nunca había tenido problemas para conciliar el sueño, pero ahora se levantaba a media noche con la boca seca, a veces interrumpiendo una pesadilla que a menudo incluía bombas y trincheras. Él, que se había pasado la vida en los cuadriláteros limpios y exclusivos de los más selectos colegios y universidades del mundo, que siempre había vivido en las mejores zonas de Londres o Cambridge, ahora se veía atrapado en un pasado repleto de asesinos, lesbianas y pueblos áridos y recónditos.

Después de avivar el fuego, Charles se sentó en su sillón de cuero frente a la chimenea y se llevó las manos a la cara. Solo deseaba que las horas avanzaran rápido y que, sin darse cuenta, fuese lunes por la mañana otra vez. Pero por mal que le pesara, era viernes por la noche, después de cenar, y se enfrentaba a dos días vacíos en los que las palabras de Valli le martillearían la cabeza como habían hecho desde que hablaron.

Normalmente, Charles habría llenado el fin de semana de actividades escolares, pero ahora ni tenía fuerzas para ello ni se sentía próximo a sus alumnos. Era como si, de repente, no fuera uno de *ellos* —familias que venían de castillos en Escocia o de mansiones tranquilas rodeadas de campiña—. En cambio, él ahora procedía de un pueblo pequeño y pobre, y encima había pasado los primeros meses de su vida escondido en el monte con unos guerrilleros casi comunistas. Él, que siempre se había imaginado a su madre bordando frente a una ventana gótica en algún pueblecito inglés, ahora sabía con certeza que su sangre no estaba tan limpia como suponía. Si ya no era uno de ellos, como siempre había pensado, ¿quién era, pues?

Charles por fin se descubrió la cara y bajó los hombros, tensos todo el día. Estaba cansado. Tenía ojeras y una barba de tres días, algo inusual y nada bien visto en Eton, donde alumnos y profesores debían mostrar siempre una imagen impecable. También había dejado de llevar el elegante uniforme de profesor a todas horas, algo que siempre había hecho sin apenas darse cuenta. Pero ahora su vida incluía una variante nueva y desagradable que le hacía sentirse sucio ante sus compañeros y estudiantes. Esa misma noche, después de la cena, Charles había sacado del fondo del armario un viejo jersey y unos antiguos pantalones de pana que ahora llevaba. El profesor había colgado su uniforme suavemente y con cierta tristeza, pensando que el hombre que había llenado ese traje durante años había desaparecido.

O quizá había cambiado para siempre. Tragando saliva, Charles miró hacia la mesilla que tenía junto al sillón y se sirvió una copa de jerez, que terminó la botella. Antes, una de estas le duraba casi un mes, pero ahora ya había consumido dos desde que llegó de Morella hacía unas tres semanas.

El inglés tomó un primer sorbo cerrando los ojos, perdiéndose en la soledad de la habitación, en la que solo se escuchaba el tictac del antiguo reloj y, de tanto en tanto, el crujir de la madera antigua. A veces oía ruidos procedentes del piso de abajo, pero los viernes siempre eran menos, ya que la mayoría de estudiantes salía al pub local. Charles podría haber llamado a Robin o haberle visitado en su casa de los Cotswolds, pero no le apetecía. No tenía ganas más que de esconderse e hibernar hasta el año siguiente.

El profesor volvió a mirar el reloj. Los minutos parecían horas. Con desgana, asió la antigua foto de Morella que había encontrado en casa de su padre cerca de Cambridge. Apretó los labios recordando que, en el momento de descubrirla, había pensado que tan solo se trataba de una gran coincidencia. Ahora, en contra de todos sus pronósticos, Charles había confirmado que la presencia de su padre en Morella y esa foto no tenían nada de accidental, y que las palabras de Valli eran ciertas. Nada más llegar a su país, el profesor había llamado a Vicent para comprobar que la historia del detective que este había contratado era cierta. Después de esa confirmación, Charles había contratado a un detective en Londres para ratificar todos los hechos, documentos y pistas, que ciertamente coincidieron con el relato de Valli y de Vicent. El profesor también se había desplazado a las oficinas centrales del MI5, los servicios de inteligencia británicos, para leer él mismo el informe del espía inglés que le llevó del Pirineo hasta Cambridge en 1955. Con gran sorpresa, descubrió que se trataba de Airey Neave, quien conocía bien la ruta desde que se escapara de un campo de prisioneros de guerra en la Francia ocupada durante la Segunda Guerra Mundial. Con los años, Neave se convertiría en un hombre fuerte del Gobierno y, posteriormente, en la mano derecha de Margaret Thatcher, hasta que un atentado del IRA en la Cámara de los Comunes acabó con su vida en 1979.

Las historias increíbles se sucedían en la vida de Charles, apabullado ahora por la cadena de hechos y coincidencias que hilaban su pasado de una manera que él no podía descodificar.

Después de dos largos tragos de jerez, el profesor de nuevo cerró los ojos, apretándolos con fuerza, y descuidando la foto que todavía sostenía en la mano. Esta cayó al suelo y el delicado y viejo cristal que la protegía se rompió. Un largo silencio inundó la estancia, absolutamente quieta, ya que Charles había quedado inmóvil en su sillón. Por primera vez desde su vuelta, una lágrima le resbaló por la mejilla, seguida de otra y de otra. El inglés, que no podía recordar la última vez que había llorado, se inclinó hacia delante y hundió la cabeza en sus fuertes manos.

Así pasó un largo rato, hasta que el ruido del interfono le sobresaltó. Eran casi las diez de la noche, se trataría seguramente de algún alumno que había bebido más de la cuenta y se había equivocado de botón. Durante un minuto tuvo clemencia del posible muchacho, pensando que él también estaba bebiendo un viernes por la noche, porque la vida era así de perra. En verdad, lo mejor que uno podía hacer era sumergirse en los libros durante las horas de trabajo, y en los ratos libres, beber y olvidar. Así recordaba a su padre y así vivía él. Y seguramente así viviría el alumno borracho que ahora volvía a insistir en el interfono. Charles no pensó en levantarse, convencido de que era mejor educación dejar al angelito en la calle, aunque esa noche corriera un viento helado, así aprendería mejor a no olvidarse las llaves.

Charles por fin se levantó para coger otra botella de jerez del armario, intentando evitar los cristales rotos que ya recogería la señora de la limpieza al día siguiente, pensó. Pero al mirarlos con atención con el fin de evitarlos, el inglés advirtió la punta de lo que parecía un sobre que sobresalía de un extremo del marco, ahora medio roto. Charles lo miró con desconfianza, pero no pudo evitar recogerlo y atraerlo hacia sí. Quitando algunos cristales todavía unidos al marco, el profesor extrajo lentamente un pequeño sobre que llevaba el nombre de su padre escrito al frente, sin ninguna dirección. El profesor cerró los ojos un instante, sin saber qué hacer.

En el fondo, solo quería tirar ese papel a la basura y olvidarse para siempre de Morella, de su pasado, de todo. Pero cambió de opinión cuando el interfono sonó de nuevo, quizá por quinta vez. Pensó en sus alumnos y en cómo les repetían a diario que la valentía y el coraje que sus antepasados aprendieron en los campos helados de Eton habían sido uno de los fundamentos del Imperio británico; fueron antiguos alumnos de ese colegio quienes habían cruzado mares, explorado continentes y establecido colonias en las mismas antípodas para riqueza y gloria del país. Hinchando el pecho, Charles dirigió una mirada rápida al interfono, pensando que el alumno borracho no debía de estarlo tanto, ya que no llamaba con insistencia, sino a intervalos más o menos regulares y sin mucha fuerza. Estuvo a punto de contestar, pero pensó que, borracho o no, mejor darle una lección y que pasara un poco más de frío para que esa situación no se repitiera. Una de las principales lecciones de Eton era que los alumnos aprendieran a responsabilizarse de sí mismos.

Con una copa de jerez en la mano, Charles se sentó de nuevo en su sillón y acarició el antiguo sobre, de papel de embalar antiguo, marrón. Nada podía ser peor de lo que ya sabía, así que lentamente abrió la misiva y sacó tres cuartillas escritas nítidamente a mano y firmadas, cómo no, por Valli.

Después de otro largo trago de jerez, Charles leyó:

Maestrazgo, en un día cualquiera de 1955

Querido Tristan:

Espero que el enlace te haya explicado las circunstancias que me han obligado a escribir esta carta. Me hago cargo de la gran sorpresa que debes de tener en estos instantes, seguramente no lo entiendas o me odies. Todo lo comprendería. He pedido al enlace que aguarde hasta que tomes una decisión, pues este asunto no se resuelve en un instante. Por supuesto, Tristan, no tienes ninguna obligación de hacerte cargo de este niño, a quien he llamado Carlos, en memoria de mi padre. Tiene siete semanas, nació el nueve de diciembre de 1954, justo nueve meses después de mi visita a Londres. Eres su padre.

Como te puedes imaginar, no he pensado en otra cosa desde que anunció su llegada, pero créeme que esta es la mejor solución. Yo no puedo dar a este niño, sano y fuerte, un futuro como merece, solo una infancia mísera, llena de persecuciones, supervivencia y hambre en un país rácano, injusto, pobre y ciego como este. De quedarse conmigo, y a pesar de su inocencia, él siempre cargaría con el estigma de ser el hijo de una roja buscada por la Guardia Civil, una cruz que le perseguirá mientras este país no cambie, y esa es una posibilidad que parece cada vez más remota a medida que pasan los años. ¿Qué sería de él si a mí me cogen, me matan o me encarcelan? Yo no tengo padres, ni hermanos, ¿quién se haría cargo?

Respecto a instalarme en Inglaterra, como me propusiste la última vez que te vi, se me parte el corazón asegurarte que eso nos haría infelices a los dos, ya que no hay nada más triste que el amor no correspondido. Este pensamiento me inunda de amargura y solo me consuela pensar que algún día conocerás a otra persona que te amará como mereces y ya nunca más te acordarás de mí. Es lo que más deseo en este mundo, que tú y Carlitos seáis felices. Ya no me importa lo que me ocurra a mí, mi vida se arruinó hace mucho; lo único que me mantiene es el deseo de vengar la muerte de mis padres para así al menos morir tranquila. Pero yo no os puedo dar nada bueno, ni a ti ni a nuestro hijo, créeme. Yo ya dejé de vivir hace mucho tiempo, ahora solo sobrevivo.

Me tiemblan las manos al escribir estas letras, pero pienso que tengo la obligación de ser honesta. Le he dicho al enlace que espere dos días, por si tú no quieres asumir esta responsabilidad, algo que entendería perfectamente. En tal caso, el enlace volvería a la frontera de nuevo con el niño y me advertiría de la situación a través de un código radiofónico. Yo me desplazaría otra vez hasta Prats de Molló y allí reconsideraría la situación. Como ves, no tienes ninguna obligación.

Pero si te quieres hacer cargo, solo te pido que le quieras como te quiero yo a ti, con toda la admiración, el cariño y la amistad del mundo, y que le enseñes, si puedes, alguna palabra en castellano o que compartas tu amor por este país con él —si todavía te queda algo de ello después de leer estas letras—. Probablemente no te quieras acordar de mí, del olor a *espígol* que tanto te gustaba, de España o de nada que conocieras o aprendieras en este país, que ahora es la ruina de millones de personas. Es una auténtica desgracia haber nacido en este lugar.

Tú, en cambio, tienes el privilegio de pertenecer a un país libre y democrático, o al menos más democrático que el mío. Sería un sueño que nuestro hijo pudiera disfrutar de buenas oportunidades, las mismas de las que yo un día creí disponer, hasta que el futuro desapareció. Hasta que me lo robaron.

Por eso te digo, con el corazón en la mano, que esto es lo mejor que puedo hacer dadas las circunstancias, aunque se me parta el alma por ello.

Hasta siempre,

Valli

Charles cerró los ojos con fuerza y dejó caer la carta sobre sus rodillas. De nuevo se llevó las manos a la cara, como si se intentara esconder. Por si le quedaba alguna duda, aquello era la prueba definitiva de una realidad que le abrumaba.

El profesor miró a su alrededor, a su salón tranquilo de maderas suaves y antiguas, a sus estanterías repletas de libros encuadernados en piel, muchos con las iniciales de su padre grabadas en el lomo. El hispanista le había dejado algunas valiosas primeras ediciones de obras de Orwell o Waugh, dedicadas personalmente. Charles cerró los ojos frunciendo el ceño, pues esa vida sosegada y racional le parecía ahora muy distante. La calma que había sentido durante años en los ambientes refinados de Eton, Oxford y Cambridge se había transformado ahora en una impaciencia constante. Su hábitat natural ya no estaba entre los chaqués negros de Eton, sino entre los matorrales espinosos y áridos del Maestrazgo o entre los campos de espliego o, como él prefería llamar, *espígol*. Ahora lo entendía todo: seguro que fue su padre y no Orwell quien le dio ese nombre al club hispanista del colegio. Charles sabía que, cuando él era pequeño, Tristan y George Orwell participaban a menudo en el club Espígol de Eton, dando charlas o conferencias.

El profesor volvió a hundir la cabeza entre sus manos, incapaz de concentrarse en nada; Charles no dejaba de repetirse una y otra vez que su madre había sido una guerrillera, una lesbiana y, encima, una asesina. Aunque hubiera sido en defensa propia o a través de otros, la realidad era que ella, o sus compañeros, habían matado al padre de Vicent, el abuelo de Isabel. Charles negó una y otra vez con la cabeza; no se lo podía creer.

El interfono volvió a sonar, en esta ocasión dos veces seguidas y con más fuerza. Charles dio una ligera patada en el suelo, irritado. Pensó que el estudiante, además de borracho o descuidado, era encima tonto, pues él a su edad ya habría encontrado la manera o bien de saltar la valla o de comunicarse con algún compañero para entrar por alguna ventana. ¿Quién era el idiota que llevaba allí más de media hora, llamando a intervalos regulares, soportando el gélido frío de noviembre? Solo por satisfacer su curiosidad, y porque tampoco quería que le molestaran más, Charles se levantó de golpe y descolgó el interfono bruscamente.

—¿Se puede saber quién es a estas horas? —dijo, claramente irritado.

Después de un breve silencio, una voz respondió:

—Isabel.

Charles sintió un vuelco en el corazón y asió el auricular con fuerza, pues este estuvo a punto de caérsele de las manos. Era la última respuesta que esperaba.

—¿Quién? —preguntó, ahora en castellano y a pesar de que había reconocido perfectamente la voz.

—Isabel —respondió esta con su dulzura habitual.

Charles sintió como si una ráfaga cálida hubiera entrado de repente en su entorno gélido. Cerró los ojos sin comprender. ¿Por qué había venido a verle? ¿Por qué era todo tan difícil?

—¿Puedes abrir, por favor? —dijo Isabel, sin perder su tono calmado.

Charles reaccionó y abrió rápidamente, advirtiéndola de que debía subir hasta el último piso. Abriendo los ojos y prestando gran atención, el profesor oyó cómo se abría y cerraba la puerta de entrada al edificio y esperó a que Isabel subiera las escaleras, escuchando el ruido de sus tacones en la madera. Miró a su alrededor, aliviado de que la estancia no pareciera tan desaliñada como presumía, y se dirigió rápidamente hacia el espejo que había en una de las paredes. Hacía muchos días que no reparaba en su aspecto y casi no se pudo reconocer: la barba descuidada e incipiente, los ojos hundidos, la cara de cansancio, sus hombros caídos y un jersey de lana que debía de tener casi más años que él mismo. Estuvo a punto de correr a cambiarse, pero pensó que no tenía tiempo y, en el fondo, ¿para qué?

Charles había escrito una carta a Isabel hacía una semana, en la que le decía que su aventura había sido maravillosa pero que su lugar estaba en Eton y que sus vidas tenían destinos diferentes. Él sabía que sentía por aquella mujer lo que no había sentido nunca por nadie, pero también era consciente de que su vida había caído en un vacío y lo mejor era olvidarse de Valli y de Morella, lo que, lamentablemente, también incluía a Isabel. Esperaba volver a su vida tranquila de profesor, siendo feliz a su manera, entre estudiantes, viajes y libros.

Antes de que pudiera pensar o hacer más, dos golpes suaves en la puerta le alertaron de que Isabel ya estaba allí. Charles cerró los ojos, suspiró y lentamente se dirigió hacia la puerta. Sin decir nada, la abrió y se encontró con Isabel, más esbelta que nunca, bien abrigada bajo una elegante gabardina, una bufanda y un gorro de lana. Sus ojos verdes parecían ahora apagados. Su sonrisa todavía estaba presente, pero a él le pareció falsa. Tenía un aspecto triste, aunque se esforzaba por esconderlo.

—Hola —le dijo esta, sin más.

Charles la miró a los ojos y no supo qué responder. Creía que con la carta ya se lo había dicho todo, pero por educación ahora debía escuchar lo que aquella mujer le había venido a decir.

—Pasa.

Isabel entró lentamente, sin sacar las manos de los bolsillos. Venía sin maleta, tan solo con un bolso grande. Se detuvo en el momento en que sin querer pisó los cristales que todavía había en el suelo, haciendo reaccionar por fin a Charles, que acudió hacia ella, cogiéndola por el brazo.

—Lo siento, algo se ha caído —le dijo, acompañándola hacia el centro de la estancia.

Isabel observaba la sala con discreción, posando la mirada en el cuadro del Jardín de los Poetas que ella le había regalado y que Charles había colgado encima de la chimenea, el mejor lugar de la casa. Isabel le dirigió una mirada de complicidad, lo que relajó ligeramente a Charles, quizá por primera vez en semanas.

—Siéntate, por favor —dijo el inglés, señalando el sillón que había junto al suyo—. Perdona por el aspecto de la casa, no esperaba visitas.

Isabel no respondió. Su mirada inspeccionaba el aspecto de Charles de arriba abajo y la botella de jerez, abierta y medio vacía, que había sobre la mesa. Sus gruesos labios, sin apenas maquillaje, estaban apretados mientras contemplaba de nuevo los cristales en el suelo y algunas de las cuartillas de la carta de Valli, que también habían caído sobre la alfombra. Nerviosamente, Isabel se quitó el gorro y los guantes y, finalmente, se dirigió a él, mirándole a los ojos.

—Me lo ha contado todo mi madre —le dijo—. Valli habló con ella y, entre las dos, lo han arreglado todo sin que se arme un gran revuelo municipal. Han salvado la escuela y el honor de mi padre, ya que lo contrario nos salpicaría a todos y crearía todavía más problemas.

Charles irguió la espalda de repente, pues no se esperaba esa salida. El tema de la escuela, francamente, le quedaba ahora muy lejos, pero a Charles una vez más le irritó pensar en Vicent: el muy cabrón, se dijo, después de cómo había tratado toda su vida a esas dos mujeres, ahora recibía su ayuda. El inglés quiso remarcar semejante injusticia, pero no lo creyó oportuno, pues Isabel, al fin y al cabo, era su hija y no tenía ninguna culpa. Charles reclinó la espalda hacia atrás y respiró hondo.

—¿Qué te han dicho y por qué? —Charles ya no sabía quién sabía qué.

Isabel agachó la cabeza, pero enseguida le miró de nuevo en silencio y jugando nerviosamente con las manos. Sin saber muy bien qué hacer con ellas, por fin se las puso en los bolsillos de la gabardina, que todavía no se había quitado. Charles tampoco le había ofrecido colgarla, pues no sabía cuánto duraría aquella visita, si unos minutos o toda una vida. Tanto habían cambiado sus circunstancias que ya no tenía el control de nada.

Isabel por fin le respondió lo que más se temía:

—Mi madre también me explicó cómo mi padre descubrió el contacto entre Valli y tu padre, y cómo llegaste hasta Inglaterra.

Charles cerró los ojos. Aquella realidad le dolía demasiado para compartirla, aunque fuera con Isabel.

—¿Por qué te lo dijo? —le preguntó, más bien enojado ante la posibilidad de que su secreto empezara a correr por el pueblo.

Isabel advirtió el tono y se acercó a Charles para reposar su mano suavemente sobre la del inglés.

—Supongo que mi madre quiere lo mejor para mí —le dijo, acariciándole la mano.

El contacto puso a Charles la piel de gallina, y le recordó las sensaciones de felicidad de aquella noche que compartieron en la fonda no hacía ni un mes. Los dos guardaron silencio, mientras Isabel seguía acariciándole la mano, suave y lentamente, una vez detrás de otra. Charles no se atrevía a mirarla, avergonzado y arrepentido como estaba de la carta que le había enviado. Pero a pesar de ello, aquella mujer fuerte y valiente, mucho más que él, se había presentado allí. Como si se acabara de despertar de una pesadilla, Charles levantó la cara y la miró. Allí estaba Isabel, esperándole. El inglés sintió cómo todo su cuerpo se destensaba: los hombros, los músculos de la cara, las manos, todo se iba aflojando lentamente, como si por fin volviera en sí después de mucho tiempo.

—Estarás congelada, pobre —le dijo, rebajando la tensión del momento—. Te he tenido esperando abajo más de media hora.

—¿Siempre tardáis tanto en abrir la puerta? No es que el clima sea tropical… —dijo Isabel, seguramente también con ganas de quitar hierro a la situación.

Charles sonrió.

—Creía que se trataba de un estudiante borracho, le quería dar una lección.

El comentario provocó la risa de Isabel.

—Ay, tú y tus estudiantes, menudos todos —dijo, mirando de nuevo hacia los cristales del suelo y la botella medio vacía—. Menos latín y más fregonas os tendrían que dar. Menudo grupo.

Charles sonrió al recordar a sus alumnos limpiando la fonda con las escobas y fregonas que Isabel les dio. Aquella mujer realmente valía lo que ninguna.

—Ahora mismo recojo esto, perdona —dijo Charles mirando los cristales y empezándose a levantar.

Isabel le detuvo.

—No te preocupes, ya lo harás luego —le dijo—. Imagino que tienes preocupaciones más importantes.

El inglés levantó una ceja y asintió levemente con la cabeza, una sola vez.

—Ya me hago cargo —dijo Isabel, comprensiva—. Yo solo he venido porque, después de lo que me explicó mi madre y al recibir tu carta, quería asegurarme de que estabas bien.

Charles movió la cabeza de un lado a otro.

—Podría estar mejor —dijo, irónico.

Isabel lo miró con sus ojos inteligentes, por supuesto sin creer su fingido buen humor. Aquella mujer, buena observadora de cuanto la rodeaba para plasmarlo en sus maravillosos cuadros, le conocía bien.

—He venido a ofrecerte mi apoyo, si lo necesitas —le dijo.

Charles la miró, ahora sin esconder su mirada perdida, su corazón desorientado.

—Nadie puede hacer nada. Es una desgracia que debo aceptar y ya está —le respondió, suspirando.

—A mí no me parece ninguna desgracia —apuntó enseguida Isabel—. Valli es una gran mujer; yo solo la he visto querer y ayudar a mucha, mucha gente. Le podrías dar una oportunidad.

—Su presente no es tan glorioso como su pasado —replicó Charles, defensivo.

—Nadie en esta vida está limpio de culpa. Y lo suyo fueron unas circunstancias muy duras.

—Mató a tu abuelo, Isabel —dijo Charles, quien no podía entender tanta compasión por Valli.

—Mi abuelo no era un buen hombre, no lo fue con nadie, y mucho menos con mi padre. Le trató a hostias desde muy pequeño, así de claro.

Charles contuvo la respiración unos instantes. Él siempre había odiado la violencia y se le hacía imposible pensar cómo podía un padre pegar a un hijo. Recordó al suyo, siempre tan educado y racional. A él, nunca nadie le había puesto una mano encima.

—Dale una oportunidad —dijo de nuevo Isabel.

—¿Has venido de mensajera? —le espetó el profesor, arrepintiéndose de inmediato, pues lo último que pretendía era ofender a la única persona con la que quería, o podía, compartir esos momentos difíciles.

Isabel le miró fijamente.

—Yo también tengo un padre que ha hecho barbaridades —le dijo—. Pero eso no quiere decir que me encierre en una habitación y tire por la borda mis proyectos.

Charles la miró en silencio.

—No es fácil.

Isabel de nuevo se acercó hacia él, cogiéndole la mano.

—Lo sé —le dijo—. Pero no te encierres, como en Oxford.

Charles la miró fijamente y apretó los labios. Aquella mujer, la única con quien se había atrevido a compartir la historia de sus pintas solitarias, tenía razón y él lo sabía. Si solo tuviera la mitad de su valentía…, pensó.

—Al menos, ahora recurro al buen jerez; ya no es la cerveza barata del pub —le respondió.

—Celebro tu progreso —replicó Isabel enarcando una ceja.

Charles por fin esbozó una sonrisa, la primera en semanas. El inglés pensó que Isabel era la única persona extranjera, de las muchas que había conocido en sus viajes, que había aprendido el código inglés. No se tomaba las ironías como bromas a destiempo o intentos de desviar la atención, sino como la mejor respuesta por parte de alguien que no podía o no sabía comunicarse mejor, y que al menos tenía la humildad de reconocerlo, aunque fuera de una manera tan sutil.

Isabel le dirigió una sonrisa cargada de complicidad.

—Me alegra comprobar que no has perdido el humor —le dijo.

—El humor, querida, es lo último que un inglés pierde en la vida —apuntó Charles.

Los dos se rieron ligeramente y Charles se levantó, haciendo ademán de ayudar a Isabel a quitarse el abrigo.

—Ni te he ofrecido una taza de té, *sorry, sorry* —se disculpó—. Deja que cuelgue tu abrigo y acercaré el sillón a la chimenea, estarás helada.

Isabel se levantó, aunque no parecía tener intención de quitarse la gabardina.

—Bueno, no sé cuánto rato me voy a quedar —le dijo, bajando la mirada—. Solo había venido para comprobar que estuvieras bien y por si necesitabas algo.

Isabel se detuvo un par de segundos, alzando sus inmensos ojos, más brillantes y vivos que nunca. Charles no podía dejar de contemplarlos, sintiendo otra vez la paz y seguridad que le transmitían.

—Después de recibir tu carta —continuó Isabel—, también quería saber si realmente era verdad que no quieres tener más contacto con Morella… o conmigo.

Charles se llevó la mano a la boca, como si aquella idea le aterrorizara más de lo que nunca podría expresar. ¿Cómo podía dejar de ver a la única persona que realmente le llenaba de ilusión, a la única persona a la que realmente quería ver en esos momentos difíciles? El inglés sintió el corazón más abierto que nunca ante aquella mujer que era, sin duda, el mejor regalo que la vida le había dado. Solo por haberla conocido, el resto de su pasado —todas esas historias de guerrillas, montes, asesinatos, espías e internados— cobraba ahora sentido.

Sin dejar de contemplarla, Charles por fin le respondió:

—Tengo dos cervezas en la nevera, ¿quieres una?

25

La Navidad se respiraba ya por todo el pueblo, con las tiendas repletas de árboles y guirnaldas horribles, las chimeneas despidiendo humo de leña y la gente mostrándose más amable que de costumbre, aparentemente llena de ese espíritu que Vicent tanto odiaba.

Al exalcalde nunca le habían gustado esas fechas. Hijo único y forastero en un pueblo extraño y hasta hacía poco socialmente inaccesible, sus recuerdos navideños se limitaban a una comida sencilla en un gélido piso únicamente compartida con su madre, ya que su padre solía estar o bien de guardia o con alguna de sus amantes. Su madre, al menos, únicamente le dejó solo una Nochebuena, pues tuvo que volver a Tramacastilla, en el Pirineo aragonés, al enfermar su padre, que al poco tiempo murió. Esa noche Vicent la pasó junto a un gato que había rescatado en la calle ese mismo día, pero que su padre le obligó a abandonar en cuanto volvió a casa. A Vicent eso le partió el corazón, pues los animales siempre habían sido sus mejores aliados.

El antiguo alcalde sintió el frío del amanecer morellano al pasear justo por debajo de la Alameda a lomos de *Lo Petit*. Su más fiel amigo durante ya casi veinte años recorría lentamente los alrededores del pueblo a su hora preferida, hacia las seis de la mañana, cuando todo estaba tranquilo. Desde su dimisión, Vicent apenas se había dejado ver por las calles de Morella, pues quería evitar las inevitables preguntas y miradas. Pero afortunadamente, su renuncia había quedado más bien discreta, dadas las vacaciones y porque ya se habían convocado nuevas elecciones municipales, desviando la atención. Valli y Eva también habían sido fieles a su palabra y nada acerca de la inversión en el aeropuerto de Castellón había salido a la luz pública. A cambio, siguiendo las órdenes de Valli, Vicent había frenado la venta de la escuela y también había retirado la promesa de aportar otros dos millones al aeropuerto. El antiguo alcalde había podido salvar esos dos millones, ya que tan solo se trataba de un acuerdo verbal con el presidente Roig que no había quedado escrito en ninguna parte. Cómo explicaría el presidente ahora a los inversores de Londres que aquellos dos millones en realidad no existían no era su problema, pensaba Vicent. Además, el antiguo alcalde siempre podría alegar que, gracias a su gestión, Morella sí recibiría los cinco millones para remodelar la antigua escuela que Roig le había prometido a cambio de la inversión en el aeropuerto —esos cinco millones sí se habían aprobado en el parlamento valenciano, por lo que no había vuelta atrás—. Lo que sí se pagó, pero nunca se supo, fue la comisión personal para Roig que Vicent había prometido al presidente a cambio de la remodelación, y que ya se había ejecutado.

En cuanto al millón que Morella ya había abonado al aeropuerto, Amparo, una bendición en su vida, había sacado de sus ahorros personales esa cantidad para devolverla al ayuntamiento. Hasta entonces, él desconocía que su mujer tuviera tal importe de dinero, por lo visto había heredado una buena cantidad de sus padres hacía muchos años. Amparo le había dicho que los morellanos no tenían por qué financiar un proyecto tan poco firme, y que, si el coste del honor era ese dinero, ella lo pagaría, ya que la dignidad no tenía precio. Vicent había rehecho el presupuesto municipal borrando los tres millones del aeropuerto y eliminando el ingreso por la venta de la escuela —partidas que Eva había incluido bajo su presión, antes de contárselo todo a Valli—. Vicent había dejado el consistorio endeudado después de las obras de la Alameda, la nueva escuela y la piscina municipal, pero al menos esas deudas se correspondían con mejoras municipales, por lo que él siempre podría defender su actuación.

Cefe le había obligado a poner en venta la casa para paliar deudas propias y porque, por supuesto, sin el sueldo de alcalde, ya no se podía permitir semejante hipoteca. Además, también tenía que devolver los doscientos cincuenta mil euros de ayuda pública que había recibido para reconvertir la fonda en casa rural. Valli se los había reclamado para devolverlos a la Generalitat, pues no quería engaños en la fonda, que ya estaba en sus manos. Al menos, la vieja había accedido a mantener a Manolo como empleado, algo que en el fondo le agradecía. Todo se había llevado a cabo con la máxima discreción para no despertar ningún rumor en el pueblo.

Sin levantar revuelo, Cefe ya había puesto la casa en venta, esperando encontrar a algún banquero inglés o americano en busca de paz y silencio. Amparo, una vez más, había salvado la situación proponiendo mudarse a una pequeña, pero acogedora masía que su familia había conservado cerca del pueblo. En principio, la masía era propiedad de un hermano, pero este se había trasladado al asilo municipal hacía tiempo y no había dudado en ayudarle y concedérsela. Amparo también le había asegurado que ellos no necesitaban ninguna mansión y que ella, de hecho, prefería vivir más cerca del pueblo y poder caminar todos los días a la plaza para realizar la compra y hablar más con las amigas.

Vicent, sin familia propia ni ahorros, solo podía acceder al plan de su mujer, aunque aquel cambio, en realidad, no le disgustaba. De hecho, él siempre había querido una vida sencilla de masovero, al aire libre, como la de sus amigos del colegio cuando era pequeño. La finca que ahora abandonaba era desde luego fabulosa, pero no tenía la sencillez cálida que él siempre había anhelado. Quizá aquella mansión había sido desproporcionada y ahora veía que, en realidad, tampoco le había hecho feliz. En cambio, la masía de Amparo era más pequeña y acogedora, cálida, y tenía un pequeño terreno en la parte trasera donde él ya se imaginaba labrando la tierra, cultivando verduras o manteniendo un corral. Todo de manera sencilla, sin las grandes complicaciones logísticas o enormes gastos que le suponía la finca y que, en el fondo, le habían llenado de obligaciones.

Animado por esos planes, Vicent condujo a *Lo Petit* de la Alameda hasta el camino de Xiva, donde el exalcalde dio un ligero golpe en el muslo de su viejo caballo para que siguiera un pequeño sendero a la derecha. Con ganas de estirar las piernas después de dos horas a caballo, Vicent desmontó y anduvo cerca de un kilómetro junto a *Lo Petit* hasta que llegaron a la masía en ruinas donde los maquis habían matado a su padre.

El hijo del guardia civil no había acudido a ese lugar desde Pascua, justo antes de inaugurar la nueva Alameda junto al presidente Roig. Vicent recordó cómo ese día llegó a ese mismo lugar a lomos de *Lo Petit,* cabeza en alto, ataviado con su impecable chaqueta Barbour, por la que había pagado más de quinientos euros, y su sombrero Wembley, importado directamente de las tiendas más selectas de Londres. Hoy, en cambio, llevaba un jersey de lana que Amparo le había tejido hacía al menos veinte años, con el que se sentía francamente más cómodo que cuando vestía la indumentaria más apretada tipo Ascot. El exalcalde por fin se detuvo a escasos metros de la construcción, o de lo que quedaba de ella. En ese lugar, hacía más de cincuenta años, el grupo de Valli y la Pastora había acabado con la vida de su padre volando la antigua masía mientras él les esperaba dentro, solo, preparándoles una emboscada. Según le habían contado, cuando él tan solo tenía quince años, la explosión fue tal que la policía apenas encontró los restos del guardia civil. Desde entonces, Vicent siempre había acudido a ese lugar remoto una vez al año para rendir homenaje a su padre.

Esas visitas, de todos modos, eran más por tradición o autoobligación que por respeto o cariño genuino. De hecho, Vicent apenas guardaba buenos recuerdos de su progenitor, más bien solo recordaba azotes, obligaciones y largas ausencias. ¿Qué había aprendido de su padre, más que a vivir como un perro, arrastrándose, dejándose la piel en la Guardia Civil o en la fonda, sin conseguir nada a cambio?

Exactamente como él, se dijo.

Solo durante sus casi dos años en la alcaldía Vicent había saboreado el éxito y la aceptación de los morellanos. A pesar de que ese sueño ahora hubiera terminado, Vicent se negaba a pensar que le tocaba volver a sus míseras andanzas. A sus sesenta y siete años, todavía le quedaba una buena década de salud y vitalidad por delante y no la pensaba desaprovechar, ni vivir con la cabeza baja como su padre, se dijo.

Vicent dejó a *Lo Petit* a su aire, aunque este, después de un pequeño paseo, volvió junto a él, apoyando el lomo tierno y cálido contra su viejo abrigo. Los animales siempre son los primeros en percibirlo todo, se dijo el antiguo alcalde acariciando suavemente a su caballo.

Vicent avanzó unos metros hacia la antigua masía, agachándose para ajustarse los pantalones dentro de las botas y evitar el barro y los charcos que había por todas partes. La tierra todavía estaba húmeda después de los últimos chubascos, y despendía el olor a campo mojado que tanto le gustaba. Con paso lento, Vicent llegó a las ruinas, donde el espliego y el romero crecían entre la piedra, inundando el aire con su aroma.

Vicent respiró hondo y miró a su alrededor. En el fondo, él lo único que quería era aquello precisamente. Aire puro, campo, libertad y, sobre todo, cariño.

Amparo le había dicho que ahora, libre de las ataduras de la alcaldía y de la fonda, sin ningún interés que defender ni por el que luchar, había llegado el momento de descansar, relajarse y ver cómo, de manera automática, los morellanos se empezarían a abrir poco a poco a él. Vicent no las tenía todas consigo, aunque era verdad que los pocos abuelos que había encontrado en sus paseos matutinos por la Alameda le habían saludado con mucha amabilidad. Él, que tanto había trabajado para construir la nueva Alameda, tan solo la había utilizado un par de veces como alcalde, una de ellas el día de la inauguración. Desde su dimisión, en cambio, la había disfrutado casi todas las mañanas, ya que desde allí le gustaba contemplar los primeros rayos de sol. Ante su sorpresa, había descubierto que no era el único asiduo a ese espectáculo; otras tres o cuatro personas también acudían todas las mañanas en silencio para inundarse de la paz y la esperanza que siempre traía el amanecer. Como de costumbre, su mujer tenía razón.

Vicent volvió a acariciar a *Lo Petit*, todavía fiel a su lado, mientras contemplaba ensimismado las ruinas de la masía. Se imaginó a su padre allí, muriendo solo, escopeta en mano. Él no quería acabar igual. Pensó en sus hijos, Manolo e Isabel, ¿qué recuerdo guardarían de él? Se le encogió el corazón al pensar que ellos le podrían recordar de la misma manera que él a su padre: un recuerdo vacío, frío, seco, hasta indiferente. Su padre, que siempre le trató a palos, realmente nunca le quiso ni tampoco le enseñó nada práctico o bonito para ir por la vida. Vicent sintió cómo sus manos se tensaban y enfriaban al recordar la tez morena y desgastada de ese guardia civil que murió solo. Ahora, cincuenta años más tarde, tan solo había una persona que le recordara —él mismo—, y era de un modo casi glacial. Vicent sintió un repentino escalofrío y, sobre todo, miedo. ¿Acabaría él igual?

De repente al exalcalde le flaquearon las piernas y poco a poco se tuvo que agachar, apoyando la mano en una piedra para no perder el equilibrio. Él sabía que no había sido un buen padre con sus hijos, a pesar de haber trabajado toda la vida para sacarlos adelante. Pero eso no era suficiente y él bien lo sabía. Esa era su obligación, pues si no podía mantenerlos, ¿para qué tenerlos? Él sabía perfectamente que el único cariño en su casa para Manolo e Isabel había procedido de su madre. En cambio, él nunca tuvo paciencia con Manolo e incluso le sacó enseguida de la universidad; quizá tendría que haberse personado en Valencia y haberle ayudado a solucionar aquello que le apartó de los estudios, lo que fuera, más que cortarle la carrera de cuajo y obligarle a volver a Morella. Vicent también sabía que con Isabel, quien había osado contestarle a pesar de ser una mujer, tampoco había sido justo. Como a Manolo, le había pegado algunas palizas repetidamente, aunque menos que su padre a él mismo. Pero en el fondo, Vicent sabía que aquello era imperdonable y que inexorablemente le conduciría al olvido y al rechazo, lo mismo que sentía él por su padre. Vicent nunca había cristalizado esos pensamientos, porque en su época querer a los padres era una obligación. Pero en la sociedad más democrática y avanzada de ahora, los padres debían ganarse a los hijos y él sabía demasiado bien que nunca había hecho nada por ello. Era lógico que sus hijos, una vez conscientes de cómo funcionaba la vida, le devolvieran el mismo cariño que habían recibido: ninguno.

Vicent respiró hondo y sintió cómo se le humedecían los ojos, aunque el calor del cuerpo de *Lo Petit,* todavía firme a su lado, le dio fuerzas para levantarse y contener las lágrimas. El exalcalde miró hacia el monte que le rodeaba y se prometió dejar tras de sí un legado mejor que el de su progenitor. Había cometido tantos errores en su vida, con su mujer, sus hijos, las mentiras en el ayuntamiento…, pero al menos, se dijo, él no era ningún ladrón. Su gestión de alcalde no le había enriquecido personalmente, como era el caso de muchos otros, empezando por el mismo Roig. Él no era más que un tonto al que se le había subido el poder a la cabeza; se había endeudado como un idiota y ahora lo tenía que devolver todo, hasta el millón para el aeropuerto que, por decencia, su mujer ya había reembolsado a las arcas municipales. También reintegraría los fondos de la reconversión de la fonda en casa rural para tener la conciencia limpia. No quería que le miraran como a un mangante, o que sus hijos se avergonzaran de él.

Esa misma noche los había convocado en casa, quizá la última vez que la familia se reuniría en la finca. Una mezcla de tristeza y esperanza le inundó. Pena por ver la majestuosa casa deslizarse de su vida, pero ilusión al pensar que podría tratarse de una última oportunidad con Manolo e Isabel. Al menos, los dos chicos se merecían una explicación de lo que había sucedido y de los cambios en la fonda, ya que él todavía no les había dicho nada. El exalcalde miró hacia las ruinas de la masía una última vez. ¿Daría él otra oportunidad a su padre?

Sin saber qué pensar, Vicent volvió a montarse sobre *Lo Petit* y, tras un ligero golpecito en el muslo, los dos partieron de regreso a casa.

Hacía unos cinco meses que Vicent no veía a Isabel. Padre e hija ni se veían ni se hablaban, más que estrictamente lo justo, desde esa desafortunada noche de julio, cuando su hija le dio el desplante más descarado de su vida, en presencia de Charles, torpedeando la venta de la escuela.

Ahora, apenas dos semanas antes de Navidad, Isabel estaba sentada en el sofá ante la chimenea, junto al inglés. Los dos estaban cogidos de la mano, observó Vicent al bajar las escaleras y entrar en el salón. Manolo estaba en la cocina, con su madre.

Vicent hizo un esfuerzo por sonreír, pero no pudo. Con un ligero temblor en las piernas, el antiguo alcalde avanzó hacia la chimenea, bien encendida y chispeante, lo que provocó un silencio en la sala. Charles fue el primero en advertir su presencia, por lo que se levantó inmediatamente y le tendió la mano como un caballero, pero sin un atisbo de sonrisa en su faz. Desde la cocina, abierta al salón, Manolo y Amparo contemplaban la escena expectantes.

—Encantado de saludarle, Vicent —le dijo el inglés, cada vez con mejor acento español.

—¿Qué hay, Charles? —respondió Vicent, sin apenas mirarle y dirigiéndose a él más como a un yerno que como a un potencial comprador. Pero Vicent no estaba por el inglés, sino que solo podía advertir la presencia de sus hijos, quienes no hacían ninguna intención de dar un paso para saludarle. Vicent entendió que se tenía que tragar todo su orgullo y, por una vez, demostrar humildad. Recordó a los ancianos de la Alameda y las palabras de su mujer: más humildad y menos agendas propias, tratar a las personas al mismo nivel le reportaría mejores resultados.

El exalcalde se ajustó el cuello de la camisa bien planchada que se había puesto para la ocasión y se dirigió hacia Manolo, a quien imaginó más propicio para romper el hielo que Isabel. De manera lenta y pesarosa, Vicent se dirigió hacia la cocina, donde besó a su mujer en la frente y saludó a su hijo.

—Me alegra que hayas podido venir —le dijo—. ¿Ha quedado todo bien atado en la fonda?

—Sí, padre —respondió Manolo con cierto nerviosismo—. No tenemos huéspedes, así que está todo en orden.

Vicent estuvo a punto de hacer algún comentario al respecto, pero se contuvo, pues esa noche tenía asuntos más importantes que tratar. Recordó sus pensamientos de esa misma mañana en la antigua masía, y se repitió que esa reunión era para acercarse a sus hijos y no para resolver negocios.

Mientras su mujer empezaba a servir copas de jerez a cada uno de los presentes, Vicent se dirigió por fin a Isabel, quien le sorprendió por lo guapa que estaba. Sin gafas, visiblemente más delgada y con un vestido azul oscuro elegante y más bien ajustado, Vicent apenas pudo reconocer a su hija. ¿Dónde estaba aquella mujer grande y cabizbaja, escondida detrás de un delantal y unas gafas gruesas? Vicent pensó que esa mujer había empezado a brillar justo después de cortar el lazo que la unía a él. Por un segundo pensó que, igual, a él mismo la vida le habría ido mejor si se hubiera desprendido del legado de su padre mucho antes. Aunque este llevaba muchos años muerto, parecía que solo se hubiera deshecho de su impronta esa misma mañana.

Cabizbajo y casi sin atreverse a mirar los inmensos ojos verdes y las largas pestañas de su hija, Vicent por fin se dirigió a ella:

—Me alegro de que hayáis podido venir —fue cuanto pudo decir.

Isabel asintió, sin decir más.

Casi con la palabra en la boca, Vicent cogió nerviosamente una de las copitas cuidadosamente talladas donde Amparo había servido el jerez. El antiguo alcalde miró a la chimenea y luego alrededor de la casa, sobre todo a esos muros de piedra que él había creído infranqueables. Nada dura, pensó. Ni lo bueno, ni lo malo.

—Queridos todos —empezó, en tono grave, con los ojos tristes, decaídos.

—Empecemos con un brindis, ¿no? —le interrumpió su mujer, en un tono más alegre, algo que Vicent agradeció, porque aquello que él había planeado como una reconciliación parecía más bien un funeral.

—Por supuesto, tú dirás —accedió Vicent, quien percibió la mirada de sorpresa de sus hijos. Quizá no estaban acostumbrados a ver a su madre tomar el liderazgo, o a que su padre accediera. Eso, aunque le entristeció, de repente le hizo sentirse más cómodo, pues pensó que iba por buen camino.

—Por nosotros, que hacía mucho que no estábamos todos juntos, y sobre todo —añadió, mirando a Charles— para dar la bienvenida a Charles y decirle que esperamos que se sienta cómodo y feliz entre nosotros, que desde aquí haremos todo lo posible.

El inglés sonrió, ahora sí, de manera genuina, mostrando los hoyuelos que se le marcaban en la cara, en los que Vicent nunca se había fijado, a pesar de que hacía meses que lo conocía. Por el rabillo del ojo, el exalcalde también vio cómo Isabel apretaba cariñosamente la mano de Charles, un gesto que este correspondió.

—¡Por nosotros y por Charles! —secundó Vicent, alzando su copa, en un tono forzadamente alegre.

Amparo, consciente del mal trago por el que estaba pasando su marido, se dirigió hacia él después de dar un par de sorbitos al jerez. De pie junto a Vicent, lo cogió de la mano y se la apretó.

Vicent tragó saliva hasta tres veces. Ese calor hogareño era un sentimiento nuevo para él, o quizá ya ni lo recordaba. Se giró levemente y sonrió a su mujer, quien asintió y le apremió a que hablara ya de una vez. Vicent se empezó a sentir cómodo en aquella situación, que a priori se le había presentado como una auténtica tortura.

—Queridos hijos, Charles —empezó, mirando a su público, ahora todos sentados menos él, que permanecía de pie junto a la chimenea—. Solo quería convocaros aquí por última vez, ya que vuestra madre y yo nos mudaremos pronto a la masía del tío Juan, que como sabéis ahora vive en el asilo.

—¿Por qué? —interrumpió Manolo, a quien su madre enseguida le hizo un gesto reclamándole paciencia.

—Porque hemos, bueno —se corrigió Vicent—, he vivido por encima de mis posibilidades, en el ayuntamiento y en casa también. —Vicent hizo una ligera pausa para tomar un sorbito de jerez—. Ya sabéis que he dimitido y dentro de poco supongo que saldrá a la luz que el ayuntamiento tiene más deudas de las que quisiéramos. Es algo de lo que realmente me arrepiento, pero os puedo jurar que yo siempre he pensado en el bien del pueblo, aunque a veces me haya equivocado. Tampoco me he enriquecido personalmente, y todo lo que he gastado sin una obra pública detrás —dijo, mirando al suelo— lo he devuelto. Absolutamente todo.

Charles enseguida alzó una ceja, pero su cara de sorpresa desapareció a medida que Vicent continuó con su pequeño discurso, sin dar más detalles.

—Por eso dimití, pero vosotros siempre podréis ir con la cabeza bien alta, ya que vuestro padre ha devuelto hasta el último céntimo relacionado con acciones que no se correspondían con la responsabilidad de su cargo. —Vicent volvió a detenerse—. En cuanto a la casa, ahora, sin el sueldo mensual de alcalde, esta hipoteca es demasiado para nosotros, por lo que el banco ya la ha puesto a disposición de un posible comprador.

—Después de todo el esfuerzo que habéis puesto aquí… —dijo Isabel mirando a su madre, como si no entendiera la situación.

—Estamos muy contentos, hija —intervino Amparo—. Esta casa siempre ha sido demasiado grande para nosotros, y aislada.

—Eso he dicho yo siempre —apuntó Isabel.

Vicent miró a su hija asintiendo, quizá dándole la razón por primera vez en mucho tiempo.

—El caso es que yo también estoy contento con el cambio —explicó—. Siempre he querido mi pequeña masía para cultivar la tierra, y esto es más un palacio que una masía.

Vicent vio cómo Manolo le dirigía una mirada de sorpresa a Isabel, que esta le devolvió. Sus hijos parecían incrédulos.

—No os sorprendáis —les dijo—. Estos dos años como alcalde han sido trepidantes, pero yo, de pequeño, solo quería cuidar conejos y gallinas y ahora por fin lo haré —dijo, serio.

El comentario, aunque genuino, despertó la carcajada de Manolo e Isabel, que todavía no sabían si creerse o no aquella situación.

—La cuestión —continuó Vicent— es que también he traspasado la fonda a Valli Querol, ya la conocéis.

—Ya era hora —apuntó enseguida Isabel.

Vicent la miró sorprendida.

—¿Y tú qué sabes?

—Sé lo que me ha explicado Charles —aclaró Isabel, mirando a su madre de reojo—. Manolo también lo sabe, porque se lo dije yo; creí que tenía derecho a saberlo.

Vicent guardó un breve silencio.

—Pero me parece una solución justa y adecuada —dijo por fin Isabel.

Vicent relajó los hombros y alzó la cabeza. Por fin una señal de aprobación.

—A mí también —apuntó Manolo.

Vicent miró a su hijo.

—También he acordado con Valli que te mantendrá al frente de la fonda, ella te aprecia mucho.

—Es recíproco —respondió el joven.

Vicent miró a la chimenea antes de dirigirse a su hija.

—En cuanto a ti, Isabel, como ahora parece que sois dos —le dijo, también mirando a Charles—, he pensado que, si estuvierais dispuestos a haceros con la deuda de esta casa, os la podríais quedar, seguro que Cefe os ayudaría.

Isabel le miró a los ojos y luego a Charles. Parecían no necesitar palabras.

—No, padre, gracias —contestó enseguida su hija—. Esto es demasiado grande para nosotros. Yo tengo un trabajo en Castellón y todavía estamos pensando qué haremos. Pero, desde luego, no necesitamos mansiones como esta ni mucho menos. Y si te ha quedado alguna deuda de esas que dices que estás devolviendo, yo creo que hasta el último céntimo de esta casa o de los objetos que contiene tendrían que destinarse a esos compromisos.

Vicent miró a su hija, que hablaba con determinación, la espalda erguida, los ojos firmes, la voz sin ningún temblor. Aquella mujer había cambiado radicalmente. O igual siempre había sido así, solo que él no se había dado cuenta.

—Como queráis —dijo—. Yo solo quería ayudar.

—Ya nos ayudamos nosotros mismos, gracias —replicó Isabel, correcta pero con una frialdad tan distante que hirió a Vicent. Aquel comentario le hizo sentirse casi redundante, un padre inútil, sin capacidad de ofrecer nada que sus hijos realmente necesitaran. O igual lo único que realmente buscaban era apoyo y compañía, justamente lo que él se había propuesto darles a partir de ese momento.

—Bueno, vuestra madre y yo ya estaremos en la nueva masía en un par de semanas, para Navidad, pero creo que la casa no la empezarán a enseñar hasta Año Nuevo, así que si alguien quiere venir aquí a pasar unos días de descanso, está a vuestra disposición.

—Yo ya estoy bien en la fonda, y habrá trabajo —apuntó Manolo.

—Nosotros nos vamos a Cuba dos semanas, a partir del día veinte —dijo Isabel.

Vicent miró a su esposa, quien le sacó del apuro, una vez más.

—Ya verás qué tranquilos estaremos nosotros dos en la pequeña masía, sin grandes fiestas; ya verás cómo serán unas de las mejores Navidades.

Vicent asintió.

Después de un tenso silencio, Vicent miró a sus hijos, expectantes, y abrió las manos con las palmas extendidas, indicando que no tenía más que decir u ofrecer.

Isabel entendió el mensaje y se levantó, seguida de Charles, que no le soltó la mano en todo momento.

—Pues si eso es todo, nosotros nos vamos —dijo—, que tenemos mucho que preparar para dejarlo todo listo para Cuba.

—Como queráis —dijo Amparo, siempre amable.

Vicent se giró hacia la chimenea, sintiéndose hasta cierto punto humillado por el nuevo control que parecía haber adquirido su hija y, sobre todo, por su aparente pérdida de poder. Parecía que estaba a merced de todos.

Como si leyera sus pensamientos, Amparo se le acercó y le susurró al oído:

—Has estado fenomenal; así, poco a poco y con paciencia.

Vicent no dijo nada y, al ver que Charles e Isabel estaban ya en la puerta con los abrigos en la mano, salió a despedirles.

Después de dudar unos instantes, en voz baja y temblorosa, Vicent le dijo a su hija:

—Espero que esto sea el principio de una mejor relación.

Apretando nerviosamente los puños detrás de la espalda, Vicent sintió como si estuviera traicionando a su padre: ceder y bajar la cabeza era lo contrario de lo que él le había enseñado.

Isabel se giró y le miró sin disimular su sorpresa.

—Yo siempre he sido correcta contigo y lo seguiré siendo, pero no me pidas más —le respondió.

Vicent la miró fijamente y asintió. No podía hacer más de momento, y lo sabía.

Al cerrarse la puerta, Vicent entendió que los últimos años de su vida los tendría que dedicar a su familia y al campo para no dejar un legado tan triste y vacío como el de su padre. Ese pensamiento, aunque angustioso, al menos le llenó de esperanza y le dio un motivo para seguir viviendo.

26

Valli había escuchado en la panadería que Isabel y el inglés andaban por Morella... juntos. En el pueblo corrían rumores dispares sobre la dimisión de Vicent, la ausencia de Isabel y el impacto de su ya oficioso noviazgo con Charles en el tema de la escuela. A pesar de la impresionante imaginación popular, ningún cotilleo se había aproximado a los verdaderos motivos que explicaban la ausencia de Charles, quien desde octubre no amanecía por Morella.

Desde esa última vez, Valli apenas había levantado cabeza y su cuerpo, por lo general sano y generoso, había ido a menos. Su vecina Carmen la obligaba a comer lo poco que ingería a diario, apenas unas sopas de verduras, algún caldo y, sobre todo, un buen vaso de aguardiente todas las mañanas para no adormecer la circulación.

Valli había querido llamar o escribir a Charles durante esos dos largos y fríos meses, pero siempre se había contenido pensando que lo que su hijo necesitaba era tiempo. También sabía, porque Amparo se lo había dicho, que Isabel le había ido a ver a Londres y que allí había pasado una semana.

Esa noticia la había alegrado y al menos le había permitido ser capaz de cuidar de sí misma, pero poco más. La antigua maestra apenas cogía el teléfono o abría las pocas cartas que le llegaban, la mayoría del banco o de la eléctrica. Poco a poco había abandonado su vida social para desesperación de su vecina Carmen, que ya no sabía qué más hacer para animarla.

La dinámica cambió tras los cuchicheos de la panadería, ya que la presencia de Charles en el pueblo justo antes de Navidad le abrió una puerta de esperanza. Si no la quisiera ver, seguramente nunca habría vuelto a Morella, ya que con Isabel siempre podía quedar en Castellón, donde vivía la chica, o incluso en Londres. De todos modos, Valli sabía que debía esperar a que él se le acercara, pues ella ya había puesto sus cartas sobre la mesa. La anciana sabía muy bien que las relaciones, todas, si no son en dos direcciones, sencillamente no funcionan.

Esas especulaciones tenía en la cabeza cuando el timbre de su casa sonó de pronto, intensamente, varias veces. Al principio, como de costumbre, Valli lo ignoró. Tranquila, la anciana seguía repasando delicadamente con un dedo el borde de la tacita donde se tomaba el té verde que tanto le gustaba a media mañana. Era sábado y ya había hecho la compra; ahora estaba descansando, bien abrigada en casa, protegiéndose del frío con un chal de lana gruesa, un vestido tupido y sus enormes zapatillas de lana.

El timbre, sin embargo, insistió tanto que, en lugar de salir al balcón, por no abrir las ventanas, se apresuró hacia la entrada para hablar por el interfono.

—¿Quién llama? —preguntó, casi gritando.

—*Hello, hello!* —gritaron desde abajo ante la gran sorpresa de Valli, que tuvo que apartar el oído del auricular después del susto que las voces le dieron.

—¿Quién manda? —preguntó de nuevo, aunque en el fondo su corazón empezó a latir rápidamente, pues sospechaba quién era. Aquello sí que era por fin una gran alegría.

—¡Valli! Somos nosotras, Sam y Soledad, ¿estás bien? ¿Podemos subir?

—¡Uh, *xiqueta!* ¡Qué sorpresa! —dijo Valli, entusiasmada—. ¡Subid, subid!

Valli oyó cómo la joven norteamericana subía las escaleras a saltos, secundada por la directora del Instituto Internacional, que la seguía tan rápidamente como podía, pero sin lograr alcanzarla. Sam Crane se personó en el rellano de Valli en un abrir y cerrar de ojos, abrazando de inmediato a la antigua maestra, que ya las esperaba, puerta en mano, con los brazos bien abiertos.

—¡Qué alegría verte tan bien! —le decían—. Estábamos preocupadas, pues no respondías ni al teléfono, ni a las cartas, ni nada, así que decidimos venir.

Valli se echó ligeramente hacia atrás, sorprendida. Miró a las dos mujeres de arriba abajo. Tenían buen aspecto, muy sonrientes y confiadas, totalmente salidas de la capital, con sus pantalones vaqueros de diseño y sus abrigos de marca. Las dos tenían una tez y una dentadura bien cuidadas, de niñas de colegio de pago, y unos ojos brillantes llenos del entusiasmo juvenil que todavía desconoce los aspectos más amargos de la vida. Valli les sonrió. Aquellas mujeres, a pesar del ambiente privilegiado del que procedían, eran decididas y tenían buen corazón. ¿Quién se habría imaginado que algún día dejarían Madrid para desplazarse hasta ese pueblo donde nunca pasaba nada para verla a ella?

Con toda la amabilidad que pudo, Valli las condujo hacia su pequeño salón y les sirvió un café caliente y unos *flaons* típicos que, a pesar de su línea perfecta, aceptaron con hambre y gusto. Eran una delicia de mujeres, se dijo Valli.

Después de repetir una y otra vez lo maravilladas que estaban ante la belleza de Morella, Sam no tardó en desvelar el mensaje que le traían.

—Hay buenas noticias, querida —le dijo la pelirroja americana, hoy con una coleta discreta que todavía ensalzaba más su cara joven y pecosa. Sus ojos azules brillaban como nunca, reflejando una vida mejor y más rica de la que había percibido en esa muchacha la noche de las manzanillas en La Venencia, en Madrid, justo después de Pascua. Aquella mujer había crecido, se dijo Valli.

—Como te expliqué, después de pelearme unas semanas con la Universidad de Yale por fin conseguí la propiedad del folleto de Lorca dedicado a mi abuela y a Victoria Kent. Gracias a unos contactos de mi madre en Londres, lo subastamos en Sotheby's y… no te lo creerás —le decía mirándola con los ojos bien abiertos y las manos asidas a la mesa—, ¡conseguimos cuatrocientos mil euros!

—¡Ay, *xiqueta!* —exclamó Valli, inclinándose hacia atrás y llevándose las manos a la cabeza—. Cuánto dinero, qué barbaridad, ¿pero quién pagaría semejante cantidad?

—Pues la Biblioteca Británica —respondió Soledad, más serena que Sam, pero igualmente rebosante de alegría—. Ya sabes que en Inglaterra y Estados Unidos, o incluso en Alemania, se aprecia a Lorca mucho más que en España, y además son países ricos. La dedicatoria tiene tanta fuerza que la British Library la usará como símbolo de su apoyo a las minorías, como prueba de que representa a una sociedad plural y diversa, y no solo a la élite británica. Todo un golpe para acallar cualquier crítica.

Valli puso los ojos en blanco en señal de incredulidad. Esas demostraciones de intenciones, sobre todo a base de talonario, apenas le decían nada; pero al menos, en esta ocasión, la beneficiaban. No iba a protestar.

—Recordadme, por favor, lo que decía la dedicatoria —dijo, todavía incrédula.

—«Para Louise Crane y Victoria Kent, cuyo amor es más verdadero que las leyes que lo aprisionan» —apuntó enseguida Sam, cuyo castellano había mejorado sustancialmente desde la primavera anterior.

Valli suspiró y reposó la espalda en la silla. Si hubieran dejado prosperar esa sociedad que impulsaban la Residencia de Estudiantes y la de Señoritas, cuán diferente habría sido su vida y la del país entero. Valli respiró hondo y miró a sus nuevas amigas, cuya pose bien enseñada y ropas de calidad contrastaban con su casa pequeña y modesta, libre de posesiones. Sam, al menos, venía de una sociedad libre, cuya fuerza impulsaba su mirada pura y esperanzada. La misma que ella tenía de joven, pero que una guerra maldita desvaneció para siempre, quizá hasta ese preciso momento.

—Es increíble, Valli —siguió la joven norteamericana—. ¡Lo hemos conseguido! Ya te dije que mi madre me había dado permiso para vender el Picasso que por herencia me correspondía a mí, y que subastamos en Nueva York por un millón de dólares.

Sam tuvo que hacer una pausa, pues su entusiasmo se desbordaba y se le empezaban a trabar las palabras. Soledad le sirvió un vaso del agua que Valli había dejado sobre la mesa y que Sam bebió, casi de un trago.

—Pues resulta —continuó la joven en cuanto pudo— que mi madre vino por fin a Madrid a verme y, después de unos días visitando museos y la antigua Residencia, se quedó tan prendada del proyecto que decidió colaborar. —Sam volvió a detenerse, ahora continuando en un tono más melancólico—: Ya te dije que ella siempre había ignorado España y preferido Italia. Yo creo que tener dos madres le trajo problemas en el colegio y eso le generó cierto resentimiento hacia Victoria y hacia España, en general. Pero al ver, leer y sobre todo escuchar mis proyectos, por fin me comprendió y accedió a vender el otro Picasso, el que guardaba inútilmente en una caja fuerte en un banco de Nueva York. El caso es que también lo hemos vendido, ¡y por dos millones de dólares!

Valli abrió los ojos tanto como pudo. Con su economía doméstica, de euro en euro, aquellas cantidades no le entraban en la cabeza y le parecía imposible que ella pudiera guardar ninguna relación con aquellos planes.

Sam siguió, como un torbellino.

—Todo se ha hecho con la ayuda del abogado de mi madre, a quien necesitamos para proteger a la familia y sus bienes —dijo, haciendo una breve pausa para tomar aire.

Valli observó en los ojos de la joven el mismo brillo que detectó en aquellos niños masoveros que nunca habían visto una biblioteca o una película de cine hasta que ella y Casona se los proporcionaron, llevándoselos a lomos de burra en plena República. Provocar aquel brillo sí que la llenaba de satisfacción. Por fin su vida volvía a cobrar sentido.

—Hemos establecido una fundación —continuó Sam, ahora más tranquila—. Yo la presidiré, con mi madre como presidenta de honor. Destinaremos los más de tres millones recaudados a comprar la escuela de Morella y establecer aquí la continuación de la Residencia de Señoritas María de Maeztu, que así la podríamos llamar.

A Valli se le empezaban a humedecer los ojos, pero todavía había muchos cabos por atar.

—¿Seguro que estáis conformes en situarla en Morella y no en Madrid?

Sam se levantó y de repente abrió la ventana de par en par, como si no le importara el frío invernal de Morella.

—Este es un lugar perfecto, idílico —dijo, mientras descorría cuantas cortinas encontraba—. Como te dije, ya tenemos un acuerdo con el Vassar y el Smith College para que vengan veinte universitarias americanas al año para estudiar español. Aquí estarán más tranquilas y centradas que en Madrid, que está lleno de ingleses y americanos, y es más fácil distraerse. Este pueblo es maravilloso, aquí se podrán integrar y centrarse en sus estudios. Además, hoy en día se hace todo por Internet, ya casi no importa dónde resida uno, sobre todo en el caso de estudiosos e investigadores.

Soledad y Valli asintieron a la vez.

—Pero ¿quién enseñará? —cuestionó Valli.

—Podemos llegar a algún acuerdo con el colegio local —respondió Sam, rápida—. Las americanas pueden enseñarles inglés y los profesores de la escuela local, a ellas, lengua y literatura españolas. Luego organizaremos cursos y festivales culturales y literarios para aprovechar las instalaciones, recaudar fondos y contratar profesores.

—Por supuesto, desde el Instituto Internacional también aportaremos recursos y esperamos que alguna beca también —apuntó Soledad—. Además de facilitar alojamiento para cuando las residentes de Morella quieran venir a Madrid.

Sam miró fijamente a Valli, cogiéndole las dos manos con determinación.

—¿Qué te parece? —le preguntó la joven, con las lágrimas a punto de saltársele de los ojos.

A Valli le tembló todo el cuerpo, no sabía qué decir. Aquello, si no era el sueño de toda una vida, ¿qué podía ser entonces? Su queridísima y añoradísima Residencia de Señoritas en Morella, activa y funcional, alegre, creativa y eficiente, retomando el relevo de una institución que se perdió para siempre al caer la República. Pero que ahora, siete décadas más tarde y de una manera casi milagrosa, estaba a punto de revivir, en su propio pueblo.

La antigua maestra republicana se echó las manos a la cara sin poder contener la emoción. Le vinieron a la memoria recuerdos de esa tartana junto a Casona, de las caras de hambre y analfabetismo en Las Hurdes, la mirada fija y determinada de Victoria Kent, las conferencias de Lorca en la calle Miguel Ángel ocho, las noches heladas e interminables en el maquis, los cuerpos de sus padres desplomándose, los pitillos compartidos con la Pastora, la carta a Tristan, Charles, el exilio, Natalie, quien ahora también estaría llorando de la emoción en el cielo, o allá donde estuviera.

Valli quería hablar, pero no podía. Se levantó con las piernas temblorosas y dio un fuerte y larguísimo abrazo a Sam Crane, la nieta de esa joven americana a quien conoció en el Madrid de los años treinta.

—Tu abuela —le dijo por fin— estaría muy, muy, muy orgullosa de ti, Sam.

Valli observó su cara pecosa y sus ojos azules de mirada inteligente. Aquella joven había heredado el mismo espíritu emprendedor del que su abuela se impregnó en la Residencia. Valli no pudo contener una tormenta de recuerdos de aquellos años, imágenes de Louise Crane fumando a escondidas, su flirteo público con Victoria, las copas compartidas con Margarita Nelken en La Venencia o las tertulias clandestinas en su habitación a las tantas de la mañana.

Abrumada, la anciana se sentó de nuevo sin dejar de negar con la cabeza, como si no se creyera lo que estaba sucediendo. Valli miraba a Sam y a Soledad, una y otra vez, para demostrarse a sí misma que eran reales y que aquello no era un sueño. Soledad pareció percibirlo y la asió de la mano, apretándola fuerte.

Sam por fin rompió el silencio.

—Por mi parte —dijo—, yo ya he acordado con Soledad que tendré un despacho pequeñito en el instituto, en Miguel Ángel ocho, y desde allí coordinaré la fundación. Vendré, por supuesto, periódicamente a Morella, pero debemos buscar un buen director para el centro que siempre esté aquí.

Aquello encendió la imaginación de Valli, que enseguida respondió:

—Creo que puedo tener a la persona adecuada, pero dejadme hablar primero con él.

—¿Un hombre? —preguntó Soledad, sorprendida.

—Algún día os lo explicaré, pero confiad en mí.

Las dos invitadas asintieron, tras lo que Valli se fue a por la botella de aguardiente y regresó con tres vasos. Los brindis fueron tan divertidos y continuados que las tres mujeres tuvieron que salir de casa al cabo de unas dos horas para tomar aire fresco y pasear por las maravillosas callejuelas del pueblo.

Valli se despertó al día siguiente más descansada que nunca, como si de repente le hubieran quitado dos décadas de encima. Pero el optimismo se esfumó tan solo unos instantes después cuando, camino del comedor, pensó que la visita había sido una alucinación. Presa del pánico, la anciana corrió hacia el salón, donde vio una bufanda de lana fina, finísima, que Soledad se había dejado en el piso antes de regresar a Madrid la noche anterior. La antigua maestra suspiró aliviada.

Enérgica, Valli abrió la ventana y respiró aire fresco, pensando que, por algún sistema cósmico de compensaciones, la vida le devolvía ahora el fruto de sus esfuerzos. Había sacrificado su vida para devolver a España ese espíritu republicano que aprendió en la Residencia, pero solo había conseguido años de miedo, desprestigio y derrotas. Ahora, por fin, y de manera incomprensible, su suerte había cambiado.

Contemplando las hermosas vistas de los campos de Morella, Valli se sintió más fuerte que en muchos años. Tenía unas ganas infinitas de ponerse manos a la obra y trabajar en aquel proyecto. Quería involucrar a todo el pueblo, trabajar con Sam y Soledad, con la fonda y hasta con el nuevo alcalde. Aquella aventura llenaría el pueblo de jóvenes y de asistentes a cursos, ciclos y conferencias; podría ser el revulsivo económico que tanto necesitaban, mucho mejor que el dichoso casino que Vicent tenía en mente, pensó Valli no sin displicencia.

Segura de su plan, la anciana se acicaló, vistió y perfumó tanto como pudo. Aunque no había concertado ningún encuentro, no le cabía ninguna duda de que ese sábado realizaría dos visitas de máxima importancia: una, al teniente de alcalde para ponerle al corriente de los acontecimientos; y otra, más trascendente, a la fonda.

El éxito de la primera, en la que el político recibió la noticia con entusiasmo, dio a Valli una mayor confianza de cara a la segunda, que era realmente la única que importaba. De nada servirían aquellos extraordinarios planes sin el apoyo de Charles. Nada valía la pena si no podía rescatar su propia vida, pensó.

Sin prisa, aunque llena de excitación, Valli se personó en la fonda, donde encontró a Manolo ordenando papeles, concentrado por una vez.

—Buenos días, Manolito —le dijo a su antiguo alumno, cariñosamente—. Está esto muy tranquilo hoy, ¿no?

—La crisis, maestra, la crisis —le respondió Manolo en un tono agradable—. Qué alegría verla, ¿qué le trae por aquí, si puedo preguntar?

—Manolito, tú pregunta lo que quieras, hijo —le dijo—. No hay que tener nunca miedo a nada, y mucho menos a preguntar. Pero dime, ¿está Charles por aquí?

A Manolo pareció sorprenderle la pregunta, pero seguramente consciente de que estaba ante la nueva jefa, el joven respondió de manera profesional.

—Pues sí, está por Morella estos días —contestó—, aunque hace un rato precisamente se ha ido a dar un paseo por el campo, con Isabel —apuntó.

Valli pareció decepcionarse un tanto, pero, persistente como era, se dijo que allí esperaría hasta que regresaran. Manolo no puso ningún reparo y la ayudó a acomodarse en el pequeño sillón que había en la salita junto a la entrada, trayéndole algunas revistas para que se distrajera.

Así pasaron el resto de la mañana los dos, escuchando el tictac del reloj y el ruido de las páginas que pasaba Valli, o de las carpetas que abría y cerraba Manolo. Aparte de alguna llamada de teléfono, alguna conversación sobre el tiempo y alguna que otra cabezadita de Valli, poco más sucedió hasta que el reloj de la pared dio las dos y Charles e Isabel por fin subieron por la escalera de la fonda.

El inglés enseguida percibió la presencia de Valli, hacia quien se dirigió después de un cierto titubeo inicial. Isabel se llevó a Manolo a la cocina para dejarles un poco de intimidad.

Charles se sentó en el sofá que había junto al sillón de Valli.

—Hola —le dijo, sin apenas mirarla y quitándose la gorra de paño inglés que le protegía del frío. Charles conservó, sin embargo, su chaqueta Burberrys de un muy elegante azul marino, como si quisiera indicar que aquella conversación sería breve.

—Hola, Charles —dijo Valli, inclinándose hacia delante, consciente de que un abrazo o un apretón de manos todavía quedaban muy lejos. La anciana pensó que, para lo que venía a proponer, un paseo sería más adecuado que un encuentro frío, cara a cara, como aquel.

—Ya sé que acabas de entrar por la puerta, pero ¿te apetece sentarte en un banco del Placet, o en otro lugar, más que aquí? —dijo esperanzada.

—Prefiero quedarme —respondió Charles rápidamente—. Si no te importa.

Valli sintió una ligera punzada en el corazón por la distancia de su hijo, amable pero fría. La anciana cruzó las piernas y respiró hondo. Aquella relación, como todas, habría que trabajarla con mucho cuidado, como si de una orquídea se tratase, se dijo.

—Es una alegría verte por Morella otra vez —continuó Valli, suave, intentando reconducir la situación.

—Sí —contestó Charles en un tono muy neutro—. He venido a ver a Isabel y a ultimar los detalles de nuestro viaje a Cuba; nos vamos para Navidad.

A Valli le dio una gran alegría constatar que aquella relación iba viento en popa, pues eso podía facilitar el contacto con su hijo, aunque solo fuera por proximidad geográfica.

—Cuba es un país magnífico —le dijo, con una sonrisa—. Yo estuve una vez, cuando en plenos años sesenta Fidel invitó a un grupo de exiliados españoles para ofrecernos ayuda y enseñarnos su modelo. —Valli hizo una leve pausa—. Qué tiempos.

—Ya me imagino —replicó Charles—, pero me temo que nosotros no tenemos en mente ese tipo de visita.

Valli sonrió. Siempre le había encantado la fina ironía inglesa.

—Charles —empezó a decir—, ya sé que esto es muy difícil para ti...

—Ya lo he aceptado —la interrumpió el inglés.

—¿Cómo dices?

—Como te dije, realicé investigaciones y descubrí que cuanto me dijiste era verdad —apuntó Charles sin apenas brillo en los ojos, con la misma expresión seria que siempre le había visto.

—Yo nunca te mentiría.

Charles no contestó, pero al cabo de unos instantes añadió:

—También encontré, por casualidad, una antigua postal de Morella y la carta que escribiste a mi padre cuando me llevaron a Londres por primera vez. No sé si la recuerdas...

—Por supuesto que la recuerdo —apuntó Valli, veloz—. Esas han sido las palabras más difíciles de mi vida.

Charles bajó la cabeza y clavó la mirada en el suelo. Al cabo de unos segundos, se irguió y, con delicadeza, se dirigió a su madre:

—Dime qué puedo hacer por ti.

Valli le miró con una mezcla de tristeza y esperanza. Le alegraba que al menos hubieran establecido un diálogo, pero se le helaba el corazón al pensar que aquella podía convertirse en una relación superficial y pragmática, como las que seguramente habría tenido en los internados donde creció.

—Por mí, Charles, no te preocupes, que yo estoy muy bien —le dijo—, pero he venido a ofrecerte una oportunidad que igual te interesa.

Valli sintió cómo el pulso se le aceleraba a medida que Charles le lanzaba una mirada cargada de sorpresa, pero también de cierta petulancia, como si ella no fuera capaz de proponerle algo realmente interesante.

—Escucho —fue cuanto dijo, reclinándose en el sofá y cruzando piernas y brazos, una señal que Valli leyó como un rechazo anunciado.

Aun así, la anciana pensó que nada tenía que perder y que aquella era su gran oportunidad. Debía intentarlo.

—No sé si lo recordarás, pero te expliqué algunas cosas de la Residencia de Señoritas y de la de Estudiantes, donde conocí a tu padre.

Charles asintió.

—Desde que se puso la antigua escuela de Morella en venta, yo intenté por mi cuenta conseguir fondos para establecer aquí un centro cultural, una idea muy diferente al casino que quería el alcalde, pero no tan diferente al centro escolar que tú proponías. —Valli hizo una ligera pausa—. Aunque más abierto o, al menos, accesible por mérito y no por clase o condición económica.

Charles alzó una ceja, un gesto que Valli interpretó como una advertencia. Más cautelosa, la anciana prosiguió:

—En Madrid encontré a algunas personas vinculadas a la Residencia, incluyendo a la multimillonaria familia norteamericana propietaria del imperio Crane, fabricantes de papeles, sobres y material de escritorio en general.

Charles frunció ligeramente el ceño antes de conceder:

—Conozco la firma, sí.

—Pues yo coincidí en la Residencia, en plenos años treinta, con la heredera de ese imperio, que había ido a Madrid para aprender español. Su nieta, gran admiradora de la institución, ahora ha establecido una fundación para restablecer la Residencia femenina en nuestra escuela de Morella, una vez remodelada. Ha conseguido tres millones de euros para empezar el proyecto cuanto antes y ya tiene firmados unos intercambios con universidades americanas de prestigio, como el Vassar College.

—No está mal —dijo Charles, ahora mirando a Valli con interés—. Conozco el Vassar; Oxford tenía un programa de intercambio con ellas.

La anciana respiró hondo antes de continuar. El comentario le había infundido una ligera dosis de esperanza y tranquilidad.

—Necesitamos un director, una persona fuerte al frente de la institución en Morella —le dijo, mirándole a los ojos, sin miedo—. Alguien capaz de liderar el programa educativo, dirigir algunas tesis doctorales y organizar los cursos y la universidad de verano que estableceríamos para aprovechar las instalaciones y expandir la oferta cultural. En principio, la residencia ocuparía la mitad de la antigua escuela, con unas treinta habitaciones alrededor de un patio interior.

—Me parece una idea fabulosa —dijo Charles, como si a él aquel tema no le afectara en absoluto—. Pero dime, ¿en qué os puedo ayudar yo exactamente?

Valli le miró a los ojos.

—Creo que tú serías la mejor persona para dirigir el proyecto, por si quieres venir a Morella y por si Isabel quiere hacerse cargo de la fonda. Ya sabes que es mía, pero yo ya tengo todo lo que necesito. —Valli hizo una ligera pausa, sentándose en el extremo del sillón, las manos sobre las rodillas, su mirada entregada a Charles—. Yo pienso dejarte la propiedad de la fonda a ti, ¿a quién si no? Isabel y Manolo se podrían hacer cargo, mientras tú diriges la Residencia.

—¿Yo? —preguntó Charles, con las cejas bien altas—. Eso es imposible.

Valli sintió cómo se le encogía el corazón. Con la espalda más curva, la anciana se recostó en el sillón, apoyando la cabeza para descansar. Todavía era muy pronto para rendirse, se dijo.

—¿Por qué lo dices? —preguntó.

—Porque yo tengo mi vida en Eton, una vida y un trabajo muy respetables y, francamente, nunca he tenido a una mujer en clase, siempre he enseñado a chicos, nunca a mujeres —respondió, sin dar margen.

Valli le habría reprochado el comentario machista, pero aquel no era el momento.

—Bueno, le dijo, no me tienes que contestar ahora. Si quieres, te lo puedes pensar o hablar con Isabel. Creí veros muy felices en Morella y, por un momento, pensé que igual os querríais instalar aquí —dijo Valli, afligida—. Solo quería ofrecerte este proyecto, creía que a un intelectual como tú le interesaría, aparte de todos los puentes de colaboración cultural entre España y el Reino Unido que podrías establecer con tus contactos en Inglaterra y los míos en Madrid. Sería un proyecto muy bonito que podríamos compartir… —Valli no tuvo agallas para continuar la frase. Ella quería apuntar «como una familia», pero no pudo.

Charles desvió la mirada, incómodo.

—Como te digo, no me tienes que responder ahora —insistió la anciana.

—Yo creo que no tengo mucho más que pensar, prefiero ser honesto —respondió Charles con frialdad.

Valli apretó los labios y notó sus manos temblorosas. Con el corazón empequeñecido, miró a Charles, que seguía serio e impasible. La antigua maestra comprendió que había llegado la hora de partir.

La anciana se levantó, lentamente y sin decir palabra, y se dirigió hacia la puerta. Antes de partir, se giró para verle una última vez.

—Que disfrutes en Cuba, hijo —musitó, con un hilo de voz.

—Gracias —fue cuanto Charles respondió.

27

Valli no oyó cómo el elegante reloj de pared en el ático de Durnford House marcaba las dos y media en punto. Tampoco vio cómo Charles se ajustaba su impecable pajarita blanca y bajaba las escaleras con solemnidad. La anciana tampoco se imaginaba que su corazón latía tan fuerte como el de ella ni que la vida del profesor iba a cambiar tanto como la suya a partir de aquel instante.

Ella seguía allí, sentada en el gélido banco de piedra frente al portón principal de Eton College una fría mañana de enero, todavía con su té en la mano. Llevaba allí más de una hora.

Valli nunca supo que Charles tuvo que contar hasta diez antes de abrir el portón de madera para encontrarla allí, sentada pacientemente, con el mismo aplomo y determinación con los que había luchado toda su vida. Sin saber por qué, la anciana enseguida se giró, percibiendo su presencia. Efectivamente, hacia ella se dirigía su hijo, vestido como un auténtico *gentleman* y con el rostro más serio de lo que ella esperaba.

Valli notó cómo la taza de té se deslizaba entre sus guantes de lana, pero reaccionó a tiempo antes de que se cayera. Lentamente, la anciana se levantó y abrió sus ojos negros tanto como pudo. Después de rechazar la dirección de la Residencia de Señoritas en Morella, Charles había invitado a Valli a Eton para que conociera el centro y a sus alumnos. La anciana, que había pasado una Navidad triste y solitaria pensando que había perdido a su hijo para siempre, había saltado de alegría al recibir la carta de invitación, fechada y sellada en La Habana. Valli imaginó que, durante sus vacaciones en Cuba, Isabel le habría animado al menos a mantener un cierto contacto. En el fondo, Valli siempre había apreciado a los hijos de Vicent, quienes eran dulces y amables y, por supuesto, no tenían ninguna culpa de las fechorías de su padre o de su abuelo. Ella, de hecho, siempre les había dado cariño, pues les había visto en el colegio algo afligidos y atemorizados; la marca indiscutible de una situación doméstica casi tiránica.

Valli también había dado a los hijos de Vicent el afecto que nunca pudo dar a Charles, quien ahora se dirigía hacia ella serio, con el paso firme, seguro, casi militar. Daban igual sus maneras, pensó la anciana; ese era su hijo y allí se había personado tan solo cuarenta y ocho horas después de recibir su invitación. Ella no sabía qué le diría ni si aquello era una puerta que se abría o que se cerraba. Pero a su edad, no tenía tiempo que perder. Ahora solo existía la esperanza.

Atrás quedaba una vida de lucha contra aquel mundo clasista, de cuyos portones más simbólicos salía ahora su propio hijo. A Valli le impresionó esa imagen, pero, vieja como era, ya sabía que la vida había que abrazarla tal y como viniera. Poco le importaba ya que aquellos niños vestidos de frac fueran unos privilegiados o no. Ella solo quería estar en paz con su hijo y llegar a ver su Residencia de Señoritas en Morella. Si para ello tenía que sonreír a los de Eton, pues así lo haría. La diplomacia gana más batallas que muchas guerras, ya le habría gustado a ella aprender esa lección muchos años antes.

El impecable director del departamento de lenguas extranjeras por fin se personó ante la anciana. El contraste entre los dos resultaba abrumador. La estatura y el uniforme de Charles minimizaban la encorvada silueta de Valli, que a pesar de las diferencias recibió a su hijo con la cabeza bien alta. Era muy consciente de que aquella era su última batalla.

—Bienvenida a Eton —le dijo Charles sin establecer ningún tipo de contacto físico. Ni un abrazo, ni un beso, ni un apretón de manos. Su rostro se mantenía más serio de lo normal.

Valli guardó silencio, pues aquellos formalismos la acongojaban.

—Celebro que hayas aceptado la invitación —continuó Charles, llenando el silencio.

—Qué menos —respondió Valli, añadiendo un poco de naturalidad al encuentro.

—Tengo ganas de que conozcas a mis chicos; no tengas prejuicios, en el fondo solo trabajan duro para labrarse un futuro, como todos.

Valli prefirió no comentar el «como todos». No le parecía a ella que aquellos muchachos tuvieran mucho en común con el mundo exterior, pues en otros colegios ni iban con frac ni pagaban treinta y cinco mil libras por ir a clase. Pero aquel no era el momento de debatir.

—He pensado —continuó Charles, ahora por fin con la postura un poco menos estirada— que a ellos también les gustaría formar parte de la Residencia de Señoritas, si esta les acepta algunas semanas al año como residentes masculinos.

A Valli se le encendió la mirada. La anciana dejó de sentir frío y empezó a negar con la cabeza, cerrando los ojos con sumo deleite.

—Estoy segura de que no habrá problema —dijo por fin, mirándole con sus ojos negros bien abiertos, irradiando felicidad. La tentación de abalanzarse sobre su hijo era máxima, pero, vieja como era, sabía que lo mejor, de momento, era jugar con las mismas cartas que Charles. Alzando la ceja tanto como pudo, Valli añadió—: De todos modos, la decisión de aceptar chicos o no dependerá más bien del director.

Charles sonrió y dio un paso hacia su madre.

—Yo creo que el director estará encantado de acogerlos.

Valli ya no pudo contener más la emoción y se acercó a Charles para darle un abrazo largo y fuerte, cargado de lágrimas y de los sentimientos que no había podido expresar —ni Charles recibir— durante toda una vida.

Un largo silencio y la tensión del momento por fin los separaron instantes después.

—Celebro tu decisión —replicó Valli, adoptando socarronamente un tono muy *british*. Ella también sabía resolver las situaciones con humor.

—El señorío obliga —le respondió su hijo, siguiendo el juego y haciendo un exagerado ademán reverencial.

La antigua maestra no tardó ni un segundo en responderle:

—Y el republicanismo también.

Agradecimientos

Esta novela es el resultado de un sinfín de horas dedicadas a fascinantes lecturas y conversaciones con personas de todo tipo en varios países.

Empezando en Morella, me gustaría agradecer a los residentes y al personal de la residencia de la tercera edad que tan amablemente me recibieron y donde compartí charlas y paseos con auténticos protagonistas de la época, como Manolo Querol. Los amigos de mi madre, como Ernesto Mestre y Sara Boix, también me proporcionaron fabulosos detalles sobre su vida en las masías en la época de los maquis. La familia Elías, a quienes conozco desde que me disfrazaba de indio cuando era muy pequeña, me acogió de nuevo con los brazos abiertos, especialmente Maita Antolí, quien desgraciadamente ya no se encuentra entre nosotros. Desde aquí, un recuerdo muy especial para ella. Y también para Carlos Sangüesa, reconocido historiador local y una constante ayuda. En la biblioteca de Morella, también encontré cuanto necesitaba gracias a la muy amable y eficiente ayuda de Ángel Viñals.

En cuanto a morellanos en el exterior, quisiera dar las gracias a mi amiga Conxa Rodríguez, en Londres, por los libros prestados, y en Salamanca, a Pedro Sancho, quien me envió su fabuloso recuento de la guerra civil en Morella.

En Mas de las Matas, Javier y Susana me enseñaron su monumental archivo y seguimiento de todo lo relacionado con la guerra civil, al que se puede acceder a través de la página web *El sueño igualitario*. En este pequeño pueblo de la provincia de Teruel, también mantuve una interesantísima conversación con Avelino, cuyo padre fue fusilado en plena década de 1940 por un crimen que no cometió.

En la misma zona del Bajo Aragón, guardo un especial cariño a la activísima Llibreria Serret de Valderrobres y a su incombustible propietario Octavi, por la cantidad de préstamos literarios recibidos y por su constante ánimo e interés. El suyo es un ejemplo constante.

En Londres, mi amigo Jimmy Burns me pasó el manuscrito de las memorias de Carmen de Zulueta, hija de un ministro y embajador de la República. El relato de los primeros años de su vida en el Instituto Escuela de Madrid, que seguía los principios de la Institución Libre de Enseñanza, resultó de incalculable valor.

En Londres también, mi amigo Gonzalo Coello de Portugal me ofreció muy amablemente el contacto con el Colegio Estudio, heredero del Instituto Escuela y de la Institución Libre de Enseñanza.

Entrar en el mundo de Eton College no es tarea fácil, y menos para una mujer, por eso quedo agradecida a mi amigo Roger Suárez por presentarme a antiguos y actuales profesores, como Josep Lluís González y Marçal Bruna. A ellos y al personal del colegio, que tan bien me recibió, me gustaría mostrarles mi más profundo agradecimiento. También quisiera recordar unas excelentes conversaciones con el exalumno Nick de Bunsen y con mi querido amigo Stuart Valentine, quien me explicó con todo detalle su experiencia en un internado y con los alumnos de Eton cuando coincidió con ellos en Oxford.

Como siempre, vivir en la capital británica me ha permitido una vez más el privilegio de participar en charlas, cenas y conferencias con Paul Preston, célebre historiador, y Geoff Cowling, excónsul británico en Barcelona, cuya labor de investigación y difusión sobre la guerra civil y el franquismo me ayudan a entender el presente cada día más.

En Madrid, Sabela Mendoza fue la primera persona que me abrió las puertas al fabuloso mundo de la Residencia de Estudiantes. Allí pasé una semana inolvidable, perdida en los libros y documentos de la biblioteca y admirada del ambiente en general. Almudena de la Cueva, Marta Fernández y Jesús Ruiz me ayudaron a sentirme más próxima a una institución que yo solo conocía y admiraba desde los libros.

Al otro lado de la Castellana, Pilar Piñón, directora del Instituto Internacional, compartió conmigo salas, documentos e historias de cuando ese majestuoso edificio en la calle Miguel Ángel albergó la Residencia de Señoritas. Compartir su pasión por una época tan especial no hizo más que entusiasmarme todavía más por cuanto allí sucedió.

En la muy cercana Fundación Ortega, Asen Uña puso a mi disposición el archivo de la Residencia de Señoritas, donde leí cartas de María de Maeztu, de su puño y letra, que me ayudaron a entender el carácter eficiente, creativo, intelectual y nada pomposo de aquel lugar. A medida que revisaba documentos, me entristeció mucho pensar en el gran legado que todos perdimos. Qué diferente sería este país si los conocimientos y el espíritu de esa generación de mujeres no hubiera quedado interrumpido, teniendo que volver a empezar todo a partir de cero, sin apenas referentes, en la década de 1980. Me parece urgente recuperar ese legado.

También fue gracias a Asen que pude visitar a Josefina Guerra, una antigua residente. Más que sus comentarios, fue su espíritu abierto lo que me ayudó a comprender mejor los valores que la Residencia instituía en sus alumnas.

También debo mucho a Miguel Ángel Villena, de *El País*, por su biografía de Victoria Kent y por recomendarme los libros de Shirley Mangini sobre las intelectuales de la época, a quienes ella llama «las modernas de Madrid».

A mi madre Carmen, a mis hermanas Sofía y Susana y a mi amigo Santos Palacios les debo un fortísimo abrazo por leer el primer borrador de esta novela con grandes dosis de atención y sentido común. Y a mis amigas Laura y Shirry Liram, de Londres, les mando un abrazo por su ayuda con la impresión de las diferentes versiones.

Por supuesto, este libro no existiría sin el apoyo de la agencia literaria Sandra Bruna, de Barcelona, y de mis editores, Santillana, que me permiten, por segunda vez, hacer que mis sueños se hagan realidad.

Finalmente, y ante todo, agradezco a mi pareja, Maria, su ánimo, paciencia y apoyo incondicional. Para ella es este libro.

Londres, febrero de 2013

El papel utilizado para la impresión de este libro
ha sido fabricado a partir de madera procedente de bosques
y plantaciones gestionados con los más altos estándares
ambientales, garantizando una explotación de los recursos
sostenible con el medio ambiente y beneficiosa para las
personas. Por este motivo, Greenpeace acredita que este libro
cumple los requisitos ambientales y sociales necesarios para
ser considerado un libro «amigo de los bosques».
El proyecto «Libros amigos de los bosques» promueve
la conservación y el uso sostenible de los bosques,
en especial de los Bosques Primarios,
los últimos bosques vírgenes del planeta.

Papel certificado por el Forest Stewardship Council®